献给中国原生文明的光荣与梦想

——题记

# 大秦帝国

点评本

孙皓晖 著

谢有顺 胡传吉 点评

第一部　黑色裂变

下卷

河南文艺出版社

# 目　录

## 第九章　霹雳手段

## 第十章　兼葭苍苍

# 第九章　霹雳手段

## 一　栎阳城阴云四起

卫鞅从来没有这样生气过。

铁工坊的大火扑灭,铲除了焦土废墟,不消几日,砖石砌成的大屋代替了原先土墙木柱的破旧房子和工棚,铁工们一片欢呼,立即又紧张忙碌起来。就铁工坊而言,更新了破旧作坊,铁器产量有所增加,未尝不是好事。但是,铁工坊事件的当晚,墨家剑客刺杀卫鞅的消息不胫而走,栎阳城人心惴惴不安,各种流言又一次弥漫开来,波及不明真相的郡县山乡。卫鞅的气恼正在于此。

他很清楚,袭击并赶走墨家子弟者,必定是同情变法维护自己的某种势力。但他们却是帮了一个倒忙,使栎阳城乃至秦国冬眠的反变法势力苏醒了过来,国人因为获得土地而唤起的变法激情顿时被泼了一盆冷水,又忐忑不安地怀

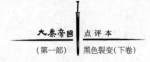
疑起来。这肯定是袭击墨家的势力始料不及的。

袭击墨家者，究竟是何等势力？

以卫鞅对天下民间力量的了解，想不清来路。能在栎阳城将三十个墨家剑客在片刻之间干净利索地赶走，绝不是等闲门派。战国学派中，能和墨家在秘密行动上一争高下者，唯有鬼谷子一门。其余学派虽多有深藏不露的特出剑士，毕竟是修学为主，不可能实施这种霹雳风暴般的袭击行动。即或是名将渊薮的兵家，也因志不在此而素来不事秘密行动。那么说，是鬼谷子一门发动了这场袭击？有可能。因为鬼谷子一门在政学上是坚定的法家，历来反对墨家用大而无当的"兼爱非攻"干预国家法治。再者，鬼谷子一门多奇能异士，高明如百里老人者当有数十人之多，虽在整体行动上与墨家无法抗衡，但在一次行动中击败墨家还是完全有可能的。然则，鬼谷子一门一旦出山，组织非常严密，不可能不给自己一个消息。难道老师违背了让他独自承担人世风险的诺言，想伸手帮他？不，不可能。老师与他的约定，凝聚了漫长的思虑，那是老师对抗天下的秘密试验，不可能改变。再说，以鬼谷子一门的为政智慧，岂能想不到这样做的后果？岂能帮他一个倒忙？应该说，不会是鬼门所为。那么，能有何人？难道山东六国会保护我卫鞅么？匪夷所思。

此时景监走进书房：

"我闻，近日甘龙给太子讲书了，讲的是《尚书》之《洪范》①篇。"

卫鞅顿感诧异。这甘龙是太师，尽管名位尊崇，但毕竟

---

① 《尚书》之《洪范》篇，洪，大；范，法，规范。旧传为商末箕子向周武王陈述的"天地之大法"；近人疑为战国时的作品。文中提出帝王统治百姓的各项政治、经济原则，分为九畴（九类），认为龟筮可以预卜吉凶，国家的治乱兴衰能影响气候的变化。后成为汉代"天人感应"等神学迷信的理论根据。

不是太子傅,等闲情势下是不能给太子讲书的。按照秦国惯例,太子傅之外的大臣要给太子讲书,首先要由太子傅上报国君,国君许可,方得讲书。如今秦孝公远在西陲巡视,何人许可甘龙对太子讲书? 太子傅只有两人,嬴虔居左领衔,公孙贾居右讲书,难道是嬴虔做主请甘龙讲书? 这件事看起来微不足道,但是却有着微妙深远的纠葛。太子乃国家储君,变法国策能否延续,太子具有至关重要的作用。而太子接受何种治国主张,则又是国策变化的根基所在。秦孝公不可能不明白其中奥妙。但是太子正在少年,同时为了安抚元老重臣以保证变法顺利,秦孝公才让公孙贾做了太子傅,为防万一,又让耿耿忠心的兄长嬴虔居左领衔;同时明确告诫公孙贾,三年之内,主要给太子讲授技能性知识性经典,诸如农书、乐书、兵书与儒家六艺等。秦孝公曾对卫鞅暗示,合适时候,将把教导太子的重任交给卫鞅。卫鞅心里也很明白这一点。如何不迟不早,偏偏在墨家刺客暴露而流言四起的时候,甘龙竟然给太子讲书了? 而且是赫赫有名的《尚书》之《洪范》篇!

"景监,我要去拜会公子虔,你以为如何?"

"该当如此。公子虔乃首席太子傅,也许与他有关联。"

片刻之后,一辆粗朴的轺车驶出左庶长府,直奔上将军嬴虔府邸而来。变法繁忙,卫鞅已经很长时间没有与嬴虔单独见面了。作为现任执政大臣与曾经执掌军政大权的重臣,卫鞅与嬴虔本该经常沟通的。卫鞅心中十分明白此中利害,然则秉性所致,卫鞅对没有公事内容的诸种拜会与沟通始终没有兴致。"极心无二虑,尽公不顾私"是当时名士们对卫鞅的评价。这种性格在寻常士子身上即或有,也难以极端化地表现出来。但在卫鞅这样的执政大臣身上,则这种极端性格完全可能将人变成冷冰冰的公务机器。繁忙的公务淹没了一切,渗透在卫鞅的行动与生活中。这种无私忘我的禀

《史记·商君列传》载太子犯法,却无其他细节。孙皓晖要挖掘太子犯法之事,唯有让太子挑战商鞅底线。相传太子嬴驷即惠文君早慧早熟,太子与商鞅必将有激烈的斗争。《尚书·洪范》提及王道,此王道,只是粗疏的提法。这一提法,成为后世更为成熟之王道的思想渊源。王道跟强国之道有冲突,商鞅对此很紧张。

赋，就在无穷尽的公务中放大了，极端化了。在官场交往中，卫鞅没有私交，唯有公务。与任何人谋面，公事一完立即送客。他处置公务的速度令所有的属吏吃惊，满满两案公文晚上抬进书房，第二天卯时便准时分发到各个官署，从来没有延误过哪怕半个时辰。吏员报事，没有人超过半炷细香的时刻。卫鞅有规矩，铜壶滴过二十，吏员还不能将一件事说明白，立即让他下去理清头绪再来。三次超出，罚俸一石，六次超出，贬职迁官，调出左庶长府。两年多来，卫鞅已经罚了十三人，贬了九人。没有专精公事而心无旁骛的秉性，这种极高的处理公务的功效根本是不可能的。

要如此一个执政大臣去经常性地拜会应酬，自然是无暇为之。

与卫鞅相反，嬴虔却是悠闲得很。自嬴虔将左庶长位置让给卫鞅，嬴虔的公事就大大减少。官场政坛，公事多少就是权力大小。一个悠闲的官员，即或是位高名尊，假若必须做的公事很少，无疑就是权力已经减少了。秦国的左庶长爵位不高，但历来是兼领军政的权臣位置。嬴虔既然让出了这个位置，原本在军中的事务也渐渐减少。上将军职位虽在，但在不打仗时却没有多少实际事务。因为日常性的军政大事也归左庶长，具体军政则有车英这样的将军和大小军吏。所以，这个上将军也几乎成了一个挂名的统帅。至于太子傅一职，对他更是有名无实，本来就可以撒手不管。再说，教他这个火暴性子去细致调教一个少年侄子，也真是未做先烦。如此一来，正当青壮的嬴虔，竟然和老太师甘龙一样闲暇了起来。虽则如此，嬴虔并没有任何怨言。他知道为政在专，多一个人插手，往往事倍功半。当初自己既然对尚贤让权有功，今日又何须无事生非？嬴虔很通达，无非总觉空落落而已。每日里练剑读书，便成了他最主要的两件事。

公子虔在小说中的遭遇，十分惨烈。作者有意将公子虔打造成勇烈义气、肯与兄弟同心同德之人，后来公子虔惨受劓刑，英雄落难，更能衬托出商鞅之尚法少恩。小说中的公子虔形象，塑造得十分成功。

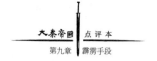

听得卫鞅来到,嬴虔高兴地迎出门来:"呵,左庶长大驾光临,当真稀客!"说着走到车前,伸手要扶卫鞅下车。

卫鞅一旦将拜会来往当作公务,心思便机警细致,对每个细节都非常注意。他在辂车上一直站着,见嬴虔出门走来,便遥遥拱手,辂车尚未停稳便跳下车来,迎住了嬴虔的双手爽朗大笑道:"太子傅,别来无恙?"使劲摇摇嬴虔的胳膊,就像军旅中老友相见一样坦率。

"手劲儿好大! 我可是不行了。"嬴虔大笑,拍打着卫鞅肩膀,"进去说话。"便拉着卫鞅的手一路笑谈着进得府来。嬴虔府邸在秦国算是很宽敞的大府邸,五开间四进带一个小跨院,一进门厅护卫,二进一座小庭院,三进正厅,四进书房剑房。嬴虔领着卫鞅穿房过厅,边走边指点介绍,最后推开剑房走廊的一道圆门笑道:"此地如何?"

眼前一座幽静的小院:几株桑树,一畦菜田,顶头一座土堆的山包,山上有一座小小石亭,亭下有石桌石墩。整个院子整洁干净,使人身心为之一爽。卫鞅不禁赞叹道:"身居城堡,有此田园小筑,此生足矣!"

嬴虔大笑:"这是小跨院改的,左右无事,花了我半年工夫。"

"你我就在石亭叙谈,如何?"

嬴虔拊掌笑道:"妙! 我也正有此意。家老,搬一坛好酒来。"

两人在山顶石亭坐定,秋阳无力,凉风半透,分外清爽。家老搬来一坛好酒、两尊食鼎并一应食具,一切周到,悄悄下了亭子。

"来,你我经年不见,先干此一爵!"嬴虔慨然举起大大的酒爵。

卫鞅举爵:"近在咫尺,少来拜望,先行谢罪了。"一饮而尽。

"哪里话来? 你公务繁忙,我疏懒成习,各杖五十! 干!"嬴虔大笑饮尽。

卫鞅咂咂嘴,拍案笑道:"此乃赵酒! 多年未沾,今日有此口福,再干!"

嬴虔脸上迅速掠过一片红潮,慨然笑道:"惭愧惭愧。这是赵国一个故交马商送了一车。我历来不饮赵酒,送了公孙贾几坛,留下几坛,偶尔饮了一回。嗨! 娘的,就是不一般! 早知你如此品评功夫,你我分了岂不大好? 竟便宜竖子也!"又是一阵大笑。

"酒茶无家,原是放不住。"卫鞅笑道,"公孙贾也好酒么?"

嬴虔摇摇头:"哪里? 他拿我的酒给老甘龙上贡也。"

"岂有此理! 老太师滴酒不沾也。"

"你只知其一，不知其二。老甘龙在外不饮酒，然在家却用酒浸草药饮之。"

"浸药之酒，宜醇厚凛冽，赵酒对路。"

"正是如此。"嬴虔笑道，"那公孙贾来我这儿讨去几坛，送了老甘龙。"

"也是。公孙贾与老太师毕竟有师生之名，敬师原是该当。"

嬴虔微微冷笑："敬师？拔一毛利天下而不为，公孙贾也。他是为了劳动老甘龙替他讲书。"

"讲书？请老太师教诲他儿子么？"

"哪里。给太子讲书。公孙贾在我这里絮叨，言说他自己修习甚浅，几篇古文揣摩不透，想请老甘龙给太子讲课。你说此等小事也来聒噪，烦不？过了几日，又来絮叨，说老甘龙已经答应，问我该讲何典籍？我哪儿知道啊？就说你自己看吧。不想他竟厚着面皮向我讨酒，说我不饮赵酒，不妨教他孝敬老师。你说，他如何就知道我不饮赵酒？那个笑啊，让我发腻。我给了他几坛酒，立马送客！"嬉笑怒骂间，嬴虔充满对公孙贾的轻蔑与厌恶。

公孙贾不讨喜。

卫鞅听得分明，心中不禁一个激灵——好个阴鸷的公孙贾！事事都向首席太子傅"禀报"了，又事事都按照自己的谋划办了。嬴虔却是什么也不知道，却又无法说自己不知道，但凡有事，又必须担待。仔细一想，此事还只有嬴虔这个角色可以扳过来。卫鞅又大饮了一爵，慨然笑问："公子，可知老太师给太子所讲何书？"

嬴虔摇摇头："管他甚书？还不都一样？酒！"

"老太师讲的是《尚书》之《洪范》篇。"

"有何不妥么？"

"公子，《尚书》之《洪范》篇，乃殷商箕子对商王讲述的治国主张,王道阴阳学说之经典,师古敬天,贬斥人为。王道之说,无出其右。"

嬴虔一怔,思忖间脸色便阴沉起来,"啪"地一掌拍在石桌上:"直娘贼!"仿佛又在军中,粗鲁地骂了一声霍然站起,"左庶长自回。我去太子府。"

这话骂得有点蹊跷,《水浒传》里倒是常出现。

公子虔还是有大局观的。

甘龙正在侃侃讲书,抑扬顿挫,有声有色。

秦国的太子府,实际上是国府宫的一个偏院。院中最大的是书房,六间房子中分为二,东面是讲书厅,西面是读书写字房。公孙贾给太子的作息时段划分得简单明了:五更至卯时练剑,早晨练字并刻简,午饭后讲书,晚间一个时辰温习。

太子嬴驷是秦孝公与比他大几岁的一个侍女所生。那个侍女叫采桑,生下嬴驷后一个月便突然失踪了。她在嬴驷身旁留下了一方白布,血写着八个大字——身患内疾,远遁山林。从此再也没有回来。初知人事的嬴渠梁那时很是气愤,认为采桑是个无情无义的女子。及至加冠成年,嬴渠梁才理解了那个美丽侍女的苦心——老秦风习朴野,私生子倒是照常承继大业,然对其母却往往有诸多非议。采桑若留在宫中,蛊惑储君的恶名在宫廷纠葛中随时可能成为儿子的致命陷坑。断然离开,一了百了,岂非聪敏绝顶的奇女子?从那以后,嬴渠梁幡然悔悟,发愤立身,竟一直再没有娶妻立后。

嬴驷由太后抚养长大,天赋过人,成熟颇早,十二三岁就像一个成年人般深沉多思。寻常时日听公孙贾讲书,他极少像一般孩童那样问来问去,偶然问一句,却往往令公孙贾难以作答。有次,公孙贾讲许行的《农经》。嬴驷突然问:"先生言,许行楚人,南蛮缺舌,如何通中原农事?"公孙贾面红耳赤,沉默片刻方才答道:"此乃孟子之言也,吾何以知之?"

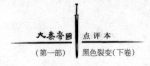
今日讲书的是甘龙，嬴驷倒是非常恭敬，听讲一个时辰神色肃然。小太子很景仰这个白发苍苍的老太师，从小就知道他是秦国的三世老臣、学富五车的东方名士。《尚书》又是他第一次听治国大道，确实是津津有味。

"统而言之，《洪范》篇乃万世楷模。五行、五事、八政、五纪、三德、五福、六极，乃天地万物运行之恒辙，治国理民之大纲，交友为人之准绳也。三代之治，所以垂世，皆赖箕子《洪范》之力也。春秋以降，王道式微，霸道崛起，此所以天下大失康宁，水深火热之故也。惜我秦国，本东周开国诸侯，自穆公百里奚力行王道，大出天下以来，世风日下，淳厚尽失，王道湮灭，国势沦落；河西之地尽失，陇西之族屡叛，庶民惶惶，朝野怏怏，国将不国，殊为痛心。呜呼！穆公安在？百里奚安在哉？！"老太师甘龙讲到最后，白头颤抖，伏案痛哭失声了。

嬴驷毕竟童稚纯真，惊讶非常，连忙上前抚慰："老太师莫要伤恸，国家大政，从长计议也。公父回来，嬴驷定然禀明老太师一片忠心，力谏老太师主政治国便是。"

"咳！"公孙贾重重地叹息一声，泪光晶莹，哽咽有声，"太子也，今非昔比，断断不可莽撞。老太师一片苦心，太子心知足矣，何敢奢望亡羊补牢。"

"老师之言差矣！"嬴驷慷慨正色，"亡羊补牢，犹未晚也，何谈奢望？尔等老臣，难道以为公父乃昏庸之辈，不纳忠言么？"

公孙贾大为惶恐，伏地叩头不止："太子休出轻率之言，臣等委实吃罪不起。老太师风烛残年，臣亦久欲逃遁山林，岂敢过问朝局？"

谁知嬴驷更加气恼，小脸儿通红，尖声叫道："岂有此理？秦国难道成了危邦不可居么？谁将国家搅成了如此模样？骨鲠之臣都要走！谁！说呀！怕甚来……"却突然打住，眼睛直勾勾地望着门口。

嬴虔一脸寒霜走了进来，冷冷道："驷儿，身为太子，对大臣不敬，成何体统？"

嬴驷和所有的公室子弟一样，素来害怕这位威猛庄重的伯父，况且他又是太子左傅，管教自己名正言顺。脸上一红，声势顿时萎缩，期期艾艾道："驷儿，见、见过公伯。没、没说甚……"

"国事有官称。不是公伯，我是左太子傅，来检视学业。"嬴虔冷冰冰打断嬴驷，将"左太子傅"几个字咬得又重又响。

甘龙正在泪眼蒙眬，一时竟有些茫然。虽然他是资深老臣，但对霹雳猛将嬴虔却素来敬而远之,实则是敬畏三分,况且今日又在太子府,嬴虔分明便是正主儿;自己身为太师,对太子讲书本也无可厚非,但讲出局外,总有些不妥。虽则甘龙内心忐忑不安,但毕竟是久经沧海,漫不经心地哽咽着:"左傅见谅,都因老夫感念穆公,有所失态。太子劝慰,原是体恤老臣,莫要责怪太子才是。"

嬴驷感激地望了甘龙一眼,觉得这个白发苍苍的老太师很有气度。

公孙贾原本难堪困窘至极,但在嬴驷甘龙的一遮一挡之后已经冷静下来,他抹着眼泪拱手道:"公孙贾参见左傅。太子有过,公孙贾有责,愿受惩治。"

嬴虔却大咧咧一笑:"你个公孙贾,我是闷得发慌来转转。老太师讲书,如何不告我一声,让我这粗憨也长点儿学问?"

"左傅笑谈了,不是禀报你了么?左傅还教我赠送老太师赵酒也。"

嬴虔一怔,哈哈大笑道:"糊涂糊涂。那好也,从今日开始,每次我也来听,左右闲着无事,何如长点儿见识?老太师,继续讲了。"

甘龙拱手道:"已经两个时辰了。老臣年迈,不堪支撑也。"

嬴虔又是一阵大笑:"老太师能讲书两个时辰,老当益壮,可喜可贺。我呀,最怕说话,半炷香也撑不得,非哑了喉咙不可。"

公孙贾笑道:"老太师委实劳顿,下次讲书,我当专程请左傅监讲。"

嬴虔脸色一沉:"监讲?你疑心老太师,会用邪说蛊惑太子?大胆!"

公孙贾想不到丢给嬴虔的烫手山药,竟如此快捷利落地回到了自己手上,忙不迭挤出一脸笑容,连连拱手:"岂敢

端的是四两拨千斤,公子虔终究还是老到之人。

岂敢,有罪有罪。老太师见谅！左傅见谅！"

甘龙皱着眉头冷笑道:"公孙贾,学着了。左傅,老夫告辞了。"佝偻着腰身,一副老态龙钟的样子咳嗽着出了门。嬴驷狠狠瞪了公孙贾一眼,连忙赶上去扶着甘龙出门上车。

"右傅大人,何时讲书,不要忘了我,记住了?"嬴虔笑得森然。

"公孙贾但凭左傅大人定夺。"公孙贾满脸堆笑,双腿却簌簌发抖。

刚刚掌灯,吏员便抬进满当当两案公文。卫鞅在书案前坐定,准备开始批点。正欲提笔,景监匆匆走进,将太子府的事备细说了一遍,卫鞅禁不住大笑,却是甚话也没说。景监知道卫鞅规矩,说完立即忙着打理公事去了。刚刚批得几卷,卫鞅突然觉得面前有个身影,不自觉间,手中铁笔短剑般飞出。随即抬头,却见侯嬴握着铁笔微笑着站在面前。

"是侯兄。"卫鞅嘘了一口气,"吓我一跳。来,请坐。"

侯嬴笑道:"我看这铁笔不错,管中有箭头,可谓绵里藏针也。"

"侯兄有眼光,此乃铁笔剑,老师赠我的,不想第一次就用错了。"

侯嬴坐到对面:"鞅兄,我听说城里有过刺客,特来看看。荆南失踪,你可要加倍小心。"卫鞅点头,随即深锁眉头道:"侯兄,你说天下哪个学派能与墨家剑士抗衡?"

侯嬴一怔,摇头笑道:"如何? 你想求援?"

"哪里话来,一夜之间,墨家剑士竟被一个来历不明的门派赶走了。"

"有此等事体? 这批剑士真道厉害！"侯嬴惊讶。

"他们显然是想帮我,岂不知帮了一个大大的倒忙。"

侯嬴脸色微变:"如何? 帮了倒忙? 愿闻其详。"

"咳,"卫鞅叹息一声道,"也难怪。他等如何能明了这政道奥妙? 为政治民,诸多事情是不能大白于天下的,这便是所谓国家机密了。权臣执政,永远都会有政敌必欲除之而后快。政敌之仇杀,可防可治,不可告民。原因何在? 这民情如海,有风必有浪,浪急则国家倾覆。政敌之行若大白于天下,反治疲民便会与之通连呼应,使民心不稳,国策难行。墨家乃近百年来震慑天下的正正之旗,在民在官,皆可振聋发聩。墨家对我变法之偏见,本属误解,必能消除。今墨家剑士在栎阳被袭击驱逐,加之一场大火,使朝野皆知墨家认定秦国变法乃暴政虐民,流言便会不胫而走,如此长了谁的志气? 灭了何人威风? 变法正在爬坡之时,庶民方醒方醒。经此一举,民心惶惑,无从辨识。墨家之误解又会更深一层,岂非要大费周折? 侯兄思之,这是否帮了一个倒忙?"卫鞅说得缓缓沉重,忧心忡忡。

侯嬴听着听着,额头渗出晶晶汗珠,大是惶惑不安,突兀自语:"如何没想到这一层?"又警觉醒悟,笑道,"鞅兄勿忧。敢与墨家对阵者,必非寻常之辈。我之愚见,解铃还须系铃者,也许他们自己会补正。"

卫鞅感慨一叹:"虽则帮了倒忙,然则卫鞅有此无名知音,也足可自慰了。知我变法者,唯此人也!又何求补过?"

侯嬴也是一叹,眼神中流露出一种感动:"鞅兄,侯嬴告辞。"

送走侯嬴,卫鞅无心批阅公文,在庭院中踱步,仰望天中明月,却是心潮起伏。不知白雪可曾平安回到了魏国?墨家会不会找她的麻烦?君上在西部巡视,如何还没有消息?车英找到君上了没有?墨家仓促退去,下一步可能如何?和墨家的这场敌对误会如何化解澄清?有没有必要亲自去一趟墨家总院……乱纷纷想来,一时没有头绪。但无论如何行动,都要等君上回来再说,栎阳不能没有镇国之主,君上与卫鞅,必须有一人守在栎阳。还是君上镇国合适,毕竟是卫鞅对山中生活与学派门户熟悉许多,绝不能让君上去冒险。对,正是如此。变法已开,没有我卫鞅,君上可以继续推行变法。没有了君上,我卫鞅在秦国岂能站稳脚跟?想着想着,卫鞅清晰起来,觉得应该乘窝冬季节化解墨家误会,给来年春天推进变法扫清道路。山地纵然费时,三个月时间,长途跋涉一次也算够了……

突然,马蹄声急如骤雨,在静夜长街如惊雷滚过。仔细一听,正向左庶长府而来。卫鞅心头一震,大步匆匆向府门走来。

马队正在左庶长府门前收住,车英滚鞍下马:"车英参见左庶长!"

卫鞅心头一沉:"车英,君上何在?"

"禀报左庶长,君上执意孤身赴险,到神农大山找老墨

戏剧性发展。

子论理去了……左庶长!"

卫鞅心头轰的一声大跳,面色骤然苍白,摇摇晃晃地站不稳。车英一个箭步冲上,扶住卫鞅。此时景监已经赶到,立即和车英扶着卫鞅回到寝室。当太医被急如星火般唤来时,卫鞅已经从卧榻翻身坐起,挥手吩咐所有人退下,唯留景监、车英在房中。卫鞅走下卧榻,双腿犹自发软,强自扶着剑架道:"车英,详情如何?仔细说来。"

卫鞅的震惊昏厥,使景监、车英乃至左庶长府的所有吏员都深深震撼。这个在他们看来是泰山崩于前而色不变的卓越人物,闻君急难竟是如此急火攻心,可见其对君上、对秦国的耿耿忠心。战国之世,风雷激荡,唯有肝胆相照才能杀出一条生存之路。唯其如此,人们对大忠的渴望和崇尚达到了极致。一个人可以才能平平,但只要有耿耿忠诚的德行,就会受到人们的赞许、景仰和追随。才华横溢而不忠不义,则为天下所不齿。忠于家国,忠于君父,忠于功业,忠于友谊,忠于爱情,忠于知音,忠于学派,忠于信念……无尽的忠诚在残酷激烈的大争之世磨砺出炫目的光华,数不清的忠臣烈士,留下了天地为之变色的故事。无论何时,无论何地,人们对忠诚的景仰都不会稍减,都会为之感动不已。卫鞅醒来的时候,屋中所有的眼睛都含着泪水。他们的泪水凝结了对卫鞅的崇敬,也凝结了对老秦国的忠诚。况且,卫鞅是山东士子,是外邦人,他对秦国的忠诚更容易激起这些老秦人的情感波澜。

卫鞅却什么也没有看见,只是紧紧盯着车英。

车英脸上汗水和着泪水,擦拭一把,从头讲述了追赶国君、国君遇险、国君决意进山和自己被严令返回栎阳的详细经过。重述秦孝公"秦国不能没有左庶长,左庶长是秦国新生的厚望"这段原话时,卫鞅的泪水夺眶而出,又一头栽倒在榻上。

可见此事凶险。

"太医"一词在这里出现,有疑。

精辟之论。

男人之间的情义,有时更令人动容。

半个时辰后，卫鞅醒了过来。他终于平静了，喝下一大碗热气腾腾的羊肉汤，精力也恢复了过来。思忖有顷，他对景监简略地交代了必须在晚上完成的公务，便匆匆出门了。

时近四更，栎阳街市已经沉寂。卫鞅来到渭风客栈门口，只见漆黑一片，往日挂灯笼处挂上了一个隐约可见的大木牌。卫鞅绕到偏门，也是大门上锁。稍一打量，街中确实无人，卫鞅登上门前石磴，轻轻一纵，跃上墙头。看看院中无人，听听又是静悄悄一片，卫鞅手搭墙头，无声地落到院中。

卫鞅相信，侯嬴会在客栈留下一个可靠的联络信使，如今一看，竟是完全地按照他的要求撤出了栎阳。此刻，卫鞅真希望侯嬴能有所保留，否则，他的这条应急之策就要落空，面临危难的国君就没有奇士后援。卫鞅此来，是想请侯嬴出山援助秦公的。他了解侯嬴，知道他是一个罕见的风尘隐侠。但他从来没有说破这一点，一则是没有必要，二则是作为法家名士，卫鞅对"乱法游侠"历来不赞成也不相交。假如不是白雪，侯嬴也不是商家，卫鞅即或相识也不会有交谊。时也势也，在这种精兵猛将无以着力的特殊时刻和特殊对手面前，需要的又恰恰是这种独往独来具有超凡个人行动本领的游侠人物。侠士们常说："法以治国，侠以补世。"卫鞅对此从来视为笑谈，不想自己今日竟真要请游侠"补世"了，不禁感慨中来，第一次感到天下之大，竟然真有法治威力所不能到达的死角。甚至于自己目下的行动，和游侠又有何不同？心念及此，不禁哑然失笑。

猛然，卫鞅听到了侯嬴住的那排大屋中有轻微的鼾声……有人！

卫鞅轻步来到门前，想了想，"啪啪啪"敲门。

"谁?"一个粗重的声音带有明显的警觉，卫鞅听见他已经到了门后。

法家一向讥讽儒、侠，但现在的历史小说，似乎皆不能免俗，离不了武侠成分，若少了游侠、刺客，趣味则大减。司马迁为游侠、刺客作传，可见游侠、刺客在春秋战国时期亦有其重要性。游侠、刺客既能为时局添乱，亦能为时局解困，精明如商鞅，不可能不明白这个道理。

"你家主人在么？我是老国来的朋友。"

"安邑来的么？等等。"门吱呀一声开了，一个大汉搓着睡眼蒙眬的脸，使劲摇摇头，才看清眼前来人，"哎呀，你从安邑刚来？晚了，事情早完了。"

"侯大哥何在？"

"我也不知道。我光管看家。"

"看家几个人？"

"就我和河丫，两个。"

"河丫？可是陈河丫？"

"啊，对！不对！你如何识得河丫？"粗憨的问话显然有些醋意。

"河丫住哪里？我要找她说话。"

"好，跟我来。河丫，有人找！"

"唉，来了……"白雪住过的小院里传来一声长长的应答，就听见一溜碎步声，接着拉开门，"谁找我？噢，大哥！"河丫一下子抱住了卫鞅。

"啊，是大哥呀。稀客稀客，快进去，院里凉。我去煮茶！"大汉一下子热心起来，一溜小跑去了。

卫鞅拍着河丫肩膀笑道："河丫，白姐姐呢？"

"还说，她们都走了，不带我。本来我就要回老家去了，可听黑柱子说，有人要杀那个甚？噢，姓卫的左庶长，变法可能不稳当，我就没走。来，大哥，进去坐。你从哪儿来呀？我给你弄饭吃……"河丫高兴得语无伦次。

卫鞅笑笑："河丫，我不饿。我先要问你两句话。"

"问吧问吧，问甚我都高兴……"

"侯大哥去了哪里？"

"不晓得。他今晚回来，急忙拿了几件东西，又走了。"

"店里有事，如何找他？"

"哎呀，他不让我和黑柱子找他，说栎阳不会有事，吃喝给我俩留得足足的，有事他也会知道，不要我俩操心。我俩就管狗、猪、马和收拾房子。"

"白姐姐呢？在魏国还好么？"

"魏国？白姐姐没去魏国啊。"

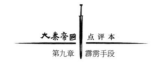

"如何?"卫鞅一惊,"你听谁说的?"

"黑柱子呀! 他送白姐姐上路的。"

卫鞅沉默了。白雪没有回魏国,侯嬴没有回客栈,他们去了哪里? 墨家已经离开栎阳,侯嬴本不该再走,今晚从他那里离开匆匆回店匆匆离开,肯定有紧急情事,短时间也不可能回来,一时间也无法找到。想想拍拍河丫肩膀道:"河丫,天气暖和了就回去。听大哥话,秦国变法稳当得很,你家的土地也稳当得很。回去采桑种田过日子,过两年找个婆家,生个胖小子不好么?"

河丫抹着眼泪:"大哥是世上顶好的人,河丫听大哥的。大哥,我把黑柱子带回去,行么?"

"行啊。侯大哥一准答应,秦国人丁少,官府也一准入籍。"

河丫高兴得拍手:"黑柱子,快来呀,大哥说你能跟我走!"

大汉正在碎步跑来,手中捧着一个铜盘,憨声笑道:"哎! 侯掌事回来就走。大哥,黑柱子谢你了。河丫整天念叨你。"

卫鞅笑道:"河丫,我不喝,也不吃。我有急事,要走了。黑柱子,你俩好好过,勤耕勤织,多缴五谷,挣个爵位,我去看你俩!"

"唉,听大哥的,一定不给大哥丢脸!"黑柱子使劲点头。

"好。我走了。"

"唉,大哥! 跑了一路,不吃不喝便走啊?"河丫急得要哭了。

卫鞅回头招招手:"下次在你们家吃好的。"匆匆而去。

回到府中,已经五更。卫鞅辗转难眠,站在廊下任寒风吹拂。白雪没有回魏国,侯嬴没有在客栈,他们去了哪里? 莫非趁机游历天下去了? 不会。若游历山水,侯嬴何须行色匆匆? 昨晚见我时为何不说? 若有荆南在,还可以派去顶替侯嬴,而今荆南失踪,这样的人物何处可找? 想来想去,卫鞅束手无策,生平第一次遇到了无法解决的难题。


## 二 神农大山的墨家城堡


虽是深秋,神农大山依然是莽莽苍苍无边无际的绿色。

悬崖绝壁上有一条蜿蜒的栈道,栈道上有两个身影在缓缓行进。这是刚刚踏进这片神秘大山的秦孝公嬴渠梁和墨家弟子玄奇。孝公走得小心翼翼,玄奇在后边不断叮嘱。边走边看,孝公对山中奇绝的风光大为感慨。亘古以来,这广袤的森林人迹罕至,大山中古木参天,不知来源的溪流飞瀑时时如空谷雷鸣,撒下漫天雨丝。放眼看去,奇峰嵯峨,一线蓝天在绝壁夹峙的大峡谷中时隐时现,深深的谷底镶嵌着明镜一般的湖泊。山风掠过,林海涛声弥漫了整个天地之间,一切声音都消融在这山神的吼啸之中。风息山空,鸟叫兽鸣近在咫尺,却看不见一只飞禽一个走兽。一种博大无边的虚空,一种无可形容的清幽,一种亘古洁身的纯净,一种吞噬一切的包容,都使这片大山充满了迷迷蒙蒙而又惊心动魄的肃穆。

"如此大山,是对墨家的最好注释,天人合一。"秦孝公终于找到了感觉所在。

玄奇却在四面张望,低声道:"再向前,你就不能说话了,我来应对。"

秦孝公点点头,退到玄奇身后道:"偏是墨家有这些讲究,身居天堑,也如此用心。"

玄奇笑道:"我的国君,天下欲生灭墨家者,可是大有人在也。"

"就是楚国、魏国。莫非还有?"

"你不算一个么?"

孝公大笑,玄奇嘘了一声道:"看前边,第一道关,黑卡。"

一座突兀的山岩凌空伸出,犹如山体长出了巨大的胳膊一般,高高悬罩在栈道前方,几乎与对面山体的绝壁相连成空中石桥。山岩成奇特的青黑色,凌空伸出的部分光秃秃寸草不生,裸露的岩石在幽暗的峡谷森森然隐隐有光,显得怪异非常。秦孝公惊讶端详间,一支响箭呼啸着从岩石胳膊的根部斜斜地飞向天空,在一线蓝天中劲直而上,后面拖着一股青烟,煞是好看。

"好功夫!"秦孝公不禁轻声赞叹。

玄奇摆摆手低声道:"跟我走,别说话。"踏着栈道轻松前行,如履平地一般。孝公走这样的栈道远不如玄奇熟练,踩得脚下木板嘎吱嘎吱直响。两人弯过一道凸出的山体,进入一片凹陷山体时,再看那青黑色的凌空巨石,竟赫赫然悬在头顶。玄奇脚下轻轻一跺,示意孝公停步。

"何为一?"凌空巨石中传来深厚缓慢的话音。

玄奇右臂划一个大圆,悠然答道:"一为圆。一中同长也。"

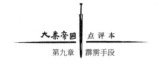

"何为二?"

玄奇双手大交叉平伸:"两物相异,为二。"

"两物相异,何能一道?"

玄奇双臂并拢前伸:"相异不相左,是为一道。"

凌空巨石中伸出一面飘带般的长长小白旗,左右摆动:"黑卡,过——"

玄奇又轻轻一跺脚,孝公便移动脚步。刚刚穿过凌空飞架的巨石,孝公听见身后又是一声尖啸,一支响箭拖着一股黄烟飞上天空,却不知又是何种信号?孝公回头想看看巨石中的暗哨位置,却发现凌空巨石上横刻着四个大字——非攻乐土!奇怪,这字如何刻在里面?仔细一想,恍然大悟,外面进山之人只能看到山水自然,只有出山的墨家弟子和经过认可验证的友人,才能在荒绝恐怖中看到人的标记,给冷清孤独的旅途留下一抹温暖。思忖间已经转过一道山弯,一道瀑布匹练般从对面绝壁穿空直下,飞珠溅玉,隐隐轰鸣,分外壮美。

孝公伸手指指瀑布,又指指嘴巴,比比画画做惊叹状,如哑语一般。

玄奇大笑道:"可以说话了!还真听话也。"

秦孝公凝视瀑布:"多美啊。墨家苦行,却尽享山水之精华,也是大乐了。"

玄奇扶住他肩膀笑道:"好么?不做国君了,做隐士如何?"

孝公拍拍她的手:"好,等秦国强大了,只要我还活着,一定找座大山。"

"别骗我了。秦国强大了,你又想统一天下,能想到我?"

孝公大笑:"那真是欲壑难填了。"又感慨一叹:"不过小妹,也许真有那么一天。我倒不想做尽天下大事,我只想秦国在我手里强大起来。"

"我的国君,我知道。"玄奇亲昵地将头伏在孝公胸前,"那时如果我也活着,我一定会去找你,将你偷走。宫中会大吃一惊:呀,没有国君了!"玄奇绘声绘色,两人快乐地大笑起来。

说话间,两人在栈道继续前行。山体岩石不知从何处开始竟然全部变成了白色,奇绝险峻,栈道在峭壁间宛如细线。正行间但见一柱白岩冲天而立,依稀一口刺天长剑。这支"长剑"在山腰凭空生出,在高空鸟瞰栈道,显然是控制栈道的绝佳制高点。白岩剑尖,一物似石,带着哨音劲射而上。又有一物似流星赶月后发先至,直击前面一物。两物相击,一声大响,山鸣谷应间,一团红烟淡淡散开,宛如开在蓝天上的一朵花儿。

秦孝公似乎忘记了身处险境，看得惊叹不已，玄奇跺脚，他才静了下来。

"二人入园，欲窃桃李乎？"声音仿佛从云端飞来，缥缈而清晰。

玄奇向天遥遥拱手："二人同来，去天之恶。"

"天，何所恶？"

玄奇短剑前伸："天恶不义，天正不义。"

"顺天之意何为？"

玄奇双手做环抱状："兼爱非攻。"

玄奇话音刚落，遥见白岩顶尖伸出一面黑色小旗向山中一荡："白卡，过——"

脚步匆匆，二人走得三里之遥，又见白岩褪成了灰色山石，栈道也走到了尽头。接下来是一条羊肠小道伸向前面的山腰。孝公长长地嘘了一口气："前面还有黄卡红卡么？"玄奇咯咯笑道："没有了。翻过这个山头，你就能看见总院了。"孝公揶揄笑道："老墨子真是古怪，拿墨家经书做暗语，打定主意不和外人交往？"玄奇笑道："站着说话不腰疼。这也是逼出来的。墨家树敌甚多，且都是以国为敌。各国斥候收买游侠，费尽心机要打进墨家，防备不严，墨家焉能长期生存？这暗语非但全是墨家经典，而且三日一换。不精通《墨子》，寸步难行，栈道上到处都有截杀机关。等闲一支大军，也攻不进来。"

孝公喟然一叹："老墨子威加诸侯，可谓天下学霸矣！"

玄奇笑道："也许这就是强者本色。人强则骄，国强则霸，学强则横。老孟子骂遍天下，还不是自恃显学？你将来也一样，秦国强了，你不霸道？"

孝公笑了："霸道？但愿来得及。"

"你，不怕么？"玄奇明亮的眼睛盯着秦孝公。

每一个学术"帮派"，都必有一本宝典秘籍在身。

黑色的鸽子、黑卡、白卡、暗号，这些符号，都在明示墨家之组织严密，象征意味也极浓。但假若有帮派之外的人熟读《墨子》，是否也可以轻易破门而入？所以，小说所涉写的这些符号，设计还是不严密。符号的严密性，还得看今朝。墨家善守城之术，此章未能尽示之。

"怕甚?"孝公惊讶。

"翻过山就到总院了。墨家素来讲究诛暴不问心,此去实在吉凶难料……"

孝公坦然笑道:"小妹,你比我更危险。带我进山,你已经是墨家叛逆,我更担心你有不测之祸。"

"大哥!"玄奇脱口而出,猛然抱住孝公,"我不怕。能和你生死与共,此生足矣!"

孝公揽着玄奇颤抖的肩膀,眼前浮现出那个多雪三月五玄庄门外的誓言,轻声念道:"不移,不易,不离,不弃。"

"天地合,乃敢与君绝。"玄奇一脸满足的笑容。

峡谷中渐渐幽暗。俩人快步走出羊肠小道时,眼前豁然开朗,四面奇峰夹着一片绿森森的谷地,夕阳正挂在西边山尖,山峰林海一片金黄。正北面最大山峰的半山腰处,遥遥可见一片金碧辉煌的屋顶巍然矗立,满山绿树中露出断断续续的灰色石墙。一座箭楼伫立在灰墙南段,虽然比不上城池箭楼的规模,但建在这荒绝险峻的大山之中,却显得分外雄峻。

突然,一声凄厉的长号响彻山谷,似哭非哭,充满绝望与愤怒。二人同时一惊,疾步冲上高处山头,举目四顾,不禁失色——只见箭楼外的一片空地上,一个黑衣大汉被粗壮的铁索拴在一块大石柱上,手中握一柄铁耒在挖地。石柱旁边,一只穿着红褂子的大黑猴子拿着一支长长的藤条,不断抽打黑衣壮汉。黑大汉不顾抽打,只是拄着铁耒遥望山外,不断地凄厉长嚎。

残杀有违墨家兼爱非攻之策。

"堂堂墨家,如何这般惨无人道?"秦孝公面色阴沉。

玄奇惊讶道:"难道有了叛逆不成? 莫急,等他们回去了再走。"

城堡前一阵人声喧闹,一群黑衣白衣的墨家弟子肩扛

手提着铁耒、铁铲、大锯，从东边山道上走下。另一群少年男女则挎着竹篮，拿着药锄，从西边山道上走下。将近城堡箭楼，东边弟子中有人高喊："谁唱支歌儿消消乏？"

"禽滑釐大师兄，你唱！"西边的少年弟子们雀跃欢呼起来。

只听人群中一人高声笑道："还是邓陵子唱了。"

"不！两个师兄都要唱。"少年弟子们笑着叫着。

"唱吧，平日里难得听到两位歌声，教小弟妹们高兴高兴。"东边有个浑厚的声音为少年子弟帮阵，引来一片欢呼。

只听一声咳嗽，浑厚悠长的歌声响彻山谷：

> 立德立言须立身
>
> 生逢乱世要正心
>
> 刀兵四起说利害
>
> 人欲横流莫沉沦

一片和声在山谷中回荡："人欲横流莫沉沦，莫沉沦……"

又有苍凉激越的歌声接唱道：

> 生民苦兮——
>
> 人世忧患何太急
>
> 饥者不得食兮
>
> 寒者不得衣
>
> 乱者不得治兮
>
> 劳者不得息
>
> 征夫无家园兮
>
> 妻儿失暖席
>
> 鳏寡无所依兮
>
> 道边人悲啼
>
> 念我生民苦兮

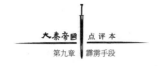

## 义士舞干戚

悲怆激越的童声唱和着:"念我生民苦兮,义士舞干戚……"悠悠歌声,飘向深邃无垠的大山林海,与隐隐林涛融成一体,仿佛天地都在呜咽悲戚。

"这是墨家的《忧患歌》?"秦孝公泪光莹然。

玄奇默默点头,发出一声沉重的叹息:"这《忧患歌》,平日里是不许唱的。"

突然,凄厉的长嚎又一次划破山谷,在《忧患歌》悲凉的余音中显得怪诞恐怖。黑衣壮汉向墨家弟子手舞足蹈比比画画,全然无人理会。虽则如此,弟子们却也顿时没有了欢歌笑语,默默地走进了箭楼下的门洞。红褐猴子也蹦蹦跳跳地解开铁索,用藤条赶着黑衣大汉走进了城堡。

玄奇看看孝公,眼中闪出一片关切,低声道:"走。"

秦孝公微笑:"这里是你的家,不用怕,走。"

太阳已经落山了,大峡谷中一片昏黑。秦孝公看清了城堡外的那片空地是新开垦的一片松土,想到那个黑衣大汉已经被铁索和猴子押了许久,不禁轻轻地叹息一声。

箭楼下,两名持剑弟子拦住玄奇:"请出示门牌。"

玄奇从怀中摸出一方黑色石牌递过,持剑弟子一看,拱手道:"师兄受罚出山,回山须得巨子手令。"

玄奇道:"我有意外大事,须得与这位先生立即见到巨子。请即刻通禀老师。"

"请稍候。"持剑弟子匆匆而去。

片刻之后,大门内传来一阵急促的脚步声,禽滑釐和邓陵子带着几名持剑弟子匆匆赶来。禽滑釐打量着玄奇二人,淡淡笑道:"玄奇师妹,回山报捷么?"

"禀报大师兄,玄奇有紧急大事,此处不宜细讲。"

邓陵子冷冷问道:"这位何人? 岂能擅入墨家总院?"

秦孝公坦然拱手笑道:"我乃秦国国君嬴渠梁,特来拜会墨家巨子。"

话音刚落,禽滑釐、邓陵子骤然变色。门洞众弟子更是怒目相向,立即快步仗剑围住了秦孝公,齐喝一声:"狂妄暴君,格杀勿论!"

玄奇挡在孝公身前,厉声道:"大胆! 没有巨子裁决,谁敢擅杀一国之君?"

秦孝公推开玄奇,微微笑道:"墨家除暴,都是如此不问青红皂白么?"

禽滑釐已经恢复镇静，威严命令道："收剑回队。邓师弟，先将玄奇关押起来。"

"且慢。"秦孝公正色道，"秦国是非，有我承担。你等若像对待黑大汉那样，将她当苦役奴隶，我绝不饶恕你等。"

"如何？你要阻挡墨家执法？"邓陵子冷笑。

秦孝公果断坚定道："玄奇乃秦国大功臣之后，不仅仅是墨家弟子。尔等敢虐待玄奇，我将亲率秦国勇士，剿灭墨家！"

邓陵子本来已经感到在秦国丢尽了脸面，此刻恼羞成怒，大喝一声："嬴渠梁！尔休得猖狂！剿灭墨家？我邓陵子先试试你的本领！"顺手掠过身边一个弟子的阔身短剑，大袖一拱，"请，公平决斗。"

禽滑釐断喝："邓陵子退下！"

秦孝公大笑道："禽兄莫要阻拦，嬴渠梁正想领教墨家剑术。"其实在来路上孝公已经反复思忖了有可能在墨家遇到的各种危险和应对之策。他很清楚，墨家这种以天道正义自居且横行天下的学派团体，已经在百年之间形成了一种蔑视天下的霸气，必要时在无伤大局的关节上，必须教他们明白天外有天，墨家不是万能的，也不是所向无敌的至尊正义。剑术一道，本来也是嬴渠梁的长项，他从十二岁随军征战，十六岁获得秦国的黑鹰剑士甲胄，于万马军中冲锋搏杀过不知几多次。虽说步战剑术与骑士格斗不尽相同，且邓陵子又是墨家四大弟子中剑术最高的一个，一把奇异的吴钩弯剑曾经震慑了天下多少邪恶？但秦孝公依然充满了战胜的自信。再说，玄奇的安危，实际上也系于秦国的实力和正邪，正邪之分要见到老墨子方能定夺，实力则是目前必须让对方知道的。因为谁都知道，一个居于战国之列的大国，再穷再弱，以倾国壮士对付一个学派还是绰绰有余的。情势的关键，就是

不失君王风度。

孝公乃秦国之首，若不能保臣民，则愧为一国之首。挺身而出，大义凛然！

这个国家的国君有没有决战决胜的气质和发动这种剿灭的勇武。既然如此,岂能不慷慨应战?

眼见邓陵子短剑在握,秦孝公笑道:"邓陵子,请换你的吴钩。"

邓陵子冷笑:"那要看你的本领,配不配用吴钩?"

秦孝公皱皱眉头,原本黧黑的脸更黑了几分,冷冷道:"那就看看。"向前三步,长剑锵然出鞘,"请。"

"长剑先请。"邓陵子此话,本意在嘲笑秦孝公的尊贵身份,同时也有意无意地提醒在场同门,我在兵器上是让他一筹的。战国时代,普遍使用的是阔身短剑,长剑只是国君、统帅和极少数著名剑士才有的。后来随着精铁冶炼工艺的提高和铁产量的增加,到了秦末汉初,三尺长剑才渐渐普遍起来。

不想秦孝公闻得此话,微微一笑,回身道:"玄奇小妹,请借我短剑一用。"

玄奇本来就急出了一头细汗,此刻更是担心:"短剑……"想想又将后面的话硬生生憋了回去。玄奇是久有阅历的墨家才女,岂能不知决斗不能分心的道理? 她默默捧出了秦孝公赠给她的一尺剑。她知道,那肯定是他用顺了手的兵器。

秦孝公短剑在手,竟是比邓陵子的短剑还短了几寸。他左手一顺,短剑从犀牛皮精制的剑鞘中滑出,暮色中发出一道闪亮,无疑是一把神兵利器。

邓陵子后悔自己多嘴,竟然变成了真正的平等决斗。此刻要再说什么未免显得啰嗦,便不再说话,短剑直刺,一道寒光直逼孝公当胸而来。秦孝公眼力极是敏锐,一个滑步侧身,人已到了邓陵子左侧,短剑一撩,邓陵子正在疾步转身的时候,短剑已到他左边肋下!邓陵子本来漫不经心,骤然间

一分短一分险。剑乃短兵之祖,在兵家史上的地位非常重要。剑又被赋予尊贵之意,君王、诸侯、士大夫、庶人佩带,皆有不同的规矩。君子佩剑,是身份的象征。上册所写到的天月剑,尊贵无比,景监借此买通公子卬,为其"商路"大开绿灯。

一身冷汗,大喝一声,阔身短剑闪电般压下,又顺势一个弧形
横扫。这是吴钩剑的连绵攻击动作,守攻相连,凌厉异常。
殊不料秦孝公在短剑上撩时步伐已经急速地向左旋转,邓陵
子的阔身短剑回防下击时,他的一尺剑已经收回,轻灵地滑
到了邓陵子左侧,非但避开了正面的弧形剑光,且短剑又迅
疾地刺向邓陵子左腰! 当此攻势,邓陵子已经清楚必须摆脱
这种被动旋转。他一个蹲身右跳,避开左刺,阔身短剑在离
地尺许高处划开一个半圆,身前一丈之内将没有秦孝公的落
脚之处。这是墨家的步战绝技——低攻斩足! 然则秦孝公
久在马上征战,对步卒低攻的反击训练有素,反应极为灵敏。
邓陵子纵跃蹲身时他已经凌空跃起,短剑划出,邓陵子后背
的布衣顿时一分为二!

全场墨家子弟都"咦"地惊叹了一声。

邓陵子回身,掷剑在地:"好! 配得上我的吴钩!"显然
要换了兵器再战。

禽滑釐正色道:"邓师弟,成何体统? 墨家是缠斗之辈
么?"

秦孝公拱手笑道:"久闻邓陵子吴钩天下无二,嬴渠梁
侥幸一胜,尚请见谅。"说罢,将短剑捧给玄奇,"小妹,多谢
你了。"玄奇默默接过短剑,一种舒心的微笑洋溢在脸庞。

邓陵子脸色忽白忽红,只恨自己轻敌大意,使墨家在这
个暴君面前有失颜面,眼见秦孝公谈笑自若,越想越气,一跺
脚扬长而去。

禽滑釐仿佛没有看见,依旧是平静如常道:"将玄奇押
下去,待禀明巨子再做处置。秦公请随我来。"大袖一挥,径
自向城堡深处走去。

厚重的石门隆隆关闭,墨家城堡淹没在神农大山的无边
黑暗中。

已是手下留情。

又"跺脚"!

　　小竹楼里,老墨子正在对着一本《鬼谷子》出神,那是一本已经磨得很破旧的羊皮大书,边角发毛,书页暗黄,唯有上面的字迹依旧清晰。风灯摇曳,一颗硕大的秃头忽明忽暗,枯瘦伟岸的身躯却是一动不动。这是老墨子的习惯。每每遇到意外困惑,他都要竟日枯坐,让思绪在冥冥之中随意遨游。

　　邓陵子从栎阳撤回,立即向老师禀明了遭受突然袭击的经过。事隔三日,苦获也在陈仓古道失利。老墨子大为惊奇,天下何门敢于袭击墨家?嬴渠梁在即将就擒之际,何以就偏偏有救援赶到?不对。老墨子凭着他老辣的洞察,捕捉到一丝不寻常的气息——此间一定有极为高明的对手在策划部署。否则,墨家在栎阳一出手,何以就有了袭击事件?而且手段极为高明,既不和墨家正面交手,又堂而皇之地使墨家暴露无遗不得不退,同时又警觉到墨家的另一着棋,立即派精骑追赶保护嬴渠梁,能使嬴渠梁脱险。在突发事变面前能有如此连环动作,绝非寻常之人所能办到。在将近百年的周旋中,老墨子对列国诸侯和七大战国的应变才能了如指掌。这些王公将相中自然不乏杰出之辈,然而对这种和大军征战迥然有异的奇袭暗杀,他们大多束手无策或迟钝至极。墨家对暴政暴君和公然的不义战争,其所以能保持强大的威慑力,原因正在于这种狂飙闪电式的突袭,使即或是强大的国家也防不胜防。老墨子蔑视天下,蔑视王公将相,是有理由的,不仅仅因为他高举着正义天道的旗帜,而且因为他从来没有失算过,更没有失败过。难道上天在秦国给他安插了一个真正的对手,需要他亲自出山?心念及此,老墨子豪气顿生。多年来沉寂深山,并没有泯灭他为天下而生、为天下而死的高远情怀。假如强敌崛起,他会毫不犹豫地挺身而出,率领弟子们铲除暴政。墨家自成为天下显学,从来没有因为惧怕牺牲与毁灭学派而向暴政酷吏屈服。

　　三十年前,当楚国逞公输班云梯之威,大举兴兵妄图吞灭宋国的危急时刻,墨子非但亲率三名弟子急如星火地赶到楚国郢都,与公输班较量以说服楚王罢兵;而且做好了最坏的准备,派出了全部三百名弟子赶往宋国帮助防御。那一次如果楚国硬是出兵,整个墨家势力肯定会和宋国一起毁灭。老墨子对这一点很是透彻,既然挑起了天下重担,既然立起了正义的旗帜,就不能姑息生命而畏首畏尾。"赴汤蹈刃,死不旋踵"——这是每一个人成为墨家子弟时的誓言,也是老墨子毕生推崇的烈士精神。一身赴难,舍我其谁?在强大的暴政对手面前,老墨子从来都是气壮山河的。

虽则如此,老墨子从来不鲁莽行事。没有将对手揣摩透彻以前,他绝不会轻易出击,况且这第一次还两路失利,岂能不引起他极大的注意？竟日思虑,他排除了鬼谷子亲自出山的可能。他了解鬼谷子,那个老头儿从来不屑于与世人争一日之短长,雄心勃勃地要埋头教出一批扭转乾坤的弟子。那些弟子在出山以前,鬼谷子对他们百般珍惜,唯恐他们在成为栋梁之前有所闪失,岂能让这些弥足珍贵的未来大才涉险赴难？而弟子一旦出山,鬼谷子老头儿就永远撒手,绝不过问学生的胜败荣辱。所以,没有任何一条理由要鬼谷子去阻击一场暗杀。"鬼谷子出山",简直等于痴人说梦！那么,袭击之人自称"我门",会是哪一门？以老墨子的沧桑阅历,一时困惑莫名,莫非天下又冒出来一个秘密学派,以压倒墨家为成名阶梯？

斗到最后,师傅一定要出面。

老墨子不禁哑然失笑,果真如此,此人岂非忒小瞧墨家？

"老师,禽滑釐师兄有要事求见。"随侍弟子站在竹楼外。

"进来。"老墨子依旧在风灯前沉思。

禽滑釐匆匆走进,恭敬地躬身拱手道："禀报巨子,玄奇回山,秦国暴君嬴渠梁一起来到。"

"噢？"老墨子身形未动,却已经回过头来面对着禽滑釐,他显然有些惊讶,两道雪白的长眉猛然一抖,"嬴渠梁,自己来了？一个人？"

"是。一个人。对,还有玄奇。"

老墨子沉默有顷："如何安置了？"

"邓陵子并赴栎阳弟子要诛杀嬴渠梁,弟子以为不妥,将他安置在客岭暂住,十名虎门弟子看护。如何处置,请巨子示下。"

"邓陵子和嬴渠梁没有比剑？"

"比了。邓陵子轻敌致败。"

"轻敌？你也如此看？"老墨子长长的白眉一挑，目光锐利地看着禽滑釐。

"不。此乃邓陵子之言，弟子尚难以定论。"

"玄奇如何？"

"师妹擅自逃罚，弟子下令将她关在省身洞思过，而后请巨子处置。"

老墨子咳嗽一声："立即将玄奇带来见我。一个时辰后，你们四个也来。"

"弟子遵命。"禽滑釐作礼，迅速去了。

老墨子看着禽滑釐的背影，轻轻叹息一声。禽滑釐是他的第一个弟子，数十年来追随墨子，为墨家立下了无数功劳，早已经成为名震天下的大师，也成为墨家自然形成的第二代巨子。然则老墨子对禽滑釐总有些隐隐不安。他已经是五十多岁了，但是对墨子永远是毕恭毕敬唯命是从，从来没有争辩。老墨子很清楚，禽滑釐的性格本色坚毅严厉，离开他办事便极有主见，且果断独裁。唯其如此，老墨子总感到禽滑釐在许多事情上未必赞同自己的决断，却总是毫不犹豫地服从执行。老墨子一生苦斗，天性洒脱，希望也喜欢弟子们法纪严明，希望也喜欢弟子们无所顾忌地表现出本色，在有不同看法时和老师争辩，经常说："不争不辩，大道不显。"他喜欢玄奇，就是喜欢这个女弟子的纯真活泼和敢于求真的勇气。她很少叫墨子"巨子"，几乎从来都只叫"老师"，墨子竟然例外地从来不纠正她。还有苦获那犟牛一般的固执争辩，邓陵子的偏执激烈，相里勤的宽厚失察，老墨子也从来不以为忤。而这些，禽滑釐从来没有，他在老墨子面前永远是那么谦恭服从，没有丝毫的争辩。老墨子感到禽滑釐和几个骨干弟子之间，总有些许隐隐约约的拧劲儿，禽滑

禽滑釐是墨子最信任的徒弟，尽得其学，其名不下于墨子。《墨子·公输》载，"公输盘(亦作公输班或公输般)为楚造云梯之械，成，将以攻宋"，墨子闻之，"行十日十夜而至于郢"，墨辩不能说服楚王，于是公输盘与墨子兵刃相见，"公输盘九设攻城之机变，子墨子九距之。公输盘之攻械尽，子墨子之守圉(一说为围)有余。公输盘诎，而曰：'吾知所以距子矣，吾不言。'子墨子亦曰：'吾知子之所以距我，吾不言。'楚王问其故，子墨子曰：'公输子之意，不过欲杀臣。杀臣，宋莫能守，乃可攻也。然臣之弟子禽滑釐等三百人，已持臣守圉之品，在宋城上而待楚寇矣。虽杀臣，不能绝也。'"于是楚王放弃继续攻宋，此墨子守城之术胜矣。又，《墨子·备梯》载，"禽滑釐子事子墨子三年，手足胼胝，面目黧黑，役身给使，不敢问欲。子墨子其(甚)哀之，乃管酒块脯，寄于大山，昧葇坐之，以樵禽子。"由这些资料，可以得知禽滑釐尊师少欲，深得墨子信任。墨子出场，一定少不了禽滑釐的侍从。

釐却从来不正面涉及，只是在诸如衣食住行、健身比武等细节上有意无意地说："师弟师妹们年青，让他们尽兴也。"果真是年龄差异么？老墨子有时也真是吃不准。人心如海，博大汪洋，他老墨子就能看透一切么？可身后墨家的光大，靠的就是他们啊。

每每想到这里，老墨子就有一丝隐隐的不安……

"老师……"玄奇站在竹楼门口哽咽。

"进来。"老墨子淡淡笑道，"只身擒回嬴渠梁，大功，何有眼泪？"

"老师，他是自己要来，弟子带路而已。"

"知道。"老墨子淡淡一笑，"玄奇啊，你以为嬴渠梁如何？"

玄奇轻轻地走进来，垂手肃立："老师，嬴渠梁，至少不是暴君……"

老墨子爽朗大笑："玄奇啊，一说嬴渠梁，你就咬住这一句话。口才哪里去了？来，坐下，仔细说说，嬴渠梁如何来的？"

儿女情长，子墨子了如指掌。

玄奇止住了泪水后，平静下来，对老师备细叙述了陈仓谷的巧遇和来神农山的经过。老墨子听完，久久沉默，直到玄奇离开，他也没有说话。

中夜时分，禽滑釐等来到，老墨子和四大弟子秘密商议了整整一个时辰。

# 三　墨家论政台一波三折

初冬的太阳照到这座深山城堡时，已经是辰时了，在平原上就已经是半早晨了。由于墨家城堡建在四面高峰的山腰地段,非但隐蔽,而且避风,但有阳光便是一片春意。此时正是万里无云,冬日阳光洒满山谷,整个城堡也明亮起来。

但墨家总院却弥漫着一片肃杀森严之气。平日里墨家子弟演武的小校场,全然变了模样。校场最深处搭了一座高高的石台,前垂粗糙的白布帐幔。石台前横立五块高大的木牌,大书"墨家论政台"五个大字。石台下,正面一张长案,肃然端坐着大袖高冠的禽滑釐。再前六尺,并列三张长案,旁立木牌上大书"主辩席",坐着相里勤、邓陵子和苦获三人。侧置一案,木牌大书"论敌席",案前坐着面无表情的秦孝公。遥遥相对的一座简易木栅栏中,站着似平静又似木然的玄奇。这是墨家对失职子弟的最轻惩罚。再前方丈许之遥,是墨家黑白衣弟子四百六十八人组成的方阵,全体抱剑跪坐,腰身笔挺,神色冰冷。方阵两侧,各有一个少年方队五六十人,也是抱剑跪坐,目光炯炯地盯着侧座的暴君。校场东侧竖着四块大字木牌,写着"敬天明鬼"。西侧竖着同样四块大字木牌,是"暴政必杀"。校场方阵的外围,两面黑白大旗猎猎作响。

这就是震慑天下的墨家论政台。

渲染墨辩的场面,借此介绍墨家的主张,以及墨家与法家的分歧。

战国之世,论战之风乃时代潮流。举凡名士名家,其信念主张非经论战锤炼而不能立于世间,更不能得以流传。一种行为一种理念,要为天下所接受,非经反复论战而不能确立。完全可以说,那是一个演说大爆炸的时代。墨子本人如同无数名士一样,是从论战中搏杀而出,鱼跃而起的。作为天下一面正义的旗帜,墨家自然不能在大事上对天下没有一个坦荡的回答。墨家纵横天下的数十年中,举凡诛杀苛虐的暴君,无不筑起论政台历数其劣迹罪恶,且许其反复争辩,直到对方理屈词穷而心悦诚服地引颈就戮。纵有理屈词穷而仍不认罪者,墨家也允许其寻找雄辩之士代为论战,以使其死而无怨。这是墨家的自信，也是天下所公认的坦荡精神。如今秦国国君只身上门，这番论战便显得尤其特殊。

一阵木梆声敲起，急促而响亮，犹如马蹄击于石板。随即一声大锣轰鸣，悠长地荡满山谷。禽滑釐座中威严宣布："秦国暴君嬴渠梁，来我墨家欲申国政，持论与我墨家所判相左。今日对天论政，明是非，定生杀。嬴渠梁，尔可任意争辩，墨家自有公心。"

邓陵子霍然站起，满脸激奋，正欲开口，突然，一声凄厉的长嚎从城堡深处传出，山鸣谷应。秦孝公面色一沉，向邓陵子一摆手："且慢。请问，墨家素来以兼爱非攻教天下，为何对人如奴隶？嬴渠梁愿闻正义之辞。"

邓陵子冷笑："你可知他是何人？为何受墨家锁链之刑么？"

"士可杀不可辱。无论何人，墨家都是自贬尊严。"

方阵齐声怒喝："大胆妄言！当受惩治！"

秦孝公微微一笑："如此便是墨家论政台了？只听恭维之辞也。"

邓陵子愤然道："嬴渠梁，他就是酷吏卫鞅的贴身卫士、墨家之叛逆荆南！其人少年被人割去舌头，知武不知书，是为墨家门外弟子，下山之后，不行正道，却做酷吏鹰犬。墨家诛杀卫鞅，他非但不助力，反给卫鞅告警，又来总院为卫鞅说情。按墨家律条，叛逆当斩！我师巨子念他苦寒出身，罚做苦役，有何不当？尔嬴渠梁休得借题做文，休得为叛逆张目，为自己遮掩！"

秦孝公豁然醒悟，离座起身，朗声道："邓陵子差矣！既是卫鞅卫士，便是秦国之事。嬴渠梁坎坷来此，正是为秦国澄清是非。若我秦国果真是暴政虐民，嬴渠梁愿引颈就戮，绝不偷生于天下，岂能连累荆壮士受此非人折磨？敢请墨家

据《韩非子·显学》，"自墨子之死也，有相里氏之墨，有相夫氏之墨，有邓陵氏之墨""墨离为三"。邓陵子的话语，当然有一席之地。

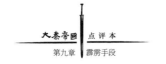
以兼爱为怀,开赦荆南壮士。秦国之事,嬴渠梁以国君之身,一人承当。"

全场安静得鸦雀无声。墨家子弟原本个个是热血男儿,听得秦孝公一席极明理的肺腑之言,内心已是暗暗欣赏。禽滑釐大袖一挥:"放了荆南,请其入座。"

片刻之间,荆南被带到方阵之前,蓬头垢面,长发披散,直如野人一般。秦孝公神色肃然地一拱到底:"荆南壮士忠心为国,请受嬴渠梁一拜。"

荆南愣怔半日,嘴唇颤抖,突然扑地拜倒,大嚎一声,泪如雨下。秦孝公含泪俯身,扶起荆南坐到安置好的草席之上。满场墨家子弟,面上都现出难堪之色。

邓陵子已是满面通红,厉声道:"嬴渠梁,秦国若非暴政,何故勾结游侠袭击墨家?放火杀人,蛊惑民众,嫁祸墨家,居心何其险恶,尔做何说?"

全场轰然:"居心险恶,尔做何说!"

秦孝公对此事本不知情,心中一怔,高声道:"邓陵子此言,当有确凿证据。秦国作为尚武之战国,即或贫弱,也还有铁甲骑士数万,要袭击墨家,何须勾结游侠? 此点尚请三思。"

"强词夺理!"方阵中前三排剑士唰地站起,他们都是随邓陵子赴栎阳的"铁工",对火攻袭击恨得咬牙切齿,如今见暴君否认,自是气愤难当。

邓陵子冷冷笑道:"嬴渠梁啊嬴渠梁,墨家所为,伸张正义,坦荡光明,永远不会有那种无中生有的阴谋勾当! 然尔秦国,暴君权臣隐身于后,疲民游侠鼓噪于前,混淆视听,搅乱局势,嫁祸墨家,以求一逞! 直至今日,尚以数万铁骑反证胁迫,用心何其险恶? 此事不大白于天下,谈何政道是非?"

"阴谋不明,不能论政!"三十名子弟愤然齐声。

秦孝公万万没想到一场大事就要卡在这样一个关节点上,墨家将火攻袭击事件看成玷污墨家的卑鄙手段,龌龊阴谋,必欲大白而后快。而他对此事确实不甚了了,方才所讲理由虽非胁迫,倒也确实是"反证"。而此时的墨家,需要的恰恰是正面真相,却教他如何说出? 然这种内心的急迫并没有使秦孝公慌乱,他坦然高声道:"嬴渠梁离开栎阳在一月半之前,火攻袭击之事,岂能知道真相? 此事容当后查,真相大白之日再论不迟,何须急切定论?"

"狡辩!"邓陵子戟指斥责,"此等大事,国君焉有不知之理? 离开栎阳,恰是逃避恶名,自来墨家,又是刻意迷惑。此等大伪大奸,岂能在我墨家得逞?"

"不许回避。讲！"方阵全体怒喝，声若雷鸣。

秦孝公默然。一个死扣无解，误会越陷越深。墨家向来固执强横，除非真相大白，否则任何解释都会被看作搪塞，而导致误会更深。秦孝公心中一阵悲凉，他想，此刻唯一能做的事，就是防止这种误会演变为仇恨而不可收拾。沉默有顷，他在众目睽睽之下缓缓站起……

突然，空中一声长呼："火攻之人在此！"

来得好快！

声音苍老悠远，在幽静空旷的山谷中钟声一般荡开。在双方聚精会神之际，这悠悠的呼唤实在惊人。不待命令，墨家方阵的人唰地全体站起。邓陵子三人霍然离座，长剑已各自在手。

"何方人士，擅闯墨家？"禽滑釐的声音浑厚威严。

一阵笑声："墨家老友，休得惊恐。"

声音来自箭楼。众人一看，箭楼屋脊上站着四个人，一个身穿翻毛白羊皮大氅的老人遥遥拱手道："禽滑子别来无恙乎？"

禽滑釐命令："打开城门，放他们进来。"随即也遥遥拱手，"百里子，非常时刻，恕不远迎。"木栅栏中的玄奇见秦孝公身陷困境，正在心乱如麻，突然醒悟，大叫一声："爷爷！"一时泣不成声。秦孝公心中一阵惊喜，却依旧面无表情地肃然跪坐。

箭楼城门打开片刻，不速之客们来到小校场中。众人目光齐齐聚在来人身上，惊讶得鸦雀无声。除了那个清瘦矍铄的老人和一个须发灰白的中年人，另外两人竟匪夷所思，一个是一身布衣头束白巾的俊秀青年，另一个则是眼珠子骨碌碌转的顽皮少年。如此老少一帮，能袭击墨家剑士？

老人拱手道："吾等不速之客，只为明事而来，请禽滑子继续。"

禽滑釐大袖一挥："方阵就座。百里子,请入座。"

方阵落座,小校场顿时回复肃然秩序。百里子坐在秦孝公外侧六尺处,其余三人肃然站立。

禽滑釐拱手道："百里子,玄奇在此,你……"

百里老人打断道："公事不论私情。禽滑子尽管行事。"老人连玄奇看也不看。

禽滑釐一招手,邓陵子霍然起身,直指四人："尔等声言袭击了墨家。请问列位乃何方高人? 如何与暴君勾结,陷我墨家于不义? 从实供认!"

百里老人眉头微皱,安如泰山般坐着,仿佛没有听见邓陵子尖锐的声音。倒是须发灰白的中年人站起,拱手环视场中道："在下侯嬴,乃魏国白氏门下总管。这位是白圭大人的女公子白雪,这位小哥是公子女仆梅姑。栎阳火攻,袭击墨家,乃我白门所为,与他人无关。"

> 永远不要低估商人的力量与智商。工商后来虽贬为"末",但从未灭绝过。

听后,全场无不惊讶。魏国白门,坐商兼政,非但商家势力遍及列国,就是在各国官场也多有故旧,影响力极大,通晓天下的墨家子弟谁人不知? 然则众人惊讶处尚不在此,而在这白门势力与墨家学派风马牛不相及,却为何与墨家为敌? 一时间,全场惊愕默然。

来者正是百里老人与白雪、侯嬴、梅姑四人。那日晚上,侯嬴从左庶长府匆匆离去,对白雪转述了卫鞅的一席话,白雪深为震撼,大悔自己虑事不周见事不透。三人在山洞秘密计议,白雪决议弥补过失,三人反复商讨,谋划出了一个周密方略。天亮后,三匹快马直奔安邑,经打探得知百里老人在齐国,又快马驰骋,三日赶到临淄。在稷下学宫找到百里老人后,一说秦公与卫鞅面临的危机,老人感慨万端,立即与白雪三人上马起程,赶赴神农大山。一路之上,百里老人详细讲述了墨家的诸种规矩与应对办法,又对白雪、侯嬴的应对方略提出了许多补正。几经锤炼，进山时四人已经是胸有成竹了。

场中静默之际，老练稳健的禽滑釐冷冷开口："请问白门公子，白氏经商，墨家治学，井河无犯，白氏何以对墨家有如此仇恨？"

白雪拱手一礼，微笑道："利害冲突，岂能井河无犯？秦国与魏国相邻，秦国商市乃我白门商家之最佳区域。从魏文侯至今，我白门在秦国经商已有三代，然均无起色。其中根本，是秦国贫穷，庶民购买力太弱，以致白门无以伸展。及至秦国变法，隶农除籍，井田废除，土地私有，民得买卖，加之激赏军功，惩治疲惰，举国一片生机勃勃。秦国无论官署庶民，财货需求大长，手头买力骤增。当此之时，乃我商家牟利之千古良机也。奈何墨家不知世情，不明潮流，竟视变法为暴政，视变法卫鞅为权臣酷吏，必欲杀之而后快。试想，卫鞅一死，秦国复辟，商市必得萎缩，财货必得大跌，我白门辛苦等候百年之良机又将失去。当此之际，禽子若我，又当如何？"

一番话娓娓道来，大出墨家预料。墨家明于治学，精于工理，通于兵戎，勇于救世，唯独对商家蔑视有加，对商市不屑一顾，对商情一无所知。举凡行止，墨家皆以大道为准绳，何曾想到过商人这一块？如今竟有一个大名赫赫的商政世家横空飞来，大谈商机牟利之道，而且以此为利害冲突之根本，如何不教正气凛然的墨家一头雾水？公然否认这种利害么？大为不妥。战国之世，大商家已经是纵横天下的实力派人物，整个商人的地位已经不像春秋时期那样卑贱。天下著名学派即或心存蔑视，也已经不再刻薄地咒骂商人。墨家作为震慑天下邪恶的显学名门，岂能在公开论战的场合，否认一个举世皆知的大商家的利益所在？禽滑釐纵横天下，十余年前已经是公认的诸子人物，岂能不明白其中的微妙与尴尬？所以一时间竟不能立即接话。

邓陵子身为被袭击的当事人，心念只在细节之间，见禽滑釐愣怔，厉声喝道："休得逞商人机巧！一个商人，何来数十名一流剑士包围墨家？从实供认，你是何门鹰犬？受何人指派？"

白雪冷笑："敢问足下，墨家乃一个学派，何来数百名剑士？方今战国之世，举凡豪族名家，门客剑士数百上千者不知几多。邓陵子身为墨家四大支柱，难道一叶障目如此闭塞？据实而论，我白门多有生意，商旅迢迢，山高水远，岂能没有一流剑士数百名？"

"既有剑士，何不堂堂正正较量？何故纵火铁坊，嫁祸墨家？"

"我白门不想与墨家杀人为仇，只想将墨家赶出栎阳，故而不得已为之。至于纵火铁坊,给秦国带来损失,白门自当谢罪赔偿,与尔墨家却无干系。"白雪气静神闲,说得邓陵子面红气喘,无言以对。

禽滑釐心知不能在这件事上再纠缠下去,岔开话题问:"请问百里子,何时与商家结缘?到此何干?"

百里老人笑答:"禽滑子何出此言?老夫半生云游,深受你师兼爱牵累,逢人皆是友也。没有老夫,他等如何进得这神农大山?另有一则,我师闻得墨家受阻,特捎书与我转交你师,共析疑义。"说着从怀中摸出一个竹筒递过。

禽滑釐见是鬼谷子书信,连忙拱手作礼接过:"如此谢过百里子,禽滑釐当亲自交于老师。"随即肃然正容道:"诸位既来,都是我墨家贵客,请参与墨家论政。方才插题,揭过不论,继续正题之争。"

主辩席一人站起,敦厚威猛,冷冷发问:"嬴渠梁,苦获问你,何谓暴政?"这个苦获,既是陈仓道活擒秦孝公未遂的主将,又是在栎阳秘密查询秦国暴政的主持者,语气显得信心十足。

秦孝公:"政之为暴,残苛庶民,滥施刑杀,横征暴敛也。"

"好!渭水决刑,一次杀人七百余,渭水为之血红三日,可算滥施刑杀?"

先讲大道,再说事理,好辩才!

秦孝公慨然道:"乱世求治,不动刑杀,虽圣贤不能做到。事之症结,在于杀了何种人?如何杀之?秦人起于西陲,悍勇不知法制,私斗成习,游侠成风,疲民横行乡里,良民躬耕不宁。辄逢夏灌,举族械斗,死伤遍野,渠路皆毁,大损耕作。当此之时,不杀械斗之主谋、凶犯及游侠疲民,何能平息民愤安定秦国?墨家但知决刑七百余,可知裹入仇杀械斗者何止千万?其二,渭水决刑,乃依法刑杀。法令颁布于前,疲民犯法于后,明知故犯,挑衅国法,岂能不按律处决?墨家

说得好,荆南便是一例。墨有家规,国岂能无法?!

作为一个学派，尚有私刑加于弟子，秦国乃一国家，何能没有法令刑杀？向闻墨家行事周严，可否举出不当杀之人？"

听嬴渠梁竟对墨家门规称之为"私刑"，墨家弟子均怒目相向。苦获更是嘴角抽搐，但他毕竟大有定力，明知玄奇在押、荆南苦役都在目前，若纠缠此话题，只怕这位暴君求之不得，于是愤然反诘："如何没有？名士赵亢，杀之何罪？"

"说！赵亢何罪？"方阵一声怒吼。白雪侯嬴大皱眉头，百里老人淡淡一笑。

"赵亢乃秦国本土名士，我本寄予厚望，委以秦国第一县令。谁想他懦弱渎职，逃避治民职责，致使郿县大乱，波及全国。不杀赵亢，吏治何在？莫非名士做官，便可逃刑？抑或墨家也和儒家一样，认为刑不上大夫，礼不下庶人么？"

"嬴渠梁何其狡辩！赵亢反对者，乃卫鞅之害民田制！秦国自行变法，肆意毁田，逼民拆迁，致使万民流离失所，无家可归，可是实情？"

秦孝公揶揄笑道："害民田制？卫鞅新法，废除井田，开阡陌封疆，乃千古大变，虽李悝吴起不能及也。墨家却将开阡陌封疆说成肆意毁田，将取缔散居说成逼民拆迁，将迁居新村说成流离失所，将万民拥戴的新田制竟然说成害民田制，何其荒诞不经也！足下既曾入秦，何以只在栎阳蜻蜓掠水，而不到秦国山野，倾听农夫如何说法？"

未容苦获再开口，相里勤站起来高声接过话头："嬴渠梁，卫鞅新法，要焚毁民间《诗》《书》典籍，当做何说？"相里勤稳健细腻，他感到在大政主题上已经很难驳倒嬴渠梁，和禽滑釐低声商议，突然改变策略。

秦孝公微微一惊，墨家如何知晓第二批法令？他不及多想便道："此乃尚未颁行之法令，不当属墨家论政之列。"

相里勤冷笑："正因其尚未颁行，墨家才须防患于未然。

卫鞅确实不喜《诗》《书》，但这样写，未免有未卜

墨家论政，非但论既成事实，且要论为政走势。未颁法令，正
是卫鞅暴政之要害，如何不论？莫非要等到卫鞅焚烧《诗》
《书》，毁灭典籍，坑杀文明既成事实之日，墨家再来管么？"

禽滑釐接道："治国原非一道，姑且不论。然无论何道，
皆应敬重累世文明。今卫鞅变法，竟要毁灭文明，此乃旷古
未闻之举，虽桀纣亦不敢为也。虽不杀人，为害更烈，实乃愚
昧天下之狼子野心也。"他第一次正面开口，严厉冷静，立论
坚实，墨家子弟为之一振，全场逼视秦孝公，看他如何作答。

秦孝公已经敏锐地感觉到墨家策略的转变与即将面临
的挑战。收缴焚烧民间藏书的法令，卫鞅早已经和他议定，
要到秦国大势稳定时再颁发推行，此前要郡县文吏与民间
读书士子们事先渗透沟通，方可不生动荡。今日墨家却要在
这里将这道法令当作旷古暴行公然争辩，这等于将一道需
要酝酿疏导而后方能颁行的法令硬生生大白于天下！秦孝
公对墨家这种强横霸道感到愤慨，冷冷一笑道："墨家以文
明卫道士自居，全然不通为政之道，嬴渠梁夫复何言？"

相里勤冷笑道："嬴渠梁未免狂妄过甚！尔为国君，若
能诛灭卫鞅，废除焚书法令，尚可救药。否则，墨家将呼吁天
下，共讨秦国！"

此言一出，全场气氛骤然紧张。白雪热血上涌，就要挺
身理论。百里老人轻轻扯了一下她的衣袖，白雪方才醒悟忍
住。

"足下要我杀掉卫鞅么？"秦孝公哈哈大笑。

"此乃拯救文明、洗刷秦公之唯一途径。"

秦孝公笑容收敛，慨然一叹："列位，嬴渠梁进山，本为
崇敬墨家论政求真之精神而来。不意嬴渠梁今日看到者，竟
是徒有其表、以势压人的天下学霸……"

"暴君大胆！"全场怒喝，雷鸣一般打断了秦孝公。

禽滑釐面色一沉："何谓徒有其表？何谓以势压人？"

秦孝公心知决战时刻来临，豪气顿生，决意一吐为快："昨日在城堡之外，嬴渠梁有幸聆听了墨家的《忧患歌》，令人为之下泪。多少年来，我秦国庶民正是寒者不得衣，饥者不得食，乱者不得治，劳者不得息，鳏寡无所依，道边人悲啼。唯其如此，秦国才需要变法改制，富民强国。如今秦国力行变法，举国振作，农人力耕，百工勤奋，商市通达，贫寒稍减，变法已经初见成效。如此大功，舍卫鞅其谁？卫鞅一介书生，身怀救国救民之壮志，走遍秦国山野，昼夜操劳不息，极心无二虑，尽公不顾私，方有今日秦国之气象。此等才具，此等胸襟，此等大善，此等大义，相比于墨家口头高喊兼爱、胸中实无一策之迂阔，何异于天差地别？墨家自命救世，却只着力于斡旋上层，扬汤止沸；实则隐居深山，远离庶民，于国于民，何曾有温饱之助？反之，却对卫鞅这等真正救世之才横加指责，肆意歪曲，必欲杀之而后快。如此偏执，如此狭隘，如此名实相违，岂非徒有其表也！"

> 好一个秦孝公！好一个孙皓晖！语言老辣，思力深厚。

如此激烈尖刻的直面抨击，墨家子弟当真是闻所未闻。一时人人变色，个个激愤。邓陵子早已经怒火中烧，厉声高喝："墨家剑阵！诛杀暴君！"一个纵跃，弯月吴钩已经闪亮出鞘，逼到秦孝公面前。墨家方阵也平地拔起，将小校场围成一个方框。

邓陵子一动，白雪已经轻疾起身，挡在秦孝公身前。侯嬴荆南梅姑三人也已经长剑在手，护住秦孝公。木栅栏里的玄奇一声哭喊，飞身冲出，却被相里勤率数十名墨家弟子团团围住。玄奇愤激难当，顿时昏死。

> 白雪，真女子大丈夫。

> 玄奇，太容易"昏死"。

秦孝公却是镇静坦然，拱手微笑："白公子，嬴渠梁谢过你等。此乃秦国之事，你等魏国商家无须介入。"说着走出四人圈子，将长剑向地上一掷，正色对禽滑釐道："嬴渠梁纵可一战,亦觉索然无味。今为秦国变法,虽死何憾。"

"拿下嬴渠梁! 就地正法!"邓陵子一声厉喝,墨家方阵四面聚拢。

百里老人脸色骤变,长声呼喊:"老墨子,你当真死了么——"

突然,高台上的白布帐幔之中爆发出一阵长声大笑。笑声中,一位老人从台上轻跃而下,秃头白眉,布衣赤脚,宽大的粗布白袍随风舞动,不是老墨子却是何人? 他大袖背后,径直来到秦孝公面前,一阵端详,一阵大笑。秦孝公从容镇静,任老墨子端详大笑。

"好,秦公嬴渠梁无愧王者气度,人间似乎要有新天地了。"老墨子又爽朗大笑。

百里老人生气道:"老墨子,你是甚个名堂? 这是论政台么? 岂有此理!"

老墨子晃晃发亮的秃头,又一阵开心地大笑:"百里子,试玉要烈火,精铁要千锤,你鬼门岂晓得个中奥秘? 哈哈哈……"显然愉快至极。

"嬴渠梁见过墨子前辈。"秦孝公深深一躬。

老墨子略略拱手:"呵,老墨翟纵横天下数十年,今日遇公,实堪欣慰。禽滑釐,撤掉论政台,设论学宴席,与秦公并诸位贵客洗尘。"

墨家弟子本来已经对秦孝公心生敬意,奈何不知真情兼法纪森严,自然是令行禁止。听得老师话语,已经明白其中奥秘,早已不再紧张,如今见老师下令设论学宴席,顿时欢声四起,不待禽滑釐吩咐,雀跃散去准备。

玄奇醒来,高兴的泪水在笑脸上涌流,来到老墨子面前扑地拜倒:"老师,你老人家真好……"

老墨子大笑着扶起玄奇,宽厚慈爱地拂去她身上的尘

徒弟一味粗鲁地喊打喊杀,可怜了墨子一世英名,看来,收徒弟,须慎重。

重要的人总是在最后关头才出现。

土道："玄奇啊，是你据理力争，宁可受罚而无怨无悔，才逼老师亲临论政台试探真伪也。老师相信你，然而也得有个章法，是么？"

"老师……"玄奇泪水又涌了出来。

冬日苦短，论学宴席在校场摆好，已经是月上半山了。

墨家办事，素来庄重简洁。这论学宴席是接待天下名士的最高礼节。东侧大牌换成了"修学修身"，西侧大牌换成了"躬行致用"。院中全数草席，墨家子弟席地而坐，围成一个一个的小圈子，每个圈中一盏风灯，两个陶盆。无数个风灯圈子围在四周，中间是一张两丈见方的大草席，围坐着老墨子百里老人秦孝公白雪侯嬴梅姑并墨家四大弟子和玄奇。墨家节用，最反对暴殄天物，所以这最高礼节的宴席上也没有酒，只有各种奇异的叶子泡成的红茶绿茶。一席只有一盆肉，而且是带着骨头蒸煮的山猪肉。宴席结束后，所有的骨头都要收回大厨，重新蒸煮为骨头菜汤，供值勤劳作弟子做晚汤用。虽是粗茶淡饭，庭院山风，但那种亲如一家的情谊与甘苦共尝的精神，却使墨家宴席的气氛远远超出任何山珍海馐的豪门大宴。

禽滑釐手捧陶碗站起，环视四周："诸位贵客高朋、同门学人，秦公以'不速之客'闯入我墨家总院，通过了墨家的论政大战，实堪可贺！巨子明令教诲：自今日开始，墨家与秦国误解澄清，言归于好，墨家子弟要勤访秦国变法，以富学问。来，为秦公高风亮节，为卫鞅变法初胜，为诸位高朋远来，共干粗茶一碗！"

"干！"全场哄然，大碗叮当，笑声一片。

老墨子喟然一叹："百里子啊，若非秦公此来，只怕老夫要亲自出山，大动干戈了。秦公进山，乃墨家警钟也。终究老了，我没想到，天下竟出了秦公卫鞅君臣英才，为政论理竟

《国语·楚语》载观射父语，"祀加于举。天子举以大牢，祀以会；诸侯举以特牛，祀以太牢；卿举以少牢，祀以特牛；大夫举以特牲，祀以少牢；士食鱼炙，祀以特牲；庶人食菜，祀以鱼。上下有序，则民不慢"。无论祭祀还是平时饮食，王、诸侯、卿、士大夫、士、庶的规矩，皆有分别。墨子虽厌繁文缛节，可以不守礼仪规矩，但物质生活的贫富分界自然而然地在。吃肉在现代人眼中不过尔尔，但在春秋战国时期，并不能成为"节用"的象征。

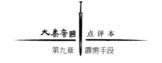
如此透彻精辟,老夫深感已成西山半月矣。"

百里老人大笑一阵:"大哉! 老墨子也。该隐则隐,何其明睿!"

秦孝公谦恭拱手道:"墨子前辈乃当世圣贤,我辈少时便仰慕如泰山北斗。今前辈虽老,然墨家精神则恒久年轻,墨家情操将永世垂范。人生若此,前辈何憾之有?"

老墨子大笑:"然也然也,朝闻道,夕死可矣。何憾之有也!"

"老师,这可是孔夫子的话也。"玄奇笑道。

老墨子诡秘地一笑:"孔夫子诸多话,可是不得不听也。"晃动秃头的滑稽神色,引得众人一阵大笑。

百里老人道:"老墨子玄机深远,能以秦国变法为大道之闻,巍巍乎高哉!"

老墨子微笑:"秦公,你可知卫鞅老师何人?"

秦孝公摇摇头:"没有问过,也没有想过。"

"百里子呢? 晓得么? 也不晓得?"老墨子微笑摇头。

白雪忍不住问:"墨子前辈,莫非知道卫鞅师门?"

"你问老夫? 我呀,也不晓得!"老墨子纵声大笑,充满独享天下秘密的快乐,笑罢很是郑重地问,"秦公信不信鬼神?"

秦孝公沉默有顷:"信得三分吧。墨子前辈有敬天明鬼之说,是真的相信? 抑或为了告诫恶人恶政?"

墨子悠然道:"老夫与儒家相悖,一生崇信天道鬼神,而且常常感到鬼神就在我等周围。"说得席间人不禁肃然顾盼。老墨子慨然长叹:"天道悠远,人世苍茫。幽冥万物,人却识得几多? 若天无心志,人无灵魂,何来世间善恶报应? 人间万事,非但个人善恶恩怨有鬼神明察,大如国家兴亡,法令代谢,亦有天道感应鬼神明察。行善政者国家兴旺,行恶

墨子的明鬼说,倒是能起到让人畏惧、约束行为的效果,可惜太过玄妙,知易行难。

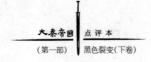

政者国家灭亡。此所谓殷鉴不远,在夏后之世也。"

秦孝公肃然拱手:"请教墨子前辈,对法家有何评判?"

老墨子雪白的长眉一挑:"老夫对法家相知至深,其弊在求治太速。速者易苛,易入富国穷民之途也。天将兴秦,唯愿戒之。世道沧桑,当从容求治也。"

时已月上东山,场中风灯熄灭,更显月光皎洁。秦孝公默默沉思。老墨子对禽滑釐笑道:"何不对秦公一舞《鬼歌》?"

"《鬼歌》?"秦孝公与百里老人等尽皆惊讶。

"此乃老夫新作,我当亲自为诸位一歌。"

"啪啪啪",禽滑釐连拍三掌,中间弟子散开,顿时空出一片大场。邓陵子奏起古琴,苦获吹起呜咽的陶埙。八名少年女弟子扮成山鬼模样,从场外飘进场中,白布长衫,黑发披散,对月起舞,幽怨阴柔。老墨子站了起来,白衣大袖,秃顶闪亮,在一声女鬼长哭中引吭而歌,浑厚苍哑的歌声回荡在城堡峡谷:

> 鬼兮鬼兮生者魂魄兮
> 飘忽形之外兮幽冥叹无极
> 惩恶不能言兮空有悲啼
> 扬善须待时兮日月太急
> 鬼目如电察天地兮人有暗室亏心
> 明鬼明鬼兮天地万物良知兮

月夜之下一片和声:"明鬼明鬼兮天地万物良知兮……"

法家急于求成,无法从容求治,此为致命伤。

《鬼歌》来得有点突兀,如据墨子"非乐"主张论之,解释不通。《庄子·天下》:"古之丧礼,贵贱有仪,上下有等,天子棺椁七重,诸侯五重,大夫三重,士再重。今墨子独生不歌,死不服,桐棺三寸而无椁,以为法式。以此教人,恐不爱人;以此自行,固不爱己。未败墨子道,虽然,歌而非歌,哭而非哭,乐而非乐,是果类乎?"《鬼歌》是小说写法,不必与史实完全吻合,可以理解。古人在各种场合,都愿意引经据典,穿插吟唱,亦是常道。

# 四　阴谋与孤独的老人

三月阳春,秦国是大大地热闹了起来。

白雪侯嬴已经在二月回到栎阳,同来的还有"墨家四贤"之一的相里勤。他们带回了秦孝公的书信,相里勤还在栎阳南市向秦人宣布了墨家与秦国误会澄清,重新修好的文告。消息传开,城乡一片欣然。老秦人们便早早开始谋划自家的日子了。启耕大典之前,秦国城乡已经忙碌起来。惊蛰一过,乡野农家纷纷走出家门来到自己的地头,整田春耕悄悄地开始了。待到太子代行启耕大典后,县吏们下乡督耕,田畴里早已经耕牛遍野,春歌互答,热闹非凡。城里的工匠商人们也不顾冰雪刚刚消融的泥泞,赶着牛车将农具盐布诸种杂货送到一个一个的新村叫卖。这在昔日,商人们想做也做不到。农家都分散住在沟渠阻挡的井田中,肩扛人挑,一天也走不了几家,如何做得买卖?而今农家迁出井田,聚居成里,牛车赶到村头吆喝一阵,留在家中的女人便纷纷出来或买或换,往往是一个时辰便做了往昔一个月的买卖。商人工匠们高兴,农家高兴,皆大欢喜,对新法令交口称赞。

不再是奴隶的昔日隶农们最是兴奋,在他们聚居的新村落,除了忙忙碌碌的春耕,还增添了一个新内容,便是纷纷将家中青壮送到县府从军。朴实憨厚的新自由民们觉得自己成了"国人",理当有"国人"的尊严与荣誉。那时,国人自由民的最大荣誉,是家中有一个征战沙场的骑士。往昔的奴隶从军,只能做步卒,不能做骑士,更没有升为将官的可能。奴隶士兵的最好结局,是老卒还乡。如今,不再是奴隶的农人们举村行动,由里正们率领,将青壮男子一队一队地送到

墨家不公开反对变法,已是帮了大忙。

为奖励军功设伏笔。

县令面前。秦国历来多战事，谁都知道，官府永远需要骑士。一个春天，入军风潮弥漫开来，几乎每个县府门前每天都有青年在晚上被火把簇拥而来。

各县将消息飞马报到栎阳，卫鞅心中一动，当即与景监车英商议，准备提前实现新军训练计划。方略议定，卫鞅下令：车英为新军主将，精心遴选一万名青壮年从军，同时将原先的五万骑兵精简为两万，新老骑士混编，练成三万真正能够和六国抗衡的精锐铁骑；原先的五万步兵，精简为两万；裁减的病员老弱一律还乡务农，骑兵的老马和辎重兵的老牛，一律分配给有青壮年入伍的里充做耕畜。

进入四月初，卫鞅将新军训练事宜已经安排妥当，就要专程拜会嬴虔，想商议一个对贵族封地法令的变更方法。不想尚未成行，嬴虔已经上门来访。

"左庶长，你可是门庭若市了。我等了三天才瞅准了今日。"一落座，嬴虔便感慨连连。

"左傅不知，我正欲前往拜会，不期自来，鞅实堪欣慰。"

"要找我？真话——有事么？"嬴虔半信半疑地大笑着。

卫鞅一笑："我有难题，请左傅助一臂之力，岂敢有假？"

"好！说，国事私事，嬴虔全帮。"

"自是国事了。"卫鞅打开一卷竹简道，"这是废除贵族封地的法令。我想对此法令略做修正，将取缔一切封地，改为取缔除太子之外的世袭封地；同时，对以后的立功之士允许封地；然则，封地无治权，封地赋税也只保留三成。如此一来，国君激赏臣下立功便有了名目，公室贵族亦可稍安。左傅以为如何？"

"好！"嬴虔拍案大笑，"改得好！左庶长不愧思虑深远。栎阳这些鸟贵族，无非就是咬住取缔太子封地，做自己的文章。如此一改，叫他们哑子吃黄连，妙！无功无封，有功大

年轻人比"老朽"更有希望。

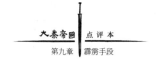 
封,给国君留下封赏余地,实则治权在国,赋税权也大部在国。好!嬴虔早想说,就怕那些鸟贵族借我鼓噪。左庶长自改,釜底抽薪!"

卫鞅摇摇头:"左傅啊,法令贵在稳定。要修正,须得一个名头。我岂能自改?"

"啊,你怕坏了自家信誉?好,你说,如何改,我来出头。"嬴虔大笑。

"敢请左傅上书国君,由君上直接下书修正。如此,则通达无阻。"

嬴虔揶揄地微笑:"左庶长平白将一个功劳让给我,何苦来哉?"

卫鞅大笑:"我领政,要的是言出必行之信。失信于民,无异山崩也。"

"好!各有所得。此话撂过,我也有一事。"

"国事私事?"卫鞅笑着如法回敬。

"今日嬴虔有何国事?私事。喜事。"嬴虔颇为神秘地一笑。

卫鞅一怔:"何事之私,劳动左傅?"

嬴虔不禁开心大笑:"实言相告,太后相中你这个女婿了。荧玉公主也很是敬佩你。太后派我来向你提亲,你孤身在秦,岂非天缘?"

卫鞅大为惊讶,忙摆手道:"左傅差矣。我虽孤身,实已定亲,不敢欺瞒太后。"

嬴虔笑道:"你呀,莫要搪塞于我。你父母皆亡,列国漂泊,谁个做主为你定亲?纵然识得几个安邑女子,也是名士风流,何能当真?"

"不。左傅,卫鞅真情实言,绝非搪塞之辞。"

嬴虔沉吟有顷道:"好了,这件事现下不说,容你思虑几日。左庶长,荧玉可是秦国公主,你可要三思而行喽……好,嬴虔告辞。"

卫鞅愣怔半日,竟不知嬴虔是如何走的。

当晚,卫鞅来到渭风客栈看望白雪与侯嬴。侯嬴高兴地整治了一案秦菜,三人痛饮,说到墨家之行的种种惊险,说到老墨子的深邃神秘,说到秦公的大智大勇,皆感慨不已。最后说到栎阳,说到客栈,说到小河丫已经带着憨实的黑柱子走了,三人又是感慨唏嘘,旁边的梅姑也直抹眼泪。卫鞅几次想说嬴虔今日来访提亲之事,终于觉得这应当由自己拒绝了事,没必要大家担心议论,便始终没有说起。将近四更,三人才结束了小宴,白雪扶着已有醉意的卫鞅回到了幽静的小院子……

嬴虔倒是快捷利索,第二天便派府中家老送来上书国君的拟稿,请卫鞅过目并斧正。卫鞅稍做了两处修改,便教家老带回。第三天,卫鞅派出特急信使将嬴虔的上书连同自己的长信，追送给继续在陇西巡视的秦孝公。十日以后，特急信使带回秦孝公的国书。卫鞅立即将国书颁行郡县朝野，并以左庶长府名义，一起颁行了对封地法令的修正律条。一时间，栎阳上层贵族仿佛被打了一闷棍，惊讶得无声无息。

　　只有少年太子嬴驷很是高兴。现下，他又可以拥有一方封地了。

　　嬴驷对封地的向往，是从和白氏老族长来往开始的。基于少年心性，老族长每次到来都让嬴驷觉得新鲜亲切，一则是那些乡村礼物，或一张兽皮，或几筐桑葚，或一只白狐，或一只黑猫，都教嬴驷爱不释手。二则是老族长每次都能讲一大堆乡间趣事，使嬴驷知道了许多原本不知道的东西。老族长上次来本已说好，今年秋收后请他去封地狩猎。整日闷在栎阳读书，嬴驷实在憋气。公父像他这般年龄的时候已经上战场了，可偏偏这几年又没打仗，他想上阵杀敌也没机会。所以，秋天狩猎就成了他心中期待已久的一个梦。谁能料到，恰恰在这时候卫鞅变法，取缔了封地，白氏老族长也被杀了。他真是想不通，对卫鞅一肚子愤懑，觉得这个左庶长当真冷酷无情，管得忒宽！非但将公室封地一概取缔，而且连谁给自己讲书都要管。右傅公孙贾请老太师甘龙讲了几次书，卫鞅就撺掇伯父公子虔来干涉，弄得右傅和老太师老大没趣，真真的岂有此理！他本来想将卫鞅召到太子府，狠狠斥责一顿。但不知为何，他对这个不苟言笑永远都穿着一身白衣的、老太师说起他总是摇头的左庶长总有一种莫名其妙的畏惧。论脾性，伯父嬴虔那才是火暴雷神，人见人怕，然嬴驷对伯父却一点儿都不怕。这个卫鞅从来没有对谁大发雷霆过一次，和嬴驷甚至见面的次数都很少，嬴驷却对他有一种说不清的疏

且看太子如何犯禁。

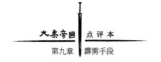
远和畏惧。正好公父又不在栎阳,嬴驷只得在宫中憋气,也不敢乱说乱动,生怕这个谁都敢杀的卫鞅抓住他一个甚把柄,把他也给杀了……正在这忐忑不安的日子,忽然又恢复了太子封地,嬴驷简直高兴得要跳起来。

左傅嬴虔来宣读左庶长令:太子封地恢复,赋税三成,无治权;鉴于郿县较远,太子可在骊山以西选择半个县作为封地。

"不。我就要原本的郿县白氏做封地。"嬴驷毫不犹豫。

"郿县白氏的土地只有三个乡,可是少多了。"

"我不要那么多,又不是真的靠封地吃喝。"嬴驷说得很平淡。

嬴虔沉吟:"驷儿,郿县乃秦国老地老族,太师甘龙与右傅公孙贾的封地,也都在郿县,情势复杂,你还是选骊山好。"

"那又如何?左庶长只说是郿县太远,又没说别的,嬴驷不怕远。"

"好。毕竟不是大事,我替左庶长做主,就是郿县白氏了。"

"谢过公伯。"嬴驷高兴地笑了。

卫鞅接到嬴虔回报,本欲强制更正,思虑沉吟,终于批了一个"可"字。命令颁行,郿县令立即将恢复为太子封地的里正们召到县府宣令,明确了治权和赋税分缴的办法。这些"里"都是孟西白三族,自然都是高兴非常。一时间,他们又有了比寻常农户,尤其比隶农除籍的新自由民"贵气"的特殊地位。


修正封地的法令使甘龙意外又震惊。

他想不到,气势凌厉一往无前的卫鞅,竟然还有如此柔韧的回望本领。秦国的情势,不变法就是死路一条,变法是谁也不能反对的。甘龙作为治国老臣,何尝不知道其中利害。但由卫鞅这样的人来变法,甘龙却怀有深深的敌意。理由只有一个,卫鞅在秦国执政变法,将秦国原有的元老重臣都逼到了尴尬死角——非但权力无形流失,全部成为束之高阁的藏品,而且因提出纠正某些严酷法令,使世族大臣尽皆陷于守旧贵族的不光彩境地。战国之世,求变图存乃天下潮流,守旧复古遭天下唾弃。否则,以儒家孔子孟子那样的大家名士,何以竟能惶惶若丧家之犬?秦国世族本不守旧,但出了卫鞅这个人,秦国世族竟显得迂腐不堪。秦国权力本来稳定均衡,出了卫鞅这个人,竟出现了动荡倾覆。卫鞅就像生硬插进秦国的一个巨大楔子,将庙堂框架挤得嘎吱嘎吱几乎要爆裂开来，而被挤得最瘪的，是他甘龙。嬴虔虽然失掉了左庶长，但毕竟还是公族太子傅、上将军，又是国君长兄，毕竟还有几分军权。公孙贾和杜挚虽然失掉了实权，然毕竟进入了庙堂大臣之列。唯有自己这个三世元老上大夫主政大臣，竟只落得了个太师名号，真令人齿冷。太师，这是个早已经被天下遗忘了的上古名号，所谓"协理阴阳，贯通天人，安抚四邦"，在山东六国早已经嗤之以鼻，无人理睬了。而今，他却偏偏就成了这样的老太师，甘龙如何不感到窝囊？

虽则窝囊，外表上甘龙可是从容镇静，该做的照做，该说的照说，没有一丝难堪尴尬。譬如给太子讲书，他就毫不避嫌。他内心非常清楚，和卫鞅的较量是漫长的，至少在秦国没有强大以前，在秦公对卫鞅没有丧失信任以前，卫鞅很难被扳倒。然则他坚信一点，卫鞅这样的能事权臣，迟早会出纰漏。每有纰漏而攻之，日积月累，卫鞅的根基将会被一点一滴地蚕食。这是甘龙悟出来的"蚕攻"谋略：在悠悠岁月中埋下吞噬卫鞅的土壤，就像鲧的"息壤"一样无限增长，将卫鞅的变法洪水滤干成自己的堤坝。

传说鲧是大禹的父亲，受天帝之命到人间治水。天帝赐给了鲧一包神奇的土，名叫息壤，叮嘱鲧在万不得已时才能使用。来到人间，鲧看到洪水滔滔弥天，无以立足，便立即撒出一把息壤。谁想这息壤神奇无比，水高它也高，不断增高，终成大山一般将洪水圈了起来。鲧惊喜万分，觉得这是治水的最好办法，便不断地撒出息壤，将洪水堵在了数不清的山坝圈子里。可是，随着洪水增高，躲避在山岭山洞里的人，也被淹死了无数。水是堵住了，人却被困在所有的山上挣扎着。撒着撒着，息壤突然没有了……天帝震怒了，杀死了鲧，才有了后来的大禹治水。

甘龙要使自己的"蚕攻"谋略变成神奇的"息壤"，与水

卫鞅既是世间的盐，也是秦国政治中的一根刺。

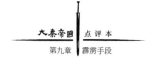
竞高,永不停息。

这是一个宏大的目标,需要甘龙有悠长的生命,需要甘龙有敏锐的寻找缝隙的老辣眼光。这两点,甘龙都不愁。他出身贵族,谨严立身,素无恶习,更无暗疾,又从来没有鞍马劳顿,主持国政也是轻松洒脱。年过六十,耳不聋,眼不花,齿不落,发不脱,童颜鹤发身轻体健,自信在三十年内决然死不了。至于洞察错失抓住时机,那更是甘龙的深厚功夫。目下,他就思谋着这个微妙的机会。

太子封地在郿县,甘龙与公孙贾的封地也在郿县,而且是渠畔相连的土地。如此格局,一定该有文章可做。老甘龙想的是,究竟一个人做这篇文章,还是拉上公孙贾一起做? 思忖良久,甘龙决意一个人做。公孙贾心机深,也肯定乐于合力整治卫鞅,要拉他共谋,那是容易极了。然则,多一个人就多一分风险,卫鞅绝非易与之辈,一旦让他觉察,那必然是玉石俱焚。大谋须得独断,独断才能出其不意,行之于世才有"天不容"的神秘口碑,也才能鼓动秦国世族以"天命""天道"要挟国君,迫使卫鞅倒台。

但更重要的是,甘龙有一种内心确立的使命:在秦国撒播"倒鞅"种子者,必须是他,绝不能是别人。只有这样,在卫鞅倒台的那一日,他才会有真正的胜利感。

晚上,甘龙唤来了自己的长子甘成,在书房摆起了一卷孔子的《春秋》,又摆上了一卷李悝的《法经》,便娓娓开讲。三更时分,甘龙终于抛开竹简,讲到了秦国,讲到了目下,讲到了郿县。

父子二人愈谈愈深,直到栎阳城楼的刁斗声止,黎明的长号呜呜吹响。


# 五 阴谋阳治 霹雳手段


转眼之间,五月来临。

关中平川今年的麦子长势特别好,家家农田都是金黄一片,麦浪连成了茫茫金波。先收大麦,后收小麦,五月下旬进入了颗粒入仓的最要紧时刻。恰逢连日晴朗,每个新村都陷在打麦入仓的忙碌中。村头公用的打麦场轮换不过来,农人们在自家门前的小场院摊开麦子,用最老式的连枷打麦了。一根长长的木棍,顶端固定一个装有小转轴的木板，一下一下用力挥舞，金灿灿的麦粒便从麦穗中蹦了出来。家家门前连枷挥舞，满村响彻"啪嗵啪嗵"的打麦声，老秦国腹地充满了丰收的喜庆。

这时候，栎阳城内有封地的几家世族也忙碌起来，清扫粮仓，准备接纳封地缴来的新麦。本来已经取缔了封地，贵族们的私家粮仓根本就没有准备。一个月前突然宣布恢复了封地，虽然田亩大大缩小，赋税率大大降低，治权也没有了，但失而复得，世族们还是格外兴奋，紧张得如同迎接大典一般。太子府也一样，嬴驷兴奋得前后忙乱，亲自监督腾出了三座最大的泥仓，要接受封地的新麦子。过去封地缴粮，嬴驷一来年幼，二来习以为常，根本不去过问。今年不一样，嬴驷第一次眼见封地失而复得，而且与自己的努力有关，其兴奋喜悦如同自己立功获得的一般，停止了讲书习武，整日忙碌在整理府库之中。十天之后，仓库整理就绪，嬴驷便满怀激动地等待着新麦入仓。他已经谋划好，先奉送给太后三车，然后卖掉一些陈粮，给自己的卫队添置精铁马具和上好弓箭，秋天好到封地去痛痛快快地狩猎一番。

五月二十三，一队牛车嘎嘎吱吱地到了太子府库门前。

太子府家老一身整肃，手持六尺余长的竹节验杆来到车队前："可是封地粮赋？"

当先牛车上跳下一名中年汉子，谦卑躬身道："郿县白里，里正白亮，前来缴纳粮赋，请大人验收。"公事说官话，汉子将民人口中的白村说成了官称的白里。

家老冷笑道："就是这些么？还有甚物事孝敬太子？"

"回大人，小可新任里正，不知粮赋之外还有何纳赋之物？请大人明示。"

家老面色阴沉，知道这是个生萝卜，气哼哼道："休得聒噪，打开验粮！"

里正白亮回头："打开口袋，检验粮赋。"

二十几辆牛车停在狭窄的小巷子里，每辆车上跳下两三个光膀子农夫站在车旁，准备验收后扛粮进库，为首一车已经打开一袋搬到地上。

"大人请验收。"白亮指着解开绳子的口袋。

家老黑着脸走过来，左手拨开袋口，右手的空心竹节验杆噌地插下，直入口袋粮食三两尺深，猛地抽出杆来，顿时带起一阵尘土。家老脸色更黑，将验杆倾倒，手掌中竟哗啦啦摊满了沙石碎砾。

"好啊,白里正,这种东西也叫粮赋?"家老笑得阴气森森。

里正白亮惊恐地回身大喊:"谁? 谁捣的鬼?! 快! 全都打开!"

农夫们慌了手脚,纷纷跳上车打开口袋,顿时傻子一般面色煞白——每个口袋里竟都是沙砾土石混着几成麦子,脏得使人不堪入目。

家老大喝一声:"看住他!"便飞步向太子府奔去。

片刻之间,嬴驷匆匆赶来。他怒色满面,"唰"的一剑将一个口袋从上到下通体划开,一阵尘土扬起,沙砾土石流淌扑溅,嬴驷的黑色绣金斗篷顿时一片脏污。里正白亮惊恐得欲哭无泪,欲喊无声,只是木木地盯着太子。嬴驷面色煞白口鼻抽搐,走到白亮面前,突然出剑。白亮一声叫,洞穿的身体鲜血四溅。

个中必有古怪。又是一个阴谋。

"里正!"农夫们一拥围上,惊慌哭喊成一片。

白亮挣扎喘息,"报,族长……有人,害,我……"骤然死去了。

嬴驷团团乱转着,看了一车又一车"新麦",气得浑身颤抖,尖声叫喊:"将他绑在马上,去郿县!"

太子府骑队早已经被家老招在府库门外,听得太子一声令下,几名骑士立即赶散农夫,捞起白亮尸体捆绑在马后。嬴驷上马,长剑一挥,马队疾风骤雨般卷出街巷。

这时,太子傅公孙贾飞马赶到,遥遥高喊:"太子,不能,快回来!"眼看马队绝尘而去,急忙勒马喊道,"家老,将牛车赶进府库,人犯押起,不准任何人动! 我去追赶太子!"连连打马而去。

正当午后,白里村头的打麦场一片热闹忙碌。

白氏一族的农耕术在老秦人中素负盛名，收获大忙季节历来是井井有条忙而不乱。老族长白龙被杀后，年近七十的白丁老人做了族长。他为人宽厚持重，深得族人拥戴。老白丁率白氏举族盟誓，白氏一族永远不做乱法之民，要凭勤耕劳苦挣回白氏一族的荣誉。他举荐精于农事的白亮做了里正，决意和原来是白氏隶农的几个里一争高下。

今年夏收是新法田制的第一个麦收，官府将对缴税粮最多的农户授予爵位，对收成最好的村庄氏族赐铜额①，族长里正皆授爵位。白氏一族上下发奋，从去年秋天下种开始精耕细作，冬天又冒着严寒，破例在窝冬时节浇灌了两次麦田。五月一到，眼看白氏田野的麦子齐整整金波翻滚，举族大是欣慰，刑场带给族人的屈辱也被好年成的喜悦所淹没。眼下进入打麦时节，老白丁更是勤谨有加，每天都拉着一片席子坐在村头场边的大树下看着打麦。公用麦场是各家轮流，举村帮忙，也就是全村人手一起上阵，帮着一家一家打场。虽然举族融洽，也难免会有些许口角纠纷，老白丁坐在这里，就是要即时化解，不耽搁打场工夫。但是，老白丁最要紧的使命却是观天。农家一年辛苦，全在收打季节。这时偏偏阴晴无定，时有"白雨"②突然袭来，一场麦子便要泡进水里。老白丁对夏日风雨的征候特别敏锐，往往是万里无云的好天气，他却扯开苍老嘶哑的嗓子大吼一声："收场了！"赶众人急如风火将摊开的麦子垛起，白雨恰恰便唰唰而来，茫茫一片。

老白丁往大树下一坐，族人们心里踏实。

现下午后，正是白雨多发时刻。老白丁仰头望着北方天空，只见一片灰白云疾疾飘来，眉头不禁微微皱起。猛然，一阵凉风吹过，老白丁嗅到了风中一丝特有的气息，骤然起身，挥手大喊："收场了！快！"

当场主人立即大喊一声："收场！"场中男女急忙扔下连枷，男人紧张地操起木杈归拢场中麦草，女人利落地用扫帚木推清扫已经打出来的麦粒。堪堪将麦草垛好，麦粒苫盖严实，北方的那片灰白云已经变成了厚厚的乌云压将过来，一阵雷声，一道闪电，眼见铜钱大的雨点裹在风中啪啪打来，人们喊着笑着往大树下跑去。

突然，一个少年锐声喊道："快看！马队……"

话音落点，马队在隆隆雷声中卷进麦场，为首骑士高喝："谁是族长？出来！"

---

① 铜额，即后世之铜匾，悬挂于门额的铜制横牌。古称"额"，后世称"匾额"或"匾"。
② 白雨：秦地古方言，即突然而来的暴雨。

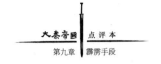

老白丁拄着桑木杖走到场中："老夫白丁。敢问可是官府？到白村何事？"

嬴驷尖声喝道："将那个里正押下来，你问他！"

浑身血染的白亮被从马上扔下，白村男女哗地围了上来："白亮啊！"一个女人一声惨叫，冲出人群："谁！谁杀死了白亮？！"

嬴驷没有料到白亮竟然死了，微微一怔，迅即怒喝："白村以沙石充赋，欺骗封主，罪有应得！马上将场中粮食全数运到太子府！否则杀无赦！"

此时雷电轰鸣，白雨瓢泼般浇下。老白丁嘶声大喊："冤枉啊！白氏一族，百年封地，几时坏过粮赋？冤枉啊……"

嬴驷被大雨一激，本就狼狈，又见老白丁大喊大叫，不禁恶气顿生，大喊："砍开粮囤！看看真假！"卫队立即跃马挥剑，将苫盖得严严实实的麦囤纷纷砍开，金黄的麦子顿时涌出，瞬息间便被大雨冲走。

白氏族人本是尚武大族，血气方刚，此刻心头出血，齐齐怒喝一声，操起棍棒木杖连枷等一拥而上，哭着喊着向太子人马疯狂地扑来。

嬴驷气急败坏，大喊："杀！杀光！"马队骑士短剑闪亮，几个冲突，白氏族人的尸体便摆满了雨水泥泞的麦场。老族长白丁不及阻挡，眼见顷刻间血流成河，扑倒在滚滚泥水中大喊："造孽啊！上天……"便一头栽倒。

这时公孙贾飞马赶到，一见场中情景，吓得浑身筛糠一般道："太子，如何、如何闯下这般大祸……"

嬴驷尖声叫喊："我自担承！与你何干？回马！"缰绳一抖，坐下马冲向官道，卫队紧紧随后，向栎阳飞驰而去了。公孙贾本想为太子善后，此刻却是魂飞魄散，打马自顾去了。

"铛——铛——铛——"白村撞响了村头巨大的铜钟。这是白氏一族举族血战的信号。居住在周围村庄的白氏族人冒着大雨，呼啸而来。

白雨骤然停止了。午后斜阳照在血流成河麦草狼藉的大场上，分外凄惨恐怖。数千白氏男女聚在村头，哭声震天。老白丁跳上场边石礅，一身泥水鲜血，白发披散，愤怒得像一头老狮子："白氏子孙们听了，举族披麻戴孝，到栎阳交农①！官府不还白氏一个

---

① 交农：隶农将农具交还官府，表示集体罢工，以示抗议。

公道，白氏反出秦国！”

“交农！报仇！反出秦国！”满场仇恨的呼啸呐喊声震原野。

就在白氏举族出动的时候，孟族与西乞族也闻讯聚来。孟西白三族从来血肉相连，同仇敌忾，今日白氏骤遭大难，孟西二族岂能袖手旁观？两个时辰之内，素有征战传统的孟西白三族聚集了两万多男女老幼，人人披麻戴孝，手持各种农具，抬起三十多具尸体，点起粗大的火把，浩浩荡荡哭声动地，黑压压向官道涌来。

此刻，官道上三骑快马正向东边的栎阳急驰。这是从新军营地急急赶回的车英。时当暮黑，他见如此声势的火把长龙和震天动地的哭喊，心知异常，忙勒马官道，派一个骑士去打探情况。片刻之后，骑士回报，车英大惊，低声命令：“快！兼程栎阳！”打马一鞭，风驰电掣般向东驰去。


栎阳城内，左庶长府一片紧张繁忙。

按照卫鞅的大纲，景监领着全部属吏夜以继日地准备二次变法的新法令。卫鞅则在紧张筹划新军训练的装备及粮草辎重的供应，还要加紧批示各地送来的紧急公文。最重要的是，卫鞅同时在仔细谋划秦国新都城的地址。栎阳太靠近函谷关与魏国的华山军营，且城堡过于狭小，无法满足蓬蓬勃勃发展的商市与百工作坊，城外也无险可守，迁都是必然的。这是一件大事，卫鞅已经派出了三批堪舆之才对关中腹地仔细踏勘，反复琢磨报回来的山水大图，准备夏忙后亲自去确定地址。

天气闷热，卫鞅埋头书房，直到太阳西斜，还没有顾上吃摆在偏案上的晌午饭。荆南几次推门进来，终于都是轻轻地拉上门走了出去，在廊下连连叹息，希望有人来打断一下，借机好教左庶长吃饭。

突然，一阵急骤的马蹄声传来，一个人跌跌撞撞满身泥水跑进来：“左庶长，左庶长，大事不……不好！”

荆南急忙抢步上前，将来人扶起，却是太子傅公孙贾。卫鞅已经闻声而起来到廊下：“太子傅，何事如此狼狈？”

“左庶长，太，太，太子……闯下大祸了！”公孙贾一下子瘫在了地上。

“荆南，给太子傅一碗水，静静神，慢慢说。”卫鞅异常镇静。

公孙贾大喝几口，喘息一阵，将经过大略一说。卫鞅心头一沉：“太子现在何处？”

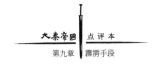
"不，不知道。反正，不会在太子府……"公孙贾犹自喘息。

卫鞅心念一闪："荆南，到公子虔府中有请太子，快！"

"不用请，我给你带来了。"嬴虔拉着太子走进门来，一脸怒气。

卫鞅神色肃然："敢问太子，白村杀人毁粮，可是实情？"

嬴驷已经清醒，一身泥污，面色煞白，嗫嚅道："白村沙石充赋……"

"粮赋有假，亦当由官府依法处置。太子岂有私刑国人之权？杀人多少？"

嬴驷低声道："不，不清楚。二三十上下……"

卫鞅心头大震，勃然变色："可恶！孟西白三族乃老秦根基，刚正尚武，今无端惨遭屠戮，岂能罢休？国人动荡，大局乱矣！"

嬴虔不以为然，揶揄笑道："左庶长何其慌张？你的渭水决刑，不还杀了孟西白三族几百口么？怕他何来？再说也都是秦国子民，若敢乱来，嬴虔在此。"

卫鞅愤然道："左傅何其大谬也！私刑杀人，岂能与依法刑杀相提并论？秦国若连老秦人也肆意屠戮，无异于自毁根基，谈何变法强国！"

卫鞅的严厉辞色令嬴虔非常不快，微微冷笑了一声，看着卫鞅不说话了。

忽闻门外马蹄声疾，紧接着一声高喊："左庶长——"随着喊声，一个人踉踉跄跄跑进来。众人看时，却是郿县新任县令由之。他带着哭声扑地拜倒："左庶长，大、大事不好。孟西白三族，两三万人，来、来栎阳，交农！白氏扬言，国府不给公道，他们，就、就反出秦国呀！"

由之的禀报不啻一声惊雷，不独卫鞅内心震惊，太子、嬴虔和公孙贾也脸色大变。

"交农"是当时农人对官府的最强烈的抗议示威，就是将所有的农具都堆积到官署中，官府不答应所请，便永远不再耕耘。春秋战国之世，哪个国家若有一次"交农"发生，那就是这个国家的最大耻辱，天下会视这个国家丧失了天心民心，便可以大起盟军，任意讨伐。这比一两次战争的失败更能动摇国家根本。百年以来的变法历史上，天下还没有发生过这样的"交农"，今日秦国的老秦人却要"交农"，如何能不引起极大震动？何况，还不仅仅是"交农"，还要"反出秦国"！这对于素来稳定的秦国腹地老秦人来说，简直是天崩地裂般的乱象。

顷刻之间，卫鞅意识到了事态的严重，意识到秦国变法到了生死存亡的关头。以孟

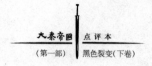
西白三族老秦人的执拗,不真正公平地处置滥杀事件,根本不可能平息他们的怒火,秦国就必然要出现大动荡,山东六国再一出兵,秦国如何不灭亡? 那时,一切都将付之东流。然则,这件事大大棘手处,在于是太子犯法。且不说太子只有十三四岁,尚未加冠成年。更重要的是太子是国家储君,能杀掉太子平息民愤么? 而且,国君目下不在栎阳,臣下如何能擅自处置太子? 然则,如何举措才能使怒潮平息?

嬴虔见卫鞅沉吟思忖,拔剑愤然道:"左庶长不要怕。嬴虔只要两千铁骑守在栎阳西门,看谁敢反出秦国!"他想卫鞅虽则奇才,然毕竟书生,面对如此汹汹阵势,必须由他这个身经百战的公室大臣来支撑局面。如果调兵权力还在自己手中,又何须和卫鞅商议,他早已经领兵在半道拦截了。

猛然,卫鞅微微一笑:"左傅少安毋躁,请与太子、右傅先行到国事厅休憩片刻,容我调兵妥当后再分头行事。"

"如此也好。走。"嬴虔和六神无主的太子、惊恐不安的公孙贾去了国事厅。

卫鞅面色一沉,向荆南做了个包围手势,荆南"咳"的一声,疾步而去。卫鞅转身对匆匆赶来的景监命令:"景监领书,立即下令栎阳令王轼,调集两千铁骑一百辆兵车,在西门外待命。"景监匆匆去了。

又是马蹄声疾,车英飞步进门:"左庶长,郿县民众汹汹而来,大约还有三十里。披麻戴孝,抬尸交农,情势紧急!"

卫鞅眼睛一亮道:"车英,你来得正好。其余事体回头再说,目下立即赶到栎阳府,凭兵符与王轼一起率领铁骑兵车,在栎阳西门列成阵势等候,不许与民众冲突。"

"遵命!"车英飞身上马,驰向栎阳官署。

国事厅内,嬴虔看到院中有一队公室禁军甲士,心中一怔,似乎不经意地走到后窗向外端详,见树影里影影绰绰全是禁军甲士,心下不禁怒气顿生,冷笑道:"看来,卫鞅将我等拘禁起来了。"

公孙贾一直处在惊恐不安之中。他有一种不祥的预感,觉得这场突如其来的灾祸大是神秘难测。太子如何像疯子一样不可理喻? 素负盛名的农耕望族白氏一族,如何竟能明目张胆地用沙石充粮? 太不可思议了。事情一出,他就认定卫鞅要拿他做替罪羊,因为他是太子傅,如何能逃脱干系? 想到这里,不禁脸色大变:"左傅啊,这、这如何是好? 卫鞅可是六亲不认也。"

太子也盯着伯父,嘴唇颤抖着:"公伯,公父如何不回来?"

嬴虔低声喝道:"慌甚!公父不在栎阳,才有你的小命。公父若在,你就是剑下之鬼。知道么?卫鞅不会动你的。"

"那……那,动谁?"太子上牙打着下牙。

"还能有谁?"嬴虔冷笑,"公孙贾,准备丢官吧。"

公孙贾摇头哭丧着脸:"不,不会……"

"难道,你还指望升官不成?"嬴虔的眼神充满厌恶。

"不不不,左、左傅,我是说,卫鞅肯定要杀我等!"公孙贾几乎要哭出来。

嬴虔哈哈大笑:"鸟!杀就杀,你他娘的,是个怕死鬼!"

一阵急促的脚步声,卫鞅匆匆走进。嬴虔大笑戛然而止,冷冷道:"左庶长大人,我等已经是你的阶下囚了。你一个人进来,不怕我杀了你么?"长剑锵然出鞘,闪电般刺到卫鞅咽喉。

卫鞅看着顶住咽喉的剑尖,微微笑道:"公子虔,那我等就一起为秦国殉葬。"

嬴虔收剑道:"你说,如何处置?"

卫鞅拱手肃然道:"两位太子傅,太子滥杀,激起民变,秦国面临治乱安危生死存亡之关头。卫鞅总领国事,决然依法平息民变。法令如山,两位罪责难逃。卫鞅得罪了。来人,将嬴虔、公孙贾押赴西门!"

院中禁军甲士昂昂进入。嬴虔愤然长叹,掷剑于地:"鸟!来吧。"

景监疾步走来,轻声道:"太子请随我来。"将太子领了出去。

太子闯祸,事态难以收拾。要想象出这事端,作者动的脑筋不少。

夜色苍茫。官道上哭声动地,火把遍野,向栎阳城西门呼啸着卷来。

西门外的空地上,一百辆兵车围出一个巨大的马蹄形场地,向西一面的官道敞开着。兵车上的甲士持矛背弓高举火把,兵车外围是两千铁甲骑士,一手火把,一手长矛,惶惶不安地等待着。

火把海洋汹涌而来。当先一排巨大的火把下是几百名白发苍苍的老人,身前长龙般的白布上,血写着八个大字"民不畏死交农请命"!老人身后,是难以计数的少年和女人,她们拉着长长的执绋,顿足长哭,哀声遍野。少年女人身后,是分别用木板抬着三十多具尸体的青壮年,每具尸体上都覆盖着一片黑布,旁边是一束用红绳捆扎的麦穗和一抔装在陶盆中的黄土。尸体之后,是三位红衣巫师。他们手中的木剑指向苍茫夜空,长声嘶喊着代代相传的招魂古调:"壮士归来啊——恋我禾谷!魂魄何去啊——卧我黄土!"这是老秦人安葬战死沙场的勇士时招魂专用的词调,今日孟西白三族巫师用在了无辜死者的身上,竟分外凄厉壮烈。巫师之后,是浩浩荡荡扛着各式农具的男女老幼,他们不断愤怒地高喊:"官府滥杀,天理何存!""交农请命,讨回公道!""秦不容民,反出秦国!"

*民不畏死,奈何!*

西门外两千将士从来没有见过如此壮烈凄惨的浩大场面,一时间人人悚然动容,鸦雀无声,只有各种旗帜在风中啪啪抖动。毕竟,士兵们面对的不是战场敌人,而是手无寸铁的秦国父老。这在老秦国的历史上还是第一次。孟西白三族的从军子弟极多,而且大都是精锐骑士与千夫长上下的中低级将领,两千骑士中就有一两百孟西白子弟,他们已经激动慌乱得难以自制,竟有几名骑士猛然倒撞在马下。铁骑甲士的阵形顿时骚动起来。

车英大吼一声:"老秦子弟,忠于国法!乱军者,杀无赦!"

铁甲骑士终于稳定了下来。万千民众拥到城门外也停了下来，没有一个人叫喊，无边的火把映着无数愤怒的面孔，和对面官军沉默地对峙着。

车英高声报号："左庶长到！"

一辆牛拉轺车从城门洞咣当咣当地驶出，直到连环兵车的中央空隙停下来。

轺车上挺身站立的卫鞅在火把海洋里显得肃穆庄严。他头戴六寸白玉冠，身披秦孝公亲赐的黑丝绣金斗篷，怀抱着那把粗犷古朴的秦穆公金鞘镇秦剑。就是在渭水第一次大刑杀时，卫鞅也没有抬出这些标志特殊权力的信物。今天，他却破例地全部使用了象征特殊权力的所有标志，包括那辆六尺车盖的牛拉轺车。面对愤怒汹涌的老秦部族和真正上层的公族罪犯，他要借用这些崇高的威权象征，来增加他处置事件的威慑力和汹汹民众对他的信服。当卫鞅在高高伞盖下看见弥漫四野的万千火把和愤怒沉默的茫茫人海时，不禁油然想起老子的旷世警语："民不畏死，奈何以死惧之！"面对这一触即发的连绵火山，两千铁骑、百辆兵车和身后这座栎阳城堡显得何其渺小。当此之时，非霹雳手段，无以力挽狂澜。卫鞅啊卫鞅，今日考校你的时刻到了……

权力赋予权威，由古至今，从来如此。

权力赋予权威，由古至今，从来如此。

轺车刚刚停稳，最前面的老人们扑地跪倒，大片白发苍苍的头颅在火把下颤抖着。浑身血迹泥水披麻戴孝的老白丁，将一方白布血书举过头顶，悲怆高喊："左庶长大人，为民做主啊！"身后人海举起手中各式农具和火把齐声嘶喊："左庶长，为民做主啊！"声浪呼啸着滚过原野，就像夏夜的轰轰闷雷。

突然，一个女人哭喊一声，将一把扫帚扔到兵车前："男人们，交农啊——"

"交农啊——"一声无边的怒吼，人们将带来的所有农具抛进兵车空场,抛在一切可能的空地上。片刻之间,栎阳城门前和人海空隙中,堆起了十几座农具小山。

卫鞅断然命令一声,驭手将辒车赶过农具小山,来到老人们面前。车英顿时紧张,手中令旗一摇,率领一个百人骑队跟了上来。卫鞅回身厉声喝道:"执法尉退下!"车英稍一沉吟,摆动令旗教骑队归位,自己驾着一辆兵车来到卫鞅身边。

卫鞅下车,深深一躬,接过老白丁头顶的血书:"老族长,卫鞅不公,天理难容!请父老兄弟姐妹们静下来吧。"

动之以情。

老白丁回身高喊:"莫要喊叫,听左庶长处置。"

卫鞅回身跳上辒车,向面前人海深深一躬:"父老兄弟姐妹们,白氏一族乃秦国功臣大族。百年以来,无数白氏子弟为秦国效命疆场,马革裹尸者不知几多。秦国农耕,白氏领先,乃公室府库之粮货根本。初行新田制,白氏举族勤耕,收成为秦国之首。当此之际,太子私刑滥杀白氏三十余人,致使孟西白三族交农请命。秦国朝野,都在看国府如何处置太子犯法事件,对么?"

晓之以理。

"对!"全场雷鸣般回答。

"卫鞅身为左庶长,要告知秦国朝野臣民:秦国变法不会改变!新法要义:国无二律,刑无二治,公族犯法,与庶民同罪!我手中这口穆公镇秦剑,就是推行新法的天命神器。卫鞅今日持穆公金剑,对违法人犯明正典刑!"卫鞅说完,向后一挥手,"领书宣读书令。"

景监走上车英的兵车,展开手中竹简高声宣读:"秦国左庶长卫鞅令:太子犯法,与民同罪。依据新法,尚未加冠之少年犯法,不加肉刑。太子乃十余岁少子,免去肉刑。然太子所为,触法太甚,违背天道,处罚如下:其一,太子须亲为白村死者送葬;其二,白村送葬用度与死者遗属之抚恤,全数由太

绳之以法。

太子是嗣君,不能施用肉刑,唯有在其他方面加以惩戒。

子府库承担;其三,夺太子封地,年俸减半;其四,太子颁行《罪己书》,将其违法作为昭告朝野,明其痛改之心。此令。左庶长卫鞅。"

人群相互观望,似有缓和,却仍然愤愤不平。老白丁伏地哭喊:"太子身为储君,如此滥施刁蛮,国体何在啊?!"

卫鞅厉声道:"将太子傅嬴虔、公孙贾,押上来!"

两队士卒将两辆囚车推到卫鞅轺车旁。囚车中嬴虔脸色铁青,冷笑不止。公孙贾却瘫吊在木笼中,尿水在衣裤上不断滴沥。

卫鞅指着木笼高声道:"父老兄弟姐妹们,他是太子左傅嬴虔,他是太子右傅公孙贾。太子无教,太子傅难辞其咎!"

景监立即高声宣令:"太子左傅嬴虔,处劓刑,另奏国君罢官削爵!太子右傅公孙贾,处黥刑,流陇西山地!"

老人们唏嘘站起,纷纷点头:"公道难逃啊!"外围的人群骚动起来,高喊:"割鼻子!刺字!""活该!""报应!""此等人做太子傅?杀了才好!"

车英一挥令旗:"行刑!"

两辆高大的囚车木笼打开,一名红衣行刑手手持一柄雪亮的短刀,身后跟着一名手端盛水铜盆的武士,大步来到嬴虔囚车前。

嬴虔愤然长叹一声,咬牙闭目。在如同白昼般的火把照耀下,万千人众骤然无声,喘息可闻。雪亮的短刀冰凉地搭上了嬴虔英挺笔直的鼻梁——只听一声雄狮般的怒吼,嬴虔满面鲜血,喷溅数尺之外!

与此同时,公孙贾囚车前的行刑手,从硕大的木炭火盆中抽出一根烧红的长条烙铁,骤然贴上公孙贾细嫩的面颊,

连嬴虔也得罪了,卫鞅日后有难矣。

尖锐凄厉的吼叫中一股人肉的焦臭随风四散……万千人众无不悚然动容,女人少年惊恐地蒙上了眼睛。

刑吏高喊:"刑法完毕,验明正身。"

卫鞅向民众拱手高声道:"依法行刑,还要依法赏赐!"

景监高声宣读第三卷竹简:"白氏族人勤耕守法,国府特赐铜额一方,以为国人楷模。白里死者,皆以战死记功,各赐爵一级,由长子、长女承袭。族长白丁,为民请命,亦赐爵一级。白里粮赋,免去三年。"

四名卫士抬着一块"勤耕守法"的铜字大额从轺车后走出。卫鞅走到老白丁面前:"老族长,白村安葬死者之日,卫鞅当亲自前来吊丧。"

老白丁热泪纵横,扑地长拜:"左庶长啊,你是国人的再生父母呀……"霍然站起,高声嘶喊,"收农!"人们也哄然大喊:"收农了!"纷纷拥挤着从农具堆中抽回一件,也不管是否自己的了。顷刻之间,十几座农具小山又回到了农人们的肩上。满场哭声,满场沸腾,"新法万岁!""国府万岁!""左庶长万岁!"的喊声回荡在栎阳城外的广阔原野上。

人潮退去,栎阳城渐渐地平息下来。卫鞅回到府中,已经是四更天了。

景监、车英和王轼都没有回家,一齐跟到左庶长府。卫鞅吩咐厨下搞来几大盆凉苦菜、大笼蒸饼以及热腾腾的羊肉汤,四个人吃得满头大汗,才发现真正是饿极了。

吃喝完毕,王轼拭着额头汗水问:"左庶长,下着如何走法?"

卫鞅笑道:"下着?自然是继续二次变法了。"

"不是。左庶长,我说的,是背后的那只黑手,如何揪法?"王轼愤愤道,"这是明摆着的怪事!太子目睹沙石充

用简笔速写公子虔、公孙贾之刑,单一个血腥暴力的场面,已足够解释日后"宗室贵戚"之怨望、商鞅被车裂的后果。实际上,公子虔与卫鞅的积怨,非一日之功。《史记·商君列传》载,"令行于民期年","于是太子犯法。卫鞅曰:'法之不行,自上犯之。'将法太子。太子,君嗣也,不可施刑,刑其傅公子虔,黥其师公孙贾"。行之四年,"公子虔复犯约,劓之"。惩罚太子师傅,对变法的施行,起了关键性的推动作用。但卫鞅成也公子虔、败也公子虔,两人的积怨,无解。

粮,铁的事实。白村没有作弊,也是铁的事实。这新麦纳赋,究竟在何处出了鬼? 岂非大有蹊跷? 背后无人,岂能如此怪异?"

景监接道:"对。且此人绝非等闲,几乎要将新法整个掀翻!"

"更阴毒的是,给左庶长树了死敌。太子、公子虔、公孙贾,牵扯着多少势力? 不将这个藏匿极深的黑手明正典刑,国无宁日!"车英一脸黑霜。

卫鞅沉吟有顷,似乎不想延续这个话题,想想又笑道:"你等说得都对,看得也准。白里与太子府中间,肯定有一段引线还埋在地下。然则,目下硬扯这根线,还不到时机。最大的危险,是诱发混乱动荡,而使变法搁浅。此所谓鼠伏于器,投而忌之也。要推动变法,唯有后发制人。只要变法无可阻挡,大局便可底定。诸位须得牢记,当此之际,阴谋,须得阳治。谁人违法,便决然处置。却无须大动干戈,试图一网打尽。"

卫鞅意味深长地一笑:"水下的怪物,不会永远不露出水面的。"

三人会意地点头,相视微笑。

卫鞅心中,唯有变法。

阴谋无处不在,人心无处不险。

# 第十章　蒹葭苍苍

## 一　鼎沸中游离的浮冰

七月流火，秦孝公终于回到了栎阳。

大半年之中，孝公在陇西郡与北地郡走遍了每个县，还跑了许多零散的农耕区和游牧区。这两个地区虽然土地辽阔，却很是荒凉偏远。在秦部族还没有成为诸侯国的时候，陇西和北地是他们的故乡。那里的许多河谷与草原都曾经是他们的生存本土，是被包围在戎狄部族海洋中的无数个孤岛。成为占据周人本土的大诸侯国之后，秦人举族迁入成为战争废墟的关中，无数个孤岛般的故乡便被戎狄部族席卷吞没了。直到秦穆公时期，秦国为了安定后方，全力西进，使三十多个戎狄部落国臣服于秦国旗下，这两个地区才成为秦国真正的领土。穆公之后百余年虽说时有叛乱，土地不断缩小，民众不断减少，但最主要的河谷草原却依然在秦

七月流火非炎炎夏日。

太子犯事，作者以勤政的名义把孝公"支使"到外地，可借此写出孝公之智、卫鞅之严。

此处提及郡县,是要为将来的郡县制设下伏笔。但相关的史实待考。郡与县的关系,在秦代以前,县并不在郡的统属之下,郡县并非直属之关系。陇西郡与北地郡的设置时间,也有待考证。据《史记·匈奴列传》,"秦昭王时,义渠戎王与宣太后乱,有二子。宣太后诈而杀义渠戎王于甘泉,遂起兵伐残义渠。于是秦有陇西、北地、上郡,筑长城以拒胡"。据裴骃《史记》集解,秦灭六国后,始皇帝分天下以为三十六郡,陇西、北地、上郡皆在其中。另据《汉书·地理志》,"(周)孝王曰:'昔伯益知禽兽,子孙不绝。'乃封为附庸,邑之于秦,今陇西秦亭、秦谷是也。至玄孙,是为庄公,破西戎,有其地。子襄公时,幽王为犬戎所败,平王东迁洛邑",后"子惠公(孝公子)初称王,得上郡、西河"。可知陇西为秦发迹之地,但设郡之期不确。小说无法按史实原貌展开,只能充当演绎史实的角色,为体裁所限。历史小说通常是以古说今,小说家要寻找的是另一种真实。小说更像一种精神"考察",而非史实考据。读孙皓晖的小说,可用三种眼光三种读法,一是小说读法,一是史实读法,一是现实读法,就看读者取哪一样。

国治下。秦献公时期,为了这块后方根基不再被继续肢解,便将这块辽阔的地区划做了两个郡,陇西郡和北地郡,专设官府,常驻军旅,取代了原先依靠部族头领治理的传统方略。

秦孝公之所以坚持巡视这两个边陲地区,一是他从未到过这两个郡,很需要有实际的踏勘了解。最重要的是,这两个郡虽然荒凉辽阔,却是秦国西部北部的屏障。陇西之外,是流动无常的匈奴、西羌、诸胡与月氏部族等,他们的草原骑兵随时都有可能闪电般进攻陇西。北地郡在目下更重要,北面的阴山草原有匈奴部族,东北面的云中山地是虎视眈眈的赵国。东面是秦国的河西地区,原本有漫长险峻的太行山与黄河天险,却被魏国在三十年前逐步蚕食,河西尽失,将北地郡压缩到洛水流域以西。如此一来,魏国、赵国、中山国就都成了觊觎北地郡的凶恶对手。

秦孝公最想知道的,是这两个鞭长莫及的地区变法成效如何?能不能在变法之后成为坚固的西北屏障?半年巡视下来,尚算满意。卫鞅的每道法令都及时地送到了郡署,由戎狄部族头领担任的郡守也还算忠实地执行了变法法令,废除了隶农制和牧奴制,河谷耕地和草原牧场也都分给了农人牧民。两郡的府库都充实了许多,愿意从军的青壮年也大大增加。秦孝公当即颁布了两道书令:第一道,两个郡守各晋升爵位两级,从原来的第七级公大夫爵,晋升到第九级五大夫爵。这在地方臣僚中可算是最高爵位了,因为卫鞅的左庶长爵位也才是第十级。两个郡守自然是感奋异常。第二道:两郡庶民的赋税减去三成;两郡府库所征收的财货十年内用作军务官俸,免缴国府赋税。如此一来,两郡的财政压力大大减轻,郡守吏员庶民无不称颂欢呼。两个郡守向国君慷慨激昂地立誓,决意建立两郡骑兵,对各种侵扰坚决回击,绝不使敌国再压缩秦国土地。

　　陇西北地的夏天是宜人的，除了正午前后炎热两三个时辰外，早晚的山风河风凉爽干燥，没有一点儿闷热难当的感觉。虽则如此，秦孝公整日在山川奔驰，少有歇息，几个月下来，也成了一个地道的西部汉子，黝黑发亮，精悍结实。一路东行，过了陈仓山顿觉一阵湿热，身上立时汗津津的。秦孝公本想到玄奇的河谷庄园再去看看，却知道在他离开墨家总院的同时，玄奇也已经到齐国去了。孝公站在山头上望了一阵，叹息一声，便回头走了。走了一段，秦孝公却又回马向河谷纵深驰去。

　　到得小庄园外，孝公吩咐两名卫士留在小河边，独自一人推开篱笆走了进去。院子里两株桑树绿叶正浓，树下却没有养蚕的竹箩。小场院中堆着一个麦草垛，篱笆外的麦子显然已经收割打过。小屋的木门没有上锁，门上写着两行大字：入山采药狩猎迷路之人，可进屋食宿。孝公感慨地叹息一声，推开屋门，屋内几样简单陈设都用布苫着，除了一层灰尘，还是那样整洁冷清，显然还没有人光顾过这个小小庄园。孝公四顾，拿下古琴上苫盖的那块白布翻了过来，掏出怀中一锭干墨，在布上用力写下两行大字，又将白布翻过来原样苫盖妥当，方才走出小屋。他本想在这里独自住宿一夜，听听那山风松涛，看看那明亮孤独的月亮，替她理一理庄园桑树，重温一次那永远烙在心头的美丽的河谷之夜。

　　但是，他又必须匆匆离开这里。事情太多了。在陇西他已经大体知道了栎阳发生的动荡。风险关头，他相信卫鞅的品格与能力。但风险之后的善后，应该由他这个国君来出面，不能再纠缠卫鞅。正因为这一点，秦孝公才要冒着酷暑赶回关中。

　　赶到栎阳，已经是晚汤时分。秦孝公梳洗完毕，对黑伯叮嘱几句，只身出门了。

　　匆匆来到嬴虔府前，秦孝公惊讶得愣怔了半天。大门已

一个点火，一个救火。君臣有时候要善于唱双簧。

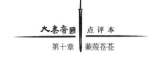

经用砖石封堵,黑漆漆没有一丝灯光,没有一个人影,往日里生机勃勃的上将军府变得一片死寂。秦孝公端详徘徊,终于来到小小的偏门。奇怪的是,小偏门也关着,一个卫士也没有,一盏灯笼也没有。想了想,孝公举手敲门。偏门内一阵脚步,一个苍老嘶哑的声音:"公子不见客,请回。"

"嬴渠梁到此,家老开门。"

吱呀一声,小门打开,家老涕泪纵横地跪倒在地上:"君上! 公子大冤哪……"

秦孝公扶起家老,没有说话,自顾向里走去。整个庭院也是黑漆漆一片,没有一个房间有灯光。家老轻步抢前,将秦孝公领到后院小山下,向山顶的石亭上一指,低声哽咽道:"公子整日整夜地在那里……"

秦孝公挥挥手,示意家老离去,独自踏着石阶走上石亭。

硕大粗朴的石亭下,一个披散长发的高大黑影背身站立。听见身后熟悉的脚步声,他身体微微一阵颤抖,却依然没有回头。秦孝公也没有说话,只是默默地站在高大黑影的身后,深深一声叹息。高大黑影一动不动地站着,没有回身,也没有说话,连一声叹息也没有发出。

两个人默默地站着,足足有半个时辰,谁也没有说话。

"就刑护法,大哥有功。"秦孝公终于打破了沉默。

高大的黑影依旧石像般的沉默。

"公父遗嘱,大哥记得否?"

回答的还是沉默。

"大哥历来支持变法,历来支持卫鞅。"

依旧是死死的沉默。

"放弃变法,杀掉卫鞅,我嬴氏一族重回西陲?"

高大黑影身体一抖,声音喑哑道:"何须逼我? 嬴虔不反变法。"

私仇无解。孙皓晖笔下的公子虔,让人印象深刻,且遭遇令人同情,戏剧性强。

"然则仇恨卫鞅。"

高大黑影嘶声叹息，不回头，不说话。

"大哥，诸多人等你出面合力。"

"无须多言，我不会与任何人交往。"黑影的声音一阵颤抖，"嬴虔已经死了。"突然回头，脸上垂着一幅厚厚的黑纱，在朦胧夜色中透出几分恐怖。

秦孝公深深一躬："大哥，保重。我会教荧玉经常来看你……"

"还有一句话。莫将荧玉嫁给卫鞅！"

人之常情也。

秦孝公惊讶："荧玉嫁给卫鞅？从何说起？"

嬴虔已经转过身躯，不再说话了。

秦孝公回到国府，心中很不是滋味儿。此时黑伯来报，说太子不敢来书房晋见，在太后寝宫等着。秦孝公一怔，阴沉着脸来到后庭院太后住处。

犯了错，找奶奶就对了。

太子嬴驷一个多月来神思恍惚，骤然消瘦。闻得公父回来，更是惊恐。黑伯宣他在孝公书房等候时，他忐忑不安地跑到国府后院，默默地流着眼泪跪在太后面前。太后长叹一声："好吧，你就在这儿等吧，但愿你小子还、还有一条活命……"说完，太后唏嘘着唤来荧玉，在女儿耳边小声叮嘱了一阵。嬴驷吓得六神无主，一直跪在太后的正厅动也不动。

来到后庭院，秦孝公吩咐黑伯守在寝宫门口不许任何人进来，便匆匆走了进去。进得正厅，太后不在，只有嬴驷跪在厅中，荧玉站在旁边一副认真监督的样子。秦孝公胸中怒火骤然蹿起，大喝一声："逆子！"上前抡圆胳膊就是两个巴掌，打得嬴驷嘴角顿时出血，面颊肿起，又一脚将嬴驷踹翻，捞起一个陶瓶就要往嬴驷头上砸去。

"二哥……"荧玉哭喊着扑上来，双手死死抓住孝公胳膊,陶瓶哐啷一声掉在地上摔碎。孝公猛然推开荧玉,向剑架奔来,却不见了剑架上的长剑,一怒之下,又抱起一个石墩就要来砸嬴驷。荧玉情急,紧紧抱住孝公尖声哭喊:"驷儿快跑!快啊!"

嬴驷咬着牙,不哭,不喊,不躲,不跑,反倒清醒了一般,默默地爬起跪在地上看着狂怒的公父。一瞬间,秦孝公一脚踢开荧玉,顺手捞过一个青铜烛台向嬴驷扑来。

"渠梁!可也!"太后面如寒霜地挡在嬴驷身前。

"母后……"秦孝公嘶喊一声,手中青铜烛台咣啷砸在青砖地上,双手捂脸,泪如泉涌,浑身颤抖。

白发苍苍的太后默默地双手扶住儿子:"渠梁……"竟也是泣不成声。

"母后,渠梁有负列祖,不孝……"孝公大袖裹住脸,使劲一抹如泉泪水,扶母亲坐在石墩上。荧玉已经挣扎起来,收拾地上的凌乱东西,还不忘背过身向哥哥做个鬼脸。

"渠梁,驷儿有大错,罚他教他可也,不能伤残其身。"太后拭泪唏嘘。

秦孝公已经平静下来,冷冷道:"嬴驷,过来。"

嬴驷默默地膝行而前,红肿的脸上没有眼泪,也没有惊慌。

"嬴驷,你身为国家储君,私刑滥杀老秦望族三十余人,几使秦国倾覆,新法夭亡。战国天下,可曾有你如此太子?!如果不是卫鞅,而是我这个国君在栎阳,不杀你这个逆子,何以面对天下?何以面对为秦国流过无数鲜血的老秦人?"秦孝公粗重地喘息着,强压胸中怒火,冷冷道:"自今日起,废去你太子爵位。给你一卷通国文书,你要以游学士子身份,在秦国山野游历谋生。看看秦国千里河山的变法,想想你的作为,你,好自为了!"秦孝公沉重伤感,嘶哑地叹息一声。

*渠梁暴怒,皆因恨铁不成钢。可怜天下父母心。*

*太后也是识大体的人。*

荧玉惊讶："大哥，驷儿还只有十三四岁……我，陪他去。"

嬴驷却重重地叩了一个头："不，姑姑，嬴驷一个人。"说罢站起，向太后、父亲与姑姑深深一躬，头也不回地走了。

"驷儿……"太后喊着站起来，眼见嬴驷去了，摇头拭泪，"又是个犟种……"

"母后，教他去。我像他那么大，已经打了两年仗了。"

"都像你？"太后长长嘘了一口气，"总算过去了，那阵子我也提心吊胆，和荧玉通宵合不上眼。说起来，还是卫鞅，泰山石敢当，不愧国家栋梁。你小妹还发了个誓……"

"娘！"荧玉满脸通红，"人家那是求上天庇佑秦国。"

"噢？庇佑秦国？"秦孝公恍然大悟，不禁揶揄地笑看妹妹。

"荧玉，你去给二哥收拾饭来，他一准儿没吃。我和你二哥说说话。"

"唉。"荧玉笑着跑了出去。

太后低声笑道："荧玉立誓，卫鞅若平息动荡，她就嫁给卫鞅。"

秦孝公惊讶地一怔，立即恍然，不禁高兴得爽朗大笑，胸中的郁闷烦恼一时舒缓了许多。

## 二　青青子衿　悠悠我心

卫鞅有许多大事急于请秦孝公最后定夺，却没有立即晋见。

他突然产生了一个微妙的想法，应当给国君些许时间，让其余声音先行上达，让国君先听到对他的仇恨和怨愤，他

怪不得太子早慧早熟。

桥段不怕旧。

自己应当先看两天。卫鞅为这个突如其来的想法感到惊讶，觉得自己似乎有了一些不该有的东西。仔细回味，又觉得有理。国君几乎一年不在栎阳，自己单独扛过了变法初期的巨大压力，而且在平息最危险的动荡中惩罚了太子，刑治了两位太子傅。如果算上前面已经对他有怨恨的"孟西白"三将和老太师甘龙及太庙令杜挚等，变法开始时的所有贵族元老已经都变成了他的敌对势力。最重要的，是失去了根基雄厚资望极深的嬴虔这个盟友力量。以嬴虔品行，他可能不会反对变法。然则以嬴虔的个性和难以克服的贵族痼疾，他也不会漠视个人仇恨。在嬴虔看来，他这个太子傅本来就是虚职，刑治公孙贾一人已经足以服众，将他牵连进去一同治罪，完全是卫鞅取悦民众的手段。卫鞅也曾反复问自己，那天不处置嬴虔能不能平息动荡局面？以卫鞅的能力，再加上嬴虔的支持，应该说能。然则，不处置嬴虔，能不能抚平孟西白三族老秦人彻底冰冷的心？能不能避免由此引发的诸多隐患？显然不能。处置嬴虔这个朝野赫赫重臣，有利于一举稳定国中大局，有利于消除隐患，有利于向国人宣示无可阻挡的变法决心，且必然换来一段长期的稳定安宁。如此说来，嬴虔从直接事件的意义上本来是可以开脱的，是卫鞅基于大局需要，将他做了牺牲。

这种权衡局势而牺牲重臣的做法并非新鲜，然则都是国君的权力。一个尽管握有实权但爵位毕竟只是左庶长的他，竟断然将国君长兄、一位一等爵位的公族重臣处了劓刑，割了鼻子，这在战国变法权臣的历史上绝无仅有。这样做，国君当做何想？当国君身处异地远离权力中枢的时日，同意他临机处置，这是稍微明智的君主都可以做到的。然则国君回到了国都，回到了权力情境，还能否对他这种大有越权嫌疑的行为保持清醒判断？卫鞅第一次感到了一丝迷茫。

*让秦孝公离开栎阳，这个情节设置巧妙。避免了孝公与卫鞅心生嫌隙。万一事情不顺利，还有国君来善后，要成大功，红脸和白脸，缺一不可。*

*此举有若壮士断腕、弃车保帅。单靠史书，无法得知卫鞅的内心想法，小说可以丰富历史人物的血肉。明知山有虎，偏向虎山行，行事极端，卫鞅是有立功之心，此立功乃"三不朽"之立功。*

"君心无常，伴君如虎。"这句古老的典训顽固地钻进了卫鞅的心头。

虽有一丝迷茫，但卫鞅依旧沉浸在准备第二次变法的繁重国务中。他有一个顽强的信念，只要他不在二次变法之前倒下，他的人生就可以满足。所以无论心中有何波澜，他都没有一刻停止公务。前一个月，他已经通令各郡县准备第二次变法，并将第二批法令的大要告知各郡县官署。目下，景监已经督促府中吏员辛劳月余，将他反复披阅增删的第二批法令全部缮写刻简完毕，单等国君定夺后颁行全国。

"左庶长，国君已经回到栎阳，当即刻将第二批法令送呈国君了。"景监指着长案上满满当当的竹简，提醒卫鞅。

"莫急。"卫鞅笑道，"教君上歇息两日。"

"左庶长，你当先见君上，要使君上尽早知晓左庶长想法。"

卫鞅微笑："先入为主？夜长梦多？"

景监苦笑："哪里话来，早见君上早开始也。否则，我先去见君上。"

"不用。我自己来了。"一阵大笑，秦孝公信步进门。

卫鞅霍然站起："君上……臣，卫鞅参见。臣正欲入宫晋见，不意君上亲临。"

"景监参见君上。"

秦孝公笑道："你们事比我多，当然该我来。啊，士别三日，当刮目相看了。景监也成大忙人了，再不泡棋案了？"

"君上宵衣旰食，左庶长昼夜操劳，景监何敢荒疏？"

卫鞅感慨一叹："君上辛苦，黑瘦多也。"

"黑瘦？是结实！"孝公笑着挽起袖口，露出黑黝黝的胳膊，"看，比你等瓷实多了！"说着放下大袖，坐在景监搬来的石墩上，感慨道："此次西行，看到了陇西北地两郡有了起

这"大笑"二字用得好，可见孝公并不觉得惩罚太子、剔黜太子师傅是多么严重的事情，变法、光复缪公志业才是大事。所谓的兄弟同心，都要给变法强国让路。

情真意切。

色,我委实高兴。这两座屏障安稳,乃我秦国万幸也。左庶长,这正是变法的威力啊。"

"君上,二次变法完成,秦国将有更大的变化!"景监兴奋插话。

"准备好了?"

卫鞅:"君上,这是第二批法令。单等君上定夺颁行。"

"左庶长先大要言之,若无不妥,即行颁发。"

卫鞅指着案上的竹简:"第一次变法,为秦国画出了一个总框架,解决的是田制、激赏军功等当务之急。第二次变法,是要理顺秦国之民生国计、权力范式、民风民俗等错综复杂的关联,犹如人体之根本调理。二次变法的大要目标有五:其一,秦国地广人稀,土地荒芜甚多。而毗邻的魏赵韩三国,则多有无地可耕之民。秦国要鼓励三晋穷苦民众来秦国定居,开拓致富。此乃激赏移民之法令。"

"好!有十万户迁入,秦国就成了第一流大国!"秦孝公拊掌大笑。

"其二,秦国无统一治理全国的官署体制,封地自治、部族自治与国府直辖之郡县同时并存,导致民治混乱,国力分散。本次变法,要建立国府统一治理国家每一寸土地的权力范式。具体而言,就是建立郡县制,将国家权力分为国、郡、县、乡、亭、里六级。取缔一切部族自治与封地自治。如此秦国上下统属,如臂使指,国力当大有增强。"

"好!此乃天下一大创举也。李悝、吴起、申不害,谁也没想到!"

"其三,秦国民俗蛮荒,大损秦人身体。举家男女同居一室,三代四代不分家;西北部民众冬天寒食,多有恶疾;栎阳国人粗朴脏乱,城内秽物如山,导致国人腹泻多发,六国商贾亦大是为难。凡此等等,非但弊端丛生,难以管制,且大不利

《商君书·算地》称,"民胜其地,务开;地胜其民者,事徕"。《商君书·徕民》载,"今利其田宅,而复之三世,此必与其所欲而不使行其所恶也。然则山东之民无不西者矣。且直言之谓也,不然。夫实圹什虚,出天宝,而百万事本,其所益多也,岂徒不失其所以攻乎?","今以草茅之地徕三晋之民而使之事本,此其损敌也,与战胜同实,而秦得之以为粟,此反行两登之计也。","今复之三世,而三晋之民可尽也"。此乃商君徕民之计。战国时期,事事必争,秦与三晋所邻,三晋地少人多,秦地多人少,欲使秦强,必须夺他国之民。战国各国皆患人少,如《孟子·梁惠王上》就提到梁惠王对"寡人之民不加多"的疑问。国与国之间,夺民之"战"激烈。夺民之利,在垦荒,补充劳力,亦能补充兵力。《徕民》篇非商君所作,但也可以看出法家之思虑周到。

中央集权,必须打破地方自治、地方无为。卫鞅为大良造之后,"集小乡邑聚为县,置令、丞,凡三十一县"。

秦并非唯一变法的诸侯国,秦能并天下,卫鞅只是成因之一。

于吸引山东流民定居。本次变法，要强制民户除夫妇之外，男女一律分室而居；男子年满十七岁便可成婚，独自立户，不得与父母同户。还须强制取缔寒食陋习与脏乱痼疾。如此清理，一来移风易俗，使民众文明彰行。二来使户口增加，税源扩充。"

秦孝公沉吟道："这件事较为麻烦琐细……然则，还是要做。秦国应当效法魏齐鲁民俗，使秦国甩脱西蛮称号，文明起来。"

景监笑了："左庶长要不受河丫扰乱，安得对秦人陋习感同身受？"

秦孝公与卫鞅同声大笑起来。

"说吧，其四？"孝公急迫问。

"统一度量衡，杜绝商人欺诈与官吏伤农，并为吸引六国工商大量进入秦国做准备。官府铸造法定的斗、尺、秤，公开悬于各县府，供工商民众校准。丈量土地以六尺为步，百步一亩，步过六尺者罚。如此可使农工商百业，公平竞争，百业兴旺。"

"好！其五？"

"建立新军制，统属国君统率调遣。戎狄的部族军兵和少数世族的私兵，一律取缔遣散。旧式战车全部淘汰，新建一支神速快捷的辎重车队。秦国军旅之主力，则是以铁甲骑兵和野战步卒为主的新军。有三万真正精良的铁骑，两万勇猛善战的步兵甲士，则秦国足以纵横天下！"

秦孝公不禁大笑："景监，拿酒来！"

景监高喊："上酒——"

老仆人大盘捧来三爵一尊。秦孝公上前，亲自掌尊，斟酒入爵，双手捧起第一爵递到卫鞅手中。景监迅速将第二爵捧给孝公，自己端起一爵。

打破宗法的权威，建立国家的权威，加强卿、士大夫、士、庶对国君的忠诚度。改变其恶俗，增强秦人体质。这个中的"军国"思想，其实在各文明的发源时期，都曾有所体现。

西蛮之蛮字，有疑。俗称西戎、南蛮、北狄、东夷、中原。

卫鞅"平斗桶权衡丈尺"，增加经商的成本，驱民垦草。

训练忠于国君的新军，是强国之本。离开了"枪杆子"，垦再多的草也无用。掌控兵权，是中国最重要的统治术之一。

秦孝公慷慨举爵:"来,为秦国第二次变法,干!"

"叮当"一声,三爵相碰,三人一饮而尽。

"君上。"卫鞅深深一躬,"臣请罪。"

"请罪?左庶长何罪之有?"秦孝公惊讶。

"臣擅自治罪于太子及太子傅,请君上处罚。"

"处罚?"秦孝公喟然叹息,"左庶长不必惶恐不安,这次动荡由嬴驷逆子引起,若非你临危不乱,执法如山,岂能如此迅速地安定老秦人之心?扪心自问,你是救了嬴驷逆子的一条命。若我在栎阳,面对汹汹国人,岂能不杀太子以谢天下?我已经削去太子封号,命嬴驷以士子之身到山野磨炼。他没有了母亲,我是想留他一条活命,也没有再严厉追究。左庶长,你不怪嬴渠梁枉法徇情吧?"

"君上……太子毕竟年幼啊!若有闪失,何以为继?"卫鞅哽咽拜倒,"臣请君上收回成命。臣以为,臣之处罚合乎法度。"

"左庶长,快快请起。"秦孝公扶起卫鞅,"生死由命,国运在天。只要我等顺应民心潮流,变法图强,秦国岂能因没有了一个嬴驷而后继无人?公子虔的事,你也无须在心。嬴渠梁不能做变法后盾,岂非枉为国君?"

卫鞅感动沉默,热泪纵横。

故弄玄虚。渠梁的城府,恐怕卫鞅也难摸得清。

"左庶长,你忙。我还要去办一件好事。"说完,颇为神秘地笑笑走了。

渭风客栈可是大大热闹了起来,不阔都不行了。

不管白雪和侯嬴如何淡漠于这家客栈的经营,客栈都无可阻挡地兴盛起来了。尽管山东六国的上层对秦国变法依然嗤之以鼻,但雄心勃勃的富商大贾和著名工匠们可是见微知著,早早嗅到了从函谷关西边飘出的诱人的商市气息。牛车马队从函谷关、大散关、武关和太行山的离石要塞络绎不绝地来到栎阳。最多的是魏国商人和楚国商人，当然也包括了陇西之外和阴山漠北迢迢而来的匈奴马商。这些衣饰华贵挥金如土生怕不能显示实力的富商大贾们，在还没有吃准秦国商情之前，都不可能建立自己的固定根基，自然要住在最气派的客栈里奔波生意。渭风客栈是名满天下的魏国白氏的老店，又是栎阳最豪华的客栈，整洁清幽，酒菜自成一格，自然成了富商大贾们趋之若鹜的名店。谁能将商根扎在渭风客栈，谁便能在同行面前将胸脯拍得啪啪响，借酒高高一嗓子："走！到渭风客栈，在下做东！"那种实力气运的张扬，实在令挤不进渭风客栈而在二三流小店落脚的商贾们牙根发痒。

本来，白雪从墨家总院回来后与侯嬴商议，准备将渭风客栈改建为自己在秦国的庄院。她想，和卫鞅婚期已经不远，婚后常住这里，将这里真正变成自己的家。她不想住在卫鞅的府邸后院，做一个既招摇又不自由的贵夫人。住在这里，出入自由，也能给卫鞅一个完完全全的家庭境遇，使他身心愉悦。除此而外，白雪还有更深远的隐忧，就是要为卫鞅留一个坚实的出路。她有一种预感，像卫鞅这种凌厉无匹的本色性格，随时都有不测风险。渭风客栈经营数十年，随时出走的机关秘道与对外界的秘密联络方式都极为可靠。住在这里，她心中要踏实许多。可就在这时候，侯嬴告诉她已经来不及了，六国商人早已经将客栈房子全数订完了。

白雪断然决定，哪怕加倍赔偿，也要关闭渭风客栈。侯嬴当然是立即照办，可没有一家愿意接受赔偿。侯嬴无法，就十倍的提高价格，想使那些商贾知难而退。谁知商人们看准了秦国大市，都想在栎阳立足，价格猛提，竟然引来商家一

*人算不如天算。*

片赞叹:"白氏老店,值!提得像安邑洞香春一样才好,才是上流居所!"侯嬴哭笑不得,决意借助官府力量"查封"客栈。谁知栎阳令王轼早已经接到外国商贾们的联名上书,请求官府阻止白氏关闭。商贾们振振有词说:"栎阳没有白氏老店,大商家何以立足?白氏关闭,商贾逃秦!"王轼连忙上报左庶长府。卫鞅只以为白雪淡漠商事,怕婚后招来世人闲话,却如何懂得白雪如此细密的心思?他自然从秦国需要着眼,下令:"渭风客栈乃东方商贾入秦鼻祖,若有难处,官府鼎力协助,不得在此急需之际停业关闭。"待侯嬴来求,卫鞅反倒讲了一通祁黄羊内举不避亲、外举不避仇的故事,教侯嬴告诉白雪,不要担心世人说白氏老店借助秦国左庶长之力牟利。侯嬴又是哭笑不得,将经过向白雪细说一遍,白雪不禁揶揄笑叹:"世间多少人想发财不得,偏我白雪逃都逃不脱。世事弄人,竟至于此矣!"

于是,渭风客栈只有无可奈何地红火下去了。白雪只有将自己住的小院子重新整修了一番,和客栈分开了事。

渭风客栈虽则热闹非凡,侯嬴却是很轻松。客栈执事人等都是从安邑洞香春带来的老人,经营如此一个小店,根本不用他亲自料理。但凡逢十的日子,侯嬴只需清点账房抬来的大箱金银与各国钱币,然后赶车出城将钱货藏在栎水南岸的秘密山洞了事。今日侯嬴正在后院理事房点箱,一个仆人匆匆来报,说左庶长府一个书吏求见。侯嬴想一定是卫鞅有事,头也没抬便说:"快请进来。"

片刻间仆人领进一人,此人身后还跟了一个白发老人,老人不进屋,直直地站在门口。

侯嬴抬头一看,惊讶得说不出话来。

"渭风客栈财运发达,为先生贺喜了。"来人眼神示意侯嬴不要说破。

侯嬴连忙吩咐抬走几个木箱,关上门,扑地便拜:"不知秦公驾到,万望恕罪。"

秦孝公连忙扶起侯嬴:"神农山得先生与白公子相助,未尝得谢,嬴渠梁惭愧也。今日唐突,先生莫将我做国君待。我今有事,相烦先生也。"

"草民侯嬴,但凭差遣。"侯嬴又是深深一躬。

秦孝公笑道:"先生如此,教我如何说话?"

侯嬴拱手笑道:"如此,敢请君上随我到书房叙话。"

说着推开房内一道小门,将秦孝公领到自己的书房入座,亲自为秦孝公斟好茶,坐

在对面静待下文。

"今日拜访，欲请先生周旋一事。嬴渠梁先行谢过。"

"但请君上明示。"

秦孝公沉吟道："这是一件私事，并非国家政务。先生无论做成与否，都与嬴渠梁排忧解难了。"略微顿了一下，接着慨然笑道，"太后相中了卫鞅，要将小妹荧玉嫁给左庶长。小妹亦很钟情于卫鞅，发誓非卫鞅莫嫁。此事，先前已经由公子虔向左庶长提过，其时卫鞅没有赞同，婉言回绝了。我本当与左庶长面叙，又恐他有难言之隐。公子虔服刑，一时无合适之人提及此事。方才想到了先生，男女亲事，友人出面，总比官身去说要好。"

侯嬴心中大为惊讶。但他作为旁人，却不能推托这种依照民俗人人都必须热心担当的喜媒角色，闪念间拱手笑道："君上重托，侯嬴荣幸之至。只是在下素来没有与左庶长言及此事，尚不知他有无定亲或意中之人。"

秦孝公释然一笑："先生姑且做一媒妁之言，听天由命也。小妹与我骨肉至亲，我期望她有美好和谐的姻缘……左庶长与我生死相扶，我也不想他有违心之举。先生当解我一片苦心也。"

"君上肺腑之言，侯嬴心感至深。"

秦孝公没有久留，大约半个时辰就告辞而去，且执意坚持不让侯嬴相送。孝公一走，侯嬴可是大大为难，不知是先给卫鞅说好，还是先给白雪说好，想来想去，还是走向了白雪的小院子。

仲秋之夜，月明风清，白雪正在院中抚琴，优雅的琴声使庭院中漫出一片幽静祥和。见侯嬴到来，白雪琴声停止，高兴地请侯嬴坐在对面石墩上说话。侯嬴深知白雪不是等闲小儿女，略一沉吟，便将秦公来访所托之事说了一遍。白雪静静地听完，陷入深深的沉默之中。

"侯兄，对鞅兄可曾说过？"白雪终于轻声开口。

"尚未说过。"

"那就对鞅兄明说了。我也该好好想想……是的，得想想……"

侯嬴默默地走了。背后又响起异样琴声，却让人感到沉重窒塞。突然，"嗡"的一声大响，夹杂着一声激越尖锐的短促乐音，琴声戛然而止，庭院陷入空谷一般深深的寂政商对决，商家多落荒而逃。

静……

侯赢心头不禁猛然一颤，他知道，那是琴弦断了。

卫鞅离开栎阳，到乡野郡县巡视去了。

第二批法令颁行后一个月，秦国热气腾腾地进入了第二次变法。卫鞅乘着一辆两马轺车，带着一百名铁甲骑士，马不停蹄地巡视督导着每一个县每一个郡。推行新军制并训练新军、建立郡县制这两件大事，主要靠各级官署，假以时日，不难做到。他要督导的是移民入秦、改变民俗、统一度量衡三则当务之急。这三件大事的弹性都很大，做得好与坏，与各级官署吏员的能力和执法宽严有极大关系。他出巡之前，已经从栎阳派出了大批吏员以商人身份东出函谷关，去秘密动员三晋穷苦民众移居秦国。他巡视各县的第一急务，是严厉督导县府预定好移民定居的土地，并亲自到预定的移民区踏勘。若是县府将移民区定在了荒凉贫瘠的山区，便立即责令换到河边土地。返身路过再踏勘，若没有换到临水地区，便断然罢免县令；做得出色的，立即晋爵奖赏。这种雷厉风行赏罚严明的做派，使秦国上下官署紧张得昼夜忙碌，不敢有丝毫懈怠。庶民们惊叹不已，觉得官府变法竟然是说到就到，快捷得令人目不暇接。既往的官老爷们变得像两个轮子的马车，日夜风转，一有官司当即了断，谁家有功立即奖赏，谁家犯法立即查办，几乎等不到第二天，民众办事便当极了。

各郡县的六国商人们惊叹："秦人疯了！山东六国三年办不完的事，秦国一个月就妥了。"

虽然如此，卫鞅觉得最费精力的还是强制分居这件事。秦人数百年来与戎狄之民杂居共处，共同的风俗都是大家庭生活，家愈大愈好，人越多越好，三代不分家者比比皆是。要使他们分解为夫妇自立的小家庭，难处多矣。有的分开立户没有房子住，有的男子到了分户年龄却因没有妻子而无法自立生活，有的老人重病需要儿子照顾，有的家全是女儿，找不到男子入赘也无法自立，等等，不一而足。许多时间，卫鞅都耗在与县令县吏商讨如何变通这些具体细节上，一个一个解决，再颁行全国作为法例允许他县效仿。

几个月下来，总算将其中难题一一化解，一归总，秦国竟然增加了十万民户。待卫鞅东归时，移居关中的三晋庶民也已经有将近六万户，可谓始料不及的大收获。

同行的景监一直诧异，总觉得卫鞅这次急如星火的巡视督导有些许不对劲。当卫鞅站在轺车伞盖下凝望渭水河滩的山东移民区时，那种含泪不舍的情景使景监产生了一种深深的不安。他敏锐地感到，卫鞅一定有心事。

道边歇息时，卫鞅慨然一叹："景监啊，再过几年，一定要提醒君上迁都。栎阳不适合做国都也。"

景监终于忍不住了："左庶长何出此言？莫非，几年后你不在秦国了？"

"有了第二次变法开端，我也放心了。"卫鞅似乎没有听见，又是感慨叹息。

"鞅兄何难？可否先告一二？"

卫鞅摇摇头笑道："景监兄，回栎阳后我到你家，看看令狐姑娘，你该和她成婚了。"

景监笑道："日出西山了，左庶长也想起了儿女之事？好，我等你。"

> 卫鞅眼光够狠够准，分户一事，影响深远。

> "十万"之数，太过整数，未足信也。

> 此处伏笔。迁都一事，必将大费周章。

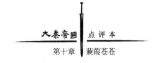
# 三　蒹葭苍苍　白露为霜

回到栎阳,景监督促所有吏员,按照卫鞅吩咐,三日之内将所有的公文清理完毕并分类归案。卫鞅则埋头书房,就着燎炉火盆,整整忙碌了一夜半日。次日晌午,卫鞅匆匆忙忙地吃了几口饭,又写了一信,派荆南送去渭风客栈,自己倒头睡了两个时辰。

傍晚时分,卫鞅醒来,略事梳洗信步向景监府走来。

屈指数年,栎阳街市已经发生了很大变化,店铺林立,夜市已经很热闹了。想起初入秦国时栎阳的冷清穷困,卫鞅不禁感慨中来,在树荫里遥望灯火阑珊的夜市,两行热泪不禁悄悄地流到脸颊。景监住的那条熟悉的小巷也今非昔比了,街中铺成了整齐的青石路面,两边也盖满了青砖瓦房,道中车马辚辚,民居灯火明亮,一片小康安乐的气氛无处不在。

“大哥,在这儿呢!”一个绿衫少女在街边向卫鞅高兴地招手。

“啊,小令狐! 我都认不出了。这是你家? 很气派嘛。”

“门房和院子大了些,也叫气派么? 大哥,快进来!”

卫鞅走进门厅,绕过影壁,见院中整洁干净,灯火明亮,简直让人想象不出这个小院子几年前家徒四壁的冷清困窘。景监闻声迎出,也是一身夹袍风采奕奕,拱手笑道:“鞅兄啊,我说教你好好找找,也看看栎阳民居的变化。令狐偏说不能让你着急,要出去等你。来,上房就座。”

“若非小令狐接我,还真难找到也。不想几年之间,栎阳竟是殷实小康之境了。”卫鞅走进屋中,四顾感慨,“不错嘛,像个家了。”

“大哥啊,没有变法,哪有今日?”小令狐端着铜盘轻盈走进,在灯下白皙丰满,满面红光,任谁也想不到她就是几年前那个黝黑细瘦的小女孩子。

“小令狐,长成大姑娘了。”卫鞅笑叹。

“还说呢,整个秦国都变了,小妹能不争气?”小令狐噘起了嘴巴。

卫鞅不禁大笑:“啊,小令狐是为变法争气,才美起来的? 好! 再过几年更美!”

“那是自然,老百姓都知道。”

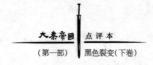

"噢？老百姓也知道小令狐日后更美？"

"哪儿啊？大哥没听近日的栎阳童谣？"

卫鞅摇摇头："说说，童谣如何？"

小令狐斟好茶，肃然站立，轻声念诵道："山塬两川，十年三变。五年河西，六年崤函。泱泱大都，岁在十三。"念完红着脸笑了，"我也不懂说的甚，反正秦国要变，还要变。"

景监笑道："我也是刚听说的，揣摩不来后几句何意。"

卫鞅沉默思忖有顷，笑道："我不大通占卜谶语这些阴阳之学，大约是小令狐说的，秦国还要变。哎，景监兄，今晚我来，是要饮喜酒的也。"

"喜酒？"景监一怔，脸色泛红，"还是，日后再提此事吧。"

小令狐闻言，已经跑到厨下忙去了。卫鞅慨然叹道："景兄啊，小令狐的心志我最了解。她从来都没有认你是义父，而将你做兄长看待。十几年了，她对你的一片深情没有丝毫改变。你要将此等尴尬维持到何年何月？君上不知详情，其他人也不好拆解这件事。只有我对你和令狐姑娘知之甚深，我俩又是患难至交，我来为你们办这件事最合适。景兄，不要再拖了。"

景监不无难堪地笑道："道理如此，总觉得问心有愧一般。"

"景兄啊，不要迂腐了。都像儒家那样对待女子与情事，不知要淹没世间多少美好。你在孤身一人的艰难时刻，高风大义，抚养了一个朋友的遗孤。这个遗孤在风雨坎坷的岁月里，对你深情无改，能仅仅说她是知恩图报么？若景兄坚执拒绝这岁月磨炼的纯真情义，旷达之士该说你沽名钓誉了。卫鞅以为，景兄与令狐姑娘成婚，深情相守，忠贞白头，就是景兄义举的最好归宿，也是对朋友亡灵的最好告慰。景兄以为然否？"

虚掩的门外，有小令狐的哽咽哭声。

景监慨然拱手："好吧，但凭鞅兄做主。"

突然响起了敲门声。听见小令狐不情愿地慢慢去开门，卫鞅笑了。

"请问，你是令狐妹妹么？"院中传来白雪的声音。

"你，你是何人？"

"我是卫鞅的义妹，你们的朋友。"

卫鞅和景监已经来到院中，卫鞅笑道："景兄，她是我的未婚妻，白雪姑娘。雪妹，这是景监兄。"景监与白雪相互见礼,各自想起安邑往事,不禁大笑一阵。景监高兴异常道:"咳,想不到你们俩到了一起,上天有眼啊!令狐,快快见过嫂夫人!"小令狐擦擦眼泪高兴得忙不迭走来:"令狐见过嫂夫人,愿大哥嫂嫂百年和好。"白雪笑道:"令狐姑娘纯情娇美,景监兄果真艳福也。"一片笑声中,白雪向外面招招手,"抬进来。"但见梅姑推开大门,街中停着一辆牛车,两名仆人已经将车上的三个大木箱抬到门口。梅姑指点着小心翼翼地将大箱搬进院中,吩咐两个仆人赶着牛车走了。

"这是做甚?"景监惊讶。

"做甚?"卫鞅模仿着景监的秦音笑道,"今晚就给你俩完婚。"

景监更加惊讶:"鞅兄,莫非你,你想……走?"

卫鞅哈哈大笑:"哪里话来? 我欠你太多,难道办不得一件好事么?"

小令狐扯扯景监衣袖,低声娇嗔道:"大哥一片好心,还不领情!"

景监无可奈何地笑笑:"好好好,但凭兄嫂做主了。"

白雪笑着吩咐:"梅姑,将荆南也唤进来,一起收拾。景兄你俩说话,顺便教鞅兄将你收拾一番。我来打扮新娘。"

梅姑将守在门外的荆南叫了进来,打开木箱,快捷利落地布置起来。虽然也是年轻姑娘,梅姑却是从小经受过严格训练的女管家之才,又在安邑白氏府中操持过许多大场面,对这种临时应急的喜庆自然极有章法。她指点着荆南,不消半个时辰,景监庭院变了一个模样,张灯结彩,洞房花烛,洋溢出一片浓浓的喜庆气氛。然后又将一个大箱抬到厨下,一个人有条不紊地忙碌起来。

月上中天,卫鞅在正厅廊下高声宣道:"子时开元,婚典伊始——"

梅姑操琴,荆南吹起一只陶埙,舒缓祥和的雅乐弥漫在红灯高照的庭院。一身雪白长裙的白雪搀扶着一身大红吉服的新娘从廊下缓步而来。头戴玉冠,斜披大红喜带的景监在正厅门口拱手相迎,拉起新娘的手,走向院中设置好牺牲①的香案前。

"大拜上天——明月证婚——"

一对相濡以沫十几年的"义父孤女",深深叩头,祷告上苍赋予他们新的生命。小令狐一叩之下,伏地大哭……白雪看着这对从礼仪羁绊中挣脱的情人,两行泪水不禁盈眶

---

① 牺牲:古代供祭祀用的毛色纯一的牲畜。

涌出。

拜完天地，景监与令狐坚执省去了洞房之礼。小令狐抹着笑意盈盈的泪水，脱去长裙，利落地与梅姑一起摆置小宴，要大家一起痛饮。白雪也破例地大爵饮酒，天亮时分，四个人都醉了。梅姑看着白雪脸上两行细细的泪痕，不禁抱住了醉昏过去的白雪。

卫鞅醒来时，已经是第二天傍晚了。

府中吏员难得见卫鞅大睡一次，奔走相告，没有一个人来打扰。景监午后来过一次，吩咐所有的公务都推到明日，让左庶长歇个透。吏员们第一次没有了夜间公务，高兴地早早回了家，左庶长府难得地清静起来。一觉醒来，卫鞅浑身充满了轻松后的疲倦。月亮爬上城头时，他喝了一鼎浓浓的胡羊羹，便在幽静的庭院中漫步。看着熟悉的院落，他油然想起这座院子还是招贤馆时的破旧和热闹，想起初入秦国时的种种风波。光阴荏苒，世事难料，自己就要离开这主宰了几年的左庶长府了，一丝轻松，一片惆怅。既然已经决定和心爱的人一起隐居，却为何心中如此的烦乱？这已经是几个月来的深思熟虑了，难道你卫鞅也是那种拿得起放不下的人么？连在秦国唯一的一个朋友的情谊债都还了，还有何事迷茫惆怅？卫鞅嘲笑着自己，顿时清醒起来，几日之内还有许多事要对各方交代，如何有此优哉游哉的时光？你卫鞅以后有的是闲暇岁月，这几天还是先忙也。

大步走向书房，却听见一声轻轻的叹息。白雪？卫鞅轻步走进，果然是白雪熟悉的背影。她还是昨夜那身雪白的长裙，长长的黑发用白丝带在脑后随意地束起，显得淡素高雅。她跪坐案前，抚摩着书案上归置整齐的象征权力的铜锈斑驳的镇秦剑、晶莹圆润的白玉圭、铜匣锁就的左庶长大印、折叠整齐的绣金斗篷。最后，她的手停留在一卷已经封好的《辞官书》上。卫鞅看见，她的身体微微颤抖着。

"你，想好了？"白雪没有回头。

"是也，想好了。"卫鞅平静地回答。

"为何不与我事先商议？"

"当为则为，莫非你不赞同么？"卫鞅勉力轻松地笑着。

"鞅，我是来向你道别的。我不赞同你这样做。"白雪异乎寻常地平静。

"不赞同？为，为何？"卫鞅感到意外的惊讶。

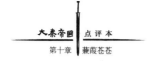

"鞅,你太轻率,没有权衡,缺乏深思。"

"岂有此理!"卫鞅骤然发作,"维护至真的情爱也需要权衡?力行心中的誓言也需要深思?相爱十年,积累一朝,也算轻率?小妹,情爱不是商事,不需要斤斤计较精打细算,她需要激情,需要忠诚,需要敢于抛开一切身外之物的勇气!十年前守陵时,我第一次看见你显出女儿本色,就知道我生命中不能没有你。如今,我已经在秦国展示了我的为政信念,完成了我的治国志向,变法已经走上了正轨。我还有什么不能舍弃?我还需要权衡何来?深思何来?三个月前,我的心意就已经决然,我就开始为告退做谋划了,难道徘徊延误直至陷入尴尬,才叫深思熟虑么……不要胡思乱想了,你那是关心则乱。准备吧,我们将再也不会分开了!"卫鞅慷慨激昂,语气凌厉,掷地有声的宣言中似乎有一种难以名状的火气。

白雪静静地听着,始终看着火气十足的卫鞅,明亮的眼睛中溢满爱意与宽容,仿佛一个母亲看着暴躁地发泄委屈的儿子。她从案前站起,轻轻地将卫鞅扶着坐到长案前,又给他斟了一盏浓酽的苦茶,跪坐在卫鞅对面:"鞅,我们的至真情爱,我从来没有丝毫动摇过。然则,我们面临的不是会不会失去爱,而是爱该当有一个何等样的归宿。鞅,我们面临的是婚嫁的挑战,而不是情爱本身的危机。情爱需要激情与勇气,婚姻则需要权衡与深思。"

有此等识见,才堪做卫鞅良配。

"婚嫁是情爱的归宿。只有大婚,情爱才是完满的。"

"鞅,婚嫁是情爱的归宿,然却不是唯一的归宿。当情爱不能与婚嫁并立之时,情爱反而会更加纯真美艳,惊世骇俗。"

卫鞅又一次深深地惊讶:"你?你想,将情爱与婚嫁分开?匪夷所思!"

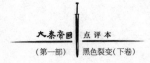
白雪嫣然一笑："鞅，你不是寻常士子，你所遇到的婚嫁，也不是一场寻常的婚嫁。而你，却选择了寻常士子处理寻常婚嫁的路径。这就是没有权衡，没有深思。"

"小妹，只要走得通，简单寻常有何不好？"

"不。你是在逃避自己，最终毁灭自己。"

卫鞅哈哈大笑："小妹啊，你这是何苦来哉！危言耸听了……"

"鞅，不要逃避灵魂的本色。假若我们真的退隐山林，我就会失去你的灵魂，而只拥有你的生命与肉身。那样的事，白雪可不想做。"一丝不苟的话语中没有一点儿笑意。

"痴人说梦！"卫鞅揶揄地冷冷一笑。

突然，白雪也对着卫鞅轻轻一笑，低头默默不语。过得片刻，白雪抬起头来平静地看着卫鞅："莫要躁气，你我之间，无须辩白，也无须回避。你一定要耐下性子，听听我的心里话。可好？"

卫鞅点点头。

"鞅，我比你更懂得你的心。我用生命与灵魂在抚摸它，用我的痴爱之心在感知它，熟悉它的一沟一壑一平一凹。鞅，你是天生的铁腕执政家。你的意志，你的灵魂，你的秉性，你的智慧，都是为政为治而生的。你的血液中奔流着有为权臣的无尽激情，你的内心深处涌动着强烈的权力欲望，你可以为了自己的治国信念去做牺牲，而无怨无悔。你的超人品性，注定了你更适合于创造烈烈伟业，而不是隐居田园，去谱写生生死死如歌如泣的情爱奇迹。你不是陶朱公范蠡，你缺乏散淡超脱。你规整、严厉，追求生命的每一刻都有实际价值。所有这些，都是芜杂散漫的田园情爱所无法给予你的。没有了权力，没有了运用权力创造国家秩序的机会，你的生命价值就会失去最灿烂的光彩，你的灵魂就会不由自主地沉沦。当我们隐居田园，泛舟湖海，开始了那平淡漫长的二人之旅时，你会慢慢地感到空虚无聊，寂寞难耐。并非你不爱我了，而是你最坚实的生命根基已经化成了流沙。你可能变成一个狂夫，变成一个放荡任性的游侠，去寻找新的生命刺激。你也可能变成一个酒徒，变成一个行吟诗人，将自己献给朝阳、落日、山海、林涛。一个生机勃勃的政坛巨星，必然要在平凡琐细的消磨中陨落。那时候，你只有一具或狂放或堕落的生命之躯，你的灵魂，将无可挽回地漂泊失落。而我，也只有更加痛苦。我所深爱的那个人已经不复存在，我寄托在他身上的人生情怀，也永远地化成了泡影。那时候，我们的田园生活，我们的诗情画意，还会有么？"

卫鞅陷入了深深的沉默，白雪的深彻，又一次击中了他
灵魂深处的根基。细细想来，自己在做出抉择后的惆怅烦
乱，不正是这种朦胧隐约的取舍冲突么？他虽然不止一次地
感受到白雪的才智与清醒，但还是为她在如此重大的抉择
面前，竟然有如此深远的思虑和人生智慧感到震惊。人生有
知音若此，夫复何憾？

卫鞅慨然一叹："小妹，我们成婚，我也不走，如何？"

"鞅，你知道吴起为何要离开魏国么？"

"魏武侯嫉贤妒能，夺吴起兵权，吴起愤然离魏。此事
天下皆知。"

白雪轻轻摇头："魏武侯并非昏庸之君，吴起更是大才
槃槃。这里有一个鲜为人知的秘密。"

"秘密？我在魏国数年，如何不知？"

白雪微笑着："鞅，胸有大志者眼光往往粗疏。若你等
之人，看此等之事，往往拘泥正道得失，忽略权力场中情感人
生的纠缠对大政的左右。有时即或知道了，也不屑一顾，不
做深思。多少大才就是这样被莫名其妙地逐出了中枢，多少
庸才也是这样莫名其妙地常居高位。前者如吴起，后者如公
子卬。"

"噫，吴起究竟是如何离开魏国的？"

白雪淡淡缓缓地讲了一个宫廷阴谋的故事——

此为野史。孙皓晖对吴
起，有同情之意。吴起之事，
被称为宫廷阴谋，作者实借此
寓意政客在婚姻中的身不由
己。

魏文侯死后，太子魏击即位，也就是魏武侯。此时吴起
是魏国上将军，其赫赫战功与杰出的治国才能，使他在魏国
乃至天下诸侯中享有极高威望。在魏文侯时期，吴起率领魏
军与天下诸侯大战七十六次，全胜六十四次，战和十二次。
魏国的疆土在吴起的铁骑下伸展了一倍还多，魏国成为最
强大的战国。诸侯战国惧怕他，魏国朝野崇敬他。由于变法

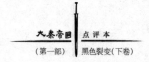
大师李悝隐居,吴起成了魏国举足轻重的权臣柱石。魏武侯时当盛年,想依靠吴起继续变法,创造更为辉煌的霸业,又怕吴起这样的元勋功臣万一生变,就要把自己的小妹妹嫁给吴起为妻,以图和吴起结成巩固的君臣联盟。

吴起早年在鲁国时,有朝臣怀疑吴起的妻子不是鲁国人,撺掇国君不用吴起为将。吴妻得讯,愤然自杀。自此,吴起身背"杀妻求将"的恶名离开鲁国,一直没有正妻。正因为如此,魏国一些佞臣不断吹风,说吴起这样连家小也不想有的人,如何能在魏国长久? 迟早要逃走。此时魏武侯要将公主嫁与吴起,正是君臣结盟的大好时机。大婚告成,吴起就会成为丞相兼上将军,出将入相,充分施展其超凡才华。

谁知就在此时,一个小小的阴谋,改变了这一切。

那时候,魏国的丞相是公叔仑,他的妻子是魏武侯的大妹妹。公叔仑生怕吴起根基稳固后自己丢掉丞相权力,和妻子秘密商议了一个匪夷所思的圈套。

有一天,吴起被郑重邀请来到公叔府"商讨军国急务"。奇怪的是,大公主竟然以主人身份迎接他,陪伴他。公叔丞相则谨小慎微地坐在下手,不断地瞄着公主的脸色,对吴起说话反倒是有一搭没一搭的。酒宴开始,公主以主人身份开鼎敬酒。公叔仑一时紧张,将酒呛进了喉咙,满脸通红连连咳嗽。公主鄙夷怒视,一掌打到公叔脸上。公叔惊愕不已,显得大是难堪,却没有一声辩驳,竟是默默忍受了。吴起深锁眉头,内心大大地不以为然。

公主移座吴起身旁,热烈地诉说自己对吴起的敬佩,又命令公叔给吴起斟酒。公叔慌乱斟酒,却不防跌倒,将跪坐的公主压翻在地。公主大怒,厉声叱骂:"公叔老小子,别说你是丞相,还不是我魏家的老奴一个! 跪那儿,自己打十个嘴巴!"公叔竟然赔着笑脸,端端正正跪好,真的打起了自己的脸。

吴起惊讶了,也愤怒了,霍然起身告辞。公主赔笑挽留:"上将军莫要见笑,我已经没有火气了。若是我小妹,还不知如何折腾这老小子也。请将军留步,小妹即刻就到了。"吴起正色道:"请公主自重。大臣,不是家奴。"大袖一拂,昂然而去。

几天后,魏武侯向吴起正式提起将公主嫁给吴起。吴起婉言谢绝了,说自己在鲁国已经再娶了妻子。魏武侯自然不信,反复说服,吴起始终沉默。魏武侯终于叹息一声,教吴起走了。

卫鞅久久沉默,故事的结局他自然明白,不禁长长地叹息一声。

白雪道:"这件事很小,进不了史家的春秋之笔,但它却酿成了一代雄才的悲怆结局。公叔夫妇的龌龊阴谋,使吴起误以为小公主也是悍妇,拒绝了与国君的婚姻结盟。魏武侯又因此误以为吴起有了逃魏之心,夺了吴起的统帅大权。吴起呢,又误以为国君嫉妒功臣,要加害于自己,逃到楚国去了。六年后吴起惨死楚国,终究没有完成变法大业。"

"秦公是秦公,绝不是魏武侯。"卫鞅有一种莫名气恼。

白雪摇头道:"鞅,人莫不在变化。秦国的世族元老,与你原本就是冰炭不能同器,太子势力与公子虔军中势力,也成了你的敌人。若再拒绝公主婚事,太后与公主又将成为你的敌人。秦国朝野,变法新人之力量,尚远远不足以支撑如此多的压力与冲击。若没有秦公对你的撑持,朝野敌对势力随时可能将你等淹没。在秦国,你和秦公的结盟,是变法成功的根本。"

"我与秦公,生死相扶。这是誓言。"

"鞅,你真的相信君臣盟誓?切莫忘记,时也势也。在秦国这样的诸侯战国,与公主成婚,远远胜过千万条盟誓。这种婚嫁,意味着一个人进入了亘古不变的血亲势力范围。它将使你的变法权力生出神圣的光环,震慑敌人,使他们对你、对变法,都要退避三舍。否则,你将进退维谷,权力受制,功业流产。"

"那我们到中原去,齐国或赵国。来得及,我至少还有三十年时光。"

"普天之下,不会有秦公这般雄才大略的君主了。"

卫鞅沉默。白雪说出的,是他内心最为深刻的感受,如何能否认? 一想到要离开秦国,离开秦孝公,他的心就隐隐作痛。对各国变法做过深入勘研的卫鞅,确信天下将不会再有秦公与他这样的君臣遇合。

良久,他叹息一声:"小妹,教我想想,也许还有两全之法。"

白雪摇头:"鞅,不要犹豫,你必须与公主成婚。我已经让侯嬴兄回秦公,说你已经答应了。"

"为何?"卫鞅霍然站起,气得团团乱转,"你怎么可以……可以,如此胡闹!"

"鞅,你不是我白雪一个人的,你属于天下财富,属于秦国庶民。你爱我,愿意随我而去,白雪足矣。白雪从爱你的第一天起,便立下誓言,愿意牺牲一切,成就你的伟业,

包括舍弃做你的妻子……我,只是没有想到,它来得这么快,
这么突然……"骤然,热泪夺眶而出,白雪再也说不下去了。

卫鞅紧紧抱住白雪:"雪妹,卫鞅今生来世,永远都是你
的……"

朦胧的月光下,俩人走出左庶长府,回到了白雪宁静的
小庭院。

第二天晚上,当卫鞅如约来到时,小庭院已经没有了灯
光,寝室门上悬挂着一幅白布大字:"我去也,君自保重"。
卫鞅一下子瘫在院中,却又立即跃起,出门驰马飞出栎阳。
他不解白雪为何突然离去。原本答应他的,至少在栎阳再住
一个月,看看事情有无新的变化。为何突然就走了,竟然还
不告而别?此刻卫鞅只有一个念头,追上白雪,至少送她一
程。

白雪是午后悄悄走的。她和梅姑又恢复了男装士子的
扮相,一辆篷车辚辚而去。她心里很清楚,只要她在栎阳一
天,卫鞅就不会安心。虽然她相信卫鞅的定力,但情之所至,
难保不会出现他因心绪激切而生出事端,最终陷于尴尬困
境。只有她断然离开,使他痛定思痛,慢慢恢复,才是唯一的
方法。她走得很急,而且出城不远就弃车换马,从崤山小道
向大河而来。

当深秋的太阳涌出大河地平线时,两骑快马来到大河西
岸。白雪立马山头,遥望对岸苇草茫茫的茅津渡,不禁潸然
泪下。正待下马登船,却听身后马蹄声疾,梅姑惊喜叫喊:
"侯大哥来了!侯大哥,在这儿——"

侯嬴飞身下马:"白姑娘,你,就这样离开秦国了?"

白雪凝视着侯嬴,下马深深一躬:"侯兄,待卫鞅成婚后,
相机告知他,我,已经有他的孩子了……几年之后,我才能见

他。望他保重自己，善待公主……侯兄，后会有期了。"说完，头也不回地向岸边小船走去。

当那只小船悠悠离开河岸时，飞驰一夜的卫鞅终于赶到了河边。

宽阔的河面在秋阳下滚滚滔滔，小船悠悠北去，一条火红的长裙在小船上缓缓飘舞，那是她向他做最后的告别。渐渐地，小船红裙与波涛霞光终于消融在了一起。

卫鞅颓然坐在高高的山头，一任泪水将自己淹没。

# 四　风兮雅兮　我心何堪

栎阳后宫沉浸在一片喜庆中，公主荧玉的婚礼正在忙碌地准备着。

秦孝公听到侯赢回报的消息后，长嘘一声，顿感欣慰轻松。自己一直没有大婚，母后一直不高兴。若荧玉的婚事再没有着落，母后该忧思成疾了。而今荧玉的婚嫁结局竟是难得的理想，母后赞同，荧玉自己更是一心向往，他自然也大是赞同。

秦孝公想得更多。秦国变法正在最要害的半坡上爬，卫鞅已经隐隐成为朝臣中的一个孤岛，连秦孝公自己也感到了世族元老的疏远冷漠。自从嬴虔遭受劓刑，公孙贾被黥刑放逐，太子被贬黜庶民离开栎阳，秦国的朝局顿时严峻起来了。嬴虔的封闭门户，宣告了秦国世族大臣全部退出了变法势力。原先的故旧权臣几乎全都在变法中受到了打击或损害，国人庶民中的老秦旧部族也在变法中经受了很大的利益损害，显赫地位降低、世袭特权被剥夺、附属隶农脱籍成为自由民、私家武装被取缔，成了与庶民家族同等的寻常部族。

婚姻可以让同盟变得更牢固，至少名义上更牢固。

当此之时,如果变法本身出现混乱、意外或哪怕是某些方面的失败,都会引起这些势力的合流反对,秦国必然出现混乱动荡乃至政变,秦孝公和卫鞅也会一起葬身在复辟势力的愤怒复仇中。那时,变法在秦国将像风一样吹过。

要避免这样的结局,就要确保变法顺利进展,确保卫鞅和他的变法班底稳如泰山。要做到这一点,秦孝公与卫鞅的君臣合力是根本。嬴虔没出事的时候,秦孝公——卫鞅——嬴虔,是支撑变法的鼎立三足,等闲势力难以撼动。而今,一足折损,唯余两足支撑。若两足之间稍生嫌隙,大局就有倾覆的可能。当今天下,向世人宣示结盟的最有力手段就是君臣联姻。受到劓刑后的嬴虔之所以反对,恰恰说明了这件事正是局势的症结。秦孝公之所以亲自去找侯嬴斡旋,也是因为他清醒意识到,秦国局势的要害在于君主与变法大臣的坚实结盟。他深知卫鞅长于国政而短于人事,卫鞅关注的是民情国力,对权力场本身的利害冲突,远不如对国事冲突的敏锐与智慧。要卫鞅自觉体察到这一点,几乎是不可能的。然则卫鞅毕竟是天赋过人的大才,名士的自尊心又极为强烈,若由秦孝公亲自对卫鞅说明,必然会给卫鞅一种难以回绝的压力。采取传统的媒妁之言,给卫鞅以回旋的余地,这是孝公反复思虑的最佳办法。

所幸的是,卫鞅最终赞同了,而卫鞅第一次是回绝了嬴虔的。这说明,卫鞅也洞悉了朝局的微妙危机,决意以最传统但也是最彻底的方式,显示君臣同盟的力量。然则,既有一次回绝,就意味着卫鞅必然有难言的苦衷。秦孝公和太后、荧玉细致商议,一则大张旗鼓地准备婚典,使这个消息传遍朝野;二则不催促卫鞅,给他一段充裕的善后时间。

在卫鞅和公主即将大婚的消息迅速传开时,秦孝公最充分地利用了这个时机,一举升任卫鞅为大良造,兼行丞相与

"嬴虔"为"侯嬴"之误?

有婚盟,升大良造就变得顺理成章了。作者善写故事,深知传统权力体系里的利害关系。

公子虔

上将军职权,将嬴虔遗留的部分军权和分散在孟西白三族将领的军权全部转移到卫鞅手中。

大良造是秦国传统爵位的第十六级,①是最高爵位中囊括军政实权的实际爵位,其上的四级爵位基本上是虚衔。战国后期军政分权,大良造爵位便成为荣誉虚衔,以至最终消失。卫鞅升任大良造的消息传开,震惊秦国朝野,世族大臣们瞠目结舌却无话可说。根据秦国传统,与公室联姻的大臣自然便是公室贵族成员,也自然是高爵重臣,即或功勋平平,也能晋升高爵,何况卫鞅两次变法的赫赫功劳,谁能提出反驳?然则,贵族们还是对卫鞅的一举跃升六级(左庶长乃第十级爵位)、总揽军国大政感到震惊。对这样一个骤然集公室贵族身份和军国权力于一身的卫鞅,谁还能轻易撼动他?

秦孝公此举,几乎是将整个国家权力交给了卫鞅,一举廓清了弥漫朝野的等待卫鞅失势的复辟阴霾。庶民们奔走相告,不再担心变法再变回去。阴沉沉的世族们则大大泄气,开始慢慢地向卫鞅的变法势力靠拢了。

当这两个消息震荡秦国朝野时,蜗居书房的甘龙一动不动,就像一条阴鸷的老狐。

孤独无形的密谋,一举将嬴虔和太子从变法势力中分离出来,而且给卫鞅树了一个异常顽强的敌人。这是甘龙的阴谋杰作。可是,他还没有暗自高兴几日,局势就发生了更大的变化,秦公与卫鞅联姻,卫鞅升任大良造并总揽军政大权。从内心讲,甘龙对卫鞅这种只知做事而不知做人的才士并不感到畏惧,这样的人倒台很容易。但是,甘龙对秦公的权术谋略却感到莫名其妙地畏惧,这个与卫鞅

阴谋世界里,总少不了一只老奸巨猾、沉得住气的老狐狸。

① 秦国爵位分为二十级,一级最低,二十级最高。大良造之上还有驷车庶长、大庶长、关内侯、彻侯。

同样年青的国君，直是天生的权谋奇才。他那不露痕迹的权谋动作，每次都击到了朝局的要害，似乎谁也没觉得针对自己，却结结实实地震慑着每一个或明或暗的对手。他没有寻常国君惜权如命的弱点，敢于将最大权力交给他所信任的重臣，他不关注细致具体的政务，只在关键时刻扭转危局。嬴渠梁天生就是一个罕见的明君，卫鞅天生就是一个罕见的强臣，如今这俩人紧紧携手结为一体，甘龙难道注定要无声无息地老死不成？

"父亲，杜挚前来探病。我说父亲身体不适，他坚持求见。"儿子甘成轻声禀报。

"教他进来。否则，那头犟驴会坐三天三夜。"

杜挚黑着脸走了进来，深深一躬："老太师，杜挚欲辞官还雍城老家，敢请赐教。"

甘龙丝毫没有惊讶，叹息一声："可惜也，秦国从此没有杜挚这个人了。"

"隐居故乡，强如在栎阳窝囊下去。"

"蠢也，蠢也，一叶障目。"

"老太师，此话怎讲？"

甘龙苍老嘶哑的声音一字一板："秦国正在连根折腾，举国无净土，岂有隐居之地？庶人之身还乡，即刻编入连坐连保，躬耕参战，躲无可躲，藏无可藏。新法不二出，拒绝农战者皆为疲民，一个里正就能将你置于死地。你杜挚身为贵胄，纵然忍得与贱民为伍，能保定自己不犯法或不受别人连坐？届时，却来何人救你？"

杜挚一头冷汗："如此，逃亡山东如何？"

"逃？老秦人出逃，株连九族，你能举族逃走么？"

杜挚沉默有顷，愤愤道："难道让卫鞅闷死不成？"

甘龙一阵沉默，最后长长地嘘了一口气，倚身书案招手："你过来。"

待得杜挚靠近，甘龙悠悠道："秦国大势，已难扭转，嬴鞅一体，其志难夺。我等唯有静观其变了。也许，上天会给我等一个机会。记住了，只要不违法，此人就不会动我等。他是强法明理、唯法是从的那种人。飓风过岗，伏草唯存。慎之慎之。"

"老太师是说，利用此人弱点，长期蛰居偃伏？"

老甘龙闭着眼睛点点头。

"这，有把握么？"

老甘龙冷冷一笑，轻蔑地拉长声调："回去好生想想，那个越王勾践是如何做的？但

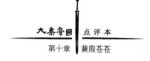
有命在,焉有不变之世事?"

焕然一新的大良造府矗立起来,一片喜庆气象。

门前小街被辟成了一方车马场,拴马的石柱均系着红布,停车场则是罕见的清一色大青砖铺成。门前右侧竖立着一方高大的蓝田玉,四个大字赫然在目——权兼将相。左侧同样的玉刻大书——功盖管吴。正中牌坊是四个青铜大字——大良造府。牌坊与后面的大门都结上了硕大的红色布花。进得大门,迎面的白玉影壁上凸现着黑玉雕成的法兽獬豸,影壁背面,一个黑玉镶嵌的斗大的"灋"①字。庭院内的政事厅刷得焕然一新,门额大字换成了"大良造政堂"。原先作为卫鞅起居的小跨院,已经扩大成一个几乎与正院同样大小的园林庭院,小池山石青松石亭,显得幽静宽敞。北面正房门额大书"书剑立身",两侧廊柱的顶端各有一个铜字"祥""瑞",柱身用绣着金色凤凰的红绫包裹。自从周文王时期有"凤鸣岐山"的故事流传,秦人便像周人一样,将凤凰作为吉祥的神鸟,作为对女子幸福的最高祝愿。正厅东侧的起居室,现下是华贵喜庆的洞房,门额镶嵌着"风雅颂"三个铜字。卫鞅的书房还是在正厅西侧,除了门面刷新,唯独这里没有任何变化。

对大良造府的修葺改造,是秦孝公委派黑伯监造的。他给黑伯说了八个字:"彰显权力,浸渍祥瑞"。他知道,卫鞅从来不重视表面文章,更不会去将自己的府邸弄得冠冕堂皇。但这是需要,国人民众认这些,世族元老也认这些,他就是要使卫鞅的大良造府邸声威赫赫,震慑那些潜藏的野心与阴谋。除了庭院稍有扩大外,这座府邸没有任何名贵奢侈的

---

① "灋"为"法"的古体字,音义皆与"法"同。

排场,它的赫赫威势主要在于昭彰权力与尊贵的那些石刻大字。然则,恰恰这些东西是寻常大臣所无法擅自铭刻的,那是国君赋予大臣的权力象征和地位框定。有了诸如"权兼将相,功盖管吴"这样的铭刻定论,国人能不肃然起敬?朝臣同僚能不刮目相看?

除此之外,秦孝公更大的动作,是赐给大良造卫鞅六尺车盖的青铜轺车一辆、铁甲骑士二百作为出巡护卫仪仗,连同原来的穆公镇秦剑,这一切都强烈地向朝野昭告:卫鞅的权力是不可动摇的,秦国的变法是不会动摇的。当然,秦孝公没有料到,这些声威赫赫的权力象征,在他死后,却变成了世族大臣与儒家士子攻击卫鞅的口实。

盛大的婚典,终于在冬天到来之前举行了。

那一天,栎阳城几乎是万人空巷,拥上街头目睹秦国罕见的公室权臣之间的大婚。世族大臣更是由于国君亲临而人人亲赴。当公主荧玉的结红轺车和随行送亲的国君大臣的车队辚辚驶上街头时,栎阳国人为美丽高贵的公主激动了,"公主万岁"的声浪淹没了一切欢声笑语。当白衣玉冠的卫鞅站在青铜轺车上迎出府门,与红裙拖曳的公主遥遥相对时,纯朴的国人被眼前天神般的名士美人的婚姻感动了,不知谁人带头,满街人群都手舞足蹈地高喊着:"公主大良造!秦国洪福照!"国人们将这场美丽高贵的婚姻看成了国运兴隆的吉兆,喜极而泣,如醉如痴。

大良造府邸门前的两方乐队奏起了宏大祥和的雅乐,伴着深沉明净的和声歌唱:

> 风兮雅兮　国人将乐
> 春雨颂兮　秋谷送子
> 凤长鸣兮　美若琴瑟

*给人以僭越之实。此举等同君上待遇,荣宠太甚,必有后患。*

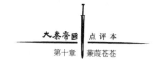

## 天心顺兮 人道祥和

长街之上,国人相和,祝福的歌声响彻了整个栎阳。当一轮秋月悠悠飘到栎阳箭楼顶上时,尽管城中夜市还弥漫着国人聚相庆贺的喧闹,大良造府已经一片幽静了。

荧玉在洞房中独自徘徊。她很兴奋,白天的婚典盛况和国人的虔诚祝愿还在心中流淌。她也很惶恐,为自己即将面对渴慕已久的英雄名士不知所措。慢慢扯下覆盖铜镜的红绫,她端详着铜镜中红扑扑的脸庞,对自己做个鬼脸呢喃自语:"他来了,我该如何?"突然,身后响起清晰的脚步,她不由自主地捂住了自己的脸不敢回身。

"公主,请先行歇息。卫鞅还要到书房办理几件紧急公文。"

荧玉慢慢回过头来,看着平静如常的卫鞅,恬静地一笑:"孔夫子也,如此多礼? 去吧,我等你了。"

卫鞅再没有说话,转身走了。

荧玉在铜镜中看见了自己的泪水在眼眶中打转儿,不禁生气地噘起小嘴:"不是想好的么? 没出息。"莞尔一笑,抹抹眼泪,信步走到庭院中漫步。她端详着庭院中的池塘、假山、松树、石亭,想象着自己将如何在这里做女主人,如何与自己的夫君在这里吟诵美丽的诗章。想着想着,醉心地笑了。她轻手轻脚地走到书房门前,从门缝儿向里张望,看见卫鞅眉头深锁地坐在长大的书案前,手边批完的竹简已经摞起了一尺多高。她惊讶地发现,他在灯下的面庞,看起来竟然不像在阳光下的轺车上面对万千庶民时那样光彩明亮;宽阔的前额已经有了粗深的皱纹,紧锁深思的眉头和明亮的双眸,也延伸出细细的鱼尾纹,英挺的鼻梁带有些微的鹰勾,显出凛然难犯的一种严厉;不厚然而却很宽阔的嘴唇紧闭着,嘴角伸出两条深深的腮线;似乎隐藏了太多的人世沧桑,那平静淡漠而又专注的神情,给人难以窥视的深沉和隐秘……

荧玉蓦然想起,当年在大哥书房见到卫鞅时,那是一副多么英俊而明亮的青春面容。光阴荏苒,呕心沥血,竟至于青春亮色倏忽消逝了! 猛然之间,荧玉不禁心头一阵热流。默默离开了书房,一个人久久凝望着那轮西斜的秋月。片刻后,她又飘然来到书房门前,轻轻地叩门。

"呵,请进。"卫鞅显然知道仆人是不会敲门的,声音平淡礼貌。

"饮点儿热酒好么? 夜凉了。"荧玉托着一个铜盘,上面放着一个棉布包裹的陶罐,

脸上洋溢着纯真甜蜜的笑意。

"啊,好。"卫鞅似乎没有料到,手头的大笔还点在竹简上。

荧玉撩起长裙,跪坐在长案的横头,从陶罐中斟出一碗热气腾腾的黄米稠酒,双手捧到卫鞅面前:"来,二哥一次能喝半坛也。"待卫鞅接过,她又利落地将燎炉拨旺,加了几片木炭,又静静地端详着卫鞅,脸上泛起一片红潮,"我,该如何称你? 夫君? 鞅? 还是……"还没说完,已经羞怯地低下了头,只有雪白的脖颈对着卫鞅。

"你说呢?"卫鞅没有想到会有如此一问,不禁笑了。

"那——我能叫你名字么?"

卫鞅喉头猛然一哽,想起了白雪的神情,闪念间又感到荧玉的无辜:"叫吧,随你了。"

"还是,先,叫你夫君好。"

"也可。"卫鞅笑笑,"好,再来一碗。你先去歇息。我要将这些批完。新都城即刻开工,要急用。"

"知道。不会扰你的。"荧玉一笑,却没有离开,"新都城在哪儿? 能带我去看看么?"

"好吧。开春后新都启工,正好要去。"

"真好。"荧玉笑着起身,"那我先去了。"离开了书房,将门轻轻掩上。

天色微明,当庭院中传来仆人洒扫庭除的声音时,卫鞅才疲惫地离开书案,匆匆来到已经是花烛洞房的寝室。粗大的红烛依旧在风罩中摇曳,已经凝成了大块的泪结,偶尔弹起爆响的烛花。荧玉和衣倚在卧榻栏杆上睡着了,脸上是灿烂的笑容,眼角却有一丝细细的泪珠。

卫鞅怔怔地站立良久,不禁轻轻地叹息一声,拿过自己宽大的夹层斗篷,轻轻披在她身上。

*如此笔墨,足见作者对卫鞅之偏爱,非同寻常。*

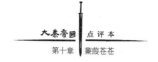

## 五 洒满阳光的新都工地

二月仲春,一队人马出了栎阳,向西而来。

大地已经解冻,杨柳桑榆也已经冒出了鲜嫩的绿芽。官道上人车马川流不息,绝大部分都是向西去的。络绎不绝的牛车拉着粮食、草料、工具,后边尾随着身背各色包袱和各种工具的农夫。他们看见身后骑士簇拥的官人,纷纷驻足,兴奋议论:"哟,公主!知道么?""那个,穿白衣的是大良造!""大婚典见过,记得呢!""国君!那个是国君!"一时间,官道上骚动起来,"公主万岁"的喊声响彻原野。

荧玉红着脸笑道:"我看还是下道,人太多,不好走。"

卫鞅道:"君上,下道也好,否则民夫太慢。"

"好,我等从河岸走。"秦孝公说完,马缰一提,冲上了官道旁的草地。一队人马拐上了渭水北岸的盐碱草滩。

正是冰雪融化春水浩荡的季节,渭水河道宽阔异常,泛蓝的波涛中隐隐可见晶莹洁白的浮冰。往年,渭水的开运时节是三月中浮冰完全消失的时候。眼下正是二月未完,河面上已经有了木排和货船。那些张着巨大白帆的货船,显然都是山东六国的商船。它们满帆劲划,悠悠西上,将黑帆木排一只又一只地抛在后面。黑帆大木排几乎无一例外的是秦人的货排,木排上堆满小山一样的白色石料,一队队纤夫在河边喊着粗犷的号子逆流而上。

"君上,石料是从蓝田采集,从灞水进入渭水西上的。"卫鞅指着河中木排,向秦孝公解说。

"春日开工,会不会妨碍春耕?"秦孝公问。

"不会。新都工地是三丁抽一,日工一钱,庶民都很踊跃,还要自带粮草。"

秦孝公大笑:"那不成大禹治水了? 不行,粮草还是国府出。"

卫鞅笑道:"我变通了一下,自带粮草者如数抵去赋税,如此可免来回运输周折,老百姓也很高兴。各县吏员只管督导做工,粮草一点儿没费心。"

"好啊,秦人还是富了,春荒时节尚有余粮,谈何容易!"

荧玉笑问:"大良造啊,离新都还有多远?"

虽然是官称，荧玉却说得亲昵玩笑一般。卫鞅不禁笑道："若放马驰骋，一个时辰可到。缓行踏勘，两个多时辰吧。"

"河里只见石料，木材从哪儿来啊？"荧玉又问。

"木材比石料好解决。陇西、陈仓、大散岭，都在渭水两岸，顺流放排，快捷便当。如若不够，还有南山林海。"

"大良造，"秦孝公似乎想起了什么，"我们的工师行么？城防、宫殿、街市，要摆布好谈何容易？秦国没有建过大都城啊。"

卫鞅笑了："君上，如今我们的工师却是不愁了。其一，六国援助，尤其魏国最热心。"

"哎，日出西山不成？魏国如何援助秦国？"荧玉惊讶得合不拢嘴。

*此乃用"间"好时机。*

孝公大笑："真傻！那是黄鼠狼拜鸡，想摸清我们新都的底细，能要么？"

"其二，六国大商人争相包揽，还有找景监重金贿赂于我者。"

"噢？他们没有所图？"荧玉似乎也明白了许多。

"自然有。新都给他一条街。"

秦孝公轻蔑笑道："商之为奸，竟至于此也。"

"其三，墨家派相里勤下山，愿率一百名弟子做大工师，帮我建造秦都。"

秦孝公恍然大悟："啊，墨子大师，好！原来大良造的宝押在此处！"

*让卫鞅、白雪与墨家交手，原来用意在这里。*

荧玉顽皮地一笑："一说墨家，大哥准高兴。"秦孝公和卫鞅不禁同声大笑。

谈笑间遥遥可见一道高塬横在右手，西来的渭水河道拐了一个大弯，好像骤然被折断一般。

卫鞅手中马鞭遥指高塬道："君上，当地庶民将这座山

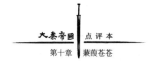

塬叫北阪①。跃上北阪,可鸟瞰新都地貌。"

秦孝公笑道:"自当一看。"

卫鞅一挥手,马队驰上了高塬。众人立马遥望,顿感胸襟开阔。

高塬之上,仍然是平坦的土地伸向遥远的北方。渭水平原从北阪开始,形成第一道土塬,而后逐次向北方推进,一道塬高过一道塬,直到变成莽莽苍苍的高山密林,变成北地郡和上郡的山地高原。第一道跃起的北阪,在渭水北岸形成了一个向南面张开的巨大的弧形,渭水自西而来,在北阪脚下骤然折向东北,沿着北阪东流六十余里,又沿着北阪东塬折向东南,再骤然东折,一涌而入大河。雄峻的北阪好像一个巨人张开了双臂,将渭水揽进了怀抱。北阪塬根至渭水河道,是宽约三四十里的广阔谷地。秦国的新都就要建在这片东西六十余里、南北三四十里的谷地的中央地带。

秦孝公一看就明白,这片夹在北阪与渭水之间的广阔谷地,实在是关中平原的一块腹心险地。纵有强敌可以攻破东面的函谷关、武关或西面的大散关,进入关中腹心,这块依山面水纵深宽阔的谷地,也完全可以展开兵力凭险据守,至少可以从容不迫地向北阪撤退,进入北边的山塬地带再行周旋。而在目下,魏国还占据着函谷关天险和华山要塞,关中东面已无险可守的情势下,这块北阪谷地显得尤其重要。相比于栎阳的孤城一片四面平川,北阪之地简直就是四面要塞的金城汤池。

卫鞅笑道:"阴阳家说,北阪乃兴秦圣地也。"

"噢?何以见得?"秦孝公大有兴致。

强调天命使之。

"君上请看,这巍巍北阪,乃天赐王座。这滔滔渭水,乃

---

① 阪,战国秦人将山塬高坡称为"阪",咸阳北阪后来成为著名的六国宫殿区。此称谓至今在日本保留,"大阪"即建在山塬高坡上的都市。古典游记如《水经注》等,常有"峻阪迂回"之说,皆出于秦时语汇。

龙行于前。被山带河，南面而坐，正成王天下之大气象也。五德说以为，秦为水德，水性阴平，正应以法治国而大出于天下。渭水逶迤于王城，正应彰显水德之兆。佳水于前，北阪于后，正是聚合王气之形胜要地。"

秦孝公微笑："大良造也精通阴阳五行说？真信么？"

卫鞅低声笑道："民心即天心。庶民信之，君上难道不信么？"

秦孝公恍然大笑："好！与民同心。秦国当兴，如何不信？"

荧玉兴奋地问："新都有名字么？"

"还没有。正要请君上定名。"卫鞅肃然拱手。

秦孝公笑道："大良造定吧，其中许多讲究，我是不明白也。"

卫鞅马鞭对着河谷遥遥一圈："君上，你看这块平川坐北面南，处处向阳，一片大明大亮，就叫它咸阳如何？"

荧玉先拍掌笑道："咸阳，咸阳，都是太阳！好，二哥，这名字好！"

"还有甚讲究么？"秦孝公笑问。

"水德阴平，须得大阳之象补之，方可阴阳中和，气象久远。"

秦孝公点头大笑："好！让我秦国尽洒阳光，一片辉煌——就叫咸阳了！"

马队骑士顿时欢呼起来："咸阳！咸阳！大秦煌煌！"

从北阪进入工地的下坡路上，遥遥可见数十里方圆的平原上到处都是劳作的人群。北阪塬根处，各县民夫正在各自的居住区域挖土窑，熙熙攘攘，喧闹不断。北阪黄土厚实疏松，窑洞很容易挖，且又直立不倒。入住其中，非但冬暖夏凉，而且可以节省大量的帐篷，又不占施工场地，对于建筑都

澄澈之论！

千年之后，还是咸阳。先人之智，从国号、地名之命名便可见之。

为迁都设伏笔。

城这样的长期工程,直是天赐便利。平原上川流不息的人群,则主要是划分工区、堆放石料、木料和砖瓦。渭水岸边的河谷之中,是数十座烧制砖瓦石灰的火窑,浓烟滚滚,连绵十余里如狼烟烽火,分外壮观。荧玉看得大是惊讶兴奋,笑问:"呀,千军万马,战场一般,谁来统率?"

卫鞅笑答:"栎阳令王轼总领,墨家相里勤总工,领书景监总监。"

"五年能完工么?"秦孝公问。

"谋划六年,若无意外,不会延期。"

"魏国大梁的王宫建了几年?"

"五年。还得三五年吧。"

秦孝公不禁大笑:"果真和魏国同时迁都,魏罃得气歪了嘴也。"

正当午时,在工地中心——未来的咸阳大殿地基处,由栎阳令王轼主持,秦孝公祭拜天地,亲自挖开了第一块草地,将雍城宗庙的一抔黄土埋进了咸阳宫的基石下,祷告列祖列宗保佑秦国强盛。如同春耕大典一样,奠基大礼一完成,四野欢呼,整个工地轰轰然破土动工。

秦都咸阳的建造,就在这个风和日丽的春天开始了。

秦孝公卫鞅一行却没有在这片令人留恋的土地上停留,奠基大礼一毕,就马不停蹄地赶往陈仓。他们更加关注的是陈仓峡谷里的新军训练。

写秦军新旧之变。

# 六 大峡谷里的神秘新军

车英受命训练新军已经整整一年了。

经过裁汰整编,秦国的新军只保留三万铁甲骑兵和两万重甲步卒。就其总数而言，只有秦国原来兵力的一小半。按照周礼，秦国在周平王初封诸侯时就是"千乘之国"的大诸侯，也就是说，其拥有的战车数量以千为单位计算，最多不许超过五千辆兵车。车战的全盛时期，恰逢春秋争霸的烽烟时代，秦穆公称霸时，秦国最多曾拥有兵车五千余辆，总兵力将近二十万，曾经威震中原。

在殷商和西周时期，兵车的配置为：车上甲士三人，车左、车右各一名主战甲士，御者一人驾驭战车，皆由贵族出身的壮士担任；车下步卒十人，称为"一什"，由平民与奴隶出身的军兵组成。那时候，车战甲士是军中骑士的最高等级，训练极为严格，非但要精通长戈大矛的搏击，而且要对短兵与射箭有很高技艺。除此而外，骑术、驾驭技能，经受剧烈颠簸而能挺立作战的体能技能，三人配合的默契等，无一不是车战成败的关键。

到了春秋时期，由于长期战争，兵车甲士大是短缺。同时，兵源也有了很大变化，兵车配置就形成了车上甲士减少，而车下步卒增多的普遍局面。秦国兵车与当时的山东诸侯在配置上大体相当，车上甲士减少为两人，一人主战，一人驾车；车下步卒扩大为二十到七十二人不等，编为五人一"伍"、五伍一"两"的战斗小单元；车下步卒由车上甲士指挥，车上甲士称为"两司马"。

按照如此规模配置，秦国在车战全盛时期的兵力大体是十余二十万人。这种车战机动性很差，非常容易分出胜负。两军各下战书之后，约定在相对平坦的山塬摆开大规模的方阵，一个冲锋，厮杀几个时辰，便胜负分明。所以春秋争霸的大战，从来没有过相互对峙的长期战争。天下闻名的晋楚城濮大战，主战场也才纠缠了一天时间。一战之后，失败的一方要重新打造数千上万辆兵车，并重新训练数以万计的车战甲士，当真是谈何容易。这是春秋时期"一战称霸"的根本原因。

一辆经得起高速驰骋、剧烈冲撞、崎岖泥泞、酷寒暴暑而不瘫痪的战车，需要上好的桑木做车体，硬度极高的木材做车轮，弹性硬度均为上乘的木材做战车大轴；要用韧厚的兽皮或牛皮包裹车轮，要用上好的铜铁皮包裹车辕车厢，要用矛头一般粗壮的铜柱铁柱做轴头；要购买、训练至少两匹能够配合奔驰的良马，更不说大型战车还要四马驾拉；要打造不同于寻常鞍辔的特殊马具，要打造战车专用的长戈和远程硬弓，要训练高超的驭手和车上甲士……凡此种种，使战车成为很难制造的古典重兵器。在春秋农耕时代，大约十户农人积两年的财力，方才能制造、供给一辆合格的战阵兵车。

到了春秋晚期与战国初期，战争更加频繁，战车的打造根本跟不上战争的消耗与需要。于是,大战频仍的中原诸侯率先变成了兵车与步兵分离、步兵可独立作战的"车步混同"兵制。晋平公时的大将魏舒对"车步混同"起到了开山作用。他率军疾行在狭窄山道时,恰遇戎狄骑兵的突然攻击,车战无法展开,便"毁车以为行",将车上甲士和车下步卒紧急混编,每辆战车的二十五人组成一个步兵小方队,方队相连组成小方阵,据山步战,击退了戎狄袭击。从此便有了闻名天下的"魏氏步阵"。后来,魏国的名将吴起又将车上甲士训练为骑士,与步卒配合作战,便有了专门的骑兵。大耗财力人力,颇似威猛而战力脆弱的笨重兵车,便逐渐退出了中原大国的战争舞台。

秦国与中原诸侯,本来就有很大的"国情"差异。在进入中原成为诸侯之前,秦人部族在戎狄游牧部族间经年厮杀,本来就没有战车,只有清一色的马上骑士。正因为老秦人举族骑兵,当年才能驰驱千里,奔袭进犯镐京的戎狄匈奴骑兵,一举挽救了濒临灭亡的周王室。那时候,中原诸侯的战车面对狂飙飓风般的西域骑兵,跑又跑不过,打又没法打,如同一堆任人冲击宰割的板肉,没有一个诸侯国赶来勤王。

然则,秦人兵制却发生了一个"文明"的倒退。成为中原大诸侯之后,秦人决意成为王化之邦,抛弃了被中原人讥讽为"野战"的骑兵,开始按照《周礼》的规制"整肃"军制,取缔遣散骑兵,耐心细致地打造兵车,变成了中规中矩的"千乘之国"。到了战国初期,中原战车已经基本淘汰,可秦国还保留着大部分残破兵车。既无力裁汰更新,又面临魏国名将吴起准备灭秦的强大压力。秦国迫不得已大举征兵,一时兵力膨胀到将近三十万,几乎是男丁皆兵。然而这老战车、青铜骑兵和未经严格训练的新步兵相互混杂的三十万大军,被吴起率领五万精兵一举击溃。若非装备虽差却骑术精良的五万老秦骑兵,秦国真要遭受灭顶之灾了。秦献公痛定思痛,将虚冗之兵全部归田,又回复到了十余万兵力的老规模。

秦孝公少年征战,自然熟知秦国军力军制的弊端。但是要彻底改变旧军制,训练出一支精锐新军,对于一个穷困诸侯国来说,无异于一个诱人的黄粱美梦。如今,力行变法,梦想成真,秦国开始训练自己的新军了,岂能不成为秦国朝野关注的大事?

过了郿县,渭水河道渐渐变窄变深,两岸青山已经遥遥对望。放马奔驰半个时辰,便过了老虢国。老虢国的背后有一片三五十里的山地,那是当年西周孝王封给秦人的第一片土地,不列入诸侯,只称为"附庸",让秦部族居住在这里为王室养马。悠悠岁月,五六百年过去,这里的老虢国早已经变成了秦国本土,那片古老的"附庸"山地,也已经

成了寻常的乡野。在这片乡野西边，是嵯峨险峻的陈仓河谷，那里有一片小小的庄园，永远烙在他的心头……极目望去，秦孝公不禁感慨万端。

"君上，陈仓峡谷就在前面了。"卫鞅马鞭一指，高声提醒。

秦孝公恍然抬头，但见数里之外两座高山耸立，一条小河如银线般隐隐穿出两山中间。山色苍黄泛绿，春风浩荡呼啸，一片荒僻无人的景象，不禁问道："山后便是营地么？"

"正是。"

"好地方！有山有水有草，走！"

马队急风暴雨般向大峡谷卷去。


车英觉得自己的担子太重了，颇有受命于危难之际的沉重压力。

在车英看来，按照秦国执掌兵权的传统，统率新军的应该是嬴虔。可嬴虔自从受到劓刑后封堵府门，不与任何人来往，更不参与国事，连国君的几次探访都被他拒之门外，还能为国效力么？当大良造奏请国君任命他为新军统领时，车英深深地感动了。

四百多年前，子车氏一族本是戎狄部族中与秦人结好通婚的大骆族，后来归入秦嬴部族，到秦穆公时已经成为功勋卓著的老秦部族。可是，由于子车氏三位著名的将领奄息、仲行、缄虎被秦穆公"强令"殉葬，子车氏部族被深深刺伤，脱离秦国远遁西域。历经一百余年，车英所在的仲行一部又辗转回到了秦国故土。这时候，子车氏功勋贵族的地位已经不复存在了。他们隐名埋姓，开始了与秦国无数庶民一样的农耕军旅生涯。不期上天有眼，让车英在栎阳国府前巧遇国君，子车氏又鱼跃而起，在西陲狄道大血战后全族迁回关中，恢复了老秦部族的荣誉与活力。车英虽然是子车氏一族的后起之秀，但诚实地说，军功尚少，当初做嬴虔的前军主将和后来做卫鞅的护法尉，除了他的军旅才华、忠诚品行与奇计功劳，自然还有着朝野君臣对子车氏的怀念与歉疚在起作用。如果说，那是一种多少带有补偿性质的晋升，那么让他统率新军训练，则是实实在在的重任寄托。秦国再也不是靠世袭功劳过日子的时候了，没有才能，没有自己的功劳，就没有任何家族的荣耀与个人的光芒。在这种大争之世，车英能够拥有如此重要的功业机遇，如何能不激动感奋？

车英完全摆脱了老旧车战的路子，凭着他的兵家天赋与军旅磨炼，开始了一丝不苟的新军立制与严酷的实战训练。

第一件事,车英在景监协助下,三个月内就完成了遴选将士、裁汰旧军的繁重任务。卫鞅向他们交代的方略是"裁旧编新,双管齐下",以求最快地完成新旧交替,防止战事突然爆发。车英带着十名军吏,马不停蹄地跑遍了秦国所有的军营,一个个地挑选出两万余名官兵,又妥善接受了所有可用的军器辎重。其余的七万余名秦国老军,则全部交给景监去安置。如此安排,在极短的三个月时间内,使一支新军胚胎初步形成,完成了从旧军的蜕变。这是山东六国根本无法想象的。

第二件事,从各县青壮中一举招募了两万多新兵。因为军功激励,应征者踊跃而来,大大超出所需数额。面对从军人潮,车英报卫鞅批准,定了两条军法:一、只招家有三丁以上者入伍,独生子、二子者纵然本领过人,也不招收。二、以魏国"武卒"的标准严格考选。

当时天下最著名的步兵,就是吴起时代训练出来的"魏武卒"。标准是身穿三层铠甲,头戴铁盔,腰佩阔身短剑,身背二十石强弩并带箭五十支,肩扛长矛一支,背三天干粮,日行一百里后尚能保持战力。单以甲胄与随身携带物事的重量论,大约也有五六十斤,更兼甲胄兵器皆是累赘长大之物,在全身挂满的情况下要健步如飞地日行百里,还要随时有剩余体力迎战,谈何容易。对于未经训练的壮丁,这是根本不可能办到的。车英的变通办法是:只考校体力与意志,凡能按以上要求披挂,日行一百里者就合格,不要求保持战力。如此一来,纵然秦国乃久负盛名的尚武之邦,也堪堪只选了两万名合格者。

第三件事,更新装备。战国时代的新军,主要标志是精铁的应用程度。铁骑、铁甲、铁兵器,都要上好的精铁打造,

挑选官兵,将帅之才必亲力亲为。

步兵重要。

才能对铜兵器保持绝对优势。当时天下铁山主要在韩国，所以韩国虽小，却有"劲韩"之名。秦国铁材匮乏，按照原来的十余万兵力计，秦国尚不可能建立一支"铁军"。然则兵力精简为五万，加上变法以来从山东各国流入秦国的铁材，却也可以勉力应付。卫鞅下令，除了农具，所有能够搜集到的铁器铁材一律上缴官署，全数交给车英的工器辎重营。一时间，秦国民间三户用一把菜刀，富裕人家仅有的牛车上的铁轮毂和宗庙的铁香炉，以及旧军遗留的少量铁兵器，都一起进了陈仓峡谷的兵器坊。车英派一名得力副将，专司监造兵器、甲胄、马具。一年之间，峡谷中烟火彻夜不熄，皮囊鼓风恍若沉雷，叮当锤锻几乎淹没了刁斗之声。

> "菜刀"细节，达意精准。

诸事就绪后，车英才开始了真正的组军训练。

开端一把火，车英首先在军中遴选了一批年青将领。依秦国军制爵位，伍长什长通常是最低级的"公士"爵位，"两长"（五伍一两，二十五人）通常为第二级"造士"爵位，百夫长一般是第三级"簪袅"爵位，这些都不能算军中将领。称"将"者，最低为千夫长，爵位通常是第四级"不更"，或是第五级"大夫"。

> 无史实，便无史识。

车战淘汰后，骑兵和步兵中的千人队乃战场厮杀的基本单元。千夫长就是军中最基层最中坚的将领层，他们通常都必须是四十岁以下的壮年或杰出青年。在千夫长这个将领阶层，几乎没有"老将"之说。战国军制，千夫长可以有大书姓氏的将旗号令，而千夫长以下的百夫长则不能有标名战旗。一国军队战力的强弱，很大程度上取决于千夫长层的战术素质与胆略气质。因为即或是小型战场，千夫长也是冲锋陷阵的最直接指挥者。后来的《尉缭子兵法》云"千人被刃，擒敌杀将。万人被刃，纵横天下"，说的也正是千人队作为基本单元的直接战斗作用。

车英起自行伍,也做过战车兵中等同于千夫长的"百车将",自然深知千夫长的重要,所以他的遴选重点是千夫长人选。三万骑兵需要三十名千夫长,两万步兵需要二十名千夫长,全部新军便是五十名千夫长。按照数字,秦军中原来的千夫长有一百多名。但由于战事频仍,来不及及时吐纳裁汰,所以大部分千夫长都已经成了四十岁以上的"老将",许多还是没有爵位且永远不能再晋升的奴隶出身的"老将"。开始从旧军遴选官兵时,车英反复筛选,只留下了二十多个身经百战的青年千夫长,还差一半有余要从新军中选拔。

车英的办法是,打破身份,唯才是举。秦国新法虽然已经消除了军中的身份天堑,军兵之间不再有贵族甲士和永远只能做行伍老卒的"隶兵"之分。但来自贵族、平民、新自由民三种家族的将士之间的偏见隔阂,毕竟不是短时期能消除的。车英要做的打破身份,就是打破这种偏见,尤其要消除贵族平民官兵对新自由民子弟的蔑视。要做到这一点,仅仅靠说辞不行,最扎实的办法就是比试本领,唯才是举。

千夫长的职位不需要精通兵书战策,甚至不识字也无妨,所需要的最重要素质,是出色地组织指挥小型实战的本领和出类拔萃的个人厮杀功夫。车英命军吏在隐秘地带用泥土做了一个十亩地大的"河西山川",再用山石封闭。之后便将在个人拼杀中过关的二百名壮士,带到缩小了的"河西山川"前,逐一地教每个人单独走进"河西山川",在全军十六名大将面前完成两项军考——辨认山川方向,立即说出最有利的攻防地形。这一考校,一次便淘汰了一百五十多人,只留下了四十余人。一个二十多岁、精干瘦削的年轻人引起了车英的注意,他不但一口气说清了方向和攻防地形,而且全部说准了地名。地名本来不要求说出的,因为新军中绝大部分将士还没到过河西地带。

"你,报上名字。"

"禀报将军,我叫山甲!"青年昂首挺胸,高声回答。

"何方人氏?"

"商於大山!"

"你如此年轻,到过河西?"

"禀报将军,我五岁跟随爷爷采药谋生,到过秦国每一座山,每一条水流。"

"何时从军?"

"左庶长变法开始那年,我十五岁!"

车英惊讶,变法开始以来可是严禁招收少年入伍的呀。这时,一个军吏走到车英面前附耳低语了几句,车英不禁大笑:"啊,你是栎阳南市那个徙木少年?"

"禀报将军,正是!"

"你,为何叫了如此一个名字?"车英颇感兴趣地微笑。

"禀报将军,我爷爷是药农,给我取名穿山甲,从军时说不雅,改的!"

"穿山甲?那你一定有山中本领了?"

"禀报将军,我在山林中永不迷路,三天不吃,爬山可追野兔,攀高能抓野鸟!"

"力气呢?"

山甲脸微微一红,高声道:"禀报将军,只能活擒野狼,虎豹可能不行。"

"剑术厮杀?"

"禀报将军,军中比武只得了第六,不好。"

> "不好"二字,一个朴实少年的形象,马上如在眼前。

车英高兴地大笑起来:"噢,几万人得了第六,还不好啊?"

在确定千夫长时,二十余岁的山甲成为新军中最年轻的千夫长。山甲是居无定所、无田无产的"药隶"子弟,又那样年轻,按照军中传统,做个百夫长已算非常破格了。车英大胆起用山甲为步卒千夫长,一举打破了对新自由民兵士的歧视偏见。新兵们奔走相告,群情振奋,人人都看到了立功受爵的希望。

千夫长选拔结束,车英在中军大帐举行了第一次聚将会议。全军千夫长以上六十余名将领济济一堂,分外整肃。

车英肃然道:"诸位将军,新军训练即将开始,我要正告诸位的第一件大事,就是职爵暂分。秦国新法,无立战功者

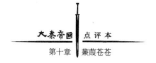

不得授爵。新军将领中,有二十六位千夫长乃白身之将,没有任何爵位。还有新近晋升的骑步三军主将共八人没有加爵,仍是原来的低爵。本将军自受命统率新军以来,也是原来的第八级'公乘'爵,没有加爵。为维护新法,本将军决意在新军实行职爵暂时分离,没有战事,没有斩首立功之前,不向国府报功。无爵低爵之将领,一律待到斩首立功之时以功定爵! 诸位以为如何?"

帐中将领异口同声:"有功受爵,我等心服!"

"好!"车英霍然站起,"距明年开春,我军只有八个月时间。八个月里,新军要训练成一支所向无敌的精锐之师! 新军面对的第一个强敌,就是魏国的河西守军。秦国新军的每一名官兵,都要成为能够战胜名震天下的魏武卒的锐士。不收复河西之地,是秦国的耻辱,是新军的耻辱! 诸位将军务必激励将士,精诚互助,奋发练兵,枕戈待旦,雪我国耻!"

全帐激昂齐吼:"奋发练兵! 枕戈待旦! 雪我国耻!"

倏忽之间,大峡谷中已经是冰雪消融流水淙淙满山泛绿春意盎然了。经过酷暑严冬一天也没有中止的严酷训练,这支新军已经成了一支名副其实的铁军。骑兵是清一色的铁甲长剑,非但马具马蹄,连马头上也披挂上了铁皮面具。步兵则分成了三个兵群:五千强弩手,清一色的二十石以上的强弓硬弩;五千长矛手,清一色的铁杆长矛,外加一支精铁短剑;一万主战步兵,人手一口重达八斤的厚背宽刃大刀,一张硬木包裹铁皮的三尺盾牌。兵士铠甲也全部换过,骑士为双层铁甲,红缨头盔。步兵为三层铁甲,铁枪无缨头盔。全军分为左中右三军,骑步混编,能够各自为战。左军骑兵八千,步兵五千;右军骑兵八千,步兵五千;中军骑兵一万四千,步兵一万。另有一万名由战车兵改制的辎重兵,专门护送粮草物资。

今天是新军大演的日子,五万将士将在这隐秘广阔的大峡谷演练一场惊心动魄的攻防战。全副戎装的车英刚刚走上中央将台,一骑飞马台前:"报! 国君、大良造、公主驾到! 被山甲将军挡在营门之外!"

车英霍然起立:"三军主将随我出迎!"

峡谷寨口,正是步兵千夫长山甲总哨。当秦孝公一行驰马来到时,山甲当道高呼:"来者何人? 军营重地,不得驰马!"

前行护卫骑将高喝:"国君驾到! 打开寨门!"

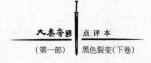
"军营大演，不得擅入！容末将通报主将定夺！"

护卫骑将怒喝："岂有此理？打开寨门，迎国君入营！"

山甲气昂昂道："三军法度，唯将令是从。末将不知有国君！"

最后一句过于大胆，也有点多余。

护卫骑士尽皆变色，怒目相向。秦孝公却是笑了："少安毋躁，整肃待命。"便与卫鞅、荧玉下马，在营门三丈之外等待。

片刻之间，峡谷寨门内烟尘大起，车英率领三军主将和三辆接驾兵车隆隆驰来。车英在营门飞身下马，深深一躬："臣车英参见君上！恕臣甲胄在身，不能全礼。"秦孝公大步上前扶住车英，端详感慨："车英啊，一年不见，黑瘦若此，胡须也留起来了！"车英高声道："臣谢过君上！参见大良造！参见公主！"卫鞅笑道："车英啊，士别三日，刮目相看也。君上要看者，可不是门面啊。"车英肃然拱手："敢请君上与大良造、公主登车入营！"

秦孝公三人分别登上兵车，车英此间匆匆向左军主将叮咛几句便飞身上马，率领众将夹护在三辆兵车两旁隆隆驶入军营。来到空荡荡的中军幕府，秦孝公颇为惊讶，车英赳赳禀报："禀报君上，今日大演，军吏全部出动。君上请稍事歇息，军务容臣大演结束再行禀报！"秦孝公对卫鞅笑道："如此好事，我等待在帐里做甚？"卫鞅道："车英将军，先请君上视察大演。"

"遵命！请君上、大良造换马！"

"哎哎，车英将军，我也要看。"荧玉急得涨红了脸。

车英看看秦孝公，秦孝公却望着远处微笑，卫鞅点点头："教公主去。"

军吏牵来三匹战马，秦孝公手搭马鞍，轻捷熟练地翻身上马。卫鞅看看荧玉没有动，似乎拿不定主意该不该扶她一把。荧玉却向卫鞅嫣然一笑，左手一搂红色长裙，右手一搭马鞍，一团火焰般飞到了马背上。卫鞅一点头，马队便向大峡谷深处的校场飞去。

新军校场非常特殊，就面积而言，它几乎就是整个宽阔深邃的大峡谷，远远超出任何一个都城或寻常军营的操演场地。就地形而言，它有河流，有沟坎，有山包，甚至还有烂泥塘，远远不像寻常校场那样平坦。峡谷中的小河将校场中分为二，将台坐落在东面高高的山坡上。五万新军已经在广阔的峡谷里集结成方阵等待。秦孝公和卫鞅、荧玉并车英等将领登上将台后，顿时被眼前威武雄壮的军容激动了。

遥遥鸟瞰，全部大军列成左中右三个大阵，每大阵均有步骑两个方阵。六个方阵有序分列，骑士与战马全数戴着黑色的甲胄面具，步兵的盾牌短刀和强弩长矛仿佛一道冰冷的铁壁森森闪光。旌旗飘摇，剑光闪烁，五万大军静如山岳，清一色的黑森森的面孔，没有任何杂乱声息。久经战阵的秦孝公与颇通兵法的卫鞅一看就明白，仅仅凭纹丝不动地屹立于山风之中这一点，就决然不是寻常军旅能做到的。

车英高声宣布："三军将士们，国君、大良造、公主视察新军来了！全军将士卸下面甲，致礼欢呼！"

峡谷中响起整齐清脆的铿锵振音，骑士步卒全部揭开铁皮面甲，骤然现出大片明亮的面孔，随之而起的是排山倒海般的欢呼："国君万岁！""大良造万岁！""公主万岁！"

秦孝公与卫鞅肃穆地向场中山呼海啸般的方阵招手。荧玉兴奋激动异常，挥动红色长袖，频频向将士们致意。卫鞅低声对车英道："先大演，完毕后请君上训示。"车英点头，待欢呼声平息，高声发令："三军主将归制，大演开始！"

将台上的将军们轰然齐应："遵命！"转身上马，飞驰下山，各自归入左中右三军大旗下。车英向秦孝公拱手高声道："君上，臣要归制大演，恕臣不能奉陪。"孝公一点头，车英上马间却又回头，"大良造，请注意中军步兵黑白战旗。"便飞马而去。

最高山头的三名司旗军吏，各执一面大旗肃然站立，眼见车英回归中军主将的大纛旗下，中间司旗军吏立时高高举起黑色红带的大旗猛然甩下，山头的三十面牛皮大鼓以行进节奏"咚——咚——咚——"整齐响起。闻鼓而进，鸣金而退，这是冷兵器军队的基本法度。但听大鼓雷鸣，左右两军主将的大旗一摆，两个方阵立即向南北方向疾驰，骑兵走河东，步兵走河西，盏茶之间消失在大峡谷中。留在原地的中军旗帜翻动，交叉飞驰，片刻之间散开阵形，布成了一个两翼骑兵中央步兵的大阵。

高台上，秦孝公问："大良造以为，将如何演练？"

"大约是左右两军夹攻中军吧。"卫鞅微笑。

"新军真了不得也。"荧玉兴奋插话。

卫鞅淡淡一笑："别急，得看完再说。"

孝公慨然一叹："是也，战场上最能识别真假，谁也骗不了谁。"

山头上大旗飞扬，三十面大鼓震天动地地轰鸣起来，这是正式进攻的第一通战鼓。初闻鼓声，便见南北两面的峡谷中尘土大起，旗帜翻飞，两军骑兵以排山倒海的气势向峡谷中央冲锋而来。排成方阵的步兵在山根突然出现，从侧翼迂回进攻。南北两军的步兵骑兵各攻两个方向，中军即四面受攻，且左右两军的总兵力近三万之众，而中军只有两万，显然处于劣势。此时但见中军大旗招展，两翼骑兵狂风暴雨般压向距离较远的两军步兵方阵，中军自己的步兵方阵则急速变换，瞬间变成了一个大大的圆阵，外围是三千名强弩弓箭手，内阵是纵深六层的甲士。

中军的步兵阵形在将台山下的旷野，台上看得分外清楚。左右两军的骑兵是一万六千，中军的步兵是一万八千。按照战国步骑作战的传统，骑兵可冲击、战胜三倍于自己的步兵，若兵力相差无几，铁甲骑兵战胜无疑。秦孝公本是骑兵将领，不禁为中军步兵大为担心，对卫鞅急切道："能支撑半个时辰足矣！"卫鞅激动拊掌："车英这个难题选得好。君上快看！"

但见中军外围的强弩疾箭如雨，四面原野上的铁甲骑士纷纷"中箭落马"。但不容强弩手装上第二轮长箭，铁甲战马已四面呼啸着卷入步兵阵地。顷刻之间，但见强弩弓箭手立即变成了右刀左盾、以"伍"为战的攻防单元。纵深步兵则一刀一矛两人一组，与骑兵展开了激烈搏杀。车英作为

*两次都用"兴奋"一词，略显单调。*

中军主将,并没有率领骑兵冲锋,而是坐镇步兵阵地的中央,亲自指挥步战。左右两军骑兵的目标是突破中央,力擒中军主将结束战事。战国军法通例:"三军大战,若大将死,从吏五百人以上不能死敌者,斩! 大将左右近卒在阵中者,皆斩!其余士卒有军功者,夺一级。无军功者,戍三年……"[1]也就是说,主将战死或被俘,全军重罚受辱:凡领兵五百名以上的军官全部斩首,主将周围的护卫军兵全部斩首,即或部分将士立功,也要受降一级的惩罚。可见大将危难就是全军危难,大将死伤或被俘,自然也是最大的战败。唯其如此,车英作为中军主将坐镇步兵对抗骑兵的最危险的中央阵地,对中军步兵可谓最严酷的考验。

"车英有胆略,大大激励士气。"秦孝公赞叹。

"亲阵探索步骑之战,颇有见识。"卫鞅点头。

"快看,步兵不行了!"荧玉锐声叫喊。

此时只见步兵大阵已经被骑兵撕开了五六道缺口,几次猛冲中军主将的土台方阵。车英的将台四周是一个千人队布成的圆阵,千夫长的将旗是黑旗白带,中间大书一个"山"字。面对汹涌的铁甲骑士,那面"山"字大旗像黑色的闪电,在各个缺口来回翻飞。一个瘦削的黑色身影不断地愤怒吼叫:"长矛刺人! 短刀砍马!""缺口两改五! 快!"在他的奔跑指挥补救下,一个个缺口重新合拢。

画面感很强。

但就在这时,一队骑兵突破外围纵深,卷起巨大的尘暴席卷而来,眼看就要一举突破中央将台。当此之时,只见"山"字大旗在尘暴烟雾中骤然迎风一抖,一声狼嗥般的长吼响彻山谷。随着狼嗥之声,将台千人队像暴风一般,卷集到骑队正面约半里宽的沟壑地带。一阵闪亮,每个步卒手中

---

① 见《尉缭子·兵令下二十四》。

都骤然出现一支怪异的木槌！步卒们丢掉盾牌，右手木槌，左手大刀，吼叫着扑向马队之中，将马队三三两两地分割围困，杀在一起。仔细看去，这木槌长约三尺，细身大头，专门砸向戴着铁甲面具的马头。步卒们欺身马前，左刀隔挡骑士长剑的同时，右手木槌便对准正好发力的马头猛然一击。马头面甲对于寻常刀剑，确实有良好的防御功效。但对这猛力砸来的大头木槌，却极是忌惮。但闻"嘭嗵"之声，一旦砸中马头铁甲，战马无不嘶鸣倒退。纵有神骏战马堪堪躲过，另一面的大头木槌又纵跃跟进，立即从另一方向猛烈打来。这种奇异的兵器，奇异的打法，令骑兵防不胜防，反复躲闪，马上骑士的砍杀战力自然大大减弱。前仆后继的大头木槌与铁甲骑士反复纠缠两个时辰，左右两军的骑兵始终不能击溃兵力相当的步兵大阵。

秦孝公三人看得激动不已，却听得山头大锣轰鸣，大演收兵。

车英一身泥汗飞马将台，片刻间三军集结。清点战场的军吏飞马来报："禀报将军：左右两军与中军伤亡相当！中军阵地未被攻破，左右两军未被击溃，胜负难定！"

"请君上、大良造评点训示！"车英汗透铁甲，依然赳赳雄风。

"将士劳累，待后再评点不迟，大良造以为如何？"

卫鞅拱手道："评点可后，请君上训示三军，激励士气。"

秦孝公摇头微笑："大良造乃国家上将军，理当训示将士。我到幕府再说。"

车英转身面对峡谷大军："请大良造，训示三军——"

卫鞅不再推辞，高冠带剑走上土台，一领白色披风随风抖动："新军将士们，秦国变法十余年了，你们是变法诞生的新军锐士。经年训练，将士同心，你们创造了异乎寻常的新

左中右三军皆强，正合车英心意。组军练兵摆阵，皆有借鉴尉缭子之兵法（甚至有现代军事思维），虽尉缭子之兵法居后，但《史记》及《商君书》所载甚简，此章不得不靠想象，写出来，极不容易。

战法,必将成为纵横天下、雪我国耻的精锐之师！中原战国亡秦之心不死,我们在夹缝中赢得的时日无多,一场大战迫在眉睫。新军将士,你们建功立业的机会,就要到了！"

全场高呼:"雪我国耻！建功立业！"

车英深深一躬:"君上、大良造,车英请求公主抚慰三军将士。"

秦孝公爽朗大笑:"大良造,你说呢？军中尽皆男子汉。"

卫鞅向荧玉微笑点头:"夫人,红颜一语,可抵千军也。"

荧玉脸上泛起激动的红潮,向卫鞅投去热烈的一瞥,缓缓走上高台,红色的斗篷一团火焰般在燃烧。车英令旗挥下:"公主抚慰三军。"大军屏息,峡谷中一片寂静,唯闻战旗猎猎之声。

面对这遍野翻卷的猎猎战旗,面对这黑色山岳般的万千骑士,荧玉心头怦怦大跳了。她蓦然想起跟随景监出使山东六国时看到对秦国的种种蔑视,不禁热泪盈眶:"新军将士们,你们都是秦国的勇士,都是秦国父老的好男儿。秦国民众的土地、房屋、牛羊,你们的妻子儿女,你们从变法中得到的自由之身和宝贵土地,都要靠你们手中的刀矛剑盾去保护。你们是秦国真正的长城,是护法的铁军！你们要保住这个国家,保住你们的家园……你们的父母与妻子儿女想念你们,期盼你们杀敌立功,光耀门庭。你们的汗水、泪水、鲜血,将伴随你们的荣誉和爵位,永远铭刻在你们家族的石坊之上！家人不能来看望你们,我要为你们唱一首秦地民谣,当作你们父母妻儿对你们立功报国的期盼之心。"

悠悠歌声如丝飘荡,那是每一个秦人都熟悉的美丽情歌,五万官兵的泪水顿时溢满了眼眶。

蒹葭苍苍　白露为霜

所谓伊人　在水一方

溯洄从之　道阻且长

溯游从之　宛在水中央

……

歌声落定,峡谷中刀剑齐举,骤然爆发出雷鸣般的吼声:"保卫家园！光耀门庭！""为国效命！舍生忘死！""公主万岁！"

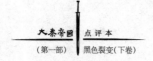
卫鞅被荧玉深深感动了，不禁深情地看了她一眼："夫人……"

骤然之间，荧玉肩膀一抖，大袖遮住了脸庞。

是夜，秦孝公与卫鞅在中军大帐听车英详细禀报了一年来的新军训练。孝公起自军旅，对新军战法和兵器改制逐一详加询问，感慨不已。但他最感兴趣的还是两件兵器：一是对骑兵的阔身短剑改为窄身长剑，二就是那怪异威猛的大头硬木槌。

秦孝公本来是骑兵将领，又是秦军中的铁鹰剑士，自然熟知天下骑兵的用剑都是阔身短剑——剑身四寸宽二尺长，加上剑格护手，也就是二尺五六寸长短。如今秦军骑士的用剑变窄，宽为不到三寸，长度却加长了八寸，连剑格在内三尺有余。"我来试试。"孝公拿过一把骑士长剑掂了掂，比自己的阔身长剑轻了许多。"好使么？"他笑了笑，似乎不太踏实。

"君上，帐外有木桩，可以试手。"车英看出孝公心思，立即提议。

"好，试试手。"孝公提着长剑走到中军大帐外。车英指着几根三四尺高的木桩道："君上，这是试剑桩，请君上一试。"孝公见那木桩高度与骑兵对步卒的高度相类，不禁赞叹车英的训练细致，猜测这试剑桩肯定是为检验工师交来的剑器而立的。他站稳马步，长剑斜举过头，猛然向木桩挥下，只听"咔嚓"一声大响，剑身陷入木桩半尺有余，却没有劈开木桩。"噫"的一声惊诧，秦孝公不禁疑惑沉默。他的佩剑也是长剑，只是宽了一寸，是阔身长剑。难道窄了一寸多，力道与锋利程度就如此大减？依他的剑术造诣，若使用自己的阔身长剑，一剑劈开这三尺木桩当不是难事。依照目下这剑的效果，骑士砍杀会有威力么？

日久生情。可怜旧人白雪。

"君上,这窄身长剑是我琢磨出来的,轻便趁手,只是须得训练劈杀手法。臣是教一千骑兵先行训练,确有威力,才配置全军的。君上且看,当是这样——"车英拔剑做了一个大斜劈的动作,一剑挥下,另一根三尺木桩已经"咔嚓"一声迎刃开为两半。"噢!"秦孝公不禁惊讶地笑了。车英也是少年成名的铁鹰剑士,论剑术自与孝公相当,然则一剑轻挥,竟能将三尺木桩从中间一劈到底,可见这窄身长剑确实威力不小。轻而锋锐,对于骑兵自然是大大的好事,同等体力之下,可挥舞劈杀的次数可能大大增加,这在战场上的作用就可想而知了。

经过三个骑兵千夫长的演练,秦孝公已经看出了劈杀诀窍。他再次挥剑,凌空一剑将粗大的三尺木桩劈开挑起,犹自觉得力道未尽,不禁哈哈大笑:"好,改得好!也给我配一把。"场边的将领们不禁高声喝彩起来。孝公意犹未尽,兴致勃勃道:"大良造,试试,好用得很!"

卫鞅本是名门名士,对剑术自然也是颇有造诣,然却是独身搏击的路数,讲究灵动点刺,与马战剑术的注重劈杀有许多不同。他上前拿起一支窄身长剑,试试觉得颇为顺手,一剑劈下,却只是将三尺木桩堪堪劈开了一半,剑身夹在木桩中已不能动弹了,不禁摇头笑道:"看来呀,不能斩首立功了。"惹得众人大笑起来。

进得大帐,秦孝公振奋有加,又兴致勃勃地问到大头木槌的奥秘。

车英略有尴尬地笑了:"君上,这大头木槌,我也不知山甲何时闹的。他在山野与野兽多有搏斗,曾说过他将硬木削成的大头木槌随身隐藏,威力极大。没承想他的千人队竟人人一把,我也惊讶,不知他何时赶造的。今日看来,却是威力不凡。方才,他还在帐外为私用兵器请罪。大良造,我请你注意的就是他,二十余岁,你应当认识他。"

"我?认识这个千夫长?"卫鞅惊讶。

"想想,栎阳南市,徙木立信。"

"啊——莫非他是那个徙木少年?!"

"对呀!没错!现下是新军最年轻的千夫长。"

卫鞅感慨中来:"难得呀难得,异数也。一个药隶少年成了军中将领,那时候谁敢想哪!"

孝公笑道:"大良造,你这变法可不知要多少人新生,感慨不完也。"

突然,峡谷中马蹄声疾,车英习惯地霍然转身,正待发令,听得马蹄声已到帐外,卫士高声禀报："大良造府领书景监到！"三人不禁一惊。

景监匆匆走进一躬："君上、大良造，斥候星夜急报，山东有变！"

"噢？快讲。"秦孝公和卫鞅已经同时站起。

"一是楚国联络中原，图谋攻秦。二是三晋龃龉，魏国正在秘密准备吞灭赵国韩国。三是齐燕结盟，企图迫我秦国割地！"

秦孝公和卫鞅相互对视，半日沉默，突然，两人同声大笑起来。

巧设关节，借史实大做文章。

来得正是时候。小说家的春秋笔法，无巧不成书。

# 第十一章 天算六国

所谓"神秘天象"，多为
彗星出，或现日食。"黑色裂
变"上册，由秦国生死存亡入
笔，写惊心动魄的变法，此为
尽人事；下册则从"神秘天象"
入笔，写天降大任，此乃知天
命。虽为编故事，但也须了解
天文星象堪舆之术，小说牵涉
极多，难怪作者需耗十六年之
久才写成此书。

据《史记·楚世家》，"十
一年，肃王卒，无子，立其弟熊
良夫，是为宣王"。楚强，先于
秦称王，不可小视。六国遗族
亡秦，楚之贵族出力尤巨。小
说中的宣王，志大才疏，沉迷
于酒色。若将诸侯个个打造
成秦孝公一样，就失去趣味，
小说的人物形象讲究的是个
性，所以作者不得不想象各王
公的个性，以示区别。

江乙精明多计，《战国策·
楚策》载江乙（又作江一或江
尹）之事甚多。作者重点写江
乙，有助于塑造小说中楚宣王
宠玩弄臣、志大才疏的形象。

## 一 神秘天象逼出了楚宣王的妙策

楚宣王芈良夫烦闷极了，一日数次问侍臣："江乙大夫
回来没有啦？"

中大夫江乙到魏国齐国去了。他是楚宣王的密使，已经
派出去三个月了还没有回音，楚宣王如何不着急？六国逢泽
会盟后，庄严的誓言与盟约都莫名其妙地瓦解了，非但合兵
攻秦做了泥牛入海，连瓜分小国都无法兑现。按照芈良夫原
先的盘算，灭秦之心除了齐国，哪国都比楚国猴急。所以他
回到郢都后稳如泰山，既不整训兵马，也不积极联络，只是派
出了三名得力干员潜入武关探听秦国动静，准备坐收渔利。

芈良夫素来自负，觉得自己是历代楚王中最英明的一
个，远远胜过先祖。他们打打杀杀地折腾了几百年，楚国还
是楚国，中原还是中原，楚国连淮水都不能越过。只有他运

筹帷幄，兵不血刃，就以天下第二强国的身份参与了六国会盟，而且将毫不费力地拿到几百里土地，将楚国一举推进到大河南北。这种功业谁堪比拟？楚庄王一鸣惊人，用十几万具尸体换回来的也不过是三几年霸主、数百里土地而已。祖父楚悼王殚精竭虑，任用吴起变法，牺牲朝局稳定换来强兵富国，也不过是个中原不敢来犯的格局，又能如何？芈良夫经常为先祖们的蠢笨感到滑稽可笑，觉得他们实在是错失了诸多好机会，不够大国王者的风范。芈良夫应对天下的策略是：不做老大，只做老二；不图虚名，唯求实利。谁做战国老大，谁就是众矢之的，谁就得付出十倍百倍的精力国力，去面对所有想算计你蚕食你削弱你吃掉你的天下诸侯，实在是坐在燎炉上一般。如此傻事，楚国能做么？坐定老二，则可左右逢源。老大有的好处，老二必定不能少，老大有的风险，老二却丝毫没有，甚至在必要的时候可以借天下众力挟制老大，得到比老大更多的好处。

天下纷争，鹿走无主。那些庸常的君王仅仅注目于肥鹿而无法顾及左右，他们如何能像芈良夫，看得如此深彻？

芈良夫很是为自己自豪了一阵子。他对大臣们说，他的大策是从老子那儿来的："老子，老子你等知道么？我大楚国的圣人啦！你等都给我好好读《老子》，每人一百遍。读完了，才有议论国事的资格。知道啦？"从那儿以后，吟诵《老子》的悠扬声音弥漫了宫廷内外，君臣议事，老子的典籍也频繁出现，"不尚贤，为无为"，"夫唯不争，故天下莫能与之争"，"战战兢兢，如履薄冰"，"治大国若烹小鲜"，等等，成了终日嗡嗡哼哼的朝堂乐章。

有一天，芈良夫和三名宫女狎玩，被一个老臣撞上，给他大诵了一段佶屈聱牙的东西来劝谏："归根曰静，是谓复命。复命曰常，知常曰明。不知常，妄作，凶。知常，容；容乃公。

老子为何地何人，老子究竟与孔子是否同时代人，《道德经》的成书年代为何时，这些问题，至今学术界尚无定论。世人俗称老庄，钱穆却认为庄子先于老子。众说不一。据《史记·老子韩非列传》，"老子者，楚苦县厉乡曲仁里人，姓李氏，名耳，字聃，周守藏室之史也"。小说借老子说事，有想象之妙。老子为楚人，小说中的楚宣王倡颂《老子》，情理皆通。

公乃全,全乃天,天乃道,道乃久。没身不殆。"芈良夫听得云遮雾罩:"你?你念的什么东西?啁啾鸟语啦!"老臣愤然亢声:"我王,这是《老子》教诲,何能是啁啾鸟语?莫要污了圣人啊!"芈良夫大为狼狈,从来没认真读过一遍《老子》的他,如何知道这是《老子》?不由恼羞成怒,大喝一声:"你读的不是地方啦!女人面前,读《老子》圣典,玷污圣人啦!"

从此,宫廷中吟诵《老子》的哼哼嗡嗡,戛然而止了。楚宣王肥大的身躯旁永远蜷伏着两个艳丽的侍女,谁敢玷污圣人?

小说中的楚宣王不学无术、沽名钓誉。

倏忽十年,楚宣王越来越觉得窝囊。坐收渔利没得成,想吞几个虾米小国,却受到魏国齐国的威胁,只好不情愿地缩回了手脚。"天下老二"做得没人理睬,连自己都觉得大是乏味。做国王二十多年了,《老子》大策迟迟不得伸展。全部心志,原本都倾注在六国会盟所能捞到的实利和名位上,如今竟成了竹篮打水,颜面何存啦?虽然他还是那么豁达,心事却越来越重,本来就肥硕的身子,也就更加肥硕,如同楚国水田里的老水牛,整日呼哧呼哧地大喘息,分不清是热的还是累的。

甘德、石申为小说增添传奇色彩。据南朝宋裴骃《史记》集解,"徐广曰:'或曰甘公名德也,本是鲁人'。"唐张守节《史记》正义,"《七录》云楚人,战国时作《天文星占》八卷"。唐司马贞《史记》索隐,"《七录》云石申,魏人,战国时作天文八卷也"。从传统意义来讲,天文历法占星术医术,就是古代的格致之理,也是古代统治术不可缺少的内容。引出甘德、石申,且看作者如何自圆其说。

几个月前的一日,芈良夫苦思无计,压在打扇的侍女身上睡着了。蒙眬之中,忽然心动,顿觉灵光一闪,一个奇妙的主意浮上心头。仔细琢磨,大是得意,愈发觉得这是天意,是振兴"天下老二"威风的一道奇策。不禁拍着侍女的细软腰身哈哈大笑,吩咐内侍立即将中大夫江乙宣来,密商了整整一天。第二天,江乙就辚辚北上了。

江乙的秘密使命,是寻找两个天下闻名的星象家甘德和石申。

甘德、石申是两个神秘的灵慧隐士,却与巫师占卜、阴阳五行、堪舆之术等神秘流派丝毫无染。他们是"究天人之际"的渊深学派，是上天隐藏在尘世的眼睛，也是人世体察天机的异能之士。在春秋战国，以"天"为直接对象的学派有两个，一个叫"占候家"，一个叫"星象家"。占候，是以天地气象的变化预测人间祸福，云气、风势、日色、虹挂、雾象、电光、雷声、海潮、月晕、尘土、阴霾等等，都是占候家观测玄机的对象。星象家也叫占星家，是以天上星辰的变化，预测人事国运的学问家。自夏商周三代开始，国王通常有两个固定的官身预测家，一个是占卜的巫师，另一个就是占星的星象家。其余诸如阴阳家、堪舆家等，则都是一事一招，极少有朝臣资格。两者相比，卜卦较为流行易懂，尤其在周文王演绎八卦和孔夫子撰写爻辞之后，等闲士子也对卜卦有所了解，占卜的结果对国人的心理威慑和影响力也就日渐减弱了。相反，星象家却始终保持着他们曲高和寡的神秘，等闲学问家是无法窥其奥秘的，国人庶民更是难知万一。

这种状态一直保持了四千余年。后来的魏晋时期，有个最著名的天才星象家叫管辂，他只活了四十八岁，官至少府丞。他少年时师从著名易家郭恩，先修《周易》，后修星象。观天之时，管辂常通夜不眠，往往有惊人的论断，连老师也不能理解。一年之后，老师郭恩反倒常常求教于管辂，慨然叹息："闻君至论，忘我笃疾！竟何至此？"管辂洒脱笑答："此非修习之功，乃吾之天分也。"四十岁时，其弟管辰请求随管辂学习星象之学。管辂正色答："此道，非至精不能见其数，非至妙不能窥其道。皆由无才，不由无书也。孝经诗论，足为三公。无用知之也！"

正因为如此深奥，如此难以为常人所掌握，星象家的预测对天下始终保持着高远的威慑。它可以化成童谣，化成谶语，化成各种神秘预言，甚或化成席卷天下的风暴。整个古典时代，没有人敢于对星象预言的权威提出挑战。

这正是楚宣王要寻觅甘德、石申两个星象家的奥秘所在。他要知道天下的兴亡大势，要根据天机来决定自己的大策，不能再等待了。芈良夫想封这两个高人为"天大夫"，永远留在他身边，随时告诉他上天的奥秘，好让他顺天行事，大振国威。

从远古起，历代都有星象家辅佐王室。夏有昆吾，商有巫咸，周有史佚、苌弘。春秋四百年，星象家更多了一些。著名的有郑国的裨灶，鲁国的梓慎，晋国的史赵、史墨，唐国的子眜等。进入战国，声名赫赫者有齐国的甘德（人称甘公），魏国的石申，赵国的尹皋等。然最为天下折服的还是甘德、石申两位高人。芈良夫认为，战国如三晋魏赵韩者，如田氏齐国者，如西陲秦国者，皆莽勇蛮荒之辈，根本不配了解天机玄奥，活活糟践了出生于他们国家的星象家。唯有楚国燕国这样的资深老诸侯，才能知天命而畏之，顺天行事。芈良夫觉得，信天更有一样好处，当国君犯了国事过失而庶民难以原谅时，只要国君表示真诚悔悟，上天仍然会还给你一个吉祥福音。这是最妙的所在。顺天行事，自己永远都是英明的，犯了错失，上天也会帮你挽回的。芈良夫耳熟能详的故事发生在宋国。

宋景公时，有一年荧惑守心①，宋景公大惊。司星大夫子韦提议："可移祸于丞相。"宋景公摇头："丞相乃肱股之臣，不行。"子韦又道："可移祸于民。"宋景公更摇头："君当爱民，何堪移祸？"子韦三提："如此可移于年成，岁减即灾消。"宋景公急道："年成减则民饥困，何有如此国君？"子韦肃然道："天高听卑。国君有如此人道者三，荧惑当移动也。"宋景公半信半疑。谁知三个时辰后，荧惑果然离开心宿三度，出了宋国的"天界"！

上天如此与君为善，岂有不信之理？

正在楚宣王芈良夫心神不宁的时候，飞骑来报：江乙大夫已经到了郢都北门，两位高人同车来到。芈良夫高兴得差点儿跳起来，立即吩咐备车，亲自迎出北门，将两位高士恭恭敬敬地送到早已经准备好的隐秘大宅，并派了两百名武士严密保护。

从第二天开始，芈良夫破例离开了侍女，独自住进太庙，斋戒沐浴三日，以示对上天的敬畏。三天出来，口中寡淡，腹中空虚，大嚼了一顿麋鹿肥鱼，方才气喘吁吁地下令赶往荆山观星台。

赶到荆山脚下，已经是夕阳残照了。虽是夏天，山风却颇有凉意。荆山葱茏，云雾缭绕，抬头看去，高高的孤峰仿佛就在天上一般。

六名壮士轮流，用粗大结实的长竿竹椅，抬着肥硕的楚宣王走上了山梯小道。甘德、石申两位高士均是清瘦矍铄，白发童颜，无论如何也不坐竹竿椅。中大夫江乙，自然得陪着两位高士步行登山。他虽然也生得精瘦，晒得黝黑，似乎显得身轻体健。但不消一半，精瘦黝黑的江乙便气喘流汗腰酸腿软了。他原本没有爬过如此漫长的山路，此刻方才知道这登山竟大非易事。本想坐进竹竿椅，无奈自己只是一个中大夫，不敢在高人仙客步行时自己与国君有一样的享受。只好走走歇歇，大大地落在了后面。看那两位

---

①　荧惑守心，荧惑，火星别名，因其隐现不定而令人迷惑，故名。心，星宿名，又称大火，二十八宿东宫苍龙七宿之一。荧惑守心，即荧惑居于心宿。古星象家认为乃大凶之兆。

老人，却是逍遥自在，步履依旧从容。江乙身后的数十名内侍，抱着担着抬着各种御寒之物和祭祀用品，更是汗流浃背，气喘如牛，拉成了一个长达一二里的散乱队伍。走走歇歇，大约一个半时辰，长长的队伍终于磨到了孤峰观星台的垛口。

这座观星台坐落在荆山主峰的顶端，形状就像切下来的一块城墙，四四方方，周围有与城墙一样高的女墙，垛口上插满五色旗帜。观星台的北面是三间石头房子，足以抵挡任何山风暴雨。中央才是实际上的观星台，一座三丈六尺高的青石高台，暮色苍茫中就像插入苍穹的长剑。高台四周，是按照星辰分野的位置筑好的十二张石板香案。那时候，星象家将每个诸侯国都与天上的星宿位置做了对应测定，何星之下何位置为何国，都有一个公认的分野。《周礼》所谓的"以星土辨九州之地，所封封域皆有分量，以观妖祥"，正是这种分野星占的具体说明。按照后来星象家的典籍，夏王朝时最初的星象分野只对应天下九州和江河湖泊，分别是：

角、亢、氐三星——兖州

房、心二星——豫州

尾、箕二星——幽州

牵牛、婺女——扬州

虚、危二星——青州

营室、东壁——并州

奎、娄、胃三星——徐州

昴、毕二星——冀州

东井、舆鬼二星——雍州

北斗——天下江河湖海

进入春秋战国，这种分野就显得粗疏不明，星象家们又做了重新的细致分野，主要有用二十八宿对应分野，用十二次①对应分野两种方法，后一种主要针对大国分野，具体是：

---

① 十二次，即日月及主要星辰运行所经历的十二个处所，按此划分地下对应的十二个方位，用十二支表示。

> 荧惑——其下分野为楚、吴、越、宋
>
> 太白——其下分野为秦国、郑国
>
> 辰星——其下分野为燕国、赵国
>
> 房星——其下分野为魏国、韩国
>
> 玄枵——其下分野为齐国、鲁国
>
> 填星——其下分野为洛阳周王室

按照这种分野划分，观星台南面的楚国方位，也就是荧惑之下的那张石案，便做了祭天的主案。主案上有准备好的牺牲，三只洗刮得白亮还系着粗大红绫的牛羊猪头，昂昂立在大铜盘中，香气缕缕弥漫了小小城池。中央的实际观星台已经用黄幔围起，只有顶端传来的旗帜抖动之声，使人想到了它的神秘使命。

"二位高士辛苦了。"楚宣王喘息着走过来。

甘德、石申肃然一拱，略高一些的甘德道："楚王，我二人要到星室调息元神，待到夜中子时观星，若有征兆，再与楚王计议。"

楚宣王虔诚拱手："本王亦当诚心敬天，在东室沐浴净身，子时再行求教。"

时当六月初三的无月之夜，碧空如洗，星河灿烂。中夜时分谷风习习，凉得有些寒意。芈良夫虽然肥硕，却经不住夏日山寒，裹了一件夹袍走出东室在观星台上徘徊。仰望满天星斗，只觉得乱纷纷闪烁不定，一点儿奥妙也琢磨不出。这时只听肃立在高台下的司礼大臣高宣："子时已到，有请高士……"

星室的厚帘掀起，甘德石申二人白发披散，身穿绣有星宿分野的黑色长袍走出，在南面祭坛前跪拜祷告："昊天在

不问苍生问鬼神。各朝的惯例。

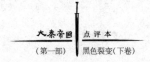
上，有甘德、石申二位弟子祈求天帝，恳望昭示天机，以告诫国君自励奋发，拯救苍生于水火。"拜罢起身，肃然登上观星台。楚宣王连忙跪在二人跪过的祭案前，再度祷告一番："上天哪上天，芈良夫耗费资财诚心敬天，总该比宋景公那几句空话好啦，你该当有个吉兆啦。"

观星台顶上，甘德、石申各自向深邃的苍穹肃穆一拜，闭目定神，霍然开眼，向广袤无垠的星河缓缓扫过。灿烂的夜空出奇的静谧，晶莹闪烁，嘲讽着人间的简单和愚昧。大约一个时辰后，二人同时轻轻地"啊"了一声，身子急速地从面南转向面西。他们灵异的耳朵，已经听见了遥远的河汉深处的隐隐"天音"，凭着与生俱来的天赋异禀，他们已经预感到今夜将有惊人的旷世奇观。

片刻之间，西部夜空一道强光横过天际，一颗巨大的彗星拖着长长的尾巴，由北向南横亘西部天空！它那强烈的光芒，横扫河汉的巨大气势，竟使星群河汉黯然失色。强光照耀之际，隐隐雷声久久不散。

甘德、石申被深深震撼了，伫立在观星台上，久久沉默着。

寅时末刻，两位大师终于走下了观星台。司礼大臣和江乙大夫恭恭敬敬地将两位大师迎进国王专用的东室。楚宣王屏退左右侍从，将两位高士请到尊位坐定，诚惶诚恐地深深一躬："敢问先生，上天如何垂象？"

石申道："今夜天象，非同寻常，天下将有山河巨变。"

楚宣王眼睛骤然放光，一脸惊喜："先生但讲无妨啦。"

甘德道："楚王敬天，不敢隐瞒。丑时有半，西部天际有彗星骤显，长可径天，苍色闪烁，其后隐隐有风雷之声，横亘天际一个时辰有余。山人观星数十年，其间隐寓的沧桑巨变，实在难以尽述也。"

楚宣王对甘德石申可以说是高山仰止了，对他们的秉性也颇有耳闻——淡泊矜持，直言不讳，对灾难星变从来泰然处之。因何两人对今夜天象竟如此悚然动容？心头不禁大是忐忑，却又有些激切："先生所言彗星，莫非就是帚星？此乃大灾之星，芈良夫略知一二，但不知何国将有大灾大难？楚国可否代上天灭之，以伸天地正道？"

石申的目光不经意地扫过芈良夫的肥脸，嘴角抽搐了一下，却又低眉敛目道："楚王但知其一，不知其二。寻常人以为，彗星为妖星之首，预示人间大灾大恶。然则天行有常，常中寓变，远非常人所能窥视。这彗星，在非常时期以非常色式出现，则有极为奥秘

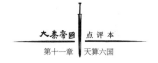

深远之意蕴,并非寻常的灾变。大恶大凶之时,彗星大显,乃除旧布新之兆。巫咸有言,彗星大出,主灭不义。当年周武王伐纣,彗星大显,正应此兆也。晏子有言,天现彗星,以除人间污秽也。彗星出于太平盛世者,昭示灾难。然彗星若大出于恶世,则大灾难中有新生,新政将大出于天下,人世将有沧海桑田之变也。"

芈良夫心中大动,吴起在楚国变法不正是新政么? 不禁连连点头:"先生所言极是,烦请详加拆解。"

甘德一直在深思默想,此时悠然一叹:"今夜,径天彗星大显于西方太白之下,当主西方有明君强臣当国,新政已成根基。天下从此将有巨大无比的兵暴动荡,而后扫灭四海灾难,人间归于一统盛世。"

楚宣王愕然,"太白之下",那不就是秦国么? 匪夷所思! 要说哪个国家他都相信,偏这秦国要成大器,他是无论如何不能相信。秦国,一个天下鄙视的西陲蛮夷,芈良夫连正眼看它一眼都不屑,竟能应上天正道而大出? 一时间,他惶惑起来,怀疑两位星象家老眼昏花看错了星星:"敢问,先生,有否看、看错? 真是,太白之下啦?"

甘德石申惊讶地睁开眼睛,相互对视有顷,竟不约而同地大笑起来。

楚宣王已经烦躁不安地站了起来:"我大楚国,尚被中原视为蛮夷。那秦国,分明比楚国还差老远啦! 这上天倒玄妙得紧,本王,如何信得啦?"

"上天授权,唯德是亲。"甘德淡漠微笑。

石申眉头微微皱起道:"楚王尚有不知,荧惑暗淡不明,躁急促疾,长悬列宿之上。分野之国,当惕厉自省也。"

"如何?"楚宣王又是一惊,"荧惑暗淡啦? 列宿之上? 那不快要荧惑守心了? 上天也上天,芈良夫敬你有加,你为何忒般无情啦!"

石申道:"荧惑暗淡久矣,非今夜之象。若非楚王敬天,本不当讲。"

"天机悠远,不可尽察。或我等未能尽窥堂奥,也未可知。言尽于此,愿王自图之。"甘德说着已经站起,一拱手,"我等告辞。"石申大笑起来:"然也然也,或未能尽窥堂奥也。告辞。"

楚宣王心乱如麻,挥手道:"江乙大夫,代本王送两位先生。赏赐千金。"待两人走出石门,芈良夫山一般的身躯再也支撑不了烦躁劳累和失望,呼呼大喘着瘫软在冰凉的石板地上。

从荆山观星台下来,楚宣王就像霜打了的秋菜一般,蔫得一句话也懒得说。江乙回来禀报说,甘德石申两位高人已经走了,楚宣王才惊讶地推开了打扇的侍女:"如何走啦? 不是说好的做天大夫啦?"江乙苦笑道:"两位高人不屑做官,臣实在挽留不住。大王,得另谋良策才是。""上天都给谋过啦,我能谋过天么?"楚宣王愁眉苦脸地挥挥手,"江乙啊,你说这上天也是没谱,如何秦国便要大出,本王如何信他啦?"江乙看着楚宣王,却沉默着不说话。

"说呀,你信不信啦?"

"大王,容臣下直言。"黑瘦短小的江乙在肥白硕大的楚宣王面前没有委顿,一双精光四射的眼睛在黝黑的瘦脸上分外活跃,一拱手道,"臣以为,天象之说,素来是信则有之,不信则无。若天象对我有利,我可用之以振民心。若天象对我不利,我则可置之度外。儒家孔丘就从来不涉怪力乱神,只是尽人事而已。若大王这般笃信,岂非大大辜负了芈氏祖宗?"

楚宣王眯着眼睛,打量了江乙好大一会儿没说话。他本来也实在不想相信这两个糟老头儿透露的天机,却总觉得老大沮丧。江乙这一番话倒真对他的胃口,但又觉得缺点儿物事,想想问道:"如你所言,先祖有非天举动啦?"

"正是。"江乙显得深思熟虑,"先祖庄王,问鼎中原,向天命发难,反成一代霸业。往前说,武王伐纣,老姜尚踏碎太庙里的占卜龟甲;天做雷电风雨,老姜尚却对武王大喝,吊民伐罪,何须问此等腐朽之物? 武王从之,大举发兵,一举灭商。往近说,郑庄公射天,反成春秋第一霸主。臣日前在齐国时听说,稷下学宫有后起名士在论战中大反天道天命之说,已经轰动齐国了。我王何须为区区彗星灭了志气? 当谋良策,尽人事,以振兴楚国。"

"反得好啦!"楚宣王一阵大笑,大为振作,"就是啦,要说变法,也是我大楚早啦。那时候,秦国还在睡大觉啦!"

"我王所言甚是。先祖悼王用吴起变法,威震中原,无敢犯楚。我王当重振雄风!"

"好啦!"楚宣王推开两名打扇侍女,肥大的身躯摇晃着站了起来,仿佛在江乙的头顶俯视一般,"江乙,本王册封你为上卿啦。即刻回府准备,办理官印文书。晚上进宫,本王要委你重大国务,振兴大楚啦!"

江乙振奋了,深深一躬道:"臣纵肝脑涂地,亦当报效楚国!"

　　按照传统,楚国的上卿是令尹(丞相)的辅政助理大臣,职爵显赫。楚国目下没有令尹,由执圭景授代理主政。江乙若为上卿,自然必是主政大臣之一。多年来,江乙多在中原出使,熟悉中原战国的变法势头,一直想上书楚王在楚国进行第二次变法,真正地振兴楚国。可惜,江乙一直淹没在为楚王一个又一个奇妙谋划奔波的忙碌中,竟无暇认真地与楚王商讨一次国事。这次借楚王对天象惶惑之际,江乙坦率进言,尚未涉及第二次变法的大计,楚王便晋升他为上卿,岂非大大的好兆头?一旦赴任上卿,江乙决意立即推行第二次变法的主张,使楚国强大,自己也成为变法名臣。一路上江乙都很激奋,想着晚上如何对楚王陈述自己思虑日久的变法大计,心潮起伏不能自已。猛然想到楚王让自己办好官印文书的事,方才急匆匆赶到主政大臣景授府中,宣了王命,领了大印并办理了一应仪仗护卫等事宜,便急匆匆回府。楚国有四大世族,屈、景、昭、项。这景授是景氏家族的族领兼楚国主政大臣,与江乙一般干瘦,却是须发霜雪的一个老人。见江乙精神勃发疾步匆匆的样子,景授大是好笑,悠然揶揄道:"上卿啊,走稳了,楚国山多崎岖,小心闪了腰啦。"江乙记得自己好像笑了笑,回答得也还得体:"不劳执圭挂心,是山是水,江乙都晓得。"谁想那景授竟摇头大笑道:"当真啦?那吴起当年也这样说,后来如何?"

　　江乙的心,不禁猛然沉了一下。

　　三十多年前,吴起逃出魏国。楚悼王正在苦苦寻觅大才,立即将吴起接到楚国,拜为令尹,总揽军政大权,谋划实行变法。在楚悼王的全力支持下,吴起开始雷厉风行地在楚国推行变法,实行了四道新法令:第一,世袭祖先爵禄封地已经三世者,一律收回封地,罢黜爵位。仅这一道法令的推行,便使楚国直属国府的耕地增加了数百万亩,纳税农户增加了十万。这道法令没有涉及屈、景、昭、项四大世族的嫡系家族,更没有涉及王室部族,所以进展得尚算顺利。

　　第二,裁汰冗官。楚国世族盘根错节,贵族子弟人皆有爵,官府吏员人浮于事者十有六七。这些"大人"们无所事事,每日除了狩猎、豪饮、聚赌、猎艳,便是聚在一起挑剔国中是非,但有能员实干者,便从这些"大人"们口中生出无数匪夷所思的流言蜚语。过不了多少日子,这个能员也就准定偃旗息鼓,否则便连爵禄也没有了。吴起当政,对这些冗官狠狠裁减,几乎将贵族子弟的绝大部分赶回了他们的庄园,使他们成为"白身贵族"。仅这一项节余的费用,就使全部留任官员的俸禄绰绰有余。更重要的是在很大程

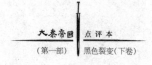
度上清除了官场无事生非的恶习,楚国朝野顿时整肃起来。

第三,明法审令,整顿民治。当时楚国的治理极为混乱,国府直辖的县很少,大部分国土都是贵族的世袭封地,许多庶民隶农都依附在贵族的封地,成为私家农户。还有很大一部分山地盆地,属于更为蛮荒的山地部族"自领"。楚国的法令政令,对封地与"自领"地几乎没有任何效力。楚国实际上是一个"诸侯"同盟邦国,看起来很大,实际上所能积聚的力量却很小。面对如此乱象,吴起的重大行动是:对保留的贵族嫡系的封地,实行治权赋税分离的法令,民治权与少部分赋税归于官府,大部分赋税归贵族领主。此所谓明法,官府治民,贵族受税。对于自领自治的山地部族,则与其分权。全部军权与赋税的一半归王室官府,治权与赋税一半归部族,部族治权的法令必须经过王室官府的勘审准许方得通行。此所谓审令。另外一个重要法令是,限定贵族必须将荒无人烟的土地开垦出来,而且必须吸引移民进去耕耘。此所谓"令贵人实空虚之地"。上述法令一经强力推行,楚国王室权力大增,赋税大增,直辖民户大增。楚国在那六年多的时间里,确实是生机勃勃。

第四,整顿军制,训练新军。当时,楚国的军制与秦国的军制相差无几,都停留在春秋时期的老兵车传统上,战力极弱,对经常骚扰楚国的岭南百越部族都无能为力。吴起本是战无不胜的卓越统帅,对整军经武大是行家里手。他将收回封地的赋税与裁减冗员的节余,全部用于新军经费,大量招募"战斗之士",一年内便训练出了一支八万人的精锐新军。

第三年,新军练成,国力大增,吴起开始了对外作战。像在魏国一样,吴起采取了"先内后外"的谋略。第一步,吴起亲率精悍的轻装步兵三万,开进岭南与百越部族展开了山地战,一年内大小十战,全部大胜,平定了百越部族,消除了长期危害楚国的心腹大患。第二步,吴起亲率步骑混编的精锐四万,对苍梧大山(今湖南广西一带)尚未臣服的苗蛮部族发动进攻,半年之内,全部收服苗蛮部族。第三步,吴起统帅全部精锐八万新军,北渡淮水,一战吞并了蔡国,再战吞并了陈国,使楚国势力骤然扩张到淮水以北,直与韩国魏国遥遥相望。在此之前,楚国的领土势力一直在淮水以南涨涨缩缩,富庶文明的淮水以北一直是传统的中原势力范围。吴起一举消灭陈蔡两国,使楚国触角骤然伸进中原腹心,最感威胁的就是三晋魏赵韩三国。于是,三晋联兵,与吴起大军在淮北展开激战,两场大战,吴起全面击溃三晋联军,楚国大胜。从此,楚国才在淮北站稳了脚

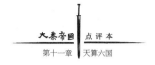

跟。

可是，就在这样的节骨眼上，做了二十一年国君的楚悼王死了。

江乙记得很清楚，当时吴起正在淮北安抚地方民治，尚未回到郢都。他对郢都贵族势力的密谋一无所知。及至吴起接到噩耗，匆匆只身赶回郢都奔丧，阴谋已经天罗地网般罩住了吴起。那时候江乙还只是个被夺爵禄的少年士子，只能在王宫外祭奠。当他看到急匆匆赶来的一支又一支贵族家兵时，他惊恐地睁大了眼睛，竟忽发奇想，悄悄挤进了贵族的祭奠行列……进得大殿，他发现沉沉帷幕后面竟站满了一排一排的弓箭手，身穿麻衣重孝的贵族大臣们也都暗藏着弯弯的吴钩短剑。楚悼王的尸体摆在大殿中央的长大木台上，祭奠完毕就要入殓归棺了。按照楚国丧葬礼仪，太子芈臧已经在父王逝世当日解国守灵，不再与闻国事。此刻，太子是麻衣重孝，跪在遗体台前哀哀哭号，两位年轻的王室子弟站在太子身后护持，眼睛却不断地瞟来瞟去。

丧葬哀乐呜呜咽咽地奏了起来，王室嫡系宗亲的元老大臣们先行一一祭奠完毕，又都整齐地跪在太子身后丈余处守灵了。按照爵位次序，下来就是令尹大将军吴起祭奠，再下来就是屈、景、昭、项四大世族的元老大臣祭奠。就在吴起沉重缓慢地走向楚悼王遗体时，江乙听到了贵族群中一声苍老尖锐的哭号突然响起："大王何去兮！"随着尖锐哭号，太子身后的两位贵族卫士猛然扶起太子，回身钻进了帷幕之后。就在这刹那之间，帷幕唰啦啦拉开，弓箭手的长箭急雨般向吴起飞来。

吴起正在悲痛之中，眼睛只向前看着楚悼王遗体，怎能料到如此巨变？突闻异动回过身来，已经是连中三箭。那时候，江乙清楚地看见吴起高声呼喊着："楚王——变法休矣！"跟跟跄跄地冲到楚悼王遗体前，紧紧抱着楚悼王的遗体放声大哭……对吴起恐惧已极的贵族们此刻已经完全疯狂，一片声高喊："射杀吴起！射杀吴起！"贵族家兵们本来就不是战场厮杀的军队，箭术平平，又在慌乱之中，一阵狂乱猛射，竟将吴起与楚悼王的遗体射成了刺猬一般，长箭纠葛，根本无法分开。

大乱之后，楚悼王的葬礼迟迟无法进行。太医们愁眉苦脸地折腾了三天，竟还是无法分开楚悼王与吴起的尸体，若要分开，便得零刀碎割。太子芈臧痛彻心脾，觉得这是楚国的奇耻大辱。愤怒之下，芈臧下令追封吴起为安国君，将父王与吴起合葬了事。三月之后，太子即位称王，这便是楚肃王。一即位楚肃王便秘密筹划，将吴起训练的八万精锐新军调回郢都，一举捕获参与叛乱的七十三家贵族大臣的家族两千余口，以"毁灭王尸，叛逆作乱"的罪名，将两千余口贵族一次全部斩首。

那是楚国历史上最大规模的一次屠杀，江乙记得自己从刑场回来，呕吐得三天都没能吃饭。他对吴起佩服景仰极了。一个人能在那么紧急的时候想出那么高妙的主意，竟在死后使仇敌全数覆没，这种智慧当真是难以企及。是啊，吴起毕竟是身经百战的大将，生具应对仓促巨变的天赋。仓促之间便立即清楚，自己手无寸铁，纵逃出箭雨，也逃不出殿外伏兵追杀，当是必死无疑，能做的也只有将阴谋家卷进来，使他们与自己同归于尽，自己也得以复仇。

吴起的复仇愿望实现了，楚国的变法夭折了。从那以后，谁也没觉得有什么急风暴雨，楚国就渐渐地不知不觉地回到老路上去了。江乙始终没有想明白，楚国究竟是如何退回去的？性格阴沉的楚肃王，郁郁寡欢地做了十一年国王，又死了，连儿子都没有。贵族们力保他的小弟弟芈良夫做了国王，便是目下的这个楚王。这位楚王倒是心思聪敏，即位快二十年了，肥硕的头脑里奇思妙想不断，可就是国势一无进展，也实在令人摸不着头脑。就说三个月前，突然要江乙不惜重金，寻觅甘德石申两位星象高士。好容易找来了，说好的要册封人家为"天大夫"辅政，可一观星象不合胃口，竟然又不理睬两位高士了。江乙好生斡旋，才保住了楚国的体面。

今日，楚王又突现振作，册封自己为上卿辅政，而且要自己晚上进宫议事。江乙总觉得楚王要做这件大事，该当是让自己主政变法。可是，以往的曲曲折折反反复复又使他心里很不踏实，很怕楚王又想出一个什么"奇计妙策"，教他去做徒劳的奔波驰驱。

忐忑不安地忙到暮色降临，江乙匆匆安排了几件事，匆匆地进宫了。

吴起死后，"复仇"的提法也说得通，且不论"复仇"有无道理，但吴起死后，连坐者众是事实。《史记·孙子吴起列传》载，吴起伏悼王尸被射杀后，"悼王既葬，太子立，乃使令尹尽诛射吴起而并中王尸者。坐射起而夷宗死者七十余家"。吴起死得虽然很惨，但从死者、连坐者众，极尽哀荣。这样的联想，很有意思。

两个"匆匆"，啰唆。

楚宣王正在皱着眉头眯着眼睛,挺着肥大的身躯躺卧在特制的一张落地大木榻上,看几个舞女在扭着混混沌沌不知名的舞曲。听得江乙参见的报号,竟霍然坐起,将两个打扇侍女吓得尖叫一声丢了大扇。楚宣王生气地呵斥道:"蠢啦!下去!"两个侍女一叩头连忙碎步疾行去了。楚宣王破例地向江乙招手,呵呵笑着拍拍木榻道:"上卿,过来,这里坐啦。"江乙走过去坐在了楚宣王旁边。纵是这木榻长大,江乙离楚宣王还有两三尺距离,也立即感到了一股热烘烘的汗味儿弥漫扑来,若非心中兴奋紧张,还真难以忍受。

"哎呀上卿,再过来啦,这是大计密谈。哎,是啦是啦,听我说……"楚宣王的声音突然低了。听着听着,江乙的心越来越凉,一句话也说不出来,只觉得胸口一阵憋闷,软软地倒在了楚宣王肥大的脚上……

三日之后,一队甲士簇拥着一辆青铜轺车驶出郢都,六尺车盖下的玉冠使者正是江乙。这次特使他实在不想做,却又不能不做。

楚宣王芈良夫又有了一个天赐奇策。

## 二 魏惠王君臣雄心陡长

江乙到达安邑的时候,简直不认识这个以风雅锦绣闻名于天下的著名都会了。

长街之上,除了兵器店铺照常兴隆外,绝大部分商号酒肆都关了门。街巷之中,风扫落叶,行人稀少,萧瑟清冷中弥漫出一片狂热躁动。不断有一队一队的铁甲步卒开过各条大街,高喊着"振兴大魏!报效国家!"的号子,和着整齐威武的步伐,满城轰鸣。城中行人无论男女,都是大步匆匆,好像都在办紧急大事一般,和安邑人平日里的闲逸风雅大相迥异。但最令江乙惊讶的是,安邑的外国商铺几乎全部封门停业,几条外商云集的大街几乎通街冷落,没有一家开业者。江乙本来想先住在楚人商社里,徐徐计议大事。因楚人商社坐落在天街中段,与洞香春隔街相望,打探各种消息极是方便。谁能想到,这条集中了天下财富权势与四海消息的林荫石板街,此刻竟比任何一条街巷都冷清,外国人的商社全部关闭,连神秘显赫的洞香春都关上了那永远敞开的大铁门。

无奈,江乙只好打出国使旗号,住进了国府驿馆,匆匆梳洗一番,乘着轺车捧着国书来到魏王宫。来到宫门，只见甲士重重，分外肃杀。江乙正要下车，却听巡视将官一声大喝："使者回车！我王休朝三日！"江乙站在辎车伞盖下遥遥拱手道："我乃楚王特使江乙，有紧急大事晋见魏王，请将军务必禀报。"巡将不耐，一挥手，便有小队甲士跑步围上，将辎车哗啷啷推转方向，向马臀上猛抽一鞭，辎车便惊跳蹿出。吓得驭手连连叫喊，好容易稳住车马，却听身后传来一阵哄然大笑："楚使？鸟屎！回去……"江乙感到困惑恐惧，这魏国如何变得如此乖僻，连大国特使都肆意哄赶？思想之下，他决定先到丞相公子卬府中说话。谁想又吃了一个闭门羹，家老说丞相有军国要务，三日不回府。江乙连忙按规矩给家老送上一份厚礼，家老不理不睬，转身就关上了大门。江乙可真是糊涂了，如何骤然之间这魏国官府上下都变得不认识了？连贪财的丞相家老也廉洁起来了？莫非这天下巨变要应在魏国不成？江乙不死心，一口气又跑到太子魏申和上将军庞涓两处府邸，竟都无一例外地得到"三日不回"的答复，有资格接待国使的大员一个也没有见着，邪气也。

江乙蓦然警觉，魏国要出大事了，天下要大乱了！

看这个"天"如何"算"魏国。这一章里，六国都要露一露脸。

魏王宫内。绿树掩映的小殿周围环布着游动的甲士，殿门口两排甲士的矛戈在午后阳光下森森闪光。魏国君臣正在这座极少起用的密殿里举行秘密会商，参加者只有君臣五人：魏惠王、太子魏申、丞相公子卬、上将军庞涓、河西大将龙贾。魏惠王一扫往日的慵懒散漫，肃然端坐，手抚长剑，目光炯炯，仿佛又找回了初登王位时的勃勃雄心。太子魏申和丞相公子卬也破天荒的一身华贵戎装，甲胄齐全，显得威风凛凛。相比之下，倒是庞涓、龙贾两员真正的战将的布衣铁甲显得颇为寒酸。

"诸卿,"魏惠王咳嗽一声,面色肃然地环顾四周,"上天垂象,西方太白之下彗星径天,天下将要刀兵动荡,归于一统。大魏巫师占卜天象玄机,确认我大魏上应彗星径天之兆,将由西向东扫灭六国,一统天下。月余以来,我大魏朝野振奋,举国求战。我等君臣要上应天心,下顺民意,奋发自励,五年内逐一荡平列国,完成千古不朽之帝业。大战韬略如何,诸卿尽可谋划,本王定夺而后行。"

这番矜持沉稳的话刚一落点,丞相公子卬霍然起身道:"我王天纵英明,决意奋发,臣以为乃国之大幸,民之大幸,天下之大幸也!灭国韬略,臣以为可由太子申、臣与上将军、龙贾老将军,各领十五万精兵分四路大战。太子申灭燕国,臣灭秦国,上将军灭赵国韩国,龙贾老将军灭齐国楚国。其余小诸侯,乘势席卷之。如此不需五年,两年便可大功告成,一统天下!"他很为自己这个精心盘算的方略得意。这种大仗,无论如何都要亲自领兵打几场的,否则一统天下后如何立足?想来想去,公子卬选择了秦国,给太子推荐了燕国,将四个难打的留给了庞涓和龙贾两个老古板。他想,这个主意一定能得到太子申与魏王的赞同。

没想到太子魏申却冷冷一笑:"丞相可知魏国有多少甲士?"

"上将军辖下精兵二十五万,河西守军十五万,再重行征兵二十万,当六十万有余。"公子卬信心十足,没有觉察太子的言外之意。

"新征之兵,也能去灭国大战么?"

公子卬这才听出味道不对,内心颇为不悦,却也不便反驳,迅速做出一副笑脸:"然则,太子的上上之策何在?"

太子魏申二十多岁,口气却仿佛久经沙场:"自然有长策大计。父王,儿臣以为,以魏国目前状况,不宜分兵过甚。

而当集中精兵，先灭赵韩，统一三晋，而后灭齐国。其余秦国
楚国两个蛮夷之邦和数十个蕞尔小诸侯，在我大军威慑之
下，定然纷纷来降。分兵四路，同时作战，辎重粮草难以为
继，若一路有失，便大伤士气，很是不妥。"这一席话对叔父
公子卬的谋划的确是一盆冷水，显得大是老成，仅"辎重粮
草难以为继"这一条就颇有说服力。身为丞相的公子卬大
为尴尬。

魏惠王不置可否道："军旅大战，还是先听听上将军、龙
老将军如何主张也。"

多年磨来，庞涓是深沉多了，和这些金玉其外败絮其中
的贵族大臣议事，他从来不抢先说话了，只在魏王点名或涉
及自己时寥寥几句适可而止，绝不再滔滔不绝地企图说服这
些贵族膏粱。一月多前的那次彗星奇观，他也看见了，虽然
也很有些意外和惊讶，但并没有认真放在心上。身为名家大
将，他也算通晓天文，知道彗星现于太白之下，那是秦国变法
成功的预兆，而绝不是魏国统一天下的预兆。其所以没有太
放在心上，是因为他早就清醒地看到了秦国变法之后对魏国
的威胁，如此浅显的战国格局，竟然还要什么"上天垂象"来
揭示，当真令人哭笑不得。多年来，庞涓每有机会单独见魏
王，都要郑重提醒魏王提防秦国，趁早消灭这个潜在的可怕
敌人。然则，魏国宫廷朝野弥漫的蔑视秦国的痼疾，深深影
响着魏王。庞涓每次的正告都引来魏王的一通大笑，还要说
给别的大臣听，如同当年将公叔痤要他杀掉卫鞅的"昏话"
到处讲给人听一样。久而久之，庞涓竟落了个"恐秦上将
军"的雅号，使庞涓大为恼火，从此不再提灭秦之事。

将近十年没有打大仗，魏国君臣都在忙建造大梁迁都大
梁。他这个上将军的威名权力在魏国朝野也渐渐黯淡了下
来，庞涓自己也郁郁寡欢，很少和朝臣应酬，若非师弟孙膑被

太子申虽老练，但多少有点生不逢时。

大厦将倾，独臂难支。庞涓之委屈，没多少人能解。

他逼逃到齐国,庞涓真想离开魏国到齐威王那里去了。两个月前,他心念闪动,找了个理由出使赵国,看看赵种是否还像六国会盟时那样看重他?谁知车近邯郸,竟然接到赵种暴病身亡的噩耗。本为试探出路,竟变成了一场对赵种的悲伤祭奠,对太子赵语继位的庆贺。就在庞涓归来准备到楚国试探时,却不想出现了那场彗星天象,魏国朝野上下竟然在旬日之间狂热起来。他的上将军府又骤然成为举国关注的重地。庞涓感到悲伤,如此浅薄无智的君主与如此狂悖轻信的民众,一夜之间竟拜倒在虚幻的星象面前,有何大作为可言?但强烈的功名之心,却使他又从中看到了利用这种狂热的机会。不是么?连慵懒成性的魏王都换了个人似的精神勃发。连公子卬这样的纨绔人物,都郑重其事地一身戎装准备建功立业了,安知魏国不会被神奇地激发起来?加上超强的国力与战无不胜的数十万魏国武卒,如果他庞涓再全力以赴,十年之内谁说不能建立赫赫功业?虽然统一天下对于魏国来说已经时过境迁,但先灭几个大国,重新奠定统一基础,还是有可能的。

若以真实谋划,庞涓还是认为应当先灭秦国。但由于以往受到的奚落嘲笑太多,庞涓一时不知该不该如实陈述。公子卬的可笑已经被太子申驳倒,庞涓无须和他计较。目下只是如何拿出一个切实可行且能被魏王采纳的大计。他一直在思索,当然也知道在这种军国大计上自己说话的分量。

"我王,"庞涓坐直身子正色道,"臣有三策,可供定夺。"

"三策?"魏惠王惊讶,"上将军请讲。"

"上策以灭秦为先。秦国与魏国犬牙交错,纠缠数十年,积怨极深。我大魏国要东向中原,就必须先除掉这个背后钉子。目下秦国虽变法有成,但毕竟羽翼未丰,军力不强,正是灭秦的最后一个时机。若再耽延不决,三五年之后秦国

写天象,引混战,构思巧妙。

庞涓虽孤掌难鸣,但雄心不死。

强大，魏国要回头封堵，必将大费气力，甚至可能时势逆转。愿我王三思。"

"嗯哼，"魏惠王不置可否地点点头，"中策如何？"公子卬却几乎忍不住要大笑出来，生生憋出了一个响亮的喷嚏。太子申却只是微微一笑。只有霜染两鬓的老龙贾，一丝不苟地正襟危坐着。

庞涓没有理会他人，侃侃道："中策以先灭赵韩为要。十余年来，赵国与北胡及中山国纠缠不休，国力业已大损。目下又逢赵成侯新丧，太子继位，主少国疑，人心不稳，完全可一击而下。灭赵之后，兵锋南下，直指韩国，一战灭之。韩赵本三晋之国，民情熟悉，最易化入大魏一体治理，无飞地难治之忧。若得三晋统一于大魏，我国力将增强数倍，可为扫灭天下奠定根基。是为中策。"

"嗯哼，下策如何？"魏惠王依旧不置可否地点点头。

"下策灭楚。楚国与魏国接壤最长，东西横贯数百里。吞灭楚国，地土增加十倍，民众增加两倍，魏国当成名副其实的天下第一大国。楚王芈良夫志大才疏，耽于梦想，数十年国事荒疏，国内一片松懈混乱。我大军所指，必当所向披靡。然楚国广袤蛮荒，臣恐难以在短期内化为有效国力，故此列为下策。"

"如此说来，上将军是主张上策了？"魏惠王罕见的认真。

"臣以为，先灭秦国方应上天彗星之象，方可根除魏国后院隐患。"庞涓心念一闪，抬出了西部彗星，这在他是从来没有过的。

"我王，"公子卬立即上前一步，正色拱手道，"臣曾请教过高明星象家，西天彗星之象，主西陲秦国将发生内乱、动荡和饥荒，是秦国的大凶之兆。不消两年，秦国就会瓦解崩溃

提出上中下三策，灭秦是上策，此应天象之说。中策灭赵韩，合三晋，也名正言顺，但难抵西部悍秦在背部放冷箭。下策灭楚，楚宣王虽志大才疏，但楚比秦更难攻下，相持太久，恐不利魏国。作者强调庞涓灭秦的决心，无非要对照出秦国处境的危险，以及将来"转危为安"的万幸，小说家的抑扬策略，一观即知。

而不攻自破！当此之时，魏国大兵灭秦，徒然费时费力，误我中原称雄之大好机遇。"公子卬不能与太子驳论，不是太子真正高明多少，而是绝对不能与太子龃龉。要显得自己才干，就要咬住庞涓，只要庞涓开口，他就要大加挑剔。和庞涓斗宫廷权术，公子卬从来都得心应手。

"丞相差矣！"庞涓在军国大计上从来不会对谁让步，更何况公子卬这种饭袋。但要驳斥这个酒囊饭袋，就不能回避天象，因为这正是魏国君臣振奋的根源。庞涓平静地说："天象示兆，亦在人为。人为不力，天象可改。秦国正在蒸蒸日上，如何能不攻自破？世间从来没有永恒不变的天象。臣再次提醒我王，这是大魏消灭秦国的最后一次机会，愿我王深思。"

魏惠王沉吟思忖，良久沉默。在他看来，打仗是要靠庞涓无疑的，但在事关国运的大计上，庞涓总是古板固执得永远咬住一条道，未免太缺乏机变了。公子卬虽则不善军旅，但在国运谋划上却颇有眼光，譬如迁都大梁，譬如筹划钱财，此人都是个贵相之人，按他的主张办事，魏国往往会兴旺起来。人无天命，谋划再好也不会成功；人有天命，纵然谋划有差，往往也会歪打正着。

当年父亲魏武侯死后，庶兄公子缓与自己争位，两人各自率领数万人马紧张对峙。这时候宋国有个能士叫公孙颀，竟然说动韩懿侯与赵成侯趁着内乱联兵攻魏。浊泽畔一场大战，自己与公子缓的八万联军一败涂地，连统帅王错也身负重伤了。魏惠王当时万念俱灰，准备投降赵国做个白身商人了此一生。谁想在这个要命的时候，韩懿侯与赵成侯却在如何处置魏国的决策上发生了分歧。赵成侯主张扶立公子缓为魏国君主，然后各割魏地三百里退兵。韩懿侯不赞同，说："杀魏罃立公子缓，天下人必说我暴虐；割地而退，人必

说我贪婪。不如将魏国分成宋国那样的两个小国，韩赵便永
远没有魏国这个心腹大患了。"赵成侯大笑，嘲讽韩懿侯呆
笨迂阔。韩懿侯反唇相讥，说赵成侯贪图小利鼠目寸光。当
夜，韩懿侯便率领五万韩军撤退了。赵国眼看吞不下这块大
象，也负气撤兵了。韩赵一退，魏罃大军重整旗鼓，将没有了
赵国支持的公子缓一战消灭，方才做了魏国君主。魏罃总是
百思不得其解，你说无论按照谁的主张，魏国都要崩溃灭亡，
为什么就是一场口角，竟使韩赵君主功亏一篑？以韩懿侯的
老谋深算，赵成侯的精悍凌厉，无论如何也不当放弃如此大
好时机也，如此鬼迷心窍般的犯懵懂，除了天命天意，还能做
何解释？

　　从那以后，魏惠王对自己的国运就从来没有怀疑过，对
于用人也恪守一条铁则——庙堂运筹，当用贵相大命之人，
庶务臣子尽可从宽。庞涓的命相，魏惠王也找人悄悄看过，
是"先吉后凶"的苦恶相。魏惠王便将他定在了"做事可也，
谋国不策"这一格上。公子卬恰恰相反，天命福厚，是"可谋
国，不可做事"的一格。两人互补之，则魏国大成。这种庙
谟心机，自然不能丝毫地显现于形色之中，而要作为驾驭臣
下的秘术深藏于心底。

　　"丞相以为，究竟如何开战为好？"魏惠王终于看着公子
卬说话了。

　　"臣以为，太子眼光远大，所提先统三晋乃用兵良谋。"
公子卬大是兴奋，心中也非常清楚，放弃自己"兵分四路"的
主张一点儿不打紧，要紧的是不能教太子的主张被庞涓的主
张取代。虽然庞涓的"中策"也主张灭赵，但他必须申明，先
灭韩赵是太子的主张，必须支持太子。

　　"龙贾老将军，你镇守河西多年，乃我大魏继吴起之后的
名将，长期与秦国相持纠缠。你以为，秦国目下战力如何？"

　　魏惠王不傻。写面相，写
贵格贱格，是传统的小说写
法。现代新文学为了跟"迷
信"划清界限，基本上不写这
些来自经验世界的判断了。
俗话说相由心生，还是有一定
道理的。以貌取人，是否各朝
统治术之一，则仁者见仁，智
者见智了。

魏惠王以少有的谦恭有礼，笑着问这位威猛持重的老将军。只要有庞涓在场，魏惠王总要给其他将领很高的褒奖。

龙贾是魏国本土的老将，白发黑面，一脸深刻的皱纹溢满了诚厚庄重和战场沧桑。他素来不苟言笑，肃然拱手道："我王，老臣实言，秦国近年来变得难以捉摸了。与我军相持的秦国要塞，依旧是当年的破旧衰弱状。战车、骑兵、步卒相混杂，马老兵疲车破，士卒不断逃亡，显然无法与我军抗衡。时有过来投降的秦军，说秦国民心不稳，国府没有财力建立步骑野战新军。然老臣总觉蹊跷，曾派精干斥候多次潜入秦国探察。斥候回报，秦国西部陈仓山大峡谷封闭多年，常有隐隐喊杀之声与战马嘶鸣，夜间还发现有车辆秘密进入，近年来尤为频繁。我王，秦国与韩国不同。韩国大军在新郑城外训练，尽人皆知。秦国却像隐藏在河底的大石，令人不安。老臣以为，上将军洞察颇深，不能小视秦国。"

太子魏申笑道："老将军，国家大争，岂能以零碎猜测为据？兵不厌诈，诡道之本。安知不是秦国为了掩饰动荡而故弄玄虚？"

老将面色涨红："太子，据老臣所知，秦国生机勃勃，并无民心动荡。"

"老将军也，"公子卬大笑，"人老多疑，也在情理之中。你说，哪个国家不训练军马？可建立、训练一支野战步骑大军，谈何容易！我大魏新军自文侯武侯到今日，快一百年才形成稳定战力。一个西陲蛮夷，三五年就能练出一支铁军？韩国乃富铁之国，还拉不出一支铁军，秦国哪里来的大量精铁和良马？充其量弄出一两万骑兵、三五万步兵，打打戎狄罢了。至于铁骑，秦国再有三十年也上不了道！老将军以为如何？"

龙贾面如寒霜，铁一样地沉默。

太子魏申掰着指头，一副深思熟虑的样子："父王，儿臣以为秦国有三大弱点不足以构成魏国威胁：其一，变法峻急，民心不稳，财力匮乏。其二，军制落后，车步骑混杂，战力极差。新军纵然开始训练，二十年内也无法与我抗争。其三，秦国没有统军名将，公子虔那样的车战将领根本不堪一击。有此三条，我军在荡平中原后，再回师灭秦，定能迫使秦国不战而降，强如今日用牛刀杀鸡。"

从来没有领过兵，更没有上过战场的太子申，却有如此振振华辞，庞涓终于是忍不住了。他冷冷一笑："太子切勿轻言兵事。秦人本牧马部族，训练骑兵比中原快捷得多。秦献公正是以旧式骑兵，两次大胜魏军，使我无法越过华山、洛水，何况今日？"

庞涓冷冰冰几句，噎得太子申回不过话来。公子卬岂容此等机会失去，戟指庞涓赳赳高声道："上将军恐秦症莫非又发作也？身为大将，长他人志气，灭自己威风，莫非是上将军的师门兵法！"

"丞相，"魏惠王正色呵斥，"大战在即，将相当如一人，何能如此讲话！"

公子卬心思何等灵动，立即向庞涓深深一躬："在下失言，上将军幸勿介怀。"

庞涓哼地冷笑一声，没有理睬。

魏惠王沉吟有顷道："上将军，若先行灭赵，危险何在？"

庞涓不假思索道："赵韩皆地处中原冲要，他国容易救援，我军有陷入两面作战之可能。此为最大危险。此外，也须提防秦军从背后突袭河西。"

"救援？哪个国家救援？"太子申见父王有意采纳自己主张，精神大振，"燕国？楚国？还是韩国？方才驿馆来报，楚国特使匆匆来到，显见是有求于我。燕国教东胡缠得自顾

故步自封，难成大器。

不暇,韩国只有幸灾乐祸,谁来救赵国?"

"太子不要忘了,还有一个齐国。"龙贾突然插了一句。

"齐国?更不可能!"公子卬大笑,"老将军差矣!齐国非但不会救赵韩,反而会帮我灭赵韩,而求分一杯羹也。我王思之,齐国素来远离中原是非,当年分秦,齐国还不是置之度外?齐王目下又忙着整肃吏治,救赵国开罪魏国,对齐国有何好处?齐国愿意与我强大的魏国为敌么?田因齐可是猾贼得很也。"

庞涓实在想起而驳斥,思忖再三,还是咬紧牙关忍住了。

太子申突然站起,声泪俱下:"父王,赵韩不灭,魏氏祖宗在天之灵难安哪!统一三晋,威震天下!灭一秦国,无声无息,徒引列国耻笑也!"

魏惠王不耐烦地挥挥手,太子申悻悻坐回。

魏惠王站起来缓缓踱步到庞涓案前:"上将军,军国大事,还是要靠你来谋划,没有你与龙贾老将军这般名将统兵,再说也是落空。本王以为,秦国和齐国两面都要防备,方可放手在中原大战,上将军以为如何?"

"但凭我王号令,庞涓虽肝脑涂地,亦当报效国家。"庞涓心下稍有舒展,觉得自己也只能这样了。

"好!"魏惠王慷慨激昂,"本王决意展开中原大战,完成大魏一统大业。自今日起,我魏国大军兵分三路:西路由龙贾老将军率河西守军,一力对华山、桃林、洛水诸要塞防守,秦军妄动,立即痛歼。东路由太子申和公子卬率军八万,抵御齐国援兵。中路大军二十万,由上将军统帅,半月后对赵国大举进攻,务求一战灭赵!"

"谨遵王命!"四人轰然应命。

战国时期的国君不容易做,接壤处皆怀"狼子野心",盟友不可靠,随时倒戈,攻守进退无不两难。

惴惴不安的江乙终于见到了魏惠王。当江乙在灯火辉煌的寝宫诚惶诚恐地说完楚王"联魏灭秦"的大计后,魏惠王纵声大笑:"上卿,楚王何等壮伟,怕秦国一个干瘦子么?"江乙哭笑不得,拭着汗道:"我王之意,恐秦国坐大,威胁楚魏。若魏国出兵,楚国唯魏国马首是瞻。"魏惠王又是一阵大笑,推开身边女人,走出艳丽的纱帐:"请问上卿,楚国可出兵几何?"

"回魏王,我王答应出兵十万。"

"以谁为将?"

"令尹子吴。"

"灭秦之后如何?"

"魏得秦三分有二,楚得秦三分有一。"

"楚王中途退缩不是一次,本王何能相信?"

"我王为天象警示,立志奋发,决意先行将淮水以北六座城池,割让给魏国抵押。若中途反悔,六城属魏。若灭秦有成,再行收回。"

"好!"魏惠王大笑,"上卿可回复楚王,请他一月之后立即发兵,从武关北上。我大魏河西将军龙贾从东北南下,两面夹攻,一举灭秦!"

"谢、谢过魏王!"江乙没想到如此顺利,竟结巴起来。

江乙高高兴兴地走了。魏惠王觉得自己瞬息之间又完成了一个大大的难题,也化解了庞涓喋喋不休所唠叨的危险,运筹帷幄的功业感骤然溢满心头,兴奋地拉过狐姬,破天荒地向这个柔媚可人的女人慷慨激昂地讲说自己的英明决策和高远谋划,说得狐姬惶惶然不知道该如何称颂了。

这时候,楚王特使的轺车正驶出安邑,奔驰在去齐国的路上。

楚王这套环环相连的大计的关键在齐国,没有齐国,楚国就等于要教魏国牵着鼻子走。可是江乙对出使齐国,比出

夸张的写作手法。礼坏乐崩至此,无可救药。

使魏国还没有把握。魏国虽说是一等一的强国,可魏惠王那种刻意做出的大国君主气度与霸主气魄,倒实在是外交使臣眼里的明显弱点。江乙很是清楚,对魏国只要谦恭示弱,等闲不会有辱使命。可齐国这个不到四十岁的国王,却是大大两样,江乙心中实在盘算不出一套体面机智的说辞,只好准备随机应变了。

# 三　齐威王吏治的奇特手段

齐威王不太容易糊弄。讲到齐国,必写稷下学宫。

天刚刚亮,丞相驺忌就登上轺车向王宫而来。

齐王宫在临淄城的北面,与王宫遥遥相对的,是南面的稷下学宫。中间是一片异常宽阔的街市,那便是名闻天下的临淄"齐市"。所有的朝臣进宫,都得从这条街市穿过。这种都市格局,在天下都会中堪称独一无二。身为临淄大夫,驺忌当年督建王宫与学宫时,给这里留出的本来是一片松柏林,松柏林两边是王宫与学宫的车马场,四周则是齐国官署。如此布局,这里就形成了一个肃穆的王权中心,列国使臣和庶民百姓只要接近这个地方,敬畏之心就会油然而生。谁知年轻的齐王却大皱眉头,站在王宫地基上指着中央广阔的空地问:"莫非齐国钱财多得没用场了?要这几百亩地大的松柏林何用?暴殄天物。这里当建一条天下最宽阔的街市,就叫齐市,一定要超过大梁的魏市!天下商贾云集这里,我等王公大臣与学宫士子不能天天看农夫耕田,至少可天天看见商贾民生。"于是,这片构想中的静谧的松林,被喧嚣的街市取代了。

建成伊始,商贾们便大感兴趣。一片商市竟能和王宫比肩而立,这在当时确实是天下独一份。无疑表明,齐国大大

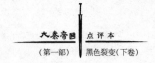

地看重商人。这在饱受"抑商"之苦的商人们看来,简直比赚钱本身还诱人。于是,天下的富商大贾接踵而来,争相求购店面,同时又在临淄大买地皮建房建仓。倏忽十几年,齐市不期然成了天下最繁华的第一大市。临淄人口大增,百工商贾达七万多户,几近五十万人口。齐市与魏市,大有不同处。魏市风华侈靡,多以酒肆、珠宝、丝绸、剑器名品为重。齐市则平朴实惠,主要是鱼市、盐市、铁市、布市四大类。总的说来,奢靡风华,齐不如魏;实惠便民,魏不如齐。

齐王规定:朝臣入宫,非有紧急国务,必须步行穿过齐市;运输车辆与紧急军务,可走旁边专门设置的车道;朝臣入宫,须得向齐王禀报街市遇到的逸闻趣事。

驺忌的辒车进入市口,下得车来,教驭手将车赶走,自己从容步行入市。正逢早市,除了饭铺酒肆,大宗店铺尚都正在上货之时,市人不算很多。三三两两者,多为临淄老民中的闲散之人。驺忌步履匆匆,心中一直在思忖如何向齐王禀报心中大事,不意眼前突然一亮,对面走来了一个丰神俊朗的美男子。

驺忌心中一动,拱手高声问:"先生,可是城北徐公?"

美男子拱手笑道:"正是在下。敢问先生高名上姓?"

"我乃城东驺氏,久慕先生琴棋貌三绝,可否到府上请教?"

"先生谬奖了,徐公愧不敢当。先生可是驺忌丞相?"

"驺忌,我兄也。我代兄一陈敬慕之心。"

"徐公素闻驺忌丞相貌美,气度非凡。其弟若此,方知传闻不虚。改日定当登门求教。"

二人正在互相敬慕之际,市人纷纷驻足观望,啧啧赞叹相互议论。

"不愧齐国男中二美! 天下奇观也。"

"要说,还是城北徐公更美一些,飘逸若仙。"

"也是。美男比赛,我押徐公一彩!"

"嘘! 那个是丞相兄弟,大仪雍容,谁堪比呀?"

"富贵气度与美男子是一回事么? 瞎捧!"

驺忌看市人渐多,便和徐公殷殷道别,分头而去。人群尚聚拢不散,望着他们的背影争论不休。驺忌出得街市,便到了王宫前有甲士守护的车马场。嗡嗡喧嚣的市声被抛在三百步之后,王宫前顿时安静下来。驺忌觉得神清气爽,大步迈上十六级白玉台

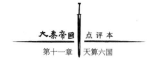

阶,走进王宫大殿。

齐威王正在和大将田忌低声议事,见驺忌到来,笑道:"丞相好早。"

"我王比臣更早。"驺忌深深一躬。

"丞相早来,必有大事,你就先说。入座。"

驺忌知道,田忌与齐王议论的肯定是军旅事务,加之田忌乃王族大臣,他这个文职丞相对军务历来是"王不问,臣不说",从不主动涉及。他从容坐到自己日常的首座前,那是齐王左手下的一张长案,拱手一礼道:"我王,日前臣派两路密使查访阿城与即墨县政绩,使者已回到临淄,结果却与我王判语不同,臣特来禀报。"

"如何不同?"齐威王淡淡问道。

"经使者查实,阿城令所辖三城田野荒芜,民众逃亡,工商不振,百业凋敝。阿城令将府库之赋税财货,用来贿赂我王身边吏员,猎取美名,官声鹊起。"

"如何?"齐威王大大惊讶,"阿城令,正欲重用……即墨令如何?"

"即墨令所辖三城,田野开辟,民众富饶,市农百工皆旺。五年之间,人口增加万余。且官府无积压讼案,村社无族人械斗,民众皆同声称颂。即墨令勤于政事,常常微服私访于山野民户,却不善疏通,以致官声不佳。"

齐威王一时烦躁道:"岂有此理? 齐国整顿吏治数年,竟有此等颠倒黑白之事? 丞相,密使所查,可敢担保?"

"我王,密使正是为臣自己。愿以九族性命,担保所言不虚。"

齐威王沉默良久,脸色越来越难看。

"我王,请看臣可算齐国美男?"驺忌突然问。

齐威王不禁一笑:"丞相真有闲心。你身长八尺①,伟岸光华,何明知故问也?"

驺忌笑道:"我王容臣一言。今日清晨,臣在镜前整衣,臣妻在旁侍奉。臣问妻,我与城北徐公孰美? 臣妻笑曰,夫君雄姿英发,俊逸非凡,徐公岂能相比? 臣出寝室,在正厅遇妾。臣又问妾,我与徐公孰美? 臣妾羞颜笑答,夫君天上骏马,徐公地上狐兔耳,何能相比? 臣出门于庭院遇客人,又问客人,客人答曰,公乃人中雄杰,徐公一介寒素士子,自然驺公大美。却不想方才过市,偶遇徐公,两相寒暄,臣自觉不如徐公之飘逸俊

---

① 八尺,战国尺小,按今日度量衡,八尺当在一米八左右。

秀。市人亦围观品评，皆说臣不若徐公之美。然则我王，何以臣之妻姜客人，都说臣比徐公美耶？"

齐威王沉吟着不说话，只是看着驺忌，等他继续说下去。

驺忌收敛了笑容："以臣思虑，臣妻说臣美，是爱臣过甚。臣妾说臣美，是怕失去臣之宠爱。客人说臣美，是有求于臣。爱臣、怕臣、有求于臣者，皆说违心之言讨好于臣。齐国千里之地，城邑近百。宫中妇人都喜爱我王，朝中之臣都惧怕我王，境内之民都有求于我王。可想而知，我王究竟能听到几多真话？"

齐威王离席，肃然拱手："丞相拨云见日，我当不负丞相忠诚谋国。"

驺忌深深一躬："臣请我王广开言路，整饬吏治，固齐根基。"

这一则寓意颇深的故事，使齐威王几日都不能宁静。阿城令与即墨令果真相反么？他真不敢相信。整饬多年了，齐国应该是吏治清明了，如何竟有此等作弊的欺瞒？长此以往，齐国岂非要不知不觉地垮下去？想着想着，齐威王觉得脊骨发凉，悚然醒悟。战国之世，吏治一旦滑坡，国家不能令行禁止，就等于这个国家崩溃了。当晚，齐威王轻车简从，秘密来到稷下学宫，与学宫令邹衍秘密商谈了一个时辰。次日清晨，十多名布衣士子络绎不绝地出了稷下学宫，到国内游学去了。

一个月后，齐市面对王宫的木栅栏被拆掉，市人潮水般拥到了王宫前的车马场。

车马场中央立起了一口一丈多高的大铁鼎。鼎下大块的硬木材燃烧起熊熊火焰，鼎内热气蒸腾，沸水翻滚。大鼎四周三层甲士围成了一个马蹄形阵势，只有面对王宫的一面敞开着。高大的王宫廊柱下站满了矛戈甲士，田忌抱着红色令旗伫立在中央王案之前。看这场面，一定是要发生大事情了。临淄市人闻听消息，万人空巷，一齐聚到了王宫周围。偌大齐市的外国商人们也齐齐地关了店铺，拥到广场看热闹。北面的王宫与南面的稷下学宫之间的广场上，人山人海。齐市的房顶上站满了人，学宫门前的那片大树上也爬满了人。

午时刚到，王宫东廊的大铜钟轰然撞响。

"齐王驾到！"内侍一声长喝，齐威王与丞相驺忌从王宫大殿从容走了出来，肃然站立在白玉平台的中央。左右亲信吏员与内宠、侍臣们，在齐威王身后站成了两排。他们兴奋地望着场中大鼎，相互对视着不断地抽搐着嘴角。这些宫廷中人在这种特殊场合，痉挛式地抽搐，便是他们的笑。对生杀诛灭这类事，他们从来不出声笑，那是他们轻蔑

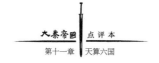

这些臣子的特异方式。齐国的大臣们也早已经在平台两侧列队等候,惴惴不安地望着国君,不知道今日这阵势对着何人。

驺忌对齐威王微微一点头。

齐威王大袖一摆,走到王案前:"宣阿城令、即墨令。"

内侍尖锐悠长的声音响彻了广场:"阿城令、即墨令晋见——"

十六级台阶下,地方大臣的队列中走出一个大红长袍、高高玉冠的白皙中年大臣,神采飞扬地朝着向他低声祝贺的同僚们点点头,疾步走上高台拜倒在地:"臣,阿城令田桦参见我王,我王万岁!"

随后的即墨令,一身布衣面色黝黑风尘仆仆,与前边的阿城令相比,更像一个颇为寒酸的布衣士子。他按照常礼深深一躬:"臣,即墨令晏舛参见我王。"

"二位站过,本王自有发落。"齐威王面无表情地离席起身,走到王案前对着广场招手,场中顿时肃静下来,"齐国臣民们,朝野皆知,在齐国二百多名地方大员中,有两个最引人注目。一个是阿城令田桦,王族臣工。我的亲信宠臣与诸多大员,都说阿城令政绩卓著、勤政爱民、阿城富庶、万民受惠!"

广场上的人群顿时骚动起来,纷纷叫喊,声若潮音。吏员队伍中却有许多人点头微笑。齐威王身后的亲信宠臣们嘴角抽搐得更厉害,眼睛大是放光。田忌令旗挥动,高声命令:"切勿喧哗,听我王宣示——"场中渐渐平息下来。

齐威王依旧面无表情:"另一个,即墨令晏舛。我的亲信和朝臣们都说他不理民事、残苛庶民、贪赃枉法、民众深受其荼毒!"

场中再次骚动,轰轰嗡嗡,愈显怒色。田忌再次挥动令旗,人群又渐渐平息了。

"为此,本王派出二十余名稷下学宫的正直士子秘密查访,本欲晋升阿城令为上卿,欲治即墨令死罪。然则,天道无私,查访实情正好相反!阿城令用国库税收大行贿赂,博取官声政绩,致令田野荒芜、庶民怨恨。即墨令则勤政爱民,百业兴旺,民众富庶!"齐威王喘息着顿了一顿,扫视广场中鸦雀无声的人山人海,嘶哑高亢的声音又响了起来,"齐国吏治整饬多年,竟有阿城令此等国贼,竟有公然蒙骗本王的朝中吏员,本王深感痛心!为重整吏治,广开言路,本王晓谕:封即墨令万户,自即日起晋升为齐国司寇!"

话音落点,广场中民众欢腾,纷纷脱下衣衫摇动着向国君欢呼。即墨令双泪长流,深深拜谢。阿城令和齐威王身后的亲信们吓得瑟瑟发抖,嘴角真正地抽搐了起来。台

下吏员大汗淋漓惶惶不安。

齐威王冷冰冰下令："为惩治恶吏，根除口舌杀人歪风，将阿城令投鼎烹杀！"

田忌令旗一挥，四名力士大步走上十六级台阶，四面叉起面如死灰的阿城令，一声号子，骤然发力，竟将一个大活人弹丸般抛向广场中的大鼎之内。只听一声尖厉的惨呼，顷刻之间，大鼎翻滚蒸腾的沸水中泛起了白骨一具。

"万岁！齐王万岁！"场中骤然欢腾雀跃。烹杀王族大臣，这在任何国家都是不可能的事。可它就发生在眼前，谁又能不相信？那特殊的焦臭肉腥味儿分明还在鼻息间弥漫，深深震撼了齐国民众和外国客商。平素为阿城令鼓吹的内侍、宠臣与官员们，早吓得软成了一堆肉泥，黑压压一片瘫跪在地，哀求饶恕，涕泪交流，更有屎尿横流者丑态百出。齐威王毫不动心，指着这些往昔的亲信狰厉地冷笑着："本王将尔等视为亲信耳目，尔等却将本王视作木偶。若饶恕尔等，天理何在？法制何在？上将军，将本王划定之人，一律烹杀！"

一场中国历史上绝无仅有的酷烈烹杀开始了。

田忌左手持一张羊皮名单，右手挥动令旗，喊出一个，力士们向沸腾翻滚的大鼎发力抛进一个……片刻之间，连续烹杀十五名亲信侍臣、十三名朝臣与地方官员。烈火浓烟，热气蒸腾，大鼎内白骨翻翻滚滚。几名甲士挥动长长的铁钩，不断向外钩出一具具白森森的骷髅。不消顿饭工夫，大鼎旁的白骨已经摞成了一座小山。血肉腥味儿夹着滚滚浓烟，弥漫了整个广场。随着一个又一个烹杀，欢呼声没有了，一种不安和恐怖的气氛四散蔓延开来，女人们开始呕吐，男人们惴惴不安，有人低声呼妻唤子，悄悄地走了。衣饰华贵见多识广的外国商人们也连连呕吐，掩着鼻子急忙逃出了广场……

沸水片刻工夫煮出白骨骷髅，描写手法太过夸张。细节失真。

齐威王却始终站在烟雾中,铁铸一般,寸步未移。

第二天,当临淄城还飘荡着烹杀的腥臭时,大街两旁张挂起了《许民诽谤①令》。根据这道法令,齐国大小近百座城池的主要大街,纵横齐国全境的十余条官道两旁,都立起了"谤木"。这种"谤木"与人等高,官道旁每隔五里立一块,城池街道每隔三十丈立一块。实际上是在一根粗大的木柱上方,钉一块大大的方形木板,专门供民众或写或画或刻,评点官员,抨击时政,或提出自己的国策主张。这便叫"诽谤"。谤木写满,有吏员随时更换,写有字画的谤木必须全部上缴王宫官府,任何地方官署不得扣压。

齐威王的许民诽谤令,是广开言路的旷古创举。它大大激扬了齐国的民气,人人都觉得自己可以向国王进言。大小官吏则觉得时时有万民督察,不敢有丝毫懈怠。事实上,齐国真正清明的吏治,正是从许民诽谤开始的。但在齐威王死后,"谤木"就莫名其妙地升高了。后来越来越高,经过千百年演变,"谤木"变成了白玉雕刻的高不可攀的华表,"诽谤"也演变为恶意攻击的专用词。历史万花筒也,令人啼笑皆非。

# 四 稷下学宫的人性大论战

不到五年,齐国已经是生机勃勃,百业兴旺,文明昌盛,隐隐然成为与魏国并驾齐驱的第一流大国。这时候的齐国,朝堂大臣有驺忌、田忌、邹衍、晏舛、段干朋等名臣名将,地方大臣更是清明勤政人才济济。然而更令齐国雄视天下的,却是他们的稷下学宫。历经二十余年精心培植,稷下学宫已经是名士荟萃,精英云集,成为齐国取之不竭的人才宝库。视人才为国宝的齐威王,每每说到稷下学宫,便是豪气勃发:"稷下学宫收尽天下英才,齐国岂能不一统天下!"

世间事锦上添花。就在齐国沐浴着海风崛起的时候,两位名震天下的人物来到了临淄。一个是大张旗鼓堂堂正正来的,一个却是无声无息秘密来的。

齐威王接到两路禀报,精神大振,霍然离席道:"丞相、学宫令随本王迎候大师。上将军安排先生便是。"田忌答应一声,兴奋地走了,毕竟那位神秘人物对他这个上将军来

---

① 诽谤,批评议论别人的过失,中性词。后演变为恶意攻击,成为贬义词。

说是太重要了。齐威王则和驺忌各乘辎车，急急赶到城外。

临淄南门外的迎送亭已经隆重地布置了起来。齐威王站在亭外辎车上，遥望着通往鲁国的官道。大臣们则分列站在亭外，纷纷低声议论着，显得很是有些激动。齐国就差这么个大宗师，而今他终于来了。

"禀报我王，车骑已现！"

"丞相，随本王迎上。"齐威王一跺脚，辎车辚辚驶上官道。

迎面烟尘大起，一支没有旗帜的车队隆隆北来。遥遥可见每辆车都是两马驾拉，驭手全是长衫布巾的儒生打扮。战国时代，便是大国特使，除了骑士护卫，寻常也只有一辆辎车和两辆随车。寻常名士周游，能有一车就算是极大的排场了。这支车队却有十三辆双马快车外加一辆青铜辎车，虽然没有旗帜，却也是气势非凡，绝非寻常学派名士可比。青铜辎车下肃然端坐的是一个五十多岁须发见白的男子，面目清朗肃穆，三绺长须被风吹起，潇洒凝重气度非凡。

齐威王不禁高声赞叹："孟夫子果然不凡！"

来者正是名动天下的孟子车队。这位高才雄辩洒脱不羁而又坚如磐石的儒家领袖，在战国之间已经奔波了二十多年。像当年的孔子一样，他的奔波使儒家学问种子撒遍天下，却始终没有实现自己的实际追求——为政一国并以儒家理想治国安邦。但孟子没有灰心。他坚信在这大争之世，天下必有他一展抱负的礼仪大邦。魏国他去过多次，原以为富庶繁华的魏国最需要儒家名士，不想魏惠王①对他奉若上宾，每天和他谈天说地议古论今，却从来不问他治理邦国的

亚圣比他太师傅可威风多了，还有豪华车马队。想当年孔夫子奔走各国，惶惶如丧家犬啊。据范文澜的说法，春秋时期各国已开启养游士的风气，战国时期各国更是争相养士，并认为养士制度是战国期间没有农民起义的原因，"士大体分为四类：一类是学士，如儒、墨、道、名、法、农等专门家，著书立说，反映当时社会各阶级的思想，提出各种政治主张，在文化上有巨大贡献。这一类人声名大，待遇优，如儒家大师孟子，后车数十乘，待从数百人，往来各国间，凭他的声名，所到国家，国君们都得馈赠黄金，供给衣食，听取孟子的议论"（范文澜：《中国通史简编》修订本第一编，人民出版社1958年）。《孟子·公孙丑章句下》："陈臻问。曰：'前日于齐，王馈兼金一百，而不受；于宋，馈七十镒而受；于薛，馈五十镒而受。前日之不受，则今日之受非也；今日之受，则前日之不受非也。夫子必居一于此矣。'"另据《史记·孔子世家》："孔子适郑，与弟子相失，孔子独立郭东门。郑人或谓子贡曰：'东门有人，其颡似尧，其项类皋陶，其肩类子产，然自要以下不及禹三寸，累累若丧家之狗。'子贡以实告孔子。孔子欣然笑曰：'形状，末也。而谓似丧家之狗，然哉！然哉！'"由此对照，表明，战国时期，士能够分享到更多的核心权力。

---

① 魏惠王，后因魏国迁都大梁，文献典籍如《孟子》也有将魏惠王称为"梁惠王"者。

大政方略,显然要将他当作食客养起来。孟子雄心勃勃,肩负中兴儒家的大任,岂容得此等难堪与尴尬?但孟子毕竟是孟子,他彬彬有礼地向魏惠王告别,说明了重新出游的愿望。魏惠王哈哈大笑:"好啊好啊,儒家博学,正是从游历天下中得来! 本王相赠夫子书车十辆,黄金百镒,以资行色!"孟子内心发凉,长长一躬,断然离开了安邑。他久闻齐国稷下学宫的名声,便借着游学名义到齐国来了。

"夫子,有人迎接! 好像是大臣?"驾车的万章颇为惊讶,高声回头提醒老师。

后面车上一个弟子站起来瞭望:"啊! 是齐王! 没错,王旗,是齐王!"

万章知道公孙丑的眼力极好,"吁——"的一声挽缰停车,回身拱手道:"夫子,齐王在官道迎接,要否下车,列队缓行?"

孟子微微睁开眼睛,略一思忖道:"照常行进。"

"是。"万章向后高声道:"照常行进,切勿喧哗。"一抖马缰,车队辚辚启动。

官道边的齐威王君臣已经下车,在道边肃然拱手迎候。见孟子的青铜轺车辚辚驶来,齐威王当道拱手高声道:"齐王田因齐,恭迎夫子莅临。"

万章机警,早已经将车速减缓,此时正好将轺车停稳。孟子霍然从轺车伞盖下站起,深深一躬:"不知齐王在此,孟轲唐突挡驾,多有得罪。"

"夫子,田因齐专程来迎,非有他事。"齐威王笑迎上前。

孟子大礼拜伏在地:"孟轲何德何能,竟劳齐王迎候郊外?"

齐威王连忙扶起孟子,爽朗大笑道:"夫子学问,天下魁首,田因齐自当敬贤礼遇。夫子,这位是我齐国丞相驺忌,这位是稷下学宫令邹衍。"

驺忌、邹衍一齐拱手:"见过夫子。"

孟子恭敬还礼:"得见二位大人,不胜荣幸之至。"

说话间,已到迎送亭外,跪坐在大红地毡上的乐队奏起了祥和宏大的乐曲,孟子肃然拱手:"齐王,此《小雅》乃天子迎送诸侯之乐,孟轲如何敢当?"

齐威王大笑:"夫子啊,乐礼等级当真不成? 好听罢了。"

邹衍笑道:"夫子啊,恪守礼制,何有今日之天下也。"

孟子也豁达地纵声大笑:"笑谈笑谈,孟轲又迂腐一回。"

孟子的坦诚爽朗,使略微拘谨的气氛顷刻消散。齐威王笑道:"夫子远来,车马劳顿,先行歇息,来日我当亲为夫子主持论战大会,一睹夫子风采。"

孟子谢过，由稷下学宫令邹衍陪同进了临淄城。

齐威王对驺忌一挥手："丞相，还有一位，随我去看。"

君臣二人轻车简从，绕道西门进得临淄，到了一座清幽的府邸前。这座府邸门口没有肃杀森立的卫士，倒像是一座清静的书院。要不是齐威王路上说明，驺忌真不敢相信这是威势赫赫的上将军田忌的府邸。田忌是王室贵族，是齐威王的庶兄，是田氏王族中很有实力的一支。田氏本是在姜齐内部依据封地成长起来的贵族势力，夺取齐国政权后，田氏成为王族，内部却仍然保持着各自的地域势力。这种地域势力被长期默认为田氏各支脉的封地，国家（王室）和封地贵族各收取一半赋税，"封地"的官吏也是贵族推荐国君委派，既听命于王室，又听命于贵族。王权强大的时候，这种"封地"与国家土地没有两样。王权衰落的时候，"封地"贵族便成为几乎完全自治的一方势力。其间变数，完全取决于政权势力的此消彼长。齐国在王族封地这一点上，与天下诸侯及魏楚燕赵韩没有更大的不同，基本上维持在人治的框架内。正因为如此，田忌这种王族大臣，不像驺忌这种士人出身的官员，他们即或不在王室做官，也有世袭的封地，在临淄依然会有很豪华气派的生活。田忌又做了上将军，其府邸无论豪华威势到何种程度，人们也不会觉得惊奇，倒是这种书院般的高雅脱俗，使得驺忌大大地出乎预料。寻常同朝共事，驺忌对王族大臣总是有着一种本能的戒备，很少与这些大臣私人交往，自然也从来没有来过上将军府。今日一看，对田忌的本能戒备顿时减轻了许多。

也没有人通报，便见大门打开，田忌匆匆迎出，深深一躬，将二人迎进正厅。

"先生如何了？"齐威王急切问道。

"禀报我王，先生伤残严重，状况不佳，急需治疗修养。"

"太医来了么？"

"太医令亲自前来，已为先生剔去两腿腐肉碎骨，目下先生正在昏睡。"

齐威王喟然叹息："一世名家，竟至于此，令人痛心也。"

田忌思忖有顷道："臣以为，先生入齐之事，暂且不做透漏。先教先生住在臣府疗伤，痊愈后再做计较。"

齐威王点点头："先生乃我齐国人杰，务必倾尽全力，恢复先生身体。"

"臣明白。"田忌肃然拱手。

齐威王看看驺忌，微微一笑："丞相啊，此人乃天下闻名的兵家名士。他能康复，乃我齐国大幸也。丞相可知他是何人?"

驺忌不喜欢过问不需要他知道的事,也从不对自己不清楚的事贸然开口,所以一直平静地沉默着。然自己也是名士根底,岂能不知天下闻名的大家?见国君相问,笑道:"是否兵家祖师孙武的后裔——孙膑?"

齐威王大笑:"正是。齐国有此大才,文武兼备,何惧天下?"

孟子住进了六进大宅,弟子们大为激奋。

据邹衍介绍,这是齐国中大夫规格的府邸,只有对称为"子"的学派领袖才特赐,寻常名士只是三进宅院。孟子在邹衍陪同下,看了一遍住宅。进大门的两侧是仆役门房,第一进是一个大庭院,山水竹草俱备,很是雅致;第二进是正厅,宽大敞亮,陈设华贵;第三进为书房琴室,其宽阔足以摆布他的七八车书;第四进为寝室,帐幔掩映,浴室精巧,为孟子生平未见;第五进是炊厨房,足以让五六名厨师一展身手;最后一进是一片后园连同一个偏院,是门客住房,正好做孟子学生们的住处。看了一遍,弟子们是交口赞叹。孟子虽然没说话,心下也颇为满意。毕竟,这是齐国敬贤,总算是赐给自己的府邸,比住在魏国豪华的驿馆感觉要好得多。

安顿好之后,万章、公孙丑来劝老师去看稷下学宫。孟子虽然也想看看这座名震天下的学宫,但想想还是忍住了:"你们去,为师要歇息歇息。"万章、公孙丑高兴地去了。

稷下学宫坐落在王宫的正南。万章和公孙丑对中间相隔的"齐市"实在没有兴趣,但穿过街市的感觉,还是让他们大为惊讶。连绵无际的店铺帐篷,比肩摩踵讨价还价的市人,鱼盐混杂的奇特腥臭,堆积如山的铁材布帛,琳琅满目的精铁兵器,都是他们在任何官市没有见过的。匆匆走出街

稷下学宫创建于齐桓公(一说为齐威王)时,至齐宣王时复盛。《史记·田敬仲完世家》:"宣王喜文学游说之士,自如驺衍、淳于髡、田骈、接子(一说为接子)、慎到、环渊之徒七十六人,皆赐列第,为上大夫,不治而议论。是以齐稷下学士复盛,且数百千人。"

市,竟用了整整半个时辰。两人不禁大为感慨,说回头一定让老师来走走"齐市",看老师有何评点?

出得街市向南百步之遥,是一道宽阔的松柏林带。走进松柏树林,阵阵清风啾啾鸟鸣,便将身后的大市隔在了另一个世界。眼见一座高大的木牌楼矗立在夹道林木中,楼额中间雕刻着四个硕大的绿字——学海渊深。木牌楼前立着一方横卧在石赑屃①之上的白玉大石,上面刻着四个斗大红字——稷下学宫。木牌楼极为宽阔,最豪华宽大的王公马车也可以直驶而进。木牌楼两边各有两名蓝衣门吏垂手肃立,一名红衣领班在门前游动。牌楼后遥遥可见大片绿树掩映中的金顶绿瓦和高高的棕红色木楼。

万章、公孙丑被这宏大的气魄震慑了。走遍天下,哪个国家能将学宫建得如此肃穆恢宏? 原想稷下学宫纵然有名,也无非是学风有名而已,学宫本身无非是一片房子,能有何令人向往处? 今日一看,不说里边,仅这外观,就和王宫、太庙具有同等的庄严气势。这种气势绝不是房子庭院的大小,它意味着文明在齐国的神圣地位,这在哪个国家能做到?

不由自主地,两人对着白玉大石深深一躬。红衣执事看见,上来拱手道:"请二位士子出示府牌。"公孙丑恍然笑道:"啊,府牌是在这儿用的? 我等新来懵懂,请谅。"说着两人各自掏出一张小铜牌递上。红衣执事看后笑道:"啊,二位是孟夫子门生,请进。要否派人带二位一游?"万章道:"多谢。不用了,我等自看方便些。"

二人走进学宫,却见牌楼大门内是一条宽阔的林荫大道,大道两边是平展展的草地和树林,林间石桌石凳错落有致,形成了一个一个天然的聚谈圈子,激烈争论的声音隐约可闻。时见长衫士子手捧竹简在林间长声吟诵,使人顿生读书清修之心。林荫大道的尽头,却是一片一片的树林与屋顶,十几条小道网一般通向纵深。一时间,二人竟不知何去何从。正在徘徊迷惘之中,一个年青的蓝衫士子从一片树林中飘然而来:"二位,可是孟夫子高足?"

"正是。在下万章、公孙丑。阁下高名上姓,如何识得我等?"

---

① 赑屃(bì xì),传说中的一种龙。明杨慎《升庵集》八一:俗传龙生九子,……一曰赑屃,形似龟,好负重,今石碑下龟趺是也。"

尸子的具体事迹不详,此人与商鞅的渊源极深,大有想象空间。裴骃《史记》集解:"刘向别录曰:'楚有尸子,疑谓其在蜀。今按尸子书,晋人也,名佼,秦相卫鞅客也。卫鞅商君谋事画计,立法理民,未尝不与佼规之也。商君被刑,佼恐并诛,乃亡逃入蜀。自为造此二十篇书,凡六万余言。卒,因葬蜀'。"相关的历史人物很多,如何挑选,这也考验小说家的眼光。

"我乃宋国尸佼[①]。孟夫子来齐,学宫早已人人皆知了。"士子一指林间,"二位请看,都在准备和孟夫子论战。"

"原来是'宇宙说'的尸佼学兄!久闻大名也!"公孙丑很是高兴。

"宇宙说浅陋,何敢当大名二字?"

万章笑道:"敢问尸佼学兄,何谓宇宙?"

尸佼爽朗大笑:"天地四方曰宇,往古来今曰宙。如此而已,何足道哉!"

"尸佼兄儒也法也?抑或只取治学之道?"万章笑问。

"时也势也,何须守定儒法?"

公孙丑揶揄笑道:"首鼠两端,何其狡也?"

三人不约而同地哈哈大笑。尸佼道:"二位初来,我陪二位一游。"

三人同行,谈笑风生,自是话题汹涌。相互究诘了片刻,尸佼笑道:"就此打住。稷下学宫要看的主要是三个地方,争鸣堂、大国学馆、诸子学院。其余厅堂馆舍,最具一看的就是藏简楼了。你们看,前面就是争鸣堂。"

走进一片树林,但见一座大门突兀耸立。从外面看,它很像一座大庭院。大门正中镶嵌着四个铜字——论如战阵。进得大门,遥见正中一座大殿坐北面南,两侧为长长的廊厅;中间是宽阔的露天大场,大场中一排排长条石板上都铺着红毡,看样子足有千余人的座席,显然便是论战的主会场。大殿口正中的木架上立着一面大鼓,两支鼓槌悬于木架,却是大笔形状。大殿两侧各有一方丈余高的白玉大碑,右刻"锤炼学问",左刻"推陈出新",白玉衬托着斗大的红字,入

---

① 尸佼,战国时鲁国人,一说晋国人。曾做过商鞅的宾客。商鞅被杀后,尸佼入蜀,著《尸子》二十卷。《汉书·艺文志》列为杂家。

眼便令人振奋。

"好大气魄,当真没想到也。"公孙丑油然感慨。

"我师就要在这里,论战天下学子?"万章问。

"对了。稷下学宫规矩,凡诸子名家来齐,必得举行争鸣大论战。久闻孟夫子雄辩无匹,稷下士子都想求教一番也。"

公孙丑不禁兴奋点头:"好! 看尸佼学兄如何挑战?"

万章微微冷笑:"只怕稷下学宫没几个人能与我师对阵。"

尸佼哈哈大笑道:"天下之大,岂能教英雄寂寞? 兄台,也莫将孟夫子当作尊神也。"说着遥遥一指,"两位看看前边,稷下学宫可是囊括了天下诸子百家,还能没有孟夫子敌手?"两人见尸佼豪爽可亲,倒也没有因他的狂傲生气。随着尸佼脚步出得争鸣堂左拐,便见远处大片屋舍隔成若干小区,红墙绿瓦,树木沉沉,极是幽静。尸佼笑道:"看,那是大国学馆区。内中主要有周、鲁、魏、楚、韩、赵、燕、宋、郑、吴越十个学馆区。"

"噫? 如何没有秦国?"公孙丑不解。

尸佼笑了:"秦国乃文学沙漠,既无学风,又无学子,何以建馆?"

"秦国也有招贤馆了,还去了不少士子,法家有卫鞅。"万章明是提醒,暗中却是不服尸佼"论必有断"的气势。

"文明风华,在于积累。一国文明,绝非开一座招贤馆便能立竿见影。秦国距离中原文明,至少有百年之遥。"尸佼对秦国的轻蔑是显然的。

"有理有理。"公孙丑憨直,当即大为赞同。作为儒家子弟,谁对这个孔夫子拒绝访游的秦国自然都绝无好感。万章也是如此,只是不想附和尸佼而已。三人边谈边走,不觉来到又一片馆舍前。这片馆舍各自建在一座一座的小山包上,绿树环绕,大有隐居情趣。

"你等看,这里是诸子学院。凡成一家之言,又能开馆授徒的名家,均可在这里分得一座独立学堂,大则二十间,小则七八间。给孟夫子的最大,二十五间,正在收拾。"

万章有些惊诧:"诸子学院? 目下,容纳了多少家?"

"目下么,大约已经有九十多家了。天下学派,几乎全数进入稷下学宫了。"

万章大是摇头:"以我看,稷下学宫这诸子学院,却有些轻率。"

"此说新鲜,何以见得轻率?"

"立学院者,当非天下显学莫属。"万章现出名门高徒的特有矜持,"九十多家,鱼龙混杂,岂能为天下文明之先?"

"以足下之言,何派堪称天下显学?"

公孙丑笑了:"哎呀尸佼,你如何连天下显学都不知晓?儒墨道法四大家也。"

突然,尸佼放声大笑:"久闻孟夫子霸气十足,不承想门下弟子也小视天下了。请告孟夫子,二十年后,天下显学还会增加一家,那就是尸子!"

万章自觉方才说得不是地方,也笑了起来:"尸佼兄志在千里,万章佩服。"

公孙丑憨直笑道:"人言尸佼兄乃卫鞅之师,或言尸兄师从卫鞅,不知究竟如何?"

尸佼豁达又颇见神秘地笑了:"人言归人言,何须证之哉! 再往前看。"

"那边何处?"公孙丑指着三座棕红色小楼问。

"那就是藏简阁。"尸佼笑道,"三座木楼共藏书五百多万卷,非但有诸子百家,连各国政令都有专门收藏。仅凭这藏简阁,稷下学宫也足以傲视天下了。"

万章感慨:"莫说学而优则仕。我看,就在稷下学宫遨游修业,此生足矣!"

公孙丑却少有地露出诡秘的一笑:"敢问尸佼兄,齐王将天下学子尽收囊中,却很少用他们入仕为政,是何用意?"

尸佼不想公孙丑有此一问,一时竟不知如何回答,有顷笑道:"在下尚未想过,愿闻公孙兄高见。"

公孙丑摇头:"莫非,想尽聚天下大才,使别国无人可用?"

三人哈哈大笑。尸佼拊掌道:"公孙兄之论匪夷所思,

問得好。齐王虽礼敬孟子,但也不用。

妙极!"

暮色降临,万章和公孙丑方才匆匆离开学宫。一路上,
两人说起鲁国本来与齐国相邻,且为礼仪文明首邦,而今非
但失去了文明大国的地位,且弄到几乎要亡国的地步,不禁
感慨中来,唏嘘泪下。回到府邸向老师讲述了在稷下学宫的
所见所闻和感受,孟子也是沉默良久,喟然一叹:"儒家遭逢
强权肆虐、人欲横流的大争之世,自祖师孔夫子起,奔波列国
一百多年,终究未遇文明之邦一展抱负。齐国气象,为师也
看不错,修文重武,礼贤下士。然则方今战国推崇强力,借重
法家兵家,对我儒家多有虚礼,少有重任。齐王虽说对我敬
重有加,稷下学宫更是天下难觅的修学之境,然则,我门究竟
能否将齐国作为永久根基,目下尚很难说。究其竟,儒家是
盛世安邦之学,是修身齐家之学,是克己正身之学。唯其如
此,也是生不逢时之学。时也势也,我儒家将有一段漫漫低
谷。我门同人一定要强毅精神,受得起冷遇,要像墨家那样
刻苦自励,方能复兴儒家于盛世之时。"

"谨遵师教,刻苦自励,复兴儒家!"万章、公孙丑异口同
声。

"弟子们须当谨记,天将降大任于斯人也,必先苦其心
志,劳其筋骨,饿其体肤,空乏其身,行拂乱其所为。是以动
心忍性,增益其所不能。"孟子颇有些悲壮。

万章与公孙丑被老师深深地感动了,回到跨院一说,弟
子们议论纷纷,究诘辩驳,探求真谛,一夜未能入睡。

旬日之后,齐威王领丞相驺忌、上将军田忌、学宫令邹
衍,来隆重地迎接孟子师徒正式进入稷下学宫。进入的盛
典,就是特为孟子举行的论战大会。这是齐威王与驺忌商议
好的,既表示了对孟子的极高礼遇,又能试探孟子的为政主

儒家虽兴于乱世,但乱世
弃之,盛世用之。对此,孟子
看得真切。

张。虽说天下都知道儒家的为政之道,但在战国时代,名家大师对鼻祖的主张做出顺应潮流的修正,也是屡见不鲜。齐威王期待的正是这种改变。

争鸣堂人如山海。露天庭院的长排座席上是诸子学院与大国学馆的弟子群。孟子的随行弟子三十余人被安排在中间位置。前排几乎是清一色的成名大家——慎到、淳于髡、田骈、倪说、尹文、宋妍、庄辛、杨朱、许行、公孙龙①等,最年轻的尸佼则坐在前排末座。庭院座席的后一半,全部是各国前来求学的"散士"。两厢长廊下拥挤得严严实实的,是颇有神通而又欣赏风雅的各国商人,他们没有资格入席就座,只能站立在两廊聆听。大殿正中是齐威王君臣,突前主案是孟子座席。

看看场中已经就绪,稷下学宫令邹衍向大殿两角的红衣鼓手点头示意。

红衣鼓手播动大笔形的鼓槌,两面大鼓响起密集的战阵鼓声,隆隆滚过,催人欲起。一通鼓罢,司礼官吏悠长高宣:"稷下学宫,第一百零五次争鸣大战,开始。"

邹衍走到大殿中央开宗明义:"列国士子们,稷下学宫素来以学风奔放、自由争鸣闻名于天下。这第一百零五次大论战,专为孟夫子而设,乃稷下学宫迎接孟夫子入齐之大典。学无止境,士无贵贱,诸位皆可向孟夫子挑战争鸣……"

场中有人高声打断:"学宫令莫要空泛,还是请孟夫子讲。"

邹衍抱歉地一笑,向孟子座席拱手:"孟夫子,请!"便入了大殿西侧的座席。

孟子环视会场,声音清朗深远:"诸位,儒家创立百余年,大要主张已为天下所熟知,一一重申,似无必要。莫若列位就相异处辩驳诘难,我来作答,方能比较各家之学,紧扣时下急务。列位以为如何?"

"好!""正当如此!"场中一片呼应。

前排一个没有头发的瘦子起立,拱手笑道:"孟夫子果然气度不凡。在下淳于髡,欲以人情物理求为政之道,敢请孟夫子不吝赐教。"淳于髡是齐国著名的博学之士,少年时因意气杀人,曾受髡刑,被剃去长发,永远只能留寸发。在"身体发肤,受之父母,不得丝

---

① 慎到,战国时法家,赵国人。强调势,把君主的权势看作行法的力量。淳于髡,战国齐稷下人,以博学善辩著称。田骈,战国齐人,道家。作《道书》二十五篇。倪说,不详。尹文,战国齐人,名家,著《尹文子》一篇。宋妍,一作宋钘,战国宋人,墨家。庄辛,战国楚人,事楚襄王,为阳陵君。杨朱,战国魏人,其说重在爱己,谓古之人损一毫利天下不与也,悉天下奉一身不取也。与墨家兼爱相反,孟子斥之为异端。许行,战国楚人,农家。公孙龙,战国赵人。名家。

毫损伤"的时代,截发髡刑是一种极为严重的精神刑罚。这个少年从此就叫了淳于髡。他变卖家财,周游天下,发奋修习,二十年后回到临淄时一鸣惊人。后来留在了稷下学宫,成了齐威王与丞相驺忌的座上客。他学无专精却博大渊深,诙谐机敏,急智应对更是出色,临场辩驳好说隐语,被人称为"神谜"。他所说的"以人情物理求为政之道",实际上就是他说一条人事物理,孟子就得对答一条治国格言,实际考校的是急智应对。这对正道治学的孟子而言,虽则不屑为之,但也是一个从来没有过的挑战。

场中已经有人兴奋起来:"淳于子乃隐语大师,孟夫子一旦卡住就完了!"

万章对公孙丑低声道:"别担心,正好让他们领教夫子辩才。"

孟子看看台下这个身着紫衫的光头布衣,坦然道:"先生请讲。"

"子不离母,妇不离夫。"淳于髡脱口而出。

"臣不敢远离君侧。"孟子不假思索。

"猪脂涂轴,则轴滑,投于方孔,则轮不能转。"

"为政施仁,则民顺,苛政暴虐,则国政不行。"

"弓干虽胶,有时而脱。众流赴海,自然而合。"

"任贤用能,不究小过。中和公允,天下归心。"一言落点,有人忍不住大喊:"妙对!"周围士子嘘声四起,示意他立即噤声。

"狐裘虽破,不可补以黄狗之皮。"

"明君用人,莫以不肖杂于贤。"

场中一片掌声,轰然大喊:"彩!"

淳于髡突然高声:"车轮不较分寸,不能成其车。琴瑟不调缓急,不能成其律。"

"邦国不以礼治,无以立其国。理民不师尧舜,无以安其心。"

孟子此语一出,却引起轩然大波。有人欢呼,有人反对。欢呼者自然赞叹孟子的雄辩才华和王道主张。反对者却高喊:"迂腐!尧舜礼治如何治国?"这显然针对的是孟子回答的内容。孟子弟子们立即一片高喊:"义理兼工!夫子高明!"

淳于髡显然不服,对场中锐声高喝:"我尚有最后一问!"场中顿时安静下来。

"敢问夫子,儒家以礼为本,主张男女授受不亲。然则不知嫂嫂落水,濒临灭顶之灾,叔见之,应援之以手乎?应袖手旁观乎?"

场中哄然大笑。一则是淳于髡的滑稽神态使人捧腹,二则是这个问题的微妙两难。

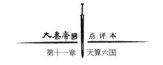

许多士子都以为,这个问题一定会使正人君子的孟夫子难堪回避,那就等于儒家自相矛盾而宣告失败。孟子弟子们顿时一片紧张,觉得这淳于髡未免太过刁钻。

孟子依旧坦然,喟然叹息道:"儒家之礼,以不违人伦为本,以维护天理为根。男女授受不亲,人伦常礼也。嫂嫂溺水,非常之时也。非常之时,当以天赋性命为本,权行变通之法,援之以手,救嫂出水。否则,不违人伦而违天理也。"

淳于髡急迫追问:"既然如此,天下水深火热,甚于妇人溺水多也,夫子何不援手以救,而终致碌碌无为乎?"

这显然是在讥讽孟子一生奔波而终无治国之功。士子们一片大喊:"问得妙极!"

孟子不恼不忧,坦然回答:"妇人溺水,援之以手。天下溺水,救之以道。儒家奔波列国,传播大道,虽未执一国之政,却也广播仁政于天下,何谓碌碌无为? 若蕞尔之才者,思得一策,用得一计,于天下不过九牛之一毛,与儒家之弘扬大道,何能同日而语?"

"好——""彩——"掌声与喝彩声雷鸣般响起,淹没了孟子的声音。

淳于髡拱手高声道:"孟夫子才学气度,自愧弗如!"

会场正中一个年轻的士子霍然站起:"孟夫子方才说到,谋划于庙堂者乃蕞尔之才,传播大道于天下,才是援手救世。敢问孟夫子,天下万物,何者为贵? 何者为轻?"

"民为贵,社稷次之,君为轻。"孟子没有丝毫的犹豫。

全场不禁肃然安静。孟子的论断不啻是振聋发聩之音,使天下学子们大是警悟。且不说自古以来的贵贱等级传统与沉积久远的礼制法则,就凭身后坐着国王,而孟子本人和所有的士子一样都企盼着国王重用,而孟子敢于如此坦然自若地讲出这一论断,其胸怀与勇气,都不能不使人肃然起敬。良久,场中再次爆发出雷鸣般的掌声。

待到场中重新安静下来,前排的慎到站了起来:"请问夫子,天下动荡,根本却在于何处?"慎到乃法家名士,也是稷下学宫的大宗师之一。他这一问,是在搜求为政之根,看孟子如何作答,是执法,还是守礼?

孟子朗朗一笑:"天下动荡杀戮,皆为人之本性日渐丧失。人性本善。恻隐之心,人皆有之。羞恶之心,人皆有之。恭敬之心,人皆有之。是非之心,人皆有之。恻隐之心,仁也。羞恶之心,义也。恭敬之心,礼也。是非之心,智也。仁义礼智,非由外铄也,人固有之也。此乃人之本性。人性犹水之就下。人无有不善,水无有不下。激水拦截,可使

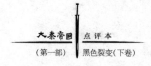
水行于山，然则非水之本性也。濡染以恶，可使人残虐无道，然则非人之本性也。春秋以来，天下无道，礼崩乐坏，人性堕落，竞相为恶，致使天下以杀戮征战称霸为快事。此为天下动荡之根本……"孟子这一席话显然将天下动荡的根源归于"人性堕落"，必然的结论就是"复归人性，方可治世"，显然回避了法治与礼治的争端，而将问题提升到了一个虽然更为广阔却也脱离务实的层面。饶是如此，还没有说完，场中已经轰然。

"夫子此言，大谬也！"如此公然的指责，对于孟子这样的治学大师实属不敬，场中不禁一片哗然。有人高声愤然指责："不得对夫子无理！""论战在理，不在呵斥！"

万章看时，果然不出所料，正是前排的尸佼。万章微微冷笑，霍然起身："尸佼学兄，言之无物，空有严词，莫非稷下学宫之恶风乎？"

在全场侧目的惊讶议论中，尸佼仿佛没有听见万章的责难讥讽，面对孟子激昂高声，就像在慷慨宣战："人性本恶，何以为善？恶是人之本性，善乃人伦教化。天下之人，生而好利，是以有争夺；生而狠毒，是以有盗贼；生而有耳目欲望，是以有声色犬马。若从人之本性，必然生出争夺，生出暴力，生出杀戮！方今天下，动荡杀戮不绝，正是人性大恶之泛滥，人欲横流之恶果。唯其如此，必须有法治之教、礼仪之教、圣兵之教，以使人性归化，合于法而归于治。无法制，不足以治人之恶；无礼仪，不足以教人向善；无圣兵，不足以制止杀戮。明辨人性之恶，方可依法疏导，犹如大禹治水。孟夫子徒言性善，复归人性，将法制教化之功归于人之本性。此乃蛊惑人心，纵容恶行，蒙蔽幼稚，真正的大谬之言！"

这一番激烈抨击，直捣孟子根本，也提出了一个天下学人从来没有明确提出过的根本问题——人性孰善孰恶？一时间全场愕然，竟无人反应，都直直地盯着尸佼。唯有孟门子弟全体起立，愤慨相向，轻蔑地冷笑着，只等孟子开口，便要围攻这个不知天高地厚的狂士。

大殿中的孟子缓缓起立，面色异常的凝重，向邹衍深深一躬："学宫令，尸佼持此凶险巧辩之论，心逆而险，言伪而辩，记丑而博，实乃奸人少正卯再生也。子为学宫令，请为天下人性张目，杀尸佼以正学风。"

邹衍愕然失色："夫子，如何如何？杀尸佼？咳，稷下之风，就讲究个争鸣，如何能动辄杀人？这……"

场中士子们原以为孟夫子要长篇大论驳斥尸佼，都在暗暗期待一篇精辟的文章说辞。却不想孟子公然提出要杀尸佼,当真匪夷所思,不禁哄然大笑,嘘声四起。连两廊下的商人们也骚动起来,纷纷议论:"好生理论是了,杀人做甚?""买卖不成仁义在,老先生连我等商人也不如啦!""说不过人就杀人? 真是霸道!""是了是了,这杀人确实无理!"

台上的孟子根本不理睬台下的骚动,又走到齐威王座席前,深深一躬:"孟轲敢请齐王为天下正纲纪,烹杀凶险之徒,以彰明天理人伦。"

孟子与尸子之争,实为儒与法之争。抓住了问题的要害。

齐威王哈哈大笑:"孟夫子啊孟夫子,齐国汇集四海之士,各抒己见,早已司空见惯了。杀了尸佼,稷下学宫何以面对天下? 笔墨口舌官司,何须计较忒多? 罢了罢了,夫子请坐。"一直用心听的齐威王既敬佩孟子的高才雄辩,又对孟子的论证锋芒有些隐隐不快。尸佼的反击使他惊喜非常,心中顿时豁亮,看出了孟子的弱点所在。孟子请杀尸佼,齐威王觉其有失大师风范,不由有些奚落之意。

作者所写的论学场面,皆好看。

孟子遭到回绝,心下愤然,铁青着脸回到座席,台下却因此而沸腾起来。稷下学宫的士子们愤愤不平,纷纷议论:"论战杀人,成何体统? 枉为大师!""孟夫子若主政一国,天下士子便都是少正卯!""百家争鸣,动辄便要杀人,真是学霸!""对! 就是学霸!"

公孙丑听得不耐,高声道:"人性本善,本为公理!"

士子们立即一片高喊:"人性本恶!"

孟门弟子全体高喊起来:"人性本善!"

尸佼周围的士子们毫不退让,对着孟门子弟高喊:"人性本恶!"

孟子倡仁政王道,持人性善论,舌战群士,场面震撼人心。这个大场面,是稷下学宫"百家争鸣"的最好写照。齐之稷下学宫,对中国文明有重大贡献。齐不能并天下,但此事足以让齐名传千古。

善恶的喊声回荡在稷下学宫,连绵不断,引得前来聆听的富商大贾们也争吵起来,分成两团对争对喊。这种坦率真诚、锋芒烁烁、不遮不掩的大争鸣,是中国文明史上的伟大奇

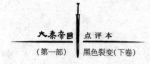
观，也是那个伟大时代的生存竞争方式。它培育出了最茁壮的文明根基，浇灌出了最灿烂的文明之花，使那个时代成为不朽耸立的历史最高峰，迄今为止，人们都只能叹为观止而无法逾越。

论战结束后，齐威王问驺忌田忌："卿等以为，孟夫子如何？"

驺忌："孟夫子学问，堪为天下师。"

田忌："可惜齐国要不断打仗，养不得太平卿相。"

齐威王沉默良久，吩咐侍臣："传楚国特使江乙进宫。"

江乙已经在临淄等了三日，听得齐王宣召，忙不迭带了礼物入宫。

齐威王淡淡笑道："江乙大夫，何以教本王？"

江乙惶恐拱手道："齐王在上，这是楚王特意赠送齐王的礼物，敢请笑纳。"身后侍从捧过一支铜绣斑驳的古剑递上。齐王身边侍臣接过，齐威王笑道："先请上将军看看了。"侍臣捧到田忌面前的长案上。田忌乃名将世家，对珍奇兵器可说是见多识广，然对面前这支不到两尺长的短剑剑鞘却极为眼生，沉吟间右手一搭剑扣轻轻一摁，便听"铿嗡——"一声振音，剑身弹出三寸，顿时眼前一道青光闪烁，剑身又无声缩回。

田忌惊讶至极，拱手道："我王，此剑神器，臣不识得。"

齐威王笑道："江乙大夫，此剑何名啊？"

江乙："禀报齐王，此剑乃楚国王室至宝，只可惜我楚国也无人识得。楚王赠予齐王，以表诚意。"

齐威王悠然道："好，本王收下慢慢鉴赏。那，楚王是何诚意也？"

"禀报齐王，我王请高士夜观天象，见西方太白之下彗星径天，秦国当有极大灾变。我王之意，欲与齐国结盟，合兵灭秦。"

"如何灭法？"田忌冷笑。

"两国各出二十万兵马，齐国为帅。"

"齐秦相隔，走哪条路？"

"楚国借道于齐国，出武关灭秦。"

"对齐国有何好处？莫非齐国可以占住一块飞地？"驺忌淡淡地问。

"灭秦之后，土地转补，楚国划给齐国二十座城池。"江乙对答如流。

田忌摇头叹息:"齐国多年无战事,只怕粮草兵器匮乏不济也。"

江乙慷慨道:"我王料到此点,愿先出军粮十万斛,矛戈五万支,良弓五万张,铁镞箭十万支,资助齐军!"

田忌惊讶地睁大眼睛,似乎不敢相信:"噢? 何时可运到齐国?"

"结盟之后,一个月内运到。"江乙很是利落。

驺忌正色问:"还有所图么?"

"一则,魏国若向楚国发难,齐国需与楚国联兵抗魏。"

驺忌田忌一齐拱手道:"我王定夺。"

齐威王大笑:"好! 楚王一片诚意,本王允诺。丞相与江乙大夫商谈盟约。"

一片笑声,皆大欢喜。随后大摆酒宴,驺忌本著名琴师,亲自操琴为特使奏了一曲。江乙想不到如此顺利,高兴得心花怒放,开怀畅饮,被四名侍女扶回驿馆后,还醉醺醺地合不拢嘴。

江乙一走,齐威王三人大笑不止。君臣三人对楚宣王的"奇思妙策"感到惊讶,实在想不到竟有如此愚蠢的"灭秦大计"。秦国距离齐国虽然遥远,但齐国却从来没有放松过对秦国的监视。秦国的山东商人中齐国商人最多,而每家齐商的雇员中,都有齐威王御史府派出的秘密斥候。他们从各种渠道送回的消息都非常及时,秦国的变化齐国君臣自然非常清楚。齐威王君臣对秦国的强大心里有本账:一来,秦国的强大距离威胁齐国还很遥远,齐国犯不着紧张;二来,秦国强大,必将形成战国新格局,而这个新格局有利于齐国。根本的原因是,秦国强大首先对魏赵韩楚四国不利,四国要遏制秦国,势必就会缓和对齐国的压力,大大有利于齐国的放手壮大;三来,齐国将因秦国强大,而成为天下战国争夺的主

个个都想着自己会拿到好处,个个都想着对方最蠢,算计到最后才发现,身边没有一个盟友,因为所有的"盟友"都倒下了。战国时期,用计用间成风,养士成风,这些伎俩磨炼人心的奸诈,伤害人的大智慧。

要力量——秦国要想对抗四国，要与齐国修好；四国要想遏制秦国，也必须借重齐国；剩下一个宿敌燕国，也不敢得罪齐国了。在这种格局中，齐国左右逢源，岂非大大好事？所以，齐国对秦国的强大完全不像魏赵韩楚四国那样耿耿于怀，而是听其自然不加干预。齐威王君臣确信，齐国只会从中得到好处。

目下正是如此，星象显示秦国将要强大，楚国就急吼吼地找上门来要联兵灭秦了。对楚国特使江乙的连环出使，齐威王的秘密斥候早已经探听清楚。楚国先行联魏攻秦，又怕魏国不可靠，于是再找齐国这个制约力量。楚国的如意算盘是：灭秦利大，魏国齐国必然参加，楚国要得大利却又战力不足，就得先期付出（抵押城池、援助兵器粮草）以促成联盟；一旦灭秦成行，楚国既可收回抵押，又可在分割秦国中争得更多的土地人口。

魏国高兴地接受了抵押，先将六座淮北城池拿了过来。齐国自然也高兴地接受了援助，先将大批兵器粮草拿了过来。可齐威王君臣清楚极了，齐国完全可以签订一道盟约，但绝不会在魏楚出兵之前主动出兵。而楚国魏国的盟约绝不会顺利成行，因为魏国绝不会卖力气成全楚国的美梦；不管魏楚盟约以何等理由何等形式散伙，楚国的六座城池都是永远不可能收回去了。那时候，齐国更主动，非但将接受的援助名正言顺地留下，而且要谴责楚国背盟，使齐国耽搁了其他行动从而蒙受损失，甚或还可以进一步要求楚国赔偿。

楚宣王的这种愚蠢，如何不教齐威王君臣开怀大笑？

恰在这时，宫外马蹄声疾，驻魏国密使连夜回国，紧急求见。

密使带来了惊人消息：魏国上将军庞涓率领二十万大军进攻赵国！

这个消息使齐威王君臣方才的兴奋消失得干干净净，骤然之间茫然无措。魏国这步棋走得匪夷所思，究竟有何图谋？不理睬仍然弱小的秦国，却要去灭强大的赵国，难道是要真的吞并三晋么？如果这个目标实现，齐国还能安宁么？对剽悍善战的赵国动手，这无疑是最强大的魏国要对天下战国正面宣战了。一时间，齐威王君臣说不出话来了。

良久，齐威王问："如此突然，说辞何在？"

"没有说辞，不宣而战。安邑城民情亢奋，叫嚷要一统三晋！"

齐威王和驺忌、田忌相互对视，都现出困惑的目光。正在此时，又是马蹄声疾，东阿

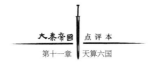

令差人急报:魏国八万大军开进巨野泽北岸草地,统兵将领为太子魏申与丞相公子卬。齐威王惊愕得说不出话来,怔怔地看着驺忌和田忌。

田忌断然命令:"晓谕东阿令,严加防守,外表如常,随时回报军情!"又对特使下令,"立即从小道返回安邑,及时回报魏军攻赵情势!"两使匆匆离去后,田忌道:"我王,丞相,田忌以为魏国此举绝非寻常,是要一战灭赵!巨野泽八万大军是在防备齐国救援赵国,我不动,太子申等也不会动。"

齐威王骤然感到了沉重压力。齐国正在迅速强大,和魏国的决战迟早都会发生,但他希望这种决战尽量迟一些发生,齐国能够更加强大一些,决战能够更加胜算一些。要知道,魏国毕竟是天下第一强国。更重要的是,战国之世,一旦打大仗,各国都会趁势卷入,企图火中取栗,非但不能指望有真正的盟友,还必须有能够同时对付其他国家联兵合击的军力。唯其如此,延迟和魏国争霸进而统一六国的正面决战,对齐国极为有利。齐威王想不到的是,魏国竟然先动了手。虽然是对赵国开战,但已经骤然嗅到了齐魏对峙的浓烈气息,统一三晋之后必然是齐魏大战,不想打也得打,否则就是亡国!作为一国之君,齐威王虽然对这场大战早有预料且没有放松准备,但大战就这样在意想不到的时刻突然迫近,他还是感到大大地出乎预料,以至于仓促间想不明白了。

"魏国如何要陈兵巨野?料定齐国一定要救援赵国?"齐威王困惑。

"我王,不是齐国一定要救赵,而是唯有齐国有力量救赵。防住齐国,魏国就可以放手灭赵了。"田忌不愧名将,对这种大谋划一目了然。

齐威王点头:"已经如此了,说说,该如何应对?"

驺忌:"臣以为,无论如何,当立即进入大战准备。粮草辎重和大军应当秘密集结,以免措手不及。至于如何打法,要否救赵,臣尚无定策,请上将军谋划。"

田忌沉吟道:"臣赞同丞相之意,即刻集结大军粮草以做准备。赵国不弱,魏军攻赵,非一日可下。如何应对,容臣细细思忖一番。"

"也好,明日午后再议。"

第二天,快马急报,魏军攻势猛烈,两日之内连下三城,已经直扑邯郸。

田忌道:"臣预料,赵国使者三日内必到临淄求救,我王要稳一稳才是。"

"稳一稳不难,难在我究竟如何应对。上将军何意?"齐威王显然没有定见。

"即或救赵,也要等到适当时机。"

"上将军,你欲和庞涓一比高低?"

"对付庞涓,臣没有胜算。齐国有一个现成的大才,臣举他全盘筹划。"

"谁也?"

"孙膑。"

齐威王恍然大笑:"对呀,如何忘了先生? 不过,他伤势如何? 能行动么?"

"一月疗养,伤势已经痊愈,只是身体稍有虚弱。先生只需调度谋划,支撑当无意外。"

齐威王顿时振作:"走,先去看看先生,一起商议。"

## 五　围魏救赵　孙膑打了千古一仗

幽静的小庭院里,一辆轮椅缓缓地游动着,来到高墙下的浓荫处,轮椅停了下来。

椅上的红衣人苍白清癯,一头长发和三绺胡须也显得细柔发黄,教人觉得他很文弱,也很年轻。只有那宽阔的前额、犀利的目光和沟壑纵横的皱纹,隐隐现出曾经有过的飞扬风华和沧桑沉沦。他专注地看着高墙下一片泥土摆布成的"山川地形",仿佛钉在那里一般。

他就是孙膑,一颗光芒乍现又骤然消逝的神秘彗星。

想到出山以来的险恶经历,孙膑恍若隔世。十年前,他和师兄庞涓告别了老师鬼谷子,一起到了魏国。本来,孙膑要回自己的祖国齐国,庞涓的目标是去魏国。可在走到魏齐分道的十字路口时,庞涓突然现出一种殷殷之情,说不妨先顺路和他一起到魏国看看,若魏国不容人,就一起去齐国。孙膑几乎是想都没有想便答应了。魏国是天下一等一的强

孙膑与庞涓,终有一战。庞涓虽身死马陵,但孙膑也未能助齐并天下,只忠小主,不奉大主,客观上造成田齐之分化,做不到"和而不同",这是孙膑作为兵家的局限。从大格局看,孙膑与庞涓并无胜负。但因孙膑立言,才千古不朽,而庞涓声名狼藉。孙膑原名不详,依约定俗成,虽受刑在后,但还是直呼其孙膑。

国,能去魏国自然是天下名士的第一愿望。孙膑原先之所以没有这样想,而提出了先回齐国,一则是想先回去祭扫祖先陵园,顺便再看看齐国这些年的变化;二则是隐隐约约地觉得,既然师兄庞涓要去魏国,那么自己最好另谋他途。毕竟,两人都是兵家弟子,所学相同,在一国的任职也必将相同,难免或多或少的有所冲突,避一避自然要好一些。孙膑还记得,下山前两人做告别游山归来,老师问他们准备各去何国,两人都说没有想好。白发苍苍的老师笑了:"既然如此,为师且与你等做个钱卜,国名先写在这里,有字国名一面乃庞涓所去处,无字一面乃孙膑所去处。如何?"孙膑高兴地笑了:"好,老师正好为学生解惑。"

老师拿出了一个厚厚的魏国老铁钱,那还是魏文侯时期第一次用铁铸钱,也是天下第一次出现的铁钱,现下已经很难见到了。老师很是喜欢这种"文侯铁钱",说它厚重光滑,颇有灵性,用做"钱卜"最为上乘。正在老师闭目沉思将要掷钱之际,庞涓突然高声道:"老师,弟子愿赴魏国!"

"呵,也好,发自内心,也是天意了。"老师目光一闪,却是散淡的笑容。

"老师,弟子以为,同室修习,庞涓与师弟当坦诚相见,各显本心,无须天断。"

"也好。孙膑如何?"

"如此,"孙膑略微沉吟,"弟子回齐国。"

老师摩挲着掌心的铁钱,眉头一皱,又突然大笑:"时也运也,终是命也。好,好,好。你等去,好自为之了。"

本来,事情就这样定了,孙膑也没有再多想,更没有想到师兄对自己的殷殷相邀。当时,他确实是大为感奋。然则万万没有想到,就这样一个偶然的原因,竟然使他本来清晰坚实的人生轨迹突然被折断了。

可是,纵然现在回想起来,孙膑仍以为那时候的庞涓尚没有害人之心,只是确实对能否留在魏国没有信心,预先留条齐国退路罢了。包括下山前庞涓突然先行确定去魏国,阻止了听天由命的钱卜,无非也是私心重了而已。孙膑对师兄这种精明其实很早就有觉察,只不过始终不放在心上。

庞涓师兄出身寒门,父母夭寿而亡,从小被经商的叔父抚养。叔父常年奔波在外,叔母与堂兄弟们歧视他欺负他,使他饱受寄人篱下的痛苦与屈辱。师兄六岁那年,有一天吃饭时,小小堂弟恶作剧地向他的饭盆里撒了一把土。小庞涓忍无可忍,大嚎一声,

将小堂弟猛然一推，小堂弟却恰巧撞在了廊下石柱上，惨叫
一声，顿时鲜血满面。叔母闻声赶出一看，回转身抄了一把
菜刀，疯狂地向小庞涓砍来。庞涓拼命逃跑，叔母发疯追赶。
追到一道悬崖边上，小庞涓躲在一块大石头后面，呼哧呼哧
喘息着高喊："再要过来，砸死你！"疯狂的叔母愣怔了一下，
虎吼一声，挥舞着菜刀冲了上来。小庞涓眼睛一闭，奋力一
推那块年久松动的大石，只听轰隆隆一声，大石夹泥带土地
滚了下去，无巧不巧，恰恰将叔母压翻在地。小庞涓愣愣怔
怔地走到叔母面前，狞厉地吼叫着："叫你欺负！叫你欺负！
老天杀你！"捡起掉落在旁边的菜刀，照着叔母连连猛砍一
阵，又朝着鲜血淋漓的叔母啐了几口，慌忙逃窜了……及至
老师在深山里发现庞涓，庞涓已经是一个在山林里生活了一
年多的小野人，爬高蹿低地与鸟兽争食。孙膑还记得，当老
师有一天带回那个浑身长毛的"大猴子"时，那"大猴子"的
目光让他浑身都起鸡皮疙瘩。后来，当他知道了师兄这些身
世故事后，孙膑内心不禁生出一种深深的同情。从此，孙膑
没有与庞涓师兄争过任何一件利事，也深深理解了师兄酷烈
的功名之心。

强调庞涓的性格养成，非
一日之功。

　　相比之下，孙膑却是望族出身，七代之前的祖先便是赫赫
有名的孙武。那孙氏祖居齐国东阿，后又迁徙甄城，本是姜氏
老齐国的书吏世家。传到孙武，却是酷爱兵事，利用书吏整理
典籍的方便，将当时视为圣典的《太公六韬》与《司马穰苴兵
法》抄回苦读。那《太公六韬》乃周武王开国统帅、齐国始封国
君姜尚所撰，可谓当时最为古老的兵学圣典。那《司马穰苴兵
法》则是齐景公时代的名将田穰苴所撰，因田穰苴官居司马，
所以人称司马穰苴。这是距离当时最近的一部兵法。孙武精
研完两部兵法，请辞书吏之职，到齐国的上将军府做一名小
司马。军旅磨炼了整整六年，见识大长，也领兵打了几场漂亮

的胜仗,可就是因为出身低微而不能晋升。一气之下,孙武逃军隐居八年,自己写了《兵法十三篇》。一经示人,传抄天下,声名鹊起。但是,孙武总感到自己没有统率大军的实战功绩,对于一个兵家之士,总觉得大是憾事。为了一酬夙愿,决然南下,到了吴国。

当时的吴王正是刚刚杀死吴王僚而夺取王位的公子光,时人称为吴王阖闾。这阖闾雄心勃勃,用人不拘一格,全无贵族门第恶习。先是用著名刺客专诸杀了吴王僚,后又重用了逃离楚国的"叛臣"伍子胥为上将军,闻听孙武来吴,欣然召见。阖闾申明:"先生《十三篇》我已经读过了,只是不知道先生勒兵如何?"

勒兵,就是训练军队。大凡真正的名将,第一本领就是能够练出一支精兵,而后才是战场本领;不能勒兵的将领,无论如何也算不得名将的。孙武自然知道这一点,那《司马穰苴兵法》本来就是着重讲训练士卒的。可是自己的《十三篇》却很少专门讲训练军兵,倒不是孙武不重视训练,而是认为训练军队只是为将的基础,他的志向却是更为高远的用兵智慧。大约阖闾看《十三篇》少谈勒兵,便要试试孙武的勒兵之能。孙武自然爽快地答应了。

谁知阖闾却给孙武出了个难题,要他当场训练女子,而且是宫女嫔妃。

当一百八十名宫女嫔妃喜笑颜开地站在孙武面前时,坐在高台上的阖闾君臣都笑了起来。作为吴王的阖闾,明知这是不可能的事,他只是想教孙武知道,天下也有不能"勒"之人,不要太过自信而已。而孙武却不这样看,他认为只要勒兵得法,人皆可兵。方才他就明确地回答了吴王阖闾:"可试以妇人。"实际上,谁也没有相信他,包括那个大名赫赫的伍子胥。

孙武将一百八十名宫女分为两队,各令一名吴王宠姬为队长,持戟站于队首。而后孙武开始了最基本的勒兵交代:"你们知道前心、后背与左右手么?"一片莺声燕语:"知道也。"孙武高声道:"那好。我叫向前,你等都要盯住队长的前心!我叫向后,你等都要盯住前面人的后背!向左,看左手!向右,看右手!明白了没有?"又是一片莺声燕语:"明白也。"于是孙武像在军中一样,两边设置了斧钺仪仗与金鼓令旗,又反复教了几遍口令,于是宣布擂响战鼓,令旗一挥,高喊:"向右——"宫女嫔妃们却东倒西歪地笑成了一片,连高台上的阖闾君臣也大笑起来。

孙武高声道:"约束不明,申令不熟,将之罪也!"便停了下来,又再三讲了几遍口令。然后下令擂动大鼓:"向左——"令旗劈向左方。谁知宫女嫔妃们又是哄然大笑。孙武肃然正色："申令既明而不执法，吏士之罪。队长当斩！"当即喝令两边斧钺手绑起两名吴王宠姬，推下斩首。吴王阖闾这一惊非同小可，急忙令内侍飞马传令："本王已知将军勒兵之能，请莫斩首两位宠姬，本王离开她们，食不甘味也！"谁知孙武却正色拱手道："将在军，君命有所不受。"喝令立即斩首两位宠姬。片刻之间，血淋淋的长发人头捧来，全场都瞪圆了眼睛，宫女嫔妃们惊恐得大气也不敢出。孙武另换两名年长宫女为队长，大鼓再响，令旗一挥，步伐整齐，中规中矩，毫无差错，直看得全场鸦雀无声。

孙武禀报吴王："勒兵已成，我王请检阅。但有军令，这支女兵可赴水火而不避。"

阖闾哭笑不得："罢了罢了，我如何能看？"

孙武淡然笑道："素闻吴王有大志，原来却是徒好虚言，不能用其实也。孙武告辞。"

阖闾恍然警悟，连忙站起来紧赶几步肃然躬身："本王错失，敢请先生见谅可也。吴国兵事，尚请先生不吝赐教。"

从那时开始，孙武做了吴国统兵大将。可是，孙武最辉煌的战绩只有一次，就是千里奇袭楚国，以五六万之众五战五胜，几乎要消灭了楚国。若非阖闾早逝，太子夫差与孙武不和，孙武也许还会有更大的功业。夫差即位后，生性恬淡的孙武便隐居了。他本是一个清醒深思又极善于总结的高士，临终前给他的后人留下家律："但凡孙氏后裔，建功立业者，得止且止，贪功者丧身。"

> 可见立言比立功更"不朽"。

孙膑就出生在这样一个家族，有着不肯埋没自己却又明智散淡适可而止的传统家风。孙武之后的孙氏族人，其所以没有一个天下闻名的杰出人物，不能说和这样的家族遗风没有关联。正是这种遗风，形成了孙膑谦和恬淡的秉性。他从来不谈自己的家世，庞涓自然也不知道他是孙武

> 讲孙武之事，实为介绍孙膑的家世及出身。网民说得好，"投胎是一门技术活"。

的后裔,只是对他的渊博灵慧常常感到惊讶,常常叹息着说:"如此兵家智慧,如何生在了一个与世无争的师弟身上?"每次都引得孙膑一阵大笑。孙膑感慨师兄的苦难身世,对师兄处处争先的禀性毫不感到别扭,反而是时时事事谦让,因与自己性格相合,也没有显得丝毫做作,倒是与师兄处得特别融洽。久而久之,便有人说他们师兄弟是"刚柔相济,天作之合"。奇怪的是,老师却从来没有对他们的友情做过评判,最多只是笑笑而已。现下想来,孙膑对老师的先知当真感到了不可思议。

到了魏国,他们受到了当时正在为没有名将而苦恼的魏惠王的隆重礼遇。由于出乎预料,庞涓是非常的惊喜,非常的奋激,整整对孙膑诉说了一个通宵,全部是如何为魏国打天下的宏大谋划,竟没有问一句孙膑在魏国将如何打算。庞涓的口气神态中透漏出一个鲜明的消息——报效魏国,庞涓是经过深思熟虑的,魏国的军权是庞涓一个人的。孙膑何等灵慧,自然是觉察到了这种强烈的潜台词。孙膑记得自己当时笑着说:"师兄,魏国很器重你,我看也用不着到齐国去了。我们还是原来谋划,我回齐国。老家族人还有诸多事等着我也。"庞涓高兴得大笑了一阵:"好!明日到十里长亭,我为师弟饯行。说不定,我等日后还要联军作战也!"孙膑也笑了:"那可未必,倒是两国交兵的时候多一些。""哎呀,师弟。"庞涓恍然正色问:"果真如此,你如何应对?"孙膑坦然道:"那还用说?各有其国,各为其主,私情不扰国事也。"庞涓长长叹息了一声:"是啊,不能两全也。"卧在榻上不再说话了。

也许是天意,他们的命运又一次发生了转折。

第二天清晨,当孙膑已经在收拾简单的行囊时,驿馆外马蹄声疾,没想到竟是魏惠王亲自来到。庞涓连忙迎了出去,魏惠王脚步匆匆边走边问:"庞涓,先生何在?可不能教他走。"庞涓一怔:"先生?但不知,大王所问何人?""何人?孙膑啊!"魏惠王哈哈大笑,"我也是方才知道的,孙膑是孙武的七世孙,名门大才也,你这师弟呀,了不得!"说着已经匆匆进门,向孙膑深深一躬:"魏罃敬贤不周,尚望先生见谅。"孙膑愕然,竟忘记了扶住魏惠王:"魏王?这、这是何意?"魏惠王豁达地笑了:"先生啊,这些探事斥候忒笨,本王也是刚刚知晓的,多有怠慢了。"说着又是深深一躬。孙膑这下连忙扶住道:"魏王,在下正要告辞,不知魏王所说何事?""先生好诙谐也!"魏惠王大笑,"先生乃孙武后裔,名门出大才,魏罃如何能放先生?敢请先生回宫,魏罃为先生接风!"

孙膑恍然大悟,不禁生出一丝腻烦。他素来不喜欢张扬家世,更不喜欢以祖先名望

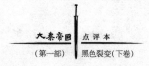
获得器重,淡淡一笑拱手道:"启禀魏王,孙膑只是孙氏旁支,不敢妄称孙武后裔。更何况才疏学浅,比我庞涓师兄相差多矣! 不敢劳魏王大驾,孙膑要回齐国料理家事去了,就此告辞。"

魏惠王很能转圜,拱手笑道:"先生谦恭礼让,更见高才美德。鬼谷子门生,魏罃可是求之不得,哪敢放走? 孙膑庞涓,都是本王的嘉宾,先生请。"

庞涓一时尴尬难堪得无地自容。突然,他觉得孙膑欺骗了他,一直隐瞒着自己的显赫家世,却偏偏在自己即将被委以重任时"泄漏"家世,使他凭空受到冷落,其心机何其深也。刹那之间,他对贵族子弟的本能憎恶油然而生,满脸涨得通红。但是庞涓死死地咬牙忍住了,他知道,这正是自己的又一个悬崖时刻,必须忍耐。他长长地喘了一口粗气,借着魏惠王的话头,上前挽起孙膑的手笑道:"师弟,走啊。魏王求贤若渴,师弟如何自居清高,少了礼数?"魏惠王高兴地笑了:"然也然也,庞卿豁达。先生请。"

孙膑只得去了,心里老大不舒坦。

魏惠王大是高兴,席间立即正式册封庞涓为上将军,孙膑为上卿。在魏国,这两个职位的爵次是同等的,只不过上将军是军权,上卿则是综合性的国政大权,几与丞相接近。庞涓立即谢恩受封了。孙膑却坚辞不受,只是答应留在魏国给师兄襄赞一段军务,不敢受职。魏惠王虽然老大不悦,却也不好勉强,只得暂时拜孙膑为客卿。

孙膑记得很清楚,那晚回来,庞涓就早早歇息了,没有与孙膑再说一句话。孙膑却在庭院里徘徊了半宿,直到刁斗打了四更,才去了卧榻躺下。

为了扶助已经被封为上将军的庞涓尽早站稳脚跟,然后自己也可以安心离开,孙膑全力为庞涓赞划军机,有时即或当着魏王,也直言不讳。想起来,阴谋就是在这时候开始滋生的。阴谋开始的细节和过程,在孙膑的记忆中已经不清楚了,可以说,那是被后来的巨大灾难所带来的痛苦淹没了。他睿智明晰的心海里,唯独留下了两片深深的烙印——魏惠王不想让齐国拥有与庞涓相匹敌甚至超过庞涓的兵家大才,这是阴谋的根基;庞涓对他的才华,甚至对他的家世的忌惮,以及对他的"深沉心机"的憎恶,是阴谋的枝叶。没有魏王的默许,庞涓不可能对他这样的名家实施公然的陷害和残酷的膑刑[①];没有庞涓的撺掇权术,魏惠王则不可能视他为"魏国的威胁"。

---

① 膑刑,挖掉膝盖骨,使人残废的肉刑。

在被监禁并被残忍地挖掉膝盖骨时,孙膑对陷害阴谋都一无所知。突然降临的灾难,使他的心智完全懵懂了。他的狂乱失态、呼天抢地与语无伦次的辩解,自然地被当作"惊吓失心"——疯了!真是上天佑护啊。否则,陷害必然还将继续,直到他生命消失。从庞涓轻蔑的大笑中,孙膑突然悟到应该继续疯下去。于是,他真的疯了,没有冷暖,没有饥饱,没有廉耻,没有尊严,像猪,像狗,像乞丐,傻呆呆直愣愣地游荡着。

也就是从那时开始,他的天赋智慧与无与伦比的悟性神奇地复活了。当他在寒风料峭的冬夜,遥望着深邃苍穹灿烂的星斗时,计谋的滋生伸展,竟像图画一样活生生地展现在眼前。一切都是那样清楚,就像他对战场风云的洞察。他的智慧告诉他,面对阴谋迫害,他只有以坚忍的意志和最荒诞的方式求得生存,伺机逃走。

十载寒暑,终于被他等到了一个机会,齐国使臣将他秘密地带出了魏国。

"先生,齐王看望你来了。"

轮椅转了过来,孙膑看见田忌和一个红衣高冠的人站在院中,那肯定就是威名赫赫的齐王了。还没等孙膑行礼,齐威王已经走过来深深一躬:"先生受苦了。"孙膑拱手作礼:"病残之躯,不能全礼,我王恕罪。"齐威王豁达地笑了:"先生不必拘于俗礼。从今日开始,先生不必对任何人作礼。"眼睛一瞄,却看见了旁边的"山川地形",惊讶笑道:"敢问先生,这是观赏么?"田忌走过来一看,也大为惊讶:"先生何时所制?"孙膑微笑道:"闲来无事,我指点两个使女堆砌的。"

"我王,先生做的是魏国山川地形!"田忌兴奋地指点

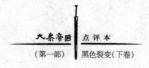
着。

齐威王仔细一看，恍然大悟："先生在揣摩战事？"

"习兵之人，陋习也。"孙膑谦逊地笑答。

"先生，魏国已经大举进攻赵国，同时在巨野泽北岸屯兵八万。先生对此有何高见？"齐威王开门见山，谦恭求教。

孙膑淡淡一笑："噢，终究是开始了。"他丝毫没觉得突兀，侃侃道："魏国攻赵，是吞并天下第一步。赵成侯新丧，太子刚刚即位，魏国咬住这个时机，显然想一举灭赵。以赵国目下之将才兵力，绝非魏国对手。近日之内，赵国必然要向齐国求救。"

"齐国当如何应对？"

孙膑微微一笑："敢问齐王之志若何？"

"先生何意？"

"齐王若满足于偏安东海之滨，则赵国可任其自生自灭。齐王若志在天下，则赵国存亡事关重大。"孙膑笑着顿住了。

齐威王拊掌大笑："东海一隅，窝得人心慌也！"

孙膑点了点头："齐王须知，赵为大国，可使魏国增加六百余万人口、一千余里国土。赵国一灭，燕国与中山国便失去屏障，魏国可顺势攻灭。那时候，整个大河之北，直到阴山草原与辽东海滨，纵横万里，皆成魏国，其势将难以阻挡。"

"先生之言，洞察深彻。上将军荐举先生为齐军统帅，筹划救赵之战，恳请先生万莫推辞。"突然之间，齐威王说出了来时尚有犹豫的决断。孙膑的短短剖析，已经使他感到了这位兵家名士并未因这场人生灾变而心智衰颓，他的智慧依然在熠熠闪光，而且更有了一种老辣洗练的成熟与深沉。历经劫难而身负大任，这种人绝不会误事。这便是齐威王在瞬息之间的判断。

孙膑依旧是淡淡微笑："臣致力兵学，自当为祖国尽忠效力。然则，我王需听臣一言。"

"先生请讲。"

"臣肢体残损，提兵战阵之间，不能激励士气，反遭敌无端嘲笑。以臣之见，当以上将军为统帅，臣愿为军师，一力筹划，击败魏军。"

田忌笑道："我荐举先生，因只有先生才敌得庞涓。先生却反来荐我，岂有此理？"

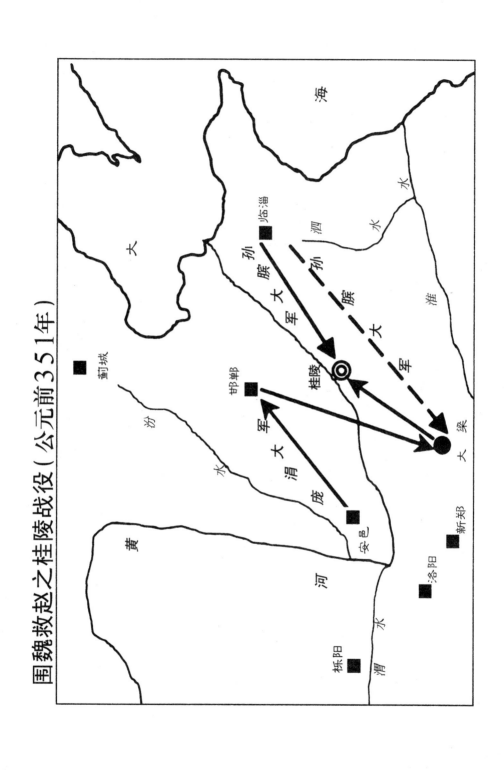

围魏救赵之桂陵战役（公元前３５１年）

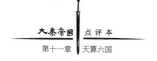

孙膑大笑："以其人之道,还治其人之身,此之谓也。"

齐威王思忖有顷,点头道："先生之言,出自肺腑,亦较为周全。自即日起,田忌为三军统帅,孙膑为齐国军师,即刻办理兵符印信,进入大战准备。"

"臣等遵命!"田忌孙膑慨然应命。

三日之后的深夜,赵国特使急如星火般赶到临淄,向齐国求救。

齐威王对特使说,出兵事大,需要和臣下们认真商议,请特使在驿馆等候几日。不想三日之内,赵国连派三名特使请求齐国救援。最后的特使还带来新君赵肃侯的亲笔国书,答应魏国退兵之后向齐国割让十座城池。虽则如此,齐威王还是到了第十日才正式回答赵国特使,齐国决定出兵援救赵国,但齐国大军与粮草辎重的调集需要时间,赵国至少要坚守一个月,齐军才能抵达。赵国特使虽然焦急,也只有连连答应,留下一名联络斥候,又急如星火地赶回邯郸报信去了。

这时,赵国正陷在惊慌动荡和全力激战之中,邯郸城已经岌岌可危。

在七大战国的初期,全面强大的次序大体是:魏国、楚国、齐国、韩国、赵国、燕国、秦国。赵氏部族在晋国时期,是四大部族(智氏、赵氏、魏氏、韩氏)中最为悍勇善战的一支。四大部族中,唯有赵氏历代为将,执掌晋国兵权,具有久远的军争传统。但是在赵魏韩三族联合消灭了最强大的智氏,进而三家分晋之后,赵国却始终没有涌现出像魏文侯、魏武侯那样英明的君主,更没有进行像魏国、楚国、齐国甚至韩国那样的变法,所以被一个一个的变法之国甩在了后边,成为稍强于燕国与秦国的二流战国。这种状况一直维持到战国中期的赵武灵王胡服骑射之前。成侯赵种是赵国前期最有为的君主,曾对燕国和中山国造成巨大压力,几次几乎就要吞灭中山国。但赵种有一个最致命的缺陷,就是性格的激烈褊狭,不善于采纳良谋,不善于与邻国斡旋。最大的失误,就是失去了与韩国合作消灭魏国的那次天赐机会。赵国在他掌权的时期,虽然始终在气势汹汹的南征北讨,国土民众却几乎没有增加。赵种做了二十六年国君,就积劳去世了。太子赵语只有十八九岁,很缺乏历练。这正是国家最忌讳的"主少国疑"的微妙时期——国君年少,举国疑虑。同时,赵国又没有久经风浪的栋梁大臣与著名将领支撑局面,正是最害怕强敌入侵的脆弱时期。

魏国恰恰选择了这个机会,向赵国猛烈进攻。

魏国二十万大军在庞涓率领下分三路北上。第一路右军五万,从渑池北上,渡过少水,从南面逼近邯郸。第二路左军五万,从魏国北部的离石要塞向东开进,攻克晋阳,再从北面压迫邯郸。第三路中军十万,由庞涓亲自统领,从平阳东渡汾水,攻克赵上党要塞,从西边直逼邯郸。半个月内,三路大军势如破竹,连克沿途二十余城,将邯郸北西南三面围定,只留下东面缺口。而邯郸的东面,恰恰是汹涌的漳水。

歇兵数日,庞涓下令攻城。魏国的步兵历来强于骑兵,所谓驰名天下的"魏武卒",说的正是魏国步兵。攻城作战,步兵是绝对主力,正是魏武卒的用武之地。赵国则因为长期与北方的匈奴、林胡的游牧骑兵作战,自然形成了很有战力的骑兵,步兵则相对较弱。守城防御战,主要依靠的恰恰是步兵。两相比较,魏国以其所长,攻击赵国所短,邯郸城的艰危自是必然的了。庞涓乃兵家名士,早在出山之前就对列国兵力、特长及弱点了如指掌,胜算在胸,不急不躁,让士兵们养足了精神再从容攻杀。魏军将士在举国狂热中已经滋养出傲视天下的激情和勇气,人人热血沸腾,个个狂野躁动,完全不将赵军放在眼里。

当三百多面牛皮大鼓开始沉雷般轰鸣时,魏武卒方阵也轰隆隆开动了。

方阵以一百人为一个方队,配备一架大型云梯,形成一个进攻单元。每十个方队组成一个独立方阵。邯郸城西面城墙最长,魏军主力展开了二十个方阵两万武卒,作为第一轮猛攻。纵深地带的四十个方阵也已经排列就绪,准备做第二轮第三轮的连续猛攻。按照庞涓的谋划,三轮猛攻之后,邯郸必破。西北南三面城墙同时猛攻,赵军必然从没有魏军的东门逃走,这是庞涓专门留给赵军的逃亡路径,也是"围师必阙"的古老兵训。庞涓之所以照搬了这条古训,在于他不想四面围定而让赵军做绝望的困兽死斗,城池反而难破。给赵军留下一条退路,实际上是瓦解赵军斗志的妙着。但是,庞涓又绝不能教赵国君臣的残兵真正逃跑,那是后患无穷。他已经在漳水西岸和东岸埋伏了三万精锐骑兵,专门对付漏网之鱼。

庞涓相信,灭赵的整体谋划是严密得当的,赵国一定会被一举吞灭。这是他出山以来真正的灭国大战,也是他庞涓跻身一代名将的成名大战,绝不能有丝毫差错。

庞涓站在与城墙等高又可自由推动的云车司令台上,猛然劈下令旗。

随着大鼓轰鸣,早已经整肃排列在方阵之后的两万名二十石强弩手骤然发动,向邯郸城头的女墙垛口万箭齐发,使城头守军不敢露头。与此同时,魏军方阵在震天战鼓中隆隆推进。瞬息之间,云梯靠上了城墙,震天动地的呐喊声骤然响彻原野。魏军武卒迅猛有序地爬上云梯,杀上城头。这时,寂静无声的邯郸城头,却骤然立起了一道人墙。

一场残酷激烈的浴血攻防战开始了。

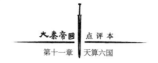

数千里之外的临淄郊野却异常平静。连绵军灯伸向远方,融会在漫天星斗之中。如果不是偶尔的战马嘶鸣,谁也想不到这片山地里隐藏着十余万大军。在这片军营的中心地带,一杆大纛旗迎风舒展,斗大的一个"田"字隐约可见。大纛旗下的幕府大帐里灯火通明,两个身影清晰地印在幕府墙壁上。

"先生,明日我军直扑邯郸,和庞涓决战,给先生复仇!"田忌慷慨激昂。

孙膑在轮椅上微笑着:"将军以为,齐军战力比魏军如何?"

田忌沉吟:"齐军技击闻名,然与魏武卒相比,稍逊一筹。"

"将军,此战对我军有四不利。"孙膑平静地掰着手指,"齐军战力较弱,为其一;我军长途奔袭,魏军以逸待劳,为其二;我军十五万,魏军二十万,敌众我寡,为其三;直扑邯郸,魏军八万卡在巨野①要道,少不了要冲杀损伤,到了邯郸兵力更少,此其四。将军以为然否?"

田忌沉默良久,点头:"以先生之意,此仗不能打了?"

孙膑摇摇头:"那倒不是。此战只能智取,不能硬拼。"

"纵然智取,也得到邯郸打仗也。"

"不一定。"孙膑摇头微笑。

"不一定?"田忌哑然失笑,"救赵救赵,不去邯郸,如何救赵?"

"将军,此战纠葛甚多,不能以常法谋划,须得出奇制胜。这个'奇'字,就在于我军不赴邯郸寻战,而直捣魏国大梁。大梁,乃魏国在建新都,军辎重地。魏国绝不允许大梁陷落,必得回兵救援。此谓攻其必救也。此战制胜处,在于我军于魏军回救大梁时,中途伏击,一举击溃,事半功倍也。"孙膑没有笑,也说得很慢,仿佛在将长期的思虑一丝一丝地抽出来。

田忌惊讶得说不出话来。他打过多少仗了,可无论如何想不到,打仗竟然可以如此打?不去战场而去后方!仔细咀嚼一番,竟觉大有奥妙。大梁离齐国边境只有三百多里地,骑兵大半日可到,步兵昼夜兼程也就一天一夜;而邯郸则有千里之遥,利弊自然一眼可见。再者,齐军开赴赵国的大路只有一条,这正是已经被魏军封堵的巨野要道。而齐国通往魏国的道路可是很多,魏国根本无法路路防守,也无从重兵防守。秘密进军大梁,可以说不会有任何麻烦或抵抗……想到这里,田忌不禁恍然大笑:"快哉快哉!先生奇人奇策也!"

---

① 巨野,春秋战国时大泽名,在今山东巨野县东一带。

田忌久经沙场，一旦豁然贯通，立即按照孙膑的谋划行动起来。

第二日清晨，孙膑出手第一颗棋子——派出两万兵马，由副将訾牛率领，伪装成十万大军，大张旗鼓地从巨野北面的燕齐边境向赵国方向进发，引诱魏国太子申和公子卬的八万人马离开巨野，去"增援"庞涓。巨野魏军一旦入赵，訾牛人马便立即秘密撤回，到桂陵①山地埋伏。

日暮时分，孙膑出手第二颗棋子——六万骑兵由田忌亲自率领，向大梁快速进发，天亮赶到城下，立即发动猛烈攻势。七万步兵随后兼程进发，第二天午后赶到，立即加入攻城，给魏国造成大梁行将陷落的强大压力。

由于魏国的强大，数十年来，魏国本土没有过战争。长期的安宁富庶和"大魏无敌于天下"的自信，大梁的三万多守军已经被风华商市将悍勇之气淘洗得干干净净了，整齐威武的甲胄，寒光闪烁的兵器，仅仅只有对庶民国人凛凛生威了。在刀兵连绵的战国时代，竟有如此一支"老爷兵"，倒是确实罕见。当阑珊的夜市灯火还在满城闪亮的时候，城外突然战鼓如雷喊杀连天，齐军恍如天外飞来，竟突然出现在大梁城下猛攻，大梁城内的惊慌失措可想而知。要不是大梁有天下最宽阔坚固的城墙，有用之不竭的长弓硬弩，大梁城几乎要真正的陷落了。

从黎明到午后的大半天之内，大梁守将向安邑魏惠王派出了六次快马特使求援。

此时，孙膑出手第三颗棋子——主将田忌率领六万精锐骑兵，撤出大梁，秘密回师桂陵山地，与訾牛的两万人马会合

围魏救赵，杀他一个措手不及。

① 桂陵，在今日山东省菏泽西部的山原地带。围魏救赵的伏击点史家素有争论，此取主流一说。

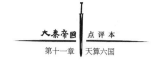

设伏,准备伏击庞涓的回救大军。

暮色苍茫之中,齐国的步兵对大梁展开了更加猛烈的攻势。在天下大国的军旅中,齐军以技击之士闻名。也就是说,齐国军卒的单兵技艺非常出色,长矛投掷、剑术搏杀、弓弩箭法、徒手格斗,都堪称一流。实战之中,攻城一方的团体冲锋,往往被防守军士的种种反击所分割,恰恰更需要单兵的勇猛精神和技击能力去突破。齐军步兵得其所长,攻城威力丝毫不亚于魏军对邯郸的攻杀。更由于有意张扬声威,在气势上竟比邯郸之战更为猛烈。

魏惠王大为惊慌,向庞涓接连发出十道紧急王书,下令紧急回救大梁。

此时的太子申和公子卬也愚蠢中计,竟带领八万大军匆匆赶往邯郸。这两个对打仗一窍不通的"大将",眼见齐军声势浩大地越过燕国边境去救援赵国,既怕庞涓两面受敌,又怕庞涓已经攻下邯郸独占大功,反复商讨,紧随齐军"追击",一直进了赵国东部。然则未到漳水,齐军却突然在夜晚消失。两人又是反复计议,认为齐军既然畏惧撤回,再回防巨野也就没有意义了,不如杀到邯郸与庞涓一起灭赵,挣一份大大的军功。于是一声令下,八万大军直扑了邯郸。

此时的邯郸城外,大军已经攻破西门。庞涓没有理会魏惠王的紧急命令,沉着地下令继续猛攻,务必全面攻陷邯郸。但是,当魏惠王的第十道手令到达时,庞涓终于慌乱了,若再抗命不回,如果大梁真的陷落,那可是十个邯郸也补不回来的。

遥望洞开的城门和遍野的烟火尸体,庞涓脸色铁青,痛苦地一拳砸在了大旗杆上。不偏不倚,令旗"扑"地落下,恰恰罩在庞涓头上。庞涓大怒,一把扯下令旗,却将头盔连带扯落,顿时长发散乱,狰狞可怖,左右护卫不由惊恐地后退。

"三军撤退! 回救大梁!"庞涓嘶声怒喝,眼中涌出了无可遏止的泪水。

就在庞涓大军悻悻撤出邯郸,星夜奔赴在回师途中时,器宇轩昂的太子申公子卬也率大军赶到了邯郸城外。两人望着漆黑的旷野和肃杀的邯郸箭楼,竟不知道如何是好。邯郸城内的赵肃侯君臣却吓坏了,以为庞涓回师,连忙计议如何趁着夜色逃出。如果这时太子申和公子卬能够猛攻邯郸,也许赵国从此就消失了。奈何两人没有一个正才,看见夜色中的烟火尸体都瑟瑟发抖,又不知道庞涓为何退兵,反倒更害怕赵国军队出城袭击。于是,八万大军尾随着庞涓大军的路标,逃窜一般地南撤回师。历史的机遇,便和这两个草包擦肩而过了。

这时候,孙膑已经在桂陵山道布下了第四颗棋子。

桂陵山地是魏国的边缘地区,西南距大梁二百里左右,东北面一百余里便是齐魏交界的巨野泽,东南数十里便是济水。庞涓大军回师大梁,若从魏国境内的安邑折向大梁,非但要走一个大大的"弓背",且大军急行驰驱在繁华本土,速度更要减慢许多。而从赵国入齐的巨野大道经桂陵到大梁,非但路程缩短三分之二,且在人烟稀少的边境山塬可兼程急行,速度自然快了许多。所谓兵贵神速,庞涓不回军则已,回军则必须追求快速,否则便会两头功劳全落空。孙膑自然清楚其中奥妙,料定桂陵山地是庞涓大军回救大梁的必经要道。这片山塬林木茂密,山道狭长,十万大军埋伏在纵深三十多里的两边山塬,丝毫不露痕迹。

一路之上,庞涓怒火中烧。齐人无耻之尤,不敢救赵,还偏要在天下做对抗魏国的盟主,分明是趁火打劫,夺取大梁的财富。一场灭国大业,竟被如此鼠窃狗盗的手段破坏,真真将人气杀。如此宵小之辈不彻底吞灭,魏国岂能安宁?庞涓有何脸面做魏国上将军?怒气冲冲的庞涓下令步兵后行,亲自率领八万骑兵,暴风骤雨般从巨野大道向南压来,要将齐国军队堵在大梁城下全部歼灭。

巨野距离大梁只有两三百里地,魏国铁骑两三个时辰就可以冲到大梁,齐军纵然攻破大梁,也要使它吐出嘴里的肥肉。庞涓作为名将,对桂陵山地本应有一定的警觉。然则,此刻他已经完全被愤怒和骄傲淹没了。再说,这片山地也并不算特别的荒凉偏僻,谷地道路也不算很狭窄,铁骑通过并不算很艰难。兵家常识,只要骑兵能稍微展开,一般就不是最佳的埋伏地点。大约在庞涓的心目中,也没有特别留意过桂陵山地。所以,他在进入桂陵山地前下的唯一命令是散骑队形,快速通过谷地。所谓散骑,就是骑士不再做五骑一列的"成伍"并进,而是根据山间地形相对自由地选择道路前进。这是骑兵通过山谷最快的方法。命令下达,魏军的八万铁骑在三十多里长的山谷中全面撒开,山道、山坡遍布飞驰的骑兵,马蹄如雷,山鸣谷应。

孙膑在庞涓大军进入齐国巨野大道前,撒出了第五颗棋子——围攻大梁的七万步兵快速回师,从南面封堵桂陵山口,截击漏网的魏国骑兵。庞涓率领骑兵前行,本是孙膑预料到的,这时候撒出进攻大梁的兵力,大梁要经过安邑魏惠王再给庞涓通报,已经是来不及了。即或来得及,庞涓也要全速前进,迎面截击消灭齐军,决不会允许齐军逃走,更不会想到自己会有何等危险。孙膑摸透了庞涓的秉性,大胆回兵,最充分地利用

商 鞅

齐国的现有兵力来实现桂陵伏击。

夕阳暮色中，庞涓骑兵深入桂陵山谷。突然，山腰战鼓如同晴天霹雳在头顶炸响。滚木礌石排山倒海般从陡峭的山坡涌下，铁镞箭尖厉地啸叫着，如急雨般飞来。山谷中奔驰的马队顿时拥挤践踏，人仰马翻者不计其数。在魏军尚未清醒的时候，齐军汹涌的洪水呼啸着呐喊着从两面山坡猛扑而下。在这种狭窄险峻的山谷作战，铁甲骑兵无以奔驰腾挪，被齐国弃马步战的八万大军压在谷底，根本无法伸展。

面对漫山遍野的被动挨杀，庞涓骤然间清醒过来，大吼一声："全体下马步战，冲出山谷！"

经过两个时辰的激烈拼杀，庞涓大军折损大半，但也终于冲到了桂陵山地的出口。却不想恰恰遇上从大梁回师的齐国步兵，只见遍野火把，刀矛闪亮，箭如骤雨，堪堪封堵在山口。

拼杀到夜半时分，庞涓只带着杀出重围的三四千人狼狈逃到大梁。后面兼程赶来的魏国步兵也被齐军回师截杀，一举击溃。仅仅一个晚上，庞涓率领的二十万大军，损失了十三万之多。最可惜的是，所向无敌的魏国铁骑几乎全军覆没，骄傲的魏国武卒——天下唯一一支重甲步兵也溃不成军了。

孙膑的围魏救赵，像暗夜中一道强烈的闪电，照亮了被雾霭掩盖的战争空间。人们猛然醒悟，原来战争空间如此广阔，竟可以你打你的我打我的，在运动中将战场无限拓宽。在骑兵步兵代替老式战车的历史转换关头，孙膑的围魏救赵，使步骑野战真正走进了战争新天地。战争的动态形式，兵家的诡道本质，被真正的运动战淋漓尽致地挥洒了出来。从此，智慧与计谋在战争中大放异彩，运筹于帷幄之中，决胜于千里之外，成为战争长河的奇观。

围魏救赵，孙膑在桂陵大败庞涓，此计此役成为军事史上的经典。此计恐怕至今无人可破。正所谓"共敌不如分敌，敌阳不如敌阴"，可见阴谋与阳谋一样重要。

## 六　孟子论剑示射　长歌一抒飘蓬之志

桂陵之战,齐军大胜,孟子黯然失色了。

且不说朝野间颂扬的都是孙膑田忌,最令孟子难堪的
是,齐国许多重臣元老竟然都借此对孟子生出莫名其妙的非
议,仿佛孟子曾经反对过这场大战一般。这些人中以丞相驺
忌为甚,公然对齐威王说,孟子是迂腐过时的老古董,齐国最
需要孙膑这样的兵家大才。就连稷下学宫的名士邹衍、慎
到、淳于髡、田骈一班人,也说了许多贬损孟子的话。相比之
下,倒是那个少正卯一般"偏激险恶"的尸佼公然赞颂孟子,
上书齐威王,主张齐国应当竭力留住"博大渊深坦直求真"
的孟子,"不用其为政之道,而用其治学之法,为齐国树起文
明的大纛"。一日三传,流言纷纷,孟子感慨万端。孟子很
清楚,驺忌这样的权臣反对他,是怕他受到齐威王重用。驺
忌等也很清楚,对孟子这样名满天下的大师,要么不用,要么
重用,绝不会打发他一个中大夫之类的闲职了事。孟子一旦
重用,纵然不免去驺忌的丞相官职,也会分掌丞相的一大半
权力。对于驺忌这种琴师出身的士子,一旦失去丞相官职,
就等于从贵族阶层永远退出,甚至还有杀身之祸。孟子觉
得,这种将一生根基立在一顶高冠上的所谓名士,其实很可
怜,也很渺小,和他们共事一堂,很是龌龊。稷下学宫的邹衍
非议他,是怕他做了学宫令而夺去自己"天下学帅"的地位。
其他诸子跟着反对,则是畏惧孟子的学问辩才淹没了他们在
稷下学宫的光彩。纵然是坦荡磊落的尸佼,也不认为他能治
国理民,而只能治学。如此一片蜚声,显然是伸展无望的征
候了。孟子对齐国的一片热诚,也渐渐冷了下来。虽说齐威

这一转折巧妙。且看孟
子如何失意。

尸子狡诈。

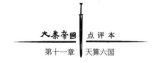

王对这些议论还没有任何表示,然孟子已经看到齐国不是久留之地了。

这天晚上,孟子写了一札坦率而又委婉的辞齐书,准备次日呈给齐威王。

清晨,万章匆匆走进,兴奋道:"禀报夫子,齐王已经到了大门之外!"

"噢? 何人同行?"

"齐王单车,无人同行。"

孟子怦然心动:"打开中门,迎候齐王。"

当孟子迎出大门的时候,齐威王已经下车向门口走来。孟子深深一躬,齐威王拱手笑道:"久未拜望夫子,心中甚是不安,今日特来讨教。"

孟子笑道:"孟轲何德何能,敢劳齐王造访? 请。"说着并行陪着齐威王来到正厅。

孟子的弟子们都很兴奋,肃然在庭院站成两排,聆听老师与齐王的对话。公孙丑恭敬上茶,侍立一旁。万章则在木屏风后准备录写夫子言论。

"夫子啊,我军虽大胜魏国,救了赵国,然本王却遇到了难题。赵国对齐国竟很淡漠,不结盟,不称臣。燕国呢,一反常态,敌视齐国,挑衅边境。楚国原先极力求我结盟伐秦,目下却突然背盟,倒向了战败的魏国。敢请夫子教我,此三国何以如此? 齐国当如何应对?"齐威王很困惑,也很认真。

孟子却微微一笑:"邦交诡道,小伎也,孟轲一无所知。"

"诡道小伎? 依夫子看来,何为正道大计?"齐威王惊讶了。

"正道者,邦国礼法也。大计者,庶民安乐也。"

"然则,夫子不操小伎,何以治国安邦?"齐威王语气中显然有些惋惜。

孟子却异常平淡:"大道不举,诡道何益? 徒谋诡道小伎,非立国图王之道也。"

齐威王轻轻地叹息了一声,一时无话。孟子从大袖中拿出一卷竹简双手捧上:"齐王,这是孟轲的辞齐书。多谢齐王对孟轲的优厚相待。"

"如何? 夫子要离开齐国? 却是为何?"

"孟轲家有老母。待得侍奉老母入土,孟轲也许可再来齐国。"

齐威王默然良久:"夫子至孝,何能强留?"深重地叹息一声,似不胜惋惜。

孟子不再多说,向来谈笑挥洒的齐威王似乎也无话可说。孟子恭敬庄重地将齐威王送到大门外,齐威王慨然拱手道:"夫子,三日后,本王为你长亭饯行。"

那日晚上,弟子们都有些落寞之感,齐国和稷下学宫刚刚激起了他们心中的豪情大

志,却突然要走,一时不禁迷惘失落,围在孟子周围默默相向。

"尔等郁郁无言,莫非怨为师离开齐国?"孟子微笑。

公孙丑拱手道:"弟子以为,夫子当敬重齐王爱贤之心,仓促离去,似有唐突。"

孟子依然是淡淡的微笑:"游历于诸侯则藐之,莫将其巍巍然置于心目也。我儒家秉承大道,当此颓废之世,当为王者师,不可为王者器。为王者器,必行诡道小伎,其身必为刍狗①。为王者师,必行正道大计,其身不朽。方今齐国,刍狗横行,大道湮灭,岂可蝇营狗苟,与之比肩争冠?"

满厅寂然,一股肃穆悲壮的殉道之气在弟子们心中油然生出。

三日后,齐威王率领群臣诸子,在临淄城外的郊亭为孟子隆重饯行。气氛似乎比迎接孟子时还要热烈。孟子在郊亭外下车后,立即被大臣和稷下学宫的诸子们围了起来,关切的问候,热烈的挽留,殷勤的抚慰,衷心的颂扬,熙熙攘攘地围着孟子缠绕飞扬。孟子依旧是一副永远不变的沉静微笑,拱手环视,将所有的热烈都照拂了一遍。

"百官诸子入席——"司礼大臣一声高宣,结束了熙熙攘攘的赞颂和关照。

齐威王在祥和的乐声中拉起孟子的手,并肩走进大石亭,其余百官诸子都在亭外一圈帐篷下的长案前落座。乐声终止,齐威王高声道:"孟夫子至孝大贤,乃天下楷模。今日为孟夫子饯行,来日愿孟夫子早日回齐!"

"愿孟夫子早日回齐!"一片呼应,特别的热烈。

孟母,真世外高人,堪称是对孟子影响最大、规约最深的人。

---

① 刍(chú)狗:古代祭祀时所用茅草扎成的狗。用过即弃去。这里是比喻的说法。

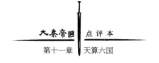

孟子在齐威王身边拱手笑道:"多谢齐王君臣盛情,孟轲永志不忘。"

齐威王举爵:"来,为孟夫子高堂康健,干!"

孟子抱爵环拱,一饮而尽,表示了向齐王君臣的深深谢意。

刚刚入座,上将军田忌从紧挨石亭的帐篷下站起,拱手道:"夫子今日要走,田忌有一事不能自解,尚请夫子赐教。"

孟子笑答:"不敢言教,但尽所能。"

田忌恭谨道:"楚国献来一剑,百官诸子无人能识。素闻儒家辨物诘古,博大渊深,当初孔夫子曾为列国解过不知几多疑难之物,是以敢请夫子辨识此剑,为天下解惑。"

齐威王拱手道:"多劳夫子了。"

"敢请一观楚剑。"孟子没有推辞。

田忌一招手,内侍用大盘托着一支古剑呈到孟子面前。盘中古剑约有二尺许长,青铜剑鞘上古纹斑驳,有金石古器的神韵。孟子拿过古剑,左手一掂,右手一按剑扣,但闻一阵清越振音隐隐而起,青光乍闪,古剑滑出剑鞘一尺许。随着剑身完全抽出剑鞘,一道清冷的光芒在亭中闪烁不定。亭外遥观,恍若一面铜镜的反光。群臣诸子不由一阵惊叹。孟子端详剑锋有许,又以手指轻弹剑身,清扬的金声嗡嗡绕梁。孟子又用一方白丝巾细细地拭抹了一遍剑身,若有所思地将古剑放回大盘。全场不禁屏息。

"此剑乃鱼肠剑,确系古剑神品。"孟子肯定地回答。

齐威王:"烦请夫子详加拆解。"

孟子从容道:"要说剑器,须说源流。铸剑术源于黄帝时之蚩尤部族。蚩尤以天赐铜料铸剑三千,曾屡败黄帝大军。相传蚩尤部族所铸最有名的剑,是弯月形的'蚩尤天月剑',惜乎此剑湮灭后世,渺渺难寻。三千多年后,吴越大山中有神工巧匠欧冶子,善以铁料辅以铜、金铸剑,遂使铸剑术成为一门极深的学问。春秋时又有吴国神工干将、楚国神工风胡子,两门派比肩而立,铸剑术此时达于登峰造极。此三人先后为天下铸成十口名剑,每一口均是稀世珍宝,兵中神品。"

田忌惊讶了:"田忌愧为大将,只知二三,敢问十剑之名?"

"何谓十剑?一曰干将,二曰莫邪,三曰龙渊,四曰太阿,五曰工布,六曰湛卢,七曰纯钩,八曰胜邪,九曰鱼肠,十曰巨阙。其中后五剑分为大三、小二,称大刑三、小刑二。即湛卢、纯钩、胜邪,均为长剑。鱼肠、巨阙,则为短剑。前五剑为雌雄、三名神

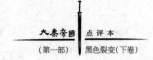
剑。干将、莫邪为雌雄剑。太阿、龙渊、工布为三名剑。此谓十剑之名。"孟子说得有些神往。

"十剑落于何处？夫子可知？"齐威王大感兴趣。

"十剑出，天下为之争城夺地，到手则秘不示人，是以十剑下落均难确定。越国曾有著名相剑师薛烛，为酷爱剑器的越王勾践相过五口名剑，即大刑三、小刑二。可知五剑曾一时落于越国。干将莫邪百余年来未闻出世。其余各剑，也是偶有所闻，倏忽不知其所。"

"楚国特使私下说，这口剑是干将。"田忌脱口而出。

"非也。"孟子摇摇头笑道，"此剑断非干将，有三不是。其一，剑形不是。干将为雄剑，英挺雄长，当有三尺左右。此剑短而稍宽，不足二尺，乃小刑之象。其二，剑锋不是。干将莫邪者，乃夫妇合炼而得名之雌雄剑。妻子莫邪投身入炉，而使铁汁大出。剑成后，雄剑剑锋有纹络斑痕，那是雌剑血泪洒于雄剑所致。眼前古剑虽有纹络，然却在剑身，不在剑锋，且通体有纹，故非干将也。其三，剑音不是。剑为百兵之神。举凡名剑，皆有灵性神韵，遇大奸大恶，则鸣于鞘中；剑鸣通于琴鸣，一旦出鞘，则先声夺人。干将莫邪之振音，不同于任何名剑；匣中警示之鸣，宛如寒风过林，悲鸣低啸；剑身出鞘，则锵锵然若萧萧马鸣；若指弹剑身，则其振音低沉悠长，宛若长夜悲凄。而眼前古剑，则振音清越，余音明朗绕梁，与干将大异。"

"夫子认定此剑为鱼肠，可有来历？"邹衍忍不住高声问。

孟子再度抽出古剑："此剑，形制短小，为其一。振音清越，为其二。但根本之点，尚在剑身纹络。名剑除干将莫邪有血泪斑外，其余八剑均有不同纹络，且皆在剑身。龙渊纹络如高山临渊，太阿纹络如流水微澜，工布纹络则如大河巨浪。诸公请看，眼前古剑之纹络屈襞盘曲，酷似鱼肠，此剑鱼肠之名，正根据纹络之形而来。是以，孟轲断定此剑为鱼肠古剑。春秋时专诸刺僚，所用之剑即此剑。专诸藏之蒸鱼腹中，鱼上酒案，此剑破腹而立，使专诸飞剑杀吴王僚，推出了吴王阖闾，成就一段功业矣。"

年青的尸佼霍然起身，高声道："天下皆说儒家只通礼乐，怎知孟夫子对剑道如此精深？佩服之至！"

众臣齐声附和："孟夫子博大渊深，佩服之至！"

孟子对这个年轻的尸佼本来反感，加之众人对他附和，心中颇觉腻烦，不由高声道：

作者博识,孟子确实不可能只通礼乐不懂其他。儒士文弱化,乃兵制发生变化的事。士人本来即讲究文武双全,习六艺,即礼乐射御书数,核心也是要求文武双全。孟子相剑这个场面,设计得好。

"儒家教人,文武并进,六艺皆精,何来只通礼乐之事?"

石亭外的孙膑遥遥拱手作礼:"曾闻孟夫子射技超人,敢请夫子一展风采。"

众人知道孙膑久在魏国,而孟子也在魏国多年,孙膑的话断无差错,不由齐声附和:"愿睹夫子射技!"

齐威王却是大有疑虑,孟夫子虽为大师,毕竟一介书生,如何能精通箭术?他猛然警觉,是否有人要给孟子难堪?心念一闪,他对孟子笑道:"夫子高才,何在乎鼓勇小技,莫与彼等当真便了。"

孟子本当婉辞,不想听到齐威王的"小技"二字,却猛然想起自己对齐威王讲的"小伎"一词。当世之人,无不对具有实用价值的学问技能推崇备至,独孟子公然称实用学问为"小伎",致使天下以为儒家对实用技能与学问一窍不通,常常报以轻蔑的嘲笑,常常也在一些场合公开诋毁儒家。方才孟子已经觉察到,辨认鱼肠剑给齐国君臣带来了震动,此刻他猛然想到,应当真实显示儒家的全貌,改变天下对儒家的偏见。心念及此,孟子霍然起身道:"齐王并诸位大人,孟轲今日献丑了。"宽大的布袍一撩,走出亭外,场中顿时一片欢呼。

实学而有震撼力,非空谈可比。

郊亭外本是专停车马的空场,田忌立即指挥兵士将车马转移,让出一条宽阔的箭道,竖起一座高大的箭靶。齐国群臣诸子一齐兴奋地夹道而立,护卫军兵也站在高处观看,整个箭道被密匝匝包围了起来。齐威王则站在亭外高出人群许多的王车上,饶有兴致而又不无担心地观看这场文人弯弓。

孟子来到人群夹道之中,向前一瞄,笑道:"上将军,如此能叫射技么?换最小箭靶,摆至一百八十步。"

全场惊讶得鸦雀无声。谁都知道,给孟子摆的箭靶是射箭初学者用的大靶，比真人还要高大，而且只摆了六十多步远。尽管如此，能射中三箭，对于孟子这样的学问泰斗，就已经是非常的罕见了。稷下学宫研修实用学问的诸子，又有几个能射箭、击剑、驾车？所以一闻孟子要求最小靶，而且要一百八十步，所有人都不禁惊讶失色。要知道，最小靶、一百八十步，那是军中神射都极少使用的，寻常被称为神射者也不过"百步穿杨"。一百八十步，意味着射手必须具有开二十石强弓的力量，必须有久经训练的极好的目力，这样的射手，在几十万大军中也是寥寥无几的。齐军长于技击，对神射箭术极为推崇，自然是人人知道其中难度，一时间难以相信，却又不敢言声，全场静得空山幽谷一般。

田忌稍有沉吟，断然命令："延长箭道！换神靶！"命令一下，官兵人群自动地哗然后撤，箭道骤然开阔，远处的小小箭靶，如猎场上的一只兔子般隐隐约约。

一名军吏捧上一张长弓、三支铁箭。孟子掂了掂，笑道："请用王弓兵矢。"

军吏困惑："此乃军中最好弓箭，小吏未尝闻王弓兵矢。"

孟子大为叹息："齐为大国，兵械却如此贫乏，何以强兵哉！弓有八种，箭有十二类。王弓力强，远射战车与皮革。兵矢以精铁为镞，长羽为尾，远程射杀才不致飘飞。如此利器，岂能无备？"孟子本是不世而出的教育大师，凡事皆能说得透彻简明且诲人不倦。此时一番评点，军中将士闻所未闻，一时人人咋舌，对孟子肃然起敬。

齐威王高声道："夫子，请用本王弓箭。"说着摘下王车上的长弓与箭壶。

田忌上前接过，恭敬捧给孟子。孟子向齐威王遥遥拱手作谢，接过弓箭一掂道："此弓乃唐弓，此箭乃杀矢。唐弓力

六艺皆通，堪称大才。作者博物广闻，写出来的作品才堪称百科全书式小说。

道厚重，宜于射深。杀矢杆重镞锐，远射稳健，亦算良弓名矢了。上将军，战阵攻杀，仅王者有利器，可是无用也。"

田忌深深一躬："谨遵教诲。齐军当重新改制军器，配置全军。"

孟子不再多说，脱去宽大布袍，露出紧身白布衫裤，两鬓白发衬出沟壑纵横的古铜色面孔，现出一种天命之年饱经风霜忧患的威武稳健。他背起箭壶，执弓试拉，似乎觉得弓箭尚算差强人意，便搭上长箭，缓缓开弓。强劲的唐弓倏忽间满月般张开，孟子双腿前蹬后弓，纹丝不动地引弓伫立，瞄一眼已经很少见他射箭的弟子，殷殷叮嘱："射艺之本，在于力神合一，常引而不发，直练至视靶中鹄心其大如盘、其近在鼻，方可引弓满射。"

话音方落，嗖、嗖、嗖，三箭连发。长箭带着尖厉的啸声，飞向隐隐约约的兔子般的小小箭靶，穿透了靶心。最后一箭穿过靶心时，隐约可见的小木靶轰然倒地，激打起一阵尘土。

全场惊愕有顷，响起雷鸣般的掌声、喝彩声与欢呼声。齐国军兵欢呼雀跃，齐声大喊："请孟夫子为齐军教习！"

孟子穿好长袍，气定神闲地向官员军兵微笑拱手。齐威王已经兴奋地下了车，向孟子一躬到地："夫子艺业惊人，何其深藏不露也？夫子请进亭入座，田因齐有话。"

孟子进入石亭落座，朝臣诸子也都复归原位，凝神聚目于齐王。

齐威王郑重拱手道："夫子深藏艺业之学，田因齐深为感慨。今郑重相求，若夫子放弃仁政礼治之道，即在我齐国任丞相之职，统摄国政，不知夫子意下如何？"

田忌慨然道："孟夫子为齐国丞相，正当其所。"田忌立即响应。

驺忌立即道："我王以孟夫子为相，上顺天心，下应民意。"

倒是稷下学宫的诸子们大为惶恐，轰轰嗡嗡地各抒己见议论起来。

孟子喟然一叹："孟轲之不能放弃仁政礼治，正若齐王之不能放弃王霸之道。道不同，不相为谋。孟轲宁不任丞相，亦当固守孔夫子为政大道。"

尸佼站起高声道："夫子之道，崇高美好，然却远离当今时世，实则以良善之心倒行逆施。若以此道为政，殃及万民。尸佼愿夫子久远治学，莫为卿相！"

慎到也拱手高声道："夫子若能像我法家卫鞅那般，使弱国强大，儒家方有再生之根基。空言复辟井田，犹如水上浮萍，何以为政治国？"

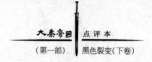
孟子露出了一种悲天悯人的微笑："秦国变法，实乃苛政之变。苛政猛于虎，必不长久矣！我儒家追求大同之境，为万世立极，虽明知不可而为之，无怨无悔。为给人世保存一缕良知，儒家子弟宁杀身以成仁，舍生以取义，绝无苟且。"说罢缓缓起立，走出石亭，来到筵席帐篷中间的大红地毡上，从田忌手中拿过一口长剑。众人不禁大为惊愕。

"齐王并诸位大人，请听孟轲一曲，以为分别大礼。"说罢，孟子踏步舞剑，大袖飘飘，剑光摇摇，俄而长歌，歌声中充满了一种悲壮幻灭：

　　　　礼崩乐坏兮　瓦釜雷鸣
　　　　高岸为谷兮　深谷为陵
　　　　痛我生民兮　遍地哀鸿
　　　　念我大同兮　恍若大梦
　　　　天命何归兮　四海飘蓬

弟子们人人肃穆，低沉苍凉地和唱着："天命何归兮，四海飘蓬……"

歌声反复，化成天地间悠远的回声。在那个风雷激荡铁血竞争的时代，儒家以深刻的智慧、高远的理想与不合时宜的复古主张，被天下大势逼上了祭坛，做了牺牲。两百多年后，儒家又以特有的礼教功能被推上"独尊"的学霸地位，扼杀了一切具有蓬勃生机的主流学派，最终，自己也在悠悠岁月中僵化窒息了。

此节曲调悲壮，喻儒家的不得志。

## 七　申不害变法夭折　马陵道庞涓被杀

路过魏国，孟子想到安邑见见魏惠王。在孟子看来，魏罃这个国君毕竟还算是有敬贤之心的,当初不用自己,也是自己的仁政主张天下皆知,无论哪个国家都不敢用,又何况魏国?辞了齐国,孟子把一切都想透了。儒家与战国潮流是格格不入的,在此等情势下,各大战国还对他孟子待以"王师"之礼,也算难能可贵了。所以,孟子对以往在列国所受的种种礼遇下的冷漠,自觉宽容了许多。路过魏国,便生出了见见魏罃的念头,播撒一些学问的种子,毕竟不是坏事也。

谁知派出公孙丑一探听,魏国竟是去不得了。公孙丑的说法是:"魏国大动,举国躁急,危邦不可居也。"孟子站在辎车伞盖下遥望安邑良久,长长地叹息了一声:"魏罃啊,何须自取其辱?"

"老师,魏国不要复仇,不宜再动了么?"万章显然感到很困惑。

孟子淡淡一笑:"走。三个月内,你等便会明白。"

的确,桂陵之战不但没有使魏国清醒,反而激起了一股同仇敌忾的血气。从魏惠王、太子申、丞相公子卬、上将军庞涓,到军中将士与安邑大梁的国人,无不痛骂齐人鼠窃狗偷、孙膑"废人"阴险狠毒。总之是惊人的一致——魏国不小心遭了一次暗算,齐国其实差得很远。精明开朗的魏人觉得,魏国没有错,灭赵是应当的,回兵援救大梁更是应当的,坏就坏在孙膑阴毒,竟然卡在半道上偷袭!朝野上下对太子与丞相更是一片颂扬,他们率兵"追击"齐军到邯郸,又及时回师,何等英明,否则又被孙膑偷偷摸摸包了进去,损失更大。骤然之间,太子申和公子卬竟自然而然地成了保存魏军"主力"的名将,齐军所消灭的只是魏军的"偏师"而已。

魏国朝野便如此这般地总结了桂陵兵败,汹涌迸发出强烈的复仇呼声。

为了小说的紧凑,为了"成就"秦的"伟业",作者唯有大刀阔斧地让桂陵之战与马陵之战相继发生。史实是二者相隔"十三岁",庞涓没有那么快死。

　　复仇的方略是太子申、公子卬两位"名将"提出来的，归结为"灭韩震齐"四个字。理由是：上次赵国距离太远，孙膑钻了空子；这次魏国全力攻灭距离最近的韩国，孙膑绝没有可能再钻空子；因为，魏国大梁和韩国都城新郑相距仅仅一百多里，且全部是平原地带，风驰电掣的骑兵半个时辰就可赶到；齐国胆敢再攻大梁，正可一举歼灭，收一箭双雕之功效；若齐国不敢来救，魏国灭韩后立即向齐国宣战，一举灭之。

　　"灭韩震齐之要旨，在于诱齐发兵！"太子申振振有词。

　　"齐国若故伎重演，则正中我下怀！"公子卬兴奋补充。

公子卬、太子申，皆非栋梁之材。

　　对两位后起"名将"的周详谋划，大臣们异口同声，赞颂备至。魏惠王更是大为快慰，太子申有如此长进，他做梦也没有想到，顿时觉得对庞涓的依赖减轻了许多。他大手一挥道："太子、丞相良谋若此，本王深感快慰。本次灭韩大战，以太子申为主将，丞相与上将军辅之，报我大仇，兴我大业！"魏惠王甚至没有征询庞涓的看法，而庞涓也始终一言未发。

　　庞涓清楚极了，也痛苦极了，却什么也不能说，什么也不能做。桂陵战败，他最恨孙膑，却又对孙膑的战法有一丝莫测高深的隐忧。他对这位同门师弟的智慧从来就没有低估过，否则，当初绝不会想到除掉孙膑。火急回师的时候，他还不知道齐军的实际统帅是孙膑，否则他可能会谨慎一些。战败之后，知道了这是孙膑的运筹谋略，从心底讲，庞涓已经不再认为这是齐军误打误撞捡来的运气，而认为这是一场精心策划的极为高明的战役。即或在事后想对策，他还是必须回师救援，难道还能真的丢了大梁？而回师救援，还是必须走桂陵山地，还是必然钻入伏击圈。事后都想不出脱困对策，能说孙膑不是精心运筹？尽管如此，他却只能跟着魏国上下人等大骂齐国卑劣，而不能真正讲出自己的想法，否则，等于宣告自己根本不是孙膑的对手。为了上将军权力不会被剥夺，他必须迎合那些平素极为蔑视的酒囊饭袋，且不能揭破太子申与公子卬的谎言。而只要他庞涓这个货真价实的名将不提出异议，魏国庙堂这种惊人的一致就会包容每个人。如果说，这些带给庞涓的还仅仅是痛心和压抑，那么魏王任命太子申为伐韩主将，则使庞涓感到了莫大屈辱。太子申比公子卬还要酒囊饭袋，还要志大才疏。这样一个"统帅"，再加上一个善于逢迎的油滑的公子卬，自己这个上将军岂不是成了一个只能领命作战的前敌先锋？战胜了，主要功劳肯定与自己无缘，战败了，罪责则无疑将由自己一人承担。

这种尴尬，庞涓还真是第一次遇到。没有争到丞相，他已经很是窝火了，而今连上将军也弄成了名不副实，两个酒囊饭袋顶着"名将"的光环架在他头上，这仗能打好么？军权贵专，号令贵一，所以才有"将在外君命有所不受"的典训。这是人人皆知的常理。庞涓身为名将，平日更是厌烦庸君权臣对军旅兵事的干预。而今，最厌烦的事恰恰在最要命的时候无端落在自己头上，且还不能反对，当真令庞涓吃了苍蝇一般。

难消胸中块垒，庞涓回到府中就病倒了。

安邑没有秘密。就在魏国确定灭韩大计的同时，消息已经沸沸扬扬地传播开来了。朝野振奋，魏国上下又一次激昂起来了。韩国商人大为惊慌，立即快马飞报新郑。

韩国丞相申不害接到急报，冷冷一笑，立即进宫。

从第二日起，新郑开始了大规模的防御准备。大捆大捆的箭矢、长矛、刀剑，无数的滚木礌石，专门用来焚烧云梯的牛油火把以及大筐的干粮干肉，被运上四面城墙囤积起来。

战国养士用间成风，几乎没有秘密可言。

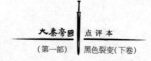
新郑本来是春秋时期郑国的都城，城池不大，却有两个极为突出的特点：一是城墙宽阔高峻，且全部用石条和特制大青砖砌成，女墙箭楼更是全部用石料筑成。二是城外有一条宽约三丈的护城河，水源引自城外流过的洧水，滚滚滔滔，与寻常护城沟河的小水细流相比，的确是难以逾越。从春秋时起，新郑就享有"深沟高垒，金城汤池"的威名，除了围困，从来没有被真正攻克过。韩国迁都于新郑，看重的也正是新郑雄踞沃野而又易守难攻的长处。而今韩国已经变法十六年，国力军力皆大有增长，攻灭别国虽力不能及，然要固守自保，显然游刃有余。这正是申不害的信心所在。

变法期间，申不害强行取缔了旧贵族的私家武装，纳入国府统辖，将全国军马整编训练为八万新军，四万分布在周边要塞，三万驻扎在新郑城外，一万驻扎在新郑城内。申不害自认"法家为主，杂学深广"，对兵事颇为通达。韩国新军的整编训练，申不害始终是事必躬亲，严格督导，将一支新军确实训练得有了"劲韩"气象。恰逢韩国没有带兵名将，韩昭侯对申不害又信任有加，申不害便自领上将军，权兼将相，统摄国政。申不害认为，韩国的变法已经完成，剩下来的就是吞灭几个小诸侯，开拓国土增强实力，然后相机与大国抗衡。目下韩国毕竟太小，又夹在几个大国之中，没有纵深可供回旋。这一点，韩国甚至不如秦国。秦国有广阔的陇西纵深，丢了关中也不至于亡国。韩国则不同，新郑一失，敌军铁骑一夜之间便可踏遍腹地，逃无可逃，只有亡国灭族。基于这种判断，申不害对韩昭侯提出了"吞并周陈，开疆拓土，十年大国称王"的方略。韩昭侯大是欣然，下令申不害全权筹划总领。

申不害成算在胸：两年灭周，吞并周室的三川地区；一年灭陈，吞并淮水北岸的山原要塞；而后几年，再相机从齐楚两大国的夹缝里抢得宋、薛、邹、鲁任何一两个小国，韩国就成了地广三千里的大战国，一展雄图当非难事。

就在申不害雄心勃勃地将要开始动手时，魏国却要来灭韩。

申不害大是愤然，对韩昭侯慷慨陈策："魏国强大，韩国不得不先行放弃灭周灭陈大计，联合齐赵两国，全力抵御魏国。战胜之后，韩国挟战胜之威西进灭周，南下灭陈，则更为顺利。由此观之，魏国攻韩，未尝不是好事。此中关键，在于韩国要顶住魏国攻势。只要新郑不陷落，韩国的霸业大计，就功成泰半！"

韩昭侯频频点头，当场赐申不害名贵甲胄与绣金斗篷一领。

申不害向齐国赵国派出紧急特使，请求与两国结成盟约，共同对付魏国。赵国已经从邯郸大战的噩梦中清醒过来,国力有所恢复,赵肃侯立即答应结盟,届时从魏国背后袭击。齐国则表示盟约暂不缔结,但一定不会坐视韩国民众的兵灾。两路特使回报,申不害顿时安心。这个结果是他早预料到的,赵国和魏国有了仇恨,自然是一拍即合。齐国已经成为隐隐然与魏国争霸的超强战国,极希望魏国消耗国力;其所以不愿过早地与韩国结盟,是怕魏国知难而退,这场大仗反而打不起来了。

韩国寻求的最佳结果是,三国盟约达成,迫使魏国不敢攻韩,韩国便可以继续灭周灭陈大计。齐国却恰恰相反,是希望大战发生,方能趁机再度打败魏国,所以不能与韩国达成盟约。赵国力量大大削弱,不能单独对魏国作战,自然对加入"反魏联盟"极为热衷。申不害对这种邦交诈道深知就里,岂能一厢情愿地自顾做梦?但无论如何,齐国会救援韩国,此乃铁定。因为这不是韩国利益,而是齐国必然要寻找机会压倒魏国所决定的必然路径。

申不害立即向韩国臣民公布了"与齐赵结盟抗魏"的大好消息。韩国人心里有了底,抵抗魏国的斗志倍加高昂,新郑城弥漫出大战将临的紧张气息。


魏惠王虽然气昂昂地宣布了太子申为灭韩统帅,但心中总觉发虚。公子卬何等机警,见魏惠王沉吟不语,自然是心有灵犀,一脸肃然地提出:"太子身系国家安危,不宜前敌涉险。臣以为,灭韩大战仍当以庞涓为主将,臣辅之,太子为统帅,总监诸军为上策。"魏惠王欣然赞同,明下王书改变部署:"灭韩战事由上将军庞涓统领,太子申统帅,总监诸军。"

王书下到上将军府,这才使庞涓有了一个台阶。虽说这"统帅总监军"的名头闻所未闻,"统领"的职分也颇为含糊,实在是兵家大忌。然则事已至此,魏惠王在热昏的朝野共识下,明摆着教他做实际主将,让太子这个"名将"做只立功不受过的统帅。有何办法?除了归山,庞涓只有接受。想了两天,庞涓还是带病出征,挑起了这副重担。

一旦回到中军幕府,庞涓立即精神大振,将诸般龌龊丢在了脑后。经过一个月夜以继日的准备,庞涓终于发出号令,魏国主力大军秘密向韩国进发。

公元前342年初夏,魏国终于发动了灭韩大战。

庞涓对各国地形要塞及军力部署,历来非常清楚,哪国稍有变更,他便在那幅秘密地图上做出记号。对于韩国这般土地狭小的国家,他更是了如指掌。庞涓的进兵方略是:

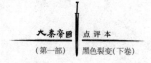
　　第一步，派出一万精锐步卒秘密堵截洧水上游，使新郑的护城河变成一条干沟。

　　第二步，派出五万骑兵，在一个月黑风高的夜晚衔枚疾进，突然插进新郑城外的三万韩军与新郑之间，发动猛攻，将三万城外韩军一举击溃。

　　第三步，派出六万重甲武卒扼守新郑城外的三条要道，狙击有可能从韩国周边要塞赶来救援的四万步骑大军。

　　最后一步，自己亲自统率十万主力大军从东北两面泰山压顶般猛攻新郑。

　　为了避免混乱，庞涓没有教太子申与公子卬独当任何一面，而只请他们以三军统帅与副统帅的尊贵身份，高车驷马地随同中军前进。这样做，其实正中公子卬下怀。太子申还有些不满，被公子卬一番附耳低语，说得大展眉头，不再要求独当大任了。

　　三天之内，庞涓的外围作战全部顺利完成，做好了对新郑的攻城准备。

　　申不害有些慌乱了。他没有想到洧水断流，更没有想到城外驻军被一举击溃。更要命的是，周边要塞驻军的来援要道，竟也被全部卡死了。突然之间，新郑变成了一片孤岛，城内的一万多军士成了唯一的支柱。明摆的大势，如果齐国赵国没有主力大军前来救援，新郑就是砧板上的一块鱼肉。

　　"庞涓竖子，当真狠毒！"申不害站在新郑城头，遥望原野上连绵不断的红色军营，就像秋日里火红的枫林，不禁佩服庞涓的用兵狠辣，竟觉得颇合自己胃口。

　　本来，任何一座都城里都不可能驻扎主力大军。所谓城防，更主要的是城外要塞与城外驻军。城内驻军只能对付小型攻击，更主要的功能是防止内部动乱。城外大军与城内驻军相互策应，才是全面防守。从这一兵家典则出发，申不害在城外驻扎三万大军，是兵家正道，是真正的城防力量。但申不害万万没有想到，魏军的精锐铁骑在平原上战力太强，韩军竟在一夜之间被分割击溃。如此一来，形势大变，新郑城西南两面的洧水，如今既阻挡了突围之路，也阻挡了援救之路。东北两面的三条大道也全部被堵死，且还有十万魏国大军的猛攻，纵能冲出重围，显然也是自投罗网。

　　为今之计，只有依赖新郑的城墙和城内充足的粮草，做拼死一战了。

　　庞涓自然不会给申不害留下喘息机会，大军一到，立即猛烈攻城。

　　第一波攻势，是在五万强弓硬弩的掩护下，五万步卒全力冲到城下，填平护城泥沟。护城河虽然断水，但仍然是两丈多深三丈多宽的泥泞大沟，云梯无法推进，是全面攻城的最大障碍。在雷鸣般的战鼓中，魏武卒的强弓远射发挥出强大威力，密如骤雨的羽箭封锁了女墙的每个垛口，韩军根本无法抬头，只有偶然推下的几根滚木轰隆隆砸下，反倒滚入护城河替魏军填了沟。魏军五万步卒分为三个梯队，人手一张大铁铲，猛扑沟边铲土填沟。半个时辰轮换一次，不消几个时辰，大沟便被填成了平地。

此时日近暮色，庞涓下令休整一个时辰，扎好营寨半餐饭食。天黑时，魏军展开第二波夜间猛攻。但见火把之下，庞涓手执长剑，顶盔贯甲，站在距城墙不到一箭之地的一架云车上，亲自指挥攻城作战。太子申与公子卬两位统帅，则站在远离城墙三箭之遥的云车上观看战况，津津评点，犹如市井看社火一般。

夜幕下的广阔平原上人喊马嘶，火把连天，鼓声杀声震天动地。新郑城头也是灯火连绵，韩军盔明甲亮，人人奋勇做殊死搏斗。申不害命令运来大批猪牛油脂，分装于陶罐，齐齐地摆在女墙之下。火把下魏军攻到，韩军立即将油脂陶罐狠狠砸向云梯。在陶罐油脂炸开，溅满云梯和魏军步卒的刹那之间，能够持久燃烧的牛油火把也随之摔下，轰然一声，烈焰飞腾，魏武卒连连惨叫着翻滚摔落。随后密集的滚木礌石从城头滚砸压下，将云梯拦腰砸断，将魏军士兵砸死在城墙之下。魏军虽有强弓硬弩，但这种远射兵器在夜间攻城中却难以使用，否则会误伤自己士兵。毕竟，箭矢再多也有限，射出去又收不回来，如何能无限度滥射？

夜攻两个时辰，对新郑城无可奈何，庞涓下令停止攻杀。

当夜，韩国外围要塞立即派出多路特使，飞骑驰向临淄和邯郸，催促两国发兵救援新郑。接到求救急报，赵肃侯本欲立即起兵五万，袭击魏国北部。但上大夫腹击却力主不能妄动，应当和齐国同时发兵，否则，万一齐国不动，赵国将陷于危险境地。赵肃侯猛然醒悟，立即改变主张，一面答应出兵，一面派特使入齐探听齐国的真正意图。

齐威王稳住两国特使，与田忌立即来见孙膑。

孙膑在桂陵之战后，再三辞退了上卿高位。齐威王仍然保留了孙膑的"军师"封号，以上大夫规格专门为他建了一座八进府邸。府邸的右跨院是一片十多亩地大的园林，竹林茂密，池水清澈，假山石亭，分外幽静。孙膑又在竹林中建了几间茅屋，大部分时光便都在这座园林度过，正院府邸反倒空了起来，仅仅成了聚合少数几个稷下学子的场所。孙膑深居简出，极少与官员来往，除了使女推着轮椅在竹林漫游，便沉浸在茅屋书房里，或刻简或读书，倒也悠闲自在。经过一场人生巨变，孙膑的将相雄心已经化成了散淡的隐士情怀。他唯一的寄托是两件大事，一件是整理先祖兵书，写一部自己的《孙

膑兵法》；另一件，与庞涓再打一场大仗，一抒胸中块垒。他料定，庞涓决然不服上次的失败，魏国朝野上下也同样不服。任何事情都可以退避三舍，唯独在兵学战阵的较量上，孙膑绝不让步。且不说兵法战阵之学是他生命的全部意义，就说自己是兵圣孙武的后裔这一条，孙膑也不想给祖宗丢脸。他之所以还没有隐居山林，就是在等待这次大战。打完这一仗，他就该进山写书了。

齐威王和田忌直接来到园林时，孙膑正在茅屋中读《吴子兵法》。

"先生对吴起兵法，可有评点？"齐威王笑问。

孙膑淡淡笑道："吴子为距今最近的名将，一生与诸侯大战七十六次，战胜六十四次，战平十二次，未尝败北，自是堂堂正正的兵学大家。然则，吴子为时势所限，尚无大规模的步骑野战，其兵法主旨在于强军之道，缺少战场谋划之道。究其竟，其时攻防之战粗朴简约，军旅要害在于精兵，而不在良谋。吴子兵法所短，正在于良谋不足。吴子久为魏国上将军，此精兵传统已植根于魏国军队，正与庞涓所长不期而合，亦正与庞涓所短不期而合。时也，势也。"不禁感慨叹息。

田忌笑道："先生之意，步骑野战，奇谋可抵精兵？"

孙膑大笑："若有精兵，自然更佳。"

齐威王见使女上茶后已经退出，落座拱手道："魏军已经大举攻韩，先生有何见教？"

孙膑丝毫没有感到惊讶意外，淡然笑道："魏韩大战与魏赵大战不同。其一，韩国虽小，战力却强于赵国。其二，魏国与新郑相距不过百余里，与邯郸相距却有四百余里。其三，此次庞涓有太子申与公子卬掣肘，对手又是略通兵法且坚忍不拔的申不害。有此三不同，齐国一定要发兵救韩，而且能再胜魏国，为齐国大出奠定根基。然则，一定不能急于发兵。"孙膑虽然不假思索，却说得很慢。

齐威王会意地点头："先生以为，发兵时机当如何确定？"

"以臣预料，申不害虽只有万余兵力，却足以抗击魏国三月左右。其时韩国消耗殆尽，魏军亦急躁不安，齐国与赵国同时出动，当可大胜。"

"好！就以先生谋划。仍是先生与田忌统军。"齐威王拍案定策。

"我王，上将军统帅，臣只是军师。"孙膑纠正得很认真，齐威王与田忌不禁笑了起来。

韩国特使得到齐威王"稍做准备，即发救兵"的确定答复，未敢停留，星夜回韩，放出久经训练的信鸽进入新郑。这时的新郑，已经顽强抵御了一个多月，军民伤亡两万有余,国人军兵疲惫不堪,士气渐渐低落。申不害得到信鸽传书,立即向新郑军民宣布了"齐军将不日出兵救援"的消息。新郑军民看到了希望,精神大振,士气重新高涨。好在新郑城内粮草兵器倒是充足,只要有人作战,再挺一段也非难事。申不害抓紧时机补充新兵,将城内五十岁以下十五岁以上的男子,全数征发为军卒,居然有一万之众,与剩余的五千多精兵混编,新郑城头居然又是旌旗招展,盔明甲亮,军卒密布,没有寻常山穷水尽的样子。

庞涓久攻不下,本来就非常恼火,见新郑城头骤然威风抖擞,仿佛向魏军挑战一般。庞涓不禁大怒,登上云车高台,仔细观察半日,不禁哈哈大笑。回到幕府大帐,庞涓当即召集众将下令:"新郑已经是孤注一掷,回光返照。我大军明日开始轮番猛攻,昼夜不停,一举拿下新郑!"部署好兵力与攻城方法,魏军当夜偃旗息鼓。

此日清晨,太阳尚未出山,魏国大军列阵。庞涓登上高高云车,遥遥可见北门中央箭楼垛口的申不害,两人都是大红斗篷,相互看得很是清楚。庞涓长剑指向箭楼,高声喊道:"申不害,本上将军敬佩你硬骨铮铮,已经下令不对你施放冷箭,我与你堂堂正正地见个高低,如何?"申不害哈哈大笑,长剑直指:"庞涓,本丞相一片孤城,无法像孙膑那样与你斗智,就与你硬拼一场,宁为玉碎,不为瓦全!"

庞涓听申不害用孙膑嘲笑他,顿时脸色铁青,令旗一劈,战鼓骤然雷鸣而起。

魏军开始了猛烈进攻。全军分为四轮,每轮两万精兵,猛攻两个时辰便换上另一轮。如此保持每一轮都是精锐的生力军。新郑守军本来就兵力单薄,加之又是新老混编,不可能同样轮番替换,只有全体在城头死守。

几个昼夜下来,新郑城头的女墙,已经被一层又一层鲜血糊成了酱红色,血流像淙淙小溪般顺着城墙流淌,三丈多高的城墙,在五月的阳光下猩红发亮。面对城下震天动地的喊杀声,韩国守军个个血气蒸腾,杀红了眼,喊哑了嗓,只能像哑巴一样狠狠地挥舞刀矛猛烈砍杀。所有的弓箭都被鲜血浸泡得滑不留手,射出去的箭,如同醉汉一般在空中飘摇。所有堆积在城墙上的滚木礌石砖头瓦块,都带着血水汗水以及黏黏糊糊的饭菜残渣滚砸下城墙。刀剑已经砍得锋刃残缺,变成了铁片,也顾不上换一把。每个韩国军士,无论新兵老兵,全都杀得昏天黑地,血透甲袍。后来干脆摔掉甲胄,光着膀子,披头散发地死命拼杀。但不消片刻,每个人又都变成了血人,连白森森的两排牙齿也变得血红血红。

新郑的民众，更是老幼男女一齐出动，向城头搬运滚木礌石。最后又开始急拆民房官署，将所有的木椽、砖头、瓦片一齐搬上城头，充做滚木礌石。眼见繁华街市被拆得狼藉废墟，新郑民众的一片哭声变成了恶毒的咒骂，最后连咒骂也没有了时间，只有咬牙飞跑。街道、马道、废墟、城头，累死压死战死哭死者不知几多，尸体堆满了巷道，却是谁也顾不上搬运。官吏、内侍、宫女与所有嫔妃，在太子率领下也气喘吁吁地出动了。十余万人口的新郑举城皆兵，只有韩昭侯一个人没有出宫了。

申不害已经没有时间在箭楼指挥了，奔跑在各个危险地段，脸上又脏又黑，胡须头发散乱纠缠，双手挥舞着带血的长剑，到处连连吼叫："杀！守住！齐国援兵就要到了！到了——"仿佛一只被困在笼中的猛兽。除了那件早已经变成紫黑色的"红色"斗篷，他和每一个士兵已经没有任何区别了。

城下的魏国军阵中，太子申与公子卬生平第一次见到如此恶战，两个多月"督察"下来，经常面色煞白，心跳不止，连连呕吐，常被护卫军士扶回大帐。高台上的庞涓却是恶气难消，这是他军旅生涯中所遇见的最大的硬仗恶仗，已经死伤了两万精锐武卒，新郑城竟然还是没有攻破，当真是不可思议。今日他心里很清楚，这是最要紧的关头，再咬牙猛攻两个时辰，韩国人的意志必然崩溃，绝不能给申不害一丝喘息机会。

看看西下的落日，庞涓高声下令："晓谕三军，猛攻两个时辰，今夜拿下新郑！"

高台四周的传令军吏立即四散飞马："猛攻两个时辰！今夜拿下新郑！"

魏军士气振作，一个冲锋大潮喊杀涌上，可是冲到城下，血糊糊的云梯搭上血糊糊的城墙，立即就滑倒在城下。纵然侥幸搭住，士兵刚踩上去，脚下就滑跌下来。加上城头守军不断用长钩猛拉云梯，砖头石头不断砸下，半个时辰中竟没有一副云梯牢牢靠上城墙。大军恶战，任何荒诞神奇的功夫都派不上用场，纵然有个别人能飞上城墙，面对汹涌的死战猛士也肯定是顷刻间化为肉酱。这里需要严格的配合与整体的力量，去一刀一枪地搏杀，而不是任何奇能异士的一己之力所能奏效的。

庞涓作为久经战阵的大将，自然深知其中道理。他接到三次无法攀城的急报后，愤然高喊："停止攻城。"

一阵大锣鸣金，魏军武卒一下子全瘫倒在了城下旷野。

城头韩军，也无声地伏在城墙垛口大喘气，连骂一声魏军的力气都没有了。

夕阳残照，萧萧马鸣，战场骤然沉寂下来。城头烟火弥漫，缓缓飘动着血染的战旗。

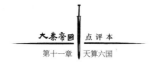
城下也缓缓飘动着血红的战旗,烟火弥漫在茫茫旷野。到处都是鲜血,到处都是尸体,到处都是伤兵,连兵刃的闪光也被血污掩盖了。

申不害站在城头箭楼,庞涓站在阵前云车,两人遥望对视,伸出长剑互相指向对方,却都没有力气再高喊一声。

新郑宫殿的廊柱下,韩昭侯木呆呆地伫立着。几只乌鸦扑棱棱飞来,惊得他打了个激灵。骤然的沉寂,使他觉得阴森可怖,连那昏黄的夕阳也扑朔迷离起来。仗打了这么长时间,他始终没有迈出宫门一步,但心里却很清楚,新郑将要湮灭了。一国防守,连太子嫔妃宫女内侍官吏都出动了,这仗还打得么?面对魏军,能撑持这么长时日,已经难得了,韩国亡于一场恶战,也算对得起列祖列宗了⋯⋯突然,一阵沉重的脚步声响起,在死一般寂静的大殿竟像雷声一样。韩昭侯不禁一阵恐慌,难道魏军破城了?抬头盯视宫门,却见一个长发散乱的血人披着一领滴血的斗篷,缓缓向他走来。

仿佛白日见鬼,韩昭侯伸手一指,面色煞白,骤然软瘫在廊柱下,语不成声。

"臣⋯⋯申,不害,回,来了⋯⋯"血人嘶声低语,软软瘫倒在门柱下。

韩昭侯两腿发软,靠着廊柱长嘘一声:"丞相⋯⋯辛苦,你了。"

"君侯,庞涓,攻不动了。一片,血城。云梯,没用了!"申不害突然放声狂笑起来,嘶哑得像是惨嚎,森森然在大殿回荡。

韩昭侯一阵发抖,久久沉默:"丞相,这仗,不打也罢⋯⋯"

申不害却突然站起,带着一身血腥,起起走到韩昭侯面前嘶声喊道:"如何?君侯害怕了?不能啊。齐国快来了!他们就是要等韩国人鲜血流干,才肯发兵!君侯,三天之内,必有救兵!要挺、挺起来!你是韩国君主,君主!"

韩昭侯依旧木然沉默。

"君侯⋯⋯到城头,抚慰一番,将士们。"申不害连眼泪也没有了。

韩昭侯费力地倚着廊柱,站了起来,叹息一声,跟着申不害,走出了空旷的宫殿。

新郑城头。夕阳将没,旷野中血红的魏军营寨和血红的新郑城融成了一片,在血红的霞光下弥漫着红色流光,荒蛮而又迷离怪异。士兵们都变成了血人,全部躺在城垛下昏睡,分不清是死人还是活人,也没有一个人站起来迎接君主。韩昭侯想说话,嘴唇却只是簌簌抖动着,一个字也吐不出来。他步履蹒跚地走到垛口前,费力地扶住女墙,手却胶粘在温热的糊糊中,猛然缩手,却见双手沾满了黏稠的淤血!他惊叫一声,骤然一阵恶心，猛烈地呕吐起来……原野的血色军营，化成血海巨浪，向他迎面扑来！他大叫抬头，火红的霞光又燃成漫天大火，向他烧了过来！惊骇低头，血兵们竟然一个个站了起来，僵硬地向他逼来……

韩昭侯惨叫一声，狂笑不止，手舞足蹈间滚倒在地，骤然变成了一个血人，毛发贲张，森森可怖。

"君侯——"申不害觉得不妙，立即抢上前来。

韩昭侯猛烈旋转，陀螺般不能停止。猛然，他长嚎一声，口中鲜血箭一般喷出，软无声息地倒了下去。

"君侯……"申不害趴到韩昭侯尸身之上，久久不动，无声无息。

太阳落山了。暮色苍茫，城头原野一片死寂。申不害终于抬起头来，抚平了韩昭侯惊恐圆睁的双眼，站起身来，脱下自己那件浸透鲜血的战袍，轻轻覆盖了韩昭侯，恭恭敬敬地躬身三拜。申不害凝视着西方的落日，缓缓抽出长剑："君侯，士为知己者死，申不害岂能独生？"安详地倒转长剑，猛地刺入了自己腹中。

鲜血飞溅，城头笼罩在无边无际的夜色之中。

在这刹那之间，申不害蓦然想到了秦国，想到了卫鞅，想到了那个至今不知姓名的"高人兄"——韩国的变法夭折了，自己与卫鞅较量变法，也是自己惨败了；成者千古不朽，败者万世笑柄，一切都随着这场血战泯灭了。难道，这就是天意么……申不害费力地睁开眼睛，最后看了一眼已经变成了紫色的新郑箭楼，大叫一声，颓然伏在了韩昭侯身上。

纯属虚构。

一阵急骤的马蹄声，撕碎了原野军营的寂静。庞涓霍然警觉，执剑冲出幕府。战马人立嘶鸣，骤然停顿间骑士已经滚下马来扑倒在地："上将军，大梁危机！王命急救……"特

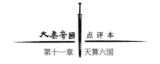

使从怀中摸出已经被汗水浸湿的一卷竹简,昏倒在地。

庞涓怒喝:"三军拔营!回师大梁!"

庞涓怒火中烧。即或在攻韩最激烈的时候,他也没有忘记齐国援救的可能。而在内心,他把与孙膑再次较量,看得比攻韩重要一百倍,纵然灭了韩国,天下也不会因此而赞颂他,因为韩国太小,申不害也不通军事。齐国孙膑则不同,孙武之后,名门高足,同门师弟,又有桂陵大败庞涓的皇皇战绩;只有孙膑才是庞涓真正的对手,也是庞涓面前的"龙门"。打败孙膑,庞涓才称得上真正的名将。否则,庞涓在天下永远都只是一个二流将领。高傲而又雄心勃勃的庞涓,岂能如此屈辱地断送自己?这个孙膑也真是利令智昏,竟敢故伎重演,难道庞涓真是白痴不成?

正在拔营之际,又接快马急报,赵国八万精锐骑兵,由上党渡少水直扑安邑。

庞涓没有片刻犹豫,立即"命令"太子申与公子卬分兵三万,北上截杀赵军。已经大乱方寸的两员"名将"立即高兴地接受了。他们很清楚,安邑本来就有一万守军,再加上龙贾的几万河西守军可以随时策应,救援安邑当然是有惊无险。若要去打连庞涓都不是对手的孙膑,那可是九死一生。庞涓也乐得支走这两个大权在握却又酒囊饭袋的累赘,利利索索地与孙膑大战一场。

一个时辰后,训练有素的魏军兵分两路。庞涓自领十万大军全速疾进,直扑大梁。

大梁城下的齐国兵马竟然没有撤退,继续猛烈攻城。直到看见铺天盖地的火把,齐军才突然从大梁城下消失。大梁人的欢呼声浪还没有沉寂,庞涓自领的前军马队已暴风骤雨般卷到了。登高一望,庞涓遥遥可见齐军遍野北去,火把旗帜散乱无序,断然下令:"全力追击!一举击溃!"

漆黑的原野上,魏军的铁甲骑兵风驰电掣般向北追击,步兵则从距离骑兵数里之遥的另一条大路兼程疾进。天亮时分,追到济水南岸,齐军堪堪渡河北窜。再次登高远望,庞涓已经清楚了,齐军的撤退路线是顺长垣、东郡北上,进入齐国境内的东阿。这条路大约七八百里,在东郡之前没有山地。而东郡到东阿的二百余里中,只有一片小山,也不足以设伏偷袭。况且,以魏军铁骑与武卒的追击速度,在东郡之前的五百多里一定能够截住齐军,决然不会进入东阿以南的马陵山地。

庞涓思虑停当,下令军吏清点齐军留下的军灶。不消片刻,军吏回报:"军灶六千有余。"按照军中定规,一灶可供三十人的战饭,六千多军灶,说明齐军攻击大梁出动了将近二

十万大军。这正是齐国军队的常数。庞涓不禁冷笑，别看齐军比魏军多了几乎一倍，但还是经不起魏军的强大冲击。这一点，大约齐国人自己也知道，否则，何必仓皇逃窜？孙膑纵然善于运筹，仗还得兵士来打，只要追上齐军，孙膑的任何计谋都会无从施展。

庞涓下令，就着齐军军灶埋锅造饭，半餐后携带三天干粮干肉，一气追击。

太阳出山时，魏军渡过济水。两个时辰后，齐军旗帜遥遥在望。魏军士气大振，呼啸猛追。奇怪的是，总能看见旗帜散乱的齐军，却硬是无法追上包抄。

庞涓自然无从知道，前面"逃窜"的，恰恰是齐国善于骑射技击的三万精锐骑士。

为了这场大战，孙膑可谓处心积虑。当他对田忌说还是采取上次打法时，田忌惊讶得说不出话来。面对庞涓这样的沙场宿将、兵家名士，岂能再次教他钻入圈套？孙膑却说："庞涓熟读兵书，却又刻板过分。此次，教他觉得自己是在按照兵法行事，而齐军却反其道而行之，诱他入伏。此谓兵不厌诈。唯其故伎重演，才能激怒庞涓追歼齐军。"虽然有理，田忌还是有些忐忑不安，及至亲自率领三万精骑将庞涓引诱过了济水，田忌才大大松了一口气，不禁对孙膑的谋划由衷叹服。

这次攻击大梁，孙膑做了不同于上次的安排：五万骑兵，两万步兵，旗号营寨打出十五万大军的声势；同时在新郑大梁之间，遍布装束成庶民模样的斥候，随时回报魏军动静；魏军回援的前一天，两万步兵已经撤离，另外两万二流骑兵也提前两个时辰撤离；三万精骑由田忌亲自率领，诱敌深入。沿途路径与各种细节，孙膑都一一做了精细部署。部署妥当，孙膑便坐镇伏击山地，秘密调集齐国境内没有出动的步骑大军，专门在夜间向这片山地兼程进发，做好充分的伏击准备。

追击到当天晚上，庞涓大军已经越过长垣，发现齐军的灶坑锐减到四千。分明是齐军逃亡很多，兵员大减，只剩下十一二万了。庞涓下令继续猛追，第二天午后，已经进入大河东岸的濮阳地面，再往前不到一百里，便是东郡山地了。此时庞涓有些犹豫，清点齐军灶坑，却只剩下不到两千。此时前军骑兵恰又俘获了两百多名溃散伤兵，还有几百名溃散的齐军步卒前来投降。经过缜密讯问，方知齐军沿途逃亡严重，只剩下了七八万人马，步卒们都走不动了，齐军几乎就要崩溃了。

"孙膑可在军中？"庞涓威严地问一个百夫长。

"军师与步卒同行，一个百人队轮换抬着。上将军率领骑兵掩护。"百夫长很沮丧。

庞涓高声下令："后军五千，留守辎重。全军轻装疾进！"

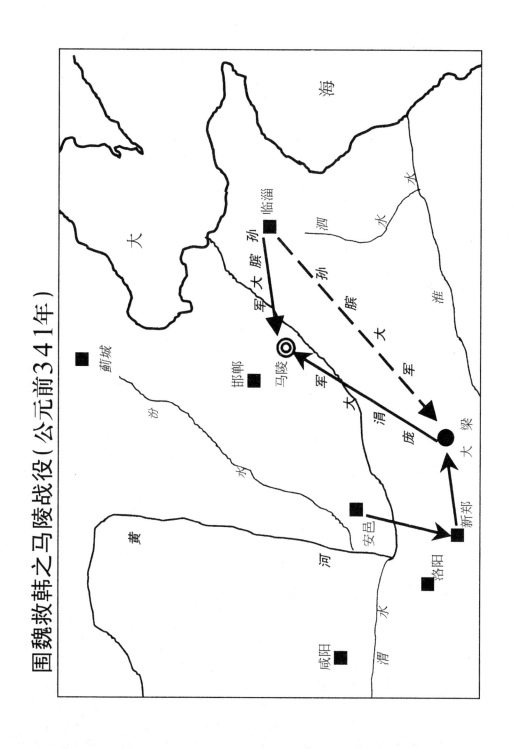

围魏救韩之马陵战役（公元前３４１年）

片刻之间,魏军甩下各种车辆云梯帐篷炊锅等,全副轻装,向北猛追,决意要在东阿之南截住齐军一鼓全歼。庞涓派出五十名军吏在路边奔驰穿梭,向大军高喊:"擒杀孙膑田忌者,封千户!"魏军士气大振,呐喊呼啸着:"擒杀孙膑田忌!杀!"卷起漫天烟尘,在广阔的原野像滚滚沉雷向北压来。

孙膑的大军,此刻正埋伏在齐国边境重镇东阿以南百余里的马陵山地。这片丘陵地带,当时尚是卫国土地。由于卫国弱小,夹在魏齐两大国中间奄奄待毙,所以对任何"假道"大军都无力干预,只好听之任之。这片山地,不是险峻高绝的兵家险地,寻常人甚或连名字也叫不出。从地形说,西南是平原,穿出山地又是平原,山前山后没有大河,全部山地只有二三十里。这种半山半原的丘陵,对于闪电般的精锐铁骑,实在算不得险地。但是孙膑看中的,恰恰是它貌似平庸这一点。他当初被齐国特使秘密救回的时候,走的就是这条山道。对地形地貌有着本能敏锐的孙膑,本来躺在车中,过山时却爬起来看了整整一个时辰。

兵贵山水。河流高山从来都是兵家必须刻骨铭心的,看得透,用得好,一条河流一道山原,足可抵十万大军。孙膑留意到这片看似舒缓的马陵山地,实则是外圆缓而内险曲。山口是舒缓的小山包,大道宽阔,可是越往里走越是狭窄曲折,两边山势也随之高了起来,加之山体土多石少,所以林木特别茂密。孙膑熟悉庞涓,也知道他手中有老师赠送的一幅"天下山水图",庞涓不可能不知道这片山地。但是,庞涓肯定没有亲自走过这条山道。这是孙膑特意查过的。山中学兵时,两人一起游历天下,但都是名山大川,如何能走遍每片山地每条河流?知名不知实,恰在知与不知之间。孙膑利用的就是庞涓这种缺陷,料定庞涓会因为知道这片山地而不会过分小心。更重要的是,孙膑将庞涓进入山道的时间挤在了晚上,使齐军能够最充分地发挥这种出乎意料的地形战力。

日落之前,孙膑秘密增调的十多万步兵已经全数到位,北面的出口已经被堵死。封堵南面山口的骑兵,也已经等候在十多里之外的密林中。他要将庞涓的十万人马,全歼在这条默默无闻的马陵道。

夕阳将落,高山顶上的孙膑看见南边原野上漫天烟尘暴起,不用斥候回报,也知道庞涓大军到了。不消一刻,便看见前边"逃窜"的齐国骑兵,散乱的旗帜和毫无章法的乱兵洪水般汹涌而来。将近谷口时,田忌的护卫军马连中军大旗都丢了。一时间,齐军丢盔弃甲,兵器遗落,惊慌失措地拥进了山谷。

孙膑不禁笑了。

　　五月天长,太阳虽已经落山,原野的景色依然遥遥可见。一片暮色中,可见旌旗招展杀声震天,庞涓大军排山倒海般压来。接近山口,前军骤然勒马,一片战马嘶鸣响彻原野。庞涓飞骑赶到前军,长剑一指:"前方是马陵道,穿谷而出便是开阔平原。我军入谷,两骑并行,前后相随,宜快不宜慢。出谷后立即展开,截杀齐军! 点起火把,入谷!"

　　"点起火把! 两两入谷!"前军主将高声下令。

　　骤然之间,火把照亮了广阔的原野。魏军铁骑井然有序地高举火把,走马入谷。

　　山风吹拂,高山顶上的孙膑哈哈大笑:"庞涓哪庞涓,你也有今日也!"

　　田忌的精锐骑兵一进入山谷,立即从事先开辟好的小道,分东西两路反身出山,加入堵截南山口的骑兵大军。一万多齐国步兵立即接替了"逃窜",丢盔弃甲地向深山逃去。魏军入谷,不断清理着道中丢弃的兵刃与木石障碍,遥遥可闻前方的马嘶人喊,对追上齐军深信不疑,便只顾急急赶路。火把照耀下,却见山道越来越窄,越来越崎岖难行,堪堪两骑并行就塞满了山道。山弯频频,竟将大军分割得前不见后,后不见前,长蛇般在谷中穿行。

　　大约半个时辰,庞涓的中军精锐进入崎岖险道,后军也已经进了山口。庞涓已经觉察到这山道崎岖狭窄得大出所料,然则已经进入,只有尽速通过,断无后退之理。他断然下令:"全军下马,人马并行,尽速出谷!"

　　刚刚传出命令,前军斥候急报:"前方道旁有异情,前将军请上将军速往!"

　　"何事?"庞涓冷冷问。

　　"在下,不敢说。"斥候面色涨红。

　　庞涓心中一动:"岂有此理!领路我看!"带领十多名护

　　可惜庞涓无法亲眼看到,否则,直接活活气死,无须自刎。

卫壮士匆匆向前。

山坡一棵大树下，立着一个高大的草人，草人脖子上吊着一块大木牌，火把围照下可见赫然大字——庞涓死于马陵道！

庞涓一怔，随之挥手哈哈大笑："雕虫小技耳，继续行军！"

一阵山风呼啸而过，庞涓却油然生出一片迷蒙，一丝恐惧。

突然，晴空惊雷，战鼓遍山轰隆，喊杀声从两面山头如潮水般压来。

庞涓未及下令，箭镞已漫天激雨般啸叫飞来。

瞬息之间，庞涓与手执火把的十多名卫士满身带箭，刺猬般倒在路边。

山谷中顿时大乱，魏军被山洪般涌下的齐军分割成无数小段，厮杀在一起。

庞涓已经奄奄一息，看着山谷中被打蒙了的魏军将士各自为战的搏杀，一丝泪水涌出了眼眶。十多年精心训练的这支铁军，将全军覆没，他自己也将带着永远的仇恨和无尽的遗憾离开人世，建功立业出将入相的勃勃雄心，就这样顷刻间随风而去了。在生命的最后时刻，一道闪电从脑海掠过，他瞬息间洞察了孙膑的全部谋划，连最后置他于死地的计谋也计算得如此精到——引诱他到山坡孤立处，集中强弓硬弩向火把圈子齐射。孙膑也孙膑，你可谓用心良苦，做得干净彻底。庞涓要有你如此铁石心肠，岂能让你活到今日？你，终于成名了，你是踩着我庞涓的尸骨成名的……

庞涓抽出甲带上的短剑，用尽全力，猛然插向自己的腹中。

战死沙场，虽败犹荣。桂陵之战，一说庞涓被生擒，后放回，《史记》没有提及。关于后续，《史记·孙子吴起列传》载，"后十三岁，魏与赵攻韩，韩告急于齐。齐使田忌将而往，直走大梁。魏将庞涓闻之，去韩而归，齐军既已过而西矣。孙子谓田忌曰：'彼三晋之兵素悍勇而轻齐，齐号为怯，善战者因其势而利导之。兵法，百里而趣利者蹶上将，五十里而趣利者军半至。使齐军入魏地为十万灶，明日为五万灶，又明日为三万灶。'庞涓行三日，大喜，曰：'我固知齐军怯，入吾地三日，士卒亡者过半矣。'乃弃其步军，与其轻锐倍日并行逐之。孙子度其行，暮当至马陵。马陵道狭，而旁多阻隘，可伏兵，乃斫大树白而书之曰：'庞涓死于此树之下。'于是令齐军善射者万弩，夹道而伏，期曰'暮见火举而俱发'。庞涓果夜至斫木下，见白书，乃钻火烛之。读其书未毕，齐军万弩俱发，魏军大乱相失。庞涓自知智穷兵败，乃自刭，曰：'遂成竖子之名！'齐因乘胜尽破其军，虏魏太子申以归。孙膑以此名显天下，世传其兵法"。是以梁惠王曰，"寡人恨不用公叔座之言也"（《史记·商君列传》）。

一夜激战，太阳挂上山头时，马陵山地沉寂了下来，齐军的欢呼声响彻山谷。

魏国最精锐的十万大军，就这样被全部歼灭在这片平淡无奇的山谷里。

马陵道大战的消息迅速传开，各国顿感轻松，天下弹冠相庆了。

"弹冠相庆"多指坏人得意的样子，用在此处，似有不当。

马陵之战，使魏国用雄厚的财富与漫长的岁月堆砌起来的最具威慑力的精锐主力毁于一旦，魏国唯一一个极有统兵才能的上将军庞涓，也死于非命。从此，这个超强战国，在龌龊的内耗中日复一日地衰落下去，使战国初期形成的格局为之一变，为战国中期争雄的新局面拉开了序幕。

魏国留下了短暂的霸主空隙，齐国却并没有立即填补上去。

马陵大战后，齐国将相失和。田忌与驺忌相互倾轧，驺忌巧妙地给田忌设了一个"谋反"圈套，田忌被迫逃亡到楚国去了。孙膑失望至极，秘密离开了临淄，去山野隐居了。齐国的强国优势，因为失去两大名将而大为逊色。

齐之将相失和，孙膑实难逃其责。游刃于兵道，不见得能得意于政道。这也是何以兵法、法家，都挡不住帝道、王道之故了。

一个短暂的均势，罕见地出现在战国时期。

一个百年不遇的大好时机，骤然推到了秦国面前。

# 第十二章 收复河西

## 一 卫鞅抓住了稍纵即逝的机遇

魏秦接壤,魏败,秦松了
一口气。

模糊精确的时间。

迁都咸阳,乃秦国大事。
《史记·秦本纪》:"(孝公)十
二年,作为咸阳,筑冀阙,秦徙
都之。并诸小乡聚,集为大
县,县一令,四十一县。"写小
说,不可能在时间上与史实一
一对应,只能穿越,别无他法。

马陵道大战后,最感轻松的是秦国。

还在庞涓刚刚开始进攻韩国时,卫鞅就预感到这对秦国是一个难得的机遇。如果说几年前魏国进攻赵国时,秦国的实力还不足以有大作为的话,目下就大不一样了。卫鞅在安邑公叔丞相府多年,虽然对孙膑所知不多,却深知庞涓在军旅战阵上的正统拘泥,料到他必然第二次败在孙膑手里。卫鞅当即对秦孝公提出,抓住时机,立即迁都咸阳。

秦孝公自然明白,迁都这样的大事,最要紧的是平定的时日。征用民力数十万,几乎是举国大动,再快也得一半年,没有一段绝对安全的时日,万万不能动手。目下魏国调集兵马灭韩,函谷关以西的精锐大军全数东调,栎阳威胁顿时解除。此时迁都,正是大好时机。君臣一拍即合,决策立即迁都咸阳。

时当初夏，正是手脚舒展的大好季节。关中平原的所有道路都是车马载道，日夜川流不息。关中临近夏忙，三丁抽一，陇西游牧部族则是两丁抽一。五十多万民夫，三个月便将小小栎阳城的国府、官署并所有的官邸搬空。倒是在咸阳大大忙碌了几个月，比搬迁栎阳还费事。一则是咸阳城规模颇大，可容纳民众十多万户，几乎与临淄、大梁不相上下。迁入咸阳的人口主要是西部雍城和东部栎阳两个老都城的老秦人。卫鞅的部署是，栎阳城三分之二的人口迁往咸阳，雍城的人口一半迁入咸阳，加上东方商贾和国府官署，咸阳城一次迁入了六万多户将近三十万人，大约只占了咸阳城的一半。秦孝公本来还想多迁进一些人口。卫鞅却说，十年之后，咸阳城就是天下中心，岂能不留下余地？秦孝公爽朗大笑，连连赞叹卫鞅目光远大，停止了继续迁入的打算。

> 迁都正是时候。凡事留有余地，乃上策。

就在咸阳新都尚未安排就绪的时候，马陵道魏国大败的消息传来，秦国朝野一片欣喜。百年以来，将秦国封锁在关内的是魏国；越过黄河攻进函谷关夺去河西千里之地的，也是魏国；纠结六国企图瓜分秦国的，还是魏国；策动秦国内乱鼓动民众逃亡，又派商人大赚秦国血汗钱的，仍然是魏国。自从三家分晋有了这个魏国，秦国就一直被压得喘不过气来。秦献公和魏国血战而死，秦孝公被魏国压迫得立了国耻石，秦国人的鲜血、泪水、仇恨、耻辱，都集中在魏国身上。如今，这个百年宿敌一朝大败，还死了个热衷于灭国大战的庞涓，压在秦国头上的大山骤然没有了重量，秦国朝野岂能不大喜过望？就是卫鞅和秦孝公，也没有想到魏国败得如此之惨，也都是振奋异常。

> 齐国为秦国除去劲敌。所谓韬光养晦，亦含按兵不动，坐收渔人之利的意思。

"君上最感高兴的，是何事？"卫鞅问秦孝公。

"庞涓战死！此人胜过雄兵十万。"秦孝公不假思索，

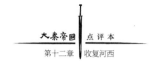
"大良造如何?"

"秦国大出天下,机会来也!"卫鞅毫不犹豫。

两人不约而同地哈哈大笑。

栎阳城和咸阳城几乎同时沸腾起来。老秦人无论男女老幼,个个穿上了新衣,就像过年一样走亲串户,高声大气地谈论着传播着马陵道的种种传闻,肆无忌惮地嘲笑着魏国的失败。国人不断在街头相聚,兴奋之情难以抑制,相互角力比武,围观者人山人海。于是角力比武者越来越多,栎阳咸阳的大街小巷都在欢呼,连比武失败者也都是兴高采烈。入夜,栎阳城史无前例地大举夜市,灯火照亮了小城堡的每个角落,社火歌舞也走上了街头。每个商家店铺前都是人头攒动,每个酒肆饭馆中都是高谈阔论。未成格局的咸阳,也灯火阑珊摆起了夜市,推出了社火,连正在奉命劳作的民夫们也聚酒畅饮,不亦乐乎。于是,便有七十岁老人三百余人上书国府,请求举行"大酺",以慰国人庆贺之心。

大酺,就是或国库或民户出钱,举国饮宴欢庆。在春秋战国时期,这是一个国家最大规模的盛事庆典,很少有国家能够举行。秦国穷弱,在变法前是想也不敢想的。几二十年之后,秦国大富,又遇上如此令国人快慰的大好事,人们自然想到了要大大地庆贺一番。

上书呈送大良造府,卫鞅皱起了眉头:"景监,你以为该当大酺么?"

"此事,无可无不可。"景监笑道。

"何谓无可无不可?明是不可。仗是齐国人打胜的,鹬蚌相争,渔人得利。高兴可也,何能当作自己的胜利举国大酺?老秦人要惕厉自省,昏昏然必当大亏。"卫鞅脸色语气都很严厉。

景监一时尴尬,却也悚然大悟:"大良造切中要害,当下令昭示国人。"

此日,栎阳、咸阳两城都张挂出"大良造训诫令",赫然大书:

　　　大良造训诫国人:民气为国之根本。民气正则国强盛,民气馁则国黯弱。今魏国大败,非我秦人之力,贺固可贺,何当大酺?今我河西之地未复,昭昭国耻未雪,我民却以他国之胜狂喜,岂非民气之羞也?责我国人,须惕厉自省,方可雪耻图强,窃喜他胜,徒灭心志也!秦公十八年九月。

此令张挂两城四门，国人观之如潮。一经识文断字者念诵，立时人人低头鸦雀无声，顷刻间便散去了。半日之间，栎阳、咸阳就恢复了忙碌紧张的劳作，再也没有大喜大乐的聚酒欢宴了。秦国庶民对大良造更加敬畏，觉得他简直就是教诲子民的圣贤尊神。上书的老人中三十余人羞愧自杀，一时间举国沉默。

卫鞅顾不上理会这些，他正在与秦孝公密谈，提出了一个惊人主张："君上，魏国新败，秦国的大好时机已到。若不立即出动，时机稍纵即逝。"

秦孝公惊讶道："大良造是说，收复河西?"

"正是。君上以为如何?"

秦孝公沉吟道："魏国是一面，根本是我方实力。我新军只有五万，还没有统兵大将。魏国的河西守军八万，稍一凑集，收拢十几万大军对魏国不是难事，龙贾又是百战老将。若无必胜把握，再等几年也无不可。魏国肯定是日益衰落，秦国肯定是不断强大。大良造，收复河西事大，宁可稍缓，不可再挫国人锐气也。"

卫鞅明白秦孝公的担心所在。论雪耻之心，这位比自己只长一岁的国君比谁都急切。论军旅战阵，他少年为将久经沙场，与魏军拼杀的愿望比谁都强烈。但他身为国君，却能够在复仇火焰的燃烧中冷静地等待，何其难能可贵。但是就事情本身而言，卫鞅却觉得自己更为超脱冷静，秦孝公反倒由于长期沉浸于国耻思绪，关心则乱，过分谨慎。他觉得自己不能沉默，必须说出自己的周密思虑，他相信秦公的决断能力。

"君上，以目下情势，臣以为魏有三弱，秦有三强，可出河西一战。其一，魏国朝野沮丧颓废，丧失斗志。魏人浮躁狂傲，可胜不可败。桂陵一败后，不思自省，反呼上当，举国

卫鞅冷静。确实没什么好贺的。不可有小人得志之态，会伤格局。

秦公有顾虑，战国生存之残酷，远远超出今人之想象力。一败则全局皆败。魏王"兵三折以外"，从此垂而不死，再难翻身。秦公之顾虑，不无道理。

求战，并非真正的大勇，实则盲目骄狂。马陵再败，精兵尽失，大将阵亡，魏人之狂傲骤然溃散，举国又陷于低迷，短期内绝不能恢复。相比之下，秦国十余年埋首变法，国富民强，士气高昂，雪耻复仇，求战心切，民气斗志大大强于魏国。其二，魏国宫廷腐败，嫉贤妒能。魏王志大才疏，偏又刚愎自用。大战一起，必相互掣肘，力不能聚。相比之下，我秦国却是举国同心，君臣无猜，将士用命。其三，魏国河西守军虽可凑集十余万之多，但多为地方守军，且老少卒居多，战力远非庞涓精兵可比。河西将军龙贾虽是老将，但目下太子申与公子卬已被魏国朝野捧为'名将'，大战若起，这两人与龙贾必生龃龉，而给我可乘之机。相比之下，我新军精锐战力极强，上下合力，如臂使指，必可大胜。"

秦孝公点点头："此三则不错。"却又沉吟着不再说话。

"更重要的还是时机。目下，魏国知我正在迁都，以为我绝不可能此时发兵河西。一旦我大军东出，魏国必仓促应对。魏国素来蔑视秦国，虽仓促应战，也必是漫不经心。我军突袭作战，胜算极大。"

"大良造，谁堪统帅？"秦孝公轻轻叹息一声，显然，他最大的心事在这里，"车英似有不足，嬴虔又不可能复出。将才难求也。"

卫鞅微笑："君上，臣自将兵，收复河西。"

秦孝公惊讶地看着卫鞅，一时沉默不语，眼光显然在询问："大良造知兵？"

"君上，臣之兵学，尚强于法学。秦国不强，臣无用武之地。"

秦孝公更为惊讶，突然大笑起来："大良造之兵学，尚强于法学？"

"正是。"卫鞅认真道，"我师因材施教，以为臣有兵学天

夺回河西之地，一为雪耻，二为争取有利的缓冲地段。从小说的结构上看，也是为了对应第一部上册开篇即写到了秦失河西，前后呼应。

弱秦、穷秦，若无兵无垦草，则无从谈兵，或者说只能纸上谈兵。卫鞅变法，于垦草、征兵方面打好基础，之后，才可言收回河西之地，重振缪公志业。

赋,定臣学兵。臣五年学完,自请转修法家治国之学。"

秦孝公豁然醒悟,连连拍案,大笑不止:"上天哪,上天!何其佑护秦国也!"他深知卫鞅不是虚言之人,顿时大喜过望。要知道,名相名将皆天下奇才,往往是得其一便可成大业。吴王阖闾得孙武、齐桓公得管仲、魏文侯得李悝、魏武侯得吴起、齐威王得孙膑、韩昭侯得申不害,皆成一时大业。秦国得卫鞅,变法成效已经证明,卫鞅乃治国大才,可如何又能想到,他竟然也是兵学大才!这种兼通文武的将相人才更是百年难遇,战国以来,只有吴起堪称出将入相的特异之才。今日自己眼前的卫鞅,竟然也是如此特异之才,而且更为深沉成熟,如何不叫秦孝公惊喜非常?骤然之间,他觉得块垒全消,对卫鞅深深一躬,肃然道:"嬴渠梁不识泰山北斗,今日拜将了。"

卫鞅连忙扶住:"臣得君上知遇大恩,方能一展所学,自当报效国家。"

咸阳城楼抹上了一缕火红的霞光,君臣二人的密谈尚兴犹未尽。正午时分,一骑快马飞出咸阳,飞往陈仓峡谷。三天之后,秦国的五万新军在夜间分路秘密东进,集中到咸阳北面一百里左右的云阳山地,秘密驻扎了下来。

旬日之间,卫鞅的中军幕府便配置完成。车英为副将,景监为行军司空专司辎重粮草,大良造府精选的十名军吏做行军司马①。本来,太后、荧玉和大臣们都要为卫鞅在郊外壮行,甚至秦孝公也想为大军一壮行色。但是,卫鞅都婉言辞谢了。这是一场长途奔袭战,要收奇兵之效,就要尽量隐秘,若朝野大张旗鼓壮行,实际上等于公开向魏国宣战,如何能打魏国一个措手不及?

① 行军司马,类似于今日的作战参谋,但职能要更为宽泛。

卫鞅不可能只有法家一板斧。卫鞅说孝公,先后以王道、霸道、帝王之道、强国之道说之。说明卫鞅并非只法家一道,只不过孝公要成就强国之道,选择法家施政。卫鞅也不是不知德,只不过,"德"无法适用于强国之道。卫鞅虽功利至上,但堪称大才。文武之道,皆不偏废。孙皓晖抓住这一点来写,很有说服力。

九月秋色的一个夜里，月色朦胧。卫鞅带领中军将佐并二百名铁甲骑士出咸阳北门，兼程疾进，一个时辰便赶到了云阳山谷。勘合兵符后大军立即开拔，沿途绕开了所有的县府城堡，经高奴①沿洛水一路北上。旬日之后，秦国新军在洛水西岸的一片河谷地带秘密扎营了。

## 二 魏国庙堂的名将与老将

乌云遮月，一队骑士沿着大河东岸向南飞驰，清晨时分到达安邑。

魏惠王刚刚梳洗完毕。这些天他一直闷闷不乐，火气很大，连柔媚有术的狐姬也不敢来讨好他了。庞涓一死，魏惠王顿时觉得胆气虚了。庞涓活着时，魏国的精兵名将天下第一，可以任他对列国颐指气使，说攻谁就攻谁；各国使者无不成年累月地泡在安邑看他的脸色，刺探到一星半点儿的消息，立即快马回报本国。那时候，别说他这个魏王，就是魏国一个大夫，列国都奉若神明，生怕惹恼了魏国。魏王打个喷嚏，列国都要伤风咳嗽，那是何等的威风惬意。纵然在桂陵战败后，列国也还是唯唯诺诺。谁想马陵道一战后，各国竟然一齐翻脸。且不说同出一源的韩国赵国，那早已经是势同水火了，连向来以魏国马首是瞻的楚国，也骤然翻脸，非但同齐国结盟，而且要讨回自愿割让给魏国的淮北几城。还有燕国这个最没出息的老牌软蛋，竟然也敢召回使者，给魏国一个冷脸。齐国不消说，已经是魏国大敌了。秦国呢，更是百

势利有时也是生存所逼，并非完全是道德低劣。

---

① 高奴，今陕西省延安地区。当时魏国占领的河西地带，包括了今日陕北高原的大部分和洛水流域。

年以来对魏国恨之入骨的宿敌。这些大国风向骤转不要说了，就连鲁国、邹国、薛国、宋国、卫国这些小诸侯，竟也召回了驻安邑使者，纷纷向齐国楚国靠过去了。

魏惠王是在两代霸业的基础上即位称王的，近三十年来，他从来没尝过被天下如此冷淡的滋味儿，一时窝火得不知摔碎了多少名贵宝器。想来想去，他竟恨上了庞涓，也恨上了孙膑，甚至连鬼谷子都恨上了。这个老东西忒邪门儿，教出两个鬼学生，没一个堂堂正正的主儿。一个只会硬碰硬，一个只会使阴招儿，害得他十几万精兵做了屈死的冤鬼。要不是太子申、公子卬带领三万精兵赶回，别说安邑不保，就连威震天下的魏武卒只怕也会一个不剩地死在马陵道。

梳洗完毕，魏惠王独自一人到园林漫步去了。他是个喜好热闹豪阔的君主，身边从来都是莺莺燕燕一大群，要么就是和狐姬纠缠在一起。像今日这样独自漫步，还真是数十年来第一次，宫中的内侍与侍女都不知道该不该跟着国君了。走了一阵，他觉得累了，坐在草地石墩上望着波光粼粼的湖水发呆。若非上天有眼，保住了太子申、公子卬这两员大将和三万魏骑，就是赵国这样的二流战国来攻安邑，也无法自保了。魏罃啊魏罃，魏氏祖先的基业如何被你弄成了这般模样……就在他烦躁不安的时候，内侍来报，说河西将军龙贾星夜赶回，正在宫外求见。

"教他进来。"魏惠王不耐烦地挥挥手，没办法，只有回宫见这个倔强的"龙不死"了。

一阵沉重急促的脚步声，老将军龙贾大步匆匆地走了进来，风尘仆仆，汗流满面，头盔下的白发水淋淋地贴在两鬓。立即，一股浓浓的汗腥味儿在芬芳的大厅中弥漫开来，魏惠王不禁皱了皱眉头。

*龙贾之事，史书记载极少。孙皓晖能以小处见大。小说的谋篇布局，小说对史实的剪裁再编，难度很大。*

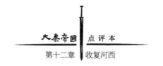

"臣,河西守将龙贾,参见我王。"

"龙老将军,何事如此匆忙?"

"秦国大军,已经秘密开进了洛水东岸。臣察其意图,欲与我在河西决战。我军新败,士气受挫,臣请我王速做部署。"龙贾很是急迫。

魏惠王听后一惊一怔,又略一沉吟,哈哈大笑起来:"秦国?老军破车,敢打河西的主意?老将军莫非弄错也!"

"断无差错。"龙贾大手一捋,将脸上的汗水甩掉。魏惠王连忙后退两步,又是大皱眉头。龙贾毫无觉察,肃然正色道:"我军连遭败绩,皆因轻视敌国而起。十多年来,秦国已经今非昔比。若无精锐新军,秦国断不敢与我做河西决战。我河西守军步卒占八成以上,且多老少,难以抵御。"

"以老将军之见?"

"速将安邑的三万精锐铁骑调往河西,归臣统辖,方可与秦军周旋。"

"如何?"魏惠王一下子惊讶地瞪起了眼睛,"三万铁骑给你,安邑如何防守?"

"赵韩两国皆在休养生息,断不会进攻安邑。"龙贾充满了自信。

魏惠王却大为不耐:"老将军,都城安危,岂是儿戏?目下韩赵齐三国是魏国死敌,最大的危险是赵国偷袭安邑、齐国再次来攻,而非秦国之骚扰!"

"我王差矣!"龙贾面色涨红,"秦国绝非骚扰,而是要夺回河西。我大魏只有集中兵力,周密部署,我王亲自督战,与秦军速战速决。届时,纵然齐赵袭击,我军也可立即回师,安邑决然无忧。"

魏惠王真的有些生气了。几十年来,魏国大小臣子,包括那个死硬的庞涓,谁敢说他"差矣"?想不到打了两次败仗,一个差点儿被人遗忘的老朽也狂妄起来,竟敢公然指斥他"差矣",还有点儿规矩么?他脸一沉:"军国大计,本王自有运筹,老将军无须多虑。"

"臣启我王……"

正在此时,内侍高声报号:"太子、丞相晋见。"

魏惠王笑了:"教他们进来。老将军哪,你还是听听名将的谋划了。"

龙贾脸色铁青,默然伫立。他当然知道魏王说的"名将"是谁了。

太子申与公子卬精神抖擞地走了进来。现下整个魏国,可能也就这两个人的士气斗志丝毫没有受到影响,也只有这两个人是两次大败仗的受益者。马陵之战,此两人率三万铁骑回援安邑,恰遇赵国五万兵马做试探进攻,龙贾的河西守军又及时赶到,还没有认真开战,赵国就迅速撤回了。如此一来,安邑"解围",国人欢庆,俩人被誉为"千里驰驱,力克强敌",名将的光环更加璀璨了。如果说桂陵之战那一次,俩人对"名将"称号还有点儿不大自然,这次可是心安理得了。仗是自己打的,而且也确实大胜,名将称号自然是当之无愧。事后两人对庞涓大加评点,竟列出了庞涓用兵的"十大缺失"! 朝中臣僚自然是惊叹不已,魏惠王更是后悔没有将兵权交给两员名将,否则,孙膑岂非早已经是阶下囚? 有如此两个如日中天的国家干城,魏惠王真不明白龙贾这样的老将军操的何心?

目下两"名将"正当得志,人各一领大红绣金斗篷,绿色玉冠上镶嵌着魏惠王特意赏赐的光华灿烂的国宝明珠。这两人都有带剑进宫的赫赫特权,太子申手持一口王室古剑,面如冠玉般嫩白,显得俊秀风流。公子卬带着那口稀世绝品"蚩尤天月剑",容光焕发英气勃勃。相比之下,老将龙贾的铁甲布衣倍显寒酸,就像一名土气拙朴的老卒。魏惠王父子与公子卬,都是在声色犬马中浸淫出来的宫廷雅人,极为讲究衣食住行,尤其是衣着的精美考究更是上心。此刻看见龙贾粗俗猥琐的样子,两位名将不由大皱眉头。

两人行过参见礼,公子卬看着龙贾笑道:"夫上将军者,威风凛凛,老将军却何其土著? 本丞相可是无欠军饷也。"

魏惠王和太子申不禁哈哈大笑。

龙贾面色通红,肃然拱手道:"丞相,龙贾回宫急报军情,何须金玉其外?"

公子卬最善周旋,一点儿不生气,反而亲切笑道:"噢? 是何军情啊?"

公子卬与太子申的形象在小说里被彻底毁掉了。败得很没有面子。公子卬与太子申智商有限,对江湖险恶估计不足,被小说家极尽揶揄,亦在情理之中。

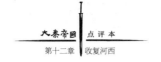

太子申也立即凝神注目。这二人目下一听"军情"二字,就会莫名兴奋起来。

"秦国大军,秘密开进洛水东岸。"龙贾硬邦邦回答。

"谁人统兵?"太子申立即提出了一个极为要害的问题。

"斥候探察,秦国大良造卫鞅亲自统兵。"

"老将军,你说何人?"公子卬憋住笑意,似乎没有听清。

"秦国大良造,卫鞅。"龙贾淡淡重复。

突然,公子卬纵声大笑:"我还以为嬴虔出山了,原是那个中庶子啊!"

"中庶子? 父王,卫鞅何人? 做过中庶子?"太子申很冷静。

魏惠王悠然笑道:"我也差点儿忘记了。这个卫鞅,当初是公叔丞相的中庶子,公叔拿他做国宝一般。庞涓呢,却认他只能做个军务司马。后来,他就跑到秦国去了,竟然做了秦国大良造,这秦国变法么,也是可想而知也。"

"这个卫鞅,带兵多少犯我?"太子申没有一丝笑意,俨然名将气度。

"号称十万。臣多方探察,以为大约有五六万之众。"龙贾回答。

"五六万?"太子申禁不住笑了,"五六万就想拿下河西?"

龙贾正色道:"太子不闻兵谚,'万人被刃,横行天下'? 吴起昔日只有精兵三万,却是无坚不摧。兵贵精,不贵多。秦国五万新军,不可小视。"

太子申大为不悦,当初他就极为厌恶庞涓对他的这种训诫口吻,但也无可奈何,庞涓毕竟是名门上将。如今一个老龙贾也来教训他,好像将他当作没上过战场的黄口小儿一般,当真岂有此理! 他正要斥责龙贾,公子卬却眨眼示意,嘲讽笑道:"龙老将军,秦国五万兵马,河西八万魏军。他能横行天下,难道你就不能么?"

龙贾亢声道:"八万魏军并非精锐,丞相应当知晓。"

"兵不精,将之过也。镇守河西十余年,老将军竟将精兵带成了衰兵,尽失为将之道,难道有功了么?"公子卬俨然一副训诫的口吻。

龙贾气得雪白的胡须簌簌抖动,激奋高声:"丞相差矣! 当初我王与庞涓上将军反复说河西无战事,只给老夫留下老弱步兵六万。十余年来,老夫惨淡经营,收留林胡降卒游勇,兵力增加为八万,训练得尚能一战,难道还有罪了么?"

魏惠王见龙贾认真起来,知道这个三朝老将刚烈至极,生怕当场有个三长两短,连忙摆手道:"老将军息怒,丞相随便说说而已,何必当真计较? 现下说说,这仗究竟如何

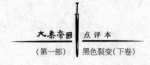
打法？老将军高见？"魏惠王特意抚慰一番犹自喘息的老将。

"臣已说过，三万精兵调往河西，臣与秦军周旋到底。"龙贾还是咬定那个主意。

太子申冷冷一笑："周旋？打仗就是打仗，如何周旋？猫鼠做戏么？"

龙贾强忍怒火："太子当知，兵机多变，未曾临敌，如何能虚言打法？"

"没有成算，为何要精兵三万？老将军打盲仗么？"公子卬揶揄笑问。

龙贾刚烈坦直，又拙于言辞，被三个机变高手揶揄奚落得愤懑不堪，却又无从辩驳周旋，想想长嘘一声，拱手道："老臣无能，但凭我王部署。"

魏惠王笑了："终究是老将军，明白事理。两位名将说，如何应对秦国？"

太子申慨然请命："儿臣请与丞相同率大军，活擒卫鞅，振我国威！"

"好！"魏惠王拍案赞叹，"丞相之意如何？"

公子卬肃然作礼："臣以为，太子乃国家储君，当镇守国都，以防齐赵万一偷袭。臣自请精兵两万，再加河西八万大军，将那个中庶子献于我王阙下！"

魏惠王大笑："妙极！教卫鞅再做丞相中庶子！"他霍然起身，"本王决意，丞相为河西统帅，龙老将军副之，一举消灭秦军！太子申镇守安邑，预防齐赵！"

"臣等遵命！"三人齐声应命。

出得王宫，公子卬拿起统帅架势，教龙贾等在宫门。他自己去办妥了兵符印信，方才悠然转来，笑着命令："龙老将军，你先星夜赶回河西，不得妄动，等我大军到来，再一举歼敌。明白么？"

"丞相，你的精锐铁骑不能延误，我看卫鞅绝非善类。"龙贾忧心忡忡。

公子卬大笑起来："老将军怕卫鞅，我却视他如草芥一般。"骤然收敛笑容，"方才，是本帅第一道将令，可曾听清楚了？"

"末将明白。"龙贾见公子卬根本无视提醒，不再多说，大步匆匆走了。

公子卬轻快地上了轺车，赶魏惠王的秋季大猎去了。

深秋暮色，河西官道上几乎没有行人，只有一队铁骑放马奔驰。这便是龙贾的护卫骑队。老将军没有吃饭，更没有回府与老妻重温一宿生疏日久的敦伦之道，便飞马回程了。

龙贾已经七十三岁了，非但是魏国仅存的三朝老将，而且也是列国闻名的老将军之一。还在魏文侯时期，龙贾少年从戎，一刀一枪地苦挣功劳，从伍长、什长、百夫长、千夫长，一步一步地锤炼成了军中猛将。在吴起为统帅时，他终于做到了前军主将，跟随吴起与天下诸侯恶战七十六次，竟然没有战死，当真是军旅罕见。时间一长，魏军中便呼他为"龙不死"。吴起离开魏国后，魏武侯任用龙贾为河西将军，镇守离石要塞，专司对秦赵作战。那时候，魏国的主要战场有两个，一是与秦国争夺河西，二是与赵国争夺上党。河西将军在实际上是魏军对秦作战的主力统帅。魏惠王即位后，信任丞相公叔痤，魏国几次对秦献公的恶战都是公叔痤统帅迎敌。龙贾这个河西将军，反倒被调到东面战场与赵国对峙。结果是公叔痤被秦献公杀得大败，连公叔痤自己都成了俘虏。魏惠王这才改变部署，重新以龙贾为河西将军，率军二十万镇守离石要塞。就在这时候，恰恰是秦献公战死，秦国无力东进。龙贾便主张趁势大举灭秦。可魏惠王对龙贾这个"老军"总是心存疑虑，龙贾每次请命伐秦，魏惠王都是不置可否。不久，有了庞涓做上将军，龙贾成了钉在河西的一个"不战"将军。精锐的河西大军全部被庞涓调走，留给他的只是老少步卒。十多年来，龙贾再没有打过一次真正的大仗，他这个身经百战的沙场老将，竟然在魏国几次大恶战中只能遥遥观望，那种憋闷，是任何人都难以体察到的。

进攻赵国没有他，进攻韩国也没有他，与此相连，桂陵大战与马陵大战自然也没有他。整个魏国似乎都将他这个最有资格就战场说话的老将忘记了，这使他很是窝火。假若他在大军中，他绝不会教庞涓进入桂陵、马陵那样的山地。龙贾对那些山地太熟悉了，熟得就像自家的后院一般。他还记得，吴起当年率军与齐国作战时说过："桂陵、马陵，外缓内险，魏齐但有大战，此地当是伏击好战场也！"庞涓虽然通晓兵法，但是却不熟悉地形，如何有他这个老军头在这些战场险地摸爬滚打的经历？可是，他能做什么？竟然只有眼睁睁看着魏国精锐大军覆没！对于一个打了一辈子仗的老将来说，没有再比这更令人痛心的了。

这次秦军来犯，龙贾精神大振，决意要教天下看看吴起时日老将军的威风。他非常自信，只要将魏国仅存的三万精锐铁骑归入河西守军，他一定能够战胜秦军。因为他本能地感到，河西很危险，卫鞅定然是个不循常法作战的可怕对手。他的人生沧桑告诉他，一个不到二十年能将穷弱秦国大翻身的人，绝不会是公子卬他们说的那样是个欺世盗名的草包。但是，不管卫鞅如何厉害，仗总是要一刀一枪打的，只要有魏国的三万铁骑在手，纵然卫鞅是吴起再生，在河西这片土地上也休想占得龙贾便宜。

但是，今日安邑一行，龙贾的心却猛然沉了下去。

那两个徒有虚名的人物，竟然也算得名将？还有一个竟然就真的成了河西统帅。龙贾当真是哭笑不得了。他隐隐有一种不祥的预感——莫非上天真要魏国灭亡么？否则，如何事事都是阴差阳错？这样的国君，这样的名将，和他这个一辈子在战场上滚爬的老军头，能拧在一起么？他当真是心里没底。若仅仅是个人委屈，他完全可以忍受。这些膏粱名将瞧他土气而奚落他嘲笑他，可以忍了；国君对他这样年高的老军特有的辛苦没有一声抚慰，也可以忍了；这个膏粱统帅那样冷漠地教他连夜赶回河西，也可以忍了；更何况他本来就是打算连夜赶回的，只不过原来想的是率领三万铁骑赶回，现下却是只身赶回而已。这些都可以忍。可是，老龙贾实在不知道，如果那些膏粱名将要指挥他胡乱打仗，要拿近十万将士的生命瞎折腾，他还能不能忍受？当年，他这个"龙不死"，可是连威名赫赫的吴起都敢顶撞的。那个吴起，只要你顶撞得对，他非但不记仇，事后反而给你报功升爵。就凭这一点，吴起与军中将士结下了生生死死的情谊，打起仗来一声吼，人人拼死命。没有一个士兵逃亡过，没有一个将领在战场上做过手脚，甚至，不打仗时连个违犯军纪的都没有。那个仗打得，才真叫痛快淋漓。

兵谚云："一将不良，窝死千军。"而今遇上了如此一个不知打仗为何物的"名将"，还要事事听命于他，看样子，他是绝不会允许部属顶撞的……该如何与这样一个统帅相处？老龙贾可真是束手无策了。

君命如此，庙堂如此，老龙贾也只有但求问心无愧了。

秋风掠过原野，雪白的长须拂过脸颊，老龙贾不禁一个激灵，两行老泪夺眶而出。

这两行老泪，十分贴切。龙贾老矣，无法力挽狂澜。

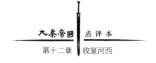

## 三 卫鞅出奇兵 老龙贾酣战身死

洛水东岸的高山顶上,卫鞅和车英、景监正在凝神东望。

遥遥可见大河之水劈开崇山峻岭,从林胡云中的白云深处澎湃而来,在郁郁葱葱的广袤高原上一泻千里向南流去。滚滚滔滔的大河水,带着敕勒川大草原的清新,带着阴山大森林的青绿,在万里无云的碧蓝天空下,恍若一条闪亮透明的缎带,温柔地缠绕着雄峻粗犷的千山万壑,壮丽得教人心醉。

"大良造,那就是河东的离石要塞。"车英遥遥指向大河对面。

正是秋高气爽,远眺之下,依稀可见大河东岸山头上的红色旗帜和灰色城堡。卫鞅知道,那就是魏国河西大军依托的本土根据地离石要塞。大河在这里被两山夹峙,河面狭窄,水流又深又急,河面上一座大石桥直通河西,是上下千里的两座大河石桥之一,另一座是下游少梁邑石桥。从位置说,离石要塞东北不到二百里,是赵国重镇晋阳①;东南二百多里,是魏国北部重镇平阳②,离石要塞恰恰在赵秦魏三国交合地带,自然成为魏国北部的屏障与根基。离石要塞虽然只是一个很小的城堡,却是卡在大河上游的一道门户。离石在手,既可以东面威胁赵国、中山国,又可以西面渡河,威胁秦国。魏文侯后期,吴起正是以平阳与少梁为跳板,以离石要塞为根基大营,渡过大河,与秦国在河西大战三年,尽夺河西千里土地的。

"离石要塞,悬在秦国头上的一把利剑。"景监说。

"夺过离石要塞,将这把利剑架在魏国脖子上!"车英接道。

卫鞅没有说话,默默地将目光转向大河西岸的魏军营寨,心中不禁赞叹龙贾的老辣。龙贾的河西大军自然不会驻扎在离石要塞,那里只是他的后援基地。所谓河西大军,分别驻扎在大河西岸的三个山头。这三个山头,东距大河五六十里,西距洛水也是五六十里,在两河的中间地带形成一个天然的"品"字形,互为掎角之势。中央山头上一

---

① 晋阳,今山西省太原市,战国初期为赵国领土,中期后期为秦国领土。

② 平阳,今山西省临汾市西部,当时在汾水西岸,战国后期被秦国占领。

面大纛旗迎风招展，显然是龙贾的中军大营。北面前出的山头上，隐隐有战马嘶鸣，应当是龙贾的骑兵右军。南面前出的山头营寨前，隐隐可见鹿角壕沟，显然是龙贾的步兵左军。三座山头各自相隔二三里，中间各是一片开阔的谷地。四面山原地势都很低缓，魏军营寨完全是居高临下，既可迅速展开，又可快速回拢。无论怎么看，都是一片易守难攻的营地。

"你们说，龙贾的粮草辎重藏在何处？"卫鞅没有回头。

车英："当在大河西岸的那片山沟里。大良造请看，那条路伸到山下就没了。"

"我看也是。那座山过河就是离石要塞，两边均可救急。"景监赞同。

卫鞅微微点头，回头吩咐："车英，立即下令行军司马，寻找几个当地老秦人，请到幕府。走，我等回帐。"

回到幕府大帐，卫士立即给卫鞅拿来秦军的传统战饭，一块很咸的干牛肉，一块又硬又酥的干烙饼，一大碗野菜汤。几百年来，深受游牧部族骑兵影响的秦军，历来的粮草辎重都比别国军队简单。非但每人携带五斤干肉、五斤干饼算做三天军粮，而且辎重队伍也不运谷麦生粮，骡马大队驮运的全部是干饼、干肉和马料。大军歇息，很少埋锅造饭，但有饮水便成。如果是兼程疾进，士兵们就边走边吃。所以，秦军的辎重后军从来没有牛车挑夫，非常精悍且行动迅速，几乎从来都是与大军同步前进。主力大军中也没有专门的炊兵，全部是作战兵士。只有在扎营休战的时日里，秦军士兵们才采来野菜，埋锅煮汤。卫鞅很喜欢这种简单生活，真正是与士兵们一模一样，竟觉比官署宫廷还酣畅了许多。

卫鞅刚刚用过战饭，车英就带来了三位老人。

车英一说这是大良造，老人们一齐拜倒，唏嘘流泪地哭诉起来。

魏国占领河西已经四五十年了。魏文侯后期与魏武侯时期，的确是雄心勃勃地将河西之地当作本土一样治理。但在魏惠王即位后，却由于秦献公拼死抗争，连年进行收复河西的大战，加之魏国君臣都志在中原争霸，认定河西之地是"兵家战区"，撤回了官吏和魏国老农户，任这里的老秦人自生自灭。虽然没有了官府管辖，龙贾的几万大军还是照样向河西老秦人征赋征役，散兵游勇欺压老秦人的事，更是屡见不鲜。于是，河西老秦人便部族相结，纷纷逃亡到山中自保。近十几年来，河西老秦人听说秦国变法后大富起来了，又成群结伙地偷偷下山，想逃向关中。不想山口要道都被魏军封锁，虽零零星星逃走了一些,大部分老秦人还是在山中过着半盗半民的日子。近日秦军开过洛水,龙贾收缩兵力,撤回了封堵山口要道的军兵。老秦人们方得以偷偷出山打探,才知道秦国大军到了,奔走相告间喜不自胜,却又听说秦国法令严苛,疑惑会不会接纳他们这些遗民,一时间不敢出山。

"我等三人,在山外采药,被几位大人找来,请大良造饶恕我等遗民。"一个白发苍苍的老人叩头不止。

卫鞅连忙扶起老人,连连感慨叹息:"丢土遗民,国府之责,庶民何罪?河西老秦人饱受沦丧之苦,卫鞅代国君向河西父老赔罪了。"说罢深深三躬。

老人们大出所料,一阵激动,一齐伏地,放声大哭起来。

卫鞅、车英也唏嘘不止,连忙将老人们扶起入座,吩咐拿来战饭菜汤让老人们充饥。

一个老人惊讶了:"还是秦军老战饭也!大良造也用如此战饭么?"

车英笑道:"老人家,大良造和士兵们一模一样,有时比士兵吃得还简朴。"

老人拭泪感慨:"二十年前,我也是秦军骑士。大将如此,秦国有望了……"

"老人家,你当过秦军骑士么?"卫鞅目光闪亮。

老人点头:"少梁之战,我身负重伤,被埋在死尸堆里了。夜里爬出来,爬到天亮,不想迷失了方向。要不是这两个采药老哥哥,早没我了……"

"你和两位老人家,一直采药?"

老人点点头:"两位老哥哥教我的,他们通得些许医道。"

"老人家,你等对这一带山地熟么?"

"熟!大路小路,人道兽道,闭上眼都能走出去!"老骑

魏虽占河西,但不能夺其民。卫鞅给予三晋穷民以"国民"待遇,所以能夺三晋之民。这里出现老秦人,是为带路而设之。

士慨然回答。

"魏军扎营的三座山，也熟么？"

"熟！"另一个精瘦的老人笑道，"那三座山本来没有名字，我等叫它三熊山。中间那座山有黑熊，北边那座山有白熊，南边那座山有灰熊。就叫它三熊山！"

"后山有路么？"

老骑士沉吟："有是有，很难走，大狗熊踩踏出来的。"

"魏军知道这些路么？"

老骑士连连摇头："说甚来？他咋个知道？我哥儿仨经常爬到后山顶看魏军操练，魏狗一点儿都没觉察！"

"一万人上山，大约要多长时间？"

老骑士眯着眼想了片刻："夜间上山，要大半夜，五更到山顶！"

"三位老人家，夜里可能带路么？"

老骑士哈哈大笑："说甚来？咋不能？只怕兵娃子还跟不上我等老弟兄！"

"好！"卫鞅拍案吩咐军吏，"将三位老人家请下去好生歇息。老人家，请。"

三位老人下去后，卫鞅立即和车英景监秘密计议，一个奇袭方略在半个时辰内迅速形成了。片刻之后，将令传下：三万骑兵坚守营寨，两万步军立即轻装！

天色暮黑，乌云遮月。秦军营寨依旧灯火连绵，卫鞅的两万步军分成三支，悄无声息地开出大营，沿着隐秘的山道疾行。在三位采药老人的带领下，疾行一个时辰，各自到达三熊山的背后，散开队形悄悄开始登山。

天交四鼓时分，两万骑兵摘去马铃，包裹马蹄，马口衔枚，在漆黑的夜色里开出大营，秘密行进到三熊山正面的山谷里埋伏下来。

秦军的营寨依旧灯火连绵，不时传来隐隐的战马嘶鸣。

此时，龙贾正在通往河西的大道上飞骑奔驰。他总有一种隐隐的不安，觉得卫鞅大军静悄悄地驻扎在河西却不动手，大有蹊跷。按照以往大国开战的传统，一般都会派出使者下战书，而后发兵交战。即或不下战书，大军开到战区后也必然有所动作。以最近发生的大战看，也都是这样：魏国攻赵是大张旗鼓，攻韩也是大张旗鼓，齐国两次猛攻大梁，更是大张旗鼓；桂陵、马陵两次伏击是被动作战，自然悄无声息，但这是另类打法，不是收复失地的进攻性作战。目下秦国开出数万大军,驻扎在隐秘的洛水河谷,却是毫无动作,当真怪诞。据斥候消息,秦国大军似乎还不是从咸阳出发的,因为咸阳没有任何欢送大军出征的举动。那么,这支大军必是从秦国西部的训练营地出发的了。如果说是到北地郡驻防,却为何开到早已经被魏国占领四十余年的河西地带?如果要收复河西,却为何静悄悄猫在那里不动?这个卫鞅,还当真叫人难以揣摩。想着想着,龙贾甚至后悔回这一趟安邑,非但受了一通奚落嘲笑,没有带回预想的三万铁骑,而且还得等待那位膏粱统帅的兵马会合后才能行动,可真是自缚手脚了。

作为久经战阵的三朝老将,他并不畏惧秦军,更想依靠自己的八万守军一举击退卫鞅的进犯。但他毕竟久在前沿,深知秦国已经今非昔比,自己纵然击退秦军,若不能斩首全歼,依然是后患无穷。为今之计,也只有赶回去坚守,吸引住秦军,等待精锐铁骑到来再聚歼秦军。但愿自己离开的这几日,河西不会有事……可是,秦军万一趁机突袭呢?

一想到这里,龙贾的心骤然一紧,打马一鞭,星夜急赶。

天交五鼓,正是天地最为黑暗的时分。莽莽山原,尽皆融入无边的暗夜,唯有魏军大营的军灯在山上明灭闪烁,就像天上遥远的星星。隐隐约约的刁斗声混合着隐隐约约的大河涛声,在秋天的山风中恍若山河在呜咽。

"喤——喤——喤——喤——喤——"魏国军营的刁斗悠长地响了五声。

突然,仿佛天塌地陷,三座山头的战鼓骤然间惊雷般炸响,山顶倏忽涌出连天火把,呼啸着呐喊着冲入山腰处魏军的营寨。魏军的山后本来就没有设防,只有拦截野兽的最简单的鹿角木栅。就是这些简单障碍,也早被秦军悄悄挖掉了,后营几乎成了没有任何障碍的山坡。秦军步卒俯冲杀

越担心,越容易出事。可惜龙贾孤掌难鸣,无力回天。

来，滚滚山洪势不可挡。魏军长期蔑视秦军，纵然明知秦军在洛水河谷驻扎，也丝毫不以为意。统帅龙贾又不在，三军更没有丝毫的战事准备。如今被精锐的秦军步兵在黎明的沉沉睡梦中突袭强攻，立即陷入了一片无边的混乱。营寨成了漫无边际的火海，魏军懵懂窜突，自相践踏，完全溃不成军，慌张之中，如蝗虫般拥向山口寨门。半个时辰内，三座大营的魏军残兵，狼狈地拥进了正面的谷地之中。

突然，又一阵雷鸣般的战鼓，秦国的两万铁骑在晨曦雾霭中两翼展开，赫然堵截在谷口。

就在这时，一支红色铁骑从山谷冲进茫茫慌乱的魏军之中，所到之处，红色魏军一片欢呼。这正是老将龙贾率领他的百人骑队赶了回来，在乱军中突进山谷了。曙光之中，可见一面"龙"字战旗迎风招展，一员大将白发红袍，手持一条长戟，胯下红色战马，在狼狈窜突的乱军中大是勇迈非凡——正是赫赫猛将老龙贾到了。他拔剑怒喝，连斩三名惊恐四窜的百夫长，魏军的三四万残兵居然整肃下来，迅速列成了一个方阵。

此时，一阵悠长的牛角号响彻山谷。站在山坡大纛旗下的卫鞅高声笑道："龙老将军，我已下令步军停止攻杀，老将军下马投降也。"

龙贾戟指卫鞅，怒喝一声："卫鞅偷袭，有何炫耀？！"

卫鞅大笑："兵者，诡道也。吴起当年若不偷袭，焉有河西之地？老将军乃魏国少有的骨鲠之臣，只要退出河西，秦军放你生路一条。"

龙贾愤然高声："为大将者，自当战死疆场，丢土全师，岂是龙贾所为！"

"好！"卫鞅扬鞭一指，"老将军尚有四万之众，我只用两万铁骑，一个时辰全歼魏军！"

六国卑秦，秦深以为耻。魏一向强大，故轻敌。所以，永远不要忽视穷"寇"的爆发力。

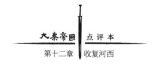

龙贾哈哈大笑："卫鞅,你打过仗么? 一个时辰全歼? 狂妄至极! 列阵!"

卫鞅手中令旗一扬,猛然劈下。

车英举剑大喝一声："杀——"闪电般冲出,身后两万铁骑自动展开,分成三路狂风骤雨般卷进山谷。步骑平川决战,步兵本来就是劣势。加上魏国河西守军多年没有实战,更不是庞涓原先率领的精锐武卒,经突袭之后惊慌逃窜出来,士气正在沮丧,如何经得起斗志高昂训练有素的秦军铁骑的猛烈冲击? 一个冲锋,魏军便被分割成小块挤压在山根,完全成了秦军骑士剑下的劈刺活靶。就是龙贾率领的百人铁骑,也被一个秦军百骑队猛烈冲散,只三四个回合便死伤了大半。秦军对魏军的仇恨由来已久,加上新军首战,锋芒初试,人人奋勇立功,剽悍猛勇之气势不可当。

还不到一个时辰,山谷中的四万魏国步兵,已没有一个能够站着的了。

唯有孤零零的龙贾,血染白发,一尊石雕般立马层层叠叠的尸体之中。

那时候,骑兵将领也和骑士一样,用的都是短兵器,使用长戟者极少。直到战国末期,骑兵将领使用长兵器才日渐多了起来。这龙贾却是天生异禀,膂力过人,一支铁杆长戟五十余斤,在骑兵短剑的战阵之中从来都是所向披靡势不可当。身经百战"龙不死",与龙贾的特异兵器不无关系。但是,打仗毕竟不是一将之勇所能决定,大将无论如何勇猛,如何抵得山呼海啸般的千军万马? 仗,总是要依靠全体士卒一刀一枪地整体拼杀的。龙贾身经百战,岂能不明白如此简单的道理? 当他眼见自己的三四万步兵在秦军黑色风暴冲击下溃不成军,根本没有机会形成有效的阵形抵抗时,便知道这将是他一生的最后一战。他勇猛冲杀,不断扑向秦军的将领,发誓至少要将车英斩首马下。然则秦国的骑兵训练别出心裁,五骑一伍,小阵形配合厮杀,绝不做憨蛮的个人比拼。眼见龙贾勇猛,便有两个骑伍十名铁甲长剑骑士冲上,将龙贾围定在中心做轮番攻杀。在往昔血战中,龙贾曾经身陷百骑包围之中,也是照样杀破包围。可今日秦军骑兵这战法确实奇特——十马连环。个个骑术精湛,风车般围着龙贾飞驰,剑光闪闪,没有丝毫缝隙可乘;长戟堪堪砍刺出去,身后便有长剑劈刺到人身马身,容不得他伸展长大兵器的威力。堪堪半个时辰,龙贾始终冲不出这十骑圈子。眼看红色步兵一片一片地倒在山谷之中,龙贾终于长叹一声,突兀勒马……

数百名骑士拥来,拈弓搭箭,围住了龙贾。卫鞅飞马赶到,高声大喝："不得对龙老将军无理!"走马入围,肃然拱手道："龙老将军,你可以走了。"

龙贾凄惨淡漠地笑笑，拱手慨然一叹："卫鞅啊，秦国锐士将天下无敌。老夫佩服！"说罢拔出长剑，一剑刎颈，沉重地栽倒在马下。

卫鞅叹息一声："马革裹尸，战后安葬老将军。"又转身对车英下令："多派游骑，封锁道路山卡，莫使消息走漏魏国！"

"遵命！"车英一声答应，飞马去部署了。

太阳堪堪升起，魏国八万大军的尸体覆盖了山野，在秋日晨雾中蒙蒙一片血红。

## 四　秦步决魏骑　公子卬全军覆没

旬日之后，公子卬率领三万铁骑，还有魏惠王特赐的一千虎骑卫士，浩浩荡荡地向河西开来。一路上，他既很骄傲又很生气。骄傲的是他终于做了三军统帅，成就了"出将入相"的功业顶峰。看着原野上旌旗招展战马嘶鸣烟尘蔽日的壮阔景象，看着斥候穿梭般向他禀报沿途情势，又飞马传达他的各种命令，他深深体会到了大军统帅的个中滋味——军中权威与丞相权威，又是另一番天地也。生气的是，龙贾这个老军头既没有军情回报，也没有前来迎接，分明狂妄至极。

兵行到离石要塞，公子卬思忖一阵，命令扎营歇兵。他的幕府大帐扎在要塞城堡的西门外，比城堡里黑乎乎的石头房子舒服多了。大帐扎定，公子卬又痛痛快快地沐浴了一番，才轻裘出帐，派出行军司马飞驰河西，宣龙贾火速前来晋见。如果治不顺这个老军头，日后这个三军统帅还有颜面么？

小说中的龙贾，形象生动。战国期间，贵族自戕，是保全尊严的办法，可以不被庶民见，不被酷吏刑。《史记·魏世家》："（襄公）五年，秦败我龙贾军四万五千于雕阴，围我焦、曲沃。予秦河西之地。"龙贾败亡，乃惠公死后之事（惠王"追尊父惠王为王"，所以后世仍称惠王而非惠公）。小说中的龙贾战败而死，更能见魏国衰败，令人不胜唏嘘。无须用史实去苛求小说，史实与小说，天然有别。

那个行军司马过了大河石桥，遥遥看见山头上三座河西大营的红色旗帜。飞马疾进，闻得山谷里弥漫出一股血腥臭味儿。虽然惊奇，却不及多想，不消片刻便来到营前。报号验令之后，行军司马匆匆进营，刚刚走得几步，被两个军卒猛然扑倒，眼睛蒙上黑布，晕晕乎乎被一队战马驮走了。

天将暮色时分，一个红衣军吏飞马来到河东的离石要塞向公子卬禀报：老将军龙贾染病不起，行军司马不慎摔伤，正在军营疗伤，老将军命他前来火速禀报，请大元帅即刻发兵会合共破秦军。

公子卬冷冷笑道："何谓'共破'？老将军还能打仗么？传令老将军，大军明日开到，本帅自有破敌良策。老将军么，尽管养病。"

军吏领命，飞马驰回河西去了。

公子卬传令上饭，准备饭后再好好思虑一下破敌良策。一名艳丽的侍女轻柔地从后帐捧来一个铜盘，在长案上摆下了一鼎一爵一盘。鼎中是逢泽麋鹿肉，爵中是上上品的宋国米酒，盘中是松软的大梁酥饼。公子卬坐到案前，不禁油然感念夫人对他的关切。夫人心细，知道他虽然吃得极少，却是食不厌精脍不厌细，竟特意进宫通过狐姬请得魏王准许，破了大将不许带侍女的成法，派了府中最能干也最得夫君喜爱的一名侍女，随军侍候他的衣食起居。夫人又极尽疏通，每天从安邑派出一名快马特使，为他送来各种名贵饮食，使他犹如在家安卧一般。昨日一天行军，夫人特使竟送来了两次军食。第一次是安邑洞香春的金匣白玉羹，第二次是楚国的玉装蛇段。连他也感到惊讶，不知夫人如何竟能知晓他经常和魏王一起享用的这些珍馐佳肴？今日是逢泽麋鹿肉和宋酒梁饼，每一样都价值数十金弥足珍贵也。在安邑大梁，这一餐便将近百金，相当于一个中大夫半年的爵禄。然则，公子卬对此等些许小事从来不会放在心上，他是国家的栋梁丞相，又是国家的干城元帅，衣食起居这样的琐碎小事，听任夫人侍女安排便了，无须计较。他要思虑的是国家的兴亡安危。

细细地咀嚼着逢泽麋鹿，品尝着那恰到好处的肉筋弹性和奇特的野香，公子卬知道，这是一头幼鹿，而且是极具滋阴功效的母鹿。心中一动，他不禁瞄了一眼跪坐在身旁的侍女，那雪白的脖颈散发出的醉人香味儿与小母鹿的肉香混合在一起，不禁使他一阵心动。

与庞涓明显有别。

这个侍女一直是他心目中的尤物。以往，夫人总是有意无意地防着他和她在一起。这次，夫人竟然将这个小尤物公然送给了他，实在令他喜出望外。看来，他的将相功业已经使夫人折服了，这次大胜班师回去，夫人还不知道要如何献媚给他？女人也女人，天生便是英雄与功业的奴隶。打败秦军，我公子卬便是力挽狂澜的功臣。往前走，魏王已经昏聩，失去了朝野人心，我公子卬王族出身，魏王的庶出兄弟，未必不能取而代之也。念头一闪，公子卬心头狂跳，热血骤然涌上头顶。刹那之间，他觉得身边侍女如粪土一般。对，为何不能拥有像狐姬那样的奇珍异品？战国之世强力相争，谁有实力，谁便能登上权力巅峰，我魏氏祖先原来还不是晋国的一家臣子？这次大胜秦军，我公子卬兵权在手，政权在握，将魏国的乾坤颠倒过来何难？

猛然，公子卬觉得身上燥热起来，敲敲长案："撤下去，本帅还有军机大事。"

艳丽的侍女诱人地一笑，撤下了长案上的精美器皿。

公子卬在华贵的大帐中踩着厚厚的地毡，踱步沉思起来。猛然，他心中一闪，一个绝妙的主意涌上心头，立即高声命令："笔墨伺候！"艳丽侍女恭敬轻柔地捧来笔墨皮纸，公子卬略微思忖提笔疾书，片刻之间写完，高声道："司马何在？"一个行军司马大步走进，公子卬命令："将此书信，即刻送往秦军大营，带回卫鞅回书！"又秘密叮嘱了一番。

行军司马接过封好的书信，上马飞驰河西去了。

卫鞅的五万军马依旧驻扎在洛水河谷。秋日枯水，洛水河面大缩，河谷倍加宽阔。秦军在这里扎营，一可以就近利用水源，二可以迅速渡河进退自如。全歼龙贾大军后，卫鞅下令将魏军尸体全数搬往一道隐秘的山谷，整理三熊山营寨，虚设魏军旗帜，又派一千铁骑扮作魏军驻扎营内，卡住所有通往河东的要道，对离石要塞封锁消息。

卫鞅最担心的是，公子卬被吓得缩了回去，不能全歼。卫鞅没有料到的是公子卬如此迟缓，竟在龙贾大军被全歼后十天才赶到离石要塞。及至活擒了公子卬的行军司马，知道了魏军详情，卫鞅不禁哈哈大笑起来。近年来，他也风闻魏国的太子申和公子卬被誉为"名将"，虽说深知两人底细，但还是不敢有丝毫轻敌大意，世道沧桑人事多变，万一公子卬真有长进了亦未可知。十天来，卫鞅和车英、景监反复计议，谋划了三套应敌方略，准备着大破魏军最后一支精锐铁骑。

军灯点亮的时分，卫鞅接到装扮魏军司马的偏将回报，说公子卬大军明日开到河西。卫鞅立即聚将到幕府大帐，部署大军明日行动。刚刚结束，公子卬的军使就飞马赶到，向卫鞅递交了公子卬的亲笔书信。

"两军议和？龙贾老将军答应么？"卫鞅将书信撂在案上，微微冷笑。

索性一假到底。

魏军使者高声回答："元帅将令，龙贾安敢不从！"

"如此说来，元帅没有向龙老将军知会了？"

"正是。"魏军使者赳赳回答。

卫鞅故作沉吟："也好，两军议和，避免一场流血大战。

我这里回书一封,请贵使带回便了。"

"是。我军元帅正是此意。"魏人历来蔑视秦人,这个小小司马也是一脸傲气,看得帐中将士眼中冒火。

卫鞅仿佛没有看见,微笑着写了回书,封好交使者带回。

军使刚一出帐,卫鞅便向车英眼色示意。车英快步出帐,命令斥候飞马"龙贾魏营",告知"魏军",军使不进营便放他回去河东,一旦进营立即拿获。片刻之后斥候回报,魏军特使飞马直回河东,而且专门走了一条远离三熊山的小路。帐中将士们不禁哄然笑了起来,觉得大为奇异。

卫鞅笑道:"公子卬多有小智,自卑自负却又野心勃勃。他根本想不到龙贾之军已经被我军全歼,却以为是龙贾等一班老将怠慢于他,不和他联络,便有意冷落龙贾,更不与他联络。所谓与我军议和,不过是公子卬想抛开龙贾,单独建立大功,好在班师安邑后做上将军而已。此等卑劣猥琐之人,岂能忠心谋国? 魏国连战皆败,全在于此等人物当道也。"

卫鞅看人极准。

"我军当如何全歼魏军? 请大良造下令。"车英慨然拱手。

卫鞅肃然拍案:"这次我军要彻底震慑魏军。车英听令,命你率领一万铁骑,隐蔽在大河西岸山谷,明日魏军开过河西后,立即飞兵河东,夺取离石要塞!"

"车英遵命!"

"景监听令,命你率领五千铁骑隐蔽在三熊山后,魏国大军一旦过山,立即陈兵要道,堵截魏军退路。"

"景监遵命!"

"步军三将听令,两万步军连夜构筑圆阵,精心准备,明日大破魏军铁骑。"

"步军遵命!"

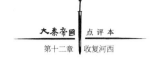

部署完毕，将军们匆匆出帐，分头紧张地准备去了。

朦胧夜色中，秦军营地又一次井然有序地秘密行动起来。

河东的离石要塞，却是一片欢腾气息。公子卬已经传令三军："饱餐酣睡，明日迫使秦军退回！"将士们对这种闻所未闻的奇特军令感到惊讶，一时间三军哗然。魏军铁骑在庞涓统领的时期，从来不许"饱餐"，更不许"酣睡"，以免遇到紧急偷袭或需要兼程疾进时骑士过于笨拙懵懂。这本来是精锐军队的基本规矩，魏军将士自然习以为常。今日军令忒煞作怪，公然是"饱餐酣睡"，如何不令训练有素的魏国精锐骑兵感到做梦一般？饱餐战饭后，军帐里处处议论，都说丞相乃上天星宿，魏国福将，跟着丞相打仗，不辛苦不流血还照样立功；丞相说"明日迫使秦军退兵"，那就一定有妙算；说不定，丞相已经命龙贾将秦军后路抄了。秦军和魏军打了多少年仗，秦国人哪次胜过了？将士们越说越安心，纷纷倒下头去，军营里弥漫开一片沉重的鼾声。

三军统帅公子卬没有睡。他很兴奋，却总觉得有件大事没有办，踱步沉思，猛然大悟，高声对着帐门："来人！"

行军司马匆匆走进："听元帅号令！"

"我军乐舞可曾带来？"公子卬正色问道。

"回元帅，军中从无乐舞，这次也没有带。"行军司马小心翼翼。

"何其蠢也！威之以力，服之以德，魏国大军如何能没有乐舞？明日两军议和，我要德威并举，岂能没有乐舞？想想，离石要塞有没有？"

"离石要塞……只有军中号角。"行军司马低着头。

"军中号角也行，我军有么？"

"有。魏国军制，千军一旗三号，我军有近百支牛角

安逸，兵家大忌。依旧是写公子卬的蠢相。

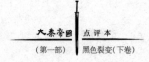
号。"

　　"好！即刻将号手集中起来，练吹雅乐！"公子卬很是果
断。

　　行军司马大为惊讶："元帅，军号手何曾吹过雅乐？连
乐谱也没有。"

　　公子卬不耐地训诫："尔等何其无能也！即刻集中号
手，本帅给你写下《鹿鸣》乐谱。"

　　"是！"行军司马匆匆去了。

　　"笔墨伺候！"公子卬一声吩咐，艳丽侍女捧来笔墨皮
纸，跪坐磨墨。公子卬思忖片刻，提起雁翎大笔，竟将一曲
《小雅·鹿鸣》的曲谱弯弯曲曲地画了出来，惊得艳丽侍女
对主人如天神般仰慕。公子卬踱步欣赏片刻，亲自拿着曲谱
出帐了。

　　片刻之后，在三军统帅公子卬的亲自号令下，离石要塞
外的军营里响起了呜呜咽咽参差不齐的牛角号声。昂扬凄
厉的牛角号，变成了靡靡荡荡的催眠曲。三万骑士在断断续
续的乐声中各自做着光怪陆离的梦，便到了东方发白之时。

　　秋霜初降，河西山原一片苍茫枯黄。咸阳栎阳也许还是
秋阳如春，这里却已经是寒风料峭了。卫鞅起得特别早，踏
着秋霜登上洛水东岸的小山，凝望着东方大河，等待着那红
色的队伍。他不习惯铜盔铁甲的上将装束，只穿了一身软
甲，外罩着那件白色斗篷，头上戴着一顶较轻的牛皮盔，行动
大是轻便。四望寂静空旷的山原，他的思绪已经飞到了函谷
关，这里一结束，就必须连续秘密行军，只有将魏军彻底赶出
函谷关，河西之地才算全部收复。

　　令他高兴的是，一个年轻的千夫长向他提出了一个奇
袭函谷关的方略，并且自请三千铁骑，一举收复函谷关。这

孙子兵法曰："兵者，国之
大事，死生之地，存亡之道，不
可不察也"。古今多少文人误
国，多少浮臣误国。叹一声。

个千夫长叫司马错,厚重稳健,非但作战勇猛,而且谋划间颇通兵法。卫鞅很是兴奋,和车英一起与这个司马错谈了整整一个时辰。最后决定,派司马错接替景监,率领五千铁骑断绝魏军后路,腾出景监与他共同对付这个公子卬。卫鞅心中已定,司马错若能打好这一仗,秦国就将涌现一个年轻的将才,对于目下的秦国来说,这一点太重要了。

> 司马错对秦并天下的重要,不亚于卫鞅。小说先点到为止。

"大良造,魏军旗号!"行军司马遥遥一指。

河西山地腾起大片烟尘,红色旗帜隐隐可见,显然是公子卬的精锐铁骑开过来了。卫鞅下令:"号令三军,于三熊山大营严阵以待。"

高高山顶上,一面黑色大旗连续摆动,悠长的号角响彻山谷。

公子卬的谋划是先入龙贾大营,再将卫鞅请来议和;卫鞅若不退兵,就当场擒杀,然后一举击溃秦军。他已经部署妥当,自领一万骑兵进入龙贾大营,两万骑兵在谷口列阵,擒杀卫鞅后,谷口骑兵立即向秦军的洛水大营发动猛攻。他根本就没有想教龙贾的兵马参战,他已经给魏王拟好了一个"三万铁骑独破秦军十万"的捷报,只等天黑发出了。公子卬颇有心机,他不能教卫鞅觉得自己杀气腾腾而来,怕吓跑了卫鞅。"示敌以伪,麻痹秦军"是公子卬的精心谋划。

夜来想好这八个字时,公子卬兴奋得很是大笑了一阵,觉得自己天生就是雄才大略,对兵法简直就是无师自通。心中充满豪情的统帅,将那个尤物侍女拉了过来,一反寻常对女人的耐心挑逗,三两下粗鲁地将侍女尤物扒了个精光,压在身下狠狠蹂躏了整整一个时辰。公子卬看着长发散乱满面红潮像一摊软泥般瘫在地毡上的雪白又青紫的肉体,觉得此等猛士式的处置女人,真令人轻松极了。出将入相,王者之风,一切女人都是他脚下温顺的奴隶,日后还要嫔妃成

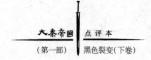

群，如何有机会去细细玩味女人？正是这般生吞活剥，才有吞吐天下的气概。之后，公子卬破天荒地鼾声如雷，大睡了一个时辰。行军司马唤醒他时，他懵懵懂懂的，竟忘记了为何要起来这么早，盯着豪华的军帐呆了片刻，才纵声大笑。

今日公子卬摆出的是一副喜庆议和的大铺排，近百名长号手列在最前，在林立的旌旗中吹着祥和的《鹿鸣》雅乐，浩浩荡荡向三熊山的营地而来。

就在魏军三万骑兵进入开阔的谷地，已经能够清晰地看见"龙贾军营"的寨门时，突然一阵战鼓大作，所有的红色旗帜骤然消失，全部大营神奇地变成了一道黑色的城墙矗立在山腰，分明是黑色旗帜和黑衣黑甲的秦国大军。

魏军一片哗然，长号雅乐骤然沉寂。公子卬不禁愕然，莫非龙贾投降了秦军？

"元帅！你看！那里……"身边行军司马惊讶高喊。

中军大营门外的山头上，大片弓箭手挽弓待发，中间一个白衣人哈哈大笑："公子卬，别来无恙乎！"

"卫鞅？"公子卬扬鞭一指，怒声喝道："卫鞅！本帅未请，如何擅入我营？"

秦军一齐哄然大笑。卫鞅揶揄笑道："公子卬，龙贾老将军请我先来也。"

"大胆龙贾！快来见我！"公子卬真的愤怒了。

秦军又一阵哄然大笑，仿佛看一只笼中的猴子一般。

卫鞅高声道："公子卬，尔身为三军统帅，却竟如此愚蠢。明说也罢，龙贾大军于半个月前，已经被我全部歼灭了！"

"卫鞅何其大言也！"公子卬大笑，"休欺龙贾卧病，便来痴人说梦。竖子机巧多变，胁迫龙贾可也，岂能骗了本帅！"

卫鞅扬鞭一指，冷冷笑道："公子卬，你且到身后峡谷一看。"

早有行军司马飞马而出，片刻后惊慌回报："禀报元帅，谷中尽是我军尸体！"

公子卬大惊失色，慌乱得不知如何是好。心中却在大骂龙贾无能，如何竟让卫鞅这个从来没带过兵打过仗的中庶子得手。虽然惊慌，一想到面前对手不过是昔日小小一个中庶子，顿时宽心，一副颇有气度的样子高声道："卫鞅，意欲何为？"

"元帅，不是你要请求议和么？"卫鞅很是淡漠。

公子卬精神大振，卫鞅虽然打败了龙贾那个老军头，但对我还是敬畏有加依旧想议和的，也罢，给他个机会，免得打打杀杀败兴。心念及此，公子卬高声笑道："卫鞅，只要你带兵退出河西,再将栎阳以东二百里割让给魏国,以惩罚你偷袭龙贾之罪,本帅就放你回去,不做计较!明白么?"

"这就是公子卬的议和图谋?"卫鞅笑得很开心。

"卫鞅,此乃本帅念及与你多年朋友的交情,否则,岂能与你议和?"公子卬辞色陡然严厉。

卫鞅面色阴沉,冷冷道:"公子卬,卫鞅何曾有过你这样一个朋友?你以为荐举卫鞅做个小吏,卫鞅与你酒肉周旋,就算朋友了?公子卬呵公子卬,你如何解得大丈夫情怀心志?今日卫鞅告知你这个纨绔膏粱,你乃天下人所共知的酒囊饭袋,小人得志,中山狼也!你貌似豪爽义气,实则浮滑虚伪,好大喜功,心胸狭隘,嫉贤妒能。没有你这个丞相元帅,庞涓能死么?龙贾能死么?魏国能一败涂地么?你实乃魏国草包,天下笑柄,居然大言不惭,脸皮当真厚极也!"

骂得痛快。可与诸葛亮骂死王朗一比。

两军相对,这一番折辱可是任谁也难以忍受,连魏军将士也面红过耳,大为难堪。然则公子卬却没有生气,他在宫廷官场磨炼得从来不怕羞辱,魏惠王经常当着狐姬刻薄地戏弄他嘲笑他,当着太子也将他骂得狗血淋头,可他从来都是笑脸相迎。没有如此胸襟,能做丞相么?能做三军统帅么?你卫鞅刻薄我损我,只能说明你忌恨我怕我,还能如何?然则今日卫鞅是敌人,自然不能笑脸相迎。咳嗽一声,他很矜持很平静也很威严地开了口:"卫鞅,休逞小人口舌之能,究竟愿否议和?"

卫鞅内心暗暗惊讶,不禁开怀大笑道:"多年不见,公子卬果然大有长进也。好!卫鞅明白告知你,要想议和,魏国须得全部归还我河西之地,还得加上河东离石要塞与函谷关外的崤山六百里险要之地。否则休谈议和。"

公子卬也大笑起来:"卫鞅啊卫鞅,你莫非疯了不成?本帅不是龙贾,本帅可有十万铁骑在此!"

此时有军吏匆匆走近卫鞅,附耳低语一阵。卫鞅马鞭一

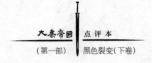
指笑道："公子卬，你的兵倒点得不错，三万变十万，佩服。不过，我要告知你，我军已经夺取了离石要塞，你想回也回不去了，还是下马投降为是。"

公子卬一下子不知道卫鞅说的是真是假，正当犹豫，猛然听山谷外战鼓如雷黑旗招展。探马飞报："禀报元帅，秦军近万骑兵从河东撤回，封住了谷口！"公子卬顿时蒙了，只觉嗡的一声，眼前金星乱冒，手足无措起来，低声问左右："如何处置？投降么？"周围将士却都对他怒目相向，没有一个人回答。

公子卬不由愣怔怔地盯着半山腰的卫鞅，说不出话来。

卫鞅笑道："公子卬，你不是有十万精锐铁骑么？害怕了？"

"你说只有三万！如何有十万了？"公子卬冲口而出，理直气壮。

"哄——"山上秦军不禁大笑起来，前仰后合，开心极了。

山下魏军一片尴尬的沉默，人人脸上一片血红。

"公子卬，"卫鞅收敛笑容高声道，"我今日只用两万步卒，与你三万铁骑决战，你若胜出，我绝不使骑兵追击。你若不胜，就从速撤出函谷关！唯此一路，别无他途。"

公子卬愣怔片刻，不知这仗能不能打，连忙问身旁诸将："如何？攻他两万步卒？"

骑兵大将愤愤然道："秦军休得猖狂！大魏铁骑战无不胜，要决战，就与他骑兵决战。攻他步卒，哼，徒使天下笑话！"

"正是。与秦军骑兵决一死战！"将军们异口同声。

见将军们信心十足，公子卬大为快慰，精神陡长，脸上却一副肃然，低声且颇有神秘意味地训诫道："兵家以战胜为本，何争虚名？卫鞅从来不会打仗，竟让步卒对骑兵，送我一个大大便宜。切勿说破，全歼他便是。否则他步骑合围，我军若当真吃败如何是好？速做准备，我与他立规。"

"谨遵将令。"将领们不好辩驳，齐声应命，却没有了方才的骑士气概。

公子卬回身高声道："卫鞅，本帅就依你所言，骑兵攻你步卒。然则本帅只有三万骑兵，不是十万，也算公平决战了。你若胜出，我即刻奏明魏王还你河西。你若败阵，则不得骑兵追击，还须得退兵割地，如何？"

卫鞅又一阵哈哈大笑，仿佛看一个怪物，大手一挥道："好！就算公平。我两万步卒，就在龙贾军山下设阵，与你三万骑兵决战。"回身下令，"步军入阵！"

一阵凄厉的牛角号响过，随着隆隆的行进鼓声，三个步卒方阵分别从两边山口和中央大营开出。阳光之下,秦军黑衣黑甲,步伍整肃,矛戈刀剑像一片闪亮的森林。随着战鼓节奏,三个方阵在山下隆隆聚合。又闻号声大作,方阵骤然启动旋转,旗帜纷乱穿插,不消片刻,变成了一个大大的圆阵。三熊山中间的开阔地虽说叫山谷,实际上并不是两山夹峙的死谷,而是"品"字形山头之间的"丫"字形谷地,与周围山原相连畅通。但是如今秦军的步卒战阵恰恰卡住了前边的两条通道,后边的出口又被景监、司马错率领的骑兵堵住,魏军三万骑兵事实上已经被压缩在中间谷地,攻不破步卒圆阵,便只有全军覆没。

秦军开出时,公子卬一如既往地洒脱,将攻杀指挥权交给了骑兵大将,自己好进退皆有说辞。

骑兵大将一挥令旗,断然高喝:"号手归队!"聚起来吹奏雅乐的号手们这才急匆匆回归各军,好一阵忙乱才整肃下来。又一挥令旗,三万骑兵井然有序地退后三里之遥,列成冲锋梯队。这是骑兵发动大型攻势所需要的最短距离。公子卬却看得莫名其妙,大皱眉头却又不便发作。见秦军阵地已经列好,魏军骑兵大将令旗猛然劈下,魏军两侧战鼓大作号声齐鸣,大将拔剑高呼:"杀!"两翼各自飞出五个千骑队,就像层层红色巨浪,呼啸着向黑色阵地卷来。

庞涓为魏国骑兵制定的基本战法——骑步决战,骑兵不可全军而出,只可以能够展开杀伤队形的最大容量排定梯次兵力,否则拥做一团,反倒减低骑兵战力。庞涓为此定了一条军规:敌步过万,则半数击之。魏国三军对庞涓心悦诚服,这位骑兵大将自然谨遵传统战法,以一万骑兵做第一波冲击。公子卬却看得大为恼火——三万对两万,应当一举压上,牛刀杀鸡,岂不痛快全歼? 真是愚蠢!

就在公子卬自顾气恼时,红色浪头已经闪电般压向黑色圆阵。黑色圆阵静如山岳,鸦雀无声。红色浪头堪堪扑到百

魏军铁骑不愧是训练有素,若非公子卬等庸人误国,魏亦不至于败亡得如此之快。可见战国时将相难求。

步之遥，黑色阵地战鼓骤起，第一道高大的铁灰色盾牌墙后骤然站起层层强弓射手，箭如骤雨飞蝗，劲急啸叫着射向红色骑兵。瞬息之间，人喊马嘶，骑士纷纷落马，红色浪头骤然受阻大乱。秦军的强弓硬弩却丝毫没有停息，箭雨封锁了整个冲锋队形。在魏军骑兵被这闻所未闻的箭雨压得抬不起头时，一阵尖厉的牛角号响遏行云，秦军五千盾刀手呐喊杀出，三人一组，对乱了阵形的骑兵分割厮杀。骑兵一旦被步兵冲乱队形分开缠斗，便相互难以为伍，并拢靠近反相互掣肘。步兵却恰恰相反，三人结组，纵跃灵便，一人对马上骑士，一人对地下战马，一人左右呼叫掩护，大是得力。

不消半个时辰，魏军第一次冲锋的一万骑兵，丢下几千具人马尸体溃退了。

黑色步兵在和红色骑兵搏杀中，始终和圆阵主力保持着一两百步的距离，只杀眼前骑兵，丝毫不做追击。见红色骑兵溃退，黑色步兵立即撤回严阵以待。这是卫鞅事先部署好的方略"一击即退，逐次杀敌"。卫鞅和将士们都很清楚，魏军无论如何也逃不脱，不冲杀就得投降，只要秦军步卒阵地岿然不动，魏军不是瓦解投降，就是全军覆没，完全不必急于攻杀。

公子卬却看得心急胸闷，大是烦躁，对骑兵大将吼道："全数压上去！十则围之，倍则攻之！懂么？蠢材！"骑兵大将急促辩解："元帅，地窄人多，施展不开，窝我兵力。"公子卬见他竟敢顶撞，不由大怒："大胆！压上去，否则立即斩首！"骑兵大将脸色铁青，拔剑嘶声大吼："拼死一战，压上去！杀！"一马当先，风驰电掣般冲杀出去。

两万多骑兵一声呐喊，排山倒海般压了过来。

黑色阵地一阵战鼓，一通号角，骤然缩进事先挖好的壁垒壕沟，突然从地面神奇地消失了。骑兵大将发觉有异，想勒马叫停也来不及了。这骑兵大阵一旦发动，极难骤然收刹，这就是其所以需要起码纵深的原因。此刻冲锋潮头已经迫近秦军阵地，前面纵然是刀山火海也得舍身冲锋，否则，前停后冲，必得自相践踏大乱。刹那间，红色浪头淹没了覆盖了黑色阵地，刀剑劈下，却砍不到一个敌兵。整个壕沟地面都是一片铁灰色盾牌，战马踩踏过去，犹如卷地沉雷。前锋堪堪冲到山下，红色巨浪已经全部覆盖黑色阵地。

此时，却听鼓号齐鸣，黑色步兵万众怒吼，挺剑持盾从壕沟中突兀跃起，呐喊着插入骑兵缝隙厮杀。魏军骑兵素来惯于原野冲杀，何曾见过如此怪异的战法？一时间，两万多骑兵和两万步卒便密密麻麻地分割纠缠在一起。魏国骑兵大是惊慌失措，稍不留神马失前蹄，栽进壕沟，立马便是人头落地。慌乱之下，人喊马嘶，自相践踏，一片混乱不堪。秦军步卒却是有备而来，三三两两各组为战，杀得痛快淋漓。

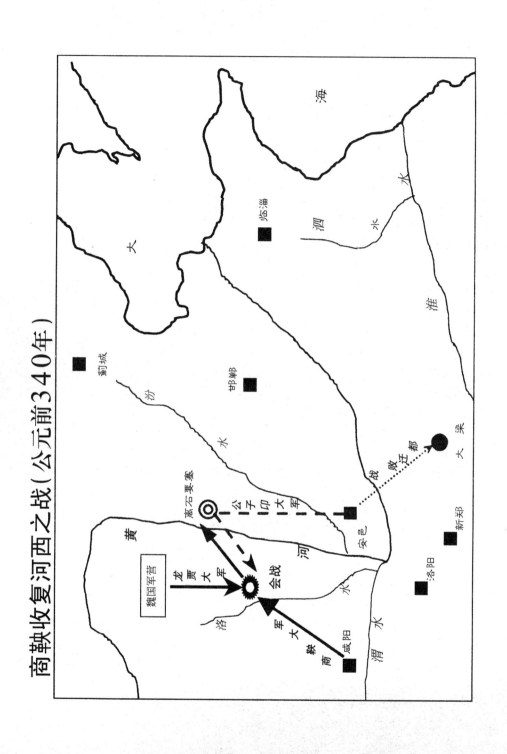

商鞅收复河西之战（公元前340年）

片刻之后，魏军骑兵锐减一半，却也清醒了过来。秦军壕沟也被几万人马踩成了坑坑洼洼的"平地"。战马脚下陷坑消失，顿时灵动起来。浑身鲜血的骑兵大将奔驰冲突，将所剩骑兵聚拢起来，与秦军步卒展开了浴血拼杀。

猛然，一声尖厉的呼哨响彻山谷！秦军步卒闻哨一起后退，后阵数千名步卒骤然变成强弓硬弩，向聚拢成阵的骑兵猛烈射出密集箭雨。在此同时，前阵步卒一齐掷掉手中厚背短刀，每人手中骤然出现了一把白光森然的大头兵器，左手铁盾，右手异兵，一声呐喊，盾牌排成城墙一般，步伐整齐地向魏军骑兵推进过来。红色骑兵在箭雨疾射之下正在后退，又对这轰轰而来的怪异兵器不知所以。一阵慌乱间，骑兵大将眼见已经退到山根，退无可退，嘶声大喊："马披铁甲！杀！"

只听一阵叮当之声，魏军骑兵放下马头铁甲面具，汹涌巨浪般又冲杀过来。

两军轰然相撞，展开了一场战国时期闻所未闻的步骑搏杀。秦军步卒手里的白色短槌，正是新军对付骑兵的秘密兵器，日后威震天下的"短木大槌"。卫鞅和秦孝公视察新军后，对这种取材方便、使用简单、威力奇大的步战兵器十分赞赏，命令步军人手一把，务必训练纯熟。那个精悍的千夫长山甲，成了全军的木槌教习，辛苦训练，使步卒人人运用自如。今日上阵，果然是威不可挡。推进的步卒每遇骑兵，左手举起盾牌抵挡骑士，右手一槌猛击马头。饶是魏军马头戴着铁甲，也被砸得鲜血飞溅仆倒在地。浑身铁甲的骑士轰然落马，不及翻身，便被随之而来的木槌砸得头颅开花。魏军大是惊骇，呐喊一声，回马便撤。然则，强弓硬弩早已经将退路封死，退回者一律中箭落马，无一漏网。

《史记·秦本纪》："二十二年，卫鞅击魏，虏公子卬。封鞅为列侯，号商君。"

两个时辰，魏国三万红色铁骑，干净彻底地全部躺在了狭长的山谷里。

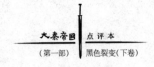
公子卬面如死灰，瑟瑟发抖，一句话也说不出来了。

卫鞅早已下山，信步来到公子卬面前："元帅，我军战力，你可服气么？"

公子卬浑身颤抖着被一个司马扶下马来，面色煞白："服，服气……大良造，我？"此刻他最怕卫鞅一剑杀了自己。

卫鞅微微一笑："公子卬命贵，我自然知道。然则，货贵者价钱也大，是么？"

公子卬抖得牙齿咯咯咯响："你你你，说，我有，奇珍异宝，无，无数。这，这支蚩尤剑先，送，送给，大，大良造……"说着摘下腰间弯月形长剑，双手递上。

卫鞅冷冷道："元帅，看看这位，认识么？"

公子卬抬头，惊得目瞪口呆："你，你，你不是，薛国商人？"

顶盔贯甲的景监哈哈大笑："公子卬哪公子卬，有你在，何愁魏国不灭！"

公子卬却是一副笑脸："说得是，说得是。当初怠慢，将军勿怪。"

景监的真面目，这时才为公子卬得知。小说家的千里伏线，可见一斑。

卫鞅揶揄道："公子卬，我要将你做一回人质，看魏王是否愿意拿函谷关与崤山换你？请你这个元帅即刻修书，派行军司马为特使送回安邑。我军只等六日，明白么？六日一过，若无音信，纵然我想救你，三军将士也不答应。"

"是是是，我即刻，修，修书。"公子卬毕恭毕敬。

卫鞅蔑视而又厌恶地看了公子卬一眼，拂袖去了。

第四日早晨，魏国特使便从安邑返回了河西。特使带着盖有魏惠王红色大方印的国书在幕府大帐晋见卫鞅，递上国书，反复陈述魏国愿交出河西与秦国罢兵息战的愿望。

"何时撤出函谷关？秦国需要确切时日。"卫鞅根本不看国书。

"魏王已经下令,即刻撤出函谷关与华山军营,三日后当有军报。"

"好!"卫鞅下令,"车英,你率一万精锐铁骑,兼程赶赴函谷关与崤山接防。"

"是!"车英立即出帐准备去了。

"司马错听令。"

"末将在!"

"你率领五千铁骑星夜赴华山魏营接防,魏军若有抵抗,立即全歼!"

"遵命!"年青的将军雄赳赳去了。

卫鞅笑道:"至于特使大人还得在这里等几日。一俟我军在函谷关等地接防完毕,贵使与元帅即可返回魏国。"卫鞅说罢下令军吏,"将魏国特使带下。"

"且慢。"特使急迫道,"我王恳请大良造,将离石要塞归还魏国。"

"归还魏国?"卫鞅冷笑,"贵使几曾听说过,战胜者的土地归还敌方?"

"魏国已经将函谷关归还秦国。秦国亦当归还我离石要塞。"

卫鞅大笑:"离石要塞岂能与函谷关相比?魏国不还函谷关,我军还不是一举而下?离石要塞乃魏国欺凌秦国之要害,又是我战胜得来。魏国不服,尽可以再派名将太子申领兵来夺,我倒很想再见识一番,魏国到底有多少酒囊饭袋?"

魏国特使低下头喘息着:"既然如此,请大良造准许丞相与我相见。"

卫鞅一摆手:"可也。带特使与饭袋元帅同宿一帐。"

旬日后,车英与司马错相继从函谷关与华山派军使飞马回报,各自的铁骑已经驻守函谷关、崤山与华山,关内所有魏军已经撤出,少梁邑与华山魏军也已撤走,秦军已经在各个关口设卡完毕。卫鞅接报,终于松了一口气。

次日清晨,卫鞅亲自带领一百名骑士,将公子卬和魏国特使送到大河东岸。遥见不远处的离石要塞城堡上飘扬着秦国的黑色军旗,魏国特使不禁悄悄拭泪。公子卬却是浑然不觉,带着庆幸逃生的满脸笑容拱手道:"大良造,你我既是早年挚友,又都是两国丞相上将军,日后这魏秦结好,要多多仰仗了。"

卫鞅不禁大笑起来。公子卬茫然:"大良造,笑从何来也?"

卫鞅走马上前,靠近低声道:"告诉你一个秘密。你我只是相熟,不是朋友,更非挚友。卫鞅放你回去,只是因为有你当权,对秦国有好处。记住了?秘密。"

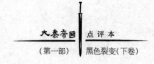

公子卬一怔，又立即仰天大笑："好好好，两国结盟好！"

卫鞅忍俊不禁，更是开怀大笑。

魏国特使奇怪地看着公子卬，一个大大的疑团在心中升起。

攻心为上，要令魏国君臣<br>心生嫌隙。

# 五　战国格局大变　咸阳祝捷封商君

公元前 339 年春，卫鞅班师回到咸阳。

秦国小试牛刀，天下格局<br>为之一变。

去年深秋的两场大战，河西之地全部收回。北起肤施高原，南到桃林山地，东起大河，西到高奴、雕阴，被魏国占领将近百年的河西屏障，终于一举回到了秦国。战胜施压的结果，黄河东岸的离石要塞，函谷关外的崤山，河西中段的少梁山地也被夺了过来。这三处地方对秦国而言，非但是加固河西屏障的外围形胜，而且是伸进中原的三块东方根据地，其意义之大，无论如何估计都不会过分。卫鞅为了彻底巩固河西，战胜后暂时没有班师，快马报捷的同时，请秦孝公选派二十余名精明强干的县令郡守立即赶赴河西军营。卫鞅和这些县令郡守详细谋划了安抚聚拢河西老秦人的办法，以及在河西全面变法的步骤；又在河西招募兵士，组成了各郡县的郡卒县卒。整整一个冬天，虽然是大雪飞扬，寒风凛冽，县令郡守们却每人带领一百名铁骑立即赶赴任所，在传统的"猫冬"时期便开始了紧张的变法准备。

开春时分，护送县令郡守赴任的骑士队先后回到了河西大营，各县的变法也蓬蓬勃勃地开始了。卫鞅分出两千军马驻守离石要塞，便在柳枝吐芽的时候班师了。

秦国河西大捷的消息早已传遍中原，引起了高山雪崩般的连锁反应。

《史记·魏世家》:"(惠王)三十一年,秦、赵、齐共伐我,秦将商君诈我将军公子卬而袭夺其军,破之。秦用商君,东地至河,而齐、赵数破我,安邑近秦,于是徙治大梁。以公子赫为太子。"魏失地太多,安邑越发靠秦,魏迁都大梁,避秦锋芒。

首先是魏国朝野震恐,深感安邑处在离石要塞和少梁邑的遥遥夹击之中,立即议决迁都大梁。魏国都城南迁虽说已准备多年,但丢失河西之后的南迁,与本来准备的南迁却有着天壤之别。未失河西,魏国南迁大梁,是要将北部安邑变成与燕赵齐三国放手大战的重镇,南部大梁则泰山压顶般威慑楚韩两国,从而完成统一天下的宏大谋划。那时,魏国根本没有将秦国的力量考虑在内,因为整个河西地区就像压在秦国头顶的一座大山,秦国根本无力东出中原。如今情势陡然大变,秦国非但全歼了魏国仅有的精锐大军,一举收复了河西,还硬生生夺取了离石要塞与少梁山地,又压魏国退出了函谷关外的崤山。如此一来,魏国北部完全处在秦国和赵国的巨大压力之下,秦军东出离石与少梁几乎半日便可兵临安邑。魏国西部则被崤山像一根楔子一样钉在那里。要不是中间夹了一个东周洛阳,秦国几个时辰就可以从崤山攻到大梁。这种形势,恰恰是魏国当初压迫秦国的翻版。秦国对魏国安邑、大梁的威胁,恰恰如当年魏国对秦国栎阳的威胁,同样近在咫尺,同样痛苦难当。这种形势下魏国迁都,明显是一种龟缩,而不是谋求伸展。

中原战国自然立即抓住了压缩魏国的大好机会。

首先是与魏国同出一源,但又对魏国恨之入骨的赵国和韩国。赵国立即趁势夺取了安邑东北部的上党山地和平阳重镇,将魏国东北部的屏障全部摧毁。韩国则立即北进,袭击占领了荥阳、广武,封锁了鸿沟上游,非但使大梁水源受到威胁,而且将魏国包围东周王室三川地区的优势抢夺过来,准备随时吞灭东周。

如此一变,魏赵韩三国又处在了强弱大体相等的位置。

最北部的燕国,则趁着赵国南下的时机,一举夺取了多年梦想的大半个中山国,又夺取了林胡部族的大片草原,从

北面对赵国形成压力。

楚国早憋了一肚子气，见魏国丢土丧师，楚宣王立即亲自率军向北推进，非但夺回了割让给魏国的淮北六城，而且占据了鸿沟下游、颍水上游的重镇陈城①，准备将国都由郢都迁往这里，与中原争夺淮水以北的大片土地。

齐国作为首先松动魏国霸主格局的东方强国，自然更不会坐失良机。齐威王派田忌首先南下夺取了楚国东北的琅邪地区，将楚国的海滨地带压缩到兰陵以南，又西进夺取了魏国巨野泽以南地区，将魏齐边境延伸到桂陵山地。一夜之间，魏国东部的屏障全部变成了齐国的西进跳板。

与此同时，中原战国、东周王室与天下诸侯，对秦国的骤然强大都大为震动。谁能想到，本来最弱小的秦国，非但一举恢复了始封诸侯时的广大国土，而且将脚步迈出了黄河与函谷关，成了压迫魏国的强大力量。更令天下震惊的，还是秦国这支新军。河西两战，秦国新军竟然摧枯拉朽般全歼魏军。魏国铁骑与魏国武卒，原本是令天下谈虎色变的第一流精兵，就是齐国的"技击之师"也无法与之正面对抗，也只有依靠伏击战取胜。而秦国新军完全不同，非但是正面对抗，而且是用步兵两万全歼了骑兵三万。此等战力，当真是匪夷所思。战国之世，人人知兵，谁都知道秦国这支新军对天下意味着什么。一时间，秦国新军被天下传扬为"锐士"，各国莫不以秦国"锐士"为目标训练大军。

秦国收复河西，使战国格局发生了重大变化，战国初期的魏国霸主时代已经结束，战国中期的列强纵横已经拉开了序幕。

就在卫鞅大军班师的同时，函谷关外的大道上轺车如流，中原各国纷纷派出特使，进入函谷关向秦国表示祝贺，争相与秦国结好。

咸阳城真正地沸腾起来了。老秦人何曾品尝过一等强国的滋味儿，简直是欣喜若狂了。

都知道春天要迎接大军班师，并正式举行新都大典。人们从寒冷的冬天就开始喜滋滋地准备了。尤其是那些有子弟从军的家族，早早就仔细地修葺门额，准备悬挂爵位铜额了。女儿与从军子弟有婚约的人家，则喜滋滋地请媒妁到男家议定婚期，一定要在

---

① 陈城，今日淮阳县一带，战国后期名陈县。

受爵的那一天使勇士成为新郎，双喜临门。做嫁妆者、修门房者、置办喜宴者、准备送子从军者、准备大社火者等等，家家在忙，人人在忙，整个秦国都弥漫着浓浓的难以化解的喜庆气氛。在河西有亲戚朋友的国人，则不断传递着河西的种种变化，期待着夏天去河西走走。开春以后，春耕大典完毕，老秦人就白天春耕，晚上忙碌那些永远也准备不完的喜庆事宜。村社田野，都城内外，沉浸在漫无边际的欢乐之中。

秦孝公却顾不上高兴。自从卫鞅兵出河西，他便全力以赴地督促迁都，征发训练第二支新军，并向河西选派县令郡守。迎接大军班师并定都大典的准备事宜，秦孝公全部交给了已经晋升为咸阳令的王轼，他自己在忙碌之余，依旧沉浸在书房默思苦想。

三月底，卫鞅率领大军从函谷关开进了关中。卫鞅没有从上郡走捷径回咸阳，而是沿大河南下，出桃林高地再出函谷关，再绕道崤山又重进函谷关。这样做，为的是督察这块离开秦国近一百年的土地上的关口要塞与防务民治。他反复提醒官吏将士，绝不能像魏国那样粗疏地对待边境土地，否则夺回来也守不住。进入函谷关后，他又绕道华山，察看了魏军丢下的旧军营，下令立即修茸这座废弃的营盘，依山修建一座要塞城邑，做关中的第二道门户。兵行到栎阳，卫鞅大军受到栎阳民众的夹道欢迎，男女老幼箪食壶浆，将大军殷殷送出十里之外。

将近咸阳，卫鞅将大军交给了车英景监，自己却换上便装带了荆南，悄悄从咸阳北门进了城。谁知刚刚走马到府门，秦孝公却大笑着从门口迎来："大良造啊，我就知道你会一个人回来。荧玉，快来！"

卫鞅连忙下马，未及行礼，已经被秦孝公扶住。两人默默对视间，荧玉已经忙不迭赶来，唏嘘拭泪："夫君……黑了，瘦了。"

卫鞅笑道："也更结实了，你看！"捋起大袖，黝黑的臂膀鼓起坚硬的肌肉。

三人一齐大笑。秦孝公拉住卫鞅的手："大良造，上车，今日可是两大庆典也。"不由分说将卫鞅扶上青铜轺车，"荧玉，你乘后边一辆。"说罢亲自坐上驭手位置，一抖马缰，驾车向咸阳宫前驰去。荆南则跳上公主荧玉乘坐的第二辆轺车，驾车紧随其后。

气势宏大的咸阳宫广场已经是人山人海，先行到达的新军已在广场中央列成两个整肃威武的方阵，中间红毡铺地的大道直达三九（二十七级）台阶之上的巍峨大殿。见两辆轺车驶来，广场响起震天动地的欢呼："国君万岁！""大良造万岁！""公主万岁！"秦孝公驾车在白玉阶下停住，亲自扶下卫鞅，又殷殷拉起卫鞅的一只手，走上了大殿平台。

两座丈余高的大鼎下，秦国的全体大臣一齐行礼："参见君上！参见大良造！"秦孝公拉着卫鞅走到中央高台上，向司礼大臣微微点头。

"大秦国，庆贺河西大捷并迁都大典，开始！"

顿时，整个咸阳广场都轰鸣了起来。那不是丝竹埙篪之音，而是沉重轰鸣的战鼓号角与黄钟大吕，宏大低沉，气势壮阔得令人心神激荡。

"国君书告天地臣民——"

秦孝公展开一卷竹简，激越浑厚的嗓音在广场回荡着："昊昊上天，冥冥大地，秦国朝野臣民：收复河西旧地，迁都咸阳新城，乃我秦国百年以来之两大盛典！二十有年，秦国顺天应人，力行变法，由弱变强，走过了一条浸透泪水、汗水与鲜血的道路。秦国摆脱了旧日贫困，洗刷了先祖屈辱，痛雪了百年仇恨。兹此昭告，天地人神共鉴！"

全场山呼："大秦万岁！""变法万岁！"

"国君亲封——"

秦孝公咳嗽了一声，高声宣布："人心昭昭，天地悠悠。大良造卫鞅之不世功勋将永载史册。为昭当年求贤令之信，今封商於之地十三县为卫鞅领地，封号商君。"

话音落点，全场沸腾："商君万岁！""新法万岁！"

卫鞅深深一躬："臣卫鞅，谢过君上大恩。"

接着，由司礼大臣宣读了封赏功臣的君书：车英晋爵三级，晋升国尉；景监晋爵三级，晋升上大夫；新军将士按照斩首数字与其他军功，四万余隶农、平民出身的士卒，分别获得了初级爵位，其中三千余勇士升爵达到四级；战死的数千名将士尽皆赐爵四级，厚葬故乡。

君书读完，人山人海的咸阳广场安静得像幽深的山谷，唯闻连绵不断的粗重喘息。普天之下，隶农平民得到国家爵

对应上卷写到的秦耻。"耻"实为六国卑秦。小说为了突出戏剧性，有意写成六国分秦。

一将功成万骨枯。

位难于登天,爵位权力天生与贱民无缘。可是,就在今日这光天化日之下,万千庶民亲眼看见了自己的儿子、自己的兄弟从国君手中,从大良造手中,拜受了爵书铜印,拜受了象征着家族荣耀的府邸赐石与绣着金线的战袍。埋藏在多少隶农心中的辉煌大梦,竟然真的一朝实现了。年轻的锐士们捧着摆满荣誉的铜盘哭了,广场上的万千庶民也哭了……良久,广场爆发出山呼海啸般的声浪:"变法万岁!""万岁万岁万万岁!"

秦孝公的眼睛湿润了。卫鞅的眼睛湿润了。

老内侍黑伯走来轻声禀报:"君上,洛阳王室派特使前来庆贺。"

东周的洛阳王室虽然已经名存实亡,但"天下共主"的名义却是谁也没有公然否认。哪一国有了战胜之功,洛阳都会派出特使"嘉奖"庆贺,目的只有一个,就是避免战胜国对自己动手。唯独与周室源远流长的秦国,自秦献公打了一场胜仗后,已经有三十多年没有接待过"天子嘉奖"的特使了。然则,周室毕竟在最困难的时候支持过秦国,秦孝公自然是要隆重接待的。他拉起卫鞅,一同迎到了平台边缘。

红衣高冠的"天子"特使,正从红毡铺地的高高台阶拾级而上,却又忍不住四面打量这威势赫赫的军阵广场,看看将近平台,远远就向秦孝公和卫鞅深深一躬。

秦孝公与卫鞅一齐躬身大礼:"秦国小邦,何敢劳动天子大礼?"

特使恭敬地拱手笑道:"世事沧桑,秦国终究大出了……请秦公接受王命嘉勉。"

秦孝公与卫鞅及全体大臣跪拜在地。特使展开一卷竹简,高声读了起来:"兹尔秦公,顺天应命,民富国强,讨魏建功,迁都咸阳,西土平定。天子特诏,册封秦公嬴渠梁为西土

一洗国耻,稍试牛刀,周室就有所表示了。周室衰微至此,天下共主仰诸侯鼻息而存,可叹。《史记·秦本纪》载,"(孝公)二年,天子致胙","十九年,天子致伯。二十年,诸侯毕贺。秦使公子少官率师会诸侯逢泽,朝天子"。据张守节《史记》正义,"伯音霸,又如字。孝公十九年,天子始封爵为霸,即太史儋云'合(七)十七岁而霸王出'之年,故天子致伯。《桓谭新论》云:'夫上古称三皇、五帝,而次有三王、五伯,此天下君之冠首也。故言三皇以道理,而五帝用德化;三王由仁义,五伯以权智。其说之曰,无制令刑罚谓之皇;有制令而无刑罚谓之帝;赏善诛恶,诸侯朝事谓之王;与兵约盟,以信义矫世谓之伯'"。天下共主承认秦"伯"的地位,孝公基本完成其霸业。

诸国盟主,享代天子征伐大权。周室第四十一王二十六年春。"

"谢天子盛恩! 我王万岁!"秦孝公卫鞅率领群臣叩拜。

黑伯又来禀报:"报君上,六大战国特使庆贺。"

秦孝公点头,司礼大臣领六国使者鱼贯而入,一一递交国书的同时,又一一用最美好的言辞赞颂祝贺了秦国的河西大捷,又一一满脸笑容地表示了愿意与秦国结好的真诚愿望,连串走完,已经是将近半个时辰。秦孝公和卫鞅均以最大的耐心,始终微笑着听完了不听也知道内容的篇篇言辞。

黑伯又来了:"报君上,二十六诸侯国派特使前来祝贺。"

秦孝公摆摆手:"请他们入座便了。"

在司礼大臣引导下,一长串使者诚惶诚恐地鱼贯走进,顷刻间,种种贺表与种种礼物堆满了长案。秦孝公和卫鞅相互对视,不约而同地笑了。

司礼大臣高声宣布:"请列国特使,观看大典兵舞!"

大殿平台上的车英猛然一挥令旗,两个方阵各自退后,将一个四千锐士的方阵留在了中央。骤然间战鼓号角齐鸣,四千名剑盾甲士踏着整齐的步伐挥剑起舞,杀声不断。一排军中歌手在高台上引吭高歌:


西有大秦　如日方升

百年国恨　沧海难平

天下纷扰　何得康宁

秦有锐士　谁与争雄


所有的特使都如芒刺在背,惊讶得笑不出来。的确,没有任何一个国家在盛大的庆典中以如此独特的兵舞,宣告结束屈辱并公然向天下挑战。"秦有锐士,谁与争雄",在战国近一百年的历史上,这无疑是一个令山东六国心惊肉跳的信号。

卫鞅仿佛没有听见,他的心已经飞向了遥远的东方。

# 第十三章　雨雪霏霏

## 一　宏图忧患两叹嗟

*商鞅末路快到了。孝公寿短,此为命。*

大典完毕,秦孝公突然感到了深深的困倦。

红日临窗,国君还不能醒来。黑伯在廊下犹豫着要不要唤醒国君,思忖片刻,黑伯终是拿定了主意,走进大门,静静守在寝室门口的纵横要道上。咸阳的国府宫殿比栎阳扩大了几乎十倍,政事堂、书房、寝室各自在一个小区,宽敞得令人觉得空旷。黑伯一下子还有些不习惯,反倒觉得栎阳的小庭院更为温馨紧凑一些,书房、寝室、政事堂紧紧相连,他只要往书房门口一站,全部要紧的物事都可以照看过来。如今不行了,不想教人打扰国君难得的酣睡,就须守在寝室的第一重门外,这样一来,国君如果醒来他就不可能随时听见。看来,宫中的内侍与侍女还得增加,眼下这几十个人显然是忙不过来了。最可惜的是太后的寝宫也远了,单独的一片园

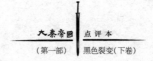

林，又隔着几条宫巷，要像在栎阳那样将难为之事随时禀报太后，也不行了。公主荧玉也出嫁了，回宫的时候越来越少。国君始终也没有大婚，连个统管后宫的国后也没有。偌大的宫中，只有黑伯整日陪在国君身边。

"黑伯，君上用过早饭了？"

黑伯回头一看："参见商君。君上劳累，今日尚未醒来，商君是否稍等？"

商鞅思忖有顷："黑伯，可曾让太医给君上看过？"

"没有。君上从来不喜欢无事把脉。"

"黑伯，你去传太医来，最好看看。君上可是从来都早起的。"

黑伯醒悟点头，快步去了。片刻之后，太医匆匆赶来了。商鞅教太医等在门外，吩咐黑伯先进去看看。黑伯轻步走进，片刻之后又急忙出来招招手，商鞅和太医连忙跟了进去。黑伯挂起大帐，只见宽大的卧榻之上竟然弥漫出一股隐隐热气，秦孝公面色赤红，显然在发热昏睡之中。太医上前把脉片刻，从随手药箱中拿出一包银针，熟练仔细地扎进了六处穴位。大约小半个时辰，秦孝公脸上的红潮消退，显然是清醒过来了。太医退出银针，走到一旁去开药方。商鞅见秦孝公清醒过来，连忙上前问："君上自觉如何？"秦孝公笑道："没事。昨夜大约伤风了。"说着坐了起来，脚方着地，又是一阵大汗淋漓，骤然间面色苍白。太医急忙走过来道："君上受风寒侵袭甚深，宜安卧休憩数日，容臣医从容调理才是。"

秦孝公挥挥手："无甚大碍，你下去。"说着就站了起来。

黑伯连忙上前扶住："君上，还是卧榻休憩才是。"见秦孝公不语，深知国君个性的黑伯不再说话，扶着他走向隔间去沐浴梳洗。

商鞅走近太医，低声问："君上为何发热？有他疾么？"

太医躬身作礼，答道："启禀商君，寒热之疾，百病渊薮，在下一时尚难断定。然君上宵衣旰食，起居无度，长此以往，必有大患。"

商鞅点头："你将药方留下，回去召太医们议诊一番再说。"

"是。"太医匆匆走了。

商鞅踱步思索着，方才进宫时还明朗愉快的心情，此刻突然有些惆怅。

庆典之后，他也是觉得宽慰了许多。变法、迁都、收复河西，这三件大事的任何一件，都足以使一个臣子成为秦国大功臣。他竟然在二十年中同时完成了三件大事，亲手将一个贫弱愚昧的西部诸侯国变成了一个富裕强大的一流战国,封君领地,权兼将相,达到了人臣功业的极致。人生若此,夫复何求?他油然想到了一个古老的问题:大功之后如何走完后半生?孔夫子将人生划分了五重境界:"三十而立,四十而不惑,五十而知天命,六十而耳顺,七十从心所欲不逾矩"。自己已经四十有二了,功成名就,声威赫赫,可是做到"不惑"了么?历来的功业名臣,面前都有共同的困惑,是继续走完权臣功业的道路,还是急流勇退自保全身?前者是一条充满荆棘危机四伏的道路,它的艰难与危险,甚至远远胜过建功立业之期。功高自危,这是无数功臣的鲜血铸下的古老法则。远有文种、范蠡,近有田忌、孙膑,都活生生地证明了这条古老的法则。同是大功臣,文种不听范蠡劝告,坚持在国辅政而被杀害;范蠡断然辞官,隐退江湖而逍遥终生;田忌不听孙膑劝告而受到陷害,被迫逃离齐国;孙膑却隐退山林撰写兵书,明智地避免了最危险的功臣末路。商鞅对这些兴亡荣辱的典故再熟悉不过,他在班师咸阳的归路上,就已经开始想这件事了。

商鞅选择了功成身退。

他要办的事太多了,首先是对白雪的愧疚折磨得良心无法安宁,他要用后半生的激情去安抚补偿那颗流血的心。其次,他要静心总结自己的变法心得,撰写一部超过李悝《法经》的法家经典。再者,还要回到故国寻找父母的墓地,为他们建一座可以安享祭祀的陵园,以尽自己从来没有尽过的孝道。更重要的是,他还想收三五个学生,将他们教成出类拔萃的法家名士,使自己的法家思想更为发扬光大。他还想与白雪、荧玉并带上弟子们重新游历天下,像孔子孟子一样在列国奔走一番……所有这些事,都有待他辞官之后才能去做。

商鞅被封商君,风头一时无两。功高震主者,能否功成身退?难。

事隔多年,白雪的名字才又出现。卫鞅变法是正事,其他的儿女情长,孙皓晖唯有按下不表——或者说,该出手时再出手。

立言比立功更"不朽",士人尤其懂得这个道理。后世君王,如曹丕,就深知文章乃经国之大业、不朽之盛事。

对于国事，他是放心的。他要辞官，绝不担心秦公是越王勾践那种"唯知共患难，不能同享乐"的国君，更不是齐威王那种表面英烈实则耳根很软的国君。秦公的胆略、智慧、意志、品格，堪称千古罕见，否则也不会与他这样凌厉冰冷的权臣肝胆相照，更谈不上他的建功立业。他从来傲视天下，唯独对秦公是真正的折服。二十年来，他始终有一个鲜明的感觉，秦公是泰山，他只是泰山上的苍苍松柏，没有这坚实的万仞高山，就没有凌越绝顶的苍松翠柏。他相信，终秦公之世，他卫鞅决然没有任何功臣之难。选择隐退，恰恰因为他对秦公，对秦国的未来完全放心。秦公比他长一岁，同样是正当盛年，只要再撑持二十年，甚或十年，秦国将对山东六国占压倒优势。

今日进宫，商鞅正是要对秦公交代国事，提出自己隐退的请求。

但是，秦公的"热病"，却使商鞅猛然悟到了一个长期忽略的事实，秦公的身体与储君太子的下落。秦公的身体果然没有隐患么？看来不是这样。若果然有隐患，太子的事就应当早日着手了。这些事商鞅从来没有想过，他认为只有四十三岁的秦公，完全有时间有能力从容地处置好这些国脉大事，而且，秦公处置这种事情的能力要远远超过商鞅自己。可是，秦公却恰恰对自己的"热病"没有丝毫警觉，自然也不会去想相关诸事了。一想到这里，商鞅心里就猛然感到沉甸甸的。

"商君，来，你我今日痛饮一番。"秦孝公沐浴出来，精神大振。

商鞅笑道："君上高热方退，还是不要饮酒。"

"哪里话来？"秦孝公爽朗大笑，"我这发热是喜病！当年一打胜仗一高兴，就要莫名其妙地热一次。这回呀，大捷

下面，该交代太子驷这么多年的遭遇及去向了。民间是一个具备无穷无尽想象空间的世界。

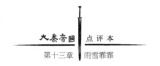

迁都,双喜庆典,就大大地热了一回。我看呀,这不是病,是上天怕我糊涂,让我将糊涂撂在睡梦里算了。黑伯,上酒! 大喜大捷,岂能不一醉方休? 来,这是你最喜欢的赵酒!"

商鞅也大笑起来:"君上,秦国终于也有赵国贡酒的一天了! 好,只此一坛。"

"岂有此理?"秦孝公笑道:"本来昨夜就要请你和荧玉来共饮,不想回来就昏睡过去。今日你来正好,我们多久没有畅谈畅饮了? 二十年? 对,二十年! 来,干!"

商鞅一阵激动:"君上……"举爵一饮而尽。

"商君啊,二十年前,你我可是畅饮畅谈了三天四夜。从那时起,你我就携手并肩,就挑起了兴亡重担,荣辱与共,艰辛备尝。此中甘苦,何堪对他人道也!"秦孝公喟然一叹,眼中泪光莹然。

商鞅也是两眼潮湿:"君上,臣心中始终铭记那句誓言。"

"变法强秦,生死相扶!"两人不约而同地念诵着,举爵相碰,慨然饮尽。

"生死存亡,不堪回首。商君啊,有几次,我都觉得支撑不住了。至今想来,犹觉后怕也。"

"二十年与君上风雨共舟,臣时常想起孟夫子为人生立格之名言:富贵不能淫,贫贱不能移,威武不能屈,此之谓大丈夫。此格,君上当之无愧!"

秦孝公大笑起来:"哪里,我倒觉得,此话是孟子专为商君说的。"

"不。唯君上当之无愧。"

"那就别谦让,都是!"两人同声大笑,又是一饮而尽。

秦孝公置爵沉吟:"商君,你说往前该如何走? 总还是能活几年了?"

商鞅心中一震,脸上却是一片微笑:"臣当问,君上之志若何?"

"强国之志,未尝有变。"

"国已强盛,敢问君上远图何在?"

秦孝公思忖有顷,轻声道:"商君是说,秦国可一统天下?"

"可与不可何足论? 君上,可有此远图大志?"

秦孝公不禁默然,大饮一爵:"商君以为,你我此生,可成得此等大业?"

商鞅摇头:"君上,天下纷扰割据六百年,一统大业,自是万般艰难曲折。若君上与臣再有三十年时日,或许可成。然则,若天不假年,也就非一代之功了。商灭夏,历时两代。周灭商,历时三代近百年之久。秦国由弱变强,用了二十年。然若东出函谷关,与六国争天下,直至灭六国而一统天下于秦,当有数代之不懈奋发。以臣预测,至少需三代以上较量。此中关键,在于君上是否为后世立格?"

"此乃吞吐八荒之志。有何国策可以确保?"

"坚守法制,代有明君。"商鞅显然经过了深思熟虑。

秦孝公默然沉思良久,感慨长叹:"商君啊,今日一席话,你将我面前的迷雾拨开了。坚持法制难,代有明君更难啊。就说太子嬴驷,十几年不见他了,也不知他是变成了石头,还是炼成了精铁?"

"君上,"商鞅觉得到了坦诚直言的时候,"臣以为,君上虽正在盛年,亦当虑及旦夕祸福,及早为秦国未来着想,召回太子,使其熟悉国事,确保后继有明君。此乃国家根本,望君上明断。"

秦孝公望着窗外,一声沉重的叹息。

## 二  孤帆飘蓬水成冰

那年盛夏酷暑的时节,南山的山腰小道上,一个黑衣少年匆匆不停地赶路。

嬴驷被公父的愤怒吓坏了,回到太子府,立即向驷车庶长交了太子印信,又办理了游学士子的关文,天不亮便出了栎阳南门。他只有向南向西两条路可走。东面、北面都是被魏国占了的河西之地,根本不能去。西部倒是秦国的老根,但是那需要一匹好马,否则真有可能被困在地广人稀的山野里。想来想去,只有向南了。

出得栎阳,高耸的青山就在眼前。嬴驷一鼓作气,想赶

太子流落民间,且看他习得哪般本领。嬴驷上位之前的事,史书记载极少,只提到主子犯禁,师傅受罚,具体详情无考。孙皓晖把太子嬴驷"发配"至民间,自有其深意。

到南山①再歇乏,谁知走了整整一天,才到得南山脚下。这里空旷寂凉,举目不见人烟。嬴驷已经走得浑身酸疼,趴在清清山溪旁大喝了一阵清水,躺在一块光滑的大石上囫囵睡去。半夜忽然醒来,浑身被蚊虫叮咬得奇痒难忍,一阵乱抓乱抠,身上已经满是血丝。想爬起来赶路,却闻深山里阵阵狼嗥虎啸,吓得不敢动弹。脚板又疼得火烧一般,脱去皮靴布袜一摸,脚板全是大大的血泡。嬴驷不知如何是好,只有咬着牙硬撑。好容易挨到天色微明,啃下一个随身携带的干饼,咬着牙又站起来上路了。日近正午,走近了南山腹地的主峰,遥遥南望,只见大山层叠连绵,仿佛一根根支撑蓝天的巨柱。山道上行人稀少,偶有过客,也是三三两两的楚国商人。嬴驷生怕天黑出不了大山,不敢耽搁,用短剑砍了一根树枝削成木杖,拄着一瘸一拐地继续上路。再往南走了一程,山势开始变低,尽是曲曲折折的下山小道,走得一阵又是上坡,爬上了一座小山,已经是日头西斜了。往下一看,嬴驷高兴得大叫起来。

山下一片河谷,树林中冒出缕缕炊烟。山坡上散布着一片一片的金黄谷田,没有一块荒芜的秃山。河谷之中也是田块整齐,隐隐可闻鸡鸣狗吠之声。

嬴驷顾不得细看,拄着木棍瘸下山来。到了谷底,却发现这里竟是世外邦国一般。林木茂密,绿草如茵,牛羊悠闲地在河边自由吃草,无一人看管。啾啾鸟鸣,阵阵花香,一条小河哗哗流淌。河畔山脚的石屋点缀在一片片的小树林里,就像一幅山水图画。嬴驷愣怔半日,向离得最近的一排石屋走去。穿过一片小树林,便见一圈低矮的石墙,中间门楼挺高,大门洞开,庭院里一个中年女人正在理桑叶。

苦难不能压垮他,反而能磨炼他。

① 南山,即终南山,今日秦岭。

"敢问大姐，这里是秦国，还是楚国？"嬴驷小心翼翼地
问。

女人抬头，咯咯咯笑个不停："哟！你是从山上滚下来
的吧，昏了头不成？楚国远呢，这儿是秦国，商於县黑林沟，
知道么？"女人说着，放下手里的桑篮站了起来。

嬴驷恭敬地拱手道："敢问大姐，此间里正何人？我想
见他。"

"哟，你可算找对了。我家夫君，就是里正，一会儿就回
来。我还没问，你是何等人？咋个称呼你？"说话间，女人打
量着这个蓬头垢面双脚流血的年轻人，一副惊讶的神情，似
乎有几分怀疑。

"大姐，我乃游学士子，叫秦庶。山道不熟，摔了几次。"

"我说呢，原是个小先生。请院中稍歇，我去拿茶水
来。"女人转身进屋，片刻提来一个大陶罐和几个大陶碗，将
陶碗一溜摆开，利落地挨个斟满，"喝吧，新山茶，消暑解渴
呢。"

"多谢了，大姐。"片刻之间，嬴驷将五六碗凉茶一饮而
尽。

女人啧啧叹道："游学也苦啊，小先生一定饿了呢。"回
身走进屋中，拿出了一盘似红似黑的软面饼和一块熟肉，放
到石板上，"先垫垫饥，再待饭时。黑面的，里面加了柿子，
多咥几个！"脸上显然怜惜有加。

嬴驷道一声谢，风卷残云般吃光了面饼熟肉，见女人静
静地看着他，大觉难堪，起身拱手道："秦庶饥渴难忍，有失
礼数，大姐见谅。"

女人笑道："哟，快别那样儿，坐着歇歇吧。前些年，我
也被饿怕了呢。有过路客人，想喝口米粥都没有，更别说面
饼和肉块子了。这几年呀，日子好过多了。不然，我家也逃

自称游学之士，最不会引人怀疑。春秋战国，游学很平常，人们见怪不怪，庶人之防范心也不似今日这般重。因游士、侠客、刺客等到处游走，不利于控制，所以才强调归农垦草，把人束缚于土地之上，不得自由流动。

此为一饭之恩。卫鞅也曾得其一饭之恩，但法家不看重人情道德，一饭之恩，反为恩主招来杀身之祸，此为后话。

到楚国去了。"说着说着,女人眼圈红了,转身又走到院中井口边,三两下打起一桶清水提到一块石板上,"来,你脱了衣服,冲洗一番。我去给你拿两件男人衣裳来。"

赢驷还没来得及答话,女人便进了屋子。想了想,赢驷还是脱去了又脏又臭已被山石荆棘挂得破烂不堪的长袍,用木瓢舀着清水向自己头上身上猛泼,顿觉一片清凉酣畅。刚从皮囊中拿出一块干布包住腰身,女人便拿着几件衣裳走了出来:"来,换上。小先生莫嫌弃,我男人只有这件长布衫,见县令才穿的。看看,合身不?"

赢驷穿上长衫,虽略显宽大,却是干爽风凉,大觉舒坦,不由深深一躬:"多谢大姐,秦庶容当后报。"

"哟,说哪儿去了?老秦人都是热肠子直性子,小先生不知道么?"笑着说着又是一番打量,"啧啧啧,小先生还是个俊气后生哩!这么年轻就出来游学,父母放心?"

赢驷摇摇头:"母亲早去了。父亲,不要我了。"

"啊?为个甚来?"

"父亲责我学业不精,赶我出门,游学天下,增长见识。"

"啧啧啧,"女人大为感叹,"严父呢。也是,吃得苦中苦,方为人上人嘛。哪像我那儿子,就能种地当兵。"

"大姐,你儿子当兵了?他,不怕当兵打仗么?"

"咳,那个憨货,明日就要走了。"女人抹着眼泪,脸上却是明亮的笑容,"怕当兵?那是早年的事了。现今庶民当兵,杀一个敌兵,官府就给一级爵位,男人们都争着抢着打破头了。连老头子们都想去哩!"

"老头子?老人,也想当兵?"赢驷大为惊讶。

"想,想得厉害呢。"女人笑着说,"老头子们打了半辈子仗,就想圆个爵位梦,改换门庭嘛。早年,山里人都是贱民隶农,当兵有份。可立功再多,也是老兵头一个。能保住命回

立功之奖诱,是庶民由庶入士入贵的路径,商鞅之举,打破了阶层之间不能流动的旧例,从而成功唤起整个诸侯国的功利心。从这一点来看,商鞅恰好是有"平等"意识的改革者,商鞅所建立的,也是"理想国"。其危其害,又另当别论。

乡过穷日子，就算万幸了。如今呀，山民都除了奴籍，谁不想
挣个爵儿？谁不想荣归故里风光一番？只可惜呀，官府不要
老头子，你说他们憋气不？"

"那如何是好？"嬴驷有些着急起来。

"别急呀你，现今这官府，就是有办法。非但奖战，还奖
耕呢。农户纳粮，超过官定数儿一倍，也赐爵一级呢。老头
子们当不了兵，就可着劲儿侍弄庄田，比侍弄女人还上心哩，
劲儿大着呢。"女人咯咯咯笑着，说得神采焕发。

"那，有人得爵位了么？"

"咋个没有？我们黑林沟有四家得爵位了呢。三家'公
士'，一家'造士'。你识得字，门口瞧瞧。"女人骄傲地指指
新修的高大石门。

嬴驷进门时饥渴困乏，没有留意，此时连忙走到门口一
看，却见门额正中四个大铜字镶嵌在雪白的蓝田玉里——国
赐造士！转身向女人深深一躬："秦庶恭贺大姐了。"

女人笑得脸上绽开了花儿："好！大姐受这一拜。你还
是个白身士子嘛，不违礼数呢。"

"你是何人？因何到此？"一个沙哑的嗓音从身后门口
传来。嬴驷回身，见一个五十岁上下的粗壮男人大步走来，
手中提着铁末，身上穿着短打黑布衣，上下打量着自己。

女人笑道："黑九，这位是游学士子，正在等你呢。小先
生，这便是我家夫君。"

嬴驷谦恭地深深一躬："士子秦庶，参见造士大人。"

"哎哎哎，"黑九急忙扶住，"说是那么说，当真行礼不
成？来来来，快进来坐。"将嬴驷拉到院中石案前坐了，粗声
大气对女人嚷嚷："快弄饭咥，有事等着呢。"

女人笑问："儿子呢？他不咥？"

"咳，他们十来个要走的小子，缠住了老兵头黑三，要听

借乡间女人之口，道商鞅
变法之利。借商於县黑林沟，
铺设太子与商鞅新的冲突。

军中规矩,还要练功,喊他不动。别等了,我和先生先咥了。先生坐坐,我冲一下子。"说着,便打起一桶水冲洗起来。

片刻之间,女人已经将一大盆炖山猪肉、一大盆凉拌青葵摆了上来,又端来一盘热腾腾的面饼和两碗米酒:"小先生初到,尝尝自家酿的米酒。"

黑九嘿嘿笑道:"好好好,有酒就好。来,先生请。"

嬴驷和黑九碰了一下,一口气喝下了那清凉沁脾的米酒,拱手道:"里正,我已经在商於官府记名游学,请里正关照。"说着从皮袋中拿出关文。

黑九接过端详:"我识得这红色大方印,行了。依照新法,士子游学,所到处免金而食,就是不许讲《诗》论《书》,知道么? 其余你自己看着办,有为难处就对我说。来,咥饱!"黑九还过关文,大吃大喝起来。

"里正放心,我不会《诗》《书》。我习农学,查勘山川而已。"

"那就住我家里。儿子一走,正好,有一间房子空着。"

"多谢里正。"嬴驷很高兴,他能看出来,里正一家厚道豪爽,令人放心。

吃过饭,天色已经暮黑,里正匆匆出门了。女人还没收拾完,嬴驷便靠在石板上睡着了。一觉醒来,满天星斗在头顶眨眼,晚风习习,很是凉爽,全然没有山外的炎热酷暑。坐起来一看,身下一张大草席,身上一块粗布被单,石枕头旁边放着自己随身不离的皮袋,原来自己就睡在院中。听听屋中似乎没人,嬴驷不禁有些害怕起来,拿起皮袋翻开,一样物事不少,不禁长长嘘了一口气。正在此时,遥遥传来"叮叮当当"的声音,还伴随着一片笑语喧闹。他霍然坐起,走到正屋前轻声叫道:"黑嫂,大姐。"却没有人应答。

想了想,嬴驷背起皮袋,悄悄出门,寻声向村中走来。

商君视《诗》《书》如虱子,民间风向自然跟着变。商君厌《诗》《书》之事,可参见《商君书》。

穿过一片小树林，小河边的打谷场上红光闪烁人声鼎沸。嬴驷心中惊讶疑惑，莫非有乱民暴动？他从皮袋中轻轻抽出短剑，悄悄地爬上林边一座土丘，小心翼翼地向打谷场张望。但见场中一排皮囊鼓风炉喷出三五尺高的火焰，十几名赤膊壮汉抡着大锤正在叮当捶打。围观的男女老幼熙攘喧闹，黑九夫妇的声音特别响亮。这是做甚？不是打造兵器么？对，绝不是打造农具的样子。嬴驷不禁大疑起来，秦国素来缺铁，铁料铁器全数由官府控制，连菜刀也是栎阳的国府作坊打造好登录售出，如何这小小山村，竟然打造起了兵器？难道卫鞅新法允许民间私铸兵器了？即或如此，铁料哪里来？莫不是楚国偷运铁料过来，在这里制造民乱？果真如此，我可要立即回栎阳。

正在思绪紧张纷乱之际，却见场中铁工将红光未敛的兵器塞进水瓮，顿时腾起大团大团的热气。片刻之间，兵器从水瓮抽出，略经锻打，交给旁边的铁工开刃。开刃后又立即交给下手的七八个老人在大石上磨起来。一顿饭工夫，一排明光闪耀的长剑摆在了炉前的大石板上。

嬴驷不禁大为吃惊，想偷偷离开这个山村。正在这时，却听到黑九的高声大嗓："县工为黑林沟立功，多谢了！"县工？如何还有官府工匠？嬴驷更是惊疑，想看个水落石出。这时只见场中一个黑衣人拱手道："黑林沟大义铸剑，缴五十石余粮换来铁料，又请县府督造，守法助国，乃有功义举。本工师当禀明县令，为黑林沟父老请功！"

一个白发老人高声道："咱是为自家兵娃子有个趁手家伙，多杀几个魏狗，立功挣爵儿！又不是咱上阵，冒个甚功？"

全场哄笑，一片乱喊："对！兵娃子们立功就行！""咱土疙瘩要功做啥？鸟！"

黑九高喊："兵娃子们，好好跟姑娘道个别，明早上路。散了！"

"噢……散了……"一片喊声中，青年男女们三三两两地隐没到树林里去了，场中只剩下老人家长收拾场子，招呼工匠们吃喝。嬴驷一阵轻松，连忙爬下土丘，回到黑九院中倒头便睡。蒙眬中只听黑九夫妇的屋中一直在说话，夹杂着隐隐的哭声笑声，直到东方发白。

清晨起来，黑九夫妇已经做好了一顿丰盛的饭菜。嬴驷明白，那是专门为儿子饯行的。黑嫂眼睛红红的，却又兴奋地忙进忙出，全然不像悲伤的样子。黑九从房中唤出儿子向先生行礼。嬴驷连忙扶住，向青年深深一躬："兄台为国赴难，请受秦庶一拜。"

黑嫂笑道："哟，这是咋个讲究？小先生应唤他侄儿才对。"

嬴驷道:"兄台比我年长,自当尊重。请大姐许我,各叫各的了。"

黑九哈哈大笑:"也好,各叫各的。你俩也做个朋友,山不转水转。"

青年拱手道:"我叫黑茅竹,大字不识一个,高攀先生了。"

嬴驷笑道:"兄台从军,不妨去掉那个'竹'字,'茅'做'矛'字,就叫黑矛,好听好记。"

黑九夫妇一齐笑道:"好好好,就叫黑矛!读书士子,就是不一样。"

"谢过先生。"英武憨厚的黑矛乐得嘿嘿直笑。

"好了好了,咥饭!"黑嫂指着院中长大的青石板桌,"小先生,上座。"

嬴驷坚决推辞,将黑矛推到了上座。桌上摆了满满六个大陶盆,一盆炖山猪肉,一盆方方正正的酱猪肉,一盆青葵,一盆山菜,一盆萝卜炖羊腿,一盆清煮整鸡。黑嫂又提来一坛米酒,给各人斟满陶碗,自己才坐在黑九身边。

黑九端起了大陶碗:"来,为这小子立功挣爵,干了!"

四人大碗相碰,一气干下。黑嫂放下陶碗,眼睛红红地背过身去。

黑九大笑:"哭个鸟!黑矛立了军功,就是黑家的香火旺。还怕没人葬埋咱这把老骨头?真是妇人见识。"

嬴驷心中一动:"敢问里正,黑矛兄可是独子?"

黑九高声大气道:"本来不是。夏忙时老二给官府纳粮,黑天山路,滚沟了。"

"里正,不是说新法征兵,不取独子么?"嬴驷惊讶了。

"那是。"黑九慷慨高声,"国府体恤庶民,咱庶民也得体恤国府,是不?没变法那些年,黑林沟一窝子隶农贱民,整天

卫鞅变法,"行之十年,秦民大说,道不拾遗,山无盗贼,家给人足。民勇于公战,怯于私斗,乡邑大治。秦民初言令不便者有来言令便者,卫鞅曰'此皆乱化之民也',尽迁之于边城。其后民莫敢议令"(《史记·商君列传》)。变法证明,庶民比贵族更容易满足。在庶民身上收获的感恩之心,在贵族身上不易得到。

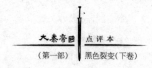
饿得前心贴后背，一大半都逃到楚国去了。就有十个八个儿子，又能咋样？还不是饿死冻死？变法了，日子好了，逃到楚国的人都回来了，谁不说黑林沟翻了个儿？"黑九长长一叹，"人，得有良心。没人当兵，这土地，这庄园，这好日子，能守得住？满村的老头子都要当兵，咱个独子，就舍不得？"

"可是，县府能让他去么？"嬴驷不安地问。

"老二的事，谁都不知道。我对村里说，老二是出山帮亲戚去了。哎，先生，你可不能露底。"黑九神秘地笑着叮嘱。

嬴驷默默点头，心里一阵莫名的悸动。

黑嫂抹抹眼泪笑道："别说了，黑矛去，我也没拦挡嘛。黑矛，你虽是独子，阵前可不兴贪生怕死……"一句话没说完，黑嫂已经泣不成声。

黑矛霍然站起，趴到地上咚咚咚给父母叩了几个响头，粗声大嗓道："爹，娘，你等放心，儿不立功，誓不还家！"

黑九大笑："好儿子，有志气！走，该送你们上路了。"

嬴驷陪着黑嫂一起来到山口小道时，太阳已经升上了半山。只听一阵辚辚车声，三辆兵车从山外驶来。黑嫂笑道："那是县府派来接兵的。你看，他们出村了。"只听一阵悠长的牛角号声，大群村民簇拥着十二名青年出了村口，当先一幅红布，大书"黑林沟义勇新兵"几个字。青年们后面，是村中少年抬着的十二张木案，每张木案上一罐米酒一把长剑。来到山口，黑九向兵车前的县吏拱手高声道："黑林沟十二名义勇新兵，送到！"

县吏拿出一卷竹简高声点名，查对无误，一挥手："新兵换甲！"

新兵一个个鱼贯走到兵车前，从县吏手中接过一套铁衣，又回到木案前将原先布衣脱去，换上黑色甲胄，顿见人人精神倍增英气勃勃。

黑九大喊："老兵头们，献酒壮行——"

十二名白发苍苍的老人走到案前，各自捧起黑色的小陶罐，齐声喝道："黑林沟，英雄酒！后生上阵莫回头！"十二名铁甲新兵锵锵然列队，单腿跪地，双手接过陶罐咕咚咚一饮而尽，霍然站起，齐声高喊："饮得英雄酒，上阵不回头！"

黑九又大喊一声："姑娘们，赠剑——"

十二名红衣少女噙着泪花，各自走到恋人的案前，捧起雪亮的长剑，双腿跪地，将长剑高高举过头顶。新兵们双手接过长剑，向恋人深深一躬。

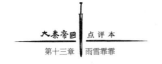

少女们站了起来,齐声唱起了悠长的山歌:

君有长剑兮　守我家园
我有痴心兮　待君回还
两心无悔兮　悠悠青山
征人远去兮　流水潺潺
猛士归来兮　布衣高冠
日月无改兮　桑麻红颜

深情的歌声中,新兵们拱手辞乡,跳上兵车,辚辚远去了。

嬴驷眼见黑嫂摇摇欲倒,连忙扶住。望着远去的兵车,黑林沟的男女老幼哭成了一片。嬴驷也早已经是双眼朦胧,心中禁不住地颤抖着。

那一夜,嬴驷彻夜未眠,听着屋中黑九夫妇的喁喁低语,看着夜空的满天星斗,自己也弄不清想了些什么,直到天亮,才昏沉沉睡了过去。

光阴如梭,倏忽之间嬴驷在黑林沟一住就是三年。本来,他是可以早早离去的,可是总觉得不能离开。他到秦楚边境去了,也到商於其他县去了,但都是一两个月就又回到了黑林沟。嬴驷终于弄明白了,自己是在等黑矛回来,想亲自看到黑九夫妇和他们唯一的儿子相聚。三年中,他和黑林沟父老已经有了深厚的情谊,黑九夫妇待他像兄嫂又像父母,使他时常感慨不已。反复思忖,嬴驷觉得不能再等了,毕竟不能老死在这里,他还要顺着自己的路走下去。

这年春天,嬴驷终于决定要离开黑林沟了。

消息传出,山民们扶老携幼地将嬴驷送到山口。这个送

任何朝代的为政者,都当了解民情民意。这恐怕是孙皓晖"发配"太子到民间的用意。劝谕之意明显,不独针对秦,也不独针对今。不知民情民意,当不得大统。

块干肉，那个送张兽皮，交口夸赞秦庶是个知书达理的好先生，日后一定能做大官。嬴驷坚决推辞了父老们的礼物，答应日后一定再来拜望黑林沟父老。

黑九夫妇感慨唏嘘着又将他送出山口。黑嫂抹着眼泪塞给嬴驷一袋铁钱："兄弟呀，你两手空空地走了，啥也不要，大嫂我如何安心？带上这点儿钱，路上方便些个……"黑九揉揉眼睛笑道："我说秦庶老弟，何必四处游学奔走？反正黑矛不在，我等就一家人过了。将那个女子娶了来，分一方田，挣个爵，再生几个兵娃子，多好！"

嬴驷双眼含泪深深一躬："大哥大嫂，秦庶本当待黑矛兄回来再走，奈何还要完成修业。黑矛兄荣归之日，我一定回来。秦庶告辞了。"

"哎哎哎，别急。"黑嫂赶上来悄声问，"她，咋个没来送你？"

"谁呀？"嬴驷笑道。

"还有谁呀？黑枣！你不要她了？还是她不与你相好了？老实说。"

嬴驷大笑："哎呀大嫂，黑枣是个好姑娘，可我，和她没事。"

"你，没有和她进过林子？"黑嫂一脸惊愕。

嬴驷认真摇头，叹息道："黑嫂，我岂敢做那等事，决然不会。"

黑嫂轻轻叹息："黑枣生得美，方圆百十里难挑。可性子烈着呢，谁都知道，她只对你唱歌儿，不理别个后生。山里女娃儿，那就是将心给你了呢。"

嬴驷默然，又向黑九夫妇深深一躬，大踏步走了。

谷口外的山道上，一个红裙少女当道而立。

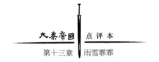

正偶偶独行的嬴驷不禁怔怔地站住了,良久,他深深一躬道:"黑枣,秦庶走了。"便要从少女身旁绕过。

"慢着。"少女叹息一声,"秦庶,你真的不带我走?"

"姑娘,你我萍水相逢,秦庶漂泊无定,不敢做他想。"

少女闪动着眼波:"我,喜欢你。你,也喜欢我。咋个不敢带我走?"

"我,从来就没有喜欢过你。"嬴驷冷冰冰的。

少女顽皮地笑了:"秦庶,咋个骗自己? 你,为难么?"

嬴驷低头沉默,不敢抬头看那对热烈真诚的眼睛。少女也静静地看着他,不说话。良久,嬴驷终于开口了:"姑娘,你不知道我是何等人。我,没有资格去爱。我不知道,我的明天隐藏着何等凶险,甚至哪一天,我会被人突然杀掉。我已经跌进了深渊,我连做一个山野庶民,自由自在耕织田园的资格都被剥夺了。我只能,永远与不知道来源的险难周旋下去,直到我死。姑娘,我,不属于我,我只能一个人漂泊……告辞了。"

"秦庶……哥哥!"少女哽咽一声,追到嬴驷身前挡住,从怀中掏出一个小小的红布包儿,仔细打开,一只绿莹莹的玉埙赫然捧在掌心。少女柔声道:"我听懂了哥哥的心曲。你不是寻常人,我知道。你有那么多愁苦烦恼,有那么多常人没有的心事。我想钻到哥哥心里去,化开它们。黑枣甚也不怕,哥哥,带我走吧。"

嬴驷默默而坚决地摇摇头。

少女叹息一声:"秦庶哥哥,这是我从小吹的绿玉埙,今日送给哥哥做个念想。请大哥哥吹一曲《秦风》,黑枣儿唱支歌儿,为哥哥送别,好么?"

默默地,嬴驷从少女掌心拿起碧绿晶莹的玉埙,略一思忖,悠长高亢而又充满忧伤与激烈的《秦风》歌谣曲在山谷回荡开来。少女灿烂的笑脸上,洒满晶莹的泪珠儿,美丽的嗓音直上云中:

> 上邪——
> 我欲与君相知
> 长命无绝衰
> 山无陵
> 江河为竭

冬雷震震

夏雨雪

天地合

乃敢与君绝

少女唱完,慢慢走到嬴驷面前,猛然抱住他热烈地长吻。

嬴驷手足无措间,少女猛然松开双手,跑向山头,纵身跳下了悬崖。

"黑枣!""小妹!"嬴驷嘶声大喊着扑到悬崖边,眼前却只有一缕红布在呼啸的山风中悠悠飘荡。

嬴驷双手抱头,跌坐在悬崖山石上失声痛哭。

嬴驷在悬崖边上哭了一个时辰,才猛然醒悟过来,拽着山石上的青藤滑下山谷,粗厚的布衣被荆棘划挂成了褴褛破絮,身上脸上全是道道血痕。好容易在峡谷的乱石林木中找到了少女,却已经是一具头破血流的冰凉尸体了。嬴驷抱起少女尸体,跌跌撞撞地摸爬到一块山溪旁的平地上,奋力用短剑掘出一个大坑,四面用石块镶住泥土,将少女尸体平展展放进坑中。坐在少女身体旁想了好一阵,嬴驷又从皮袋中拿出自己的一件长衫盖在少女身上,这才跳上地面,找来一块石板盖在坑上,将掘出的泥土在坑上堆成了一个圆圆的坟墓。喘了口气,嬴驷又用短剑砍下一段枯树,削去树皮,砍去疤痕,立在少女墓前。思忖片刻,嬴驷猛然一挥短剑,大喊一声,左手食指顿时在地上血淋淋蹦跳。嬴驷捡起地上的血指,猛然在木碑上大书"贞烈山女嬴驷亡妻"八个大字,字方写完,咕咚一声栽倒在墓前……

第二天,太阳照亮山谷的时候,嬴驷才睁开眼睛。一看左手,嬴驷大吃一惊,那根断指竟然神奇地接在了食指上,还用一片白布包扎着。再一看,身上还盖着一件布衫,身旁还放着一块熟肉。嬴驷大为疑惑,翻身爬起四面张望,却是杳无人迹。愣怔半日,对着上天长长三拜,又对着少女坟墓拜了三拜,喝了一顿山溪水,吃了那块熟肉,便艰难地开始爬山……

爬上山来,嬴驷沿着南山山麓西行,出得大散关,向陇西跋涉去了。

……

十年过去,嬴驷已经走遍了秦国西部的草原河谷,也走遍了被魏国占领的河西地

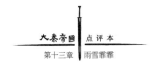

区。最后,他回到了关中,来到了郿县,住在了那个令他刻骨铭心的白里。这时候,他已经快三十岁了,长发长须,精瘦结实,肤色粗黑,地道一个苦行农事的农学士子,任谁也想不到,他就是十三年前的秦国太子。

又是夕阳暮色,一个肩扛铁锄赤脚布衣者走出了田头,步态疲惫散漫地向白村而来。走着走着,他倚锄而立,木然看着暮色中炊烟袅袅的村庄。一个十四五岁的少年左手提着陶罐,右手抱着一束从田中除下的杂草,从他身后兴冲冲赶上:"秦大哥,今晚到我家用饭如何? 我娘炖的羊肉美极了。反正你也是孤身游学,一个人回去冰锅冷灶的。"少年聪敏伶俐,一串儿话说得铃铛般脆,却又老成得大人一般。

"那就多谢小兄弟了。"

"咳,秦大哥客气了。我白山在村里,和谁都不搭界,就高兴和你说话。秦大哥有学问,老族长都说,你不是个寻常人哩。"

"农家士子,力行躬耕,自食其力而已,寻常得很。"秦大哥疲惫地笑笑。

"不管咋说,我就喜欢你,沉沉的。我白山,没有朋友。"少年脸色黯淡下来。

秦大哥搂住少年肩膀:"小兄弟,秦大哥做你的朋友。"

说着话已经来到村边一个普通的砖房院落前,与村中其他宅院相比,这家显然要贫寒一些。少年在门外放下青草,才轻轻叩门。厚厚的木门"吱呀"开了,一个头发灰白却是一身整洁布衣的妇人站在门内,脸色平淡得几乎没有表情。

"娘,这是秦大哥。"少年恭恭敬敬,方才活泼生气顿时消失。

"见过先生。"妇人稍有和缓的面色中,依旧透着一种萧瑟落寞。

秦大哥将铁锄靠在门后,深深一躬:"秦庶见过前辈,多有叨扰。"

"先生莫得客气。山儿,带客人到正屋落座。"

白山拉起秦庶的手:"兄台,我们到大屋坐。"说着便将秦庶拉到了坐北面南的正屋。秦庶略一打量,便感到这间简朴宽敞的客厅隐隐散发着一种败落的贵族气息。面前是磨损落漆的长案,膝下是色泽已经暗污的毛毡坐垫,屋角一座陈旧的剑架上横着一支铜锈斑驳的短剑,再里边就是一架已经用旧布包起来的竹简。点点滴滴,都透露着主人家不凡的往昔。

"秦大哥,上座。我来点灯。"白山说话间将一盏带有风罩的高脚铜灯点了起来,屋

中顿时明亮。白山又从屋角窸窸窣窣拖出一个红布封口的坛子，"秦大哥，这坛老酒寻常没人动，今日我们干了它。"

门轻轻推开了，白夫人端着一个大盘走了进来，将三个带盖子的精致陶盆摆在长案上。白山一一打开盖子，是一盆热腾腾的炖羊腿，一盆藿菜，一盆关中秦人最喜欢的凉苦菜。一转身，白夫人又端来一个小盘，拿出两双筷子，一碗小蒜，一碗米醋，一盘热热的白面饼。虽是家常，每一样却都整治得甚是精致干净，雪白青绿，香气扑鼻。秦庶一看就知道，若非世家传统，寻常农家的饭菜决然不会做到如此精细讲究。白夫人淡淡笑道："粗茶淡饭，请先生慢用，失陪了。"白山小心翼翼问："娘，我与秦大哥，饮了这坛酒如何？"白夫人略一沉吟，点点头走了出去。

白山又活泼起来，拿出两个细脖子的铜觯斟满："秦大哥，不是你来，娘不会教我饮酒。来，我们干了！"举觯一碰，咕咚咚饮了下去，却呛得满脸通红，连连咳嗽，"秦大哥，这，这是我第一次饮酒，好辣！"

秦庶也是脸上冒汗，笑道："惭愧，我也是第一次饮酒，彼此彼此。"

"噫，"白山惊讶，"秦大哥该三十多岁了吧？二十岁出头时加冠大礼，必要饮酒的，你没有？"

秦庶摇摇头："我少小游学，长久离家，至今尚未加冠。"

白山啧啧啧一阵："秦大哥，你如何那么多与人不一样？哎，你没觉得我家、我娘、我，也不同于白里人？不寻常么？"

秦庶沉吟："是有些不同。家道中落了，是么？"

"咳，不说也罢。"白山涨红的脸上双眼潮湿。

"小兄弟有何愁苦，不妨一吐为快。"秦庶慨然又饮一觯。

白山也猛然饮了一觯，长长地呼出一口气，明亮的眼睛中溢满了泪水："这不是愁，也不是苦。这是仇，是恨。我一生下来就没有父亲。十五年了，我与娘相依为命。那么大的家，那么大的势，那么多的人，就那样风吹云散了。秦大哥，你说，人该信天命么？"

"小兄弟，你父亲，死于非命？"

"不。被太子嬴驷杀死的。"白山嘶哑的声音一字一顿。

秦庶猛然一抖，铜觯"咣"的掉在石板地上，连忙捡起，充满关切地问："小兄弟，这，这太子，为何要杀你父亲？"

白雪

"当年,白氏全族都是太子封地。那年夏收时节,我父亲领着车队给太子府缴粮。不知何故,十几车粮食都变成了沙石土块。那个太子不分青红皂白,便杀死了我父亲,又狠毒地杀了白氏数十口青壮。从那以后,白氏一族就衰落了。你说,这不是仇恨么?"年深月久的仇恨浸泡,使少年白山有着比成年人还要深刻的冷漠。

"小兄弟,这粮食,如何,竟能变了沙石?"秦庶眼睛闪出异样的光芒。

白山一拳砸在长案上:"天晓得! 我白氏举族明察暗访了十几年,还没查出这只黑手。上天真是大大的不公!"

"小兄弟,你,恨那个太子么?"

"恨。他行凶杀人的时候,还没有我大。秦大哥,你说,如此狠毒少年,做了国君还不吃人? 咳,听说他被国君废为庶人,赶出了都城,失足摔死在了山里,也算是罪有应得。否则,我都要杀他,老秦人都咒他死!"

秦庶脸色煞白,沉重地叹息一声:"小兄弟,天意也。"

"天意?"白山哈哈大笑,"秦大哥,你不是秦国人,就不明白。老秦人讲究个快意恩仇,有恩有仇都必报,否则还不如死了。我白山一生两大仇人,死了一个,剩下这个一定要查出来,杀了他! 加冠之后,我就和你一样流浪游学,查访仇家,不信他上天入地不成? 报了仇,我再请你喝酒!"

"小兄弟,是何声音? 你听!"秦庶脸色骤变。

静夜之中,隐隐约约的女人哭声若游丝般飘荡,凄厉悲怆,令人毛骨悚然。

白山阴沉沉道:"那是我娘。她,每晚都要在父亲灵前哭祭……"

"咣!"秦庶醉了,猛然趴在案上,昏了过去。

三更时分,秦庶才跌跌撞撞地回到村后靠山的小院子。

当年疑案,至今未解。

一个"恨"字,多少冷意迎面而来。

他知道,其实自己并没有喝多少酒,他不会在一个深沉多思
满怀仇恨的少年家里放纵自己。流浪的岁月,已经给了他足
够的警惕。可是,他不明白自己如何就昏昏然了,就神思大
乱了。是那个少年的仇恨摧垮了他?是那一家的森森阴冷
迷乱了他?真是弄不清楚了。独自站在小院子里望着无垠
的河汉,他喟然长叹。嬴驷啊嬴驷,你的稚嫩、偏执与冲动,
埋下了多么可怕的仇恨种子?一个少年尚且对你如此刻骨
仇视,更别说整个孟西白三族和无数拥戴变法的民众了。在
他们心目中,秦国太子是个歹毒阴狠的狼崽,他们期盼这个
太子早早地死于非命,他们根本不想要如此的国君,否则,如
何能有"太子失足摔死"的传闻?嬴驷啊,你在国人心目中
已经死了,在公父的心里也已经死了。你,你眼下算个什么
东西?漂泊十多年,公父从来没有寻觅过自己,早先和官府
的一丝联络,也早早没有了。看来,公父的的确确是将自己
当作废了的庶民,遗忘了。也许公父早已经大婚,已经有了
不止一个儿子,他为何一定要记挂这个几乎要毁掉秦国变法
的忤逆的儿子?

少年鲁莽,铸下大错。

会这样想,嬴驷精神上已
经成人。

　　十多年的孤身游历,嬴驷对公父的怨尤,早已经随着他
的稚嫩烟消云散了。秦国山野沧海桑田般的变化,也使他对
变法的偏执怨恨,随着脚下的坎坷变成了一缕飘散的烟雾。
他深深地理解了公父,也深深地理解了新法。可是,少年白
山的仇恨火焰,却使他蓦然悟到了自己在秦国朝野的处
境——一个被岁月无情淹没了的弃儿。一直坚实沉淀着的
希望破灭了,一直锤炼着的意志崩溃了,一直憧憬着的未来
虚化了,一直支撑着身心的山岳塌陷了。

　　嬴驷木呆呆地看着月亮渐渐地暗淡下去,走进屋内背起
小包袱,拿起那支光滑的木杖,走出了屋门。是的,天还没有
亮,离开这里,离开秦国,永远……

一阵辚辚车声与马蹄声骤然传来！凭着多年山野磨炼的灵敏听力，嬴驷断定车马正是向他的独院驶来。莫非有人识破了我的真实身份，前来寻仇？嬴驷一个箭步蹿到院门后，猛然一扯手中木杖，一支闪亮的短剑赫然在手。

"笃笃笃"，有人轻轻敲门。

"何人造访？"嬴驷慢悠悠发问。

"县府料民<sup>①</sup>，秦庶开门。"

"县府何人？有夜半料民之事么？"嬴驷冷笑。

"我乃郿县令。官府料民，历来夜间，不失人口，士子不知么？"

想了想，嬴驷轻轻拉开横木，自己却迅速地隐身门后。

一个身披黑色斗篷的高大身影走进院子，默默地四面打量。嬴驷仔细一看，猛然屏住了呼吸，心头一阵狂跳。

"嬴驷，你在哪里？"

"公父！"嬴驷猛然扑倒，跪伏在地，放声痛哭。

此时已不是栎阳而是咸阳了。且看作者如何填补这十多年的空白。

秦孝公伸手抚着嬴驷的双肩，半晌沉默："驷儿，回咸阳……"


# 三 黑林沟夺情明法


商鞅去商於视察了，没有见到漂泊归来的太子嬴驷。

自从封为商君，商鞅就接连收到商於县令们的"请商君督导书"，并一次次地呈来商於百姓的万民书，请求向商君府缴纳封地赋税。商鞅心里很不是滋味儿。他主持变法，最主要的大法之一，便是实行郡县制。这郡县制的前提和基础，

---

① 料民，先秦用语，即查点登记户口人口。

便是彻底废除分封割地的贵族世袭制。只是虑及秦国实际状况，才做出了变通，保留了"封地"这种最高封赏形式，却也将爵主与封地的关联最大限度地淡化，明确规定爵主对封地没有治权，更没有征收赋税的权力。实际上，就是将"封地"仅仅作为一种国君封赏的最高名义而保留下来。这一点，商鞅心里最清楚。作为变法强国的策划者与推行者，他获得了国君的最高封号，也获得了与封号相匹配的十三县封地。商鞅也很坦然地接受了封号封地，这是因为他很明白，这只是国家功臣的最高名号，而不是实际领地。在"奖励军功，奖励农耕"成为国家激励朝野的最有力法令时，自己若第一个坚决推辞爵位奖励，还有谁敢心安理得地接受国家赐封？

那样做，虚伪的道义将逐渐淹没法制的严明，秦国朝野又会被弄得无所适从。作为彻底的法家，卫鞅最厌恶那种"有功惜赏，有罪施仁"的迂腐国策，那是熄灭坚刚、滋生懦弱的温吞水。他非常自觉、非常明确地在秦国实行重奖重罚，有功不惜赏，有罪不施仁，法行如山，朝野一体。商鞅坚信，只有这样，才能最大限度地激励人们为国立功的勇气与激情，才能最大限度地抑制、摧毁人们本性中潜藏的犯罪恶欲。这正是他反复向吏员们说的"大仁不仁"的道理，也是他坚决反对儒家人治"仁政"的根本点。在法制推行中，商鞅反复向各郡县官署申明，不许庶民"辞赏"。畏赏者必畏死，不敢坦然接受应得的荣誉与爵位，也必然不会在国家危难时勇敢赴死。这就是商鞅对"辞赏"者的定论。

唯其如此，商鞅如何能自己辞赏？法令不允许，他自己的性格也不允许。

如今，郡县官吏和商於百姓似乎忘记了新法本意。他们对商君变法感恩戴德，以为商君封地当之无愧，庶民百姓向

《庄子·齐物论》："夫大道不称，大辩不言，大仁不仁，大廉不嗛，大勇不忮。"商鞅借庄子之语，驳儒家之仁。

再以法家驳斥儒家之仁政。

卫鞅对"善"的警惕，最具见识。

恩人功臣缴纳赋税天经地义，甚至求之不得。这种眼看就要席卷秦国的"善民潮"，使商鞅感到了深深不安。他没有来得及等候秦孝公回来，就带着荆南和十余名铁甲骑士赶赴商於了。

他们没有走南山沣水入商於的那条路，而从蓝田塬翻过，进入了商於。

当年，商鞅曾从这条路进入商於山地勘察，知道这一带是商於最穷困的地方。他想沿途看看，穷商於变化有多大？时当仲秋，一上蓝田塬，便见树木葱茏的山头夹着大片金黄的豆田谷田伸展到山野尽头。山坡河谷，到处可见星星点点的身影，时而可闻农夫悠长高亢的山歌。显然，农家已经开始秋收了。商鞅一路走马瞭望，眼睛不觉湿润了。当年人迹罕至的荒山秃岭，二十年间变成了林木满山豆谷茶的丰裕山乡，当真是倏忽间桑田沧海，令人感慨万端。翻过蓝田塬进入丹水谷地，当年的羊肠小道已经大大拓宽，成了可错开两车的宽阔官道。在山腰官道上鸟瞰河谷，绿树谷田包裹着一个又一个村庄，炊烟袅袅，牛羊哞咩，不需相问，也是安居乐业丰饶小康的景象。绕过峣关，向东南便进入了通向商於的官道。

忽然，迎面驶来长长一串牛车，大约有二十余辆之多，每辆车上都装着鼓鼓囊囊的麻布口袋。庶民缴粮么？不到时候。商旅路过？如何乘马押车的却是一个黑衣小吏？商於向咸阳运粮么？国府没有下令调商於之粮。商鞅觉得奇怪，便向荆南瞥了一眼。荆南会意，立马当道，拦住牛车。车队中间的押车黑衣人看见，纵马驰来，高声呵斥："光天化日，何人敢拦官车？不怕新法治罪么？"荆南向道边商鞅一拱手，又向押车人比画着伸手做请。

押车小吏向道旁一看，滚鞍下马拜倒在地："在下商於

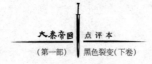
小吏,不知商君驾到,万望恕罪。"商鞅淡淡道:"你起来。我问你,这粮车要去何处? 做何用?"小吏拱手答道:"回商君,小人奉命押粮五千斛,到商於县黑林沟赈灾。"商鞅大奇,沉声道:"风调雨顺,又正当秋收,何来赈灾之说?"小吏急忙回答:"回商君,黑林沟并非天灾,乃、乃人祸。我县令念其对变法有功,已经救济两年了。"商鞅冷冷道:"距黑林沟尚有多远?"小吏指着前方山口:"回商君,不到十五里,进了山口就是。"

商鞅略一思忖:"我和你一起去黑林沟。"转身向卫士将官下令,"立即带我令牌,着商於县令即刻赶赴黑林沟。"

"遵命!"卫士将官飞驰而去。

牛车队走得很慢,刚刚进得山口,商於县令就带着几名吏员飞骑赶来。商鞅勒住马缰,阴沉着脸听完了商於县令结结巴巴的叙述,心中不禁生出一股凉意。

黑林沟是变法以来秦国最为有名的乡里之一,和郿县的白里一样,朝野皆知。所不同的是,白里是关中腹地秦国老贵族的农家支脉,以多事闻名。黑林沟却是穷山野岭的隶农(奴隶)新里,以勤耕守法多受官府激赏而闻名。变法前十年,黑林沟不足五十户人家,便有六家获得爵位,五家公士爵,一家造士爵。在整个秦国,黑林沟是争得"农事爵"最多的里。里正黑九,更是秦国万余个里正中唯一获得造士爵的一个,其赫赫声名可想而知。商鞅当年踏勘秦国的时候,黑林沟已经逃亡得只剩下十多户人家了。太子嬴驷隐名游学在这里的时候,黑林沟正是蓬蓬勃勃的红火时期。商鞅作为统摄国政的大良造,对黑林沟的每一次授爵,都激动得心潮起伏感慨万端。在他的内心,黑林沟就是秦国变法激励民众的活生生的楷模。

谁能想到,就是这样一个功勋里,竟能在三五年之中变成了一个饥饿里!

据商於县令说,黑林沟的变化是从里正黑九开始的。黑九将唯一一个儿子送到了军中,渴望他为国立功光耀门庭。谁能想到,憨厚朴实的黑矛还没有来得及上战场,就在新军训练中失足掉下悬崖伤残致死了。官文传来,黑九夫妇没有哭叫,没有眼泪,连官府的抚恤金都坚决辞掉了。官府乡民没有不敬佩黑九夫妇知事明理的,商於县令还给黑九赐了一块"大义高风"的刻石。谁知从那以后,黑九性情大变,酗酒成性,竟在村里造了一个酿酒坊,经常拉一拨光棍或后生饮得大醉醺醺。慢慢地,黑林沟的人就变懒了,变馋了,荒芜了田庄,荒废了公事。开初,乡民与郡县官署感念黑九往昔好处,都替他兜着包着,想他一定能回心转意振作起来。可是年复一年,黑九却如同泡在酒里一般,整天醉醺醺地游荡哭笑,没有疯,也没有傻,就是不务正业。三五年下来,黑林沟的穷人越来越多,又回到了老样子,一片荒凉破败。许多村民想逃往他乡,又畏惧新法的脱籍罪,想逃往楚国,又怕被关口捉回来以叛逃罪斩首。万般无奈,只有在村中苦守。商於县令本是韩国的一个儒家士子,素有仁政爱民之心,不忍看黑林沟人忍饥受寒,便从县库里拨出粮食救济黑林沟,恰恰在第三年教商鞅碰上了。

"为何不上报国府?"商鞅冷漠得有些木然。

县令连连拭汗:"回商君,下官以为一里事小,就、就擅自做主了。"

"三年,共用官粮多少?"

"回商君,一万三千斛,折金百镒之多。商於没有动用国府军粮。"

"可曾想过,如此做违背新法?"商鞅突然严厉起来。

县令本来慌乱,此时更是手足无措,期期艾艾道:"法,不、不违天理。官府赈灾,乃、乃天道仁政,与法似、似有通融处。"

商鞅冷冷道:"进里。看看你的天道仁政。"

押车小吏和商鞅卫队已经将乡人传唤到打谷场。往昔秋收时堆满谷草垛的大场,如今却是荒草丛生。乡人衣衫褴褛地蜷缩在一起,个个面黄肌瘦,男人酒气熏天,女人蓬头垢面,场中弥漫着一种穷困潦倒的穷酸与绝望气息。

商鞅凌厉的目光扫视着猥琐的人群:"谁是黑九? 走出来!"

黑乎乎的人群中摇出一个气喘吁吁的汉子,白发苍苍,臃肿肥胖,粗大的鼻头上生满红红的显眼的酒糟,浓浓的酒意加上懵懂的恐惧,涨红的脸上大汗淋漓,在这群青黄干瘪的人群中显得突兀怪诞。他踉踉跄跄地走到前面,扑通跪

恃力者难持久。

倒，深深低下头，兀自喘着粗气，一句话也不说。

商鞅厌恶地皱着眉头："你是里正黑九？造士爵？"

黑九只是喘气点头，没有出声。

"是你首开恶习，常年聚酒，耗尽村民粟谷，荒芜了千亩良田？"

黑九喘气更粗更重，只是频频点头。

"官府赈济之后，你反倒愈加懒惰，带着全村吃官粮？"

黑九依旧只是点头，汗珠已经滴滴答答掉到了地上。

商鞅冷冷问："诸位村民父老，你等对黑九所为，可有辩解？"

"哇"的一声，人群捶胸顿足放声痛哭，无尽的羞惭使他们抬不起头，说不出话。商於县令和吏员、卫士都忍不住心酸低头。只有黑九没有哭，一段木头一样跪在那里。

商鞅厉声喝道："不许哭嚎，都站起来！"

村民们骤然噤声，惊恐地望着冷冰冰的商鞅，又不由自主地深深低下头。

商鞅冷冷道："秦国法令，不容二出，执法不避贵贱，法外永不施恩。此等道理，二十年来朝野皆知。奖励耕战，惩治疲惰，乃秦国新法之根本。黑林沟里正黑九，怠于职守，放纵恶欲，致使富裕勤耕之村，沦为饥荒穷困，罪不可赦。来人，将黑九押起，就地正法！"

铁甲卫士轰然应命，将肥胖臃肿的黑九猛然架起。村民们惊恐地睁大了眼睛，突然一齐跪倒哭喊："大人，饶恕里正，让他改过自新吧。"

"立即正法！"商鞅厉声一喝，头也不回。

四名卫士将黑九押到了场边石磉旁。黑九嘶声大喊："黑九该死！黑林沟子孙们，不要学黑九啊！"便将头颅伸到了石磉顶上。卫士剑光一闪，一颗白头滚下，鲜血喷出丈余之外。

场中村民脸色煞白，鸦雀无声，如在梦魇中一般。

"黑九啊！你等我！"突然，一个蓬头垢面的白发老女人哭嚎着从人群中冲出，抱住黑九的尸体，猛然一头撞上石磉。满面鲜血的老女人费力地笑了一下，嘴唇嚅动着想说一句什么，终于未能说出，趴在黑九胸前去了。

"黑嫂！好黑嫂啊！"顷刻间男女老幼放声痛哭，一齐跪倒在地，向老女人的尸体叩头。显然，他们对黑九的死，远远不如对老女人的死感到震撼悲伤。

商鞅转过身子,背对着悲伤哭泣的人群,紧紧咬着牙关。商鞅蓦然想起,当年他第一次踏进商於的穷山恶水时,黑嫂还是个活泼天真的村姑少女,黑九还是个憨厚朴实的愣后生,他们俩的相爱,是这个穷乡僻壤的美丽神话。就在商鞅要离开这个村子时,他们大婚了。他们很穷,可是他们对好日子却充满了憧憬。商鞅记得,他当时送了这对新婚夫妻十枚铁钱,活泼天真的新娘还为他唱了一支山歌,说他这个"过路先生"是他们俩的福星。后来,为了暗中保护嬴驷,商鞅曾派荆南多次到商於黑林沟暗访,知道了黑九夫妇已经是深受山民拥戴的好里正,是秦国里正的一颗耀眼的亮星了。谁能想到,今日竟是自己亲自将黑九斩首了,那个贤良能干聪慧爽朗几乎有恩于每一个路人和村民的黑嫂也去了。她如何知道,他便是当年那个"过路先生"啊……商鞅感到心头阵阵疼痛,一股热泪夺眶而出。

嬴驷无论走到哪里,都脱不了他们的"掌控"。

商鞅没有心软,在满场痛哭声中,猛然转过身来厉声道:"将商於县令押起来!"

村民们猛然止住了哭声,惊恐地看着商鞅,茫然不知所措。

虽有一饭之恩,但商鞅奉法至上,无情可讲。

商鞅冷冷道:"商於县令疏于督导,使民怠惰;又滥施仁政,触犯新法,开秦国新政之恶例,实为不赦之罪! 为正国法,以戒恶习,将商於县令,就地正法!"

商鞅冷峻地宣判刚一落点,黑林沟村民们轰然跪倒一片:"大人啊,县令是好人! 饶了他这一次吧。"几个白发苍苍的老人叩头哭求:"大人,县令有恩于黑林沟,教我等死吧,我等愿意替县令服刑啊!"

法不容情,商鞅别无选择,或者说,事到如今,商鞅已无他法。

商鞅大袖一挥:"法不容情,即刻行刑。"

商於县令已经面色灰白地瘫吊在铁甲卫士的臂膊上,嘶声大叫:"千古之下,何有仁政受刑?荒诞律法!商君,你甘

做酷吏,青史遗臭么?"

商鞅冷笑:"没有你这迂腐至极的仁政,何来黑林沟之恶性怠惰?身为执法命官,不思唯法是从,却苟且于沽名钓誉,实为法制大堤之蚁穴。秦国官吏皆如你等,法制大堤岂不自溃?国家富强,商鞅何惧酷吏之名?行刑!"

剑光一闪,又一颗人头落地了。这是第二颗秦国县令的人头。黑林沟乡民们第一次亲眼看见,赫赫县令竟然与庶人一样被大刑斩首,惊恐得毛发皆张,大汗淋漓,大张着嘴巴却没有一点儿声音。

商鞅对黑衣小吏下令:"你且留在黑林沟,带领一百名甲士,督耕一年,不许发放官粮救济。明年收获之前,只许催督村民,狩猎采集自救。一年后若有改变,大功晋爵。若无改变,依法严惩不贷。"

"谨遵商君命!"黑衣小吏精神大振。

"黑林沟父老兄弟姐妹们,"商鞅慷慨激昂道,"从今日起,你们就要像上古先民一样,进山狩猎采集,自救谋生!播种之时,官府会按土地多少,如数发给你们种子。然则,绝没有一颗粮食的救济。如果你们不想洗刷自己的耻辱,你们可以逃跑,秦国绝不强留没有血性的懦夫!如果洗刷了耻辱,恢复了黑林沟的富裕生计,人人都是有功之臣,人人晋爵一级。生死荣辱,都掌握在你们自己手中。官府的仁政,救不了你们。只有你们自己,才能救出自己。我相信,黑林沟人,不是懦夫!"

场中寂静异常,人们的惊恐在倏忽之间神奇地消失了,一双双茫然无措的眼睛渐渐明亮起来,仿佛一个懵懂的醉汉在当头棒喝之下猛然醒悟一般。衣衫褴褛蓬头垢面佝偻猥琐的人群,直起了腰身,眼中燃起了自信的火焰。

商鞅一挥手,满载粮食的牛车队吮当吮当地出村远去

可见商鞅痛恨仁政,只信法。

了。夕阳西下，黑林沟男女老幼目送着维系生命的赈济粮车渐渐远去，一动不动地伫立着，像面对死亡的猛士，肃穆而又悲壮……

猛然，一个老人高喊："收拾家伙！进山！"

"收拾家伙！进山！"人们拼命呐喊着，争先恐后地跑开了。

天色暮黑，秋风呼啸。黑林沟的男女老幼举着粗大的松明火把，肩扛手提扶老携幼地进山了。商鞅立马村口，默默地为他们送行，直到那逶迤的火把消失在茫茫大山之中。

商鞅回身看了看黑乎乎的村庄，一挥手，马队向南方的山道奔驰而去。

# 四　嶅山峡谷的神秘刺客

这一小节，重点突出了商鞅的"无私"，称其为无私权臣。

次日清晨，商鞅到达商南城①。这座小城堡是商於的治所，城堡南面不远，就是扼守秦楚咽喉的武关，并不是商於十三县的中心地带。由于秦献公以来秦国确立了"国都临敌"的传统，秦国和大国交界地区的治所，大多都设在了前沿地带。商南城作为郡守治所，就直接成为秦国南大门——武关的后盾。

商鞅在自己封地的这座首府小城堡，只住了三天。除用一天时间详细巡查了武关的守备外，主要办了三件事：第一件，命令郡守向黑林沟派出一百名士兵，接受那位督导县吏的指挥，协助黑林沟村民自救。第二件，召见了商於十三县的所有官员和大族族长以及大村落的里正。商鞅痛陈了黑

---

① 商南城，大约今日陕西商南县。

林沟骤变的执法弊端，严厉重申了唯法是从的为政准则，当众宣示了对商於郡守降爵两级，以示惩戒。第三件，反复申明秦法保留封地的真实含义，宣示了自己对商於封地依法享用的"四不"定策：不收赋税，不建府邸，不行治权，不许商於官民以任何形式为他歌功颂德。总而言之，商於十三县不享有任何超越秦国法律的特权，完全与秦国其他郡县一样。

商於十三县的官员、族长、里正，大多都是第一次见到这位"功盖管吴"的商君，本想竭尽心力地为商君办几件好事，将商於建成商君的永远退路。这在战国时代，乃是司空见惯的功臣现象，谁也不会感到奇怪。其时，官吏庶民反倒是很愿意做贤明功臣的根基，因为这种功臣比国府更能给他们以保护和特权。齐国的孙膑劝田忌大力整饬封地，遇到危险时立即退守封地的策略，正是基于战国现实提出来的自保主张。后来的战国"四大公子"之一的孟尝君，正是在受到陷害时逃回封地才得以保全的。其所以如此，根基正在于封地与封主的相互依存并融为一体。谁想商於人的这片赤诚之心，却被商鞅大大冷淡，还受到了严厉的斥责。商於山民虽然朴实憨厚拙于言辞，但心中却是雪亮，决然能够掂量真假虚实。在他们看来，商君虽然不近人情，却是千古罕见的无私权臣。一个对天下最根本的财富——土地与民众都断然拒绝的人，山野民众自然是肃然起敬的。但不知为何，商於官员与庶民，却也感到在这个人面前总有几分畏惧——你不能颂扬他，不能追随他，不能向他奉献激情，只能默默地看着他为国为民施展权力，将自己烧成灰烬。就像是上天派下人间救民于水火的神圣一般，人间的欲望烟火丝毫不能熏染他，丝毫不能改变他。对这样的神圣，宵小之民除了敬畏，连爱慕他的激情和为他献身的权利都不能有！

商於的官员民众终于沉默了，他们默默地接受了这个

几乎无人可动摇其意志。史书最令人遗憾的是，它无法兼顾细节。变法、迁都、收回河西，助孝公成"伯"、被处以车裂之刑，这些事情，无论哪一件，都有其惊心动魄之处，可惜后人只能靠想象去"接近"历史人物了。这一段，文字极好，意喻极深。至于商鞅是否真的如此"无私"，实难定论。

敬与畏，总是联系在一起。老祖宗造的字词，皆有大智慧。

令人尴尬的圣人。

三日后,商鞅走了。没有民众夹道送行,也没有官员饯行长亭。人们远远地看着他走马而去,就像看着一尊神离开了喧嚣的尘寰。

商鞅却很是坦然。他喜欢"各司其事不相扰"这样的官民关系,很厌恶官扰民,也厌恶民扰官。在他看来,官员法外滋事就是官扰民,包括商於县令的滥施仁政。民众歌功颂德额外进献法外求助,就是民扰官。官扰民为害一方,民扰官却是为害天下。官民不相扰,才是一个法制成熟的良好状态。商鞅不可能知道,他的这种为政主张在秦国产生了深远影响。后来的秦惠王、秦昭王,都曾经严厉处斩过为国王杀牛祝寿和歌功颂德的官员庶民。如此法治政风,使秦国朝野在与战国争雄的一百六十多年中,始终保持了清明、勤奋与悍勇,官员羞于沽名钓誉,民众羞于歌功颂德,举国唯法是从,人人惕厉自尊。否则,如何能以一敌六,并战而胜之统一华夏?

走马出得商南城,商鞅吩咐十名铁甲卫士从官道直回咸阳,给秦孝公呈上他对商於诸多事宜的处置上书,他自己只留下荆南同行护卫。卫士将官很不放心,商鞅笑道:"回去吧,都是秦国土地,不会有事。"便带着荆南走了。

出得山口,荆南连打手势询问去哪里? 商鞅笑道:"去崤山,认识路么?"

荆南高兴地"噢"了一声,一抖马缰便向东南山地奔去。荆南高兴的是,整整十三年,商鞅终于要回崤山了。同时心中却又很是紧张,因为崤山毕竟是魏国本土,虽说眼下割让给了秦国,但山民肯定不会像老秦人那样教人放心。国君给商君派定的卫士,是一个精锐的千人骑队,千夫长由一员勇猛善战的骑兵偏将担任。秦孝公严令卫队将领"行必于卫

商鞅后来虽被车裂,但商鞅之法却被延续。商鞅远比吴起影响深远。

鞅左右。卫鞅出事，全队皆斩！"可在收复河西以前，商君出巡所带的铁甲卫士，最多也只在两三百之间。河西班师后，商君将卫士千骑队全数交给了国尉车英，自己只留下十名。今日连这十名卫士也被遣回了咸阳，只有他一个担纲，荆南岂能不紧张？不管自己对崤山地面有多熟，都得分外小心。荆南知道，商君之所以不北上由蓝田塬进入崤山，而走武关外向东南入崤山，除了这条路近一些外，商君还想再走一遍当年第一次踏勘秦国的老路，看看这片处于秦魏楚交界处的大山如何能建成秦国的形胜要塞。对于商君这个人来说，国事无处不在。荆南跟随商君二十年了，想不起商君办过何等私事，连白雪姑娘都被搁置了十三年没有见面，遑论其他私事？看着商君一领白衣一匹红马，逍遥自在地走马山道，荆南就像自己有了喜事一般快慰。

山道崎岖，不能纵马。看看已经是日落西山，商鞅荆南才到达洛水上游的河谷。顺着洛水河谷走出二百余里再北上，便是崤山区域，即便夜间不停地赶路，也得明日清晨到达崤山。

商鞅打个手势笑道："荆南啊，休憩片刻，吃点儿再走。"

荆南"噢"地答应一声，指着一块光滑的巨石跑了过去，下马一看，又避风又干净，便向商鞅手势示意——这里正好。赶商鞅来到大石下，荆南已经在一块大圆石上铺好了垫布，摆好了干肉、干饼、酒囊和短剑，并给商鞅搬好了一个坐礅。他向商鞅比画一下，从马背上摘下另一个皮囊，跑到河边去打水了。商鞅放开两匹马的缰绳，让坐骑自由自在地去河边饮水，以便荆南取水回来正好喂马。他便坐在大石前，用短剑将干肉干饼切成小块，等候荆南回来一起吃。

谷风习习，已略有寒凉之意。商鞅望着河谷中最后一抹渐渐褪去的晚霞，油然想到了阔别十三年的白雪。现下，她也在山边看这秋阳晚霞么？当年白雪不辞而别，教侯嬴带的话，孩子稍大就来找他。可是十三年了，白雪既没有找他，连书信也是极少。商鞅只知道她早早就离开了安邑，将白氏宗族的庞大产业完全交给了侯嬴掌管，她自己到崤山深处的山庄里隐居了。每每想到白雪，商鞅的心头就是一阵震颤，觉得这个遥远的女士子就像钟子期对俞伯牙，是自己永恒的知音，不管分开多久，心都永远融合在一起。商鞅庆幸上天对自己的眷顾，使自己遇到了两个性格迥异却又同样善良聪慧的好女子。荧玉身为秦国公主，丝毫没有公室贵族那些令人厌恶的秉性，否则，以商鞅的冷峻凌厉，这桩婚姻早就名存实亡了。商鞅没有想到的是，这桩以自己郁郁寡欢开始的婚姻，后来竟意外地变得融洽甚至美满起来。荧玉的落落大方,使商鞅在与同僚相处中多了一种无形的润滑力量。荧玉的内秀聪慧,又使她在与商鞅同行露面中每次都起到了意想不到的作用。更重要的是,荧玉对他的关爱、忍让和无微不至的体贴,就像那屋檐下的滴水与穿堂而过的清风,渐渐融化了他冰冷坚硬的心。仅仅是这些也还罢了,最使商鞅刮目相看的,是多年前的一个冬夜,荧玉对他的一席肺腑之言。

那天晚上,商鞅还是在书房里忙碌。更深人静时分,天空飘起了鹅毛大雪。荧玉进来给火盆加上了木炭,又拿来浓浓的米酒挂在火架上煨着。婚后一个月,荧玉就和仆人们私下立了规矩,三更之后由她亲自照料书房,不需仆人们插手。多年来,只要商鞅在书房忙碌,荧玉就绝不会自顾卧榻而眠,所有的琐细事务她都做得精细有序,绝不会弄得叮当作响干扰商鞅。商鞅提起大笔,手边砚池就正好有磨就的一汪黑亮的墨汁;机密命令要亲自刻简,恰好就有一束摊开削好的绿竹简放在长案边上,旁边垫布上的刻刀,也必定磨得锋利雪亮;渴了恰恰就有米酒,热了正好就打开了门窗,穿堂风掠过顿时凉爽;蚊虫肆虐的夏秋,必有艾绳点在四周屋角,寒冷的冬天,火盆里的木炭总是恰到好处的明亮温暖……不知道哪一日,商鞅忽然感到,晚上在书房处置公文特别快捷,忽然大悟,将府中家老唤来,要将夜间执事的仆人晋爵一级奖励。家老惊愕地睁大了眼睛:"左庶长,不知夜间何人执事么?"商鞅对这种不正面答话的拖泥带水素来厌烦:"废话,我何须知道。"家老诚惶诚恐打躬:"左庶长,三更之后,从来是公主照料书房。"商鞅愣怔了,半日无话。他本来是最反对女子进书房的,本能地以为那是一种无端的干扰,与仆人大不相同,如今……反复思忖,商鞅默默地接受了这种照料,连他自己也弄不明白,这种变化如何

这个细节写得好,既写出荧玉的贤淑,又写出商鞅的顿悟。荧玉这一人物形象,她的能干贤淑、大方得体,在这里表露无遗。商鞅何其幸运,得享齐人之福,红白玫瑰皆甘愿为之牺牲而毫无怨言。才子佳人的桥段,读者永远欢迎。

竟一直教他接受了？今日，荧玉却是"公然"进来的，而他恰恰又需要休息一下。

荧玉跪坐在长案顶端，浅浅一笑："夫君，这支剑鞘可好？"说着从宽大的红袖中拿出一个不到两寸见方的丝绸包儿，又轻柔地打开。

"剑鞘么？"商鞅不禁揶揄，"做头巾差不多。"

"且慢。"荧玉伸出右手，微笑着用两指夹起摊在丝绸上的红黄色物事，轻轻一抖，一条几乎透明的带子，带着一种特异的轻微声响笔直地垂下。

商鞅感到惊讶，他从荧玉手中接过"带子"端详，方知这是一支用皮子制作成的剑鞘。那特异的声音，来自剑鞘和剑刃接触的两边。翻开一看，两边竟是细如头发的银丝缝制，其精工细作，令人匪夷所思。就是那薄得几乎透明的皮子，也柔韧得令人难以想象。商鞅反复端详，看不出这是何种珍禽异兽的皮子。剑鞘顶上吊着两方铜片包裹的搭扣，也是非常的精致讲究。

"看不出？"荧玉顽皮地笑笑，"这是犀牛皮第一层，等闲工匠，剥不得如此薄整也。银丝边是我缝制的，其他都是尚坊做的。哎，别急，我是出了五千半两钱的也，不违法。"

"剑鞘固然精美，然世间哪有如此细剑，赏玩罢了。"商鞅对花五千钱做一件玩物显然不以为然。

"谁要赏玩了？将你腰间那剑拿出来。"荧玉娇嗔地嚷起来。

商鞅惊讶了，难道这剑鞘是荧玉给这支素女剑做的？自大婚之日，他从来没有讲过这素女剑的来历。而且，这支剑缠于腰间，外形酷似一根丝带，他又从来都是一身白衣，几乎没有人注意到他腰间系有一支稀世宝剑，荧玉却如何知晓？而且看来早已经知道了。商鞅看看荧玉，默默解下了腰间的素女剑。荧玉接过剑来，顺手往剑鞘里一插，剑柄一摆，包铜皮扣"嗒"的一声带住了剑扣，剑鞘合一，天衣无缝。

"自己看看，合适不？"荧玉笑着递过剑格。

一搭手，商鞅便知道这鞘与剑匹配得严丝合缝，不松不滑不紧不涩不软不硬不长不短。这素女剑本是裸剑，百十年下来，光泽自然有所磨损，佩剑者自然也要处处小心，以防裸剑自伤。如今这剑鞘一套，非但保护了这支名剑的锋刃光泽，而且省去了主人行动的诸多不便。然更妙的是，带鞘后丝毫不影响素女剑作为腰带佩剑的特异方式。荧玉偎依过来，亲手将素女剑系上了商鞅腰间，一支隐隐发亮的淡黄色精美"皮带"竟然使主人倍添风采。

荧玉高兴地连连拍手："好也！白姐姐看了一定高兴。"

商鞅不禁怔住了："你？你知道……白雪？"

荧玉面色绯红，羞涩笑道："嫁你三个月后，才知道的。白姐姐是个好人，罕见的奇女子……"荧玉说着，眼中溢出了泪水，"夫君，该接白姐姐来咸阳，一起住。她独居十多年，还有夫君一个儿子……这样对她，不公也。"

商鞅双眼潮湿，忍不住抱住了荧玉。

可是，那时要迁都，要训练新军，还要准备收复河西，商鞅紧张忙碌得一天只能休憩一两个时辰，如何有时间去办这件必须由他亲自办理的大事？他的两鬓白发，就是那几年悄悄生出来的。这件刻骨铭心的大事，竟然就这样被一拖再拖，直到今日……

突然，"噢嗬"一声怒吼从河边传来。荆南！

商鞅霍然起身，却见暮色隐隐中河边有人影绰绰，不时传来低沉猛烈的砍杀之声。商鞅一个纵跃，跳上了旁边一块大石，仔细瞭望，四周没有发现埋伏迹象，便跳下大石要去救援荆南。

"商君，你走得了么？"一个黑布蒙面人赫然当道。

"你是何人？意欲何为？"见对方知道自己身份，商鞅已经明白此等人绝非盗贼抢劫，倒很想听听他自报家门。

"我是何人？哼哼，拿到你首级后，我自会昭告天下。"

商鞅大笑："既可昭告天下，也算是英雄名士了。何不拿掉面布，让本君死个明白？"

蒙面人冷冷一笑："在下不是英雄名士，可要你这个英雄名士血溅崤山。商鞅啊商鞅，上天赐你天赋大才，却不赐你剑术武功。那个哑巴荆南又过不来，你就自己割下头颅，免得我动粗，失了商君身份。"

商鞅也冷笑着："如此说来，阁下是剑术超凡了？然则，

女子的聪慧，文学永远不可能穷尽。

刺客到。讲春秋战国事，少了刺客，就少了许多趣味。

本君素来喜欢惩办刺客，想将阁下带回咸阳明正典刑，如何是好？"

"商鞅！你酷爱刑杀，今日我就杀了你这个刑痴，为天下王道张目！"蒙面人怒喝一声，凌空飞跃，一支闪亮的长剑当胸刺到。谁知就在这堪堪之间，随着一声沙哑的怒吼，一团炫目的剑光流星般飞来，"噌"的一声轻响，蒙面人手中的长剑断为数截，乱纷纷碰到大石上迸出一片火星。

蒙面人大惊，一声长啸，顿时消失得无影无踪。

疾步赶来的荆南连声怒吼，显然在大骂这些刺客。

原来，荆南这次带的是那柄蚩尤天月剑。河西战场上，公子卬为了活命，主动将蚩尤剑献给了商鞅。商鞅本想将这柄亘古名剑亲手交还公子虔，冰释公子虔对自己的仇恨。但三次登门，均遭闭门谢客的拒绝。无奈之下，商鞅请秦孝公转交，秦孝公却不以为然地笑笑："蚩尤剑本是嬴族祖传，公子虔要它也无用。今日特赐商君，以为防身之用。神剑名器，唯大英雄可以服之也。"可这蚩尤剑乃战场神兵，长大碍眼，商鞅如何能随身佩带它行走于朝野之间？反复思虑，商鞅将蚩尤剑交给了荆南。一则荆南的威猛绝伦与蚩尤剑的气魄相匹配，二则荆南是自己的贴身护卫，国君朝臣也觉得顺理成章。荆南天生是个"兵痴"，拿到蚩尤剑激动得奉若神明，天天练这弯月剑的独特用法。先是用楚国名振天下的弯剑"吴钩"练习，趁手后才换了蚩尤剑。虽说还没有达到公子虔那样的火候，可也能熟练使用了。荆南是职业剑士，剑不离身乃行动铁则，到河边取水自然也是随身带剑。

就在荆南弯腰汲水的刹那之间，山石草丛中蹿出了六支利剑，一齐向他猛刺。荆南并非先天聋哑，耳音极好，弯腰时已经听见天月剑在剑鞘中隐隐震鸣。山石中剑风一起，他本能地左手出剑，一个圆弧向身后划出。待他右手提起汲水皮囊转过身子,六支长剑已经被齐齐削断。荆南怒吼连声,一边教商鞅听见提防,一边追杀六名惊慌失措的刺客。从山石间灵敏异常的纵跃身手看,刺客绝非寻常剑士。但他们忌惮于荆南的天月剑,只有招架躲避之力。荆南将天月剑舞得一团光芒,剑风直达五六丈之外,刺客们不敢近前,荆南也无心追杀,舞着剑冲向商鞅身边。

堪堪三丈之外,眼见蒙面人跃起击刺,荆南一个飞掷,天月剑啸音大起,滴溜溜一团白光电射飞击,竟迎面截住了蒙面人的长剑。这本是弯剑的独特手法,力道得当,弯剑可像圆形"剑饼"一样疾飞劲射,剑光贲张,直如一轮明月。

商鞅也是第一次目睹天月剑的威力,不禁连连惊叹。

荆南哇啦哇啦地比画一番,商鞅不禁陷入沉思。他知道荆南的意思,蒙面人的遁形术很是怪异。据他所知,只有楚国一个古老的铸剑派才有,这拨刺客肯定和楚国有关。可是,楚国要杀他,会用如此手段么?商鞅不能相信荆南的判断,他的思绪飘得很远很远……

**法家树敌太多,一时半刻,无法断定来者何人。**

## 五　秋风山庄两情长

**一住十三年,为白雪哭!**

白雪在峥山已经住了十三年了。

峥山是一片奇特的山地。它西接函谷关内的桃林高地①,东抵洛阳城外,北跨大河,南抵伊水上游,方圆数百里群山起伏林木葱茏。这片山地恰恰卡在魏、韩、秦、楚、周五国的交界地带。虽是山地,却是"五邦通衢"的冲要。但

---

① 桃林高地,函谷关内的高原山地,东汉时期设置的潼关即在这片高地上。

奇怪的是，偏偏没有任何一个国家在这片山地建立城堡要塞，竟是一片天下腹心的处女大山。

崤山本身虽然封闭，但出山百余里，西北山口接着秦国函谷关，西南顺洛水上游通秦国南大门武关，东面山口接韩国产铁要地宜阳；东北出洛水河谷，可直达周室洛阳；北渡黄河百余里，即是魏国安邑；南出山口，连着楚国熊耳山与伏牛山地带的要塞南阳。也就是说，住在这片幽静的连绵大山，向哪个国家去都不很远，也都很方便。

崤山原本一直是魏国领土。在魏国占领秦国河西之地的岁月里，崤山已经是魏国大后方了。相邻的其他国家，根本无法与魏国争夺崤山。秦国收复河西，并强迫魏国将崤山割让给秦国以后，形势陡变，崤山的位置顿时重要起来。对秦国而言，崤山是控制函谷关外数百里黄河渡口的一个天然屏障，同时也成为秦国东进的一个坚实跳板。对魏、韩、周三国而言，崤山则成为逼近胸前的一把利剑，插入腹心的一个楔子。对楚国而言，崤山则成为秦国正面压迫楚国淮北地区的一座大山。如此一来，各国对崤山大为重视，纷纷向崤山腹地派出大量斥候，侦探地形与山民分布，准备随时建立封锁崤山出口的要塞。崤山顿时热闹起来了。

这种突兀的变化，白雪可是没有料到。

当年，白雪忍痛离开栎阳的时候，崤山还是魏国的"老西门"。白雪回到安邑后身孕反应很强烈，很想找个幽静去处长住生养。按说涑水河谷的狩猎山庄是个好地方，可白雪总觉得涑水河谷离安邑太近，不安宁。魏国迁都后这里又离赵国太近，很可能成为双方拉锯争夺的兵家之地，不安全。自己需要的是一个远离兵争的安静地方，距离都城的远近，对她几乎没有作用。

梅姑和老总管反复查找，才发现了崤山这座已经废弃的山庄。这是老白圭按照他一贯的商战传统，针对洛阳周室、韩国宜阳以及楚国淮北，特意建立的货物秘密储存基地。白圭死后，白氏家族的长途商贸有所收缩，加上洛阳周室的购买力大大下降，崤山基地的储运功能被函谷关内的桃林高地取代，这座崤山小城堡便废弃不用了。

白雪对这废弃的城堡颇感兴趣，和梅姑、侯嬴专程去看了一趟，很是满意这座城堡的隐秘幽静；唯一的缺陷就是太大，又加荒废日久，不能居住，修葺一新又很是费事。侯嬴知道白雪的心境，提出在废弃城堡的旁边山头上新建一座小山庄，费事不多，住着又紧凑舒适。想来想去，白雪同意了。大半年后，崤山小寨建成了，坐落在老城堡旁边的

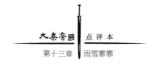

半山腰，一条山溪瀑布挂在中间，将新老庄园隔开。小寨淹没在漫山遍野的密林之中，外人很难发现。白氏家族素来有建筑秘密基地的传统，将这座只有十多间房屋和一座仓库的小寨，建得异常的坚固隐蔽。白雪很高兴，将小寨取名为"静远山庄"。

进山之前，白雪将侯赢、老总事和白氏家族的老功臣二十六人，全部召集起来做最后安排。她将白氏商家财产预先分成了三十份，两份最大的交给了侯赢和老总事，两份较小的留给了自己和梅姑，其余二十六份平均分给了二十六位老功臣。谁知当她一一分配完毕后，却久久无人说话。

"诸位有何想法？是否白雪析产不公？"白雪笑问。

老总事面红耳赤："敢问姑娘，白门商家传承百年，名震天下，未尝入不敷出，为何却要析产遣散？"

二十六功臣一齐拱手道："我等效忠女主，不能析产毁业！"

侯赢深深一躬："姑娘不管有何想法，此举的确不妥。姑娘纵然隐退山林，白门一干老人绝不会乱了阵脚。且不说姑娘即将临盆，白氏后继有人，仅仅这经营百年的根基毁于一旦，也是暴殄天物。敢请姑娘三思后行。"

"请女主三思后行。"功臣们一齐拜倒，满堂的白发头颅都在颤抖。

"诸位快快请起。"白雪将要临产，宽大的衣裙虽不显过分臃肿，却也难以弯腰一一搀扶，只有站在堂中连连摆手，"诸位起来，听我说。"

老功臣们都在商旅沧海久经磨炼，个个心细如发，见女主行动大是不便，立即起来肃然站好。白雪叹息一声道："白氏商旅，到我手是第四代，一百多年。然我不善经商，也无心经商，数十年来从不过问白门商事。白门财富虽说以白氏为底本滋生，但也是诸位兢兢业业操持积累而来。先父曾说过，财货如流，能祸能福，有心则当之，无心则散之。白雪志不在商，析产于诸位白门功臣，使白门商道遍及天下，未尝不是好事。诸位既然坚执不肯接受析产，倒也可变通从事。今日析产份额不变，今后之商事即为诸位合产经营。你等公推一人主事，能合则合之，不能合则随时分之。此乃两全之策，免得我一朝有事，内部生乱，反倒坏了白氏声誉。诸位以为如何？"

老功臣们齐声道："侯兄主事，老总事辅之，我等和衷共济！"

"侯兄、老总事，看来得多劳二位了。你等就相机行事吧。"

"姑娘放心，白门商事坚如磐石，断无内乱之忧。"侯赢与老总事慷慨激昂地回答。

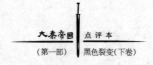

"守定商旅,等待新主!"老功臣们也是一片激昂。

白雪本来还想说什么,终是没有再说,默默地对众人一躬,回头走了。

倏忽十三年过去了,静远山庄已经在山风雨雪中变成了半老寨子,宁静地隐匿在山林深处,消磨着悠长的岁月。

眼下正是仲秋时节,秋高气爽,阳光照得满山苍黄,山庄外的小道上铺满了落叶。一个英武少年正从瀑布旁边的山坡上飞跑下来,在嶙峋山石间飞纵跳跃,满头大汗依然不停。猛然,一只苍鹰从山峦掠过,在少年头顶盘旋鸣叫。少年停止了跳跃,端详一阵,迅速摘下背上的木弓,又从箭壶中拔出一支羽箭搭上,引弓满射,羽箭"嗖"地啸叫着飞向天空。但闻黑鹰锐声长鸣,振翅高飞,那支羽箭眼见就要贯穿鹰腹,却怏怏地掉了下来。少年气得跺脚直跳,将木弓狠狠摔向山石,木弓"啪"地断为两截。少年想了想,又捡起断弓,向山庄飞跑而来。

少年猛然撞开了虚掩的大门,院中一个女子惊讶道:"子岭,何事慌张?"

"梅姨,我要铁弓。这木弓劲力太差!"

女子笑道:"哟,吓梅姨一跳。你有多大劲儿,木弓不能使了?"

少年将断木弓撂到石案上,气鼓鼓地不说话。

女子走近一看,大吃一惊:"这是上好的桑木弓也,你拉断的?"

少年顽皮而又得意地笑笑,"如何?梅姨,该给我换铁胎弓了。"

女子惊喜地向着正屋叫道:"大姐大姐,快来看吧。"

"有事啊?"一个不辨年龄的女子出现在宽大的廊下,宽松曳地的绿色长裙,高高挽起的发髻上横插了一支玉簪,手

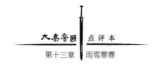

中拿着一卷竹简,潇洒随意中别有一番书生名士的英秀之气。她就是隐居了十三年的白雪。

听见喊声,她走出廊下笑道:"梅姑,一惊一乍的,值得看么?"

"大姐你看,子岭将桑木弓拉断了吧!"梅姑将断了的木弓递给白雪。

白雪接过断弓端详:"子岭,如何便拉断了?"

"回母亲,子岭射一只山鹰,这弓力不济,山鹰飞走了。孩儿生气,将桑木弓摔断了,不是拉断的。"少年昂首挺胸高声回答。

"究竟是桑木弓不济,还是你膂力不济? 得试试看。梅姑,取那张良弓来。"白雪很平静慈和,却丝毫没有溺爱神色,倒更像老师对待学生一般。

梅姑已经拿来了一张铁弓和三支长箭递给白雪,白雪指点着弓箭道:"子岭,这是你外祖留下的弓箭。弓叫王弓,是威力最强的硬弓。箭叫兵矢,是能穿透三层铠甲的利箭。你只要能将这张王弓拉开两三成,这王弓就是你的了。"

梅姑笑道:"大姐,既然试射,就用寻常箭矢吧,兵矢飞出去找不回来,可惜了。"

"不行。"白雪摇头,"寻常箭矢重量不够,试不出真正的膂力。再说,他能射多远? 自己找回来就是。子岭,来,到门口试射。"

少年接过弓箭,大步赳赳来到山庄门外。静远山庄原处在山腰密林,出门一条石板路,路外就是宽约百步的幽深峡谷,对面山体上的白色岩石清晰可见。白雪指着山庄一侧五六十步开外的一段枯树:"子岭,就射那棵枯树。"

"不。"少年摇摇头,"枯树岂配王弓? 我要射对面白岩上的那块黑圆石。"

遥遥看去,峡谷对面的白色岩石上突出着一块黑色石头。目力所及,大约也就是拳头大小,虽说比箭靶中心的鹄的稍大,却比整个箭靶小了许多。若在平地,这倒也是考校箭术的正常距离。但这是一道峡谷,那强劲的谷风对箭矢的影响可是极大,大约寻常将军也不一定能将箭矢送过这样的峡谷,更不要说这样一个少年。

梅姑惊叹:"吒,不行不行! 我看都看不清,还是射枯树。"

白雪虽不精通射技,但对剑术武功毕竟有扎实的功底。她觉得,儿子目下的状况无论如何也射不过这道山风习习的峡谷,虽说是壮志可嘉,但太过夸口,也是一种很不好的毛病。她素来是明睿聪慧,知道这种指正只能在儿子试射失败之后,而不能在前,否则他绝不会服气。心念及此,她淡淡笑道:"子岭,只要你能射过峡谷,不管触山与否,都算成功。"

少年没有说话，咬紧牙关，拈弓搭箭，左腿笔直地斜线蹬开，右腿曲蹲成一个结实的弓形；左手持弓，"嗨"的一声，右手扯动弓弦，但听皮裹铁胎的王弓响起了细微的咯吱声，王弓倏忽张开成半月之形。少年一奋力，王弓竟渐渐拉成将近满月之形。这在弓法上是"九成弓"，距离满弓仅有一成力道。白雪梅姑兴奋地屏住呼吸，比自己开弓射箭还要紧张。

少年双目炯炯地瞪视着峡谷对面，猛然放箭，只听一声尖锐的啸叫，长长的兵矢流星般穿过峡谷。但闻"轰隆——"一声，白色山岩上突出的那块黑石便带着一阵烟尘，滚落到深深的峡谷之中。

"彩也！子岭成功了！成功了！"梅姑拍手笑着跳着高声喝彩。

白雪长长地舒了一口气，笑道："好。这张王弓归你了。"

"谢过母亲！"少年兴奋地跳了起来，"我给母亲猎一只野羊回来！"说着飞快跑向了山庄后的密林。

"子岭，早点儿回来！"梅姑在身后高喊。

"哎，晓得。"山坡密林中遥遥传来少年子岭的清脆声音。

白雪笑笑："教他去。"便和梅姑进了山庄，又坐在石案前展开那卷竹简看了起来。

梅姑问："大姐看甚书？忒般认真？"

白雪笑道："你猜猜。"

梅姑顽皮地眨眨眼："莫不是大哥的书？"

"梅姑果然聪明。正是前日侯嬴大哥派人送来的流传抄本，是他前些年写的。"

梅姑神秘地笑笑："大姐呃，你说大哥该不会忘了我们吧？如何还不回来？"

白雪撂下竹简笑了："是么？那就休了他，教他当那个破官儿去。"

"休了男人？大姐，亏了你想得出！"梅姑咯咯咯笑个不停。

猛然，响起了"笃笃笃"敲门声。梅姑一阵惊喜，冲过去拉开门，却呆呆地怔在那里。

"山中游士，讨口水喝。"一个蓝布长衫须发灰白的人，脸上蒙着一方面巾，手中提着一口短剑，苍老嘶哑的声音很是刺耳，"多有叨扰，敢请包涵。"

梅姑回过神来，快快道："不妨事，请进来。"

蓝衫蒙面者走进大门，白雪起身拱手道："客人光临，多有荣幸，请上屋入座。"

"秋日如春，庭院凉爽，不必进屋叨扰。"蓝衫蒙面者谦恭作礼。

白雪:"也好。梅姑,搬一坛老酒来,请先生解渴。"

梅姑顷刻间搬来一坛陈年清米酒,又用托盘端来一盆炖兔肉,自到一边忙碌去了。白雪道:"先生请自饮。我清茶作陪了。"

蒙面人:"鄙人相貌丑陋,不敢示人,敬请先生回避。"

白雪,大气!

白雪笑了:"貌相乃父母天赐,何须自愧? 先生若不介意,但请取下面巾痛饮无妨。"

"先生高风,得罪了。"蓝衫人摘下面巾,一张红赤赤脸庞赫然现出,活像被人生生揭去了面皮,令人望而生畏。

白雪一惊,竹简不自觉捂住了嘴没有出声。远处的梅姑却惊讶得"啊"了一声。

蓝衫人仿佛没有听见,自顾痛饮大嚼。

正在此时,虚掩的庄门"咣当"大开,少年子岭气喘吁吁满面大汗地撞了进来:"娘! 野羊!"举起手中一只肥大的黄羊,"快看,箭射在脖颈上了!"

梅姑已经闻声跑来接过黄羊:"快来洗洗,热死了吧。"

白雪高兴道:"好,子岭有功,正好犒劳客人。"

少年怔怔地看着院中蓝衫人:"娘,他是谁?"

白雪笑道:"子岭,这是一位过路客人。该向先生行礼。"

少年天真地笑了:"啊,是客人,我当是……"却硬生生收住口拱手行礼,"客人先生,本庄少主人有礼了。"老声老气,逗得白雪、梅姑和蓝衫人都笑了。

"在下山中游士,见过小公子。"蓝衫人目光盯在了少年脸上。

"先生,小儿有何不对么?"白雪注意到蓝衫人的目光有异。

暗示乃故人。有故事。

蓝衫人叹息一声:"不瞒先生,贵公子与我旧时一个老友之相貌神韵酷似,使在下油然感怀。敢问先生,夫君高名贵姓?"

"先生可否见告,你那位老友高名贵姓?"白雪微笑地看着蓝衫人。

"在下游历二十余年,沧海桑田,故人的姓名却是记不得了。"

"先生既已忘却故人名姓,我说出来亦是无用,是么?"

蓝衫人点头感慨:"正是正是,原是在下唐突。先生,告辞了。"

少年却突然走近蓝衫人道:"先生,你这脸庞生得有趣,是生来如此,还是猛兽伤害?"

蓝衫人大笑,沙哑凄厉的声音像一头怪枭:"快哉快哉! 老夫生平第一次听人说,老夫面相有趣! 小公子,这是比虎狼还要厉害的猛兽所伤,记住了?"

"那你报仇了么?"少年兴致勃勃。

"还没有。然老夫的心却没有死。告辞。"蓝衫人一拱手,径自出门去了。

梅姑去掩门,却惊讶地站在门口不动。白雪问:"梅姑,怎么了?"梅姑掩门回身,面色苍白道:"那人刚出门就不见了踪影,鬼魅般消失了,好怪异!"

白雪点点头没有说话,沉思良久,低声吩咐:"放出信鸽,请侯嬴大哥来一趟。"

梅姑答应一声,跑向庭院深处。片刻之后,一只黑色的鸽子冲上蓝天,带着隐隐哨声向东飞去。

放走信鸽,梅姑吩咐两个仆人帮着兴致勃勃的子岭杀那只野羊,自己便去厨下打点整治,要为子岭的箭术膂力庆贺一番。白雪却一直在后院望着远山出神,思忖今日这个不速之客的来路,为商鞅担心,偏又勾起了浓浓的思念。十几年来,她每天都要在这里站上一两个时辰,望着远山踱步,方圆丈许的草地都被踩出了硬土。夕阳将落的时分,庭院中飘来浓郁的肉香,白雪知道野羊已经炖好了,不想教梅姑或儿子看见自己痴痴凝望的样子,信步来到前院。

"笃笃笃",又是敲门声。

梅姑正在收晾晒的衣服,回头看着白雪做了个鬼脸笑道:"吔,侯嬴大哥忒快嘛。"

子岭冲过来道:"梅姨,我来开门,我不怕。"

白雪慈爱地笑道:"嗬,子岭长大了,那就去。"

梅姑不自觉拿起石案上子岭的短剑,跟着子岭来到门后。大门"咣当"拉开,子岭粗声大气问:"敢问何方人士?"梅姑不等门外回答,在子岭身后道:"本庄夜晚不留客人,敢

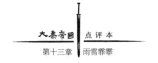
请务必见谅。"

暮色中,门外响起一个熟悉的嗓音:"梅姑,不记得我了么?"

梅姑惊讶地一个箭步冲到门前,见门外两人一黑一白,都是长须飘飘,白衣人正对着自己亲切地微笑。梅姑猛然醒悟,冲回院子高声叫嚷:"大姐大姐,快来呀,大哥回来了! 大哥回来了!"

子岭怔怔地挡在门口:"你是何人? 梅姨那么高兴。"

门外人笑道:"你是子岭么? 如何不教客人进门?"

子岭认真摇头:"没问清白,不能擅入我家。"

门外人点头笑道:"挺认真,小将军似的,问吧。"

子岭一点儿不笑,一副大人气魄:"姓甚名谁? 从何处来? 所为何事?"

门外人微笑答道:"姓卫名鞅,从咸阳来,为了找你,找你娘,还有梅姨。"

少年子岭有些茫然:"卫鞅? 噢,我好像听说过这个人……娘。"一转身,不禁惊讶失色,"娘? 你如何哭了?"

白雪早已经来到门后,听着父子二人的对话,按捺不住心潮起伏,不禁泪流满面道:"子岭,他就是,你的父亲……鞅,你终于回来了。"一下子扑到商鞅肩头……

少年子岭的脸憋得通红:"梅姨,他,他是我的父亲么?"

梅姑擦着眼泪笑道:"蠢! 父亲还有假?"

子岭扑通跪倒叩头:"孩儿白子岭,参见父亲大人!"

商鞅乐得大笑,一边揉眼睛,一边扶起已经长过自己肩头的少年,"参见? 大人? 礼数蛮大也。来,教我看看! 好,精气神都不错,快长成大人了,啊!"

说话间,梅姑已经帮荆南将两匹马牵了进来拴好,边喂马边亲热地和荆南比画着又笑又叫。荆南也高兴得"啊噢"不断,夹七夹八地既比画着路上的经历,又诉说着莫名的兴奋。少年子岭被骤然降临的父亲夸奖得红着脸局促地笑着,有些不知所措。白雪走过来高兴地揽着父子二人的肩膀:"有话慢慢说,走,进屋。梅姑、荆南,进屋了。"梅姑高兴地答应一声,拉着荆南走进正屋大厅,又飞跑出去吩咐两个仆人准备接风酒宴,又飞快地捧来茶水,忙得像只穿梭的小燕子。荆南也干脆跟着她忙前忙后地张罗。少年子岭想了想,说要从地窖取酒,也跑到院子忙去了。

白雪和商鞅坐在大厅,默默相望打量,千言万语一时不知从何说起。

怔怔地看着阔别十三年的商鞅，白雪明显感到了他身上凝聚的沧桑风尘。昔日英挺白皙的商鞅，脸上已经是肤色粗黑，沟壑纵横，长须垂胸，两鬓染霜了。一个刚刚年过四十岁的男子，正是如日中天的时候，却显出一种比同龄人要苍老得多的面容。不用问他受了多少辛苦，仅仅从那种不能掩饰的疲惫感，就能体察到他的曲折艰难和呕心沥血。

商鞅也静静地望着白雪，觉得她依然那么美，美得动人，洒脱爽朗的英气中沉淀出一种深沉的风韵，披肩的长长秀发变成了高高挽起的发髻，圆润秀丽的脸庞和窈窕的身躯略微丰满了几分，就像中天的一轮明月，舒缓安详，而又明艳无比。那双永远如澄澈湖水般的眼睛，依旧喷发着火热的光芒，只有那从眼角延伸出去的细细的鱼尾纹，才铭刻着如缕如丝的漫长岁月对她青春年华的划痕。一个正值青春年少的女子，要在人迹罕至的山林中寡居独处，仅仅依靠情感的坚贞，是无法消解那如火如荼的本能冲动的。只有白雪，凭借着出类拔萃的家世给予她的胸襟、品性、学问、见识，才锤炼得出这种"久经沧海，难为一瓢之饮"的高贵气度。也只有这种并非刻意追求操守，而奔着一种境界飞升的高远情愫，才远远超越了尘世寻常的坚贞节烈，才能驾驭自己的灵与肉达到至美的升华。

默默相对的凝望中，商鞅的灵魂又一次颤抖起来。

这日晚上，商鞅生平第一次喝得醉态可掬，给每个人敬酒，给儿子唱激越悲凉的秦地歌谣，撮合着要梅姑嫁给荆南，不断搂着白雪和儿子开怀大笑。白雪非但没有丝毫的阻拦，且满面春风地与他频频共饮，也喝得满脸酡红，笑得高高的发髻也散了开来。荆南忘形地呼喝着向子岭教习剑术，梅姑则忙得陀螺般斟酒劝酒，终于也喝得咯咯咯笑个不停，顽皮地比画着要荆南叫自己姐姐。少年子岭第一次沉浸在如此

中国人的文化视野里，基本上还是觉得现世最好。所以，即使如"神"一样的商鞅，在尘世里也能找到慰藉。孙皓晖用心良苦，他心中的商鞅，有血有肉，只不过形势所迫，才如此铁面无私。

无拘无束的天伦之乐中,高兴得不断要求显示自己的学问和功夫,背《诗》背《书》,舞剑奏琴,绘声绘色地讲述自己的箭术,不时引来满堂哄笑……

直到雄鸡高唱,东方发白,静远山庄才安静下来。

一觉醒来,已经是红日西沉了。商鞅觉得从未有过的心旷神怡。窗外一抹晚霞,山间林涛隐隐,流泉飞瀑,鸟语花香。商鞅大睁着眼睛躺在卧榻,却好像在梦中画境一般,竟然不想坐起身来。听听院中有白雪她们的低声笑语,商鞅还是揉揉眼睛坐了起来,穿上榻边放置整齐的宽大衣衫,干爽舒适,再蹬上精致宽松的木屐,散发赤脚,真个是通体轻松满心惬意。商鞅情不自禁地伸了个懒腰,长长地打了一个响亮而又兴奋的哈欠,信步走出大厅。

"起来了?"白雪笑盈盈地走了过来,"棚下坐坐,子岭采了一大筐野果呢。"

梅姑老远地笑嚷着:"呕,姑爷大哥变成山老爷子了!"

"要知逍遥事,唯到山中住。姑爷大哥我,可是做定山老爷子了。"商鞅的木屐踩在院中石板上,清脆的梆当声夹着笑声,一副悠然自得。

白雪笑道:"都昏了头,又是姑爷,又是大哥,做新郎似的。"心中却溢出一股浓浓的甜意。谁能想到,冷峻凌厉素来不苟言笑的卫鞅,能有在她身边的这般本色质朴? 这般松弛散漫? 这般明朗闲适?

商鞅踱步到竹席棚下的石墩坐下,梅姑端来两大盘洗干净的山果,红黄青绿的煞是好看。白雪拿来一柄小刀坐在他身旁,将山果剥壳削皮的一个一个递给他。商鞅怡然自得地吃了一大堆,笑道:"呀呀,真做田家翁了。"白雪笑道:"做田家翁不好么?"商鞅连连点头:"好好好。"却收敛笑容认真说道:"哎,知道我这次回来要做的事么?"白雪微微一笑:"要接我们回咸阳?"商鞅道:"这可不是我的主意。"白雪笑道:"你敢么? 自然是荧玉的主意了。"商鞅哈哈大笑一阵:"我的想法,本来是立即辞官隐居,教荧玉一起到崤山来先住一段时光,然后我们就泛舟湖海了。荧玉却一定要你先回咸阳,聚一段时日再走。正好秦公身体不佳,我一下就走,也脱不开身,就依了这个主意。"白雪点头思忖道:"也好。只要主意定了,自然要缓缓脱身。掌权二十多年,国事总得有个交代。"

商鞅高兴,就滔滔不绝地将这些年的大事逐一说了一遍。白雪听得很认真,直到商鞅说到河西大捷,白雪才幽幽地叹息一声:"魏国也败落得忒快了。好端端一个强国,就如此葬送在这班君臣手里。身为魏人,惭愧也。"商鞅大笑道:"我那个卫国,不更教人惭愧?几个县的地面,都快完了。列强竞争,同是华夏大族,谁强大,谁就统一。此等纷争称雄的局面，绝不会长久。可不要抱残守缺，做伯夷叔齐也。"

白雪笑了："抱残守缺，那是贵族的毛病。庶民百姓，可是谁给好日子就拥戴谁，我不操心。"

说着说着，已是明月挂在了树梢。梅姑拉着荆南和子岭帮忙，将饭菜山果摆在了棚外的另一张大石案上，对着天中一轮秋月，五个人边吃边说，又到了三更天。

子岭突然指着大门："听，有人！"

习习谷风中隐隐可闻马蹄沓沓，紧接着就是一声悠长的呼哨。

"侯嬴大哥！"梅姑站起来就去开门。

商鞅惊喜地迎到门外，月色下的山道上一骑骏马飞驰而来，马上骑士迎风展开的黑斗篷就像一只巨大的山鹰。片刻之间，骏马飞到。商鞅鼓掌大笑："侯嬴兄，别来无恙也！"骑士闻声下马，疾步高声："啊呀，鞅兄么？真是做梦一般哪！"两人在山崖边交臂而抱，你看我我看你感慨不已。荆南连忙赶出来参见老主人，侯嬴看着这个一脸粗硬胡须的威猛壮士，又是一阵唏嘘感慨。白雪出门笑道："侯兄，我也没想到他恰恰就回来，你等三人有情分。进去吧，别在门外絮叨了。"

回到庭院，重治酒席，又是一番相逢痛饮。明月皎洁，商鞅侯嬴眼见对方都已经两鬓染霜，不由说起初次在栎阳渭风客栈相聚时的青春意气，一时泪光莹莹。叙谈良久，侯嬴问起白雪信鸽传书的原因，白雪这才将那个怪异客人的事说了一遍，怀疑这个怪异客人与商鞅有关，想请侯嬴查查这个人。

商鞅也感到惊讶，他本来不想将路遇刺客的事告诉白雪，此时见两件事显然有关联，便将洛水河谷遇到突然袭击的事说了一遍。

"如此说来，那个蒙面人与这个蒙面人，是一个人？"白雪蓦然警觉。

*此处不是谈情，而是论道。*

*还是白雪机警。有此红颜知己，何愁不成就事业？*

侯嬴思忖道："正是。这个怪人，定然长期在这一带大山活动。魏国想谋害鞅兄么？"

"不像。"白雪摇头，"魏国目下沉沦，不会对秦生事。"

"那就该当是仇人。鞅兄可有宿仇？"

白雪道："他这个人，生平无私怨，有也是公仇。"

商鞅沉思有顷，心中猛然一亮："难道，是他？"

"谁？"白雪与侯嬴一齐问。

新仇旧恨的清算，迟早要来。"原太子傅公孙贾。他当年与公子虔一起服刑，放逐陇西。我听此人声音颇熟，一时没想起来。"

侯嬴道："对，一个人相貌可以变化，嗓音变不了。"

梅姑有些茫然："秦法那么严明，放逐的罪犯能逃得了？"

"那得看是谁。"白雪问，"公孙贾剑术武功很高明么？"

商鞅思忖道："公孙贾原是文职长史，纵然有剑术武功，也是略知一二罢了。对，从这一点说，又不像。这却奇也。"

侯嬴："剑术武功在成年突进的事，也是有过的。假若此人逃遁后有奇遇，也未尝不能成为剑道高手。"

"我看这样，"商鞅道，"目下此人对我尚无大碍，然对山庄有威胁。侯嬴兄可访查崤山一带，看看有无神秘人物藏匿。雪妹她们跟我回咸阳。走前这一段时日我都在，不会有事。回咸阳后，我立即下令查清此事。"

"我看也是如此。"白雪笑道。

"好。那我立即动手。崤山是白氏的老根基，好查。"侯嬴听说白雪要跟商鞅回咸阳，心中很是高兴，"哪天走？我来安排行程事务。至少得几辆车呢。"

"一个月后了。"商鞅笑道，"也和侯兄多多痛饮几次。"

"快哉快哉！我也是如此想，来，干！"

"干！"两人举起大碗，一饮而尽。

次日清晨,商鞅还没有起来,侯嬴已匆匆走了,留下的话是,十日后再来回话。白雪知道侯嬴侠义情怀,要急着去查崤山地面的可疑人物,挽留不住,也只好教他走了。商鞅晚来和白雪缠绵到天亮方才入睡,午时醒来,见侯嬴已去,兴致勃勃地和白雪、子岭到山中览胜去了。回山庄时天已傍晚,落日余晖下,但见迂回曲折的山道上一骑黑马直奔山庄而来。子岭高兴地叫起来:"娘,又是马!父亲一回来,深山都热闹了。"

白雪脸上却掠过一丝阴影,心中不禁一阵猛跳,来人显然不是侯嬴,会有何等事?片刻间马到庄前。骑士飞身下马,对商鞅拱手道:"禀报商君,景监上大夫紧急书简!"说着从马背革囊中取出一卷密封的竹简,双手呈上。

商鞅心中一沉,立即打开竹简,眼光一瞄,脸色就阴沉下来。那竹简上只有一行大字:"君上病倒,君宜还都。私信告之,君自决断。"商鞅将竹简递给白雪。白雪一看,不禁愕然,但瞬息之间已平静下来。她知道,景监作为上大夫,是商鞅的忠实同僚,一定是秦公不许告知商鞅,而景监又觉得必须告知,才用了私人书简的方式。若事情不急,如何能动用官府的快马特使?这种关键时候,能阻拦他么?

略一思忖,白雪轻声道:"那就回去了。我们随后来。"

商鞅看了白雪一眼,回头对使者道:"回复上大夫,我明日起程,后日可到咸阳。"

"是!"信使答应一声,翻身上马,嗒嗒下山。

这一夜,静远山庄异常宁静,只有那间卧房的灯火亮到了东方发白。

该来的总会来。

# 六　病榻上的秦孝公怦然心动

秋风一起，秦孝公突然病倒了。

病势来得莫名其妙，先是突然高烧了两次，太医刚刚一用退烧药，就突然好转了。刚刚被秦孝公接回来的太子嬴驷，急得寝食不安，昼夜守候在寝宫之外。秦孝公又气又笑，训斥了嬴驷一顿，命他回太子府加紧熟悉国事，不要小儿女般矫情。前些天，秦孝公已经从荧玉口气中隐隐约约猜到了商君要辞官归隐的打算。虽然他一万个不想放商鞅离开，却不能不做万一的打算。他要教太子嬴驷恢复一段，看看他究竟是垮了还是成了，再看他能否挑起日益繁重的政务。当此之时，不能教嬴驷在这些小事上太过拘泥，一味地尽礼数。

谁知刚刚过了三五天，秦孝公就突然不能下榻了，浑身酸软，厌食厌水，瘫在了榻上一般。太医令李醯大急，带领六名白发苍苍的太医府高手在榻前轮流诊脉，整整两个时辰过去，面面相觑，却说不出病因，也不敢开方。李醯急得大汗淋漓却又束手无策。秦孝公笑了："去吧，想想再说。天数如此，急也无用。"

景监闻讯进宫，主张立即召回商君应急。秦孝公却只是摇头："莫急莫急，也许几天就又好了。二十余年，商君未尝闲暇一日，刚刚离开几天，就召他回来，岂有此理？国中政务，上大夫先主事。"谁知过了十多日，秦孝公非但不见好转，反而急剧消瘦，日进食量竟只有原先的两成不到了。景监真着急了，明知对秦孝公说也无用，就私下写了书简，当作官府急件"逢站换马"，报知商鞅。

这次，太子嬴驷没有哭泣着坚持守在病榻前。

还有事情放不下。

上次秦孝公的严厉训导，打消了嬴驷残存的一丝脆弱，也抹去了他重新回宫开始一段时日的惶惑与无所适从。就像当初刚刚离开栎阳对村野民居生疏茫然一样，乍然回宫，他对壮阔瑰丽的咸阳城和咸阳宫陌生极了，好像梦幻一样。长期的村野磨炼，已经使他适应了粗粝的生计，宫廷少年的娇气任性和俊秀潇洒，早已经消失得无影无踪。现下的嬴驷，粗黑壮硕稳健厚重，正是老秦人所喜欢的那种成年男子汉的体魄。然则，长期的隔绝，使嬴驷对公父、太后、公主姑姑都陌生了，见了他们总觉得局促不安，应对总是不得体。见了朝臣也感到生涩，甚至不知道如何自称才好。受到公父的斥责，嬴驷清醒了，他明白了公父的意思，做人做事要大局为重，要有自己的真见识；看别人脸色说话，揣摩别人心志行事，永远都没有出息。他猛然警悟了，恍惚感顿时消失了。长久的磨炼，不正是为了证实自己是可以造就的么？如今归来，正事没做一件，兀自惶惶不安，想起来真是不可思议。

嬴驷回到府中，将自己关在书房，一连半个月没有出门。

今日清晨，嬴驷进宫，他要郑重地向公父呈上自己独特的礼物。此刻他非常清楚，突然病倒的公父，最需要的不是榻前守候，而是真实地看到自己的儿子已经磨炼成了一个堪当大任的储君。

进得宫来，嬴驷觉得气氛有异。侍女内侍，个个都是神色匆匆。看看身后抬着大木箱的两个仆人，嬴驷不由加快了脚步。到得寝宫门前，却见太医令李醯和几个老太医神色郑重地争辩不休，上大夫景监和国尉车英也在一边低声交谈，没有人看见他，自然也没有人过来行礼参见。嬴驷没有理会这些，径直进入。第二道门前，白发苍苍的黑伯静静地肃立着，眉头紧锁。嬴驷低声问："黑伯，公父梳洗了么？"黑伯点点头，默默领他走进寝室。

嬴驷走近榻前，不禁心中一惊，正当盛年英华逼人的公父已经变得枯瘦羸弱，完全没有了昔日光彩。嬴驷心中一酸，低低叫了一声"公父"，泪水已经溢满了眼眶。

秦孝公睁开眼睛打量着嬴驷，明亮的目光丝毫没有病态。他指指榻侧绣墩，却没有说话。嬴驷深深一躬道："公父，嬴驷带来了这些年的心得，想请公父批阅斧正，又担心公父病体能否支撑？"

"你写的文章？快，拿过来。"秦孝公显得有些惊讶，更多的显然是高兴。

嬴驷回身吩咐："黑伯，教他们将木箱抬进来。"

黑伯点点头,走到寝宫大门,吩咐两个仆人放下木箱回去,右手抓起捆箱的大绳就提了进来,轻轻放到榻前,又利落地解开绳套打开木箱。嬴驷第一次看见黑伯如此惊人的膂力,不由大奇。要知道,一大箱竹简足足有三百多斤重,而黑伯却是一个白发苍苍的老者,而且只用了一只右手。

秦孝公笑道:"黑伯,教太医大臣们都回去,各司其职,不要再天天来了。"黑伯答应一声走了出去。秦孝公回头又道:"驷儿,你先回去,明日再来。"嬴驷看看公父,想说话却又没说,深深一躬,步履沉重地走了。

嬴驷一走,秦孝公便教黑伯找来一张木板支在榻旁,将木箱内的所有竹简都摆在了木板上。竹简一摆开,立即散发出一股浓浓的腐竹气息和汗腥霉味儿。秦孝公一眼看去,便知道这些竹简完全是一个生手削编的。竹片全是山中到处可见的低劣毛竹削成,长短大小薄厚参差不齐;编织得更是粗糙,寻常用的麻线上生满了霉点儿,有不少简孔已经被麻线磨穿,又有不少麻线被带有毛刺的简孔磨断;几乎每一片竹简都发黄发黑,有汗湿渗透的霉腥味儿和斑斑发黑的血迹,和竹简工匠们削制、打磨、编织的上好青竹简相比,这简直是一堆破烂不堪的毛竹片子。但秦孝公却看得心潮起伏,眼中潮湿。他知道,这只能是嬴驷自己制作的竹简。一个宫廷少年,且不说坚持自己执刀刻简——在宫廷中,刻简是由专门的"文工"完成的,国君与太子只要将文章写在竹板上就行了——就是经常性的砍竹、削片儿、打孔、编织,也需要多大的毅力去做啊。这一大箱竹简,每一片都渗透了嬴驷的汗水与辛劳。不说内容,单就是这种精卫鸟儿般的喋血精神,也使人真切感受到了一个苦行少年的惊人意志。

秦孝公怦然心动,闭上眼睛,任由两行细泪从眼角缓缓渗出。

务必要补上嬴驷的受教经历,除了体察民情,还须有知识及智慧上的积累。宫廷教育有所不及之处,民间教育补之。嬴驷所受磨炼,嬴驷自我反思,这些,都可以为他主秦增添合法性。

一天一夜，秦孝公没有睡觉，一刻不停地看完了嬴驷的全部手记。黑伯劝他歇息片刻，他却笑道："整天躺着睡，还嫌不够么？"健旺饱满的神态，使人无论如何想不到他是一个卧病不起的人。

嬴驷的手记竹简分为三类：一类是所经郡县的地形、人口、城堡、村庄的记载；一类是变法后民生民治状况的变化；一类是自己的思考心得。秦孝公最感兴趣的是嬴驷自己的心得手记，将那几篇文章反复看了五六遍。其中有一篇的题目是《治秦三思》，秦孝公拿着它手不释卷地琢磨，良久思忖着。已经是红日临窗了，黑伯进来收拾烛台，秦孝公方才放下竹简想睡一会儿，但一闭上眼睛，眼前就浮现出破旧发霉的竹简和那耐人寻味的篇章：

> 商君之后，治秦不易。法度已立，邦国富强，秦风大变，公战大兴。然则国有三虚，不可不思。一曰法制根基未坚，二曰复辟根基未除，三曰多有穷乡僻壤，财货实力不足以养战。治秦之途，首在固法强本，次在除恶务尽，三在垦发穷困以长财货。有此三纲，秦国当立于不败，可放手与东方周旋。治国安邦，慎之慎之……

秦孝公感到了一丝宽慰，紧绷的心弦略微放松。作为国君，他只有这一个儿子，而对这个唯一的儿子，他却实在把握不准。在嬴驷独自磨炼的时期，他曾经闪现过一个念头，赶快将玄奇找回来大婚，再生一个儿子继承大业。可几次到陈仓河谷，那个小庄园都尘封无人，派人打探，方知老墨子高年卧病，所有骨干弟子都聚集在神农大山，整理老墨子的一生言行和未成形的论著。孝公对墨家很是了解，也知道老墨子

储君乃国之根本，大意不得。孙皓晖想象出大统承继之际的许多波折，引人入胜。

行事神秘，统辖墨家的方法历来是一人独断。在墨家这种行动性学派来说，也是迫不得已的事情，它确保了老墨子的绝对权威和墨家子弟在行动中的高度一致，这是其他任何学派都不能望其项背的。

但是，这也带来了其他学派所没有的许多麻烦。最大的麻烦，就是对老墨子身后地位权力的继承。老墨子的四大弟子，个个都是文武全才，在天下有很大名声的"高义饱学之士"，也都各有一批忠实的信徒。论资历才智，当然是大弟子禽滑釐排在首位。然则禽滑釐偏偏少了老墨子的胸怀境界和人格魅力，许多次大事都处置得议论纷纷。尤其是对秦国行动，勘察粗糙，判断见识都不到位。秦孝公只身闯墨家总院时，老墨子只得亲自出面才使墨家在对待"暴政"上有了一个大的转折。如此一来，非但禽滑釐威望下降，更重要的是，墨家内部也更加分化，老墨子可谓难矣！

由于玄奇在对秦国事务中坦然诚实，且表现出卓越的见识与胆略，不但老墨子倍加钟爱，许多墨家弟子也衷心敬佩，隐隐然又形成了一个"第五墨家"。纵然玄奇洒脱散淡对权力毫无兴趣，然则从小就以墨家为家园，身处其中，植根其中，自己的一言一行都关乎追随者的利害得失，遇到分歧不可能不说话，想摆脱也摆脱不了。老墨子年高卧病，竟出人意料地指定玄奇主持编撰《墨子》大书，使玄奇骤然间成为墨家矛盾冲突的交会点。玄奇既不能拒绝终生敬佩的老师的重托，又对内部错综纷纭的微妙冲突不得不小心翼翼地平衡抚慰。

在这样的关键时刻，能教玄奇从墨家脱身么？纵然是两情深长，又如何骤然脱得千丝万缕的"业绊"？秦孝公身为一国之君，最能体味这种身不由己的牵绊，也深深理解玄奇此时的困境，长嘘一声，只好将大婚的愿望暂时搁置了。几

禽滑釐与墨子几乎齐名，得力于墨子的倾囊相授。若论长远影响，当然师者胜。

次突然发病，孝公虽然表面轻松无事，实际已经有所警觉，闪过的第一个念头就是"可能已经没有机会大婚生育了"。有此警觉，他甚至想过在嬴氏宗族中另外挑选一个有为青年做太子，也闪过念头，抱养荧玉和商鞅的儿子……念头归念头，秦孝公秉性坚忍不拔，在没有清楚嬴驷的鱼龙变化之前，他的任何念头都只是永远地埋藏在心底。

自从商鞅提及，接回嬴驷之后，秦孝公也没有急于对儿子进行终日教诲，而依然和他不疏不密，让他自然地熟悉离开太久的宫廷，渐渐弥补这长期隔离造成的陌生。更重要的是秦孝公明白，一个人已经长到了三十一岁，能否担当大任，绝不是终日教诲所能解决的。将近二十年的磨炼，如果嬴驷还不成器，那也是无可奈何的事情了。虽然秦孝公想到了最坏的可能，但在儿子最终暴露真实面目之前，他的那一丝希望始终都没有破灭。他没有和嬴驷认真长谈过一次，也没有一次主动问起嬴驷的磨炼心得。他以为，嬴驷选择何种方式显出曾经沧海后的本色，这对嬴驷也是一个考验。

事实说明，嬴驷做得很好，甚至可以说很出色。

秦孝公想过许多可能，但确实没有想到，儿子的磨炼竟是如此认真如此刻苦如此用心。这个嬴驷，是嬴氏历代嫡系长子中唯一没有军旅经历的储君。在秦国，这是一个很大的缺失。因为这将直接关涉军旅将士对他的敬重和他对军旅的控制。秦孝公少年征战，几年中就成为军中有数的名将，对秦国大军有着无与伦比的影响力，所以才能以二十一岁的年龄在权力场中纵横捭阖，无所畏惧。这个嬴驷，还没有来得及补上这一课，就栽倒在变法旋涡中了。然则，嬴驷在山野底层苦行磨炼十余年的经历，又是他在所有公族子弟中独具的优势。对民生民治的透彻体验，将成为他把握国家大势的根基本领。从长远看，这一点也许比从军本身更重要更宝贵。也许，孺子尚可教也。

秦孝公闭着眼睛轻松地舒了一口气，沉沉地睡去了。

商鞅赶回来的时候，秦孝公还在呼呼大睡。商鞅将黑伯叫到一边，详细询问了孝公发病及医治的过程，然后立即安排，在孝公的寝宫之外给他辟出一大间屋子做政事堂，他要在这里昼夜守候处置国务。吩咐完，商鞅匆匆赶到景监的上大夫府，紧急招来国尉车英、咸阳令王轼，四个人秘密商谈了两个时辰，将一切稳定朝野的细节都落实妥帖，方才散了。

回到商君府，已经是初夜了。荧玉已经知道商鞅紧急赶回，早就准备好了接风洗尘的小宴。此时饭菜已凉，荧玉一边和商鞅说话，一边亲自为商鞅准备沐浴热水，一边吩咐重新整治酒菜,忙碌得碎步跑个不停。半个时辰后,一切收拾妥当,俩人才安静地坐下来吃饭。

商鞅简略地说了去崤山的经过和白雪明春搬来咸阳的事。荧玉一番感慨,也说了咸阳的近况和孝公的病情,眉目之间忧虑忡忡。商鞅劝慰了一番,说了自己明日住进宫中的打算,荧玉又说了一些宫廷细节,俩人计议了约一个时辰,三更时分方才准备安歇。

商鞅每日走进寝室前,总要了却当日的全部公务。这次离开咸阳了一段日子,虽说有景监主持国务,但也一定积压了一些要他定策的公文,便走进书房,打算处置完这些公文再休憩。坐在案前,先一件件看了事由,却发现有一卷太医令李醯的上书。商鞅一瞥,心想一定是有关为国君治病的谋划,连忙打开,一行大字赫然入目:请逐巫医扁鹊出咸阳书!

> 钩心斗角,嫉贤妒能,无处不在,人心自古如此。所谓人心不古,其实人心皆古。

晋人扁鹊,多有妖行巫术,今以名医自诩,游走列国,均被逐出。近日扁鹊入我咸阳,称其擅医小儿,开馆行医。实则不行望闻问切,随心抓药,国人多被蒙骗蛊惑,竟趋之若鹜,咸阳嚣嚣!秦国新法,禁止妖言惑众,巫术为医。今扁鹊巫医公然入秦,乱我民心,请即逐之,以正新法。

商鞅惊讶了,扁鹊入秦了么?却如何成了巫医?太医令为何要驱逐扁鹊?

## 七 神医扁鹊对秦孝公的奇特诊断

咸阳城北区有一条小街叫神农巷。街不长,也不繁华,

但名气颇大。因为这条小街住的药农多，开的药铺多，生药商人多，几乎就是秦国的医药一条街。寻常时日，这条小街很是幽静，一种淡淡的草药异香弥漫得很远很远。无论是药材交易，还是国人来这里寻医抓药，只要进入神农巷，所有人都会自觉不自觉地文雅起来，绝无咸阳南市那般熙熙攘攘。

这几天，神农巷大大地热闹了起来。

人们纷纷从小巷口的一个小院子里走出来，匆匆到小巷深处的各家药铺抓药，整日络绎不绝。几家名气大点儿的药铺，抓药者竟排起了长队。奇怪的是，抓药的人如此之多，药铺里的坐堂医士却很冷清，很少有人找他们诊脉开方。医士们先是惊讶，后来便都怏怏地离开了医案，帮着店役抓药去了。药铺的出药量骤然增大，药材生意也顿时好了起来，药农、药商也都比往日忙活了许多。如此一来，神农巷人群川流不息，完全没有了寻常时日的幽静。

神农巷最大的药铺叫南山堂，这里的堂医叫李儋，是太医令李醯家族的支脉后裔。他是个有心人，自然很清楚，这突然的变化，都是因为巷口小院子里来了一个神奇怪异的医者。这一天他实在怏怏难忍，换了一身寻常布衣，来到了巷口小院子要看个究竟。

方到巷口，便见大树下坐满了等候就诊的国人，绝大部分都是抱着小儿的年轻夫妇。进了院子，院中大树下也坐满了候诊者。人人手里都拿着一个木牌，提着一袋半两钱，神色安闲地等候着。

"敢问大姐，这木牌做甚用？"李儋恭敬地问一个抱着小儿的中年女人。

"看病的人太多，木牌上写着顺号，挨个来，人不挤呢。"

"这袋半两，够先生的诊金么？"

女人笑了："够。先生只收十个半两，谁心里过得去？都想给先生一袋钱，还不知先生收不收呢。"

"诊金少，药钱贵，是么？"

"哟，你这书生莫担心，在先生这儿看病花得起呢。诊费十个半两，药钱更少。先生开的都是寻常草药，不值钱，可治大病呢。哪像那些个堂医，不开贵重药治不了病似的。我在这儿守了三天了，才把我这宝贝儿子抱来看的。你放心领个木牌子，回去抱儿子来，没事。"

"多谢大姐,那我进去领牌子了。"

李儋走进了中间正屋,静悄悄站在门边打量。只见正中长大的木案前坐着一个童颜鹤发的老人,两边各有三名年青弟子不断记录着老人念出的方子。看了片刻,李儋不禁大是惊讶,这,这样做也能叫看病么?!老人面前根本没有诊脉的棉垫儿,长案上只有几摞散片竹简。每个病人来到面前,老人只是凝眸将病人看得片刻,便立即断定:"此儿积食难消,须得泻去淤积,调理肠胃。"父母连连点头称是之际,老人便念出几味草药来。身边弟子记下,便将竹片交给病儿父母。满怀感激的父母们的钱袋,一律被老人的一个女弟子挡回,每人只要十个"半两"。

一个病人,就这样看完了病?比军营大将的军令还出得快。

李儋大奇,生出一种说不清的神秘恐惧。匆匆赶回,立即上书太医府,请官府立即驱逐这个使用妖法的巫医。太医令李醯接到李儋上书,疑心大起却不敢造次,亲自乔装勘察,方信了李儋所言不虚。李醯本想立即知会咸阳令王轼,驱逐这个妖医,但又怕激怒咸阳国人。听口碑,这个妖医擅医小儿杂症。偏老秦人视小儿如命根,对这个妖医大是敬重。若太医府出令驱逐,惹出事来恐难担当。反复思忖,李醯先将这个老人的底细探察了一番,一经探察,方知这个老人竟然是大名赫赫、有"神医"之称的扁鹊。

李醯大是紧张。这扁鹊声名赫赫,却悄悄来到秦国做甚?真的仅仅是行医救世么?不像,一点儿不像。作为太医令,李醯自然明白,秦国虽然强大了富裕了,但医家名士却没有一个,整个咸阳的医术都很难与山东六国相比。扁鹊留在秦国,要不了多长时间定会声名大噪,那时,这个太医令还会是他李醯么?更重要的是,李氏家族是高居秦国医业首席的望族,扁鹊入秦,眼看李氏的医家首席地位要大打折扣,岂能甘心?但是,要以太医府职权驱逐扁鹊这样的神医,李醯还是不敢。商君执法,亲贵不避,万一撞在刀口上,那可是大灾大祸。想来想去,李醯还是觉得上书商君府,请国府驱逐这个妖医为好。商君天下名士,正宗的法家大师,对怪力乱神之类的妖术巫术素来深恶痛绝,太医府以"驱逐妖医"做根基上书,商君断无拒绝的道理。

一卷"请逐妖医"的上书,恰恰在商鞅赶回咸阳时送到了商鞅案头。

埋在心头的久远记忆,一团团地断断续续地涌了上来,商鞅很有些兴奋。

商鞅在山中修习的少年时期,就知道扁鹊的大名。老师学问无边,自然也很通医道,但每遇弟子或自己的异疾不能诊断,却都要请扁鹊来医治。商鞅还记得,扁鹊是个又高又瘦的老人,一头白发,一身布衣,精神极是矍铄,也和老师一样看不出年岁。扁鹊医病很是奇特,只是静静地坐在病人对面凝神观望。要说"望闻问切",大约只能占得一个"望"字了。然则就是这样一望,却总能准确说出病情病因。开的药方,也都是些最寻常的草药,可疗效却神奇得惊人。当时,扁鹊给商鞅师兄弟们的震动很大,却没有一个弟子能够说清其中道理。

后来,老师在茅屋大树下给弟子们开讲"天下医家",才说起了扁鹊的神奇故事。

春秋初期,一支秦人从陇西草原流居赵国,与赵人多有通婚。赵人中也多有"秦"姓,以至于流传着一种说法,"秦赵同源,姓氏不分"。赵国与燕国交界处有个郑县,居住着一支秦人部族的后裔,始终保持着"秦"姓,以示自己是秦人后裔。后来,这一族在燕赵拉锯战中衰落了下去,没有再出声名赫赫的人物。大约在春秋中后期,这个部族出了个聪慧少年,名叫秦越人。此儿天分过人,跟一个族叔习武识字,几年间便在族中小有名气了。十六岁时,秦越人像大多后生一样,义无反顾地从戎征战了。过了几年,秦越人小有军功,做了一个驿站的"舍长"。驿站是官府办的,"舍长"是带领兵卒守护驿站的小小将官,当时人称为"馆帅"。驿站在官道边上,专门接待来往官员并负责护送紧急文书,自然也免不了商人、士子路过留宿。

有一日,驿站来了个皓首白发的老人,手拄一支竹杖,身背一只葫芦,徒步逍遥而来。说是商人吧,没有货车;说是百工吧,没有徒弟工具;说是官员吧,没有辎车;说是名士游学吧,没有官府的凭牌……一时间谁也弄不清老人的身份。时已暮色,驿丞偏偏不让老人留宿,说是没有官府凭牌不能留住驿站,除非有人担保。这时,秦越人恰恰出来巡查,见老人慈善祥和,毫无半点怪诞戾气,便担保老人住进了驿站。老人毫无谢意,竟心安理得地住了下来。到了第三天,老人病了,发热发冷得奄奄一息。秦越人请来了县城里最好的一个老医士为老人诊脉,老人却拒绝了,只是教秦越人在每天晚上月亮升起时扶他到院中打坐。过了几天,老人居然好了,只是体弱身虚,依然住了下来将息。驿丞与驿站吏员仆役觉得这个老头儿大是怪诞,根本无人理睬。老人的起居与驿站费用等,都是秦越人一力照拂。一个月后,老人走了。从此以后,每过几个月,这位老人都要来这个驿站住上几日,却是甚事也没有。每次都是秦越人照料,老人要住几日便几日,他从来不问老人要做何事要去哪里。

倏忽十多年过去，秦越人已经三十岁了。有次老人路过，又在驿站住了下来。到了晚上，秦越人正在驿站门口查夜，老人却在月下笑着向他招手。秦越人以为老人有事，便跟老人到了他住的小石屋。老人让秦越人坐在石墩上，笑道："秦越人，你不想知道老夫是谁么？"秦越人恭敬拱手道："前辈年高德劭，必是高人隐士，在下何须多扰？"老人笑了："后生啊，老夫乃长桑君也。观你十年有余，知你大有通悟灵犀，只是蒙昧未开也。再者，你秉性端正，施恩于人不图报，且能持之以恒，正是老夫寻觅之人。老夫欲传你一件物事，不知你能否接纳？"秦越人欣然道："多蒙前辈不弃，越人愿为前辈完成心愿。""噢？"老人眼睛一亮，"你也不问老夫要传你何物？先竟自接纳？"秦越人道："前辈高人，所传必善，越人何须多问？"长桑君哈哈大笑："好！老夫所传得其人也。"说着从怀中拿出一个发黄的小羊皮包，"这是一味闲药。不得人不传，你能做到么？"秦越人想了想道："越人谨记，考心二十年，方可得人而传。"

"小子果然明白！"长桑君赞叹一声，将小包递给秦越人，叮嘱道："将此药分为三十份，每日清晨以上池之水服之，三十日后，功效自知。"

"敢问前辈，何谓上池之水？"

"水未至地，谓之上池，竹木花草之朝露是也。"老人说罢，又将秦越人领到屋角，指着一口木箱道："这是三十六卷医方，可济世以恒，唯韧善者可当之。汝好自为之也。"一言落点，倏忽不见。

秦越人没有惊讶，他本来就没有当老人是尘世俗人。

收藏好老人的赠物，秦越人就去找驿丞辞官。驿丞本来就觉得他和那个神秘兮兮的老头儿一般特异，大是看不顺眼，听说他要辞官回乡，一口答应代为上达，竟自许他去了。回到老家，父母已经过世了。秦越人也不与乡人来往，只是每日清晨到山上去采集上池之水服药，服了药便在深山幽谷竟日打坐，直到红日西沉，却也不渴不饿。如此三十日之后，他于暮色回到家中，却突然看见邻居的女子坐在灯下织补，连她的五脏六腑都看得一清二楚！秦越人大惊，捂住眼睛冷静了许久，才悟到自己有了异能……静下心来，秦越人搬出长桑君的书箱翻了起来，发现上面记载的都是药方。奇特的是，这些药方配伍都很简单，最多的也只有十味草药，很好记；用药也都是极为寻常的草药，没有一样珍奇贵重的药材，更没有那些不可思议的药引子。

秦越人明白了，这是长桑君要他救世，为天下庶民解除病痛。

秦越人开始在乡里行医了。一出山，声名大振。因为他医术通神，人们就说他是黄帝时的神医扁鹊复生，叫他"扁鹊"。时间一长，"秦越人"这名字倒无人知道了。

对于此等神奇的传说，商鞅历来有个准则，善则信之，恶则否之。怪力乱神，原本难以说清，只要为善，就不能当作妖术抹煞。否则，如何孔夫子都要对怪力乱神不置可否？墨子大师都要敬天明鬼？神而善之，神又何妨？老师讲述这段神奇故事时，本来也是不置可否的。

后来，商鞅到了安邑，又听到了不少扁鹊的神奇故事。

最教商鞅不能忘记的，是扁鹊对齐桓公的神明诊断。

齐国先后有两个桓公，第一个是春秋时代大名赫赫的五霸之首齐桓公姜小白，第二个是战国初期田氏夺取齐国政权后的首任国君——齐桓公田午。扁鹊见的齐桓公正是这第二个齐桓公田午。此公专横自负，身体壮硕异常。有一日在后宫习武，不慎将脚扭伤，疼得唏嘘冒汗不止。这种外伤，太医急切间没有办法，便请来了正在临淄专治骨病的扁鹊。扁鹊将齐桓公的伤处凝目看了片刻，抓住齐桓公的脚脖子猛力一转，只听"咔嚓""哎哟"两声，齐桓公顿时轻松。仔细一看，脚上的红肿竟渐渐消退，不消半个时辰便行走如常。齐桓公高兴，命人摆上酒宴答谢。谁知当齐桓公举爵向扁鹊敬酒时，扁鹊没有举爵，却拱手正色道："国公已病入腠理，不宜饮酒。"齐桓公满脸不悦道："寡人无疾。"扁鹊起身作礼道："越人一介医士，国公无疾，自当告退。"说完走了。齐桓公对臣僚内侍们笑道："医者好利，总是将没病之人说成有病，赚利成名罢了。"

过了几日，齐桓公心血来潮，又派太医将扁鹊请来，悻悻

扁鹊的出道，非常有传奇色彩。《史记·扁鹊仓公列传》载，"扁鹊者，勃海郡郑人也，姓秦氏，名越人。少时为人舍长。舍客长桑君过，扁鹊独奇之，常谨遇之。长桑君亦知扁鹊非常人也。出入十余年，乃呼扁鹊私坐，间与语曰：'我有禁方，年老，欲传与公，公毋泄。'扁鹊曰：'敬诺。'乃出其怀中药予扁鹊：'饮是以上池之水，三十日当知物矣。'乃悉取其禁方书尽与扁鹊。忽然不见，殆非人也。扁鹊以其言饮药三十日，视见垣一方人。以此视病，尽见五藏症结，特以诊脉为名耳。为医或在齐，或在赵。在赵者名扁鹊"。天生异禀，还须神仙看中，扁鹊的人生传奇，不可复制。扁鹊的经历，神奇至此，也间接说明民间对医术的崇拜，民间愿意在"医"的前面，添加一个"神"字。由此可见，孙皓晖读史甚深，不愿意放过任何一个有趣有故事的人。

问道:"先生,寡人还有疾么?"扁鹊凝神观望,郑重拱手道:"国公已病入血脉,当及早医治。"齐桓公生气地挥挥手,话也不说,就教扁鹊走了。但齐桓公生性执拗,总忘不了这档子事,总想教扁鹊说他没有病,于是过了几日又将扁鹊召来:"先生,寡人还是有疾么?"扁鹊道:"国公之病,已入肠胃根本,很难治了。"齐桓公哈哈大笑,拍着胸脯:"先生也,天下有如此壮实的病人么?"扁鹊也不说话,默默走了。

又过了几日,齐桓公想想觉得奇怪,一个游历天下的神医,何以总是说自己有病?而且一次比一次说得重?莫非自己真的有太医查不出来的病?还是召他来再看看,毕竟是性命要紧,否则,始终是个挥之不去的阴影。谁知,这次扁鹊进宫后只是看了齐桓公一眼,一句话也没说就走了。齐桓公大为诧异,派内侍立即赶上扁鹊问个究竟。扁鹊对内侍说:"国君已病入膏肓,无药可医了,夫复何言?"内侍惊讶:"先生,前几日不是还说能医么?"扁鹊微笑道:"病入腠理,烫熨所能治也。病入血脉,刀灸所能治也。病入肠胃,良药和酒可以治也。病入膏肓,虽上天司命,亦无可奈何,何况人乎?"

五日之后,齐桓公病发了,四处派人请扁鹊医治,扁鹊却已经离开了临淄。

声名赫赫的齐桓公,就这样在盛年之期骤然死了。

从此以后,扁鹊行医有了六不治:骄横不论于理者不治,轻身重财者不治,酒食无度不听医谏者不治,放纵阴阳不能藏气者不治,羸弱不能服药者不治,信巫不信医者不治。这六不治中,"信巫不信医"这条最是要紧。本来就有许多人说扁鹊是"巫医",可偏偏他自己就不信巫术,而且也不为相信巫术的人治病。仅此一点,商鞅就认定扁鹊决然是医家神圣,而不是欺世盗名的妖邪术士。

扁鹊可谓医家奇才。他行医赵国,见国人看重女子,便

专治女病，被赵国人称为"带下医"。到周室洛阳，见周人尊爱老人，便专治老人多发的眼耳鼻喉病。到齐魏两国，见国人尚武，便专治练武易得的骨伤病。如今到了秦国，见秦国人钟爱小儿，便又做了医家最头疼的儿医。可以说，扁鹊的医术无所不包，无所不精。

如此不世出的医家大师来到咸阳，岂不是国君病体的救星？如何竟被太医令李醯看做了巫医？李醯和太医们明明对孝公的病束手无策，如何不思请扁鹊医治，却要将他逐出咸阳？而且冠冕堂皇地加上了"护我新法"的名义。商鞅不由一阵怒火上冲，就想立即将李醯交廷尉府勘问。思忖良久，还是压下怒火，唤来府中领书，吩咐他立即派人探听扁鹊医馆的所在；又立即派荆南飞骑咸阳令王轼府中，送去一道手令，密令王轼着意保护好扁鹊医馆，不得有任何差错。分派完毕，商鞅将李醯的上书揣在袖中，匆匆走进了寝室，对荧玉说明原委，俩人商议多时，方才就寝。

次日清晨，一辆四面垂帘的宽大马车出了商君府，几经曲折，驶向一条宽阔幽静的石板街。这正是咸阳城内远离商市的神农街，此刻却是车马行人不断，都流向一座宽敞的庭院前。垂帘马车停在院外街边的一排大树下，车中走出一个黑纱遮面的布衣女子，径直走进了门口竖有"扁鹊医馆"刻石的庭院。这座庭院虽然只有三进，院子却是异常的宽敞。院中树下石墩上坐满了待诊的病人，大多是抱着孩童的女人和老人。

黑纱蒙面的女人走进院中唯一的大屋，坐在几个正在抱着小儿就诊的女人后边静静地打量。只见一张长大的木案前坐着一位看不出年龄的老人，清瘦矍铄，童颜鹤发，双目明亮锐利。他对每个解开襁褓的婴儿或小童都是那样神色专注地凝视片刻，然后念出几味草药，一名弟子在竹片上记下来便是药方……如此简约的医病过程，速度自是很快，不消片刻，蒙着面纱的女人已坐到了扁鹊老人的面前。

"这位夫人，你没有病。"扁鹊淡淡地笑了。

"前辈见谅，我昨夜已经排了位。然我不是为自己诊病，是想请前辈为我兄长诊病。兄长病得奇异，身无疼痛，却不能下榻走动，是以敢请前辈到舍下出诊，小女感激不尽。"黑面纱女人诉说着原委。

扁鹊点头："请夫人留下居所地址，老夫将院中病人诊完，午后可出诊贵府。"

"如此多谢前辈。只是我家居所街巷曲折，前辈寻找多有不便，我在院外等候前辈便了。"说完深深一拜，出了院门。

商鞅卯时进得寝宫,一问黑伯,孝公还没有醒来,便走进了昨日专门开辟的临时政事堂批阅公文。这间政事堂很大,几乎占了小半个寝宫大厅。这是商鞅的着意安排,国君病重,朝臣必然不时进出宫中。有了这间特辟的政事堂,所有的官员探视国君病情时,都可以在这里候见,出来后又可以聚在这里和商鞅共议国事。更重要的是与秦孝公近在咫尺,非但有特别重大的国事便于向孝公禀明定夺,而且使秦公能够感到身临国务。商鞅深知,像秦公这样的国君,即或卧病在床,也离不开亲自运转权力的特异感觉,一旦失去了此等感觉,就失去了最主要的精神支柱,反而会迅速被病势击溃。

商鞅刚刚开始翻阅公文,景监和车英就进宫了。商鞅和这两个老部属没有任何多余的寒暄,立即将扁鹊来咸阳、太医令李醯请求逐扁鹊的事告诉了他们,吩咐景监立即派员查核李醯的真实意图;又吩咐车英在军中挑选一个可靠机敏的干员,立即到陇西秘密探听公孙贾服刑事,如果人在,就秘密押解回咸阳。车英略一思忖道:"山甲如何?"商鞅立即想起了那个精瘦勇猛而又机敏过人的"山精",笑问:"他还是千夫长?"车英道:"不,已经是步军副将了。"商鞅点点头:"好,就教他去。"

此时黑伯过来禀报说,国君精神有所好转,请三人进去叙谈。

进得寝室,卧榻上的秦孝公很是高兴,说景监不该催商君匆匆回来,他不会悄悄走的,说得三人都笑了起来。秦孝公教三人坐下,沉默片刻开口道:"商君、上大夫、国尉,三位乃我秦国柱石,我要对你等说明嬴驷的事,与诸位议定一个方略。嬴驷已经回宫,还没有恢复太子爵位。现下看来,嬴驷磨炼得还算有所长进。商君,你等看,这是嬴驷在村野乡间写的书简。你等看看,能否教他重新复位?或者,该如何处置为好?商君,你看这卷。"

商鞅三人看着这整整一案发霉的竹简,不禁有些愕然。默默拿起,展开浏览,都是神色肃然。约略有半个时辰,三人翻完竹简。商鞅向景监车英看看,三人站起来深深一躬:"君上,臣等为君上致贺,秦国储君有人了。"

"商君,你以为嬴驷可以造就?"秦孝公认真问。

"君上,臣以为大可造就。"商鞅举着手中竹简,"此等文章,字字皆心血所凝,断非文人议论之笔所能写刻出来。尤其这《治秦三思》,臣以为切中秦国要害,若能坚持法制、铲除复辟、大增实力,秦国大出于天下,将在君上身后也。"

孝公微笑着长嘘一声："这也是我略感快慰的来由啊。商君，虽然如此，我还是请你将嬴驷的竹简带回去审览批阅一遍，而后教他到你府上请教，你要好好指点他一番……我呀，是心有余，力不足了。"

"君上，臣以为当正式册封太子，君上患病这段时日，可命太子总摄国事。"

"臣赞同商君所请。"景监车英异口同声。

"那好。此事请商君主持……"秦孝公笑意未泯，骤然昏了过去。

景监、车英和黑伯大为惊慌。商鞅摆摆手，伏到孝公身上倾听片刻，站起来道："没有大事，一会儿就醒。等等，会有神医来。"

正在此时，侍女匆匆禀报："公主车驾进得宫中。"

商鞅道："你等守候，我去迎接先生。"匆匆出了寝室。

寝宫门外的庭院中，荧玉已经下车，除去了面纱，打开车帘恭敬作礼："前辈请。"话未落点，商鞅赶到，向车内老人深深一躬："多劳前辈了。"伸手扶住下车的扁鹊老人。扁鹊笑了："是商君、公主夫妇，老夫有礼了。"商鞅连忙扶住老人："鞅后进幼齿，何敢当前辈行礼？"扁鹊肃然道："天下大道，敬贤为先。商君医国圣手，岂在年齿之间？"执拗地鞠了一躬。商鞅内性洒脱，本不拘泥礼数，连忙还了一礼，扶着扁鹊进了寝宫。

进得寝室，孝公恰恰醒来。商鞅拱手道："君上，这位前辈乃名闻天下的神医扁鹊，特请先生为君上诊治。"

秦孝公困倦的脸上现出一丝惊喜："多谢前辈高义，请坐。"

扁鹊从容拱手道："秦公但请歇息养神，无妨。"说罢凝视秦孝公面容与全身良久，又举目环顾寝宫一周，却是沉默不语。秦孝公笑道："前辈高人，嬴渠梁闻名久矣。但请明言，无得忌讳。朝闻道，夕死可矣，夫复何憾？"商鞅道："秦公胸襟似海，先生但请明言，教君上心中明朗。"说话间，荧玉已经将一个绣墩搬来，请扁鹊坐在秦孝公卧榻对面。

扁鹊手抚胸前雪白的长须，凝重缓慢地开口："秦公之疾，天下罕有。此非体变之疾，而是体能之疾也。体变之疾者，体质尚健，却因外伤内感，而致体中局部生变成疾。此种疾病甚好医治。体能之疾者，人体每一器官均完好无变，然每一器官之功能尽皆衰竭，人无病痛，身体却无力振作，日渐衰弱。此种疾病，乃元气耗尽之症状，医家无以诊断，非人力所能扭转也。"

"我自觉体质尚可，如何得此怪疾？元气耗尽？"

"体能之疾,世所罕见,大体有二:一为先天元气不足,少年夭亡者是也。二为心力损耗过甚,若秦公之疾是也。人有五脏六腑,七情六欲过度者,皆可使之为病。《素问》云,好哭者病肺,好歌者病脾,好妄言者病心,好呻吟者病肾,好怒吼者病肝。秦公虽非嬉笑怒骂而伤身,然则心力专注一端,经年思虑过甚,则如出一辙也。人体精能有数,若经年累月殚精竭虑,犹如炉中之火熊熊不熄。业绩未竟,则心力十足,神气健旺。若一日事成,则心力骤弛,体能骤失,犹如炉中木炭燃尽而火势难继也。"

顿得一顿,见寝室肃然,扁鹊又缓缓道:"心者,藏神之府,乃人身之君。心生元气,心神旺,则统驭有力。心神衰,则五脏六腑俱衰。胃为谷仓,因心衰而不受食。肝为将军,因心衰而无以鼓勇。脾为意象,因心衰而失意,不能聚思而断。肺为魂魄之府,因心衰而失魂落魄,神情萧疏。肾为志所,心衰则心志大减。胆为勇略之所,心衰则果敢不持,优柔顿生。此乃心力衰竭,而五脏六腑皆病也。"

突然,圈外一个苍老的声音传来:"敢问先生,渠梁何事,以至于此?"

"娘!"荧玉低声惊呼,将太后搀扶了进来。

老太后一头霜雪,拄着一支红木大杖,眼角显然有泪痕。秦孝公笑道:"母后,你如何也来了? 渠梁不能大礼了。"老太后落座,向儿子摇摇手,却对扁鹊道:"先生,请直言无妨。"

扁鹊道:"秦公英明神武,惜乎用心太专。一则为国事所迫,求治之心刻刻相催,大山在肩而不能卸。二则,恕老夫直言,秦公心中有痴情纠缠,郁郁之心相煎,求之难得,舍之不能,心陷泥潭而不能自拔。舍国就情,公当不为。舍情就国,公心不忍。长此煎熬,虽铁石犹碎也,况于人乎?"

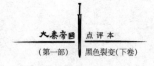
两行清泪流下秦孝公脸颊，但他却微笑着："前辈不愧旷古神医。知我心者，前辈也。嬴渠梁今得指点，死而无憾了。"

寝室中人人眼睛潮湿，都强忍着要夺眶而出的泪水。荧玉紧紧扶着老太后，她显然感到了娘的颤抖。老太后颤巍巍站了起来，向扁鹊深深一躬："敢问先生，可有维持……"话还没有说完，猛然捂住自己眼睛，跌靠在荧玉怀中。

商鞅忙向黑伯招招手，黑伯快步走进，和荧玉将老太后扶了出去。

秦孝公长嘘一声："商君啊，不要教太后再来了。"

商鞅点头："君上，听听先生的良方。"

扁鹊肃然道："老夫将竭尽所能，维持秦公无事。秦公歇息，老夫告辞。"

出了寝宫，扁鹊登车时对着商鞅耳边低声道："半年时光。"

商鞅的心猛然一沉，心中涌上一阵痛楚，强自按捺："多劳先生了。"

扁鹊道："三日后，老夫再来。"登车走了。

看看天色将晚，商鞅耳边不断响起扁鹊的声音："半年时光！"时日太紧了，要办的事情太多了。心中理了一下头绪，立即与景监车英简短商议了正式册封太子的准备事宜，教景监立即开始筹备，一个月内完成这件大事。三人又议定，由车英秘密调集一万铁骑驻扎在咸阳北阪的山谷里，以防万一。

商议完毕，已经是初更时分，商鞅知道荧玉肯定在后宫陪着老太后，便匆匆来到后宫。进得宫中，只见帐幔低垂，悄无人声，只有荧玉守在榻前。

"太后如何？"商鞅低声问。

"服了汤药，刚刚入睡。娘，受不了……"荧玉低声抽泣。

"荧玉，要挺住。现下无论如何，不是哭的时候。"商鞅

*玄奇之事，必须要有个交代，否则，小说的线就不能连贯。*

抚着荧玉的肩膀低声道，"老先生说，君上只有半年时光……你想想，君上未了的心事还有没有？国事有我，你不用想。"荧玉一听，泪水骤然涌出，猛然伏在商鞅胸前浑身颤抖。商鞅紧紧抱着她，"荧玉，你是明白人，不能这样，要挺住。"荧玉抬起头，抹着眼泪唏嘘道："大哥的未了心事，我知道，百里老人的孙女，玄奇。我去找她……"

"百里老人的孙女？是否在墨家总院？"

"对。大哥好几次悄悄去陈仓河谷找她，都不在，肯定在总院。"

"那我教荆南去好了，你写一信。"

"可是，荆南不是要保护扁鹊前辈么？"

"太后这里要紧，你离不开。别人不熟悉墨家，再换人保护扁鹊前辈便是。"

猛然，帐后一阵咳嗽，太后喘息道："荧玉，这事儿该当你去。你，说得清白。娘，不打紧。渠梁太苦了，一定教他含笑九泉……"

"娘！"荧玉哭叫一声，扑到榻前。

"去，娘没事……鞅，教荧玉去。"

商鞅沉默有顷，俯身榻前："母后，那就教荧玉去了。"

荧玉不再说话，安排好后宫侍女，去匆匆准备了。

商鞅回到寝宫政事堂，已是三更，在案头刻板上记下了要办的大事，便翻开嬴驷的发霉竹简看了起来。刚刚看得几卷，听到庭院中沉重急骤的脚步声。商鞅霍然起身，只见咸阳令王轼匆匆而来："禀报商君，抓获刺客两名。"

"刺客？是行刺扁鹊先生么？"

"正是。刺客剑术甚高，要不是荆南，我的军士根本不是对手。"

商鞅放下竹简："将刺客押到前厅偏殿等候，我立即前

据《史记·扁鹊仓公列传》："扁鹊名闻天下。过邯郸，闻贵妇人，即为带下医；过洛阳，闻周人爱老人，即为耳目痹医；来入咸阳，闻秦人爱小儿，即为小儿医：随俗为变。秦太医令李醯自知伎不如扁鹊也，使人刺杀之。至今天下言脉者，由扁鹊也。"扁鹊虽非常人，天生异禀，但难逃忌妒者暗算。神医名气太大，招人忌恨，但又实在没办法低调，救人一命，必传千里。扁鹊、华佗，皆不见容于世，死于非命。善妒者可恨，暴戾者死蠢。

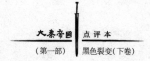
来讯问。"

经过讯问，刺客果然是太医令李醯的门客。这两人本是楚国铸剑名家风胡子的门徒，感念李醯当年游医楚国时救过他们一家人性命，无以为报，便做了李醯的门下武士。俩人说完，突然猛舔衣领。荆南冲到面前时，俩人已经脸色青黑，倒地死了。

商鞅冷笑道："不愧是太医令，毒药倒是天下第一。咸阳令，立即捕拿太医令李醯。荆南，昼夜守候扁鹊医馆，不得有误！"

一个时辰后，李醯被捕拿归案，押赴云阳国狱。

商鞅吩咐领书立即起草对李醯的罪行公文，快马送到廷尉①府论罪定刑。处置完毕，咸阳城头的刁斗已经敲响了五更，商鞅却是心潮起伏，无法入睡。思忖良久，提笔写了一信，派人快马送往崤山静远山庄。

---

① 廷尉，战国时代秦国执掌司法刑讯的官员。秦惠王时，廷尉开始成为秦国重臣，后益显赫。

# 第十四章　冰炭同器

## 一　秦孝公的大婚盛典

秋色萧疏,两骑骏马飞进函谷关,急如星火般向西而来。

荧玉带来的消息对玄奇宛如晴空霹雳,只觉得天旋地转心中一片空白。玄奇醒来时,已经是山月当空了。不顾荧玉劝告,玄奇霍然起身,向老师的竹楼冲去。

老墨子已经进入高年养生的"休眠"期,虽没有大病,却也是行动不便。虽则如此,这位哲人气定神闲,丝毫不为老态所困,整日除了一个时辰看山,就是卧榻大睡,耐心等待上天召唤他的日子。玄奇冲到竹楼前时,那个顽皮机灵的少年弟子被玄奇姐姐的模样吓坏了,正自惊愕间,玄奇已经冲上了小楼,风一般进了老墨子的天眠室,扑通跪在榻前。竹楼竹榻纵然紧凑,也被玄奇的快疾脚步和强烈动作弄得嘎吱吱一阵响动。老墨子漫步归来后刚刚入眠,蒙眬中听得响动异常,长期锤炼的行动警觉立即使他要翻身起来,然心念一闪间,身子却没有应念而起,终究是老了。老墨子心中慨然一叹,翻过身来睁开眼睛,一个长发散乱面色苍白的女子跪在榻前。

"噢,玄奇?"老墨子苍老的声音充满了困惑惊讶。还没有问第二句,玄奇已经举起

展开了的一方绢帛，上面赫然四个大大的血字"秦公垂危"！老墨子一惊，盯着玄奇端详有顷，已经完全明白了玄奇的用心。此时随侍弟子已经进来扶老墨子坐了起来。老墨子摇摇头，深邃朦胧的眼神亮了起来。他轻轻地摁了一下竹榻靠枕，枕中滑出一个铜屉。他伸手从铜屉中拿出一个黑色玉牌，又拿出一个小布包，粗重地叹息了一声："玄奇，这玉牌是墨家最高号令，没有人阻拦你。这布包是为师给秦公的一点儿念物。去也，好自为之了。"说罢又是一叹，神色大是萧瑟落寞。

玄奇不禁心中大恸，流泪叩头："老师，玄奇愧为墨家弟子，书未编完……"

老墨子摇摇头淡淡一笑："身后之名，无足道也。真情天道，本色不夺。去吧……"向外挥挥手，转过身睡去了。玄奇见老师枯瘦伟岸的身躯佝偻成一团，巨大的秃头在风灯下红光熠熠……凝望片刻，玄奇默默地向老师三叩，起身走了。

墨家的神农大山日暮封关，从来不许夜间出入。但玄奇持有墨家黑玉令牌，和荧玉连夜出山，破了神农大山素不夜行的老规程。一路疾行出得大山，到了汉水河谷的墨家客栈，二人骑上了存放在这里的良马，兼程向函谷关飞驰而来。荧玉坐骑是秦孝公的西域赤风驹，玄奇坐骑则是墨家特有的草原名马阴山雪。赤风驹像一团火焰，阴山雪像一片白云，放马飞驰，大半日间飞越汝水、伊水、洛水，直抵函谷关。

进得函谷关，已经是午后斜阳了。秋日苦短，眼见一个时辰就要日落西山了。赤风驹与阴山雪已经是热气腾腾汗水淋漓，宛如吞云吐雾的天上龙马。荧玉玄奇也已经长发散乱面如云霞，三重夹裙都汗湿透衣了。按照通常的行路规矩，纵然良马，日行千里后也必得休憩，否则就要换马。但这时二人都是心急如焚，恨不能插翅飞到咸阳，谁也没有想起停下来歇息。

正在风驰电掣间，荧玉猛然一声惊叫，带着哭声喊："血！玄奇姐姐快看，赤风驹流血了！"玄奇闻声勒马，灵动异常的阴山雪长长地嘶鸣一声，骤然站立接着在原地一个打旋，马不停蹄地折了回来。玄奇飞身下马间，赤风驹已经在面前人立嘶鸣。玄奇一打量，只见赤风驹肩颈部的长鬃上流淌着鲜红的汁液，分明鲜血一般。玄奇愣怔片刻，抚摩着赤风驹的长鬃，将手上的"鲜血"凑到鼻端仔细嗅了嗅，略一思忖道："荧玉，我想起来了，赤风驹是西域汗血马。汗流如血，正在酣勇处。"荧玉闻言，长长地嘘了一口气，拍拍赤风驹的头偎在了马颈上："赤风驹啊汗血马，还得辛苦一阵也。"赤风驹前蹄刨地，咳咳喷鼻，对着阴山雪长嘶了一声。阴山雪也是一声嘶鸣，已经沓沓偎近了玄奇。玄奇一跃上马,高声道:"良马真义士。走!"一抖马缰,两脚轻磕,阴山雪长嘶一声,大展四蹄,一道闪电骤然飞出。赤风驹不待荧玉号令,嘶鸣腾空,一团火焰直追白色闪电。

两马堪堪并行,突然"啊"的一声,荧玉身子悬空,几乎要掉下马来。赤风驹感觉有异,一声长嘶,人立而起,硬生生收住了四蹄。几乎同时,阴山雪也是一声嘶鸣骤然人立。不等阴山雪前蹄着地,玄奇已经飞了下来,扑到了荧玉身边接住了滑向马下的身体,不禁一声惊呼:"荧玉!"

荧玉满身鲜血,面色苍白地双目紧闭。

玄奇没有慌乱,稍一把脉,断定荧玉是昏迷不醒暂无性命之忧。玄奇取下随身携带的医囊水囊,迅速给荧玉服下一粒墨家特制的定血丹,然后清理荧玉身上的血迹。仔细一看,大吃一惊——荧玉两腿间一个大大的血块!玄奇不禁大恸,一声惊呼,泪如雨下:"荧玉啊! 你何苦如此啊!"

玄奇虽颇通医道,但对付这带下女科却是生平第一遭。略一思忖,立即用大布给荧玉包了出血处,又将血块包了起来,装进皮囊。收拾停当,玄奇跪着背起荧玉,又用大带将荧玉缚在自己背上,挺身起来走到两匹良马面前,轻轻抚着马头流泪道:"赤风驹啊阴山雪,公主有难,你们俩要辛苦了……"赤风驹与阴山雪呋呋喷鼻,轻声悲鸣着蹭蹭玄奇,又霍然分开,同时卧倒,等待玄奇上马。

玄奇拍拍赤风驹:"赤风驹啊,小半个时辰一换。公主是你的主人,你先来……"背着荧玉跨上了鞍鞒。赤风驹奋然立起,一声长鸣,四蹄腾空而起,道边村庄屋舍便在暮色中流云般向后退去。玄奇虽熟悉马上生涯,但也没有想到这久经沙场的赤风驹竟有如此神力耐力,超常负重,竟是更加平稳神速。半个时辰,赤风驹已飞驰了三百余里到达骊山脚下。玄奇右手拍拍马头,赤风驹稍缓,阴山雪堪堪并行,玄奇凝神

写历史小说,不了解中医几乎寸步难行。"中医"是这一文明的重要基因。

聚力，奋然跃起，坐在了阴山雪背上。阴山雪昂首长鸣间已风驰电掣般飞过骊山。

咸阳城东门箭楼上的军灯刚刚点亮，玄奇已经飞马而至。如果荧玉安好，依玄奇的性格，纵然心急如焚，也自然会接受盘查走马入城以不惊扰国人。但现下荧玉有性命之危，岂能常法缓步？玄奇早有准备，遥遥举起荧玉的金令箭高呼："金令箭特使到——行人闪开！"城门卫士与咸阳国人哗然闪开，两匹良马火焰闪电般冲进了城内。

来到巍峨壮丽的咸阳宫广场，玄奇猛然一阵眩晕，颓然伏在马背上昏了过去。

赤风驹昂首人立，长长嘶鸣……玄奇睁开眼睛时，发现自己躺在榻上，身边有一个白眉白发宛若神仙的老人轻声道："商君，没事了。"旁边一个满面焦虑的长须中年人轻轻点头："玄奇姑娘，醒来了？"这不是卫鞅么？相比于二十多年前在安邑洞香春遇到的卫鞅，眼前此人已沉雄苍健多矣。

心中感慨间玄奇蓦然警悟，奋力坐起，一跃下榻："荧玉，如何了？"

商鞅拱手道："玄奇姑娘且莫担心，扁鹊先生在，荧玉没有性命之忧。"

玄奇向白眉老人大礼道："多谢前辈。"老人慈祥点头。玄奇又向商鞅拱手道："既然荧玉无忧，玄奇去见渠梁大哥了。"

商鞅道："玄奇姑娘，请跟我来。"将玄奇领进了寝宫，直入秦孝公寝室。

秦孝公正在昏睡，寝室中分外静谧，弥漫出一股淡淡的草药味儿。玄奇轻轻走近病榻，只见秦孝公斜靠在大枕上双目紧闭，苍白瘦削的面孔与昔日黧黑英挺的秦公嬴渠梁已经是判若两人了。"渠梁大哥！"玄奇不禁悲从中来，扑到孝公榻前泣不成声。

赤风驹、阳山雪，在孙皓晖的笔下，宛若天马。拥良马佩宝剑，是身份的象征。每一匹良马每一把宝剑，都有故事。

秦孝公正在迷乱的梦中,听得一阵隐隐哭声,自觉分外熟悉。费力睁开双目,不禁惊喜得一下子坐了起来:"玄奇? 小妹? 真的? 是……你么?"揉着眼睛,一时间分不清是梦境还是真实。玄奇跪伏榻前哭着笑着:"大哥,玄奇来了,玄奇不走了,永远地陪你。不是梦,是真的……"骤然之间,孝公大觉快慰,泪光莹然道:"墨家之事如何? 受委屈了么?"玄奇摇摇头:"老师心念你,教我给你带来了上药。"孝公慨然一叹:"墨子大师高风大义,嬴渠梁愧对他老人家了,竟要让老前辈为我送行……"玄奇捂住孝公的嘴:"莫如此丧气。有扁鹊前辈,还有老师上药,一定会好的,一定。"孝公笑道:"好,依你,一定会好。"玄奇笑道:"这就对了,才四十余岁,忒般没出息?"说得孝公笑了起来,招招手叫黑伯过来吩咐道:"给玄奇姑娘安置一个独院居所,教她安静一些。"黑伯尚未答应,玄奇急迫道:"不。我不要独居。我要在你身边陪你。"孝公笑道:"如何? 你一两天就走么?"玄奇道:"不。永远不走了。"孝公笑道:"这不对了? 没个住处行么?"玄奇道:"你的住处就是我的住处。我要和你大婚!"

孝公不禁愕然,半日沉默,释然笑了:"玄奇小妹,莫意气了。"

玄奇肃然道:"渠梁大哥,你忘记了我们的誓言么?"

孝公摇摇头,已经热泪盈眶:"不移,不易,不离,不弃。"

"天地合,乃敢与君绝……"玄奇不禁哽咽了。

"小妹,我永远不会忘记你的。我……来生再聚首了。"

玄奇斩钉截铁道:"渠梁大哥,人世谁无病痛之时? 如何能以病痛而改大节? 莫非你以为,我布衣子弟贬损了你公族门庭?"

孝公大笑一阵:"玄奇啊……那,你就陪大哥走这一段了。"

玄奇笑着伏在榻边:"世有君子,其犟若牛。没错儿。"

孝公吩咐黑伯将商鞅请了进来,玄奇红着脸说了大婚的事,孝公也略显拘谨地点头。商鞅高兴地连连恭贺,又说:"君上不要担心,此事我一力筹划。三日之内,君上与玄奇姑娘大婚!"

消息传出,朝野动容。国人朝臣无不奋激万分,感念上苍对秦公的眷顾,一时间纷纷奔走相告,喜庆气氛顿时弥漫了咸阳。最高兴的要算老太后了,非但病状全消,且在后宫庭院设置了一个大大的香案,诚心诚意地祭拜日神月神,祈祷日月天地给儿子以悠长的生命。荧玉虽然还不能离榻,却高兴得唏嘘不止。她深知二哥的秉性,深知二哥压

抑在内心的深深恋情。对于二哥这种处处克制自己，将一切内心痛苦与情感需求都深藏不露的人，爱的激情也许能创造生命的奇迹，使二哥的病得以痊愈；秦国需要这样的国君，荧玉也需要这样的兄长，愿上苍佑护二哥，佑护秦国。

大婚典礼那一日，下起了入冬第一场雪。一夜之间，纷纷扬扬的大雪覆盖了关中河山，覆盖了咸阳都城，整个秦国都陷进了无边无际的温柔的白色之中。

按照老秦人的传统，玄奇先一天晚上出宫，住到了自己的家——她和爷爷的小院子。这是迁都咸阳时，秦孝公特意吩咐，按照栎阳城内百里庄原样大小建造的，爷爷和她都没有回过咸阳，这百里庄竟成了一座寂寞老旧的新房子。玄奇谢绝了一切名义的陪伴，一个侍女也不要，她要一个人度过女儿家的最后一夜。

掌灯时分，玄奇走进了爷爷的书房，在爷爷的画像前久久伫立。她和爷爷都是终年云游，相互难得在一起。有一次独自回家，玄奇惊喜地发现，书房墙上挂着爷爷一张布画像，书案上有八个大字："在在不在，有画如面"。玄奇很佩服爷爷别出心裁的这一着，也在自己的小房间里画了一张自己的像挂了起来。她没有爷爷画得精细，只是用木炭在白布上勾了一个手捧竹简打瞌睡的顽皮少女，下面写了大大的三个字：想爷爷！后来，爷爷的画像上便有了白发白眉。玄奇却懒得像爷爷那样认真地描画自己的沧桑，依然是顽皮的瞌睡样子。

今夜，看着爷爷的飘然白发，玄奇眼睛潮湿了——爷爷，还在齐国么？不知道。那你在哪里啊？不知道。爷爷养育了自己，却不知道自己就要出嫁了。爷爷啊爷爷，饶恕玄奇的不告之罪吧。爷爷知道，玄奇爱渠梁大哥，玄奇早该嫁给渠梁大哥了。他从来没有欢畅过舒心过，打仗、变法、国事斡旋，硬是熬干了心血啊。玄奇原想三五年将墨家大事办完，再到渠梁大哥身边，谁想他一病若此啊，玄奇真是疼碎了心。早知如此，玄奇十年前就该与他大婚，玄奇好悔也……爷爷，渠梁大哥二十年没有大婚，就是在等玄奇啊。玄奇不能拘泥礼仪了，玄奇决意做新娘了，爷爷一定很高兴，是么？是的，爷爷笑了……

玄奇从爷爷的书房出来，鹅毛大雪正漫天而下，院中已是一片洁白了。她走到院中，轻柔的雪花飘到她滚烫的脸上慢慢融化，她的心也慢慢舒展起来，沉浸在从未有过的幸福喜悦之中。在二十余年严酷粗粝的墨家生活中，她几乎没有时间一个人细细品味女儿家的柔情蜜意，只是每日入睡都抱着他的那把短剑。现下，这个静静的雪夜，是真正属于自己了，她要精心地为自己生命的盛典仔细准备一番。

拨亮了木炭火盆，烧好了一大木盆热水，玄奇到院中虔诚地对天三拜，然后到屋中细细沐浴。三更时分，她坐在了陌生的铜镜前，蓦然发现镜中的姑娘竟是那样美丽，她是自己么？在动荡无定的墨家行动中，玄奇只能偶然在陈仓河谷和栎阳百里庄照照铜镜。墨家节用，总院是没有女弟子用铜镜的。更重要的是，玄奇没有闲情逸致去流淌女儿家最寻常的爱美之心，蓦然揽镜，竟然为自己的美怦然心动了。

玄奇害羞地笑了，开始打扮自己。她要给他一个名副其实的新娘。

天边一缕曙光在雪天来得特别早，方交寅时，窗户就亮了。

一辆华贵的青铜轺车将玄奇接走了。她站在六尺伞盖下，一身大红丝绸长衣，长发挽成了高高的发髻，亭亭玉立，明艳动人，宛若天上仙子，引得早起的国人夹道惊叹，一片"国后万岁"的欢呼声响彻了咸阳。

到得咸阳宫前，玄奇遥遥望见一个熟悉的黑色身影踩着大红地毡走下高高的台阶，向她迎来了，没错，分明是她的渠梁大哥。看着他健旺如昔的步态，玄奇一阵惊喜眩晕，颓然倒在了轺车中……秦孝公走到轺车前，将他的新娘轻轻抱下了轺车。

玄奇睁大眼睛，向着红日骤现的苍穹深深一躬，拉住了孝公的双手："天地合，乃敢与君绝。"

"不移，不易，不离，不弃。"秦孝公肃然回答。

一轮艳丽的红日，一片湛蓝的天空。银装素裹的咸阳城，正为上天赐给秦国的幸运与喜庆狂欢不已。

老墨子的赠药真是不可思议。秦孝公居然精神大振，非但离榻走动如常，而且面色红润，黧黑如初，谈笑风生如常。三日前，商鞅求教扁鹊，老墨子带来的"上药"能否服用？扁鹊打开小布包一看一闻，大为惊喜："此乃六芝草，《神农经》记名的上上之药。墨子大师真奇人也！"商鞅详细询问，扁鹊娓娓道来："天地生药，分为三品。上药养命延寿，中药养性培心，下药治病去疾。所谓上药，乃五石六芝。五石者，丹砂、雄黄、白矾、曾青、慈石也；六芝者，六种灵芝草，即灵芝、石芝、木芝、草芝、肉芝、菌芝。五石多被巫师方士用来炼丹，六芝则是医家极难寻觅的草药神品，得一灵芝足以救命，况乎六芝也？"

商鞅惊喜异常："六芝草可使君上痊愈么？"

扁鹊摇摇头："病态可去，痊愈极难。然墨子大师学问渊深，工医皆精，他既赠药于秦公，自当一试。"说罢亲自将六芝草分为九份，又加了几味草药，合成了九剂养神补气

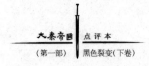
散，煎了其中一份，看着秦孝公服下。

国君大婚与病体康复，朝野之间一片喜庆。只有商鞅丝毫没有懈怠，和景监、车英、王轼一件接一件地安顿计议好的大事。

十天后，在太庙举行了嬴驷的加冠典礼。

秦国传统，男子二十岁或二十一岁加冠。这是一个人的成人大典，对于男子，其意义比婚典更为根本。嬴驷十多岁被公父逐出栎阳，一直没有举行加冠大典，这是在他年过三十岁时的追补仪式，显得格外的不寻常。秦孝公亲自主持了儿子的加冠大典，在嬴氏列祖列宗的灵位前，亲手为儿子戴上了布冠、皮冠与最后的一顶黑色的玉冠。

又过了十日，在咸阳宫大殿隆重举行了正式册封太子的典礼。商鞅向秦国朝野宣示了嬴驷坚韧刻苦的游学磨炼过程，及其锤炼出的胆识毅力。景监宣读了国君正式册封嬴驷为太子的诏书。秦孝公宣布了太子嬴驷与商君共同摄政的书命。大殿一片欢呼。正当此时，商君府领书匆匆赶来禀报：山甲已经将放逐陇西的公孙贾秘密押回了咸阳。商鞅立即对秦孝公低声道："臣有一件急务处置。"秦孝公点点头："去吧，这里有我。"商鞅便匆匆走了。

在商君府政事堂，商鞅与景监、车英、王轼四人连夜对犯人进行审讯。当人犯被押进来的时候，商鞅几乎不敢相信自己的眼睛。这个人满头满脸都是黑白相杂的粗硬须发，几乎完全淹没了他的五官，浑身脏污不堪，双眼发直，活似一个野人。公孙贾一介名士，久为文职，素有洁癖，利落清爽为人所共知。难道放逐服刑竟可以如此彻底地改变一个人的本性？商鞅思忖有顷，走到犯人面前："公孙右傅，请入座说话。"

犯人一言不发，木呆呆地站立着。

车英轻声道："商君，太医已经看过，犯人服了哑药，不

巧妙借神农尝百草的传说写故事，取《神农经》之名弃《神农本草经》之名，模糊处理模棱两可之事。虚构最难，但大秦的故事一直很连贯，没掉链子。

病势稍退，则要处理储君大事。

将太子"发配"至民间，收获一段"磨炼"佳话，由废到再立，这才有说服力。写得奇巧。

可见嬴渠梁极为信任商鞅。传闻说孝公欲传位于商鞅，商鞅坚辞不受（《战国策》有载，但此书不可靠，史实不可考）。君臣之惺惺相惜，古今罕见。孙皓晖将商鞅定位于"无私权臣"，非常到位。

会说话。"

"看看有无烙印?"

车英上前扒开犯人额角的长发细看:"商君,有烙印,不假。"

商鞅轻轻摇头,拿起一束竹简走到犯人面前:"公孙右傅,且看这是何物?"

犯人木呆呆毫无反应,只是摇头不停。车英这才惊讶起来:"公孙贾乃秦国博士,如何连特赦书令都不认识? 怪哉!"

公孙贾百密一疏。

商鞅看看犯人:"车英,教荆南来。"荆南进来后商鞅吩咐,"荆南,此人口不能言,你能否与他手势对话? 教他知道,只要他不是犯人公孙贾,就放他无罪归家,不需代人受刑。"

荆南上前很费劲地打着手势,口中不时嗷嗷叫几声。那人也回以手势,摇头摇手,不时尖叫。荆南回身对商鞅摇头,在木板上写了"山中猎户"四个大字。

商鞅道:"问他识字么?"

荆南与猎户又一阵手势,转身对商鞅摇摇头。商鞅道:"问他何时做公孙贾替身的?"

荆南又与猎户不断手势,猎户两指交成"十"字。这次商鞅也看得明白,知道是十年前,又问:"他为何做了公孙贾替身?"

荆南与猎户一阵费力的手势喊叫,在木板上写了"受人之恩,立誓不泄"。

商鞅沉默思忖,看来眼前这个猎户曾受公孙贾大恩,是自愿替公孙贾做替身的。山中老秦人的执拗义气,商鞅最明白不过,再问他也不会说,想想吩咐道:"上大夫,晓谕陇西郡守,此人与罪犯沆瀣一气,触犯秦法,以律罚苦役十年。免

他终身不见天日。"

景监立即去行紧急文书。荆南一阵比画,猎户号叫一声,向商鞅扑地拜倒,又抬头对着荆南一通比画尖叫。荆南会意点头,在木板上写了"受人之恩,无以为报,被迫为之"。

商鞅叹息一声,吩咐将猎户押回陇西原籍服徭役去了。

商鞅和三位大员商议到夜半,依景监三人的主意,立即图影缉捕公孙贾,以震慑潜藏的邪恶复辟者。

商鞅反复思忖,没有采纳。一则,他认为公孙贾心思周密,既是有备而为,就未必还在秦国。二则,若公然缉捕,反倒会议论丛生,引起朝野不安。最后商鞅拍案,决定对公孙贾秘密查访秘密缉拿,一旦捉拿归案,立即明正典刑。

四人一致认为,这件事由荆南去做最为合适。荆南欣然领命,连夜去秘密布置了。

商鞅回到寝室,已经是四更时分,荧玉已经昏昏酣睡了。偌大的燎炉中木炭行将燃尽,屋中已是有了寒气。商鞅用炭箕加了一些木炭,将火拨得熊熊旺了起来,屋中顿时暖烘烘的。

荧玉不期然醒了过来,见商鞅在拨弄燎炉,虽大感温暖,心中却过意不去,笑道:"我不教侍女们晚上进来,想不到却累了夫君。"

商鞅笑道:"这不也好么? 日后退隐山林,我还要为你俩做更多事。"

荧玉感慨中来,长嘘一声道:"夫君,荧玉不好,流了骨血……"说着双泪长流。

商鞅笑了起来,走近榻前轻轻为荧玉拭着泪水:"我的公主,别伤心了。要是我,也会那样做。"

荧玉不禁喷笑道:"你也会有身孕么? 真是。"

商鞅笑道:"豁达之心,君上第一。这件事你办得好极,你是没看见君上大婚时的精气神,否则你是不会难过的了。等你能走动了,我们去看看他们如何?"

荧玉笑道:"好也。羞羞他们。"

商鞅大笑一阵,安慰荧玉道:"来日方长,我们日后再生一个还来得及,别上心了。"

荧玉点点头"嗯"了声问:"如何今日公事完得忒晚?"

商鞅猛然心头一闪道:"荧玉,你有多久没去嬴虔府了?"

荧玉想想道:"五六年了。那个小侄女夏天偷着来过一次。哎,如何想起了他?"

商鞅将公孙贾和假犯人的事说了一遍,沉吟道:"你说公孙贾,会找赢虔么?"

荧玉道:"不会。我这个异母兄长素来倔强,对公孙贾甘龙很是疏淡。"

商鞅摇头一叹:"仇恨,会使人变形。公孙贾可是一个大大警钟也。"

"要不,我明日去走走?"

商鞅笑道:"带病前去,不是明着告诉人有事么? 好了再说。有人纵想变天,也还远着。"说着熄了铜灯,上榻安歇了。

荧玉偎着夫君,很快睡着了。商鞅久久不能安眠,片断的思绪零乱如麻,什么都在想,什么也没想。长夜难眠,对商鞅是极为罕见的。多少年来,他从来都是心无杂念挨枕即睡不知失眠为何物。近日来,他却总感到一种沉甸甸的东西压在心头,不时有一丝不安和警觉闪现出来。这绝不仅仅是秦孝公的病情,对于邦国的正面危难,商鞅从来都是泰山崩于前而色不变的秉性。他的直觉告诉他,这种不安和警觉,是一种朦胧的预感。这种感觉是从崤山遇刺开始的,是今夜发现公孙贾潜逃而明晰起来。猛然,商鞅想起了太子赢驷的论断"秦国新法,尚未固本"。赢驷为何如此断定? 他发现了什么? 警觉了什么? 为何不明确地上书言明……

太子赢驷,本非常人,有此见识,不奇怪。

商鞅蓦然坐起,看着燎炉中烘烘的木炭,穿好衣裳,走进了书房。

# 二 灰色影子与蒙面石刻

滴水成冰的寒夜,咸阳城最是黉夜喧腾的商民区也凝固了。

"凝固"二字用得好!

紧挨着蓬勃兴旺商名远播的南市,咸阳城内的西南角是商民区。这里住着许多山东六国的商人,也居住着秦国各地来咸阳经商的本国商贾,酒肆客栈最多,是咸阳城人口最为芜杂流动的区域。这个区域主要是两条交叉成"十"字的大街,与一片方圆三百多亩的南市。南北走向的大街叫"太白道",东西走向的大街叫"朱凤道"。太白是秦国的天界星,太白之下为秦国。朱凤则是周人秦人的吉祥神鸟,凤鸣岐山而兴周也。以两者命名商区的两条大街,意味着秦人对商市的虔诚祝愿——顺应天道吉祥昌盛。

在两条大街十字路口的东北角,有一座与周围店面客栈都不相连的孤立的大院落,高大的院墙与两邻房屋相隔着一条空荡荡的巷子。大门前是废弃的停车场与拴马桩,临街的大门也用大石青砖砌得严严实实,若不是那座还算高大的门楼门厅,谁也看不出这里是曾经的大门。在商民市区,这座庄院显得有些古怪,就像繁华闹市硬生生插了一座荒凉古堡。从规模看,它既没有六国大商的豪华气魄,也不似小商小贩人家的紧凑朴实。这样的怪诞庄园能蠹立在金贵的商市街面,自然是咸阳城建起后最早迁来的"老户"。尽管如此,商人们毕竟见多了乍贫乍贱的人世沧桑,谁也没有感到奇怪,谁也没有试图接近它探察它。大院子一如迁来时的孤立冷清,在这北风料峭哈气成霜的夜晚,更显得萧瑟孤寒。

显示出主人的孤独及贵气。

三更时分，一条灰色影子从高墙外空巷的大树上飞起，无声无息地落在院内屋顶。庭院正中的大屋里，风灯昏暗，一个人在默默打坐。他面上垂着一方厚厚的黑纱，散乱的白发披在两肩，就像凝固的石刻一动不动。虽然是滴水成冰的寒夜，这座空荡荡的大屋里却没有燎炉火盆，只有那盏昏黄的青铜风灯。

突然，虚掩的屋门在呼啸的寒风中无声地开了。

"何方朋友？敢请进屋一叙。"凝固的石刻发出淡漠的声音。

没有丝毫的脚步声，灰色影子已经坐到了石刻对面的长案上，提起案上的陶罐咕咚咚大饮一阵，喘息一阵道："左傅别来无恙？"

长长的沉默，石刻悠然道："右傅别来无恙？"

灰色影子道："二十年天各一方，左傅竟有如此耳力，钦佩至极。"

蒙面石刻道："君不闻，虎狼穴居，唯恃耳力？"

"左傅公族贵胄，惨状若行尸走肉，令人心寒。"

"右傅一介书生，竟成高明剑士，倒是教老夫欣慰。"

"造物弄人，左傅宁如此老死乎？"

"祸福皆在人为，老夫从不信怪力乱神。"

"果然如此，左傅何自甘沉沦，白头穴居？"

石刻淡淡漠漠道："四野无追，何不守株以待？"

灰色影子猛然扑拜于地："公子铁志，大事可成。"

"右傅身负重罪，离刑入国，岂非自彰于官府？"石刻依旧一动不动。

灰色影子慨然一叹："若有服刑之忧，何敢踏进咸阳半步？"

"莫非右傅杀监逃身？"

受劓刑，闭门不出。

灰衣人咯咯一阵笑声，犹如寒夜枭鸣："左傅过虑也，秦国永远也找不到公孙贾这个人了。"

"此话，却待怎讲？自然，你可以不说。"

"既与左傅和衷共济，岂有不说之理？寒夜漫漫，枯寒故事正耐得消磨。"

于是，在月黑风高的夜晚，灰衣人讲了一段鬼神难测的奇遇。

公孙贾被放逐的陇西是一个奇特的地区。这里有荒凉广袤的沙漠，有水草丰盛的草原，有险峻奇绝的崇山峻岭，也有秀美幽静的河谷。最要紧的是人烟稀少，远离富庶文明的蛮荒之地。如此穷荒险峻之地，官府的管辖治理自然是疏松宽阔。虽然如此，这里却是老秦人的原生根基地，是秦国一个辽阔荒僻的后院，比任何边界山地都安全可靠。公孙贾作为重犯要犯，没有放逐到南接楚国的商山，也没有放逐到北连赵国的北地山区，而放逐到了陇西老秦人的根基之地，自然意味着国府对这里最为放心。

放逐处是荒绝险峻的一片狭窄谷地，四面陡峭高山，唯一的山谷出口恰恰驻守着一个兼管军马放牧的百人队。要想逃走，当真比登天还难。放逐生涯是一种强加于罪犯的苦行岁月。一顶茅屋，一领布衣，一升谷种，一柄铁铲，这是官府刑吏交给公孙贾的全部物事。他就要凭这几样物事生存下去。只要犯人不逃走，无力生存而死在放逐地，是无人追究的。除了三个月一查生死，官府永远不会增加一粒粮食一件衣裳。如果没有特赦书令，犯人大体上都要死在这里。

公孙贾心怀深仇大恨，如何能无声无息地死在这荒沟野岭？第一天晚上，山谷里秋风嘶鸣，山岭上虎啸狼嗥，他被吓得蛇一样挤进了岩石缝隙，直到天亮才敢出来。苦思

仇恨确实会让人变形。许多的故事必须借重"仇恨"，否则，不能成书。

迁谪者（流放也称迁），多数难生还，不是死在途中，就是死在流放地。

良久，公孙贾撕下长衫下摆，做了一个布袋，拿起那把铁铲上了山。他通晓医道，识得草药，这是游学士子的防身求生本领。和所有的博学名士一样，公孙贾永远不会忘记青少年时代的这种基本学问。他开始上山采药了。一来是草药中有可以直接食用的生补之药，功效强于五谷，兼有野果补充，大体可解饥饿之苦。二来是借此踏勘山势地形，看能否寻觅一条生路。公孙贾明白，他是永远不可能得到特赦的，要复仇，就先要自己逃得出去。两三个月过去，他才发现这一片大山荒野得超出了预想。放眼望去，莽莽苍苍渺无人烟，山间只有兽道狼迹，别说逃，就是公然出走，也只怕做了出没无常的猛兽美食。

在公孙贾绝望的时日，一件奇异的事情发生了。

那日暮黑时分，他手执铁铲拨打着齐腰深的莽草枯藤，想寻路"回家"，却盲人瞎马般闯到了一处高高的悬崖顶上，鬼使神差地一脚踩空，咔啦啦跌落了下去。待他醒来，已经是满天星斗不知何时了。我没死么？他活动了一下手足，庆幸自己果然没死，便挣扎站起。四面张望，他"啊"的一声惊叫起来。原来，悬崖下似乎有一点火红的灯光。揉眼细看，没错，是灯光！他精神大振，折下一根树枝做拐杖，一瘸一拐地向灯光跳奔过去。到得近前，却发现这是一道陡直山崖下的一幢石头房子，隐隐可见屋外石坪上有剥下晾晒的兽皮，是猎户之家，不是官人。公孙贾一阵狂喜，扑上前去笃笃敲门。

粗糙厚重的圆木门吱呀拉开，一个裹着兽皮的精瘦汉子打着一盏兽油风灯站在他面前。公孙贾"啊"了一声，后退几步，死死盯住对方。这个男子和他像极了，简直就是黑白双胞胎。兽皮汉子却浑然无觉，抹着眼泪憨憨地一伸手，将他让了进去，坐在另一间狭小的石头房子里。汉子默默端来

一将功成万骨枯，牺牲者一定无名。

一大盆炖兽肉和一罐山果酒，便站在旁边木呆呆抹眼泪。公
孙贾是精细之人，听见隔壁石屋里有隐隐约约的呻吟，拱手
问道："兄台何事悲伤？可否见告？"兽皮汉子憨直地抹泪
道："二老好端端牛样壮，不想开罪了山神，连日大泻，眼见
活不成了，呜……"说着大哭了起来。

公孙贾听准了"大泻"二字，慨然站起道："在下尚通医
道，敢请一观。"

十日之中，公孙贾治好了老猎户夫妇的急性腹泻，也养
好了自己的伤。猎户一家千恩万谢，送他兽皮兽肉一大堆，
公孙贾都拒绝了。兽皮汉子急得满脸涨红，用猎刀在自己手
臂上猛然划出一道血口，用嘴嗫一口鲜血喷出，扑拜在地赳
赳高声道："恩公，有用小人处，万死不辞！"公孙贾扶起了兽
皮汉子："兄台高义，只要空闲时日来看看我，足矣。"

半个月后，兽皮汉子凭着猎户特有的本领，找到了公孙
贾的山谷茅屋。

山月当空，公孙贾和兽皮汉子结成了异姓兄弟。汉子问
大哥何以犯法？公孙贾说父母被仇人惨杀，大仇未报，自己
却又被仇家陷害服刑，请兄弟帮他逃出这个地方。汉子慨然
允诺，公孙贾便给他脸上刺了字，又给他脸颊烙了印，与汉子
互换了衣服，将汉子装扮成自己，教会了汉子如何应对官府
的"季查"。

三日后的晚上，月黑风高，公孙贾与兄弟共饮山酒，在酒
中加进了哑药。

兄弟睡熟后，公孙贾顺着兄弟指引的兽道，逃出了荒无
人烟的大山……

> 无毒不丈夫。胜者为王，
> 败者为寇。一旦功成，这些
> "毒"，就会被解释为权智。

"果真，无毒不丈夫。"蒙面石刻冷笑着。

灰衣人阴沉切齿："谋大事，不拘小义。"

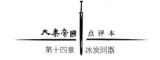
"虽然如此，你终究难见天日，官府若图影缉捕，汝将奈何？"

一阵夜枭般长笑，灰衣人道："左傅自囚二十年，孤陋寡闻了。"

"如此说来，右傅奇遇不断了。"石刻露出一丝嘲讽。

灰衣人嘿嘿冷笑，又讲出了一个惊心动魄的故事。


公孙贾逃出陇西大山，夜行晓宿，一路东行，翻越大散岭沿南山折转进入商山，又从丹水谷地潜出武关，逃亡到楚国。他倒不是寄希望于楚国的保护，而是看中了楚国大江上游人迹罕至的连绵群山。为了复仇，公孙贾发誓再造自己，埋头修炼剑术。就在他寻觅落脚点的跋涉中，一个晚上撞进了一道神秘的峡谷。

这道峡谷的两岸青山总是隐隐约约地响着某种奇特的声音，"噗——呼——"不是风声，不是雷声，倒像是大山得了气喘病。到了深夜，这种奇特的声音更是清晰，而且岩石缝隙中还闪现出隐隐红光和均匀而又模糊的"嗵嗵嗵"声。公孙贾恍若置身梦境，听了一夜，断定这道荒险的峡谷隐藏着一个极大的秘密。公孙贾在峡谷和两岸高山游荡踏勘了好几日，终于在一个漆黑的夜晚突然失去了知觉……

醒来时，公孙贾发现自己躺在冰凉的石板上，眼前红光一明一灭地不断闪烁。原来这里是一个极大的山洞，一个白发飘拂的老人正站在他面前，盯着他的额角。没有几句问答，他便心甘情愿地做了老人的苦役。

渐渐地，他知道了这道峡谷是楚国铸剑名家"风宗"的大本营。那个老人，是继铸剑大师欧冶子、干将之后最负盛名的铸剑宗师风胡子。"风宗"在这道峡谷里有六个铸剑山洞，每洞一炉，仅直接铸剑的工师就有二十多个，铁工、风工、杂工、炊工等，加起来是二百多人的大作坊。"风宗"的规矩是白日备料休憩，夜间铸剑。所以，白日进入峡谷的人，什么也发现不了。在苦役生涯中，公孙贾为许多工匠治好了诸多叫不上名字的怪疾，渐渐地得到了风宗上下的好感。

有一天，从不与他照面的风胡子将他召到一个小山洞里，冷冷问了两句话："子欲修习剑术乎？""想！""子欲换副面孔乎？""想！"公孙贾没有丝毫犹豫。

老人没有一句多余话，一挥手，两个壮汉抬起他丢进了洞外的水池，又压上一张石板。公孙贾在水里不吃不喝地浸泡了三日，奄奄一息地被抬回了山洞。风胡子冷冷问："目下要绑起你来，烤火，怕么？"公孙贾摇头。风胡子再没有说话，枯瘦的大手一挥，两名壮汉夹持着将他绑缚在一张又高又厚的石板上。石板对面不到一丈处就是熊熊火焰的熔铁炉，烘烘热浪迎面扑来，渗透寒湿的肌肤顿感干爽。半个时辰后，他燥热难当，背靠的石板也烫了起来。身边两人只管定时给石板喷水，对他却是不闻不问。公孙贾紧紧咬着牙关，一声不叫，不久就烤得昏迷了过去，一泼水醒来，须臾又昏迷过去。

不知过了多久，公孙贾被架到了洞口，刺骨的寒风使他又猛醒了过来。

风胡子走了过来，猛然向他脸上喷出一股气味怪异的绿水，"噗"的一声，散开了一片紫雾。公孙贾的脸顿时像大面团般胀了起来，透亮透亮。风胡子走近端详，伸出长长的指甲在公孙贾额角轻轻一挑，就从"大面团"上揭下了一层人皮，黑字与烙印赫然在目。公孙贾又被放到了一个滴水成冰的山洞，冻了一夜，次日早晨被抬到风胡子的小山洞，脸上已经全部复原了。

风胡子冷冰冰问："要美么？"公孙贾摇头。风胡子再不说话，又向公孙贾脸上喷了一口红色药水，一阵奇异的感觉立即渗透了公孙贾的四肢百骸。风胡子伸出枯枝般的大手在他脸上按捏了整整一个时辰，丢下一句话："记住自己了。水缸在那里。"说罢倒头大睡。

公孙贾定定神，站了起来。他原以为历经如此折磨不死也得瘫了，没想到脚下却大感轻灵，走到水缸边一看，却一声尖叫，昏了过去……

"如此说来，右傅面相很是不凡了？"蒙面石刻淡漠平板，丝毫没有惊诧。

"左傅记住了。"灰衣人猛然扯下黑色面纱，蒙面石刻不

风胡子，奇人。韩非子《五蠹》篇称，"上古竞于道德，中世逐于智谋，当今争于气力"。在争气力的时代，兵器极为重要。孙皓晖看重宝剑及相剑者，亦为此理。《越绝书》之"越绝外传记宝剑"篇载，"楚王召胡子而问之曰：'寡人闻吴有干将、越有欧冶子，此二人甲世而生，天下未尝有。精诚上通天，下为烈士。寡人愿赍邦之重宝，皆以奉子，因吴王请此二人作铁剑，可乎？'风胡子曰：'善。'于是乃令风胡子之吴，见欧冶子、干将，使人作铁剑。欧冶子、干将凿茨山，泄其溪，取铁英，作为铁剑三枚：一曰龙渊，二曰泰阿，三曰工布。毕成，风胡子奏之楚王，楚王见此三剑之精神，大悦风胡子，问之曰：'此三剑何物所象？其名为何？'风胡子对曰：'一曰龙渊，二曰泰阿，三曰工布。'楚王曰：'何谓龙渊、泰阿、工布？'风胡子对曰：'欲知龙渊，观其状，如登高山，临深渊；欲知泰阿，观其钘，巍巍翼翼，如流水之波；欲知工布，钘从文起，至脊而止，如珠不可衽，文若流水不绝'。"薛烛，善相剑者。欧冶子、干将，铸剑者。这些都是写春秋战国故事不能回避的素材。《越绝书》对铸剑者及相剑者的描写，神乎其神。孙皓晖对历史传奇人物的挖掘，可谓无所不用其极。虽是小小的细节，但也可看出小说家所花功夫之深。

禁一抖。灯下,一张狰狞可怖的脸骤然现出:一头红发青蓝色面孔眼珠黑蓝而眼白发黄阔嘴大牙大胡须连鬓而生! 与当年清秀儒雅的公孙贾相比,当真一个魔鬼出世。

大出意料。

"虽鬼神洞察,亦不能辨认矣。"蒙面石刻一声叹息。

"明告左傅,风胡子收我为学生,赠我一口风宗名剑。公孙贾不敢说纵横天下,然则复仇足矣。若不是你那口蚩尤天月剑,商鞅早已经死在崤山河谷了。"

"你,做刺客了?"

"商鞅仇人多矣。即便他是神仙,也想不到我公孙贾再生。"

"住口。"蒙面石刻低沉的声音中喘息着丝丝怒气,好像一只骤然起身的猛虎。灰衣人不禁一抖。沉默有顷,蒙面石刻冷笑道:"公孙贾,老夫以为你真的浴火重生了,谁想你依旧是个卑劣猥琐之小人。老夫不杀你,你走。"

"复仇杀敌也算小人? 如何才算得大丈夫?"

"公孙贾,你虽精明有余,却永远没有大器局。老夫问你,我等与商鞅的仇恨,是村小械斗之仇么?"

"自然不是。是国事仇恨。"

"且不说你杀不了商鞅,纵然杀了,徒使商鞅做了天下英烈名臣,你自己反倒成了天下耻笑的卑鄙刺客。若这也算复仇,用得着你出手?"

灰衣人默然良久,恭敬拱手:"请教左傅,如何筹划?"

"商鞅最大的立身功勋,却在何处?"

"自然是变法。"

"若国事逆转,其人治罪?"

"商鞅……身败名裂!"

"老夫再问你,我等仇恨,是商鞅私刑么?"

"不是,乃国法明刑。"

蒙面石刻冷笑："记住，唯使商鞅败身，将商鞅处以国法明刑，方为大器复仇。"

灰衣人深深扑拜于地："左傅一言，公孙贾茅塞顿开。"

黎明前最黑暗的时刻，灰色影子又飞上树梢，落下小巷，骤然消失在茫茫冬夜的咸阳城。

# 三　蒙面来客与神秘预言

太子嬴驷目下只有一件事，埋头阅览秦国的法令典章。

虽说公父明令他与商君共摄国政，但嬴驷心里十分清楚，这是公父教自己跟着商君熟悉并修习国务。他长期远离权力中心，对法令、人事、政令推行方式等基本事务都非常陌生，事实上也无从共摄，只能跟商鞅做学生。为了尽快进入状态，嬴驷主动请求用一个月时间，读完国藏的全部法令典章以及变法以来的国史记载。商鞅完全赞同嬴驷的想法，认为这是熟悉国务不可或缺的一环，熟悉得越早越好，越彻底越好。商鞅制订了一个进度：每三日从典籍库给太子府送去一车竹简，一个月十车，大体可以披阅完全部法令、典章与国史。秦国缺乏文治传统，往昔素来不注重积累国家资料，国史记载也特别简略。商鞅执政后大幅度改变了这种状况，非但对国史进行了全面的重辑编修，而且将所有的法令、典章、人口、赋税等政务文本都分为正本、副本两套建馆收藏。正本非秦孝公、商君调阅不能出馆，副本则供各官署与学士随时查阅。给太子嬴驷看的自然是正本，所以太史令府吏就格外地紧张忙碌。出馆点验，派兵押送，回收点验，逐卷归位，生怕出了差错。太子嬴驷也分外刻苦，除了每天休憩两个时辰，其余时间全部沉浸在书房。

公子虔始终克制，所谓"君子报仇十年未晚"，报仇要报在明处，不可滥用私刑，公子虔的城府，深不可测。这一点，公孙贾不及公子虔。

教太子，商鞅是不二人选。

太子的合法性不仅仅来自于出身，更来自于学识。太子不苦学，恐怕也难担大任。疏离国事将近二十年，是时候恶补了。

天寒夜长，嬴驷书房的大燎炉几乎没有熄灭的时候。木炭烧得再干净，也总有丝丝缕缕的白烟与炭气，天天熏烘，嬴驷的脸微微发黄，还有些轻微的咳嗽。尽管如此，嬴驷依然天天守在案头，真有些秦孝公年青即位时的勤奋气象。

这天已是二更时分，嬴驷正在全神贯注地翻检披阅，年轻的内侍进来禀报说，一个楚国商人求见。嬴驷惊讶地抬起头来："楚国商人与我何干？不见。"

内侍低声道："他说受太子故交之托，前来送一件物事。"

嬴驷大为疑惑，如果说他有故交，那就是"放逐"生活中结识的村野交谊，可那些人谁能知道他是太子？又如何能托人找到这里？思忖有顷，他不动声色道："既是故交所托，请在外书房等候，我片刻就来。"内侍走后，嬴驷又沉思一阵，收拾好案头，轻步走到隔门前打开一个小孔向外端详。

外书房站着一个身着华贵皮裘者，从一身华丽的黄色看，的确是楚国商人的习惯服饰。但这个人手中空无一物，脸上还垂着一方黑沉沉的面纱，透出几分不寻常的神秘气息。

嬴驷拉开门，冷冰冰地盯着这个蒙面者，一句话也不说。

蒙面人深深一躬："楚国商人辛必功，参见太子。"

嬴驷沉默伫立，依旧一言不发。蒙面人拱手道："敢问太子，可曾认识一个叫黑矛的山民否？"嬴驷面无表情，既不摇头，也不点头。蒙面人又道："黑矛委托在下给太子带来一件薄礼。"嬴驷冷冷道："请先生摘下面纱，再开口。"蒙面人道："非是在下不以真面目示人，实是在下天生丑陋，恐惊吓了太子。"嬴驷冷笑沉默。蒙面人右手一抬，面纱落地，一张红发碧眼阔嘴大牙连鬓虬髯的面孔赫然现出，在灯下显得特别可怖。

嬴驷平淡淡道："先生如此异相，何自感难堪？"

商人拱手作礼道："太子胆识过人，在下钦佩之至。"

到底是见过世面的，嬴驷不会大惊小怪。

嬴驷仿佛没有听见，淡然道："黑矛何许人也？本太子素不相识。"

"黑矛言，他与一个叫秦庶的士人交好，找到太子府可找到秦庶先生。"

"秦庶乃我书吏，公差在外。"嬴驷毫无表情地回答。

"如此恕在下鲁莽。告辞。"

"且慢。黑矛找秦庶何事？太子府可代为转达。"

黄衣商人："可否容在下遮面？卑相实在有伤大雅。"

嬴驷点点头。商人捡起黑纱挂好，恭敬道："禀报太子，三年前在下商旅，路过商山遇大雨阻隔，幸得黑矛兄容留旬日，是以结为好友。从此，来往路过必有盘桓。黑矛兄行走不便，故此委托在下寻觅故交，原无他故。"

嬴驷似乎漫不经心道："这个黑矛，何以行动不便？"

"禀报太子，黑矛兄从军次年从马上摔下，一腿伤残，但立功心切，坚持留在炊兵营。十载过去，未斩敌首，未得爵位。老兵还乡，凄凉不堪。"蒙面商人声音嘶哑，语带哽咽。

"新法之下，何得凄凉？"嬴驷听得很认真。

"黑矛兄父亲被刑杀，母亲自杀，举村进山自救，唯留黑矛兄一人漂泊乞讨。"

"如何……刑杀？自杀？自救？你详细道来。"嬴驷大为惊讶。

蒙面商人缓缓道："在下听黑矛兄言说，黑林沟大旱三年，遭了年馑。商於县令用官粮赈灾，被商君制止，当场斩首了商於县令和黑矛兄的父亲——里正黑九；又派出兵士，威逼举村老少进山，任其自生自灭。黑矛兄老娘亲悲痛过分，跳崖身死。黑矛兄伤残无依，无力谋生，又怕被官府当作疲民治罪，白日在楚国边界的山村乞讨，晚上赶回老屋落脚……"

嬴驷面色阴沉得可怕，转过身去良久沉默。

内心波澜起伏，表面却能做到不动声色，这该是为人君者的基本功了。

"禀报太子,这是黑矛兄托我转交秦庶的礼物。"

嬴驷转身,赫然一块黑布包裹的物事立在面前。蒙面商人道:"黑矛兄言说,这是秦庶的心。他只教我给秦庶带一句话:那座坟没有了,是商君下令挖掉的。"

嬴驷努力平静自己,淡漠地接过黑布包:"你可走了。"

"秦庶先生若有口信带给黑矛兄,请他到楚天客栈找我。"

嬴驷默默点头。蒙面商人深深一躬,大步去了。

回到书房,嬴驷心乱如麻。看着那块紫黑的枯树墓刻,他禁不住热泪盈眶。那个美丽的红色身影从眼前飘过,那悲怆激越的歌声萦绕在耳旁,那个姑娘深深地爱着自己,为自己义无反顾殉情死了。那是第一次结结实实撞开嬴驷心扉的火热恋情。嬴驷在峡谷里痛不欲生的时候,已经明白,原来自己也深深地爱着这个美丽的村姑。假如他不是被"放逐",假如他不是秦国太子,他一定会将她带回来,一定会娶她。他离开黑林沟的时候,心中就立下誓言,有朝一日一定要接她娶她,可是他当时不能说啊。没有想到,他冷冰冰的拒绝不但没有使姑娘知难而退,反而使姑娘为他献身了。多少年来,嬴驷每想起那个美丽的身影,心就疼得滴血,一种深深的屈辱感就折磨得他寝食不安。姑娘留给他的,就只有那一抔黄土一只玉埙,那是他魂牵梦绕的一抔黄土啊。如今,连他亲手给姑娘盖上的这一抔黄土也被铲除了,黑九夫妇也竟死了,黑矛兄弟也沦为乞丐了,唯一在嬴驷冰凉的少年时代留下的一片纯朴友谊,就这样被无情地抹去了……上苍啊上苍,你何其不公!

嬴驷一夜未眠,木然坐到天亮。宫中内侍来传宣他时,他刚刚上榻不到一个时辰。嬴驷本来想大睡一觉,清醒清醒,避免自己沿着绵绵思绪滑下去。可是上榻后怎么也不能

嫁祸于商鞅,仇怨更深。故对者很清楚,只有太子才能治商鞅。

入眠，反倒更为清醒了。蓦然，他心海一闪，想到那个狰狞可
怖的蒙面商人，觉得此人此事大为蹊跷。那个商人是先问自
己是否认识黑矛的，此一问，便可见他知道"秦庶"就是面前
的太子。看自己默然不答，他才说黑矛委托他到太子府找
"秦庶"的。若黑矛果真沦落为难以求生的乞丐，如何能知
道"秦庶"在太子府？美丽山妹殉情于荒山绝谷，黑矛如何
能知晓？商君纵然经常出巡，又如何能到得那人迹罕至的地
方去毁墓？果真商君认为有人假冒嬴驷损害公室声誉而毁
墓，能不禀报公父？公父能不询问自己？商君执法固然无
情，却从来没有逾越法度雷池半步，他能如此滥杀大名赫赫
的造士里正黑九么？秦国新军军法昭彰，军中伤残，纵然不
斩敌首，亦在退役时赐金安置，如何能沦为乞丐？

　　心头一亮，嬴驷想到了自己在荒山绝谷醒来时的奇
迹——断指接上了，伤口包扎了，身上盖了一件白布衫，手边
还放了一块熟肉。仔细想来，当时显然有人发现了自己，从
墓刻上知道了自己的身份，才救了自己，却没有露面。反复
思忖，泄露身份的可能唯有这一次。知道"秦庶"就是嬴驷
的，也只有那个荒山绝谷救过自己的那个神秘人物。这个人
是谁？难道……猛然，嬴驷一个激灵，那个人肯定就是昨晚
的楚国商人！

　　嬴驷猛然坐了起来，望着映得窗户一片淡红的早霞，嘴
角露出一丝冷笑："来人。请家老前来。"

　　不消片刻，一个老内侍匆匆走进寝室。嬴驷低声吩咐了
几句，倒头便睡，鼾声大起。

　　红日已上半山，宫中内侍来宣。嬴驷虽则只睡了半个时
辰，却一点儿不显疲惫之色。到得宫中，公父刚刚梳洗完毕，
正在前庭缓缓舞剑。嬴驷上前恭敬见礼："公父康复，儿臣
不胜欣喜。"孝公收剑笑道："驷儿，今日陪我去南山如何？"

"心头一亮"，思路清晰，
嬴驷终究不再是冲动少年了。

断指悬疑这时候才解开。

"儿臣遵命。"嬴驷欣然领命。

出得宫门,嬴驷见只有十多名甲士和公父的一辆轺车,便知道新母后不去,也不多问,翻身上马走在轺车旁边,出了咸阳直奔南山。

这是冬日少有的无风天气,阳光和煦,苍松长绿,颇有几分小阳春光景。到得山下,沿着一条小河进山,苍松翠柏的谷地中露出一片青砖绿瓦的院落,在萧疏的冬野倍显宁静旷远。孝公遥指山谷院落问:"驷儿,来过此处么?"嬴驷知道公父问的是放逐期间是否来过,摇摇头道:"此处没有民户,儿臣尚未来过。"孝公指点道:"你看,这条山水叫田峪川。东南那座山,就是饿死伯夷、叔齐的首阳山。那片院落啊,可是大大有名的一个人物留下来的。"嬴驷恍然大悟:"儿臣想起来了,莫非是老子书馆?"

此为托古自尊。

孝公微笑点头,吩咐车马慢行,沿着山道向谷地院落而去。

到得谷地,院落反而隐没在松柏林中无从得见了。穿过小河边一片松林,面前豁然开朗,一座蓝田白玉筑起的高大石坊巍然矗立在松林草地,石坊正中四个斗大的黑字——道法天地。进得石坊一箭之地,便见朴实无华的院落大门。孝公吩咐停车驻马。

车马方停,嬴驷就见公父的贴身老仆兼内侍总事黑伯从大门匆匆走出。黑伯来到孝公车前,扶孝公下车,拱手禀报道:"按照君上吩咐,一切妥当。"

孝公吩咐道:"黑伯,两个时辰后,我到上善池。你稍后到系牛亭找我。"黑伯答应一声,吩咐车马侍从随他从偏门进院去了。

孝公向嬴驷一招手,从正门进入,直向院落深处而去。嬴驷一路留心,发现这座外观很不起眼的院落,内中竟大有

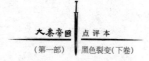
气象。水流亭台错落有致,松林小道回环周折,地势缓上成坡,宛若咸阳北阪。这种山坡,任何大雨山洪都停留不住,直涌门外的田峪川。房屋亭台分明是山石砖瓦粗糙堆砌起来,偏偏却显出一种质朴本色与浑然野趣,令人大为悦目。到得半坡一处石亭下,孝公肃然向亭外的一株老柏躬身一拜。嬴驷也连忙跟着一拜。

进得石亭,嬴驷发现石案上已经摆好了茶具山果,便知这是预先安排,公父今日定有大事要对他说,不由神情肃然地为公父斟了一盏热茶,肃立一旁。孝公饮了一口热茶,招招手教儿子坐在对面石墩上。

阳光下,秦孝公的面色焦黄憔悴。嬴驷心中涌上一股酸楚道:"儿臣无以为公父分忧,惭愧之至。"秦孝公笑着摆摆手道:"莫说这些。可知今日你我父子到此的原委?"

嬴驷摇摇头道:"儿臣不知。"

秦孝公喟然一叹:"嬴驷啊,你也算历经风霜,对世情人事有自己的见识了。无须瞒你,公父的日子,已经不多了,你也一定能看出来。"

"公父……"嬴驷哽咽一声,扑拜在地。

孝公豁达地笑了:"起来吧。人生寿夭,原在天算,何须伤怀?你我既生于公室之家,国事便是至大。公父对你今日要说的,是一宗国事之密。你大父定的规矩,国君临死,方才将这秘密传给继位者。我就是在你大父临终时才知道的。可是,公父没有时日了,清醒时说比糊涂时说要好。"

嬴驷站起来坐在对面石墩上,发现黑伯远远站在路口,方才悟到公父今日的周密用心。

秦孝公缓慢地说着,太子嬴驷认真地听着——

几千年来,嬴秦部族一直流传着两则神秘的预言。一则是部族公开流传的,一则是在嫡系公族中秘密单传的。公开流传的预言,是舜帝当初赐给嬴氏"秦"之封号封地时的一则预言——兹尔秦族,后必大出天下。在立国前的沉浮挣扎中,这则预言是嬴秦部族的精神火把,是嬴秦部族精诚凝聚的纽带。四百多年前,嬴秦部族成为诸侯国之后,这则预言渐渐成了流传在老秦人中的古老故事,那像彗星一样激励人心的光芒便渐渐消失了。在通常庶民的心目中,一个半农半牧的偏远部族成为中原诸侯大国,也就算大大的"大出"了,还想如何呢?这则遥远的预言,便在嬴秦部族贫乏的想

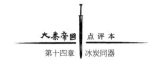

天命之说，可励志，也可
证合法性。

象中渐渐干涸了。

这则预言是国史载明的，嬴驷自然很熟悉，本不是甚秘密。

另一则秘密预言，则发生在嬴秦部族立国四百余年之后，时日很近，并且要具体得多。但这则预言却只在嫡系一脉的国君与储君之间单传，严厉禁止流传民间。秦孝公要对嬴驷说的，正是这一则预言。

这则预言，是当年西入流沙的老子对秦国国运的推算。

六十多年前，秦献公即位的第十一年春天，接到一个消息，曾在洛阳周室做过柱下史的老聃要到秦国来了。秦献公不禁大喜过望。在东方诸侯卑秦，天下士子视秦国为蛮夷之邦而拒绝入秦的年代，一个声名远播就连孔子也要向他求教的泰斗人物要到秦国来，岂是等闲小事？秦献公请出了一个酷爱和学问家交往的人物来接待老子。这个人，就是曾经做过函谷关令的尹喜。尹喜精心准备，周密筹划，将一切都部署得妥帖至极。

是年四月，不知高年几许的老聃骑着一头青牛优哉游哉地进了函谷关。虽然那时候函谷关还被魏国占领着，但尹喜派出的斥候早就发现了这个走遍天下也不会错认的老人，立即飞马报回栎阳。尹喜多与名士交往，知道像老聃这样的泰山北斗，绝不会刻意到秦国都城歇脚，一定要找山清水秀的胜境独居，便对秦献公禀明自己的想法，商议好了对策。

果然，老聃的青牛悠悠地飘过了栎阳，向着南山去了。进入莽莽苍苍的南山北麓，老聃和随行小童却被布衣牛车的两个"士子"拦住，不断求教学问。老聃颇是喜欢这两个坦诚质朴的"士子"，在他们的山庄歇息了下来。一连盘桓数天，俩人对老子提出了数不清的难题，老子都一一解疑，谈天说地般娓娓道来，胸怀心海间仿佛埋藏着无穷无尽的学问。

一个布衣"士子"整日陪着老子闲步深山，牛走旷野，粗茶淡饭却又极尽恭敬地侍奉着这位穷通天地的老人。夏夜星空下，这个布衣"士子"提出，请老子写一卷天地文章给秦人"开塞"。老子大笑一番，终不忍拒绝其虔诚请求，便慢慢地写了起来。就像那扑嗒扑嗒的青牛脚步，老子写得慢极了，远远赶不上那个布衣"士子"的刻简。

一月之后，老子终于写完了五千言的"开塞"大书。那日晚上，另一个布衣"士子"单独走进了老子的小院。夏夜的一轮明月下，老子正坐在院中高台上仰望苍穹，点头摇头，兀自叹息感慨。

猛然，老子身后响起一个声音："敢请前辈教我。"

老子没有回身，叹息一声："秦公何其聪睿，宁误老聃耶？"

布衣士子扑拜不起："前辈既知我身，请为嬴师隰解惑。嬴秦日衰，秦人多困，嬴师隰寝食难安。"

老子依然没有转身，仰望苍穹，一阵思忖后喟然叹息："秦公谨记：老聃之言，只传储君，若有泄露，自罪于天。"

"嬴师隰恪守前辈之言。"

老子缓慢低沉地说出了一段话："老聃昔年游宿巫山神女峰，细察天象：秦周同源，均起西陲；秦为诸侯，而秦周分离；离五百年，而大合于秦；合十七年，则霸王出。"

秦献公请老子拆解，老子却摇头不语。

后来，老子留在南山麓收了数十名弟子，教导三年，却莫名其妙地失踪了。有人说，老子去了大漠流沙。有人说，老子去了阴山草原。也有人说，老子进南山修身成仙去了……这个神秘老人留给世人的，唯有那一卷五千言的天地文章和那一则神秘久远的预言①。

古人对征兆、传言、谣言十分看重，利用得当，则大利。《史记·老子韩非列传》载："自孔子死之后百二十九年，而史记周太史儋见秦献公曰：'始秦与周合，合五百岁而离，离七十岁而霸王者出焉。'或曰儋即老子，或曰非也，世莫知其然否。老子，隐君子也。"《史记·周本纪》载："烈王二年，周太史儋见秦献公曰：'始周与秦国合而别；别五百载复合，合十七岁而霸王者出焉'。"《史记·秦本纪》载："十一年，周太史儋见献公曰：'周故与秦国合而别，别五百年复合，合（七）十七岁而霸王出。'十六年，桃冬花。"三则记载，时间上有异。虽不能坐实其说，但可以肯定的是，这一谶语在坊间流传过，否则，司马迁不会反复提及。以预言付托大任，储君之事，大局已定。历史小说加点"神"的料，即神乎其神。

---

① 预言，即老子预言。《史记·周本纪》与《史记·秦本纪》记载相同。《史记·老子韩非列传》记载有异。

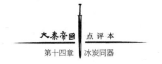

"嬴驷,老子预言不能见诸国史,你记下了?"秦孝公肃然问。

"记下了。"嬴驷正色回答。

"你背一遍,我听。"

嬴驷一字一顿念道:"秦周同源,均起西陲;秦为诸侯,而秦周分离;离五百年,而大合于秦;合十七年,则霸王出。"

听嬴驷背得一字不差,秦孝公意味深长地笑了:"你,信不信老子的国运预言?"

嬴驷一时沉吟,不知如何应对。他的第一感觉是惊讶与震撼,老子的预言岂不是给了秦国一个新的精神火把?分五百年而合,现下秦已立国四百二十多年,那岂不是说再有百年上下秦国就将与"周"大合?老子是周王室的史官,他说的这个"周",自然囊括了天下诸侯,而绝不仅仅是龟缩于三川一隅事实上比寻常小诸侯还要窝囊的"周王城";直到今日七大战国,也依然在口头上承认周王室为"天下共主"。如此说,与"周"合,就是与"天下合","大合于秦",就是秦将代替周统一天下!而百年上下,也就是两三代人的岁月,相比于舜帝预言实现的两千多年,何其短也。有了如此辉煌的前程,秦人自然倍加奋发,比国君的任何激励之书都要有威力。几千年来,"天"的暗示对于庶民国人是无比神圣的,他们承认服从"受命于天"的大人,心甘情愿地为他们流血拼命,成就天命大业。别的不说,舜帝的预言就长期支撑了嬴秦部族的浴血奋战,能说这种国运预言的威力不大么?春秋战国以来,多少新老贵族都在权力争夺中假托"天命"以聚拢人心,老子的"合秦"预言岂非求之不得的天命之书?既然如此,大父、公父为何都秘而不宣呢?果真是忌讳"泄露天机"之罪么?天机若果然不可泄露,老子何敢明言?

看来,大父、公父一定还有埋藏很深的想法没有说出。嬴驷的沉吟正在这里,他正襟危坐,谨慎回道:"公父,儿臣对阴阳天命之学素来陌生,不知从何谈起。"

"如此说吧。"秦孝公道,"若是神明占卜,说秦将为天下霸主,子何以待之?"

嬴驷没有犹豫:"纵然天命所归,亦需人事努力。儿臣当似有若无。"

"好!"秦孝公拍案而起,"公父要的,就是这'人事努力,似有若无'。"他在亭中缓缓踱步,字字斟酌道,"你大父临终时说,他之所以没有将这个预言早日告我,就是怕我恃天命而骄,反倒自绝于天命。驷儿啊,要知道,一个君主,沉溺于天象、占卜、童谣、谶语之类,非但荒唐,而且丧志。往远说,三皇五帝可算天命攸归了。然则,舜帝却囚禁了尧帝而当权，大禹则囚禁了舜帝而当权，天命何在？往近说，周室天子哪一代不是聪慧英武？偏偏却痴信天命，在大争之世龟缩自保，而今只留下了洛阳城周三四百里，何其凄惨也。如此天命，有同于无。再往近说，楚宣王痴信星象，竟因彗星径天而乱了阵脚，用土地城池收买魏国齐国，要灭我秦国。最后如何，丢了城池，穷了国家，还没有结成灭秦同盟。你须牢牢记住，天命星象从来不会垂怜弱者，它永远都只是强者的光环！"

"公父之言，鞭辟入里，儿臣永生铭记。"

"嬴驷，秦国纵可一统天下，也要一步一步一代一代地去苦做，去奋争。万不可乱了心志，走入歧途啊。"秦孝公语重心长。

"公父，秦国正道，乃坚持公父与商君创立的法制，而不是坐待天命攸归。儿臣深知，没有新法，就没有强秦；没有新法，就没有庶民国人的真诚拥戴。秦国前途纵有千难万险，儿臣亦无所畏惧。"嬴驷慷慨激昂。

"好。"秦孝公拍拍儿子的肩膀，欣然而又亲切道："驷儿，你长成了。有此等精坚心志，公父也就不多说了。走，我们去看太后和姑姑。"

"太后、姑姑也来了？"嬴驷感到惊讶，又立即高兴起来。

老太后住在这里已经几个月了。她对富丽堂皇的咸阳宫一点儿也不喜欢，倒是对雍城、栎阳多有留恋，时常念叨。秦孝公突然病倒，老太后莫名其妙地说咸阳宫"空阴"太重，要儿子和她一起搬到栎阳去养病。秦孝公知道母亲老了，喜欢那种抬脚可见的小城堡小庭院。与玄奇大婚后，秦孝公就有意陪母亲到南山游了一趟，老太后见到秦献公为老子书馆立的石坊，睹物思情，便在这里住了下来。孝公其实正是此意，便将太后寝宫的仆从物事几乎全部搬了过来，教老太后

人们可能对尧舜禹之"禅让"耳熟能详。但关于尧舜禹的传说，还有另外的记载。据古本《竹书纪年》："舜囚尧于平阳，取之帝位。复偃塞丹朱，使不与父相见。后稷放帝子丹朱于丹水。帝（帝舜）葬苍梧。"这个记载显示帝位的交接，并非和平完成。禅让一说，则是更普遍且为多数史家认可的说法。史实如何，目前不可考。

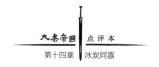

在这田园书馆里安度暮年。老太后选了上善池边的一座空闲小院落,在这里悠然地住了下来。荧玉康复后正想去崤山一趟,亲自见见白雪,回来后再去南山陪母亲。正在此时,却接到秦孝公派黑伯送来的一条密简,便将两件事颠倒了顺序,先到了南山来陪母亲了。

秦孝公和嬴驷到来时,荧玉正给老太后弹奏秦筝。这筝与琴相似,却比琴长大粗犷,是秦人的独创乐器,天下呼之为"秦筝"。这时的秦筝只有八根弦,尽管比后来的秦筝少了几弦,[1]但还是比琴音域广阔,弹奏起来深沉旷远苍凉激越,秦人莫不喜爱有加。荧玉奏的是《秦风·蒹葭》,这是一首在秦地广为流传百余年的情歌,荧玉边奏边唱,老太后微闭双目深深沉浸在对往昔年华的追忆中。

秦孝公停下脚步,凝神倾听,觉得深沉辽远的筝音中隐隐有一丝忧郁,使这首美丽的情歌显得有几分忧伤,不禁若有所思。筝音一落,秦孝公拍掌笑道:"好啊,弹得好,唱得也好。"嬴驷连忙上前给老太后和姑姑行礼。老太后高兴地拉着孙儿说长道短。荧玉吩咐侍女置座上茶,亲自扶二哥坐在铺着绵垫儿的石墩上。

时当正午,山洼谷地向阳无风,小院子暖和得没有一点儿寒冬萧瑟之气。荧玉吩咐上饭,长大石案顿时摆上了一片野味山菜和两坛清酒。嬴秦嫡系的三代人,就在这简朴幽静的黄土小院里开始了二十多年来的第一次共餐。老太后精神大好,一再教儿子和孙子多饮几碗清酒。秦孝公饮了一碗,额头上生出了涔涔虚汗,便不再饮了。荧玉和嬴驷见孝公不饮了,也停了下来品尝炖得酥烂的山兔野羊。

孝公笑问:"母后,要不要搬回咸阳?"

老太后连连摇头:"不不不,就南山好。咸阳,太空了。"

"可是,母后一个人住,我如何放心得下?"

"渠梁啊,"老太后叹息一声,"娘没事,山清水秀,我蛮舒坦,倒是娘放心不下你。秦国势大了,你也累垮了。要娘说,你不妨将国事交给鞅和驷儿,和玄奇一起住到这儿来,身子自会慢慢康复的了。"

"好。明春一过,我与玄奇搬来。"秦孝公爽快答应,回身道,"驷儿,你想不想陪祖母几日?"

---

① 秦始皇时,名将蒙恬将秦筝增加为十弦以上,音色更为丰富。见本书第五部讲述的故事。

嬴驷心中诧异，公父不是教自己与商鞅摄政么，如何却生出教自己留在南山的意思？一时困惑，沉吟道："但凭公父安排。"

秦孝公道："三五日，祖母会让你长许多见识也。"

嬴驷拱手领命，老太后高兴得满脸笑容。

饭后，太后吩咐嬴驷陪自己在院中转转，说有几个地方还没去过。院中只留下孝公和荧玉兄妹。秦孝公道："小妹，随我进山一趟。"荧玉也不多问，出门上马，就随秦孝公飞驰进了南山深处。二人返回时，已经是夕阳将落。简单的晚饭后，秦孝公与荧玉向太后告辞，登车回了咸阳。

## 四 嬴虔甘龙的诡秘暴亡

秦孝公处心积虑，要做好最后一件大事。

储君之事一旦解决，秦孝公心头顿时轻松。作为国君，后继无人是最大的失败。而今嬴驷作为不俗，颇有见地，看来堪当大任，加之商君辅佐，秦国将后继无忧。秦孝公心一定，就想到了一直萦绕心头的一件大事。再不做，就来不及了。虽然扁鹊的神术、老墨子的奇药、玄奇的爱心同时遇合，使他的病体出现了不可思议的奇迹，但秦孝公知道，这绝不意味着他病体的康复。他的时日不多了，他必须尽可能地做好这最后一件大事。

时日不多，须当机立断处理后患。

从开始变法，秦孝公就或明或暗地意识到，秦国朝野有一股反对变法的势力存在。尽管这股势力随着变法的节节推进而渐渐萎缩，尤其是庶民国人中的反变法势力几乎全部化解。原因只有一个，庶民国人从变法中得到了实实在在的好处。奖励耕战、废除井田、隶农除籍、族里连坐、移风易俗，这些最重要的新法实行三五年后,莫不使国人竭诚拥戴,连那些历来蔑视官府的"疲民",也变成了勤耕守法勇于公战的良民。这是秦国新法不可动摇的根基。

但是,秦国新法却屡屡伤害了老世族,废除世袭爵位、废除世族封地、废除私家亲军、废除世族治权、无功不赏、有罪同罚等等,几乎将世族特权剥夺得一干二净。秦国的老族望族几乎在变法中悉数崩溃了。另一方面,上层权力也在变法中发生了难以预料的变化,旧族权臣几乎无一例外地被贬黜架空了。一个个做来,虽然并不显山露水,然则时日一长,资深老世族的全体衰落,却是谁也看得明白的事实。甘龙、杜挚、公孙贾、孟西白三族大臣以及无数的世族臣工,都是这样被淹没的。

更重要的是,变法浪头还无情地湮灭了一批本来是变法支持者的世族大臣,将他们也变成了与反对变法的旧世族同样下场的沦落者。少年太子嬴驷、太子左傅兼领上将军的嬴虔、太子右傅公孙贾的被逐出庙堂,是变法进程中最重要的事变,导致秦国的庙堂权力发生了令人担忧的倾斜。秦孝公、商鞅、嬴虔组成的"三铁云梯"残缺了,作为国家储君而起稳定人心作用的太子从权力层消失了,久掌机要而颇具影响力的公孙贾被刑治放逐了。从庙堂权力场的眼光看,当年的太子力量竟然成了秦国变法的最大受害者。这一事变的直接后果,是秦国上层力量的根基大为削弱;更深远的负面作用,更令人难以预料的是,在变法中受害的老世族们将以"太子派"为旗帜。无论太子、嬴虔、公孙贾等对变法的态度与老世族们有多大区别,老世族们都会将太子力量作为他们的旗帜,而太子力量也会与老世族们产生某种惺惺相惜的共鸣,都会对变法及其轴心人物产生出一种仇恨。

与其说秦孝公嗅到了某种气息,毋宁说秦孝公从一开始便清楚这种后果。

秦孝公是一个极为特出的权力天才。他的雄才大略,不在寻常的文治武功开疆拓土,而在于将一场千古大变不动声色地从惊涛骇浪中引导出来。他的全部智慧,就在于每次都能将本可能颠倒乾坤的流血事变稳健地消于无形,使秦国大权始终牢牢控制在变法力量的手中,成功地迫使秦国上层老世族势力在变法中全面"隐退"。在商鞅掌握轴心权力之前,他巧妙地搬开了阻碍商鞅执掌大权的阻力,有步骤地将权力顺利集中到商鞅手里。商鞅掌权开始变法后,充分施展出千古大变的肃杀严峻与排山倒海般的威力。这时的秦孝公没有提醒商鞅谨慎行事,更没有陷入变法事务,去一钉一铆地干预订正,而是淡出局外,全身心注目那些暗中隐藏的危险。他很明白,像商鞅这样的磐磐大才和冷峻性格，任何督导都无异于画蛇添足。作为国君，他只要遏制了那些有可能导致国家动乱的势力，变法就会成功。在"太子事变"前，秦孝公对老世族势力并不担心。但在"太子事变"后，秦孝公却警觉到了某种危险。

虽然如此，秦孝公非但没有对这些危险势力斩草除根，甚至连多余的触动都没有。商鞅的唯法是从与秦孝公的后发制人在这里不谋而合，都对这种有可能合流的危险采取了冷处置——你不跳，我不动。所以如此，是因为秦孝公要让岁月自然淘汰这些危险者。他相信，仇恨失意郁闷独居山野放逐等这些常人难以忍受的折磨，将早早夺去他们的生命。甘龙、嬴虔、公孙贾几个人一死，全部危险力量的旗帜人物就没有了，其余残余力量，自然也就在朝野大势中融化了。

谁能想到，上天仿佛遗忘了那些失去价值的生命，竟然不可思议地将厄运降临在他这个国君身上，盛年之期，行将辞世。这一冷酷事实，迫使秦孝公动了杀机，他要在最后的时日里铲除这些隐患。

即将成为国君的嬴驷，对商鞅总有一种隐隐约约的疏离，对嬴虔公孙贾则总有一种隐隐约约的歉意。这是秦孝公敏锐的直觉。假若这些危险者消失了，嬴驷会是一个好君主，也有能力保持秦国的稳定。然则，只要这些危险者还在朝局之内，秦国新法和商鞅本人就将面临极大的风险。要消灭这种隐患，只有他能做到。

太子驷与商鞅之间的嫌隙，恐难消除。

秦孝公的谋划很简单，也很实用。首先，他避开了商鞅，也避开了嬴驷，不教他们知道这件事，更不教他们参与这件事。商鞅是秦法的象征，是危险势力的复仇目标，而铲除隐患的方式却是"违法"的权力角逐，是旨在保护商鞅的行动。有他参与，隐患反而会更加复杂，反倒可能使保护商鞅的目的适得其反。而嬴驷是储君，要尽可能地不为他树敌。单独

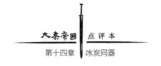

地秘密地完成这件大事,是秦孝公最后的心愿。

有意将嬴驷留在南山,秦孝公与荧玉迅速回到咸阳。荧玉按照秦孝公的叮嘱回府了,秦孝公却驰往咸阳北阪的狩猎行宫。

这时候的咸阳北阪,还保持着苍茫荒野的原貌,远非后来那样声威赫赫。所谓狩猎行宫,也就是两三座储藏猎具的石屋与临时休憩的一片庭院。虽然简朴,却常住着一个百人骑士队,等闲臣民不能进入。秦孝公在这里秘密召见了国尉车英,计议了大约半个时辰,秦孝公又飞车回到了咸阳宫。

夜半时分,北风呼啸,滴水成冰。漆黑的原野上,一队人马悄无声息地从北阪的丛林中开出,又悄无声息地开进了咸阳北门。


就在这月黑风高的夜晚,咸阳南市的那片孤独院落里,蒙面石刻般的嬴虔依旧青灯枯坐。突然,"砰"的一声,一支袖箭扎在面前的长案上!庭院中却一片寂静,杳无人迹。嬴虔缓缓拔下袖箭,解开箭身的布片展开,不禁浑身一抖。枯坐良久,他伸手"笃、笃、笃"敲了三下长案。

一个黑衣老仆走来默默一躬,嬴虔对老仆耳语片刻,老仆快疾地转身走了。

次日清晨,一夜北风刮尽了阴霾,咸阳城红日高照恍若阳春。咸阳宫南门驶出了一辆又一辆华贵的青铜双马轺车,车上特使捧着国君的君书,抵达一个又一个元老重臣的府前。秦孝公向元老们发出了大宴喜书——国君康复,将在咸阳宫聚宴老臣,大赦前罪,特派使者专车迎接,元老务必奉书前来。

一时间,街中国人翘首观望,感慨国君的宽宏大量,弥漫出一片喜庆。一半个时辰后,以各种形式贬黜而备受冷落的元老们陆续进了咸阳宫,矜持地下了青铜轺车,相互高声谈笑着进了正中大殿,按原先的爵位名号各自就座了。六个大燎炉,木炭烧得通红,大殿中暖烘烘的。这些白发苍苍的元老们多年来为了自保,已经断绝了相互来往。今日聚宴宫中,纷纷相互问候试探,寒暄得不亦乐乎。堪堪将近巳时,大殿中只剩下三张空案——正中央的国君位、左手的太师位、右手的太子左傅上将军位。

巳时一刻,秦孝公轻装宽带,神采焕发地走进大殿。

"参见君上!"元老们离座躬身,齐声高呼。

秦孝公一瞄座位,微微一怔,却又笑道:"诸位老臣入座,老太师与上将军一到,立即

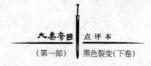
开宴。"

此时，突闻殿外马蹄声疾，一特使大步匆匆走进道："禀报君上，太师甘龙病故！"

"病故？"秦孝公霍然起身，"何时病故？"

"半个时辰前。臣亲自守候榻前，送老太师归天。"

秦孝公尚在惊诧，又一特使飞马回报："禀报君上，左傅公子虔突然病逝！"

*几乎同时去世，有疑！*

"噢……是何因由？"

"突发恶疾，误用蛮药，吐血而死。"

秦孝公思绪飞转，断然下令道："上大夫景监，主持大宴。国尉车英，随我去两府吊唁。"回身对景监低声叮嘱几句，匆匆登车出宫。

封闭大门二十年的公子虔府终于大开了正门，一片动地哭声。秦孝公到来时，老得佝偻蹒跚的白发总管正在门外迎候。孝公下车，眼见昔日声威赫赫的上将军府里外一片荒凉破败，令人不堪卒睹。进得庭院，正厅阶下一张大案上停放着黑布苫盖的一具尸体，府中男女老幼都在伏地大哭。孝公上前缓缓揭开黑布，一张令人生畏的面孔赫然现在眼前——一头白发散乱，被割掉鼻子的一张脸干缩得瘦骨嶙峋，沾满了紫黑色的淤血。昔日伟岸的身材，干瘦得仿佛冬日的枯树老枝。

是的，这是嬴虔，这是自己的同父异母兄长。那身材，那面孔，甚至那气味儿，秦孝公嬴渠梁都太熟悉了，任谁也替代不了。蓦然，秦孝公一阵心酸，眼中热泪夺眶而出，挥手哽咽道："入殓吧。以公侯礼安葬。我，改日祭奠……"转身大步走了。

太师府也是举府披麻戴孝，大放悲声。

秦孝公对甘龙这位门人故吏遍及朝野的三朝元老，本来便敬而远之，心中自然无甚伤悲，反倒觉得他死得太蹊跷幸运了些。来到咸阳新都最显赫的府邸，秦孝公吩咐车英带十名甲士跟随进府，径直进入正厅。甘龙的长子甘成跪拜迎接，痛哭失声。秦孝公肃然正色吩咐道："公子且莫悲伤，带我向老太师作别。"

甘成带秦孝公来到寝室，只见帐幔低垂，满室都是积淀日久的浓郁草药气息。甘成上前挂起帐幔，肃立榻侧。秦孝公近前，只见偌大卧榻洁净整齐，中间仰面安卧着一个须发雪白面目枯干的老人。在秦孝公记忆中，甘龙从来都是童颜鹤发洁净整齐，如何十余年闲居竟枯瘦黝黑？秦孝公略一思忖，凑近死者头部，右手轻轻拨开耳根发际，一颗紫黑的大痣赫然在目！

长嘘一声，秦孝公默默向甘龙遗体深深一躬，转身道："甘成啊，老太师高年无疾而终，亦算幸事，还须节哀自重。与上将军同等，以公侯大礼安葬。"甘成涕泪交流，拜倒叩谢。

回宫的路上，秦孝公对车英低声吩咐几句，径直到书房去了。

大殿中的元老们突闻噩耗，一个个心神不定。无论景监如何殷勤劝酒，大宴终是萧疏落寞。正午时分，国尉车英进殿，说君上心情伤恸，不能前来共饮，请元老们自便。

重臣病逝，虽非国丧，也是大悲不举乐，国君辞宴，正合礼制。元老们岂能不明白这传统的规矩？于是纷纷散去，到两府奔丧吊唁去了。

秦孝公在书房将自己关了半日，反复权衡，觉得嬴虔、甘龙既死，老世族元老们已经失去了旗帜，很难再掀起何等风浪。至于放逐的那个公孙贾，车英已经禀报了他在刑私逃。这种罪上加罪的重犯，本身不可能具有任何鼓噪力，也不可能对嬴驷产生扰动。再说，公孙贾本人毕竟长期做文职大

离奇，想必是诈死，且看孙皓晖怎么写。

臣,在重视武职与家世的老秦世族中素来没有威望,尚不如孟西白三族的将领们有根基。只要大势不乱,这样的罪犯回到秦国无异于自投罗网。况且,也该给嬴驷和商君他们留一些"开手"的事做,未必自己都收拾得干干净净。既然如此,再杀那些元老世族已经没有甚必要,不如留着,逐渐的化为国人庶民便了。

当夜,秦孝公密令车英取缔紧急部署,从咸阳宫撤出了伏兵。

三日后,嬴驷回到咸阳时,秦孝公又发热了。

嬴驷探视病情时,秦孝公脸泛红潮虚汗涔涔仿佛身处盛夏酷暑一般,看着嬴驷喘息不已道:"七国特使,来了,找,商君……"

嬴驷郁郁回到太子府,并没有立即去见商鞅。看来,公父这次不可能再出现神奇的康复了。公父病逝前的这段时日,是最微妙紧张的日子,他不想在这段时日主动过问国事。他想不动声色地看一看各种人物在这段时日的动作,好做到胸有成算。大事有商君顶着,绝不会出现混乱。他最担心的,倒是只有他能嗅到的那股危险气息。公父这次将他留在南山,他立即敏感到咸阳将要发生重大事端。但是,公父不说,他就决然不问。长期隐名埋姓历经屈辱磨炼出的深沉性格,使他不愿轻易暴露自己的真实想法。不该知道的不问,该知道的少问。这是他回到咸阳宫抱定的主意。从南山回来,他已经意识到那场大事端并没有发生,唯一的变化,是伯父嬴虔和老太师甘龙突然死了。府中家老给他说完了几天内咸阳宫的大小事件,他已经隐隐约约地明白了公父想要做的事情和将他留在南山的苦心。

仔细想来,嬴驷认为公父这件事做得不够高明。一则是

按兵不动,以静观变。戴罪之身,不能轻举妄动。

手段太陈旧,二则是虎头蛇尾反倒打草惊蛇。以嬴驷的特殊敏感,立即警觉到了伯父和老太师突然死亡的诡异。但是,这种直感论心之事,岂能对公父说明?公父要除掉的,都是昔日的"太子势力",况且自己本身就是昔日的"罪太子",如何去说这需要努力辩白的话题?

然则,不能说是不能说,并不意味着这件事可以不理睬。自从那个丑陋可怖的楚国商人神秘造访后,嬴驷就陡然警觉到,有一双眼睛在盯着自己。他是谁?他的背后是何等人?嬴驷虽有影影绰绰的预感,但是却不能确定。这双眼睛与伯父嬴虔、老太师甘龙有没有关联?嬴驷也不能确定。

虽不能动,但不可不察。

家老轻捷地走进来,轻声道:"禀报太子,那人动了。"

"方向何处?可有人跟下去?"

"城西方向,有人跟下去了。"

"黑林沟有消息么?"

"飞鸽传信,真黑矛已死,假黑矛已经找到,正秘密押来咸阳。"

"好。不得走漏半点风声。否则,一律斩首!"嬴驷凌厉果断。

家老正色应命,轻步退了出去。

三更方过,咸阳城西已经灯火全熄了。这里不是商市区,漆黑的石板街区寂静得只有呜呜的风声。这是老秦世族的府邸区域,街道不宽,门户也很稀疏,往往是很长一段高墙才有一座高大门庭,更显得清冷空旷。

北风呼啸中,一个灰色的影子骤然从街边大树上飞起,大鸟一般落到街中一座最高大的门庭上。片刻宁静,灰色影子又再度飞起,消失在漆黑的院落里。

这时，一个黑影也从街中大树飞起，跃上门庭，跃进庭院屋脊。片刻之后，又有一道黑影闪电般划过门庭，消失在深深庭院。

后园土山的石亭下，伫立着一个佝偻的身影——白发垂肩，黑衣拖地，仰脸望天，僵滞不动，仿佛一尊石俑。良久，佝偻的石俑发出一声苍老沉重的叹息。这时，土山下骤然现出一个灰色身影，也发出一声沉重的叹息。佝偻石俑依旧僵滞不动，灰色身影又沉重地叹息了一声。

"何人造访？"佝偻石俑的声音苍老嘶哑。

灰色影子遥遥拱手："老太师，别来无恙？"

佝偻石俑浑身一抖："老夫持儒家之学，不信怪力乱神。"

灰色影子笑道："世有奇异，岂能皆曰怪力乱神？老太师不妨回身一观。"

佝偻的身影缓缓转身，"笃、笃、笃"，竹杖点着石阶，一步步挪下土山。院中的灰色影子垂着一方黑色面罩伫立着动也不动。丈余之外，佝偻身影停住脚步道："敢问，何事相约？"

"老太师，劫后余生，做何感慨？"

"高朋且记，老太师已经死了。老夫，乃太师府家老，甘——石——风。"

"噢，敢问家老，可知在下何人？"

佝偻老人冷冷一笑："太子右傅，你好大胆也。"　　　　　　　　　　　　　　果然是诈死。

"家老且记，太子右傅公孙贾已经死了。在下乃楚国商人辛——必——功。"

"辛必功？好。老夫谢过你示警之恩，容当后报。你走，夜长梦多。"

灰色影子冷笑道："甘家老，既然心如死灰，何须逃避屠戮之祸？"

"阁下处心积虑,意欲何为?"

"复仇雪恨,乾坤复位!"灰色影子咬牙切齿。

佝偻老人摇头叹息:"阁下不觉脚下无着么?"

灰色影子深深一躬:"敢请家老教我。"

佝偻老人点点竹杖道:"老夫念你示警有恩,送你十六字:靠定嬴虔,策动新君,密联旧臣,国丧始动。"

"多谢家老。这笔大买卖,定然成功。"

"却是未必。做得不好,适得其反。"佝偻老人冷冷一笑,"足下谨记,飓风起于青萍之末,发难之妙,在于策动新君。可解其中三昧?"

"家老机谋渊深,尚请指点。"

佝偻老人一字一顿:"策动之法,夺心为上。第一步,只言诛奸,不涉新法。第二步,只言新法,不涉诛奸。如此新君必随我行,否则万难成事。慎之慎之。"

灰色影子深深一躬:"聆听指教,茅塞顿开。家老保重,在下告辞。"一言落点,陡然消失得无影无踪。

瞬息之间,门庭屋脊上两道黑影同时飞起,扑向凌空疾飞的灰色大鸟。

灰色大鸟尖啸一声,陡然直扑街巷。待两个黑影落地,灰色影子早已踪迹难觅。两个黑影对峙片刻,突然各自飞身越高,消失在漆黑的夜里。

嬴驷书房的灯光直亮到五更。听完追踪剑士的禀报,嬴驷更加确定了那个隐隐约约的预感。可是,显然还有一种力量在监视这个"楚国商人"。会是谁?屈指算来,可能的只有公父、商君或者伯父嬴虔。那么,最有可能的是谁?嬴驷一时想不清楚。但有一点他很清楚,就是绝不能教任何人发现太子府在跟踪监视这个"楚国商人"。心念及此,他立即召来家老,吩咐撤销对"楚商"的监视,并且严禁府中两个秘

*孝公还是大意了。甘龙老谋深算者也,庶民可罚可赏,贵族不易动。*

*策动新君是唯一的办法。*

*所谓"大器"报仇,要报在明处。忍辱负重,誓要斩草除根。甘龙之城府,亦孙皓晖之城府。*

*稍有不慎,即会惹来杀身之祸。太子驷心有怵惕。*

密剑士踏出府门。

　　带着理不清的困惑，嬴驷在曙光初上时才沉沉睡去。直到商鞅到来，嬴驷才被内侍唤醒。


# 五　太子嬴驷乍现锋芒


　　嬴驷有些惊讶，商君从未来过太子府，今日登门有何大事？

　　他立即吩咐家老恭敬接待，便匆匆起来梳洗。片刻之后，来到正厅，嬴驷带着歉意拱手作礼："嬴驷怠惰，望商君见谅。"商鞅离座拱手道："偶有误时，也是寻常。"嬴驷请商鞅入座，自己坐在对面，毕恭毕敬道："嬴驷正要到商君府拜望求教，不意商君亲自前来，惭愧之至。"商鞅没有寒暄，径直道："鞅今日前来，有大事相商。"

　　"嬴驷谨听教诲。"话一出口，嬴驷就有些懊悔，生气自己不由自主。从少年时起，嬴驷就有些怕这个冷峻凌厉不苟言笑的权臣。他觉得此人生硬得不近人情，几乎不和任何人私下交往，除了国事还是国事，除了变法还是变法，在秦国犹如鹤立鸡群一般。就连那身永远不变的白衣，在一片粗黑的秦国殿堂也显得那样扎眼。此人身上有一股无形的威慑力，令人敬而远之。嬴驷少时见了他就怦怦心跳。犯法"放逐"的磨炼，虽然使嬴驷对商鞅有了真正理智的评判，对他的雄才大略与扭转乾坤的功业钦佩得五体投地，但内心深处那份忌惮却始终不能消除。他也想在商君面前坦然一些自如一些，但总是不由自主地拘谨，不由自主地恭敬，比在公父面前还窝囊，连自己都觉得颇显别扭，真教人懊恼。

　　商鞅浑然没有察觉，侃侃道："君上病情已经传遍天下，

揣想太子驷的心思，拿捏到位。权臣气势太甚，欺主。

中原六大战国和洛阳周室,陆续派特使前来探视君上病情,目下都住在国宾驿馆。太子以为,七国特使来意何在? 是真的关心君上病体么?"

"嬴驷以为,彼等名为探病,实为探国。"

"太子所言极是。"商鞅露出欣然微笑,"探国之本意,却在何处?"

嬴驷沉吟片刻,谦恭笑道:"敢请商君拆解。"

"自春秋以来,国强一代者屡见不鲜,国强两代者屈指可数,国强三代者闻所未闻。此所谓,君子之泽,三世而斩。战国以来,魏国历文侯、武侯两代变法,方成天下第一强国。如今,第三代魏王却日见衰落。这是变法强国三代而弱的明证。殷鉴不远,在夏后之世。如今我秦国历经变法二十余年,已隐隐然成为天下第一强国。中原战国岂能甘心? 彼等所望,秦国新法能在君上之后改弦更张,盼望秦国的强大变成彗星,一闪而逝。而改弦更张之厚望何在? 在太子,在储君。是以,七国特使之本意,不在探秦公之病情,而在探秦国之变数。确切言之,要探清太子之心。"商鞅以他一以贯之的风格,说得明晰透彻。

商鞅从不给人以回旋余地,事事太尽,全不知进退。功高盖主,为政大忌,并非每一个主都有秦孝公的胸襟。

嬴驷由衷钦佩商君的深彻洞察与犀利言辞,自己觉得不好说清的东西,商君总能三言两语刀劈斧剁般料理开来,如此才华智慧确实旷古罕见。嬴驷频频点头道:"商君是说,彼等要看嬴驷能否将新法坚持下去? 要看嬴驷是否有治国才具?"

"正是如此。"

"商君以为,此事当如何处置?"

"君上病体虚弱,不宜接见特使。以臣之见,当由太子出面,接见七国特使,臣陪同之。太子须得借机申明,坚持新法国策乃既定决心。否则,君上万一不测,六国极可能联合

攻秦。"

"商君勿忧,嬴驷能做到。"


咸阳的国宾驿馆坐落在宫城外最宽阔的一条大街上。这条大街没有民居,没有商市,干净整洁,极有气魄。当初商鞅营造咸阳时,就对秦孝公提出"不拘周礼,营造大城,虑及后世,独步天下"的建都主张,将咸阳城建得宏大严谨,远远超过了周室的王城洛阳。

战国初期,虽然《周礼》已经崩溃,但在城堡建造方面依然沿袭着《周礼》的基本定制。这种沿袭,虽然已经不再具有必须遵从的"王法"意义,而仅仅作为一种建筑传统被沿用,但也极大地束缚着人们对都会建造的创新。《周礼》中有一篇《考工记》,就是专门规定各级都会的建造规模及规划方式的。其中的《匠人营国》一节,详尽规定了天子都城（王城）与大小诸侯的都城以及卿大夫"采邑"（城堡）的建造规制:

> 匠人营国,方九里,旁三门。国中九经九纬,经涂九轨。左祖右社,面朝后市。内有九室,九嫔居之。外有九室,九卿朝焉。九分其国,以为九分,九卿治之。
>
> 王宫门阿之制五雉,宫隅之制七雉,城隅之制九雉。
>
> 经涂九轨,环涂七轨,野涂五轨。
>
> 门阿之制,以为都城之制。宫隅之制,以为诸侯之城制。环涂以为诸侯经涂,野涂以为都经涂。


这种都城建造（营国）的"王法",对都城规模（方九里）、街道数目（九经九纬）、宽窄（王城街道并行九车,环城道路并行七车,野外道路并行五车）、宫城高度（宫门屋脊高五丈,宫殿屋脊高七丈,城墙高九丈）、等级规制（诸侯都城与天子宫城大小同,诸侯都城的干道与王城的环城道路同,卿大夫的城堡街道与野外道路同）等都做了严格限制,不得越雷池半步,否则就是"僭越"之罪。

春秋末期,天下诸侯对这种"王法"已经不屑一顾。齐国丞相管仲公然主张,都会之功能应为"定民之居,成民之事";都会等级当以占地大小、人口多少来划分,万户之城即可称为"国",千户之城即可称为"都"。这就是所谓的"万室之国"与"千室之都"。管仲

玄奇

还对建立国都提出了大违"王法"的自然地势主张："凡立国都，非于大山之下，必于广川之上。高毋近旱，而水用足。下毋近水，而沟防省。"①尽管这在观念上已经大大破了周礼"王法"，但在实际中却没有一个诸侯国实施，包括齐国的临淄。

作为新建都城，咸阳充分体现了不拘"王法"的创新实践。

就地理形势而言，咸阳是广川在前，大山在后，水用足，沟防省，旱涝无忧。就规模而言，咸阳则大大超出了天子"方九里"的规模，更不用说诸侯都城的三五里城堡。咸阳城墙边长十里有余，达到了周长四十余里的宏伟规模。仅咸阳城南的白玉渭桥，就宽六丈余，长三百八十步，可并行九车。

咸阳城最特殊的，还是城内布局的创新。创新的根本点是"成民之事"，而不再是"宣王之德"。咸阳城内划分了宫廷区、官署区、商市区、仓廪区、匠作区、国宅区、编户区、宗庙区等八个区域，将城内官民的居住部署得井井有条。更重要的是，商鞅对都城治理也极为严格，"弃灰于道者，刑"。正因为如此，城中街道宽阔，林木苍翠，整肃洁净。车道、马道、人行道截然分开，井然有序。中原商贾与各国使节，一入咸阳便感到一种严整肃穆而又生机勃勃的强国气象，不由便肃然起敬。

"国宾"二字用得妙！

这国宾驿馆，便建在国宅区内。所谓国宅区，是大小官员和有爵贵族的府邸区域。这里街道宽阔，幽静整洁，车马长流，既不冷清也不喧闹，自然是咸阳城内的风华中枢之地。对于使者们，住在这里，与官员交往大是方便。对于秦国官府来说，既便于对重要使臣保护，更便于对心怀叵测的使者进行监视。各得其所，皆大欢喜。

秦孝公病势沉重的消息传到中原，六大战国纷纷派出

---

① 见《管子》中《乘马》《小匡》《立政》等篇。

使臣"抚慰探视"。魏国齐国楚国的使臣还带来了本国名医和名贵药材。这些使臣大部分在咸阳已经住了两三个月，丝毫没有走的意思。他们每隔两三日便派出飞骑回国报告，对秦孝公的病情起伏很是清楚。这次秦孝公再次病倒，六大战国和洛阳周室立即派出重要大臣做特使，专程赶来咸阳。这一次，特使们已经不再议论猜测秦公的病情了，相逢一笑，便匆匆地出去奔忙。回到驿馆，则三三两两地秘密交换传闻，气氛大是神秘。

前几日，七国特使已经分别上书，请求晋见太子与商君，"递交国书，以释疑惑"。却始终不见回音。特使们纷纷议论猜测，都认为这是个微妙迹象——一向不拖泥带水的商君府竟无暇顾及各国特使了，可见秦国宫廷的争夺已经何其紧迫。这天，特使们都没有出驿馆，不约而同地聚到驿馆大厅饮茶议论，一片轻松笑谈。

"太子、商君车驾到!"驿馆门庭传来响亮的报号声。

特使们你看我我看你，一片惊愕沉默。楚国特使江乙颇有头脑，悠然一笑道："好事啦，迎接太子、商君啦。"特使们醒悟过来，纷纷整衣起立，在门厅下站成一排，拱手相迎："参见太子! 参见商君!"

商鞅拱手作礼，微微笑道："有劳迎候，敢请诸位特使厅中就座。"

进得大厅重新列座。太子嬴驷居中，商鞅左侧相陪。七国特使则按照大小国次序坐定，左手(东侧)为齐、楚、魏三使，右手(西侧)为赵、燕、韩三使。周室王使虽是虚空名位，然有"天子"名分，各国在礼仪交往中素来照顾，坐在了与太子遥遥相对的南面，算是特使首席的名义。待特使们坐定，九名捧盘侍女鱼贯而入，每张长案上有了一鼎一爵，鼎中热气腾腾，爵中米酒溢香。特使们却仿佛没有看见，目光尽都凝聚在太子嬴驷的身上。

迎着特使们炯炯审视的目光，嬴驷坦然笑道："诸位特使风尘仆仆，前来探视公父病情。秦国向贵国国君、诸位使臣深表谢意。公父病体尚未康复，不便召见诸位使臣。今日由本太子与商君小宴诸公，望诸公痛饮畅言，嬴驷与商君竭诚奉陪。"

"谢过太子! 谢过商君!"

嬴驷举爵道："嬴驷与商君，代公父为诸公洗尘，干此一爵。"说完一饮而尽。

"愿秦公早日康复!"特使们齐声祝愿，也是一饮而尽。

商鞅笑道："太子总摄国政，诸公对秦国事，太子尽可决疑。"

此言一出，特使们颇感惊讶。按照常例，国君病危的交接关头，储君权臣都尽可能地回避公开国务,尽可能不给朝野对手留下口实。如何秦国竟反其道而行之? 沉默有顷,燕国特使小心翼翼道:"敢问太子,近年列国传言,秦国权贵元老力图恢复祖制旧法,不知此说可有根基?"

赢驷心中冷笑,从容自如地笑道:"商君变法二十余年,从来就有反对者。然新法已成秦国朝野大势,任谁也无可阻挡,此乃天下有目共睹。至于居心叵测者散布流言,蛊惑视听,此乃违法罪行。一经查出,即刻惩治,绝不宽恕。请诸公禀报贵国君主,秦国永远不会恢复旧制,权贵元老复古之说,亦属以讹传讹。"

一番话沉稳精当,特使们不禁暗暗惊讶。

魏国特使笑道:"禀报太子,魏国与秦国相邻,魏王诚望两国捐弃前嫌,修好邦交。魏王之意,秦国已经收回河西之地,恢复了穆公疆土。然魏国民众被秦国裹胁逃亡者,有万余户,计约十余万人丁,至今仍居秦国。魏王恳望秦国,遣返我逃民,冰释前嫌,不使邻国反目。"此一番话软中带硬,颇有威胁意味。

韩国特使立即呼应:"韩国也有数万民众逃居秦国,恳望遣返。"

赵国特使也高声接道:"赵国也有近十万人丁,被秦国裹胁出逃,秦国当尽快遣返,以安赵国人心。"

赢驷哈哈大笑,良久方收敛笑容揶揄道:"三晋特使是否名家门下? 真乃辩才也。鸡三足、马三耳,尽有说辞矣。赢驷不才,请教三位:秦本穷弱,三晋之民却何以逃离祖国本土而入秦国? 何谓裹胁? 出兵劫持还是四面游说? 何谓冰释前嫌? 魏国夺我河西之地五十余年,秦国收复,竟要以遣返逃民为回报,这就是冰释么? 此情此理,真道的令人拍案惊奇也。"三晋特使一时无言相对,赢驷却骤然正色道:"赢

*太子驷别无选择,必须表明立场。*

驷正告诸公：天下民众，从善如流。三晋百万人丁，是秦国新
法吸引而来，绝非裹胁劫持而来。移民居秦，有田可耕，有屋
可住，衣食温饱，有功受爵，三年不纳赋，五年不抽丁，他们自
然不断流入。秦国救民于水火之中，若遣返移民，天下公理
何存？正道何在？若贵国因此而反目，只怕是秦国要增加更
多的土地城池人丁了，又何惧之有？若要贵国君臣安心，大
约总要自己明修国政，亡羊补牢了。"

一个月的工夫没有白费，太子驷对国法国情了如指掌。

入情入理，软硬不吃，又给三晋特使一个强硬的警告，当
真出色。

商鞅微笑点头。

三晋特使却尴尬得抽搐着嘴角笑不出声。这时，楚国特
使江乙轻蔑地笑了。他觉得三晋特使愚不可及，竟然在这最
敏感的时期向秦国施压，企图解决多年悬而未决的难题，不
是找钉子碰么？魏国尤其不是好东西，那年出尔反尔，曾经
让江乙颜面丧尽，今日看着魏使出丑，江乙倍感开心。他一
脸谦恭的笑容道："楚国僻处南疆，极少与闻中原之事。然
听说太子当初也曾反对新法，且受到处罚。是以，人言秦公
百年之后，秦国将如楚悼王死后一般结局，太子以为如何？"

"楚人预言，若杞人之忧天。"嬴驷微笑道，"本太子少年
时不明事理，确曾触犯新法，然却不是反对变法。后来，嬴驷
在秦国山乡体察磨炼多年，与庶民国人感同身受，深知新法
乃秦国强盛、庶民富足之根本。皮之不存，毛将焉附？纵然
有谁想做楚悼王身后的复辟逆臣，秦国朝野臣民岂能坐视？
诸公须知，楚悼王与吴起变法，只有短短五年。而公父与商
君变法，却是二十余年。新法根基之差异，列位须仔细斟
酌。"说到后边，嬴驷已经是目光凌厉，冷峻异常。

太子驷初露锋芒，不卑不亢。

大厅中的气氛一时间肃杀起来。周王特使本对此事无
关痛痒，周室与秦国素来有"同源"之情，倒是希望秦国强大

起来,但又怕秦国强大后觊觎洛阳。这个特使的唯一任务,
就是探听秦国新君有无东扩野心。以秦国储君目下之心态,
当务之急乃国内大政,决然无力东出。他心中有数,举爵轻
松笑道:"我说诸公,秦国有储君若此,何愁不能长治久安?
还是我等为秦公康复,为秦国昌盛,干此一爵。"

特使们恍然醒悟,一齐举爵:"为秦公康复,为秦国昌
盛,干!"

各怀鬼胎。

嬴驷点头笑道:"商君,我等也为秦国与天下交好,干此
一爵。"

商鞅欣然举爵,一饮而尽。

# 六　商君府来了名士说客

回到府中,已是午后。商鞅感到很疲倦,又很轻松,想卧
榻休憩片刻,却又不能安枕。

太子嬴驷今日第一次在重大国事场合露面,也是商鞅第
一次见到嬴驷处置国务的才干。虽然他对太子的性格能力有
一个基本估价,但的确没想到他能做得如此出色,沉稳的气
度、恰到好处的措辞、敏锐的反诘辩驳、敦厚之中的烁烁锋芒,
无一不充溢着纵横捭阖的王者气象。所有这些,都是拿捏不
出来的,也是苦思不出来的。只有久经磨砺的胆识和与生俱
来的天赋、本色坚刚的性格,才能融合成这种出类拔萃的应变
能力。商鞅的宽慰正在这里。他和秦公肝胆与共的最初岁
月,一个二十三岁,一个二十二岁。可如今的嬴驷,已经是三
十岁的人了,身后之事,夫复何愁? 看来,只要陪秦公走完这
最后一程,他就可以心安理得地辞官归隐了……

荆南匆匆走了进来,递给商鞅一幅布画:一个灰色影子蹲

上了门额写着"太师府"的屋脊，屋脊暗处趴着另外一个黑影。

"谁？"商鞅指着那个黑影。

荆南摇摇头。

"跑了？"商鞅指指灰色影子。

荆南点点头，又指着黑色影子比画了几下。

商鞅踱步沉思。荆南已经弄清楚，那个灰色影子正是逃刑易容并对他行刺的公孙贾。为了钓出公孙贾背后的势力，商鞅命令荆南对公孙贾"只跟不杀"。可是，还有何等人也在跟踪公孙贾，并且显然要杀之后快呢？若非荆南阻拦，公孙贾这条线岂不有可能随时断掉？谁？谁要杀公孙贾？嬴虔么？可嬴虔已经死了。甘龙么？甘龙也已经死了。可是，既然甘龙死了，公孙贾闯进去有何意图？……一时间商鞅想不清楚，回身指着布画道："继续跟踪灰人，查清黑人来路。"

荆南"咳"地答应一声，出门去了。

家老轻步走进："禀报商君，门外有一士人求见，自称云阳赵良。"

"赵良？"商鞅思忖有顷，恍然笑道，"啊，想起来了。"说着走出书房迎到了门厅。遥见门廊外站着一个中年士子，散发大袖，黑衣长须，面带微笑，颇显儒雅洒脱。商鞅在门厅下拱手笑道："来者可是稷下名士，赵良兄台？"

"然也。在下正是赵良。"来人矜持的微笑中颇有几分揶揄，"只是想不到商君竟能垂驾出迎，赵良受宠若惊了。"

商鞅爽朗大笑："名士无冠，王者尊之，况乎鞅也？请。"

进得书房，商鞅请赵良面东上座，自己主位相陪。仆人上得茶来，掩门退出。商鞅慨然一叹："赵兄此来，令弟赵亢已不能相见，何其不幸也？望兄节哀。"

赵良却微微一笑："赵亢触犯法令，赵良唯哀其不幸，怒其不争。商君不必挂怀，国事私情，孰轻孰重，赵良尚能分得

赵良为谏商鞅而来。

清白。"

"先生胸襟若此,鞅不胜感念。先生从天下第一学宫归来,堪为良师益友,敢问何以教我?"商鞅觉得赵良话头有异,想教赵良一抒块垒。

赵良道:"仆不敢受命。孔丘有言,推贤则贤者进,聚不肖则能者退。仆不肖之辈,焉能与商君做良师益友?"

商鞅淡淡一笑:"儒家之士,以守为攻。先生必有后话,请。"

"人言商君以刑杀为法,小罪重刑。可否允我言之无罪?"

看着赵良貌似轻松揶揄却又透着一丝期期艾艾的紧张,商鞅终于忍不住大笑起来:"名士立言,何惧生死? 稷下论战之风天下闻名,可只有儒家的孟子大师请杀过论战之士。先生莫非以为,天下士人皆如孟子?"

赵良略显难堪,咳嗽一声,进入正题道:"敢问商君,为政自比何人?"

商鞅微微一笑,已知赵良欲去何处,悠然道:"鞅求实求治,不以任何先贤自比。然在秦国,总可超越百里奚之业绩也。"

赵良肃然摇头:"仆则以为,商君可比管仲、李悝、子产、吴起,甚至超越彼等。然则商君最不能比的,正是这百里奚。"

"愿闻其详。"

"百里奚之与商君,乃治国两途,犹南辕北辙,冰炭不能同器也。一言以蔽之,百里奚乃王道治国,恃德为政。商君乃霸道治国,恃力为政。恃德者昌,恃力者亡,此千古典训也。岂能相提并论?"

"敢问先生,百里奚何以恃德? 鞅何以恃力?"

赵良侃侃而论:"百里奚相秦,不颁法令,唯行仁德。静则布衣粗食,动则安步当车。居家不使仆役,出行不带甲兵。夏不张伞盖,冬不着轻裘。国无重刑,民无诉讼。邻国有灾,秦国救粮。是故功名藏于府库,德行流于天下。巴蜀致贡,八戎宾服。由余闻之,叩关请见。天下英才,莫不望秦。百里奚死,男女流涕,童子不歌谣,舂者不相杵。此等王道大德,方成就穆公一代大业。然则商君治秦,不思德化,唯恃刑法,小罪重刑,滥施杀戮。庶民国人,连坐伤残,公室贵族,刑罚加身。民有灾祸,不救反杀。恃兵夺地,威逼四邻。更有甚者,商君出行,铁骑森严,矛戈耀日,行人远避,旁车下道。《诗》云'得人者兴,失人者崩'。君之所为,尽失人心,岂能久长?"一篇说辞,慷慨流利。

商鞅依旧淡淡笑着："敢问先生，恃力之徒，如之奈何？"

赵良说得气盛，顺势直下道："方今秦公垂危，君已危若朝露。朝中贵族包羞忍耻，闭门待机。庶民国人怨恨重重，隐隐欲动。为君谋划，不若作速归隐封地，灌园读书，请新君大赦罪犯，恢复王道，了却臣民怨恨，或可自安。若恃宠蓄怨，则君之危难，翘首可待也。"

商鞅离席而起，锐利的目光盯着赵良，恍然长叹一声，突然仰天大笑道："赵良啊赵良，原来你是替人游说而来也，用心良苦。难怪先以言之无罪立身，而后大放厥词。大伪若此，却居然以王道正义自居，实乃天下奇闻也。可否容我回答几句，先生带给背后之人？"

"商君请讲。"赵良显得有些窘迫。

商鞅缓缓踱步，平静淡漠道："恃德恃力之说，鞅本不屑批驳。然若先生等一叶障目之士，岂能不彰显泰山？治国不恃力，安得有国？恃力者，治国之大德也。若无军队、牢狱、法令、官吏等根本之力，天下安得有序？强力乃国家之本，德行乃为政之末。若皮之与毛，皮之不存，毛将焉附？禹不恃力，何以立夏？汤不恃力，何以灭夏？文王武王不恃力，何以灭商？周公不恃力，何以剪灭管蔡？何以推行周礼？凡此种种，不在是否恃力，而在恃力所求之目标若何。恃力求治，国强民富，此为天下大德，何错之有？《诗》云：'忘我大德，思我小怨'，诚先生之谓也。先生人等，不思法治之大德，唯计世族之恩怨，推百里奚为圣贤大道，斥商鞅新法为酷刑恶政。此等陈词滥调，早已被天下唾弃，先生却奉若圣明，以此教训于人，岂不令人喷饭？"商鞅说着，哈哈大笑起来。

"百里奚之德政，流传千古！"赵良梗着脖子红着脸。

商鞅道："百里奚虽贤，然其治国之农夫做派，根本不足效法。小国寡民，犹可为之。千里万里之大国，百万千万之人众，若安步当车，早亡国崩溃矣！民众本非弱婴，若百里奚者，偏以慈母自居，视民众如婴幼儿般抚弄，致使民风懦弱，强悍之气尽消。行事不遵法令，唯赖人治斡旋。此乃治国之恶习痼疾也，行于国则国亡，行于家则家破。百里奚之后，秦国羸弱五代，百年间无力崛起。此种德政，天下有识之士尽皆视作迂腐笑谈，先生却视若珍宝，当真是儒家痴梦也。"

"纵然如此，百里奚名传后世。商君如何？却有杀身之祸！"显然，这是最大法宝，赵良拭着额头细汗，脸上却生生溢出紧张的笑容。

"至于个人之生命祸福,鞅早已置之度外了。"商鞅笑道,"春秋以来,多有名士学人以全身自保作为功业最高境地者。否则,先生岂能充当说客而踌躇满志?然则先生有所不知,世间亦有极心无二虑,尽公不顾私者,从来不依个人生死做进退依据。你等儒家不是也讲杀身成仁、舍生取义么?国家要强大,就要付出血的代价。民众的血,大臣的血,王公贵族的血,战场的血,刑场的血,壮烈的血,冤屈的血。国家若大树,国人敢于以鲜血浇灌,方能茁壮参天。一个惧怕流血的国家,一个惧怕做牺牲上祭坛的执政家,永远都不会放开手脚治理国家。此中,何尝不包括鞅之鲜血?大德恢恢,此心昭昭。鞅之个人生命,将与新法同在,岂有他哉!"

赵良痴痴地望着商鞅,胡子也翘了起来,却又久久地沉默着。

商君这一席话,足见"家国"高于"个人"之上。孙皓晖写出了传统的价值观之一。

孙皓晖终为商鞅正名。"商君相秦十年,宗室贵戚多怨望者"(《史记·商君列传》),赵良见商君,说商君,"商君弗从"。赵良指商君不如五羖大夫百里奚,并苦劝,称"亡可跷足而待"。

## 七　秦孝公梦断关河

春耕大典时,秦孝公病势更加沉重了。

人们都以为熬过了冬天,国君的病情自然会减轻许多。可谁也没想到,恰恰在这春暖花开的时节,秦公进入了垂危之际。太子嬴驷主持了启耕大典,却全然没有往年的欢腾景象,朝臣国人都沉甸甸地笑不出来。就在这天晚上,秦孝公拉住守在榻前的商鞅的手,说了一句:"明日,去,函谷关。"便颓然昏睡了过去。太子惊讶困惑地望着商鞅,不敢说话。商鞅眼中含泪,握着孝公双手,哽咽点头。

心愿未了。

嬴驷低声道:"商君,能行么?"

商鞅喟然一叹:"自收复河西,君上尚未亲临函谷关。这是最后心愿……"

次日清晨，国尉车英亲自率领一千铁骑，护送着一列车队开出了咸阳东门。中间一辆车特别宽大，四面垂着厚厚的黑色布帘，车轮用皮革包裹了三层，四匹马均匀碎步，走得平稳异常。这正是商鞅亲自监督，为秦孝公连夜改装的座车。商鞅、嬴驷各自乘马与孝公座车并行，上大夫景监率领其他臣僚殿后。

暮春时节，渭水平原草长莺飞耕牛遍野。宽阔的夯土官道上垂柳依依，柳絮如飞雪飘舞，原野上麦苗已经泛出了茫茫青绿，村落炊烟袅袅升起，鸡鸣狗吠依稀可闻，一片宁静安乐的大好春光。不消一个时辰，古老栎阳的黑色箭楼遥遥在望。商鞅向座车一看，秦孝公已经教玄奇打开了绵布帘，依着厚厚的绵被靠在车厢板上，凝神望着栎阳，眼中闪着晶莹泪光。

嬴驷扬鞭遥指道："公父，栎阳已经更名为栎邑。她的使命完成了。"

秦孝公喃喃自语："雍城，栎阳，咸阳。这段路，秦人走了四百余年啊。"

栎阳向东不远，渭水两岸白茫茫盐碱滩无边无际，蓑草蓬蒿中的一片片水滩泛着粼粼白光。春风掠过，卷起遍野白色尘雾，变成了呼啸飞旋的白毛风。玄奇要将车帘放下来，秦孝公拉住了她的手，一任白毛风从脸上掠过。

商鞅上前扬鞭遥指道："君上，秦川东西八百里，这盐碱地恰在腹心地带。从咸阳西一直延伸到下邽，将近洛水方止，占地数百万亩。要使这盐碱滩变成良田沃野，就要大修沟渠，引水浇灌。若秦川人口达到三百万上下，就有能力开数百里大渠了。那时候，秦川将富甲天下，变成天府之国！"

得蜀地得天下。

秦孝公殷殷地望着太子。嬴驷高声道："儿臣铭记在心！"

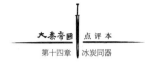

越过华山百余里,车马铁骑开进了桃林高地。人们说,夸父逐日便是渴死在这里的。夸父的手杖化成了千万株桃树,这片山原便叫作了"桃林"。每逢春日,这里的山原沟壑开遍了姹紫嫣红的各种桃花,装点在万绿丛中,使这莽莽苍苍的山原平添了几分柔媚。实际上,桃林高地是一片广阔的山原,北抵大河,南至洛水①,沟壑纵横,极其闭塞。函谷关其所以险要,就是因了它是桃林高地的出入口。函谷关卡在峡谷东边入口,本来就已经是难以逾越的形胜要塞了。然而进了函谷关,还要穿越桃林高地仅有的一条数十里长的峡谷险道,才能进入关中平川的东头。这就是函谷关之所以成为天下第一要塞的根本所在。秦孝公久历军旅,却只有一次登临过梦萦魂牵的函谷关。收复河西后,本当前来巡视登临,却又腾不出整段时日,便一拖再拖了下来。直至病体垂危,他才意识到这是多么大的一个缺憾。

车马辚辚,穿行在桃林高地的峡谷。秦孝公兴奋地靠在车厢上,命内侍揭掉车顶篷布,打开四面车帘。放眼四望,头顶一线蓝天,两岸青山夹峙,铁骑仅能成双,车辆唯有单行。他的座车已经卸去了两马,还要小心翼翼地避开触手可及的岩石枯树。秦孝公望着两岸高山,不禁笑道:"商君啊,敌军即或进了函谷关,这高山峡谷之上只要有数千兵马,也足可当得十万大军!"

"有此天险,秦川便是金城汤池。"商鞅在车后也笑了。

"看!函谷关城!"嬴驷惊喜地扬鞭指向谷口。

此时峡谷稍宽,遥望谷口,但见一座卡在两山之间的城堡巍然矗立,黑色的"秦"字战旗迎风猎猎,城楼兵士衣甲鲜明矛戈如林,呜呜的牛角号悠长地响彻山谷。片刻之间,马

夸父逐日,以夸父之雄心,喻孝公之雄心。

---

① 洛水有两条,秦国境内的洛水经今日陕北流入渭水,南洛水则经洛阳流入黄河。这里是南洛水。

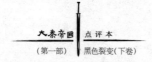
蹄如雨，一队骑士飞驰而来，滚鞍下马："函谷关守将司马错，率副将参见君上！参见国后！参见太子！参见商君！"一员甲胄鲜明的青年将领报号作礼。

秦孝公扶着车厢奋力站了起来："诸位将军请起。来，上函谷关。"孝公知道，像这样的关城，无论是辎车还是骏马都不能到达城上。虽然是病体支离，他还是要亲自登临函谷关。

"君上且慢。"司马错一招手，身后疾步走来一队抬着一张木榻的步卒，"君上请上榻。"说着亲自来扶。

秦孝公摇摇手，脸上泛着兴奋的红光："不用。我自己走上函谷关！"

商鞅向司马错摆摆手。司马错略一思忖，一挥手，士卒在道边两列肃立，一副应急姿态。玄奇知道孝公秉性，笑道："诸位自走，我来照应便是。"说着给秦孝公披上了一件黑色皮裘，轻轻扶着他走向函谷关的高高石梯。

登上函谷关，正是斜阳倚山霞光漫天的傍晚时分。函谷关正在山原之巅，极目四望，苍茫远山被残阳染得如血似火，东边的滔滔大河横亘在无际的原野，缕缕炊烟织成的村畴暮霭恍若漂浮不定的茫茫大海，天地间壮阔辽远，深邃无垠。

秦孝公扶着垛口女墙，骤然间热泪盈眶，眼前浮现出壮阔无比的画卷：十万铁骑踏出函谷关，黑色旌旗所指，大军潮水般漫过原野；一日之间八百里，一举席卷周室洛阳、韩国新郑、魏国大梁；越过淮水，楚国郢都指日可下；北上河内，一支偏师奇袭赵燕，势如破竹；大军东进，三千里之外决战齐国，一鼓可定中原天下……

秦孝公深重地叹息一声，上天啊上天，假使再给我二十年岁月，嬴渠梁当金戈铁马定中原，结束这兵连祸接的无边灾难，还天下苍生以安居乐业。何天不假年，竟使嬴渠梁并吞八荒囊括四海包举宇内席卷天下之雄心，化作了东流之水？上天啊上天，你何其不公也……

"君上！"商鞅猛然听得秦孝公呼吸粗重，觉得有异。

话音方落，秦孝公猛然喷出一股鲜血，身体软软后倒。

玄奇惊叫一声，揽住孝公，将他紧紧抱在怀中，坐到地上。

秦孝公睁开眼睛，伸手拉住商鞅，粗重地喘息着："商君，生死相扶……我，却要先去了。不能，与君共图大业，何其憾也……"

"君上……"商鞅泪如泉涌，泣不成声。

真正的天下为公。但当
着太子面说这话,昏了头了!

"驷儿,"秦孝公又拉过太子的手放到商鞅手中,"商君,天下为重。嬴驷可扶,则扶。不可扶,君可自,自为秦王。切切……"

"君上!"商鞅惊悲交加,不禁伏地痛哭,"太子一代明君,君上宽心……"

误商鞅终身。《战国策》有提及孝公欲传位于商君,商君坚辞不受。凡有趣味的故事传说,作者都不舍得放过。孝公心雄志壮,却盛年身死于函谷关,可叹。孙皓晖打造的英主形象,完美收官。穿插"禅让"意向,为孝公锦上添花。

秦孝公挣扎喘息着:"玄奇,记住,我的话……墨子,大师……"

"大哥,我记住了,记住了……"玄奇将孝公揽在怀中,突然放声痛哭。

秦孝公慢慢松开了双手,颓然倒在玄奇怀中,两眼却睁得大大地"看"着嬴驷。

"公父!"嬴驷浑身一抖,哭叫一声,颤抖着双手向公父的眼睛上轻轻抹去……

周围臣工和函谷关将士一齐肃然跪倒。

城头两排长长的号角面对苍山落日,低沉地呜咽着,嘶鸣着。

公元前338年,壮志未酬的秦孝公嬴渠梁逝世了,时年四十六岁。

秘不发丧。新君未稳,须
谨慎行事。

商鞅霍然站起:"诸位臣工将士,目下非常时期,不能发丧,不能举哀。一切如常,不许有丝毫泄露。"景监一挥手,城头悲声骤然停止。

商鞅巡视众人一眼,立即开始下令:"国尉车英,即刻带五百铁骑,护送太子昼夜兼程回咸阳,与咸阳令王轼会同,密切戒备都城动静。但有骚乱,立即捕拿!"

"遵命!"车英大步下城。

"函谷关守将司马错,立即封锁函谷关,不许六国使臣商人出关!"

"遵命！"司马错转身一声令下，函谷关城门隆隆关闭。

"上大夫景监，带领随行臣工、内侍并五百铁骑，护卫君上，常速返回咸阳！"

"遵命！"景监大步转身，立即部署去了。

商鞅回身对嬴驷叮嘱道："太子，你且先行回到咸阳，做好镇国事宜。我护送君上后行，回到咸阳即可发丧。"

嬴驷深深一躬："多劳商君了。"转身向孝公遗体扑地一拜，挥泪而去。

三日后，秦都咸阳隆重发丧，向国人宣告了国君不幸逝世的噩耗。

咸阳城顿时陷入无边的悲伤呜咽。四门箭楼插满了白旗，垂下了巨大的白幡。面向孝公陵园的北门悬挂起几乎要掩盖半个城墙的白布横幅——痛哉秦公千古高风。

出丧那日，国人民众无不身穿麻衣头裹孝布，在通向北阪的大道两边夹道祭奠。痛哭之声，响彻山野。秦人对这位给了他们富庶荣耀尊严强盛的国君，有着神圣的崇敬。无论妇孺老小，几乎人人都能讲出国君勤政爱民宵衣旰食的几个故事，对国君的盛年早逝，秦人有着发自内心的悲痛。没有人发动，没有人号令，秦人也素来不太懂得烦冗的礼仪，他们只以自己特有的质朴敦厚送行着他们的国君。大道两旁，排列着各县民众自发抬来的各种祭品，牛头羊头猪头，都用红布扎束着整齐地摆在道边石板上。面人、面兽、面饼、干果、干肉，连绵不断。咸阳北门到陵园的十多里官道上，祭品摆成了一道长河。每隔一段，就有老人们圈坐草席上，手持陶埙、竹篪、木梆、瓦片，吹奏着悲情激越的《秦风》殇乐，令人不忍卒听……这一切，倒是应了孔子对葬礼的一句感慨："与其哀不足而礼有余也，不若礼不足而哀有余也。"①

日上山巅，隆重简朴的送葬行列出了咸阳北门。最前方阵是一个白衣白甲高举白幡的步兵千人队，之后是六列并行的公室子弟的哭丧孝子。秦孝公的灵车覆盖着黑色的大布，由四匹白色的战马拉着缓缓行进。太子嬴驷披麻戴孝，手扶棺椁前进。玄奇和荧玉在灵车后左右扶棺痛哭。四名红衣巫师散发持剑，低沉悠扬地反复长呼："公归来兮，安我大秦！""公已去兮，魂魄安息！"巫师后面是四辆满载陶俑的兵车（人殉废除后，陶俑便成为跟随王公贵族到幽冥地府的仆人内侍）。俑车之后，是白衣白马的商鞅，之

---

① 《礼记·檀弓上》，子路引语。

后是各国使节和步行送葬的百官队伍。最后的白色方阵,是车英率领的三千铁骑。他们高举着白杆长矛,恍若一片白色的枪林。

送葬长龙堪堪行进到北阪塬下,突然之间,晴朗的天空乌云四合,雷声隆隆,沙沙雨幕顷刻间笼罩了咸阳原野。北阪官道又长又陡,瓷实的夯土路面顿时油滑明亮。探道骑士的马蹄一滑数尺,连续跌倒了五六匹战马。雨大路滑,灵车如何上得这六里长坡?太子嬴驷与送葬大臣们束手无策,在雨中跪倒一片,乞求上苍开颜。列国使臣则无动于衷地站在道边作壁上观。

按照古老的习俗,出丧大雨,乃上苍落泪,本身倒不是"破丧"。然则,若因此阻挡了或扰乱了葬礼照常进行,则是大大的"破丧",往往会招来无休无止的非议。列国使臣们期盼的正是这一点,他们希望天下因此而将秦孝公看成一个"遭受天谴"的暴君。

此等情形商鞅岂能不知? 他策马上前,亲自来到最前面查看,希望想出一个办法来。

正在此时,雨幕中冲来数百名白发苍苍的老人,身后是一大片整肃排列的赤膊壮汉。他们当道跪成一片,为首一个老人嘶声高呼:"天降大雨,上苍哀伤! 我等子民,请抬秦公灵车上山!"

商鞅大为惊讶,下马一看,却是郿县白氏老族长。他顾不上多说,含泪问道:"敢问老人家,灵车庞大,天雨路滑,这却如何抬法?"

老人霍然站起,转身高喊:"父老们,闪开!"

老人们哗然闪开,道中赫然现出一个粗大圆木纵横交结成的巨大木架。老人又一挥手,十多名赤膊壮汉哗啦啦一阵响动,又给木架铺上了一层厚厚的木板。

老人回身跪倒:"商君,请国君灵车!"

商鞅泪眼蒙眬,嘶声下令:"灵车上架!"

黑色灵车隆隆驶上了木架,驭手利落地卸去了马匹。

老人从怀中摸出一面白色小旗,高喊一声:"郿县后生听了! 前行三十人,挖脚坑! 第一抬,九十九人,上!"

只听赤膊方阵中"嗨"的一声,四排手持大杠粗绳的壮汉肃然出列,迅速站到木架四面,"咔! 咔! 咔!"三声大响,整齐划一地摔下了大绳,结紧了木架,大杠插进了绳套。连环动作,整齐利落,不愧是久有军旅传统的老秦人。

雨幕无边,天地肃穆。白氏老族长向灵车深深一躬,举起令旗,猛然一脚跺下,嘶声哭喊："老秦人哟！"

"送国君哟！"壮汉们一声哭吼，木架灵车稳稳地升起。

"好国君哟！"一声号子，老泪纵横。

"去得早哟！"齐声呼应，万众痛哭。

"日子好哟！"雨雾萧萧，天地变色。

"公何在哟！"妇孺挽手，童子噤声。

……

大雨滂沱，漫山遍野涌动着白色的人群，漫山遍野呼应着激昂痛楚的号子。

六里长的漫漫北阪，在老秦人撕心裂肺的号子声和遍野痛哭中，灵车走了整整一个时辰。

当灵车被万千民众簇拥着抬上莽莽苍苍的北阪时，风吹云散，红日高照。

山东列国的使臣们简直惊呆了。谁见过如此葬礼？谁见过如此民心？在他们的记忆中，战国以来，赵肃侯的葬礼要算最隆重的了：六大战国各派出了一万铁骑组成护葬大方阵，邯郸城外的十里原野上，旌旗蔽日白幡招展，雄壮极了。然事后想来，那都是"礼有余而哀不足"的排场而已，如何比得这万千乡野匹夫为国君义勇抬灵，竟在大雨中抬上了六里北阪？如何比得这举国震颤的哀痛？如何比得这无边无际的汹涌哭声？

秦人若此，天下何安？

孙皓晖善写气壮山河的大场面。此气西北盛，东南弱，是以各朝各代的气质，有大朝廷小朝廷之别。

# 第十五章　万古国殇

## 一　沉沉夜幕　重重宫闱

太迟。想抽身而退，太难。孝公与商鞅之厚谊，不多见。

商鞅终于开始忙自己的事了。

从墓地回来，商鞅心里空荡荡的。他第一次感到了失意与沮丧，将自己关在书房里默默流泪。孝公盛年病逝，对他的心灵是重重一击。除了那天下难觅的君臣情谊，除了那同心同德的默契，最令人痛心的，是他们携手相扶的大业半途而废。秦孝公在函谷关远望的愤激与遗恨，正是商鞅最为痛心的伤口。若再有二十年，他们的功业将何其辉煌？只有那时，才可以说，商鞅的法家学说获得了彻底的胜利……如今秦公去了，商鞅才骤然感到了独木难支，感到了秦孝公作为他背后的支柱是何等重要。以他冷峻凌厉的性格，无与伦比的才华，只有秦孝公这样的国君才能让他放手施展。坚实厚重的秦孝公，从来不怕商鞅的光芒淹没了自己，从来都是义无反顾苦心周旋，为他扫清所有障碍。即或是有人风言：
"秦国民众唯知商君之'令'，而不知国君之'书'。"秦孝公
也是微微一笑，不予理睬。而今秦公去了，自己还能遇到如
此罕见的国君么？不能了，永远不能了。自古以来，明君强
臣之间便是可遇不可求的。

更深人静，商鞅平静了下来。他写好了辞官书，准备新
君明日即位后郑重呈送。即位大典的事，他已经交给了景监
车英，不用亲自操持了。他要做的是尽快善后，整理准备交
接的官文，集中属于自己的典籍书卷，以备辞官后治学。也
就是说，他所有的事都集中在书房，书房之外的善后完全用
不着他操心。荧玉却觉得他未免太急，侄子刚刚即位，他这
位姑父商君就要辞官，总有点儿不妥。商鞅只是笑笑，也不
多说，只顾在书房里忙。

商鞅不好对荧玉明说的，是自己的那种异常感觉。

从嬴驷回到咸阳，商鞅就感到了这位太子和自己的疏离
与陌生，尽管太子非常地尊重自己，见了自己恭敬得甚至超
过了寻常官员。但正是这种"敬"，使商鞅感到了内心的
"远"。商鞅虽不善从小处处人，却善于从大处处人。譬如
对待太子，商鞅在二十多年中，竟一直无从弥合他和少年嬴
驷之间的伤口。按照常理，小嬴驷犯法理亏，商鞅只要多接
触多开导，稍稍给"放逐"中的嬴驷一些照料抚慰，依嬴驷的
悟性自悔，这种伤口当不难弥合。但商鞅却从来没有想过这
样去做。他的严厉、他的自尊、他的注意力、他的尽公无私，
都不允许他这样做。在商鞅看来，一个做错了事的人若再去
计较处罚他的人，那是不可思议的。一个志存高远的法家名
士，如果再存心回头抚慰依法处置的罪人，同样是不可思议
的。即使这个"罪人"具有最特殊的身份，他也不可能
改变自己的本色。二十多年后，当商鞅敏锐觉察到这种"敬

*立功之想太强烈，到江山变色之后，才开始考虑后路，晚矣。*

而远之"时,这种伤口已经成了难以填补的鸿沟。

商鞅与太子驷,始终无法亲近,实际上也没有亲近的可能。

对人心人情人事的洞察,商鞅又是无与伦比的,这种沟壑看得很清楚。商鞅的过人处,正在于他不会在大局上迷失自己。留在国中,与新君貌合神离,上下不同心,岂能再创大业?况且,新君嬴驷已经完全成熟,自己这个"震主"权臣留在国中,反倒多有不便。更重要的是秦孝公临终前的嘱托:嬴驷能扶则扶,不能扶则商君自立为秦公,使商鞅处于一种微妙的难堪地位。这个嘱托是当众说的,大臣们都知道,商鞅也认为这是秦孝公的肺腑之言。论能力,论实力,论威望,论民意,商鞅都可以做到废嬴驷而自立。按商鞅的本色品格,也绝不会顾忌天下非议与旧贵族的骂声。假若嬴驷真的不堪重任,商鞅是会那样做的,而且毫不犹豫,做得干净利落。

如果真的那样,僭主的日子也不好过。

然则,如今的嬴驷完全可担大任,且对新法一力维护,自己如何能因嬴驷与自己"不合"而发难?如果商鞅是一个以权力为第一生命者,也许恰恰这个"不合",便是发难的最大理由。但是,商鞅毕生追求的恰恰是功业,而不是权力。功业完成之后,仅仅为了保持权力而倾轧,何谈顶天立地之名士?既然认可了嬴驷,就应当为他开道,让他放开手脚去做。一朝天子一朝臣,是明君岂怕找不到良才辅佐?留在国中,嬴驷坐立不安,非议也会纷至沓来,对自己不利事小,引起裂痕内乱事大。

君子之心,应对不了权谋之争。

商鞅辞官,还有一个因素,就是想引出那些神秘的影子。

除了秘密活动的公孙贾,商鞅对嬴虔和甘龙的死始终感到蹊跷。尤其在知道了秦孝公那次"元老宴"的真实意图之后,商鞅更是疑虑重重。假如这些"该死"者都没有死,他们显然是将希望寄托在嬴驷身上。这些人发现了何等迹象,笃定嬴驷会支持他们?如果是这样,商鞅倒想看看他们究竟

要做何图谋。自己辞官，无疑会引得他们早日出来，若有不测，自己也来得及收拾。

次日清晨，刚刚举行完嬴驷的即位大典，商鞅就将辞官书交给了国府长史。

大典一结束，嬴驷没有接见任何大臣，径自回到了书房。他不急于和任何人共商国是，他要看看动静，因为他嗅到了一股异常的味道——昨天夜里，他书案上突然出现了一卷没有具名的请举逸民书。方才，长史又呈来了商君的辞官书。他觉得应当好好想想，绝不能轻易动作。

宫中很空旷很冷落。公父的一拨旧人，嬴驷一个都没有用。黑伯那样的老人，嬴驷觉得不放心，他们对公父的旧情太深了。黑伯在公父葬礼之后骤然衰老了，白发如霜，佝偻成一团，失魂落魄地在宫中到处转悠，被嬴驷派人送到南山老太后那里去了。其余旧人一律集中在公父的那座宫室里，等候重新分派。嬴驷从太子府带来的十几个内侍仆从，散布在这偌大宫中无声无息。好在嬴驷习惯了寂寞冷清，觉得这样没甚不好，要得整顺，那要慢慢调理，急躁只能坏事。

暮春初夏，白日虽然长了许多，但天还是不知不觉地黑了下来。嬴驷理清了自己的思绪，坐在灯下打开了那卷神秘的匿名上书，卷首赫然五个大字"请举逸民书"。

臣等昔日获罪者上奏国公：一国之本，在于世族。臣等本老秦旧士，历代追随秦公，浴血沙场，马革裹尸，烈士累累，忠臣锷锷，实乃老秦国脉所系。先君变法，臣等未尝懈怠。然商鞅主政，视臣等为腹心之患，罗织小罪，贬黜杀戮，责之细行，酷刑凌辱。秦国世族蒙冤含恨，子孙凋零，竟至一蹶不振！世族衰微，国脉

商鞅低估了宗室贵戚的能量。孝公在位时，商鞅可以放开手脚，无所顾忌，孝公身死，商鞅实则寸步难行。商鞅的命运，不出赵良的预言。

人非机器，感情不能说转移就转移。老臣子最忌倚老卖老，最明智之举一定是告老归田、功成身退。

此书名为护正统,在情在理都无可辩驳。尤其是"当此之时,商鞅权倾朝野,野心弥彰,必欲杀王自立而后快"这一劝诫,必让太子驷紧张。

孙皓晖写活了权谋智道。

不存,国公何得安枕? 当此之时,商鞅权倾朝野,野心弥彰,必欲杀王自立而后快! 臣等孤存忠心,请我王兴灭继绝,大举逸民,倚喋血世族克难靖国,护秦国新法重振大业。耿耿此心,唯天可表。

赢驷字斟句酌,细细品味,看出了这篇痛心疾首的文字实则是煞费苦心敲打而来。文卷只提商鞅刑杀,却回避商鞅变法,将天下皆知的商鞅变法说成"先君变法",非但为他们不触动新法找了一个很妙的台阶,而且表明了世族力量志在复出而并不想推翻新法的意图。目的单一,就容易获得他的共鸣首肯。当然,这个谋略的背后,显然是认为赢驷也对商鞅有着仇恨与戒惧。匿名文卷还隐隐透露出对他的胁迫,"国脉不存,国公何得安枕"? 当真是用心良苦。更特异的是,他们匿名不具,竟然采取了刺客游侠式的秘密呈送,分明是在做初步试探,万一失算,使他这个新君也无法急切问罪。

思忖良久,赢驷没有将这卷特异的"上书"归入公文卷宗,而收进了只有自己能打开的铁箱。他觉得还是要静观,情势不明朗,他绝不会轻易决断。踱步有顷,蓦然想起长史交来的商君上书,立即坐在灯前打开,卷首题目教他心头一跳:请辞官治学书——

臣卫鞅启奏君上:鞅不得志时,闻先君求贤令离魏入秦。尝遇先君求变图强之际,多方考量,论政明志,委臣以治国重任。臣主政二十余载,惕厉自勉,推行变法,未尝懈怠。鞅本布衣之士,得遇先君生死相知,一展所学,此生足矣! 今先君已逝,臣痛悲无以自拔,飘忽恍若大梦,悠悠此心,不胜倦怠,自感老之将至,无从专精国事。况新君明锐,才堪大任,胸有成算。臣懵懂在位，于国无益，于事有损。恳请允准臣辞官退隐，治学山林。如此则国家兴盛，臣心亦安。

嬴驷叹息一声，心中微微一阵颤抖。

在嬴驷的心目中，商鞅就像高山之巅的岩石，永远都是冷冰冰的。今日看这辞官书，却是催人泪下，嬴驷几乎难以相信这出自冷冰冰的商君笔下。揣情度理，嬴驷相信商君之言是真实的。他眼前又一次闪过黑伯那失魂落魄的佝偻身影，这些老臣旧人和公父的情谊太深了。公父一死，他们简直如丧考妣。上大夫景监病了，国尉车英在丧礼那天竟哭得昏死在公父墓前，还有那个咸阳令王轼，捶胸顿足地要给公父守陵。更不说一大片赶来的郡守县令，一个个都哭得死去活来，硬是让葬礼磨蹭到了天黑。荧玉姑母与玄奇新母后的悲伤，甚至庶民国人的悲伤，嬴驷都完全理会。唯有这些旧臣老人的深彻悲伤，教嬴驷觉得很是茫然。公父并没有给这些人特异的利益和权力，如何都觉得公父死了就天塌了一般？细细想来，嬴驷觉得公父真是不可思议，竟能如此深彻地将人心聚拢在自己身上。难怪他从来没有觉得商鞅的"威胁"。自己能么？能得到如此深彻的人心么？嬴驷真是心中无底……

如今商君要辞官，也是如此理由，"痛悲无以自拔，飘忽恍若大梦，悠悠此心，不胜倦怠，自感老之将至，无从专精国事"。嬴驷很明白，这是商君的肺腑之言，绝非虚假。可是，商君能走么？当然不能。公父遗嘱，国事情势，朝野人心，都不允许。然而奇怪的是——想到商君要走，嬴驷就从心底渗出一种莫名其妙的轻松。何以如此？嬴驷自己也说不清楚……兹事体大，还是想清楚再说。

旬日之间，咸阳宫没有任何动静。

皆肺腑之言。可惜孝公已逝，无人能解商君语。孙皓晖虽虚构了种种夸张乃至神奇的细节，但对商君的志向、性格及行事风格，还是把握得相当到位。

让太子驷左右为难。此时此刻，商鞅舍君而去，摆明离心，非上策。但商鞅自负，无人能左右其判断。

老臣子处处掣肘，新君难以施展，怪不得太子驷出手狠辣。一朝天子一朝臣，这也是顺应天命。但若不思己之不足，反虑他人所长，可见驷之胸怀胆识不如渠梁。

还是要等对方出手。

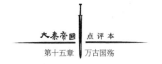

新君即位,十数日不见大臣,不理国事,非但在秦国闻所未闻,只怕在天下也是绝无仅有。平静沉默的咸阳巷闾之间,渐渐飘出了种种神秘的流言,说商君与新君不和,秘密到商於去了;旧臣称病不起,向新君示威,等等。尽管秦国新法严禁传播流言,流言还是弥漫开来了。

这天,嬴驷接到密报,商君去了商於封地。

嬴驷感到惊讶,辞官书并没有准下,肯定不会是私自辞官离国,商鞅也不是那种有失坦荡之人。那么是国事? 也不可能,以商鞅辞官书所述,商鞅何有心情处置国事? 纵然当真处置国务,当此时刻,也会禀报出行,如何不告而行? 私不能,公不能,究竟何事? 嬴驷当真感到吃不准了。

月上柳梢,咸阳宫静谧空旷,波光粼粼的南池映出四面秦楼,楼上传来时断时续的箫声,使层层叠叠的宫城飘忽着峡谷般的清幽神秘。嬴驷正在南池边漫步,遥闻箫声呜咽,不禁仰头望月,轻轻一叹。

"禀报国公,太庙令杜挚求见。"

杜挚? 嬴驷心中一动,终于有人忍不住了。他记得,这个杜挚当年是中大夫,甘龙的学生,后来明升暗降做了太庙令,便再也不过问国事了。在所有的贬黜旧臣中,他成了唯一的合法在任者,也是唯一可为匿名文卷做试探的人。嬴驷微微一笑:"请太庙令进来。"

一个身材高大略显驼背的人赳赳走来。从步态看,嬴驷觉得他还年轻,然走近一看,却已经是须发灰白的老人了。

"罪臣杜挚,参见国公。"来人扑地拜倒。

"太庙令安然居官,何罪之有也?"

"老臣几近二十年荒疏国事,深感愧疚,请国公治罪!"杜挚放声痛哭。

嬴驷淡淡漠漠道:"太庙令纵有委屈,何至于此? 请起来讲话。"

杜挚哽咽着站起:"老臣之伤悲,非为一己,而为国公,为秦国。"

"国有何事,令太庙令伤悲若此?"

"启奏国公,国有危难,朝夕将至。老臣故而伤悲。"

嬴驷微微冷笑:"太庙令不怕流言罪么?"

杜挚亢声道:"老臣但知效忠国公,何惧奸人陷害!商鞅未曾离职而归封地,国公可

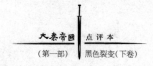
知他意欲何为？"见嬴驷默然不答，杜挚低声道，"老臣友人方从商於归来，亲见商鞅进入秘密谷地调动军马。老臣不胜忧虑矣。"

"太庙令偏有如此友人，巧得很，在哪里？"嬴驷冷冷揶揄。

不想杜挚霍然转身，双手"啪"地一拍："请老友自己道来。"

话音落点，一个蒙面人顿时站在面前，仿佛从地下冒出来一般。

嬴驷丝毫没有惊慌，反冷冷一笑："足下不是楚国商人、黑矛之友么？"

蒙面人深深一躬："秦公慧眼无差，在下商旅无定，也是太庙令故交。"

嬴驷不想在这里追究蒙面人的底细，淡然问："何事偏教你巧遇了？"

"禀报秦公，在下运货夜过商山无名谷，发现商君入谷。小人原本以为富商隐匿财宝，便尾随探察，想将来劫财盗宝。不料跟随到谷中，发现竟是秘密军营。在下连忙逃回。在下本不以为意，奈何太庙令说此乃国难，硬将在下带来作证。"蒙面人讲话倒真像个贪财未遂的商人语气，一惊一乍，活灵活现。

"你？识得商君？"

"在下见过商君多次，皆在刑场光天化日之下，永难忘记。"

"你记得那道山谷？"

"商山之道，在下了如指掌。"

"来人。"嬴驷肃然下令，"派两名特使，随这位先生即刻急赴商山探察。无论有无情事，不许走了此人！"

总是不放心。

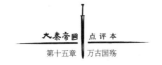

"谨遵王命!"新由太子府家老升任的内侍大臣,带着蒙面人疾步去了。

"太庙令请回。"嬴驷冷冷一句,转身走了。

半个时辰后,一辆四面垂帘的篷车急速驶出宫城。

篷车来到咸阳商市空阔地带的那座孤独院落前,没有在正门前的车马场停留,而是轻快地驶到了隐蔽的后院门前。车马刚刚停稳,厚重的包铁木门无声地开了。一个白发老人盯着篷车上下来的黑衣人,深深一躬,一言未发,将来人让进,随即关上了大门。

白发老人领着黑衣人穿过几道门厅,进了一座荒荒的园林。园中荒草及腰,假山水池也是草树参差荒凉清冷。月光下,隐隐可见山顶石亭下一个黑影,仿佛一根石柱立在那里凝固不动。白发老人指指石亭,默默走了。

"侄儿嬴驷,参见公伯。"黑衣人走近土山,在荒草中遥遥一拜。

亭中黑影蓦然回身,却是良久沉默,只有粗重的喘息。黑衣人走上石亭,在亭廊下又是一躬:"公伯,别来无恙?"

亭中黑影沉重地叹息一声:"国公,如何知我没有死?"

"一支神秘的袖箭告诉我,疑难不解可找公伯。想必也有人告诉公伯我要来。"嬴驷走进了石亭。

"嬴虔戴罪,与世隔绝,心志枯竭,安得谋国?"

"公伯坚忍不拔,断不会一刑丧志。封门绝世,不过是公伯在躲避风暴。如今风浪平息,何拒侄儿于千里之外?"

嬴虔长嘘一声:"驷儿,没有白白磨炼,不愧嬴氏子孙。你且说来,难在何处?"

"其一,那个神秘人物的真实身份?"

"此人乃当年的太子右傅,公孙贾。逃刑离国,屡有奇遇。"

"其二,这些元老旧臣,世族逸民,究竟想走到哪一步?"

嬴虔略有沉吟:"自公孙贾露面,我就精心揣摩其图谋。看来,彼等有两个目标:一是复仇,二是复辟。"

"他们只字不提复辟,反信誓旦旦维护秦国新法。孰真孰假?"

嬴虔冷笑道:"阴谋,策略,而已。第一步,唯言复仇;第二步,唯言复辟。此乃步步为营,用心何其险恶。"

"公孙贾有此谋略，也算重生了。"

"公孙贾有学无识，岂有此等谋划？此乃老甘龙谋划无疑。只有这只老枭有此见识。"

"甘龙？"嬴驷大为惊讶，"那个风烛残年的昏聩老人？"

嬴虔冷冷一笑："驷儿，你只听甘龙讲过一次书，后即少年出走，何能看透这只老枭？此人机谋善变，深藏不露，狡猾若千年老狐，阴毒如山林老枭。只有他，才是世族逸民的灵魂。你公父当初第一个防备的就是他。平心而论，甘龙生不逢时，偏偏遇上了你公父与商鞅这样的英主强臣，否则，他在任何国家都可倒海翻江。我已派人查清，当年使你闯下大祸的背后黑手，正是这只老枭。"

"啊！"嬴驷不禁一阵颤抖。

多少年了，那个噩梦始终萦绕着他——好端端的封地世族，为什么会送沙砾石子羞辱他？为了解开这个噩梦，他固执地在郿县白村住了三年，结识了当年被他杀死的白氏族人的后代，得知了他们的冤情，也知道了他们在寻觅追查这只黑手。自此，嬴驷彻底明白了自己对封地庶民的罪责，噩梦解开了一半。也就是从那时候起，他心中暗暗发誓，一定要查出这只黑手，食其肉寝其皮。少年仇恨已经积成了冰山，却从来没有融化，没有流失。此时听得伯父一言，他的冲动几乎要难以抑制地爆发出来，但他还是顽强地克制了自己。既然这只老枭已经出现在面前，就慢慢消受，一刀一刀剐他。他深深地出了一口粗气，颓然坐在石凳上。

嬴虔慢慢讲述了甘龙当年的阴谋：甘龙的长子甘成，秘密挑选了十几个本族农夫，去白里亲戚家帮忙，白日打场，晚上看场。就在农人酣睡的夏夜，他们偷换了已经封好的赋粮。天一亮，牛车上路，他们便各自告辞，离开了白里……后来，这十几个农夫都在三五年里莫名其妙地死了。

小说中的甘龙，是老狐狸，巧拖公子虔下水，令太子欲罢不能，自己则静候他日东山再起。公子虔一念之慈，结果也入甘龙圈套，最后还只能恨商鞅，不能恨甘龙。这一招借刀杀人，高！公子虔虽勇善，可惜被人算计，令人同情。

"很平易，是么？"嬴虔淡然道，"然则却最难觉察。甘龙很高明。第一，他选准了阴谋对象，你和白里，这是成功的一大半。其次，他的手段很平易，远远地离开了国府权力的视野。再看看结果，这个阴谋一举改变了秦国的庙堂权力。非但裂权弱君，而且埋下了日后复仇复辟的种子，迫使所有被变法淘汰的怨臣旧族，包括我等，都与他站在一起，何其老辣矣！"

嬴驷已经冷静下来，非常钦佩这个昔日的太子傅上将军。他的坚忍，他的洞察，他的缜密，他的冷静，他的智慧，都足以与甘龙抗衡。而且，他有甘龙不具备的优势，他是王族血统、曾经统率六军的秦国名将。最重要的是，他曾经是商鞅变法的强大后盾，而不是复辟的旧派世族。这一切，都决定了他将成为自己稳定大局的支柱。

心念及此，嬴驷问："伯父以为当如何应对？"

"两刃一面，将计就计。"嬴虔不假思索。

"两刃一面？将计就计？"嬴驷虽然一下不能解透嬴虔潜心思虑的谋略，但也大体悟到了其中堂奥，不禁微微一抖。

"嬴驷，"嬴虔的声音平淡得像池中死水，"有商鞅在，你就无所作为。有世族逸民在，你亦无所作为。何去何从，你自决断。"

嬴驷深深一躬："公伯，请允准华妹随我一段时日。"

嬴虔沉吟有顷："教她去吧，但你要严加管束，不能鲁莽。"

"我自明白。"嬴驷走出石亭，大步穿过荒草去了。

片刻之后，两个黑衣人出了后门，闪身钻进篷车。一阵轻微的车轮声，篷车已经隐没在四更夜幕之中。

孙皓晖深谙权谋智道。

小说中的公子虔，其实始终是变法的赞成者，可惜商鞅做事太绝，奉法家太甚，以至于诸事皆没有回旋补救的余地。

灭商鞅，但不灭其法，公子虔之所以比甘龙、杜挚、公孙贾等人的境界要高，就在于公子虔仍把秦国的利益放到最高，为公大于为私，是以能服人。

# 二 流火落叶公器心

曙光初上，赴商山的密使飞马疾报：商山无名谷确有军马驻扎，商君尚在谷中未出。

嬴驷不再犹豫，即刻命宫门右将带领三千铁骑飞驰商山要道，务必"请回"商君。又迅速召来国尉车英，查询商山军马系何人调遣。

片刻之后，车英进宫，出示了兵符公书，说明这一万铁骑乃先君下令秘密驻扎在商山，是为了防备楚国北进的驻军。嬴驷松了一口气问："国尉可知，商君到商山军营，所为何事啊？"车英答道："臣不知商君赴商山军营。纵然前往，自是国事所需，国公何虑之有？"嬴驷微笑："楚国未犯，国中无乱，有何国事国君尚且不知？"车英默然有顷，肃然拱手道："臣启国公，商君胸襟坦荡，尽公无私。先君在日，常未及禀报而处置急务，未尝有丝毫差错。臣以身家性命担保，商君归来时自会向国公禀报。"

嬴驷笑了："商君乃国家栋梁，本公岂能不知？然则公父新丧，人心易动。商君此举，似有不妥。国尉以为然否？"

"臣可前往，查明此事，与商君同来禀报。"

"不须如此。"嬴驷平平淡淡，"当此非常之时，请国尉调出商山军马另行驻扎，以免国人对商君颇有微词。国尉以为然否？"一副商议的口吻。

车英脸泛红潮，赳赳高声："此兵马本与商君无关，调动与否，但凭国公！"

"如此，国尉便去处置。"嬴驷倒是丝毫不以为忤，淡漠如常。

太子驷十数年的历练，没有白费。此时的他，已练就内心千军万马、表面波澜不惊的境界了。挫折催人老，太子驷别无选择。

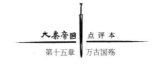

车英大步出宫,飞身上马,带领卫队铁骑向商山疾驰而去。

商山峡谷的出口,三千铁骑列成了一个方阵守在当道,等候商鞅出山。

眼见时将正午,谷中却没有动静。正在此时,只听山谷中一阵隆隆雷声,高山上的斥候游骑飞马来报:"谷中大军,拔营而出!"宫门右将大为紧张,回身与隐蔽在大纛旗下的一个身影商议了几句,拔剑传令:"列开阵势,准备冲杀!"三名千夫长挥动令旗,铁骑分做三个方阵迅速展开,一排牛角号"呜——"地响了起来,这是发动冲锋前的第一次预备命令。六面大鼓在谷口山头一字排开,只待第二遍号声,战鼓便将催动狂飙般的冲锋。

"停!"随着一声长长的吼声,一队骑士闪电般从来路山头冲下,当先斗篷飞动者赫然是国尉车英。

右将出列,高声禀报:"报国尉,谷中叛军冲出,末将奉命堵截!"

车英面色铁青,厉声斥责:"何来叛军? 收起阵形!"

三千铁骑刚刚收拢,谷中大军隆隆开出,遥遥可见当先大旗下一领红色斗篷,竟是公主荧玉。旁边的领军大将是精瘦的山甲,谁也没有看到商君。右将本想上前拦截,但有国尉车英在此,只好悻悻地向身后旗下看了一眼,勒马观望。

出谷大军见铁骑方阵堵在谷口,国尉车英立马阵前,自然勒马停骑。荧玉尚在惊讶,车英已单骑出列高声问道:"敢问公主,商君何在?"

"车英,你率铁骑堵在谷口,意欲何为?"荧玉沉着脸问道。

车英:"禀报公主,国君命我调出商山兵马,并无他事。"

右将也单骑上前:"禀报公主,末将奉国公之令,务必请回商君。请公主见告,商君现在何处?"

荧玉冷笑:"请回商君? 用得着么? 退下! 山甲,向国尉禀明军情。"

山甲:"禀报国尉,商君已命令我军开出商山,向国尉请示驻扎地点。"

"好。大军北上,驻扎咸阳东南灞水北岸。"车英说完,命令谷口骑兵闪开道路,谷中大军隆隆开出。车英走马荧玉身旁,低语几句,荧玉顿时面色涨红:"车英,我先回咸阳。"打马一鞭,疾驰北去。

车英回身向愣怔的右将厉声命令:"回军咸阳!"

这宫门右将虽不属国尉管辖，然车英毕竟是新军统帅，身边又正有商山开出的新军一万骑兵，纵想滞留，也怕祸及自身，只好下令撤回咸阳。

荧玉回到咸阳，马不停蹄地直入宫中。车英说的情势令她震惊莫名，如何嬴驷骤然间就要"请回"商鞅？这个侄儿的变化竟如此之快？难怪那天晚上无论她怎么说，商鞅都坚持调出商山兵马。要是按照她的主意，这支军马还不成了商鞅谋反的证据？真真的岂有此理！

刚刚掌灯，嬴驷正在书房浏览近日商君批阅过的公文，一阵急促的脚步声夹着内侍的惊叫，荧玉风风火火地冲了进来。嬴驷抬起头一看，训斥内侍："公主进宫，有何惊慌？下去！"又起身作礼，请姑母入座。荧玉不顾满头大汗，厉声问："嬴驷，商鞅何罪？要派兵马缉拿！"

嬴驷先笑了："姑母何出此言？商君进入商山军营，国中流言纷纷。侄儿派人请商君回来，以正视听，何来缉拿之说？"

"嬴驷，你可知商君为何要进商山军营？"

"如若知晓，何须问之。"嬴驷摇摇头。

荧玉从大袖拿出一支亮晶晶的铜管："打开看看，这是何物？"

嬴驷接过，拧开铜帽，抽出细细一卷绢帛打开，赫然便见公父手迹："一万铁骑，长住商山，不听兵符，唯听商君号令！秦公嬴渠梁二十四年三月。"嬴驷看得清楚，立即明白这是公父临终前留下的秘密手令，心中暗暗惊讶，脸上却是平静如常："那，商君是劳军去了？"

"嬴驷啊嬴驷，你机心何其多也！"荧玉对这个侄儿素来呵护，却想不到他离开十多年竟有如此大的变化，心中又气又急，满面涨红道："我来告诉你：这道密令是二哥留给我

　　密令不出，商鞅尚可活命。密令一出，商鞅便当速死了。荧玉护夫心切，莽撞。

的,言明只要国中有变,密令即交商君之手。你当明白,你公父的用心何在?若你向世族屈膝妥协,这支兵马便是商君平乱靖难、维护新法的铁军!也是废黜你嬴驷的铁军!因了商君执意辞官,我拿出了这道手令,想劝他多留两年,辅佐于你,也可震慑世族力量。可商君坚持认为,你一定能维护新法,留下这支军队只会增加君臣猜忌,竭力要调出商山大军。我被他说服,就与他一起去了商山调出兵马。你说,你疑惑何来?你公父在日,商君多少次不及面君而紧急外出,你公父可有疑惑过一丝一毫?"荧玉愤激感慨,泪水盈眶。

"果真如此,嬴驷负荆请罪。"嬴驷深深一躬。

正在这时,车英匆匆进宫,将商山军马驻扎灞上的处置禀报明了,便辞别出宫,似乎一刻也不想在宫中逗留。

嬴驷真有几分尴尬了,赔笑道:"敢问姑母,商君何以没有一起回来?"

"商君谋反去了!"眼见嬴驷没有丝毫悔悟,还是追问商鞅,荧玉大怒,拂袖而去。

嬴驷拿起案上那道密令端详良久,一股凉意涌上心头。

公父真道的匪夷所思,相信商鞅竟超过了相信自己。纵有君臣情谊,何至交给商鞅如此颠倒乾坤的权力?嬴驷是眼看着公父叮嘱商鞅的:"嬴驷能扶则扶,不能扶,则商君自立为秦公。"虽然惊讶,但嬴驷并没有认真对待这件事。他以为,公父如此遗嘱,不过是打消商鞅有可能滋生的野心,让商鞅更加忠诚地辅佐自己,权谋而已,何须当真?今日看来,绝非如此。公父当真是彻底地相信商鞅,认为只有商鞅的铁腕意志能维护新法,能稳定地推进秦国大业。嬴驷有些悲凉——公父终究是没有完全相信自己,这一点,甚至连商鞅对自己的信任也不如。对于公父的想法做法,嬴驷没有指责的权力,他毕竟离开公父的时间太长,又没有军旅磨炼,公父对自己的担心也算情有可原。可是,经受了几乎半生的苦行磨炼,以及还都后表现出的见识能力,难道还不足以消除公父对自己少年犯法所留下的阴影么?

从秘密手令看来,果真如此。骤然间,嬴驷对公父有了一种冰冷的憎恨,他从来不关心自己,从来不相信自己,从来没有给过自己一丝温暖与关怀。有的只是淡漠与疏远、冰冷与训诫、严厉与苛责。嬴驷在"放逐"中不止一次地冒出一个想法:公父要是再有一个儿子,可能自己就永远地沉沦了。目下,这个念头又一次奇异地闪现出来。公父假若不是自感衰竭,绝不会主动去接回自己。公父对自己若还有几分亲情与信任,就绝不会给商鞅"自立秦公"的权力与颠倒乾坤的一万铁骑。公父看重的，是他与商鞅共同创立的秦国变法基业，血亲继承不过是公父功业棋盘上的一枚棋子，能兼顾则兼顾，不能兼顾则牺牲，这就是他和公父关系的全部本相。

公父啊公父，你未免太多虑了，难道嬴驷就没有建功立业的勃勃雄心？

杀心起。

嬴驷很清楚，权衡利弊的长远基点，应该是自己的功业宏图，而不是其他。但在目下，却必须先将自己的权力真正稳固下来。这种稳固，不是满足于在公父留下的旧权力框架内与旧臣和睦相处，在表面上维护新法；而是有一套自己的权力人马，全副身心地推行自己的权力意志。至于公父的情感意志与遗命，与自己有利者则行，与自己巩固权力不利者则不行，绝不能拘泥于公父留下的权力格局与善后成命。只有权力彻底真正地转移到自己手里，才有资格说功业，否则，一切都是受制于人的。

想到这里，嬴驷心中一闪——公父还有没有其他秘密手令牵制自己？真说不准。宁信其有，不信其无。立足于有，动作就要快，在这些密令持有者还猝不及防的时刻，就要剥夺他们的权力，将要害大权牢牢掌握在自己手里，然后再来对付那些世族。公父啊公父，不要说嬴驷不相信你的那些老臣，实在是他们对你太过崇拜太过迷恋，用你的作为丝丝入扣地苛责于我，连姑母都是如此。纵然有成，天下人也只说嬴驷靠了公父这班老臣。如果那样，嬴驷的功业何在？难道嬴驷忍辱磨炼出的胆识谋略，就要湮没在公父的影子和你这班旧臣手里？

亲信非得自己一手一脚培养。旧臣恃功，使唤不听，又不能尽杀，从死又太残酷，最好的办法，是养起来，不让说话。

岂有此理？嬴驷要走自己的路。

嬴驷不再犹豫，命内侍总事立即唤来堂妹嬴华。片刻之后，一个面白如雪的黑裙少女来了。没有丝毫的脚步之声，

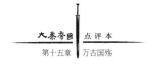

直是飘了进来一般。这是公伯嬴虔的小女儿,生在公伯与世隔绝的岁月,话语极少而又身怀惊人本领。嬴驷知道公伯的秘密,他的全部艺业都教给了这个小妹妹,那是公伯消遣岁月的唯一出路。嬴驷在这种非常时期要来这个堂妹,为的就是要做一些寻常人无法做的机密事宜。

黑裙少女嫣然一笑,默默地看着嬴驷。

嬴驷也只点点头,上前一阵低声叮嘱。

嬴华又是一笑,悄然无声地飘出了书房,一扭身踪迹皆无了。

接着,嬴驷又对奉命前来的长史连续口述三道公书,命令立即起草缮写。

·

咸阳令王轼大喝闷酒,自斟自饮,唏嘘叹嗟。

前日,闻听商君与公主出城,王轼得到消息飞马追赶,终于在蓝田塬下截住了商君夫妇。王轼力劝商鞅,说流言纷飞国事蹉跎,在此关键时候绝不能离开咸阳。商君却若无其事,反倒劝他毋得多心。王轼被逼无奈,便将只有他这个咸阳令才掌握的密情和盘托出,告诉商君,落魄世族出动了,意在复出寻仇,国君暧昧,大势不明。

岂料商鞅却笑了:"王轼教我,何以处之?"

王轼慨然道:"秦公遗命,朝野皆知,何须王轼提醒?"

商鞅又笑了:"王轼,你是要我刑治世族,废黜自立?"

王轼高声道:"天下为公,有何不可?"

"不在可不可,而在当不当。王轼啊,你我都是心怀变法强秦之志入秦,而今变法有成,秦国强大,秦公却骤然病逝。当此之时,何谓朝野第一大局?"

"自然是维护新法,稳定朝局。"

商鞅肃然道:"既然如此,我若发兵废立,将会给秦国带

又一伏笔,看孙皓晖如何引到惊心动魄之境。史书略写女子,小说可尽情想象。

来何种后果？世族唯恐天下不乱，我等却引出大乱之由。其时内有部族纷起，西有戎狄反水，东有六国压境；内乱外患，新法崩溃，我等变法壮志付之东流，秦公毕生奋争亦成泡影。当与不当，君自思之。"

王轼大笑道："商君何其危言耸听也！平乱废立，护法抚民，以商君之能，雷霆万钧，岂容四面危机？"

"王轼差矣！"商鞅扬鞭遥指道，"秦国千里河山，郡县四十三，部族三十六，世族根基极深，戎狄归化尚浅，唯四百年之嬴秦部族可聚拢全局。倘废黜嬴氏，世族与戎狄必然先乱，一旦进入大漠草原深山峡谷，何来雷霆万钧？"

"然则，新君昏昧，世族蠢蠢，岂不照样大乱？"

"君又差矣！"商鞅叹息一声，"新君护法之志毋庸置疑，此乃我长期反复查勘。假如没有成算，商鞅岂能等到今日再来理论？况且，将镇压世族这件大功留给新君，有何不好？"

"商君！"王轼热泪夺眶而出，"如此你将面临深渊，难道束手待毙么？"

商鞅坦然自若地微笑着："王轼啊，如果需要，我们谁都会在所不辞的。护法需要力量，你等在，我也就放心了。你回去吧。"

商鞅走了，赶上了远远等候的公主，纵马消失在蓝田塬的沉沉暮霭中。

王轼回来，觉得胸中郁闷，关起门来谁都不见，只是饮酒叹息。他想不通，为何一个人明明看见了即将来临的巨大危险，还要置若罔闻？连孔夫子都说危邦不居，商君这个大法家竟硬是不动声色，真真的无从度量。王轼始终以为，秦国世族的力量在二十多年的变法风暴中，已经萎缩到了可以忽略不计，陇西戎狄部族在上次平乱后也已经没有了叛乱能力，关中老秦人更是竭诚拥戴新法。商君一呼，万众响应，会有谁来反对？然而商君却将国情评判得那么脆弱，仿佛四面八方都潜藏着危机，这是王轼不能接受的。明明可以轰轰烈烈往前走，为什么偏偏要隐忍牺牲，将不朽功业拱手让给别人？况且，商君一人之进退，牵扯到整个一层变法大臣。若有不测变故，莫说他这个咸阳令岌岌可危，就是上大夫景监、国尉车英，以及数十名郡守县令也都成了砧板鱼肉。当此危境，岂能不竭力奋争？

商君啊商君，甘做牺牲固然令人敬佩，然则真的有价值么？

"禀报大人，国君使臣到。"仆人匆匆走进。

王轼醉眼蒙眬地站了起来，走到大厅问："何事之有啊？"

黑衣内侍右手举起一面铜牌："国君宣咸阳令，即刻进宫议事。"

王轼猛然清醒了。此时天色已晚,有何紧急国事?本当想问清楚,想想又作罢了,内侍奉命行事,能知晓个甚?整整衣装,匆匆登车随内侍去了。

进得宫中但见灯火明亮,却又越来越黑,感觉根本不是正殿方向。难道新君要在那座偏殿召见他?曲曲折折地走了片刻,来到一座僻静的宫中小院落前,内侍下马请王轼下车。王轼暗暗惊讶,新君竟然住在如此僻静的宫院?此时院中走出一个老内侍,身后还有一个掌着风灯的小内侍,躬身一礼,将王轼让进小院。

一座高大的石屋孤零零地矗立在院中。小内侍推开沉重的石门,老内侍恭谨躬身:"大人请进。"王轼走进屋中,只见四面石墙围满了粗简的书架,各种竹简帛书杂乱无章地堆放着,中间一张长长的白木书案,笔墨刻刀俱全,就像一个穷书吏的作坊。

"咸阳令,可知这是何处?"

王轼揶揄反诘:"我却如何知晓?难道会是国君书房不成?"

老内侍微笑:"大人聪敏至极。这是太子府最重要的书房,每隔三日,新君就要回这间书房用功一夜。大人莫感委屈也。"

王轼大为惊讶间,老内侍长声宣道:"咸阳令王轼,听君书——"

王轼木然地看着老内侍展开竹简,嘶哑尖锐的声音不断颤抖着:"咸阳令王轼,才具敏捷,屡出佳策。今秦国地广人稀,耕战乏力,本公苦无良策。着王轼脱职一月,潜心谋划增长秦国人丁改变秦川盐碱荒滩之良策。策成之日,本公亲迎功臣。大秦公元年。"

怔怔地看着老内侍,王轼突然仰天大笑了。

大笑二字好。无力回天。

"妙啊!好快!开始了!啊哈哈……"

夏夜长街上，一队铁甲骑士风驰电掣般飞到咸阳令官署大门。暴风骤雨般的马蹄声恍如沉雷滚过，确实使安定了多年的国人大惊失色。

官署门廊下的护卫军兵尚未问话，铁甲骑士已经将他们团团圈了起来。一个身着黑色斗篷头戴黑色面罩的将军翻身下马，长剑一指："铁骑守门！护卫百人队随我进府。"

这是嬴虔亲自出面了。他手执金令箭，带着百名锐士闯进咸阳令官署，收缴了兵符印信，亲自接掌了咸阳城防。咸阳令官署的吏员将士们骤然见到这位白发苍苍黑纱垂面的老将军全副甲胄杀气腾腾，无不胆战心惊，凛然遵命。

这时的咸阳宫中，嬴驷正与上大夫景监对弈。连下两局，嬴驷皆输，不禁一叹道："棋道亦需天分，嬴驷终究愚钝也。"

"君上行棋，轻灵飘逸，然力度不足，根基欠稳。若能兼顾根本，君上当成大器也。"

"上大夫棋力强劲，可有对手？"

"臣行棋一生，唯服商君棋道，当真天马行空。我与商君每年只下一局，二十五年，我无一制胜也。"景监大为感慨。

嬴驷心念一闪，又是商君，脸上却微笑着："商君算力精深，常人难及也。"

景监摇头："若论算力，商君未必超过君上与臣。商君棋道，在于大局大势审度得当，从不因小失大。"

嬴驷默然了，很不想沿着这个话题说下去。请景监前来弈棋，本来就是意不在棋，只是景监柔和恭谨极有分寸，一时倒觉得不好急转直下。景监却站了起来，深深一躬道："臣启国公，臣欲归隐，写一部《棋经》，将我与商君对弈之局，一一图解评点，给后来者留下一份典籍，也一抒我胸中块垒。恳

景监因景监入秦，卫鞅谢幕之前，景监必出场。孙皓晖时刻不敢忘故事的连接。

望国公允准。"

"如何？上大夫要弃国而去？"嬴驷的确感到了意外。

景监叹息一声："君上，垂暮之臣，不可治国。历代强国大政，无不出于英年勃发之君臣。战国之世，更是如此。景监辅助先公、商君二十余年，昼夜伏身书案，耗尽精力，一身疾病，两鬓染霜。虽不到天命之年，却已是如灯将枯，不思进取，为政必自取其辱也。"嬴驷略一思忖道："上大夫请回府养息诊病，康复后隐退不迟。"转身命内侍召来太医令，吩咐派一名医术精深的太医长住景监府诊治守护。

太医陪同，车马护送，景监默默地回去了。

车马方去，国尉车英夜半奉书，紧急来到宫中。新君说北地郡快马急报，阴山林胡部族大举南下，劫掠北地郡牛羊马匹近万头、男女人口两千余人；北地守军只有三千，无力抵挡，请求紧急救援。车英身为国尉，自然知道北地郡这北方大门的重要，没有丝毫犹豫，立即请命北上。嬴驷却没有让车英带走灞上一万精兵，而是让他从河西大营和离石要塞就近调兵。车英觉得也有道理，连夜北上，直赴河西去了。

次日清晨，嬴驷亲自来到商君府，一来向姑母荧玉谢罪，二来说要为老太后在南山一带相一块墓地建造陵园，请姑母"大驾"前去督责三位堪舆大师。这件事本是秦孝公临终遗命，也是荧玉心头之事，自然没有推诿，爽快地带着嬴驷派出的二百护送骑兵，和堪舆大师进了南山。

这天夜里，一辆篷车驶出了秦孝公生前居住的宫院，直出咸阳南门，驶向了千山万壑的苍茫南山。

## 三　消弭风暴的哲人溘然长逝

向南翻过蓝田塬，玄奇将篷车存放在一家道边客栈里，跨上阴山雪向西南方向的连绵大山飞去。一夜之间，到了神农山下的墨家据点。安顿好阴山雪，玄奇没有片刻休息，立即动身进山。

玄奇太焦急了。秦孝公在最后的那些日子，曾交给她一宗密件，郑重叮嘱她，若咸阳有变，立即持此件进神农山，请墨子大师出山斡旋。直到孝公在函谷关吐血长逝时，孝公还拉着她的手叮嘱这件事，足见秦孝公对墨家寄托的巨大希望。玄奇知道孝公的苦心，想将方方面面能想到的漏洞都补上。最担心与最需要防止的，则是嬴驷与商鞅不和而生变生乱。这种变乱，国中大臣无人可以制止，因为他们必然地要站在一边介入变乱，个别保持中立者却又毫无力量。只有老墨子出面，才有可能化解危机。

墨家有实力，有正气，非但在国与国间调停斡旋反对弱肉强食，而且辅助好几个国家化解过危机内乱。墨家的斡旋调停其所以功效显著，根本原因是不做和事佬，而是坚定地以自己的实力支持他们所判定的正义一方。

玄奇还记得墨家最壮烈的那个故事：

楚悼王临终时，旧贵族密谋杀死吴起，楚国形势动荡大乱在即。阳成君将自己的封地交给了墨家名士孟胜以及他率领的一百八十三名墨家子弟，阳成君自己则要火急赶赴郢都，力图消弭内乱，挽救楚国变法。临行前，阳成君将一块半圆形的玉器（璜）碎成两段，当作"璜符"，与孟胜相约"若有传令，须持璜符，符合则听"。

待阳成君赶到郢都，楚悼王刚刚死去。旧贵族在灵堂发动叛乱，将吴起乱箭射死在楚悼王的尸体上。阳成君被叛乱势力追捕，乘乱在夜间逃到越国去了。楚国新君惩治旧贵族，偏又错将阳成君也当成了"箭伤王尸"的乱党，派特使要收回阳成君封地。因无"璜符"，孟胜坚持不肯交出封地，决意死战守地。孟胜的学生徐弱劝说："死而有益阳成君，死之可矣。今死之无益，徒绝墨家子弟，不可为也。"

孟胜慷慨叹息："若不死难，自今以后，世求严师不必于墨家，求贤友不必于墨家，求义士不必于墨家，求良臣不必于墨家矣！死之所以必行，墨家大义所在也。"徐弱大悟，率先死战,又率先战死。孟胜与一百八十三名墨家子弟,最后也全部战死了。

将近百年中,墨子大师与墨家子弟,就是凭着这种大义凛然的"义死"精神,树起了公理正义的丰碑。秦孝公对墨家素来钦佩,与墨子大师更是英雄相惜深有共鸣,几成忘年神交,将如此重大的靖国大事托于墨子,可谓思虑深远。再说,玄奇又是秦孝公的挚友爱妻、墨子大师的爱徒、秦国圣贤百里奚的后裔,于情于理,都更加有助于墨家协助秦国。

孝公逝世后,玄奇对咸阳的变化已经看得很清楚,她觉得不能再等了。墨家唯有此时介入,才能及早稳定秦国,免得商鞅与嬴驷两败俱伤。虽然老师年高不出,二三十年来已经不再亲自处置这种行动性事务,但玄奇还是充满了信心,相信老师一定会为秦国做最大的努力,甚至是最后的努力。就墨家力量而论,现下正是实力最为集中的时日,分散在各个国家的骨干弟子,在老师去年开始"善后"时几乎都撤回了总院。

目下的最大担心,就是老师还能不能行动?

神农山的栈道关隘,对于玄奇来说是轻车熟路。日过正午,她就进了最后一道关隘,来到了总院前那块熟悉的平坦山地,耸立在半山腰的总院箭楼已经遥遥可见。

突然,她觉得有些不对,揉揉眼睛细看,总院城堡的城墙上、箭楼上竟然结满了隐隐约约的白花,城堡出口的山道两旁,也插满了白花。

玄奇一阵目眩头晕,惊得心头狂跳,莫非老师……她不及细想,跟跟跄跄腾云驾雾般飞向总院,突然又愣怔地钉在了当地,眼睛直直地瞪着——

那座熟悉的古堡门口,拥出了一队身裹麻衣的墨家弟子,悠扬哀伤的乐声在山谷飘荡着。当先一幅白布大幛横展开三丈有余——我师不朽。漆黑的大字让人心惊肉跳。两队身穿白衣头戴白花的少年女弟子,臂挎花篮,不断将篮中的白色花瓣撒向空中。中间一队精壮弟子,抬着一张白布苫盖的巨大的木榻,禽滑釐等四名大弟子两前两后护卫着木榻。数十名墨家乐手排成一个方队,跟随着木榻,吹奏着低沉肃穆的哀乐。最后是数百人的大队,每人头上顶着一捆砍削光洁的木柴,随着哀乐的节拍,踏着整齐沉重的步伐……

"老师!"玄奇终于哭喊一声,昏倒在地。

两名少年女弟子跑过来扶起了玄奇,跟着送葬队伍缓缓地走上了城堡东面最高的山峰。

这是一片高高的山坳,绿树葱茏,山花盛开。顶着薪柴的弟子们绕着中间的草地转了三圈,整齐有序地架起了一座方方的木榻。禽滑釐等四大弟子在木榻四角站定,奋力托起了木榻。十多名骨干弟子迅速将十多条粗大的麻绳结在木榻四边的圆孔上。大绳伸展,墨家弟子们井然有序地分成十几队,每队一绳,木榻稳稳地悬在了空中。

少年弟子们绕木榻一周,将花束围满了白布遮盖的老师。

"我师登山!"相里勤一声号子,所有大绳倏忽间同时伸展——山花包裹的巨大木榻稳稳地高高地升起,又稳稳地轻轻地落在了木山正中。

"列队——为我师送行!"禽滑釐哭声嘶喊,墨家弟子八百多人绕木山缓行一周,将木山围在了中央。

禽滑釐走到始终跪在地上泣不成声的玄奇面前:"玄奇师妹,你是我师生前亲授书剑的最后一个弟子,也是我师最钟爱的学生。师妹,为我师点燃归天的圣火吧……"

玄奇默默站起,走到火坛前,双手颤抖着执起粗大的油松木伸向火坛,轰然一声,火把腾起了一团火焰。玄奇双手将火把高高地举过头顶,肃穆地向高高的木山走去,短短几步,她竟觉万里迢迢,双腿酸软得只要瘫倒。一把圣火,慈父般的老师就要永远地离开她去了。一腔痛楚,她真想放声痛哭……

禽滑釐肃穆庄严地高诵:"恭送我师!"

烈火熊熊燃起,墨家弟子挽手相连,绕着火山踏步高歌:

我师我师　亘古高风

兼爱四海　大音稀声

任艰任险　非战非攻

育我本色　书剑勤耕

大智之巅　布衣之圣

我师我师　万古永生

烈火在歌声中燃烧着。

墨家弟子们没有哭号,没有跪拜,肃穆挽手,踏歌声声,群山回荡着久远的声音:布衣之圣,万古永生……

那日晚上，墨家四大弟子特邀玄奇召开了最重要的尚同会议。一番微妙的磋商，议决由禽滑釐暂时执掌墨家总院，"巨子"人选待后再定。几番思忖，玄奇终于没有说出秦国的事情。会商结束后，她找到了当初一起整理老师文稿的几个实诚弟子，片刻商议之后，收拾了老师竹楼中零散的竹简帛书，一起匆匆出山了。

玄奇又回到了陈仓河谷。这片已经尘封日久的小小庄园，是唯一能够给她以平静的地方。

老师去了，唯一能够消弭秦国内乱的长剑哲人溘然长逝了。没有了老师的辉煌光焰，墨家还能成为天下正义与爱心的大旗么？墨家还能担当消弭秦国内乱的重任么？不行了，不行了。玄奇一想到"四大弟子"，心中就冰凉得哆嗦。她为老师伤心，为墨家团体伤心，为秦国去路伤心，一时间，玄奇当真不知自己该如何处置了。

谁能想到，河谷庄园刚刚收拾就绪，就传来一个惊人消息：商鞅谋反，被秦公缉拿！

玄奇没有片刻犹豫，连夜飞马赶到咸阳，却一时目瞪口呆了。

> 借墨子之逝，喻诸子对"争气力"的"天下"无能为力。这一暗示，妙不可言。

> 扭转乾坤，刻不容缓。

## 四　濒临危难　理乱除奸

商鞅是日夜兼程赶到商於的。

秦孝公留给荧玉的密令，使商鞅猛然想到了一件事，秦公会不会对商於郡守也有特异遗命？以秦孝公的思虑周密，这是完全可能的。反复思忖，商鞅决意到商於封地弄个明白，安顿好这最后一个可能生乱的隐患之地。商鞅明白，咸阳局势正在微妙混浊的当口，他随时都有可能陷入危境，必须在有限的时间里尽快处置好这件事。因为有了这个念头，在商山峡谷安顿好军营大事后，商鞅对荧玉秘密叮嘱了一番，便带着荆南向商於封地飞马兼程去了。

商山地区的十余县，在商鞅变法之前统称为商於之地。商鞅变法开始设置郡县，商於之地便成为一郡，郡守治所设在丹水上游谷地的一座城堡。自商於之地成为自己的封地，商鞅只来过一次。在他的心目中，这个"商君"只是个爵位封号，封地仅仅是个象征而已。新法规定的三成赋税、一座封邑城堡、名义上的领地巡视权，他都一概放弃。不收赋税，不建封邑，不要丝毫治权。所有这些，他上次来都交代得清清楚楚。正因为这块"封地"上没有自己的封邑城堡，他就像在任何郡县处置公务一样，直截了当地进了郡守府。

天色刚刚过午，商於郡守惊喜地擦拭着汗水迎了出来："商於郡守樗里疾，参见商君！"商鞅笑道："樗里疾啊，一头汗水，刚巡视回来么？"樗里疾生得又黑又矮，胖乎乎一团，兴冲冲道："正要禀报商君，在下刚刚从封邑回来，造得很好，想必商君已经去过了。少时为商君洗尘之后，樗里疾再陪商君去封邑歇息。不远，二三十里，放马就到……"

商鞅觉得不对味儿，眉头一拧："停停停，你说的是何封邑？"

樗里疾惊讶笑道："商君的封邑啊！商於乃商君封地，岂有别个封邑？"

商鞅面色陡变："本君封邑？何人所建？"

"我，樗里疾，亲自监造。商君，不满意？"樗里疾大是紧张，额头滚下豆大的汗珠。

商鞅啼笑皆非："我问你，谁让你建造封邑？你自己主意么？"

樗里疾顿时明白了过来，长吁一口气，躬身道："商君且

形象！写胖子的经典之语。樗里疾，智者，黑粗显示其滑稽。《史记·樗里子甘茂列传》载，"樗里子者，名疾，秦惠王之弟也，与惠王异母。母，韩女也。樗里子滑稽多智，秦人号曰'智囊'"。惠王、武王、昭王皆看重之。孙皓晖为了强调太子驷的身份及孝公的痴情，有意模糊樗里子的身份。

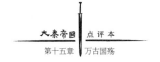

入座,上茶! 樗里疾取一样物事给商君看。"说罢鸭子一般摇摆着跑向后庭院,片刻后双手捧着一个铁匣子出来,恭恭敬敬地放在商鞅案头,又恭恭敬敬地用一支长长的钥匙打开铁匣,取出一支铜管,拧开管帽儿,抽出一卷帛书,双手捧到商鞅面前。

商鞅看着樗里疾煞有介事的样子,又气又笑,接过布书展开一瞄,不禁愣怔——

着商於郡守樗里疾立即建造商君封邑。无论商君为官为民,此封邑与商於封地均属商君恒产,无论何人不得剥夺。此君书由商於郡守执存,证于后代君主。秦公嬴渠梁二十四年。

"这君书,何时颁发于你?"

"禀报商君,先君巡视函谷关时派特使飞马急送,其时下官正在外县,特使赶到外县,亲自交到樗里疾手中。"

"县令们知晓么?"

"事涉封地各县,樗里疾当作密件宣谕县令,严令不得泄露。"

商鞅沉思有顷断然道:"立即飞马下令,各县令务必于今夜子时前,赶到郡守府。"

"商君有所不知,"樗里疾皱着眉头,"山路崎岖,不能放马,往日再紧急的公事,县令们都得两日会齐……好,樗里疾遵命。"说罢急急摇摆着鸭步布置去了。

匆匆用过了"午饭",已经是太阳偏西。中夜之前县令们肯定到不齐了,左右半日空闲,商鞅教樗里疾领着自己去看封邑城堡。出得城池放马一阵,不消半个时辰便到了丹水河谷最险要的一片山地。这片山地很奇特,山峰虽不是险峻奇绝,也没有陇西那种莽莽苍苍的大峡谷,却是山山相连,一道道连接山峰的"山梁"构成了比山峰还要惊险的奇观。

商君封邑就建在最宽的一道山梁上。远远看去,一座四面高墙的府邸孤悬两山之间,山梁两头各有一座小寨防,还真是一个小小的金城汤池。再看四周,左手山峰飞瀑流泉,右手山峰溪流淙淙,山间林木葱茏,谷风习习,白云悠悠。置身其中,当真令人物我两忘。不说山水景色,单从实用处看,取水方便,柴薪不愁,也确实是一处极佳的居处。

商鞅却大皱眉头道:"这座封邑,花去了多少钱财?"

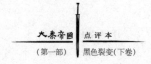

"商於府库的一半赋税。商於官民都说建造得太小了。"

商鞅四面打量："樗里疾,这座封邑扼守要冲,改成兵营要塞,倒是适得其所。"

"差矣差矣,"樗里疾连连摇头,黑面团脸做肃然正色,"禀商君,樗里疾不才,亦有耿耿襟怀,岂可将先君护贤之心做了流水?"

商鞅看着樗里疾的黑脸通红,不禁噗地笑了出来："先君护贤? 你这黑子想得出!"

"山野庶民都能嗅出味儿来,商君又何须自蔽?"樗里疾不避忌讳。

商鞅看看樗里疾,知道这个鸭步黑胖子极有才具,生性正直诙谐,是郡守县令中难得的人才。听他话音,他一定觉察到了甚,商於官民可能也有诸多议论。商鞅本想问明,也想斥责樗里疾一番,严令他安定商於。然沉吟之间,开口却变成了沉重的自责："一个人功劳再大,能有国家安定、庶民康宁要紧? 你说,新法废除了旧式封地,我岂能坐拥封邑,率先乱法,失信于天下?"

"商君之意,不要,这,封邑了?"樗里疾惊讶得结巴起来。

"非但不要封邑,我还要将先君密令收回去。"

"差矣差矣,商君万万不可。这,这不是自绝后路么……"

"不要说了!"商鞅骤然变色,"樗里疾,新君有大义,秦国不会出乱子!"

樗里疾愣怔着鼓了鼓嘴巴,想说什么又生生憋了回去……

突闻马蹄如雨,郡将疾驰而来,滚鞍下马,紧张地在樗里疾耳边匆匆低语。樗里疾脸色陡变,将郡将拉到一边低声询问。

商鞅笑道："樗里疾,有紧急公务么?"

樗里疾脸色涨红,骤然间大汗淋漓,拜倒在地："商君……"

商鞅觉得樗里疾神色有异,微微一笑："是否国君召我?"

樗里疾哽咽了："商君,国君密令,要缉拿于你……"

商鞅哈哈大笑："樗里疾也樗里疾,你也算能臣干员,如何忒般死板? 拿。见了国君我自会辩白清楚,莫要担心。"

樗里疾霍然起身："不。樗里疾若做此事,莫说自己良心不依,商於百姓若是知晓,非生吃了我不可。商君,走,我有办法!"

商鞅厉声道："樗里疾,少安毋躁!"

正在这时,几名县令飞马赶到,见了商鞅一齐拜倒,神色分外紧张。樗里疾高声问:

"你等是否也接到了密令?"县令们纷纷说是。正说话间,商城方向火把连天,老百姓们蜂拥而来!不知是谁走漏了消息,商於民众愤怒了。山民特有的执着悍勇使他们忘记了一切顾忌,赶来保护他们的"恩公"。在商於百姓心目中,商於属于商君,商君也属于商於,商君在自己的地盘出事,还有天理良心么?山梁川道涌动着火把的河流:"商君不能走!""打死狗官!""谁敢动商君,剥了谁的皮!"连绵不断的怒吼声山鸣谷应。

樗里疾嘿嘿嘿笑了:"商君,你说这样子,我等能拿你么?"

片刻之间,火把涌到了封邑前的山梁上,顷刻围住了郡守县令们。十几位白发苍苍的老人嘶声喊道:"谁?谁要拿商君?说!"

樗里疾连忙拱手笑道:"父老兄弟们,我等也是保护商君。商君在这里!"

人们听说商君在此安然无恙,不禁一阵狂喜欢呼。老人们率先跪倒:"商於子民参见商君!"火把海洋也呼啦啦跪倒,赤膊壮汉们高喊:"国君坏良心! 商於人反了!"人海呼应怒吼着:"昏君害恩公! 跟商君反了!""商於人只做商君子民!"

站在火把海洋中,商鞅眉头紧皱,热泪盈眶。他一个一个地扶起了各乡的老人,向他们深深一躬,对最前边一位老人高声道:"老人家,我给大家说几句话。"

老人举手高呼:"噤声! 听商君训示——"

呼啸纷乱的火把海洋渐渐平息下来。商鞅走上了一座土丘,向民众拱手环礼一周高声道:"父老兄弟姐妹们,商鞅永生铭感商於民众的相知大恩。日月昭昭,民心如鉴,商鞅此生足矣!但请父老兄弟姐妹们,务必听我一言。商鞅当年

*樗里疾的滑稽、忠直及机智,跃然纸上。*

入秦变法，为了民众富庶，秦国强盛。秦国变法短短二十余年，温饱足矣，富庶尚远。当此之时，国脉脆弱，经不起动荡生乱。商鞅若留在商於苟安一世，或与父老们反叛，秦国都必然大乱！商鞅一人，死不足惜，然商於十余县的生计出路，都必将毁于一旦！不知多少人要流血，多少家园要毁灭？整个秦国，也会在动荡中被山东六国吞灭！父老兄弟姐妹们，秦国人的血，要流在杀敌战场上，不能流在自相残杀的内乱中！再说，我回到咸阳，一定会辩说明白，成为无罪之身。那时候，商鞅就回到商於来隐居，永远住在这片大山里，死在这块土地上……恳请父老兄弟姐妹们，回家去，商鞅不会有事。我要即刻回咸阳面君，不要为我担心。"

商於的老百姓们哭了，无边无际的大山林海在秋风中鸣咽。

老人们跪倒了，火把海洋跪倒了："商君大恩大德，商於子民永世不忘……"

商鞅生平第一次肃然跪地，泪水夺眶而出："父老们，商鞅纵死，灵魂也会回到商於来的……"

火把海洋艰难地缓慢地，终于散去了。

樗里疾和县令们要送商鞅出山，商鞅断然地回绝了。

三更时分，商鞅和荆南飞马出山，一个时辰便到了峣关外的大道。这里有两条官道，东南沿丹水河谷直达武关，西北沿灞水下行，直达秦川。商鞅在岔道口勒马，挥鞭遥指东南官道："荆南啊，你不要跟我回咸阳了，到峣山去。"荆南哇哇大叫，拼命摇头，锵然拔剑搁在了脖颈上——誓死不从！商鞅叹息一声："荆南，你乃忠义之士，我岂不知？要你去峣山，是为我办最要紧的一件大事：告诉白雪她们，千万不要来咸阳，教她们赶快离开峣山，到齐国去，将儿子最好送到墨子大师那里。咸阳事了，我会来找她的……荆南，去吧。"

人皆有软肋，商鞅也不例外。以连坐之法，估计也逃不了。

"噢"一声,荆南大哭,下马向商鞅深深一拜,翻身上马,扬鞭绝尘而去。粗重的哭声在风中隐隐传来,商鞅的心不禁猛烈地一抖。

这里到咸阳不过三百里左右,快马疾驰,五更天可到咸阳。然商鞅大事已了,心中松弛,想到人困马乏地紧赶到咸阳也未必能立即见到新君嬴驷,不若找个客栈,歇息到天亮再上路。思谋定了,感到一阵倦意袭了上来,打了个粗重的哈欠,走马向关城外风灯高挑的客栈而来。到得门前,商鞅下马嘭嘭拍门。

大门拉开,一个着黑色长衫者走了出来:"客官,投宿?"

商鞅默默点头。

"客官,请出具照身帖一观。"黑长衫边说边打着哈欠。

商鞅笑了:"照身帖? 甚物事?"

黑长衫骤然来神,瞪大眼睛侃侃起来:"嘿嘿嘿,看模样你倒像个官人,如何连照身帖都不晓得? 听好了,一方竹板,粘一方皮纸,画着你的头像,写着你的职事,盖着官府方方的大印。明白了? 秦国新法,没有照身帖,不能住店!"

商鞅恍然,他从来没有过私事独行,哪里准备得照身帖? 不禁笑道:"忒严苛了,但住一晚,天亮启程,又有何妨?"

"严苛?"黑长衫冷笑,"你是个山东士子,懂甚来? 我大秦国,道不拾遗夜不闭户,凭甚来? 奸人坏人没处躲藏! 不严苛,国能治好么? 亏你还是个士子,先到官府办好照身帖,再出来游学。"

商鞅倒是钦佩这个店东的认真,着实道:"我是商君。随身没带照身帖。"

黑长衫骤然一惊,瞪大眼睛绕着这个白长衫转了一圈,上下反复打量,陡然指着他的鼻子道:"看你倒蛮气派,如何是个失心疯? 这商君,也假冒得么? 有朝一日啊,等你真做了商君,我再想想教你住不让? 只怕那时啊,还是不行! 啊哈哈……走吧走吧,我看你是有病,走夜路去,好在我大秦国路上没有强盗。"说罢,黑长衫瞥了他一眼,走进门去咣当将大门关了。

商鞅愣怔半日,苦笑摇头,索性在官道上漫步缓行,边走边想,突然间仰天大笑不能遏止。是也,为何不笑呢? 新法如此深入庶民之心,也不枉了二十多年心血。自己制定的法令,自己都要受制,真乃作法自毙也。然则,纵然自毙,他心里踏实——法令能超越权力,意味着这种法令有无上的权威和深厚的根基。要想废除新法,便等于要将秦国的民心根基与民生框架彻底粉碎。谁有此等倒行逆施的胆量？

猛然，商鞅想起了老师，想起了王屋山里那个白发皓首慈和严厉的老人。老师啊老师，学生遵守了约定，使法家学说立下了一块无比坚实的根基。可是，你老人家的名字，却永远地隐在了学生的身影背后。假若商鞅隐退了，一定来拜望那座简朴的山洞与小小的茅屋，与老师长长的盘桓，一起在永无边际的学问大海里徜徉……

漫漫长路在纷飞的思绪中出奇地短暂，倏忽之间，天已经亮了。

秋天的太阳红彤彤地爬上了东方的山塬，葱茏的秦川原野挂着薄薄的晨霜，清新极了。主政以来，商鞅从来没有时日一个人在旷野里体味"大清早"的曙光、空旷、寂静与辽远。今日孤身漫步在秦川原野迎来第一缕朝霞，依稀回到了少年时代的晨练时光，商鞅感到分外的轻松舒畅。

突然，原本跟在他身后嗒嗒游荡的赤风驹仰天嘶鸣，冲到商鞅面前人立而起。商鞅拍拍马颈道："赤风驹啊，如此清晨美景，你却急得何来？"赤风驹蹭着商鞅，兀自长鸣不已。蓦然，商鞅听到一阵隐隐雷声，分明是有马队疾驰而来。商鞅笑道："好，走，看看何人来了？"翻身上马，赤风驹长嘶一声，大展四蹄飞向咸阳。

片刻之间，前方尘土大起，黑旗招展，显然是大军上道。赤风驹奋力飞驰，作势要越过大军侧翼。商鞅却紧急勒缰，赤风驹奋力长嘶，在大道中间人立起来，硬生生停住。几乎同时，迎面马队也在一阵凄厉的号声中骤然勒马，停在了五六丈之外。当先却是宫门右将与一个面具人。

宫门右将遥遥拱手："禀报商君，末将奉命行事，实有难言之隐，容我说明……"

旁边黑纱蒙面者大喝道："无须多言！奉国君手令缉拿

搬起石头砸自己的脚。"商君亡至关下，欲舍客舍。客人不知其是商君也，曰：'商君之法，舍人无验者坐之。'商君喟然叹曰：'嗟乎，为法之敝一至此哉！'"由此可见，约二十年的时间，秦国游士之游的空间，已萎缩至极。

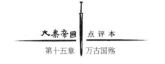

罪犯,商鞅下马受缚!"

商鞅哈哈大笑,扬鞭直指:"公孙贾么?只可惜你不配拿我。"

公孙贾咬牙切齿道:"商鞅国贼,人人得而诛之,公孙贾何以不配?"

"公孙贾,你逃刑残民,流言惑国,多年未得明正典刑。今日竟公然露面,在本君面前亵渎秦国法令,算你正刑之日到了也。"商鞅勒马当道,白衣飘飘,将士们看得一片肃然。

公孙贾嘶声大笑,一把扯下面具。那张丑陋可怖的脸使右将与骑士们一阵惊讶骚动,马队不由自主地嗒嗒后退几步,将公孙贾一个人撂在了商鞅对面。公孙贾全然不觉,摇着面具冷笑道:"商鞅,看看这张脸,就知道公孙贾的仇恨何其深也。我恨不能杀你一万次!商鞅唯知刑治于人,最终却要被刑治,敢问商君作何感慨?"

"青史有鉴,刑刑不一。公孙贾犯法处刑,遗臭万年。商鞅为国赴死,千古不朽。不知燕雀鸿鹄之高下,公孙贾枉称饱学之士,端的无耻之尤!"

公孙贾大喝一声:"来人!将你送到牢狱,再与你理论不迟。拿下商鞅!"

三千马队的方阵一片肃静,无一人应声。公孙贾正在惊恐尴尬之际,商鞅突然间从高大神骏的赤风驹上飞身跃起,好似一只白色大鹏从天而降,将公孙贾从马上提起,向空中骤然推出。公孙贾身体方在空中展开,一道炫目的剑光已在空中绕成巨大的光环,只听一声惨叫,公孙贾的人头从空中滚落到右将马前。

"人犯"二字好。临危还要执法,商鞅执着于法。

商鞅平稳落地道:"请右将军将人犯首级交廷尉府,验明结案。"

马队方阵一片低声喝彩,哄嗡骚动。

商鞅转身，双手背后道："将军，来。"

# 五　渭城白露秋萧萧

白雪见到深夜上山的荆南，什么都明白了。

荆南愤激地比画着吼叫着。白雪平静得出奇，没有问一句话，也没有说一句话。梅姑急得直哭，白雪却仿佛没有看见。最后，白雪挥挥手教梅姑领着荆南歇息去了，她自己关上了门，再也没有出来。她没有点灯，对着洒进屋中的月光，一直坐到东方发白。当她拉开房门的时候，平静的脸上甚至带着一丝微笑。可是，当她看见在院子里显然也站了一个晚上的荆南、梅姑和儿子时，仿佛感到了秋天的寒意，不禁一阵颤抖。她走下台阶轻轻搂住儿子问："子岭，你知道了？"儿子轻轻点头，庄重得大人一般："母亲，我们一起去找父亲。"白雪轻抚着儿子的长发道："傻话，娘自有安排。来，荆南、梅姑，你们过来，听我吩咐。"

在院中凉棚下四人坐定，白雪道："我们只有半日时间。荆南、梅姑，你俩准备一番，立即带子岭到神农大山墨家总院去。这一点，他说得对。"

"子岭不去墨家！子岭要跟娘去找父亲！"儿子赳赳站起。

白雪微微一笑："子岭，你也快长成大人了，再过几年就该行加冠大礼了，如何这般倔强？父亲和娘早就准备送你去墨家了，也非今日提及之事。父亲出点儿小事，就没有定力了？娘去安邑一趟，回头就来找你们，啊。"

子岭沉默了好一阵，终于点了点头。

"梅姑、荆南，先吃点饭，就收拾。"

梅姑拼命咬住颤抖的嘴唇跑开了。荆南拉起子岭比画了几下，两人也一起走了。白雪唤来两个仆人，吩咐他们立即准备马匹、收拾中饭，便回房收拾自己的行囊了。一个时辰后，白雪吩咐在院中摆上酒菜，四人聚饮。

"荆南、梅姑、子岭，我为你们三人饯行。来，干了。"白雪一饮而尽。

荆南举起沉甸甸的青铜酒爵，"咳"的一声，慨然饮干。

子岭望着母亲，仿佛一下子长大了："娘，儿第一次饮酒，不想竟是为娘饯行。娘，一定回来找我,别忘了。"壮士般豪爽地饮干了一爵。

白雪猛然转过了身去……良久回身笑道:"子岭,娘会来找你的,不会忘记的,啊。梅姑,好妹妹,你也饮了。"

梅姑颤抖着双手举起酒爵:"姐姐,我,饮了……"猛然干尽,却扑倒在地连连叩头放声大哭,"好姐姐,梅姑知道你,你,你不能去啊,不能……"

白雪搂住梅姑,拍着她的肩膀:"好妹妹,你是经过大事的,如何哭了?"

梅姑止住哭声,断然道:"姐姐,荆南护送子岭足矣。梅姑要跟着姐姐!"

白雪笑了:"好妹妹,莫小孩子一般,你还有许多事。看,我给你开了一个单,一件件办。我会回来的,啊。荆南,我知道你对梅姑的心意,本来上次你随他来,我就要说开的,惜乎错过了。你要好好待梅姑,记住了?"

荆南"咳"的一声,扑倒在地叩头不止……白雪又将梅姑拉到一边,低声叮嘱了一阵,梅姑终于点了点头。

饭后,白雪将三人送到山口,拿出一个包袱对子岭道:"好儿子,这是父亲和娘给你的。先由梅姨保管,到时候她会给你的,啊。"

伏笔。

"娘……"子岭郑重地跪在地上叩了三个头,"倘若能见父亲,告诉他,儿子以为父亲是天下第一等英雄……"

"子岭,好儿子!"白雪紧紧抱住儿子。

回到山庄,白雪吩咐两个仆人守住庄园,等候侯嬴前来。又做了一番细致的准备,暮色将临,她跨上那匹早已经准备好的塞外骏马,出了崤山向安邑飞驰而去。

安邑虽然不再是魏国国都,但商事传统依旧,昼夜不关城门。白雪四更时分到得安邑,进了城直奔白氏老府。侯嬴刚刚盘点完本月收支,准备休息,忽见白雪风尘仆仆而来,知

道必有大事，连忙将白雪请到密室说话。白雪饮了两盏茶，一时不知从何说起，想想侯嬴也是商鞅好友故交，开门见山道："侯兄，鞅出事了。"侯嬴大惊："何事？"白雪平静地将荆南到崤山的事说了一遍，"侯兄，我要去咸阳。静远山庄交给你了。"

对这位既是女主人又是好朋友的性情，侯嬴知之甚深，对白雪与商鞅的情意更是一清二楚，她越平静，内心的悲痛就越深，主意也就越坚定，劝告是没有用的。侯嬴略一思忖断然道："静远山庄先放下，我与你一起去咸阳。"白雪摇摇头。侯嬴慨然道："卫鞅也是我的好友，将我侯嬴当义士。朋友有难，岂可袖手旁观？姑娘莫得多言，我去准备。"说完大步出去了。

不消半个时辰，侯嬴备得一辆轻便的双马辎车前来，说白雪骑马时间太长了，执意要她乘车。白雪无暇争执，跳上辎车一试，果然轻灵自如，便不再说话。匆匆用过一餐，天亮时分，白雪轻车，侯嬴快马，出了安邑。行至城外岔道，白雪拱手道："侯兄请先行一步，我要到灵山一趟。"侯嬴看看晨雾笼罩的灵山，明白了白雪的心意，打马一鞭，飞驰而去。

灵山在安邑之南涑水河谷的北岸，是巫咸十峰中最为秀美的一座小山。松柏苍翠，山泉淙淙，终年常青，幽静异常。白雪将辎车停在山下石亭，步行登上了山腰。转过一个大弯，一座陵园赫然坐落在一片平坦的谷地里。

走进高大的石坊，一座大墓依山而立，墓石大字清晰可见——大魏丞相白圭夫妻合墓。白雪走到墓前跪倒，从随身皮囊中拿出一个精美的铜尊，尊盖弹开，将一尊清酒缓缓洒到墓前，深深九叩，泣不成声道："父亲母亲，这是女儿最后一次祭奠你们。岁月长长，秋风年年，女儿再也不能为父母扫墓祭拜了……女儿，要去找自己的归宿了。若人有生死轮回，女儿来生再侍奉父母了……父亲母亲，你们安息，女儿去了……"

倏忽间，一阵清风在墓前打着旋儿，绕着白雪依依不舍……白雪忍不住满腔痛楚，张开双手揽风扑倒，放声痛哭。

太阳爬上山巅，灵山的晨雾秋霜散了，洒满了柔柔的阳光。

白雪终于依依起身，头也不回地去了。

这时的咸阳，弥漫着一种莫名其妙的异常气氛。

嬴驷听了宫门右将的禀报，看了公孙贾的头颅，半天没有说话——商於郡守县令无一执行秘密君令,竟还发生了百姓聚众拥戴商鞅作乱;商鞅既逃,却又自动就缚,丝毫没有面见自己陈述冤情的请求;三千骑士在商鞅杀公孙贾时非但无动于衷,竟还喝彩庆幸……所有这些,都使嬴驷感到了非同寻常的压力,觉得对商鞅一定要谨慎处置,绝不能造次。

宣来长史,嬴驷连下三道紧急密令:第一,即刻将商鞅交廷尉府,秘密押送到云阳国狱,严禁私下刑讯。第二,不许对任何同情商鞅的臣民问罪,尤其是商於吏民。第三,公孙贾被杀事秘而不宣,立即将"公孙贾"交廷尉府以逃刑论罪"正法",并通告朝野。这三道密令只宣到相关官署,不许通告国人。

已经没有回头路。

嬴驷要稳住局面,只有先稳住局面,才能谈得上如何处置商鞅。否则,国狱里的商鞅还得放出来。而稳住局面的要害,就是绝不能触动对商鞅抱有同情的官员百姓,若以秦国新法的"连坐"论罪,无异于火上浇油,激起天怒人怨。只要官员百姓的同情不走到公然作乱的地步,就只能佯装不知。

但是,这三道密令一下,咸阳的世族元老却大为不满。他们为公孙贾被杀一片愤怒,更为不对"同谋叛逆"的商於官民治罪忿忿然。杜挚与甘龙密商一夜,同时开始了两方面动作。一是将商鞅被缉拿的消息广为散布,诱发乱势,使国君不得不依靠世族旧臣;二是联络世族元老聚会朝堂,请将商鞅及其党羽斩草除根。

商鞅被缉拿的消息一传开,立即激起了轩然大波。

在南山的荧玉听得惊讯,顿时昏了过去。悠悠醒来,本想告知母后与她同回咸阳救出商鞅,又恐母后愤激伤情撑持不住……愣怔良久,抛下几个堪舆方士,孤身连夜赶回了咸阳。

荧玉直冲深宫,却被宫门右将带一排甲士拦住。

"如何？连我也要杀了么？"荧玉冷笑。

"禀报公主,国君严令,唯独不许公主进宫。"右将拦在当道。

荧玉愤然大叫:"嬴驷!你如此卑鄙,何以为君?!"疯了般突然夺过右将手中长剑,挥剑向里冲去。右将一声尖吼,挺胸挡在中央。训练有素的一排甲士迅疾地锵然伸出长矛,架在右将与荧玉之间。荧玉本来在流产后身体尚未完全康复,此刻悲愤难抑,大叫一声,喷出一口鲜血,一头栽倒在白玉阶上,头上冒出汩汩鲜血……

甲士惊慌大乱,右将连忙抱起公主登上辂车,直驶太医院。太医连忙抢救。荧玉醒来睁开眼睛,却奋力站起,踉踉跄跄地冲了出去。太医令吓得大叫:"车!快!车!"

一名甲士迅速赶来一辆辂车,将荧玉扶上车:"公主去哪里?我来驾车!"

荧玉伸手一指:"走!嬴虔府……"

嬴虔正在荒芜的后园山亭下独自饮酒,默默沉思。多年闭门不出,他已经习惯了每天在这荒草丛生的院子里枯坐,许多时候能从天黑坐到天亮,天亮坐到天黑,有时思绪纷飞,有时甚也不想,就那样木然枯坐,犹如一座黑色石雕。秦孝公的病逝,终于使他结束了漫长的等待,看到了冷酷无情的商鞅下狱。按照他的预想,他不准备出面,只准备隐藏在背后谋划。因为他的目标很简单——公开处死薄情寡义的商鞅,一雪心头屈辱仇恨。其余的事,随遇而安,想不了那么多了。

可是,新君嬴驷突然间秘密造访,使嬴虔一下子看到了更为深远的东西,潜藏在心底深处的另一套谋划不可遏止地涌流出来。以此谋划既给了嬴驷强有力的支撑,也使他有了补偿自己命运的希望——与嬴驷结盟,除掉商鞅,铲除世族,称霸天下,完成秦国第二步大业。

嬴虔本是雄心勃勃的国家栋梁,当年与孝公商鞅同心变法,大刀阔斧地为商鞅扫清道路,毫无怨言地将左庶长大权与兵权一起让给了商鞅。在嬴虔内心,他也要做秦国强大的功臣,愿以老秦人特有的忠诚热血,辅助自己的弟弟与商鞅。他在军队与公族中的威望,与他出类拔萃的猛将天赋,都使他成为秦国不可或缺的基石人物。他万万没有想到,商鞅会对他施加屈辱的酷刑——割掉了他的鼻子,使他成为永远垂着面纱的怪物。他冷静沉思了多年,始终对商鞅的做法不能理解,不能原谅,不能饶恕。虽然他是首席的太子左傅,但谁都知道那是为了让出左庶长位置而给他的"清爵"。更重要的是,他对甘龙公孙贾的蔑视遏制甚或是威慑,更是商鞅与朝野清楚的。太子犯法,处置公孙贾天经地义,因为他是名副其实的太子老师,而且确实是给太子灌输复古王道的世族老朽。将嬴虔从"太子事件"中摘出来,几乎是任何人无可非议的。只要商鞅出面讲清楚,国人无怨,新法无损,弟弟嬴渠梁更不会异想天开地坚持刑治于他。然则商鞅偏偏以稳定国人、刑名相合为理由,坚持将他与公孙贾这样的佞臣并列,使他蒙受了终生无法消解的奇耻大辱。

以嬴虔的暴烈禀性与雄猛武功,加上对他忠心无二的一批老秦死士,暗杀商鞅绝非难事。然则,嬴虔毕竟是个看重大局的人,他知道秦国变法是不可逆转的潮流,自己纵然有满腔冤仇,也不能在秦国最需要商鞅的时候寻仇生乱。他是公族嫡系,秦国的兴衰荣辱,就是嬴氏的兴衰荣辱,他如何能做嬴秦公族的千古罪人?

如今,孝公死了,秦国的变法成就了,秦国的根基稳固了,商鞅的使命也完成了,该清算的仇恨也到时候了。可是,要将三大难题即除掉商鞅、铲除世族、推进霸业全部圆满解决,需要十分的谨慎,需要高明的谋略。在这一方面,他极赞赏嬴驷,做得很到火候。最近这三道密令就稳妥周密至极,与他的想法完全暗合。这几日,世族元老们沉不住气了,出来走动了,散布消息,联络贵胄,一片兴奋忙碌。嬴虔相信这个侄儿心中是清楚的,这时一定要稳住心神,将计就计——世族元老的愤然躁动,对民众同情商鞅是一种制衡;民众的愤然怒火,又是将来铲除世族的理由;利用世族元老层的压力除掉商鞅,再用民众的压力铲除世族。这就是嬴虔与嬴驷胸有胜算的奥妙所在。

纷至沓来的思绪,在黑色石雕般的心海中汹涌澎湃……

突然,前院传来急迫的脚步声与愤激的喊声:"谁敢拦我,剑下立死!"

女人声音?谁有如此胆量?对了,荧玉。

仆人跌跌撞撞跑进来:"公子,不好了!公主闯进来了,拦,拦不住!"

"谁教你等拦了?公主是我妹妹,不知道么?"嬴虔冷冷训斥。

话音落点,头上包扎着白布的荧玉,发疯一般地冲了进来,手中长剑直指山上石亭:"大哥!我,我现下还可以叫你大哥。你说,你们为何抓了商君?为何?"

嬴虔没有说话,走下石亭站在荒草丛中:"小妹,应该由国君来回答你。"

"嬴驷?他不敢见我!"荧玉声色俱厉。

"那么我告诉你,有人具名告发商鞅,蛊惑庶民,谋逆作乱。"

"一派胡言!商鞅谋反,还有你等的今天?一不要自立,二不要大军,三不要封邑,

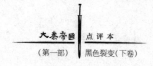

四还要退隐,这样人如何谋逆? 鬼话,骗得了何人!"荧玉气
愤得嘴唇发紫,浑身哆嗦。

　　嬴虔沉默良久:"小妹,你生于公室,当知一句老话:斯
人无罪,怀璧其罪。不要闹了,没用。"

　　"好! 你说得好。斯人无罪,怀璧其罪? 啊哈哈……"
荧玉大笑间猛然咬牙切齿,"嬴虔,我知道你是后盾。没有
你,嬴驷不敢颠倒乾坤! 对么? 你说!"

　　嬴虔像一尊石雕,死死地沉默着。

　　荧玉大步上前,猛然一把扯下他的面纱——二十年来,
嬴虔那张被割掉鼻子的狰狞变形的脸第一次显露出来:"教
世人看看,你的心和脸一般邪恶!"

　　嬴虔纹丝未动,冷冷道:"这张脸,就是你要的答案。"

　　"啪——"荧玉猛然扬手,狠狠打了嬴虔一个响亮的耳
光。

　　嬴虔依旧默默站着,石雕般木然。

　　荧玉眼中涌出两行清泪,一声尖叫,转身头也不回地跑
了。

　　又闻脚步匆匆,却是家老来到后园禀报:国君派内侍传
命,请嬴虔立即进宫。

　　嬴虔未及多想,登上内侍的垂帘篷车就走了。到得宫
中,方知是六国特使不约而同地赶到了咸阳,强烈敦促秦国
杀掉商鞅以泄天下公愤。嬴驷感到受制于六国而为,未免屈
辱,征询伯父,此事当如何处置? 嬴虔略一思忖,敏锐捕捉到
了其中价值,与嬴驷一阵低语。嬴驷恍然大悟,立即下书,明
日举行朝会,公议紧急大事。

　　次日清晨,咸阳宫的正殿举行嬴驷即位以来的第一次朝
会。几乎所有有资格走进这座大殿的文武臣僚都来了,最显
眼的是世族元老和公室旁支大臣们也都来了。老太师甘龙、

荧玉有情有义。

婚姻也救不了商鞅。宗
法制并不必然培养亲情。

甘龙诈死也是死,孙皓晖
当交代甘龙如何重见天日。
小说此处疏漏。

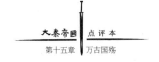

太庙令杜挚、咸阳孟坼、白缙、西乞弧等多年称病不朝的老臣,整整齐齐全到了。唯有真正的元老重臣嬴虔没有来,传出的消息说是病了。在权力结构中举足轻重的郡守县令,也是一个未到,就连位置最重要的咸阳令王轼也没能出来。

明眼人一看就知道,商鞅的力量几乎全部被排除了。另外一个引人注目处,在黑色的秦国臣子群中,陆续夹杂了几位锦衣华服趾高气扬的外国人,他们就是紧急赶赴秦国的六国特使。

秦国传统,向来不在朝臣议事时会见使者。今日朝会,六国特使竟一下子全来了,不能不说是一桩怪异之事,一时间惹来议论纷纷。

正在内侍高宣秦公驾到,群臣噤声的时刻,殿外疾步匆匆,国尉车英戎装甲胄大步进殿,径自昂然坐在了武臣首位。殿中大员们不禁侧目,惊讶这远在北地郡的车英如何恰恰在此时赶回? 他一来,孟西白等将军的分量岂不顿时减弱? 谁知参拜大礼刚刚行完,两名护卫军吏竟然抬着一张竹榻进了大殿,众人一看,又是上大夫景监来了。他奋然下榻,坐到了仅仅在老太师甘龙之下的第二位。

嬴驷平静如常,关切笑道:"上大夫,病体康复了?"

"臣病体事小,秦国命运事大。臣,不敢不来。"景监面色苍白地喘息着。

"国尉,何时还都?"嬴驷同样的微笑。

"臣方才赶回。北地郡战事,臣已安排妥当。"车英没有说破北地郡本无战事。

嬴驷没有再问,肃然正色道:"本公即位,尚未朝会。今日首朝,一则与诸位臣工相见,二则接受六国特使国书。因郡守县令未到咸阳,今日朝会不议国事。"

司礼大臣高宣:"六国特使递交国书,魏国——"

红色官服的魏国特使站起上前,深深一躬:"外臣惠施,参见秦公!"将一卷国书交到司礼大臣手中,转递到嬴驷案头。

嬴驷笑道:"惠施乃名家①大师,今入秦国,何以教本公?"

惠施高声道:"一则,本使代魏王恭贺秦公即位大喜。二则,本使代转魏王之言,魏国朝野请秦国杀商鞅以谢天下! 否则,六国结盟,秦将自食其果。"

其他五国使者异口同声:"我国皆然! 杀商鞅以谢天下!"

---

① 名家,战国学派之一,循名求实,以诡辩著名,对中国哲学颇有贡献;不是"著名学派"之意。

　　嬴驷脸色阴沉，尚未开口，国尉车英霍然站起戟指怒斥：
"六国使者何其猖狂？竟敢公然干我国政！还当今日秦国
做二十年前之秦国么？老秦人一腔热血，十万锐士，怕甚六
国结盟！请国公下令，赶出六国使者！"

　　太庙令杜挚却站了出来："臣启国公，六国之言，大可不
睬。然则商鞅之罪，不可不论。日前商鞅服法之际，尚大逆
无道，竟在军前公然诛杀元老大臣公孙贾。此等淫威，千古
罕见！领军将官纵容首逆，三千骑士坐视滥杀，实为情理难
容。臣请论商鞅斩刑。领军将官并旁观骑士一体连坐！"

　　此言一出，另开话题，殿中顿时哗然。白缙站起高声道：
"商鞅谋逆作乱于商於，滥杀世族于变法，开千古暴政之先
河。不杀商鞅，天理何在！"

　　老态龙钟的甘龙颤巍巍站了起来，大有劫后余生的悲愤
之相，他艰难地躬身作礼，突然放声痛哭，嘶哑苍老的嗓子在
殿中凄惨地飘荡着。嬴驷不悦道："老太师有话便说，何以
如此失态？"甘龙骤然收住哭声道："臣启国公，商鞅有十大
不赦之罪，当处极刑也！"

　　"请老太师昭告天下！"元老大臣一片呼喊。

　　甘龙感慨唏嘘，字斟句酌，分外庄重："其一，谋逆作乱；
其二，蛊惑民心；其三，玷污王道；其四，暴政虐民；其五，刑及
公室贵族，动摇国脉根基；其六，无视先君，欺凌国公；其七，
任用私人，结党乱政；其八，军前私刑，蔑视国法；其九，私调
大军，威胁咸阳；其十，重婚公主，玷污王室。有此十恶不赦
之罪，岂容此等人于天地间招摇过市！"

　　殿中一片沉寂。这些匪夷所思的罪名将所有人都惊呆
了，连世族元老们也是惊骇莫名。他们将商鞅恨得咬牙切
齿，偏是找不出商鞅的罪名，一个"谋逆"也是睁硬眼睛生生
咬下去的，连他们自己也觉得经不起认真追究。可是，素来

　　　　　　欲加之罪，何患无辞。古
之"从死"，是否也有其"仁
慈"的一面，如缪公与车氏三
子共生共死，至少车氏三子不
会撞到新君的枪口上。官道
残酷，横竖避不过去。

以"大儒"自诩的老甘龙竟然一口气数出商鞅的"十大罪状",除了"谋逆作乱"一条在意料中外,其余罪状竟还真像那么回事儿,从施政到治学,从变法到用人,从公务到私情,无一遗漏的都是不赦之罪。最令人匪夷所思的是"重婚公主,玷污王室"一条,一下子就将商鞅打入了卑鄙龌龊的宵小之徒,竟还真是似无若有,令人心惊肉跳。

此等罗织之能当真是老辣,大殿中所有人的脊梁骨都顿时感到一阵冰凉。

魏国特使惠施原本是名家名士,颇具书生气,遇上能将"白"说成"黑"的能士,就不由自主地兴味盎然,要和对方较劲。当初惠施说"马有三耳",能者大哗,惠施竟和这些人论战了三天三夜。"白马非马"、"鸡三足"的命题也一气被激发了出来。今日做特使来到秦国,竟然在朝会上遇见了如此特异老能,顿时兴致勃发,竟忘记了自己的使命,跨步上前拱手道:"请教前辈,在下以为,重婚非婚,不当做罪。何也?婚为一,重婚为另一,重婚与婚,婚与重婚,本为两端,名实相异。故重婚非婚,有婚非重,重则非婚。前辈以为然否?"

甘龙正在沉迷地品尝"十大罪状"的惊人效果,自感块垒稍消,通身舒坦得难以言喻,不想眼前突然冒出一个红衫胖子,满口绕辞使人茫然如坠烟雾。甘龙讲究儒家正道,素来不苟言笑,眼见此人伶牙俐齿,语速飞快,一连串的拗口突兀之辞,直如市井之徒,不由怒气攻心,愤然大喝:"竖子何许人也?竟敢搅闹国事?!"

"前辈差矣。竖子非人,人非竖子,竖子与人,焉能并称?如同国事非事,事非国事。亦如前辈非人,人非前辈。名实不清,焉得论理?然否?"惠施认真应对,全然不以为忤,与甘龙的愤激恰成滑稽对照。

惠施搅局,气杀甘龙。

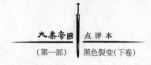

肃杀的殿堂突然爆发出哄然大笑，深居简出的元老们笑得最为畅快。

甘龙气得浑身哆嗦，闷哼一声，喷出一口鲜血，颓然倒在了太师席上。

殿堂顿时骚动。有人拥上去呼喊拍打老太师，有人高喊太医，有人怒斥惠施，有人笑犹未尽连连咳嗽……唯有嬴驷平静淡漠得没有看见一般，大袖一挥："散去朝会。"起身径自去了。车英走到景监面前低语几句，扶起景监出了大殿，登车直驶商君府。

昔日车马穿梭的商君府一片清冷萧瑟，门前空旷无人，院中黄叶飘零，秋风吹过，倍显凄伤。走进第三进，景监车英二人顿时愣怔——庭院中跪满了仆人侍女，人人饮泣，个个憔悴。

"家老，缘何如此？"景监急问。

"上大夫！ 国尉……"老总管一见二人，悲从中来，老泪纵横，泣不成声。

车英忙问荧玉的贴身侍女。侍女哭诉说，公主将自己关在寝室已经两夜三天了，不许任何人进去……车英大急，疾步上前拍门："公主，我乃车英，快开门！"

屋中悄无声息。

"车英，撞门！"景监话音落点，车英肩膀猛力一撞，门闩咣当断开。

两人冲进寝室，顿时惊得目瞪口呆——一个白发如雪的红衣女子石人一般跪坐着，面前墙上挂着一幅大大的商君的木炭画像。

"公主……"车英哭喊一声，跪到荧玉面前。美丽的荧玉公主已经枯瘦如柴，空洞干枯的眼睛大大地睁着，雪白的散发覆盖着苍白的面容，气息奄奄，行将自殁……车英猛然抱起公主向外就走。景监急道："车英，去我家！"

到得景监家中，明朗善良的令狐一见荧玉的惨烈之相，顿时悲声大放。景监忙吩咐十余岁的女儿给荧玉炖了一鼎浓浓的羊羹。令狐强忍悲伤，亲自给荧玉一勺一勺喂下，又守在榻前看着荧玉昏昏睡去。景监和车英泪眼相对，商议如何安置荧玉。车英说，送到南山老太后那里去养息。景监说那不行，非但要送了老太后的命，连公主也保不住。最后，俩人商定相机探监，征询商君主意。

次日清晨，荧玉终于醒来了，第一句话就是："云阳国狱……我，要见他……"

景监二话没说，教车英和妻子令狐守着公主，自己匆匆到宫中去了。嬴驷没有阻拦，而且教景监给商君带去了两坛他最喜欢的赵酒，同时命景监责令狱吏善待商君，否

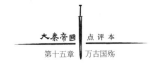
则杀无赦。景监回到府中,和车英准备了一番,便要出发。令狐却坚持要亲自看护荧玉,景监想了想,便教妻子和荧玉同坐了那辆垂帘篷车。车英见景监病体衰弱,坚持教景监乘坐轺车,他自己带领二十名骑士护卫。

出得咸阳北门,上了高高的咸阳北阪,向西北官道行得百余里,进入了泾水中游的山地,便见遥遥青山下一座奇特的城堡。这就是天下闻名的云阳国狱。

这里有一条小河流,从东北深山流来,曲曲折折飘若柔云,老百姓叫它云溪。云溪在中山流入泾水,与泾水形成一个夹角地带,水草丰茂,林木葱茏。夹角云溪的北岸有一个老秦人的农牧部族,官府命名此地为云阳①。秦献公时,都城栎阳太小,不宜建造牢狱,秦人的半个关中又面临魏国强大的军事压力,关押罪犯也有危险。建造在陇西后方倒是安全,却又距离都城太远,给执法带来很大不便。几经勘察,堪舆家选中了距离栎阳二百多里的泾水山区。这里距离关中平原很近,虽非南山那样的崇山峻岭,却也是黄土地带罕见的一片岩石山区,地形险要,易于看守关押。堪舆家们说,云阳山势威峻,水流凛冽,暗合法刑肃杀之秋德,宜于建造牢狱。于是,三年之后这里有了一座远离人烟的小城堡,又有了一座小军营。那时,犯人大多罚为各种苦役(包括军队中的苦力和官署中的低等仆役),需要关押的很少,大都是官员、世族、国人、士子等有身份地位的罪犯。牢狱本身不需要很大,却要求坚固险峻,能够有效防止劫狱。所以,秦国只有这一座监狱——云阳国狱。除了管理牢狱的一百多名狱吏狱卒,牢狱外的峡谷出口,还有一个千夫长率领的五百名甲士经年驻守。这支军马很特异,名义隶属廷尉府,却只听国君号令。没有国君令箭,任何人都不能进入国狱,甚至包括了法政大臣廷尉。

车英前行,到得小军营前向千夫长出示了嬴驷的令箭。一行车马便穿过营地中间的车道,驶到了城堡门前。这座城堡没有任何标志,箭楼极高而窄小异常,城墙全部用青色岩石砌成,闪着青森森的石光。门前没有任何岗哨守护,石门紧紧关闭,就像一座废弃的古堡。

军营千夫长已经随后赶到,向高高的小箭楼"嗖"地射上一支响箭。

小箭楼的望孔中探出一个半身人头,高喝:"出示令箭——"

车英举起黑色令箭,一扬手"嗖"地飞向了望孔。半身人准确地一把抓住。有顷,厚

---

① 秦云阳在今陕西淳化山区,始皇置云阳县。北魏后的云阳县在今陕西泾阳,该县有云阳镇。

重的城门轧轧启动，只开了仅容一人侧身通行的一道细缝。景监吩咐令狐背起公主，三名卫士拿了酒坛，车英抱了一只木箱，一行小心翼翼地通过了狭窄的门缝。

刚刚进去，身后硕大的石门就轧轧关闭了。

城堡中没有阳光，幽暗一片。一个狱吏迎了上来，恭谨地问了各人官职姓名与探视何人等。听说是探视商君，立即命两名狱卒用软架抬了公主，将三人曲曲折折地领到城堡最深处的一座独立石屋前。打开门进去，一股潮湿的霉味儿扑鼻冲来，景监呛得连连咳嗽。又走过长长的幽暗甬道，才依稀看见粗大的铁栅栏。

"景监！"铁栅栏中传来熟悉的声音和一阵当啷啷的铁链声。

"商君！"景监车英喊出一声，顿时泪如泉涌。

狱吏打开铁栅栏，向众人一躬，悄悄地出去了。

短短一个月，商鞅的胡须已经连鬓而起，瘦削苍白，除了那双锐利明亮的眼睛，教人简直不敢相认。商鞅看见被抬进来的白发妻子，俯身端详，惊得半天说不出话来，眼中泪水只是扑簌簌地涌流……此情此景，无须解释，屋中人尽皆抽泣哽咽。

昏迷的荧玉睁开了眼睛，看着眼前熟悉而陌生的脸庞，伸出颤抖的双手轻轻抚着商鞅的面颊："夫君……苦，苦了你啊！荧玉无能，生为公主，连自己的夫君，都救不了……"一口气噎住，又昏了过去。

商鞅大急，铁链一扬，"锵"的一声将一只酒坛的脖颈齐齐切断，双手抱起酒坛咕咚咚猛喝一阵，顿时面色涨红。他将荧玉的身体平放在草席上，轻声道："你等在门外稍待，我要救她，不能分神。"景监三人退到门外甬道，却都紧张地望着牢房内不敢出声。

幽暗之中，依稀可见商鞅轻轻松开荧玉的裙带，盘坐在三尺开外，两手平推而出，一片隐隐白气便覆盖了荧玉全身。白气渐渐变浓，荧玉脸上变红泛出细汗。商鞅又将荧玉两脚搁在自己腿上，两掌贴住她的两只脚心。片刻之间，荧玉头上冒出一股隐隐可见的黑气，渐渐地越来越淡……商鞅头上大汗淋漓，顾不得擦拭，又退出两三尺外，长嘘一声，平静地遥遥抚摩荧玉全身。仿佛有一种轻柔超然而又具有渗透性的物事进入荧玉体内，她面色渐渐红润了，脸上犹如婴儿般恬淡，显然是深深地睡去了。

商鞅闭目喘息，脸上红潮退尽，苍白得虚脱了一般，片刻养神后，向门外轻声道："进来吧。"三人小心翼翼地走了进来，关切地看着地上的荧玉。商鞅疲惫地笑了："没事了。

她是急愁苦哀攻心,方才已经快要疯了……我用老师的昏眠秘术,总算将她救了过来。她大约一个月后才能完全清醒……令狐妹妹,你现下将她抬到院中,找块太阳地让她暖睡。"

令狐哽咽着答应一声,叫来两名狱卒用软架抬出荧玉。狱吏将她们领到唯一的一块阳光角落,还拿来一床干净的丝绵被。令狐给荧玉盖上,守在旁边哭得泪人一般。

牢房内车英问:"商君,公主该当到何处养息?"

商鞅:"荧玉之根本是养息心神,淡出悲伤。唯有玄奇能帮助荧玉养心。想办法送到玄奇那里去。日后转告荧玉:不要自责,鞅很高兴自己的生命彻底融进了秦国;如果她是我,她也会如此的。"

车英、景监粗重的一声叹息,只有含泪点头。

"景监、车英,我们三人从变法开始就是一体,情逾同胞手足。你俩谨记,至少两年内不能辞官。维护新法,新君还要借重你们。"商鞅分外清醒,似乎方才什么事情也没有发生。

景监面色更加苍白了:"商君被拿之日,景监已经心灰意冷,决意退隐。然商君如此叮嘱,景监自当为维护新法撑持下去。"

车英忿忿然道:"为拿商君,国君煞费苦心。软禁王轼,支开公主,困住上大夫,虚假军情调我离都。前日朝会,又装聋作哑,纵容六国特使。凡此种种,令人寒心,车英实在无心做官……商君此情此景,尚全力维护新法大局,车英亦当与上大夫共同撑持!"

见商鞅目询,景监将前日朝会的情景说了一番。商鞅思忖点头道:"新君有他的成算预谋。他是有意教六国特使施加压力,便于对我处置。将来一旦腾出手来,他就会以'六

先秦多异人,杂有众家之长,也不奇怪。就让他们活在传说中吧。

国合谋,逼杀商鞅' 为由,对东方师出有名。莫得担心,国君对山东六国绝不会手软,对世族元老也绝不会留情。他要的,只是我的生命而已,岂有他哉!"

景监道:"……甘龙被惠施气得吐血,他竟不闻不问。"

车英道:"虽则如此,也忒过阴险歹毒,难成大器。"

商鞅笑了:"车英啊,权力功业如战场,历来不以德行操守论人。我也说过,大仁不仁。只要他坚持新法、铲除世族、使秦大出,就有大德大操。"

景监慨然叹息:"商君胸襟,河海浩浩,慷慨赴难,天下何堪?"

"别如此说了。"商鞅自嘲地笑了,"鞅也是为了名节大业。设若新法失败,鞅还有几多价值? 老甘龙肯定要恶狠狠说,以身沽名,心逆而险。"商鞅不禁一阵大笑。

景监车英也禁不住笑了起来。

商鞅恍然道:"车英啊,我等在河西收回的那把蚩尤天月剑,荆南不用了,还在我府中。茨玉醒来后你取将出来,还给嬴虔,那剑对他还是有大用场。"

"好。"车英答应了。

景监肃然拱手道:"商君,有件事瞒了你十余年,今日景监直言,望能首肯。"

商鞅释然笑道:"瞒便瞒了,何须每件事都教我知晓?"

景监道:"二十三年前,自我任商君领书,便与书吏们辑录商君治国言论,整理成篇,分类抄写。至去年共得二十四章,分五十卷誊清在羊皮纸上。今日带来,请商君浏览斧正,以使商君之学流传后世。"说罢,打开带来的木箱,拿出一卷卷捆扎整齐的羊皮大书。

商鞅一阵惊愕,又深深感动了。要知道,自辞官不成大难不免,商鞅最感痛心的憾事,就是无法继续完成只写了三五篇的法家大著。听景监一说,连忙打开景监递过的目录卷,一眼看去,整整齐齐二十四章:

更法第一　　垦令第二　　去强第三　　说民第四

算地第五　　开塞第六　　壹言第七　　错法第八

战法第九　　立本第十　　兵守十一　　靳令十二

修权十三　　徕民十四　　刑约十五　　画策十六

境内十七　　弱民十八　　御盗十九　　外内二十

君臣二一　　禁使二二　　慎法二三　　定分二四

商鞅深深一躬:"景兄苦心大德,了却鞅一大心志,鞅此生无憾矣!"

景监连忙扶住商鞅:"分内之事。还请商君过目斧正。"

商鞅笑道:"很好了。再加上我写的那几篇,农战、赏刑、六法,就是二十七章。那几章荧玉收藏着,找她拿出来补上吧……我可能没有时间逐一订正了,景兄相机斟酌吧。"

景监含泪道:"此书就叫《商君书》,商君以为如何?"

商鞅点头微笑:"来,我三人共干一碗,以示庆贺!"

车英提起酒坛斟满三个大陶碗,三人举碗相碰,一饮而尽。

天色将晚,景监车英方才依依不舍地含泪离开。出得国狱,与令狐商量,公主不能再回咸阳,否则触景生情,她会再次发生危险。于是议定由车英带领十名卫士,直接护送公主去陈仓河谷找玄奇。令狐坚持要护持公主同去,车英却担心景监病体,再三劝住令狐。两队人马在暮色中分道扬镳,景监夫妇向了东南,车英一队向了西南。

这天,咸阳城发生了惊人的事件,国人聚众数万,在咸阳宫广场为商君请命。关中百姓也陆续拥来咸阳,请命人海不断扩大,官府束手无策。

入夜,嬴驷来到咸阳宫最高的望楼上向广场瞭望。但见朦胧月色中,万千人头涌动,哄哄嗡嗡的人声犹如隐隐海潮。请命的白色大布仿佛黑色人海中一片片白帆,招摇飞动。时而有人愤激地高声陈情,不断引来阵阵高呼,"为商君请命!""还我商君!""变法无罪!"的呼声此起彼伏……如此声势的庶民请命,在战国以来还从未有过。嬴驷倒没有惊慌恐惧,却实实在在地感到了棘手。原先的三道密令,为的就是稳住民

对《商君书》的交代,非常巧妙。反正著者不可考,倒不如添一点传奇色彩。孙皓晖这一笔,真出乎意料,写得好。

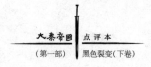
心,谁想还是引来了如此声势浩浩的国人请命,真有些不可思议。嬴驷相信,除了商君功业威望的感召,这里一定还有一种力量在蓄意煽动推波助澜。这种力量不是别的,一定是世族元老和六国间人,他们明里坚请杀商鞅以谢天下,暗里却传播流言,鼓动庶民请命,希望秦国彻底大乱。六国企盼秦国大乱进而瓜分之,世族企图借此证实新法易于威胁公室,进而一举恢复旧制。民众力量,只不过是他们的一枚棋子而已。这就是国政战场。嬴驷公室、世族元老、六国外力,三方角逐,就看谁能踏稳民众这块基石。

嬴驷公室将来要借助民众压力,彻底铲除世族根基,就绝不能直接开罪于老秦国人。然则,目前却因要处置商鞅,却与自己的长远基石——民众发生龃龉;同样因要除掉商鞅,又不得不与自己的两大死敌——世族元老和六国外力结成暂时同盟。一个商鞅横在中间,利害冲突顿时复杂起来。当此之时,动用铁骑甲士对付庶民请命,是最愚蠢的,也是山东六国与秦国世族最希望看到的。那样一来,无疑会使秦国崩溃。老秦人朴实憨猛,极重恩义。尽管商鞅也刑杀了许多庶民,但商鞅变法给了他们实实在在的丰厚好处,民众就死心塌地地拥戴他,甚至不惜跟着他造反。如此国人民心,要用流血威胁他们,无异于抱薪救火。民不畏死,奈何以死惧之? 嬴驷对这一点看得很清楚,压根儿就没有下硬手的打算。可是,对这种声势的请命听之任之,则同样不可收拾。

投鼠而忌器。事情的棘手正在这里。

观望思忖良久,嬴驷猛然心头一亮,匆匆下得瞭望楼,乘坐密帘篷车从后门出宫,直驶学人名士居住的东区。

中夜时分,一辆轺车辚辚驶进宫前广场。请命百姓以为来了国君特使,顿时从朦胧中醒来,一片哗然鼓噪,大片火把围了过来。却见轺车上走下一个布衣竹冠三绺长须的士子,他只身登上大殿前高高的白玉台阶,向广场民众高声道:"父老兄弟姐妹们,听我说几句实在话……"

"你是何人?"火把下有人高声喊问。

布衣长须者高声回答:"我乃云阳赵良,刚刚从齐国稷下学宫归来。"

"你是奉命来的么?"又有火把摇晃。

"父老兄弟姐妹们,尽人皆知,秦赵同宗,我赵良是老秦人! 我并非奉国君之命而来,我是刚刚从临淄归来,惊闻国人举动,特意来说一番自己的心里话。父老们教说则说,不教说我则不说。"赵良极为诚恳。

"请先生说!""对! 赵氏兄弟是秦国名士,有见识!"两个老人高声答应。

众人晃动着火把呼应:"先生请说。"

赵良向台下人海遥遥拱手:"父老们,兄弟们,姐妹们,商君蒙难,举国痛心,此情此理,朝野尽知。为商君请命,也是我老秦国人之良知。然则,父老兄弟姐妹们须得明白,商君之难,天命所系,实非人力所能挽回。商君变法,使秦国富强而六国震恐。我在齐国已经知道,六国于先君新逝之际,以联兵攻秦为胁迫,请杀商君。以秦国之力,目下尚不足以战胜六国联军。当此之时,商君主动请狱,国君不得已而为之! 赵良听得消息,唯恐国人鲁莽请命,国中生乱,使六国有可乘之机,忙日夜兼程赶回,不想果然遭遇此等乱事。幸得秦公英明,知我国人赤心,没有派兵刑治。赵良劝父老们回去,成全商君苦心,全力耕战,奉行新法。他日秦国强大时发兵山东,为商君复仇! 昭昭此心,人神共鉴……"赵良慷慨唏嘘,说得痛心疾首。

一番话入情入理,广场上顿时默然沉寂。

老秦人生性宽厚憨直,觉得此人不像诓骗,相互观望着,希望听到有见识者评判的声音。一个人高声道:"就说嘛,国君岂能忘恩负义?""有道理。不过还是不能杀商君。"又有人高喊。"不对!"一个中年人高声道,"赵良兄弟赵亢被商君处死,焉知他不是诓骗国人?""对! 有理! 赵良,你做何说?!"一片呼喊之声。

赵良双手一拱慷慨激昂道:"父老兄弟姐妹们,问得好! 赵良胞弟的确被商君处死。然则,那是赵亢身为县令触犯新法所致,赵良若记恨于商君,岂非枉为天下名士? 此点商君亦曾问过赵良,赵良之回答与今日一般无二! 父老们谓予不信,请与我同赴国狱,请商君作证如何?"

---

商君不听赵良言,有后祸。赵良这一招四两拨千斤,恰到好处,成功为新君解国。

又是全场默然。一个白发老人高声道："老夫之见，先生乃真心实言，国人当三思而行。众位以为如何？"

"有理！聚在这里使国君难堪，我等回家！"有人呼应。

"回家！谁要杀商君，回来与他们拼了！"

……

渐渐地，一片汪洋人海消退了，火把像小溪一样流向街巷，流出城外。

宫中望楼上的嬴驷长长地松了一口气。

# 六 本色极身唯忧国

国人请命的怒潮退去了，赵良被嬴驷拜为客卿。

客卿，是战国时任用名士的传统序曲。客卿本身无执掌，爵位也是中等，但其弹性却很大，实际上是一种试用方式。商鞅入秦初期也做过客卿。赵良明白这一点，心中很是满意。秦国正在微妙处，这时候若让他执掌重任，他还真有些拿捏不定，做客卿正好，既无实际职责，又有展示斡旋才干的天地。

赵良自己没有想到的是，他的宫前游说骤然升为客卿，已经引起了各方的密切关注，尤其是世族元老们大感兴趣。甘龙本以"儒家大师"自诩，知道赵良也是儒家名士，自然引为同道。凡是儒家，都是法家的对手，这一点没有人不知道。国君在危难之时起用了儒家名士，这本身就是一个信号，世族元老们大为兴奋。谁说儒家无用？这不是解决了最为棘手的难题么？秦国将来的事情，还得世族元老与儒家来解决。

甘龙立即派杜挚出面，约请赵良到太庙官署"赐教点惑"。

小说里的甘龙，写得总有疑处。变法初期，被逼归隐，时年六十有余。二十余年后，将近九十。年龄经不起算啊。

赵良闻言，心中说不出的欣慰，连甘龙杜挚这样的世族望家都要请他"赐教点惑"，足以说明他已经在秦国一举成名了。举目四望，秦国已经是人才凋敝，世族元老们气息奄奄，商鞅法家们流水落花，理国栋梁，舍我其谁？当此之时，不能冷落了这些世族老臣，他们的支持也是很要紧也。商鞅不正是因为开罪于世族，才落得如此下场么？此乃前车之鉴也。心念及此，赵良欣然答应。

初更时分，赵良崭新的青铜轺车驶到了太庙石坊前的松柏林中。杜挚已经在石坊前恭候了。这太庙本不是寻常官吏能随意来的，杜挚之所以将会面选在这里，一则是甘龙指定；二则是太庙前院是他处置公务的官署，不是供奉重地，确实有小宴议事的地方；三则也借以显示这次会面的神圣。

赵良被杜挚热情恭谨地领进石坊时，不由对庄严肃穆的太庙大殿深深一躬。

两人刚刚坐定，老太师甘龙被两个素衣侍女搀扶了进来，龙钟喘息之态，使赵良大感风烛残年的凄凉，同时也深为惊讶——这个看起来一阵大风都能吹倒的老人，白发皓首，步履蹒跚，却能屡经大难而不死，当真令人不可思议。那天当殿吐血昏迷，连太医救护都没有，臣僚们都以为老太师要寿终正寝了，可他依然挺了过来，仿佛永远死不了一般。

"云阳赵良，参见老太师。"赵良毕恭毕敬。

甘龙喘息着："请，客卿入座。阁下，英年有为，可喜可贺也。"

"赵良晚生后辈，何敢当老太师赞誉？"

"非也，非也。"甘龙摇头笑道，"客卿大才槃槃，国之大幸也。太庙令，你我今日，可是要请客卿赐教点惑了也。"

杜挚已经趁此安排好酒菜，将大门关上，转过身来刚刚入座，闻言拱手笑道："老太师之言甚是，我等当聆听客卿高

"老而不死是为贼"，未知孔子之语是否适用于甘龙。

论。老太师，你我先敬客卿一爵。"

"甚是。"甘龙举爵小饮一口，"老夫，很想聆听，客卿对当今国事之高论。"

杜挚却是一饮而尽："老太师之言甚是。杜挚亦想聆听高论。"

赵良受到两位世族元老的恭维，意气风发，大饮一爵，慨然拱手道："多蒙老太师、太庙令奖掖，赵良愧不敢当。要说秦国大势，赵良亦是管中窥豹，一斑之见也。赵良以为，如何处置商鞅，乃目下国政之焦点。国君既有除掉商鞅之意，又有恐惧国人之心。良虽说退庶民请命，然却不能安国君之心。良窃以为，目下之要，在于安定君心，促使国君断然除掉商鞅，而后方能图他！唯其如此，世族元老不宜在国人中搅和，而应竭尽全力促使国君决意定策。不积跬步，无以至千里。远图必得有章。不知两位前辈以为然否？"

"好！有见识，与老太师不谋而合！"杜挚拍案激赏。

甘龙摇头嘎嘎长笑："老夫何有此等见识？太庙令休得掠人之美也。另则，世族元老本来也无人搅和国人请命，客卿，却是过虑了。"

赵良一怔，恍然笑道："啊——对，没有搅和，决然没有搅和！"

三人不约而同地放声大笑……笑声未落，三人的笑容却戛然僵在脸上。

一领白色斗篷，一张黑色面具，一支寒光闪烁的长剑——一个阴冷的身影悄无声息地站在三人身后。

"刺……"杜挚一个"刺客"尚未出口，剑光一闪，噗噗两声，两只耳朵便掉在面前。赵良霍然跃起，腰身尚未伸展，两只耳朵也掉在地上。甘龙惊愕地张大了嘴巴，如同梦魇般出不了声。长剑冰冷地贴上他的面颊一滑，高耸的鼻头已经落在酒爵之中。心想惨叫，两只耳朵又噗噗落下……三人顿时木雕泥塑般僵坐，任凭鲜血顺着脸颊流进口中，流进脖颈。

来人冷笑一声："三位皆大奸大恶，谋人有术，死有余辜也。本使今日略施惩戒，若有不满，本使割下三颗白头也就是了。"

杜挚略有军旅生涯，稍有些硬气，粗重喘息着："有事，便说，何得有辱斯文？"

"斯文？"白衣黑面具大笑道，"尔等空有人面，竟有脸说出斯文二字？"

甘龙嘶声道："剑士，有话但讲，我等，绝无推诿。"

"好。算你这老枭明白。"来人隔着面具，声音听来空洞怪异，"听好了！一则，商君须 得服善刑。二则，不许干预国人收尸。三则，不许掘墓扬尸。如若不然，随时有人取尔等狗命！明白了？"

三人忙不迭点头，赵良疼痛惶恐，咬牙皱眉道："商君未必就死，何须……"

话音未落，明晃晃剑身飞来，"啪"地打了赵良一个铁耳光，一道血红的印痕顿时烙在脸上："枉为名士，何其虚伪！方才谁在说，要促使国君早除商鞅？说！"

赵良吓得浑身颤抖，鸡啄米般只是叩头。

面具人从斗篷中拿出一只黑丝袋，往案上一掷，木案"咔嚓"折断，黄灿灿的金饼滚落在厚厚的地毡上腾腾腾一阵闷响。三人又一次惊讶得不知所措，却听面具后怪异的声音道："记住，这是两万金，是让你等收买同道的，不是给你等的。若敢私吞，十天后杀尔等全家！"话音方落，面具人倏忽不见。

杜挚尖叫一声："来人！护卫死了么？"半晌却无人应声……

杜挚拉开门一看，院中甲士全都呼呼酣睡，一时间惊怔得说不出话来。

甘龙咬牙切齿喘息着："我等，自己收拾。记住，再不能，吃这种暗亏。"

三人相互包扎住伤处，挣扎起身，唤醒卫士，匆匆如惊弓之鸟，各自回府去了。

这刺客来得诡异。

时当中夜，月黑风高，万籁俱寂。咸阳南市边上的那座庭院的一点灯光在闪烁。

嬴虔正在昏暗的烛光下翻阅一卷竹简，背后的书房门悄无声息地开了——一个白衣面具人站在了嬴虔身后，一支长剑冰冷地贴上了黑面罩下的脖颈。

嬴虔猛然一抖，迅速平静下来道："剑士，要取嬴虔性命？"

"你承认我能取你性命？"

"嬴虔也是刀丛剑树过来之人，却觉察不到你进门出剑，如此身手，自然能取我性命……然则，嬴虔没有想到，剑士是个女子。"

面具人收回长剑道："嬴虔，你被私仇恨欲已经淹没，丧失了空灵的心田，已经迟钝了。我今日不杀你，只是想告诉你，为何不杀你。"

嬴虔转身，只见一领白色斗篷一张黑色面具伫立在昏暗的烛光下，神秘高贵而又令人恐怖，连嬴虔这个在黑屋中自我封闭了近二十年的铁石人，也感到了一丝寒意："女公子绝非常人。能否告我，你是何人？"

来人卸下那张精巧的青铜面具，露出如云的长发与明朗得有如秋月般的脸庞。嬴虔也算公室嫡系权臣，生平见过的美女不知几多，但还是被眼前这个白衣女子深深震撼了。没有哪个女人有如此高贵的气度，没有哪个女人有如此冰冷的眼睛，更没有哪个女人有如此浓郁的书卷气息。尽管她手中有一支非常的名剑利器，却丝毫不能掩盖她的高雅与渗透在高雅中的冷峻。嬴虔知道，仅仅凭她能在复仇中保持节制这一点，这个女子就是大家器局。

"敢问女公子，可是商君之友？"

"我是商鞅恋人，也是商鞅事实上的妻子。"

嬴虔默然点头，轻轻一叹："明白也。你为何不杀我？商君知道嬴虔仇恨他，却拥戴新法。商君对我期望甚高，托车英国尉将蚩尤剑还给了我。嬴虔岂能不知，商君寄希望于嬴虔维护新法，铲除世族。你深解商君之心，本想杀我，但最终还是成全了商君心愿……一个女子，不被仇恨淹没，深明大义，不愧商君知音发妻。当日若知，何能使你与商君分开？"

"我没有后悔。你不必为此介怀。"

嬴虔深重地叹息道："嬴虔与世隔绝，商君在明处，嬴虔

水至清则无鱼，木秀于林风必摧之。

在暗处。我看得很清楚,商君唯公无私。可是,他太无私,太正直,太严厉,太公平,像一尊神,人人恐惧……恕嬴虔直言,想杀他的人,决然不比拥戴他的人少。皎皎者易污,峣峣者易折。至刚至公,是不能长久的。人心,本来就是凶险的。"

"你有才能,有心志,却没有胸襟,最终流于凡品。"

"嬴虔是个无法忘记仇恨的人……请看这张脸。"嬴虔猛然扯下面纱,赫然露出那张狰狞变形的扁平面孔。

女子却意外地冷笑着:"你不过失去了一只鼻子,竟如此耿耿于怀? 秦公失去了多少? 商君失去了多少? 若依你记恨之心,商君该当如何?"

"嬴虔不是商君。嬴虔就是嬴虔。"

女子淡淡道:"我恨权贵层的冷酷,我爱至刚至公的荡荡襟怀,我鄙视你的狭隘残烈。但我还是要说,教他光明正大地走,士可杀,不可辱。"

嬴虔点头:"我还得感谢他,杀了公孙贾。"

"恩怨情仇,随风去也。"白衣女子戴上面具,倏忽消失了。

嬴虔思忖有顷,猛然站起,登车前往宫中,与嬴驷仔细商议了一个时辰方才回府。次日,宫中传出君书,命老太师甘龙与上大夫景监共同召集朝臣,对商鞅论罪定刑;因老太后骤然患病朝夕难保,国君并公子虔前往南山探视,不能主持朝会。这道君书使世族元老们大为兴奋,认定这是大好机会,相互密议,打好腹稿,准备与"商君派"较量。

第三日清晨,世族元老们陆续来到宫前。奇怪的是,每个人都乘坐着嘎吱咣当的牛车,都穿着简朴的布衣,仿佛一群老农夫来赶大市。宫门右将大皱眉头,赶紧命令军士找来一车麦草,铺在一大片蓝田玉地砖上,教牛车停放。这牛憨厚邋遢,不像马矜持自尊,想拉就拉,想尿就尿,谁也拿它没辙。秦国新法,村口道边尚且严禁弃灰堆物,何况宫前广场?

要在寻常之日，这破烂牛车是决然不许驶进宫前车马场的。因为秦国官员坐牛车的日子早已经过去了，除却商旅货车，想在咸阳城的官署找一辆牛车，还真得费点儿工夫。可是这些世族元老们非但人人一辆牛车，而且还都破烂不堪，都由一头有气无力的老牛拉着，货真价实的老牛破车。也真难为他们一番搜寻工夫了。

如此特异之举，显然是有备而来，宫门右将如何敢去拦挡？

赶得卯时，世族元老们居然齐刷刷准点来到。怪异的是，老太师甘龙非但包裹得严严实实，两只护耳，一方面纱，还有数十名重甲武士护卫在牛车四周。随后的太庙令杜挚、客卿赵良，也是两只大大的护耳，一队簇拥的卫士。如此奇观，非但令宫门守军大为惊讶，连世族老臣们也议论纷纷。宫门右将连忙上前，恭敬地申明，私家卫士不能停留在宫前广场，必须开到广场外的大街上去。杜挚却红着脸吼叫："咸阳刺客横行！卫士走了，你能保我等安然无恙？"右将拱手道："太庙令差矣。国有律法，宫有成规，守军重重，何来刺客？"杜挚恼怒："守军重重？顶鸟用！你看看！"一把扯下护耳，赫然露出没有耳朵的圆柱头，"还有老太师！还有客卿！都没了耳朵鼻子！商鞅刺客横行不法，你的守军哪里去了？！"

一通吼叫，世族元老们尽皆大惊失色，面面相觑，人人眼中闪出困惑惊惧。右将不再多说，只好教三人的卫队停在大殿外十余丈处，方才罢了。

正在此时，恰逢国尉车英的轺车赶到，见状高声问："宫前广场，何来私家卫士？"

右将大步上前，将情形简略禀报一遍，车英骤然变色道："朗朗乾坤，谁敢公然蔑视大秦国法？全数赶出广场！否则，立杀不赦！"右将本来就对此事恼火，现下有国尉命令，胆气顿生，一声大喝："缴下兵器！赶出广场！"殿外三百甲士一声雷鸣般呼应，包围了三人的小马队，不由分说收下了马队兵器。

杜挚目瞪口呆，赵良面色苍白，甘龙挥挥手道："走吧走吧。"卫队便灰溜溜地出了广场。

景监是最后一个进殿的。他一进来，就引起哄嗡一片议论——原来他身后竟跟着咸阳令王轼。世族元老们这一惊非同小可，王轼本来已经被软禁，虽未削职，却已经被嬴虔旧人掌了城防，咸阳民治已由客卿赵良兼领过问，他如何便能解禁？此人乃商鞅死党，耿直激烈，国君放他出来何意？

众人哄嗡中，甘龙只是暗自冷笑。他知道，这定是景监死请，国君不得已放出王轼的。新君貌似公允,落得"两方共同论罪定刑"的名义罢了,没甚大不了。越是如此,越说明新君杀商鞅之心已定,这只是最后一场掩人耳目的博戏罢了,无关大局。

甘龙心思已定,站起来向景监一拱手:"上大夫,奉国君之命,你我共主朝会,当可开始也。"只是脸上戴着面纱,耳朵裹着绵套,声音嘶哑咕哝,没人听得清楚。

景监淡然道:"可也。老太师开宗明义。"

"诸位同僚,"甘龙的身子和声音一起颤抖着,样子颇为滑稽,有人便窃窃发笑。甘龙不理不睬,径自高声诉说:"商鞅大罪下狱,我等奉国君之命,论罪定刑。有罪无刑,朝野不安。请诸公放言,老夫与上大夫,当如实禀报。"

不待景监开口,杜挚抢出班外,愤然高声道:"商鞅乃窃国残民之大盗,欺祖改制之元凶,专权谋逆之首恶,乱国乱俗之魔障!老太师日前当殿指控商鞅十大罪恶,字字入骨,当为论罪定刑之根本!此谓死有余辜也。"

一阵哈哈大笑,须发散乱的王轼从座中霍然站起,戟指杜挚怒斥道:"太庙令信口胡说,不怕嬴秦列祖列宗取汝狗命么!所谓十大罪恶,分明是字字污秽,句句罗织,竟公然以神明天道自诩,以为民请命招摇,诸公真不知厚颜无耻为何物乎!天人皆知,人神共鉴,商君乃变法强秦之元勋,定国立制之柱石,移风易俗之导师,洗刷国耻之功臣!煌煌功绩,荆越之竹难书。今至论罪定刑,荒诞不经!"

"大胆王轼!"甘龙嘶声训斥,"论罪定刑,乃国君之命,尔竟指为荒诞不经,何其狂悖!再有此等欺君谬论,下狱论罪!"

王轼勃然大怒,怒吼一声:"甘龙老贼枭,阴鸷歹毒,谈何纲常!此等乱国大奸,留在庙堂何用?"猛力冲去,要将甘龙顶在大殿石柱之上撞死。

不想白缙正在甘龙身后,见王轼凶猛冲来,急速将甘龙

前后呼应。商君有拥戴者,但其拥戴者不能定乾坤。

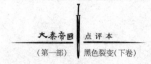
猛力一扯。甘龙向后跌倒，后颅却撞在通向国君大座的白玉台阶上，一声惨叫，昏了过去……王轼心知商君必死，早已悲恸欲绝，今日已怀必死之心，要与甘龙老枭同归于尽，这一冲自是勇猛绝伦，不想变生偶然，猛力撞在了白玉大柱上，一声闷响，鲜血脑浆迸裂四溅。

变起仓促，大殿中死一般沉寂，又骤然间乱成一团。

车英出殿，向宫门右将大吼一声："甲士进殿守护！"

右将虽来自新军，是车英老部下，但宫门禁军不属国尉管辖，除了国君，不能听从任何人调遣号令。但自商君蒙难，人心惶惶，变异忒多。宫门将士们皆山乡子弟，对世族元老们早就恨意不平，敢怒不敢言罢了。今见老国尉与世族元老愤然抗衡，岂有犹豫？右将一招手，亲率一个百人队铿锵开到大殿平台，列队守住殿口，矛戈齐举，一片肃杀。

杜挚变色道："车、英？你、你、意欲何为？"

车英高声道："诸公听了，继续朝会。谁敢再滋生事端，立杀不赦！"

世族元老们顿时惊愕，滋生事端的王轼已经死了，被突然袭击的甘龙生死未卜，此时不说救人，却要继续朝会，车英居心何在？白缙正抱着甘龙，西乞弧在包扎甘龙伤口，一闻此言，异口同声道："老太师须得急救！送太医院！"世族大臣一片愤愤然呼应。

车英厉声道："朝会乃国君之令，谁敢以私乱公，本国尉立即执法！"

世族元老们骇然。这不是公然要甘龙的老命么？风烛残年的甘龙，已经被刺客割去了耳朵鼻子，比嬴虔受劓刑还惨，如今又遭此重创，再不许救治，必送命无疑。赵良已经是心惊肉跳，不明白这些商鞅死党何以个个都不怕死……正在乱纷纷之际，老甘龙却醒了过来，费力地睁开浑浊的老眼，颤声道："不，不能受人，胁迫……商鞅，车裂之刑，车、裂！"头一甩，又昏死过去。

老甘龙生不畏死的老硬骨头，大长了世族元老们的志气，一致愤怒高喊："车裂商鞅！车裂！"

景监冷笑："尔等丧心病狂也。刑皆有典，何谓车裂？出自何典何法？"

元老们一时愕然，谁也不晓得老甘龙说的"车裂"为何典何刑？

赵良突然觉得了自己的重要，挺身而出道："车裂乃天地古刑，即五牛分尸也。非万恶之人，不施此刑。此刑出于禹帝诛杀共工。共工罪大恶极，身长无以斩其首，故以五牛之车裂其躯体，复斩其首。此刑，春秋五百年未尝见于人世，刑于商鞅，正可息天人之怒。"

此言一出，元老们惊叹纷纷："禹帝古刑，安得无典？好！太师客卿大学问！"

景监愤然指着赵良道："尔儒家名士，何来鲁莽灭裂之怪论？越地昔年掘出长大骨架，无人能识。求教孔子，孔子考订为共工躯干之骨。若车裂共工，何来完好躯干？尔等欺圣灭智，玷污刑典，不畏天道昭昭乎！"

赵良面色涨红："车裂共工，乃孟子大师所考，岂有荒诞之理？"

杜挚高叫："商鞅罪行，发九州四海之水，无以洗之！此千古不赦之罪，自当受千古奇刑！上大夫说没有出典，难道禹帝之时有你么！"

车英怒喝："杜挚！难道禹帝时有你么？再胆敢蔑视大臣，本国尉杀了你！"

杜挚吓得顿时噤声……甘龙却又醒转，嘶声喘息道："处商鞅，极刑，以戒后世欺圣灭祖之……元凶巨恶……我等，纵然命丧商鞅……余党，亦在所不惜……"

"车裂商鞅！在所不惜！"世族元老们一片呼喊。

……

次日嬴驷回宫后，案头已经赫然摆上了七卷公文。除了甘龙领衔的朝会报文"请车裂商鞅书"，六国各有一卷请极刑杀商鞅的国书。嬴驷浏览一遍，见六国国书颇多威慑之辞，微微冷笑，吩咐长史将这六卷国书妥为密藏，以备日后大用。然后拿起朝会报文，一路看下去，脊骨阵阵发凉。车裂商鞅？简直匪夷所思！所列举的商鞅罪行与用词之刻毒，也令他心悸。思忖良久，他将这卷报文亲自收藏在了密室。

时当午后，嬴驷命令准备密帘篷车出行。

片刻之后，他登上篷车，在一队铁骑锐士护卫下出了咸阳北门，翻越北阪，直上云阳官道。傍晚时分，篷车马队抵达云溪河谷的城堡国狱。当年，嬴驷只在"放逐流浪"中远远瞭望过这座城堡，从来没有走近过它。那时候，他多少有些憎恨这座差点儿将自己关进去的城堡，如同多少有点儿憎恨新法与憎恨商鞅一般。倏忽二十多年，少年时代的情感体察都变成了淡淡飘忽的思绪。这次以国君之身亲临，真正走近了这座黑沉沉的城堡，却实实在在地感觉到了它是一种神奇的力量。没有这坚固险峻的城堡牢狱，没有能征惯战的军旅，国君将变得苍白无力，权力将变得索然无味。有了牢狱，有了军队，权力可以翻云覆雨，可以颠倒黑白，可以将功臣说成罪人，可以将所有威胁自己的敌人连根铲除，可以将自己的功业欲望淋漓尽致地展现出来。一个人做了国君很苦恼很孤独很辛苦很压抑,上天对他的补偿,就是给了他权力的神兵魔杖,让他尽情地复仇报恩,让他尽情地建功立业。身为国君者,哪怕是最为龌龊的内心欲望,也可以堂而皇之地满足……

想到这里,嬴驷猛然觉得有些脸红,心中响起另一个声音:"不,嬴驷不是满足私欲。嬴驷是扫除建功立业的阻力。未来的功业,定然可以弥补这种愧疚,定然可以告慰含冤死去的高贵灵魂……"

打开牢狱铁门,嬴驷被扑鼻而来的霉腐气味呛得咳嗽了几声。

走进长长的甬道,这种气息愈加浓厚,几只硕大的老鼠公然对着他吱吱尖叫。嬴驷原本以为,既然是关押世族官员的国狱,想来也不会很差,况且自己又两次下令善待商鞅,至少应该是窗明几净的房间了,如何弄得如此洞穴一般?他骤然止步,沉声问国狱令:"这是国狱最好的牢房么?"国狱令恭敬答道:"禀报大人,这是最好的牢房。"嬴驷再没有说话,向随身两名卫士目光示意。卫士铿锵卡住甬道出入口,只留国狱令一人带嬴驷进去了。

一灯如豆,商鞅正在灯下安然静坐,凝神端详着面前的一幅木炭地图,时而用木炭条在图上画出各种记号。自上次荧玉、景监、车英、令狐来过后,他心情大为好转。荧玉有了妥善安置,《商君书》使他消失了最大的遗憾。至于白雪,他倒并不担心。白雪是个奇女子,她的天赋智慧与对他深彻的了解,都不会使她像荧玉那样身心崩溃。无论她如何安排儿子和她自己,商鞅都充分地相信,那肯定是当时最有利的选择。他只要教她知道了可能发生的事情,她的安排与选择就用不着忧虑担心。这是无数大事小事都证实了的。景监他们走后,商鞅剃掉了杂乱的胡须,又将宽大的石屋收拾了一番,向狱吏要了笔墨和几张皮纸,每日饮两碗赵酒,写几行想

立言不朽。死生何惧。

到的事情，竟然又像惯常那样利落讲究起来。依稀之间，他常常觉得这里就是少年时修习的山洞。噢，那个山洞还没有如此宽敞。

从昨天起，他想到了一件重要事情，一直在画这幅地图，一直在对着地图深思。

猛然，商鞅听见一阵脚步声和粗重的喘息声。蓦然抬头，一个戴着黑色面纱的黑衣人站在铁栏外，仿佛一柱黑色岩石。狱令打开铁栏就走了。黑色岩石却站在牢房门口，默默打量着肃然端坐的商鞅。

商鞅笑了："可是嬴虔将军？别来无恙？"

黑色岩石缓慢地跨进了牢房："商君，嬴驷来了。"说着扯下面纱，轻轻跪地，又深深一叩，"商君，嬴驷是来请罪的。"

商鞅的惊讶一闪而逝，扶住了嬴驷道："国公何出此言？世间事多有始料不及，谈何罪责过失？国公若以个人生死计较，鞅可真正的心有不快了。"

嬴驷沉重地叹息一声："商君胸襟似海，嬴驷汗颜不已。事已至此，势成骑虎。若嬴驷问政，商君肯教我否？"

商鞅慨然一笑："鞅若对国公没有信心，何须自请囹圄？国公对鞅没有信心，何须涉险激乱？你我心志相通，些小恩怨，何足挂齿？"

"嬴驷一问，商君之后，世族将借重何方力量作乱？"

"国公虑及世族作乱，鞅大为快慰。历来世族复古，内力不足必借外力。今秦国大势稳定，世族已无国人根基，唯有外力一途。此外力非在别处，就在此地。"将面前皮纸一推，"国公请看，这是甘龙与孟西白三族的老根所在。"

皮纸题头大书四字——义渠冲要。嬴驷一惊："义渠？何地何族？"

商君无私。

"但将此图交于嬴虔、车英可也。国公只需提醒他们，除恶务尽。"

嬴驷收起地图道："嬴驷二问，商君之后，将相何在？"

"鞅已多日思虑此事。嬴虔、景监、车英他们，已经是昨日英华了。平定世族之乱后，彼等精华亦当耗尽，不堪东出大任了。臣曾留心勘察，国公有两人可用：文治乃商於郡守樗里疾，兵事乃函谷关守将司马错。樗里疾外圆内方，才气过人。司马错乃兵家大师司马穰苴后裔，有将略之才。丞相人选，鞅尚无成才可荐，国公自可留心察之。若有山东名士入秦，亦望国公明察善待，莫要外之。"

"嬴驷三问，商君之后，当如何待公伯嬴虔？"

商鞅微微一笑，心中却为嬴驷的周密深远感到惊讶，沉吟片刻答道："嬴虔大节明而胸襟窄，以毋伤情义为要。实际论之，当使其身居高位，常参决策，而毋得执掌实权。另则，可轻父重子，重用其子女，可保嬴虔无事。"

嬴驷深深一躬道："商君教诲，嬴驷铭记心怀。不知商君可否有托嬴驷之事？"

商鞅爽朗大笑道："生前身后，了无一事也！"

嬴驷默然良久，沉吟道："若处商君极刑，也是情境所迫，望商君恕罪。"

"处鞅以极刑，实则大彰世族与六国之恶，国公日后便可借机发难。鞅死尚能于国有益，何罪于国公？"商鞅发自内心的豁达明朗。

嬴驷轻轻一叹，亲自斟满两碗赵酒，双手捧给商君一碗，自己端起一碗："人言商君极身无二虑，尽公不顾私。诚如斯言，嬴驷感佩之至。商君，嬴驷为你送行了……"仰起头来，咕咚咚一气饮尽。

商鞅平静安详地举起酒碗，一饮而尽。嬴驷深深一躬，

至此，君臣大义、家国大义才清明。置之死地而后"生"，孙皓晖写得极其微妙。商鞅之死，由宗室之怨望变身为殉国之死。这实际上也把握了商鞅之死的核心意义。在中国的官场里，权谋智于权力，商鞅借孝公获得了权力，但拙于权智，所以身败而死。

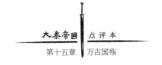

出门去了。

国狱院中，嬴驷对国狱令正色吩咐："立即将商君迁到你的山顶官署，取掉脚镣，餐餐酒肉，要教他看得见青山绿水。若有延误，严惩无赦！"

"谨遵特使之命！下官即刻办理。"国狱令答应得特别痛快。

朦胧月色下，嬴驷的篷车马队辚辚南下了。

深秋时节，山风寒凉，眼看就要进入老秦人的窝冬期，嬴驷觉得不能再等待了。

# 七　冬雷暴雪

立冬那天，咸阳城传出一则惊人消息：渭水草滩正在修造大刑场，要对商君处刑！

消息不胫而走，传遍秦国山野，老百姓们被深深震撼了。

这是秦孝公二十四年，又是新君嬴驷元年。按照当时流行的历法，这一年是甲申年。阴阳家说，甲申年物性躁动，有猴性，天下多事不安。国人以为，甲申凶兆应在了秦孝公病逝这件事上。不想新君即位后，商君下狱，世族复出，朝野流言纷纷，说要恢复祖制废除新法，当真是人心惶惶躁动不安。然则只要商君在，人们还是相信不会变天。如今竟然要杀商君，国人庶民一下子便惊慌起来。几个月来，各县百姓已经听了官府吏员的许多宣慰，说六国要联兵攻秦杀商君，商君为了秦国安危而自请下狱，国公为了国家安危而不得不杀商君。说归说，人们毕竟没有完全当真。老秦人几时怕过打仗？几时怕过联兵攻秦？献公时候打得只剩下了一半国土，不还在死打？当今秦国如此强大，莫非国公还真的怕了六国不成？国人百姓们坚信，国公无论如何都是不愿杀商君的。上次国人请命，那个赵良说得在理，六国害怕商君，硬逼着国公杀商君的。

而今听到消息，人们从四郡八县纷纷拥向咸阳。远处的骑马乘车，近处的大步匆匆。人们都很恐慌，心乱如麻，说不清要来祭奠商君，还是要来为商君请命？还是要向六国示威？抑或要打听一个实在消息，新法究竟会不会废除？只有一点是清楚的，商君是秦人的大恩公，恩公赴死，舍命也要来送恩公一程，见恩公一面。

渭水北岸的广阔滩头，向着咸阳南门的方向呈上坡状展开，形成天然的堤坝。从咸阳南门到碧波滚滚的河道，足足有三四里之宽。春日伊始，这里是草长莺飞的踏青之地。盛夏到来，这里又是牧童牛羊撒欢与少男少女们幽会的乐土。秋霜始降，这里的枯草芦苇便成了四野农夫与咸阳国人收割柴草的好地方。一片渭水草滩，飘出过多少激越悲情的秦风歌谣，生出多少美丽动人的故事？老人们说，孔夫子编的《诗》里的那首《秦风·蒹葭》，就是这段渭水河滩里的老歌儿。长长的渭水，茫茫的草滩，她们是老秦人说不完的"古经"，做不完的噩梦。

这里也是官府的刑场，每年秋决，都要在渭水草滩杀人。商君变法的头三年杀人最多，有一年一次杀了七百余人，渭水都被鲜血染红了。可是，那都是在栎阳的渭水草滩与郿县的渭水草滩上。咸阳城南的渭水草滩还没有做过刑场，还是干净的。

谁能想到，第一次在这里开刑场，杀的竟然是商君。

一年四季，唯独冬天的渭水草滩空旷辽远，清冷孤寂。长长厚厚的草海早已经被打割净尽，枯黄的草根顽强地铺成一片无边无际的草毯，为苍黄的土地做出凄凉的装扮和最后的护持，以免呼啸的北风吹走自己赖以生存的土地。立冬开始，进入河滩的只有寥寥无几的猎户和破冰打鱼的官役。渭水草滩已经习惯了冬日的空旷寂凉。

今年冬日，渭水草滩却被涌动的人潮惊醒了。

河滩四野，人群茫茫，却没有哄哄嗡嗡的人潮之声，仿佛是无数失魂落魄的梦游人的会聚。人群木然地涌动着，没有激情，没有议论，连村野百姓好看热闹的新鲜感也丝毫没有。唯有刑场内猎猎翻飞的黑旗与呼啸的北风有些许响动，辽远的河滩更显空旷，仿佛一片人迹罕至的深深幽谷。

将近巳时，一辆辆华贵的青铜轺车在森严护卫下陆续驶进了刑场。

这是世族元老们的轺车，他们无一遗漏地出动了。昨晚，国公嬴驷下了君书，因老太后病危，国公紧急赶往南山，着太师甘龙为行刑大臣，公子嬴虔为监刑大臣，孟西白三将为护刑将军，即日对商鞅决刑。君书一出，世族元老们大为振奋，连夜在太师府密议，做好了各种准备。次日巳时，他们按照约定，一个个高车驷马气宇轩昂地开进了刑场。数日前乘坐破烂牛车身穿旧时布衣的装扮被彻底抛开了。

他们苦苦等了二十三年，黑发人熬成了白发人，一朝复仇，大是神采飞扬。可是，当他们高车驷马地进入刑场时，却发现黑色的人海铁一样地沉默着，虽然隔着两层夹道护卫的铁甲骑士，依然能感到那无边无际的幽幽眼睛里闪烁出的冰冷，依然能感受到那梦

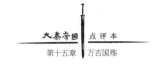
魔般的沉默中透出的漠视。没有期待的欢呼,甚至连一丝惊讶也没有,茫茫人海凝固成了黑色的冰山。不由自主地,世族元老们的灿烂笑容收敛了,相互竞赛车技的呼喝兴致没有了,疾驰欢腾的马蹄也莫名其妙地变成了嗒嗒走马。自己作出的些许欢腾,竟被无边无际的冰冷人海吸纳得无踪无影。这一切仿佛在无声宣告,任何人都没有力量消解这凝固的肃穆的沉默。

这是一个不见任何经传的特异刑场。

它很大。数千名铁甲骑士围出了一个方圆半里地的圈子,唯有面临渭水河道的一面敞开着。黑色人海蔓延在三面高地上,将刑场围成了一个盆地。盆地刑场的北面是一道五六尺高的土台,台上摆开了一字十六张长案,全部坐着白发苍苍的世族元老。中间突前的两张大案,坐着面垂黑纱的老甘龙和嬴虔。后面的高坡上,三百名重甲步卒护卫着一座高高耸立的望楼,楼里正是"已经去了南山"的嬴驷。

刑场中央,是事先打造好的行刑台。它是一座边长约丈、高约六尺的白木台。台上立着一张又宽又厚的黑色大木板,一个人伸开四肢恰恰能够及边。刑台下,红衣赤膊的行刑手分成黑、白、红、黄、绿五对,每两人一对,头戴狰狞面具,牵一头"刑牛"围着刑台的五个方位站定。牛很怪异,直直的长角上套着红绫,头上戴着硕大的青铜面具,身上披着色彩斑斓的兽皮,牛脖上架着粗大的红色绳套和跟头鞍具。

谁也没有见过如此刑场,谁也不知晓将对商君何以处刑?很少见过世面的山野庶民本有看热闹新鲜的本性,寻常时日早已经骚动呐喊起来。世族元老们预想的期待的,也正是如此场面——商鞅处死,万民欢呼。老人们说,百年前秦穆公令三贤殉葬,国人心怀悲伤,但还是在三贤走进墓门时惊讶地呼喝喊叫起来。然则今日却没有丝毫声息,无边无际的黑色人海依然是一座冰山,唯闻夹在呼啸北风中的沉重喘息。

"将到午时。"甘龙对旁边的嬴虔说了一声,嬴虔点点头。

甘龙举起令箭:"押进人犯!"

担任掌刑官的是杜挚,他一挥手中黑色令旗,嘶声高喊:"押进人犯!"

车声辚辚,西乞弧率领一队骑士押着一辆青铜轺车驶进了刑场。谁都知道,这是商君的专用轺车,车上坐的也正是商君。依旧是白玉高冠,依旧是白色斗篷,依旧是整洁讲究,依旧是自信威严。当那辆轺车辚辚驶进的时候,老秦人竟觉得这是马队护卫着神圣的商君前来视察了。四野人海突然欢呼起来:"商君万岁!""新法万岁!"

918

声浪如同山呼海啸,滚滚惊雷,在渭水川道猛烈激荡着。

甘龙生平第一次感到了恐惧惊慌。四面高坡上的汹涌声浪就像要凌空压下来卷走他吞噬他的黑色怒潮。他用力拍打着长案吼叫:"如此做法,礼法何存? 谁的命令?"

嬴虔淡漠的声音:"老太师久经沧桑,何其如此恐慌?"

"将人犯押上刑台!"杜挚大声吼叫,生怕西乞弧听不见他的号令。

将近刑台,商鞅从容下车,从容登上,在大板前气定神闲地坐了下来。

"宣国君书!"甘龙声嘶力竭,却一点儿听不见自己的声音。

杜挚捧起一卷竹简高声念道:"逆臣卫鞅,图谋不轨,聚众谋反,欺君罔上,擅杀大臣。凡此种种,罪恶昭彰,为昭国法,为泄民愤,议将卫鞅处车裂大刑!"

甘龙颤巍巍起身:"卫鞅,遭此极刑,乃天道恢恢,你,还有何话说?"

商鞅笑了:"甘龙,商鞅虽死犹生,尔等却虽生犹死。青史之上,商鞅千古不朽,尔等却万劫不复。老太师以为然否?"

甘龙脸色发青,被噎得说不上话来,只是抖个不停……

嬴虔淡然笑道:"老太师,何其不知趣也? 杜挚,许民活祭。"

杜挚高声宣布:"传令场外,凡有活祭商鞅者入场。"

一场旷古罕见的活祭开始了。

四野民众仿佛早有准备,一县一拨,由各族老人抬着祭品走进刑场,不断在刑台前摆上一案一案的三牲祭品,一束一束的松柏绿枝,洒下一坛一坛的清酒。人潮涌动,默然无声。片时之间,祭品如山,松柏成荫,浓郁的酒气弥漫了刑场。

轮到商於十三县活祭时,万千人众屏息了。一百多名老人在郡守樗里疾和十三位县令带领下,抬着祭品,拿着乐器,默默走到刑台前跪成一圈,吹起了陶埙竹篪,激越悲伤的山歌顿时传遍刑场——

商君商君　法圣天神

忠魂不灭　佑我万民

商君商君　三生为神

万古不朽　刻石我心

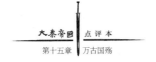

令世族元老们目瞪口呆的,与其说是百姓们的山歌,毋宁说是商於十三县的官员。他们竟敢公然率领百姓活祭商鞅,当真不可思议。

然而紧接着出场的更令他们震惊。上大夫景监、国尉车英率领各自府邸与商君府原有吏员三百余人,麻衣白孝,抬着一幅白绫包裹的大刻木和祭品祭酒走进了刑场。摆好祭品,洒酒祭奠,国尉车英拉开白绫,刻木铜字赫然在目——万古法圣!

须发灰白的上大夫景监捧起了一卷竹简,高声宣读祭文——

呜呼! 哭我商君,万古强臣。昭昭大德,磐磐大才。维新法制,强国富民。奖励耕战,怠惰无存。郡县统制,国权归一。度量一统,工商无欺。刑上大夫,礼下庶人。唯法是从,极身无虑。移风易俗,文明开塞。收复河西,雪我国耻。立制立言,千秋可依。煌煌法圣,青史永垂。呜呼哀哉! 商君蒙冤,天地混沌。哭我商君,何堪我心? 呜呼哀哉,人神共愤,山河同悲!

随着景监悲愤的祭文,四野民众肃静得死寂一般。泪水挂满了每个人的脸庞,却没有一个人号啕痛哭。那令人窒息的沉默,比哭声更加令人惊心动魄。

倏忽之间,天空乌云四合,鹅毛大雪密匝匝漫天飘落。

一个身披火红色斗篷的女子飘然走进了刑场,像一团火焰,飘舞的雪花远远地融化在她的四面八方。她身后跟着两名抬着长案的白衣壮士,一个赫然便是侯嬴。火焰飘到刑台之下,女子露出灿烂的笑容道:“夫君,白雪来了。”

商鞅笑了,没有丝毫的惊讶:“小妹,我正在等你,来。”

侯嬴两人将长案送上刑台,向商鞅深深一躬:“鞅兄,走好……”

“侯兄,来生聚饮,还是苦菜烈酒,如何?”

“好……”侯嬴泪如雨下,哽咽答应一声,纵身下台去了。

白雪轻盈地飞身纵上刑台,大红斗篷随风飘曳,就像漫天大雪中一只火红的凤凰。商鞅张开双臂抱住了白雪:“我们终于永远在一起了。”

白雪偎在他胸前甜蜜地笑了:“夫君,一切都安排好了。我们的儿子,我们的坟墓,还有荧玉妹妹……我们可以了无牵挂地走了。”商鞅轻抚着她的如云秀发,仰脸向天,一

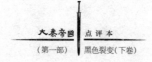
任冰凉的雪花落在脸上："小妹，上天赐福我们，让我们双双归去。人生若此，夫复何憾？"

白雪明亮轻柔地笑了："夫君，我们共饮一爵。"

她从容地揭开长案酒坛的坛口红布，利落地剥去泥封，向两个铜爵斟满了清亮的烈酒，将一爵双手举到商鞅面前："夫君，这是白雪自酿的女儿酒。二十四年前，当白雪第一次结识夫君，就酿下了这坛酒，就等着这一天……"

商鞅爽朗大笑："好！就叫她三生雪酒！"

"好也。"白雪举爵，"三生相聚，白雪足矣。"两爵相碰，一饮而尽。

白雪走到案前坐定："我来抚琴，夫君一歌，如何？"

"大雪伴行，壮士长歌。大是快事！"商鞅爽朗大笑。

大雪飘飘，旷谷般寂静的刑场飘出悠扬的琴音。商鞅的歌声弥漫在天地之间：

> 天地苍茫　育我生命
>
> 一抔黄土　拥我魂灵
>
> 有情同去　遨游苍穹
>
> 千秋功罪　但与人评

歌声止息了。白雪停琴，细细地抚摸着琴身，低头深深一吻，霍然起身，将那无比名贵的古琴锵然摔碎在刑台上……她又斟了一爵："夫君，为我们三生相聚，此爵你我共饮。"说着将酒爵捧到商鞅口边，商鞅大饮一口，白雪将半爵一饮而尽。

"夫君，白雪先去了，等你。"她从长案下悠然抽出一把短剑，在火红的斗篷上擦拭明亮，猛然紧紧抱住商鞅，深深地向他吻去……转过身来，白雪跪倒在地，双手挺剑，猛然刺向腹中……汩汩鲜血流在白玉般的积雪上，又流下了刑台，流到了地面。

商鞅将白雪的身体轻轻放平，将火红的斗篷盖在了她身上。

漫天暴雪，骤然间掩盖了那美丽的身体，银装玉砌的身形顷刻间在刑台隆起。商鞅从白雪身旁缓缓站起，整整衣衫，仰天大笑："行刑！"四肢贴着大黑板站定，微笑地看着咣啷啷的铁环套上了他的双脚、双手与脖颈。

台下五头怪牛被无声地驱赶出来，铁索慢慢绷紧。

"秦惠王车裂商君以徇,曰:'莫如商鞅反者!'遂灭商君之家。"(《史记·商君列传》)商君受此惨刑,亦其法所致也。商君重肉刑、连坐,弃唐虞以来象刑之传统,最终自身受其害,正所谓"为法之敝一至此哉"。第一部即"黑色裂变",赞君臣之交,并为卫鞅正名,笔墨出奇,又能自圆其说,笔锋不偏大势,权谋切中术道,是一个很好的开端。秦势如何,且听下部分解。

杜挚声嘶力竭地高喊:"分——尸——行——刑——"

骤然间天地迸裂,天空中炸雷滚滚,暴雪白茫茫连天涌下。五头怪牛吼叫连连,奋力狂奔,厚厚的雪地上洒下了猩红的热血。冬雷炸响,一道电光裂破长空,接着一声巨响,怪诞的刑台燃起了熊熊大火!

刑场陷入茫茫雪雾之中……

[第一部终]